# LA HUITIÈME MATRIOCHKA

AMAZON CROSSING

# LA HUITIÈME MATRIOCHKA

ROBERT DUGONI

TRADUIT PAR
NORDINE HADDAD

AMAZON CROSSING

Édition originale parue aux États-Unis en 2019
sous le titre *The Eighth Sister*, Thomas & Mercer

Publié par
Amazon Crossing, Amazon Media EU Sàrl
38, avenue John F. Kennedy, L-1855 Luxembourg
Août 2021



Adaptation de la couverture par : PEPE *nymi*, Milano
Photos : © Alexander Nolting - EyeEm © subjob / Getty Images

ISBN : 9782496705591

www.apub.com

*À ma fille, Catherine, qui me fait sourire et rire depuis toujours. L'Université est ta prochaine grande aventure. Il est temps de quitter le nid, et de grandir.*

« Ainsi vous connaîtrez la vérité, et la vérité vous rendra libres. »
Jean 8 : 32

« La vérité vous rendra libres, mais d'abord elle vous foutra en rogne. »
Origine débattue

# Prologue

## Moscou, Russie

Zarina Kazakova s'approcha des portes vitrées de la Bely Dom, la Maison blanche russe, et regarda dehors : le ciel gris pesait comme une chape de plomb sur Moscou. La question n'était pas de savoir *s'il* allait neiger pour la première fois de la saison, mais *quand*. Les météorologues avaient prévu des températures nocturnes négatives, et de vingt à trente centimètres de neige. Glissant ses doigts dans la douce fourrure de ses gants, Zarina soupira à l'idée de vivre un nouvel hiver difficile. Bogdan, un des gardiens, posté près du portique de sécurité, se pencha et tendit le cou pour observer à son tour la couche nuageuse qui s'obscurcissait de minute en minute.

— *Pokhozhe, chto eto boudet dolgaya zima, Zarina*, fit-il remarquer.

— A-t-on déjà eu autre chose qu'un long hiver ? répliqua Zarina en russe.

La question était purement rhétorique, et Bogdan, en parfait Moscovite qu'il était, ne prit d'ailleurs pas la peine d'y répondre. Ils savaient l'un comme l'autre que « long » n'était pas l'adjectif adéquat pour décrire précisément l'hiver russe ; « oppressant » venait plus facilement à l'esprit.

— Des projets pour ce soir ? demanda Bogdan.

Il portait son uniforme militaire vert foncé sous un manteau en laine tout aussi sombre, sa casquette à visière courte bien vissée sur son crâne.

— J'ai toujours des projets, dit Zarina, volontairement évasive, espérant décourager Bogdan de poursuivre sur ce terrain-là.

La petite soixantaine, elle ne faisait pas son âge et tenait cela de sa mère ; à peine quelques fines mèches grises striaient-elles ses cheveux auburn, et sa peau était presque aussi lisse que si elle avait trente ans de moins. Une vie saine et équilibrée : tel était, selon sa mère, le secret de beauté de la femme russe – beauté que Zarina avait la chance de posséder, et qu'elle se devait par conséquent de préserver consciencieusement. Elle s'habillait toujours impeccablement, et ne s'était jamais adonnée à deux des passe-temps nationaux russes : la cigarette et l'alcool, en particulier la vodka. En outre, elle était restée célibataire après son divorce, ce qu'aucun homme à la Bely Dom ne semblait ignorer.

— Vous êtes bien élégante ce soir, en tout cas. Un rendez-vous, j'imagine ? risqua Bogdan avec un sourire.

Le gros manteau d'hiver de Zarina et son tour de cou en lapin étaient assortis à la fourrure de sa chapka, qu'elle ajusta fermement sur sa tête, les rabats couvrant déjà ses oreilles en prévision du vent froid à venir.

— Pourquoi forcément pour un rendez-vous ? demanda-t-elle. Hum ?

Elle releva son cache-nez en fourrure sur sa bouche et, sans se soucier de la réponse de Bogdan, s'avança vers la porte pour sortir.

— *Dobroi nochi.*

— *Spokoinoi nochi*, répondit Bogdan, lui souhaitant une belle soirée en même temps qu'il lui ouvrait la porte.

Zarina sortit dans le vent glacé qui balayait la ville et remontait les eaux de la Moskova tel un train de marchandises rugissant et sifflant. Ce soir, la tempête ferait rage.

Elle descendit les marches en béton et traversa rapidement l'esplanade, tête baissée. Puis, le portail décoré de la Bely Dom franchi, elle obliqua dans Krasnopresnenskaya Nab et longea la rivière jusqu'à son arrêt de bus au coin de Glubokiy Pereulok. Le grondement assourdissant des bus et le hurlement des klaxons déchiraient la nuit venteuse du « Poutinestan » moscovite, les « navetteurs » s'empressant de regagner leurs cités-dortoirs de banlieue avant qu'il neige. Au tournant de la Moskova, l'imposant gratte-ciel de l'hôtel *Ukraine*, héritage direct des excès staliniens, dominait l'horizon visuel de Zarina. Des bâtiments comme celui-là, Staline en avait commandé sept au sortir de la Seconde Guerre mondiale pour glorifier l'État soviétique et impressionner l'Occident, lui-même occupé à bâtir des gratte-ciels. La rumeur voulait que le dictateur eût imaginé chacun des sept bâtiments – surnommés les « Sept sœurs » de Moscou – sur le même modèle afin d'induire en erreur d'hypothétiques bombardiers américains, dussent-ils survoler un jour la capitale russe. Connaissant la propension à la paranoïa des dirigeants russes, Zarina avait tendance à croire la rumeur.

Russes jusqu'au ridicule, les sept bâtiments avaient été surdimensionnés, avec une base massive s'évasant à mesure que la construction s'élevait par degrés, pour culminer en une flèche ornée d'une étoile rouge – le tout reflétant un curieux mélange d'influences architecturales grecques, françaises, italiennes et même chinoises. Zarina se demandait quelle serait la réaction de Staline s'il apprenait que l'hôtel *Ukraine* avait été renommé *Hôtel Royal Radisson*, et était devenu un symbole du luxe à l'occidentale.

Un crissement de pneus et une odeur de gasoil la ramenèrent à l'instant présent. Jouant des coudes, elle franchit les portes en accordéon du bus, et s'engouffra à l'intérieur ; il y avait beau temps qu'en Russie la galanterie avait cédé le pas à l'instinct de conservation. Étonnamment, elle trouva une place assise au fond, et la prit aussitôt. Elle ôta ses gants et sa chapka pour ne pas avoir trop chaud.

L'air humide et vicié avait formé de la condensation sur les vitres, et il flottait dans l'habitacle un mélange âcre d'odeurs de transpiration et de parfums bon marché.

Le bus longea les rives serpentines de la Moskova, de gros blocs de glace se formant déjà à la surface de la rivière – un autre signe avant-coureur du rude hiver à venir. Après trente minutes de route ponctuées d'arrêts plus ou moins réguliers, Zarina parvint enfin à sa destination, le boulevard Filevsky, en face du supermarché. Elle traversa le parc désolé, prêtant l'oreille aux craquements des branches flagellées par les rafales de vent. Tout autour du parc se dressaient des barres d'immeubles datant de l'ère soviétique, grotesques sentinelles de béton aux minuscules fenêtres et aux murs couverts de graffitis. Zarina poussa la porte en métal marron d'un des halls d'entrée spartiates. Les plafonniers lumineux avaient été volés depuis longtemps – de même que les dalles de marbre du sol et les mains courantes en laiton des escaliers. C'était comme si les Russes avaient compris que capitalisme signifiait « Vole tout ce que tu peux vendre. » Les tentatives de rénovation des bâtiments s'étaient toutes soldées par un même résultat : encore plus de vols.

Zarina prit l'ascenseur jusqu'au douzième étage, débouchant sur un palier aussi triste et aussi nu que le hall d'entrée. Elle déverrouilla la porte blindée de ce qui avait été jadis l'appartement de ses parents, et, avant d'entrer, essuya les semelles de ses bottes sur le paillasson pour ne pas marquer le plancher en chêne. Puis elle ôta son manteau et son chapeau, les suspendit à des patères, et passa dans le salon.

— Nous commencions à désespérer de votre venue, madame Kazakova.

La voix de l'homme fit sursauter Zarina, qui laissa échapper un petit cri. Il ne réagit pas. Il était assis sur son canapé, jambes croisées. Elle s'avisa rapidement de sa tenue vestimentaire : pantalon gris impeccable, col roulé noir, veste longue en cuir. La police, conclut-elle. Peut-être le FSB – les services secrets russes, héritiers du KGB soviétique. Un deuxième homme, dissimulé dans la cuisine, fit son apparition dans le couloir derrière elle, empêchant toute retraite – ce qu'elle n'envisageait pas de tenter, de toute façon. Il était aussi large et massif que son réfrigérateur.

— Asseyez-vous, je vous en prie, lui enjoignit d'une voix calme l'homme assis sur le canapé.

Il avait posé sa propre chapka et ses gants en cuir sur la table basse, à côté d'une bouteille de vodka premium que Zarina réservait normalement à ses invités, et de deux verres en cristal qu'elle tenait de sa mère.

— J'espère que vous ne m'en voudrez pas, dit-il en remarquant qu'elle fixait la table basse, mais la Stolichnaïa « Elit » est presque impossible à s'offrir avec un salaire de fonctionnaire. Je me demande d'ailleurs comment une simple secrétaire au ministère de la Défense peut s'offrir un tel luxe...

— C'était un cadeau, dit Zarina, en s'efforçant de dissimuler sa nervosité. Prenez-la, et partez. Je ne bois pas.

— Ne soyez pas si pressée. Permettez-moi d'abord de faire les présentations. Approchez. Venez vous asseoir.

Zarina resta debout, en proie à l'irrésolution la plus complète. Elle savait depuis longtemps ce jour possible, mais elle avait espéré qu'il ne viendrait jamais.

— Non ? Bon, eh bien, je m'appelle Federov, Viktor Nikolaïevitch.

Puis, désignant d'un geste le réfrigérateur humain :

— Et voici Volkov, Arkady Otochestovitch.

Ces présentations formelles ne présageaient rien de bon, pas plus que le fait qu'il ne daigne même pas montrer à Zarina sa carte du FSB. Elle avait l'impression que ses jambes allaient la lâcher, mais elle trouva la force d'afficher un air de défi.

— J'ai de nombreux amis au ministère de la Défense, dit-elle.

Avant de jeter un coup d'œil à sa montre et d'ajouter :

— L'un d'eux sera là d'un moment à l'autre, d'ailleurs. Un gardien.

— *Vous aviez*, dit Federov.

— Je vous demande pardon ?

— Vous avez dit « j'ai » des amis. Je pense que vous auriez dû utiliser le passé, et dire « j'avais ». Et personne ne doit venir, madame Kazakova. Nous surveillons votre appartement depuis plusieurs semaines, et vous n'avez pas eu une seule visite. Pourquoi ? Vous êtes célibataire, et jolie femme, de surcroît.

Federov tendit le bras et se servit un verre de vodka. Puis, levant vers elle un regard d'acier :

— Vous permettez ?

— Qu'est-ce que vous voulez ? demanda-t-elle.

Il s'adossa de nouveau contre le dossier du canapé, son verre à la main.

— Droit au but, hein ? J'aime ça. Pas de perte de temps. Parfait.

Il leva son verre à la santé de Zarina.

— *Za tvoyo zdarovye !*

Il but une grande gorgée, puis reposa le verre sur la table basse.

— Dites-moi, que savez-vous des sept sœurs ?

La question déconcerta Zarina.

— C'est une blague ou quoi ?

Federov sourit.

— Faisons comme si ce n'en était pas une. Que savez-vous d'elles ?

— Je ne suis pas guide touristique. Je ne suis pas là pour vous distraire. Je suis certaine qu'il existe un tas de livres sur le sujet. Vous n'avez qu'à en acheter un.

— Oh, je comprends, dit Federov en décroisant les jambes. Vous pensez certainement que je fais allusion aux sept bâtiments de Staline. L'erreur est compréhensible. Non. Je n'ai pas besoin d'infos là-dessus, mais sur les sept sœurs – dont vous êtes – qui ont espionné pour le compte des Américains durant presque quatre décennies.

Zarina sentit une suée perler sur sa nuque et le long de sa colonne vertébrale. La pièce était soudain devenue aussi chaude et humide que l'intérieur du bus qui l'avait ramenée chez elle. C'était la première fois qu'elle entendait parler des « sept sœurs » autrement que pour désigner les célèbres bâtiments staliniens. Y avait-il six autres personnes comme elle ?

— Il fait plus chaud ici, ou c'est moi ? demanda Federov à Volkov. J'avais un peu froid, mais je crois que la vodka commence à faire son effet.

Puis, reportant son attention sur Zarina, il reprit après une longue pause :

— Voyez-vous, madame Kazakova, les deux autres femmes elles aussi ont prétendu tout ignorer des sept sœurs, et vous voulez que je vous dise quelque chose ?

Un silence. Attendait-il une réponse de sa part ? Rien ne venait à l'esprit de Zarina. Six autres comme elle. Seigneur !

— Je les crois, dit Federov.

Il se renfonça dans le canapé.

— Arkady peut se montrer très convaincant. Je suis évidemment enclin à croire que vous ignorez vous aussi l'identité des autres, mais je ne peux partir d'ici sans en avoir pareillement l'assurance. Nous avons tous un patron à qui nous devons rendre des comptes, n'est-ce pas ?

— Je ne vois absolument pas de quoi vous parlez, dit Zarina. Vous faites sûrement erreur sur la personne. Je suis secrétaire au ministère de la Défense depuis presque quarante ans. Mes accréditations ont été contrôlées des dizaines de fois, et systématiquement approuvées. Renseignez-vous.

— Vous niez l'existence des sept sœurs ? insista Federov.

— Telles que vous les avez définies, oui. Absolument.

Il ramassa ses gants et sa chapka sur la table basse et se leva, l'air grave.

— Pour moi, vos dénégations ne sont qu'un triste refrain que je me passerais bien d'écouter, mais sachez que pour Arkady, c'est une douce musique.

# PREMIÈRE PARTIE

# Chapitre 1

***Île de Camano, État de Washington***

Charles Jenkins posa un genou à terre et balaya les feuilles et les brindilles qui jonchaient les deux tombes. Il avait pris l'habitude, durant son jogging matinal de huit kilomètres, de s'arrêter pour rendre visite à Lou et Arnold, ses deux chiens de Rhodésie qu'il avait enterrés au bord de la rivière. Les croix de bois avaient été emportées depuis longtemps, quand le petit cours d'eau était sorti de son lit. Il n'avait pas envisagé cette éventualité quand il avait enterré à la hâte ses deux fidèles compagnons.

Max, son pitbull tacheté femelle, surgit des fourrés au moment où Jenkins se relevait.

— Je t'ai toujours, toi, ma belle, pas vrai ? Tu es la dernière des Mohicans.

Max, elle aussi, était vieillissante, sa robe tirant plus vers le gris que vers le marron. Jenkins, qui l'avait sauvée d'un homme qui la maltraitait, ne connaissait pas exactement son âge, mais il estimait qu'elle avait au moins onze ans, deux ans de plus que son fils, CJ.

— Viens, ma fille. Rentrons maintenant, avant que CJ ne parte pour l'école.

Il se remit à courir en accélérant sa foulée le long de la route gravillonnée. Max faisait de son mieux pour suivre le rythme. Il voulait un autre chien. CJ était assez grand maintenant pour se voir confier la responsabilité de prendre soin d'un animal, mais Alex, avec un deuxième bébé en route, était totalement braquée contre cette idée. Jenkins avait assez de jugeote pour savoir qu'il valait mieux ne pas contrarier une femme enceinte.

Il parcourut les dix derniers mètres les mains jointes sur sa tête, inspirant profondément l'air froid de novembre. La sueur ruisselait sous son bonnet en laine et son épais sweat-shirt bleu. Il courait trois matins par semaine – son genou n'en aurait pas supporté un de plus – et soulevait de la fonte dans son sous-sol. À soixante-quatre ans, un régime seul ne suffisait plus à le maintenir en forme ; désormais, cela exigeait du sang, de la sueur et, oui, quelques larmes. Après un an d'exercices intenses et réguliers, il pesait cent quinze kilos pour un mètre quatre-vingt-quinze – soit cinq kilos de plus seulement qu'à l'époque où, au mieux de sa forme physique, il travaillait comme officier traitant pour la CIA à Mexico, il y avait presque quarante ans de cela.

Le Range Rover tournait au ralenti dans l'allée gravillonnée, le six cylindres se réchauffant doucement tandis qu'Alex menait l'exercice d'évacuation destiné à sortir CJ du lit et de la maison pour le conduire à temps à l'école. Comme tous les jeudis matin, Alex donnait des cours de soutien en math à un groupe d'étudiants, ce qui ajoutait encore à son stress. Jenkins avait préparé le déjeuner de CJ et s'était assuré que son cartable était fait et posé près de la porte d'entrée, de manière à pouvoir aller courir sans se sentir coupable.

— CJ, dépêche-toi ! On va être en retard, s'écria Alex d'un ton exaspéré.

Elle se tenait dans l'entrée, trépignant d'impatience.

Jenkins entendit CJ répondre de quelque part à l'intérieur de la maison :

— Je ne trouve pas mes chaussures à crampons.

— C'est parce que tu les as laissées dans la voiture, murmura Jenkins d'un ton las.

— Elles sont dans la voiture, là où tu les as laissées, cria Alex.

— « Vous avez mon déjeuner ? » anticipa Jenkins.

— Je ne trouve pas mon déjeuner, dit CJ. Vous l'avez ?

— Oui, dit Alex en récupérant le sac en papier kraft.

— « Où est ton manteau ? » murmura Jenkins. « J'en ai pas besoin. » « Bien sûr que si ! Il fait zéro degré dehors. Prends-le sur le portemanteau. »

— Où est ton manteau ? demanda Alex comme CJ déboulait dans l'entrée, vêtu d'un simple short et d'un T-shirt.

— J'en ai pas besoin.

— Il gèle dehors. *Prends* ton manteau.

CJ retourna le chercher. Le garçon, tout en bras et en jambes, était le plus grand de sa classe – ce qui n'avait rien d'étonnant compte tenu de la taille de Jenkins et du mètre soixante-dix-sept de sa mère. Ses traits reflétaient à la fois l'ascendance hispanique d'Alex, et les racines afro-américaines de Charlie. Il avait même hérité des yeux verts de ce dernier – dus probablement à un gène récessif provenant des lointains ancêtres louisianais de Jenkins.

Celui-ci le regarda passer en courant devant lui.

— Salut, p'pa. Au revoir, p'pa.

— Embrasse ton père, réclama Jenkins.

CJ fit volte-face et laissa Jenkins lui déposer un baiser sur la tête.

— Passe une bonne journée à l'école.

CJ fila jusqu'à la voiture, suivi par Jenkins. Le garçon grimpa à l'arrière.

— Plus de problème avec ce garçon ? demanda Jenkins.

— Non, ça va maintenant.

— S'il y a quoi que ce soit, tu appelles. Tu te souviens du code ?

— Oui, dit CJ en bouclant sa ceinture d'un air impatient.

— Alors, qu'est-ce que c'est ?

Les vieilles habitudes ont la vie dure. Jenkins avait établi un code, exactement comme à l'époque où il travaillait à Mexico, juste au cas où. La merde, ça ne prévient pas, comme il disait. Ils pouvaient avoir besoin les uns des autres.

— Papa…

— On perd du temps.

— Comment va Lou ? soupira CJ.

— Il dort pour le moment.

— Tu peux le réveiller ?

— Si c'est important.

— Ça l'est.

Jenkins ébouriffa les cheveux de CJ.

— C'est bien, lui dit-il, satisfait.

Il ferma la portière.

Alex roula de grands yeux.

— Il oublierait sa tête si elle n'était pas vissée sur son cou. Et le médecin qui se demande pourquoi j'ai de la tension…

— Tu as un bilan de prévu aujourd'hui ?

— À 14 h.

Alex entamait sa vingt-troisième semaine de grossesse. Sa dernière visite chez son médecin avait révélé une tension artérielle élevée qui, selon la praticienne, expliquait ses migraines et ses douleurs abdominales. Il lui avait diagnostiqué une prééclampsie et lui avait conseillé de lever le pied et d'essayer de se détendre. Le seul remède à cette maladie fréquente de la grossesse était l'accouchement, mais Alex était encore loin du terme. Jenkins l'avait soulagée en l'exemptant de toutes les tâches comptables et administratives de CJ Sécurité, en plus de prendre à sa charge le travail de terrain. Ils avaient donné à leur petite entreprise familiale le nom de leur fils.

Jenkins lui donna un baiser.

— Promets-moi de ne pas forcer, Alex.

— Promis. Ils ont prévu un bureau et une chaise dans la classe ; ils savent que je suis enceinte.

Elle se glissa au volant et boucla sa ceinture.

— Est-ce que tu as parlé à Randy ?

— Alex…

— Ça me détendra de savoir que tu t'en es occupé.

— Je vais l'appeler.

— Combien est-ce qu'ils nous doivent ?

— Laisse-moi m'occuper de ça. Je suis certain qu'on sera payés avant la fin du mois.

— Je crois que tu devrais les menacer de rappeler tout le monde jusqu'à ce qu'ils soient à jour. Ça devrait les faire bouger un peu.

— Sûrement. Ne t'inquiète pas pour ça. Le médecin t'a expliqué que le stress est très mauvais pour les femmes enceintes.

CJ se mit soudain à s'agiter sur la banquette arrière.

— Je vais être en retard, m'man !

Alex leva les yeux au ciel.

— C'est *lui* qui s'inquiète maintenant !

Elle embrassa Jenkins et ferma sa portière.

— Appelle Randy, insista-t-elle, sa vitre s'abaissant en même temps qu'elle commençait à rouler. Donne-lui jusqu'à la fin de la semaine. Dis-lui qu'il est en train de stresser une femme enceinte, et que si mes nerfs lâchent, il sera le premier sur ma liste.

— Je transmets le message, dit Jenkins en souriant.

Alex dépassa le grand séquoia qui bordait l'allée gravillonnée, et rejoignit la route goudronnée.

CJ Sécurité fournissait ses services-conseils à la société d'investissement LSR&C, basée à Seattle. Le directeur financier de la société, Randy Traeger, était parent d'un gamin qui jouait au football avec CJ. Il avait approché Jenkins après avoir appris que ce dernier avait conseillé l'avocat de Seattle David Sloane, et assuré la sécurité de celui-ci et de ses clients. Traeger lui avait expliqué que

LSR&C se développait rapidement, possédait déjà des antennes à San Francisco, Los Angeles et New York, et que la société comptait ouvrir des bureaux à l'étranger. Jenkins réussissait à coordonner l'essentiel du travail de sécurité – la protection des employés et des riches clients qu'ils recevaient – à distance, par téléphone, s'évitant ainsi des allers et retours d'une heure et demie dans la circulation congestionnée de Seattle.

Le Range Rover tourna à gauche au bout de la route, et disparut derrière un bosquet. Jenkins regarda Max et dit :

— Mes gars n'attendront pas la fin du mois pour être payés.

La chienne leva vers lui un regard à la fois agité et attristé.

— Ouais, je sais que tu me comprends.

* * *

Jenkins laissa un nouveau message à Randy Traeger. Si ce dernier ne le rappelait pas dans la journée, il prendrait sa voiture et se présenterait en personne chez LSR&C, au Columbia Center[1]. Fonder CJ Sécurité avait nécessité un important prêt professionnel et englouti la plus grande partie de leurs économies, mais ils avaient initialement enregistré une forte activité. Avec le retournement récent du marché, LSR&C avait commencé à payer ses factures avec des retards de plus en plus importants. La société d'investissement en était à présent à plus de cinquante mille dollars d'arriérés. Jenkins ne pouvait plus compter sur son prêt pour régler les salaires de ses employés et les factures de ses fournisseurs ; il ne voyait pas comment se refinancer à brève échéance. Devant Alex, il s'efforçait d'avoir l'air calme et rassurant, conscient que le moindre stress supplémentaire ne pouvait qu'aggraver sa prééclampsie, et mettre sa vie et celle du bébé en danger.

1 Le plus haut gratte-ciel de la ville de Seattle.

Il rangea son téléphone portable dans sa poche, se versa une tasse de café, et sortit prendre l'air dans le jardin. Max trottait à ses côtés. Il se dirigea vers son potager, qui avait l'air d'avoir été frappé par une explosion nucléaire et n'était plus que tiges desséchées et flétries, piquets nus, feuilles vrillées. Depuis qu'il s'occupait seul de leur affaire, il n'avait pas trouvé le temps de le préparer pour l'hiver.

Il crut entendre des pneus roulant sur le gravier. Max le lui confirma en aboyant. Il tourna la tête en direction du sud, et vit une voiture remonter le chemin qui traversait la propriété voisine. Il y avait plusieurs années de cela, une servitude permettait encore de passer par ce chemin pour accéder à la propriété de Jenkins, d'une surface d'un peu plus de trois hectares. Mais l'autorisation avait expiré, et son voisin avait mis un portail et planté des mûriers pour empêcher les voitures de passer. Charlie avait alors aménagé un deuxième chemin privatif, et sa propre allée.

La voiture s'arrêta devant le portail fermé et l'enchevêtrement de ronciers. Le moteur se tut, et une portière claqua.

Jenkins fit le tour de la maison et, en arrivant devant, il vit un homme de dos qui avait l'air d'admirer la propriété.

— Je peux vous aider ?

L'homme se retourna. Jenkins crut voir un fantôme surgi de son passé. Grand, mince, il avait le teint de bronze de quelqu'un qui vit au soleil, mais ses cheveux avaient blanchi par endroits. Carl Emerson le fixa de ses yeux bleus perçants, si familiers.

— Ça fait un bail, dit Emerson.

# Chapitre 2

Jenkins revint dans le salon et tendit une grande tasse de café à Emerson.

— Alors, voilà où tu as passé toutes ces années ? observa ce dernier, debout devant la baie vitrée, contemplant les terres en friche de ce qui avait été jadis une exploitation laitière.

— Oui, c'est ici, dit Jenkins.

Emerson sirota son café pour couvrir un silence gênant.

— Sécurité privée ? interrogea-t-il.

Il avait fait des recherches, ou quelqu'un les avait faites à sa place. La question implicite était en réalité : pourquoi ?

Jenkins acquiesça d'un hochement de tête.

Carl Emerson avait été son chef de poste à l'époque où les deux hommes travaillaient pour la CIA, Jenkins en qualité d'officier traitant, mais il n'avait plus eu de contact avec Emerson, ni avec qui que ce soit d'autre à la CIA, depuis qu'il avait tout plaqué brutalement quarante ans plus tôt.

— Et ça te plaît ? demanda Emerson.

— Dans l'ensemble, oui, répondit Jenkins. Il y a des hauts et des bas, mais je suis mon propre patron.

— Lourde responsabilité tout de même, commenta Emerson.

Il but une gorgée de café, sourit, et s'éloigna de la fenêtre pour aller vers la cheminée en grosses pierres de rivière. Il examina les photographies de famille encadrées alignées sur le manteau ; l'une d'elles montrait Alex le jour de leur mariage.

— Tu as épousé un autre officier traitant. Son père nous a consultés à l'époque où nous étions à Mexico, si je me souviens bien ?

Jenkins ignora la question.

— Et toi, qu'est-ce que tu deviens ?

— Je m'occupe ; je joue les gratte-papier dans un bureau de Langley[2], répondit Emerson. Oh, je sais, je devrais être à la retraite à l'heure qu'il est.

— Et pourtant, te voilà, constata Jenkins.

— Me voilà, comme tu dis.

Emerson posa son mug sur le manteau de la cheminée.

— Vladimir Poutine a refait de la Russie une des premières préoccupations des services de renseignement américains, et du même coup des gens comme toi et moi, qui avons officié pendant la Guerre froide, des denrées rares. *Vy yeshcho govorite-po-russki ?*

— Pas depuis longtemps, non, répondit Jenkins.

Durant sa formation à Langley, Jenkins avait découvert qu'il avait des facilités à apprendre des langues étrangères. Il avait passé un an dans une école spécialisée à apprendre le russe et l'espagnol, avant d'être envoyé à Mexico pour espionner l'une des plus grandes ambassades soviétiques du monde, devenue un refuge pour les officiers du KGB.

— Pourquoi es-tu ici, Carl ?

— Les sept sœurs.

Jenkins secoua négativement la tête, ne voyant pas à quoi Emerson faisait allusion.

— Sept femmes russes, choisies parmi des filles de dissidents, et entraînées depuis leur naissance à infiltrer diverses institutions

---

2 Langley, en Virginie, héberge notamment le QG de la CIA.

de l'ex-Union soviétique. C'est l'une des rares fois où l'Agence a choisi de faire preuve de patience et de travailler dans la durée, dit Emerson.

C'était l'une des grandes différences entre la CIA et le KGB, du moins à l'époque où la Russie était encore l'URSS. Les services secrets soviétiques avaient toujours travaillé avec patience et minutie ; il était notoire dans les milieux du renseignement que la Russie avait des agents aux États-Unis, préparés tout jeunes à tenir ce rôle.

— Les sept sœurs devaient agir dans la plus parfaite clandestinité, poursuivit Emerson. Les personnes au courant de l'opération à la CIA se comptent sur les doigts des deux mains, et celles qui connaissent les noms des sœurs sont encore plus rares. Je précise que je ne suis pas du nombre.

— Elles existent toujours ? demanda Jenkins.

— Certaines, oui, dit Emerson.

— On ne les a pas désactivées quand Gorbatchev a instauré la *glasnost* et la *perestroïka* dans les années quatre-vingt ?

— Non. Mais les choses ont bien changé, à la fois en Russie même, et dans les relations que nous entretenons avec le pays. Poutine n'est pas Gorbatchev.

Poutine était un officier opérationnel des services territoriaux du KGB, qui s'était hissé au grade de lieutenant-colonel, et que la communauté du renseignement, d'une manière générale, considérait comme immoral et indigne de confiance.

Tout en parlant, Emerson s'approcha d'un des deux fauteuils en cuir rouge du salon, s'y assit et croisa les jambes.

— Poutine soutient que la dislocation de l'Union soviétique a été « la plus grande catastrophe géopolitique du XX^e^ siècle ». C'est une déclaration qui en dit long, si l'on considère que le XX^e^ siècle a tout de même produit deux guerres mondiales et l'Holocauste.

Jenkins s'assit à son tour dans l'autre fauteuil, face à Emerson, et réitéra sa question :

— Pourquoi es-tu ici, Carl ?

— Trois des sept sœurs ont été tuées ces deux dernières années.

— Tu veux dire que… ?

— Je veux dire qu'elles ont cessé d'envoyer des rapports, et ont disparu.

— Peut-être qu'elles ne veulent plus participer à tout cela ?

— C'est peu probable. Plus la Russie se rapproche d'un régime dictatorial, avec une Constitution vidée de son sens, plus la mission confiée aux sept sœurs a de poids et menace le pouvoir en place.

Jenkins se renversa contre le dossier de son fauteuil.

— Tu crois que quelqu'un en Russie a découvert leur identité et les a exécutées ? Dans ce cas, pourquoi avoir épargné les quatre autres ? S'ils ont les noms de trois d'entre elles, ils ont ceux des autres. Les techniques d'interrogatoire russes sont impitoyables.

— Les sœurs ne se connaissent pas entre elles, pas plus qu'elles ne connaissent le nom de l'opération. Elles ignorent même qu'elles n'en sont qu'un des maillons. Chacune d'elles croit agir seule.

— Elles ne peuvent donc pas se trahir mutuellement.

— Non. Impossible.

Jenkins réfléchit un instant à tout cela, puis :

— Alors, je te le redemande : pourquoi es-tu ici ?

— La génération Y est en train de prendre le relais, Charlie. Elle a rejoint la communauté du renseignement, et excelle dans tout ce qui touche à la technologie de l'information et l'intelligence artificielle, mais pour ce qui est du travail sur le terrain, ces gosses sont complètement largués ; ce travail-là est un art en voie de disparition. Tu parles le russe, ou du moins tu pourrais t'y remettre rapidement. Ton travail te fournit une couverture parfaite. LSR&C a bien un bureau à Moscou, n'est-ce pas ? Ta présence là-bas serait facile à justifier. Et pas besoin de te former !

— Tu veux me réactiver ? demanda Jenkins, incrédule.

— C'est ce que *nous* voudrions, oui.

— Dans quel but ?

— On suppose que si trois des sœurs ont été identifiées et tuées, ce n'est qu'une question de temps avant que les autres connaissent le même sort.

Jenkins aurait dû décliner la proposition d'un simple « Non » ; au lieu de cela, il demanda :

— Qu'est-ce qu'on sait, au juste ?

— Pas grand-chose, si ce n'est que Poutine a entendu parler pour la première fois des sept sœurs à l'époque où il travaillait pour le KGB, et qu'il a vainement essayé de confirmer leur existence et de les identifier.

— Et il n'a jamais renoncé à les chercher ?

— Il serait plus juste de dire qu'il ne les a jamais oubliées. Le FSB[3] n'est pas le KGB ; ou plutôt, il en est la version améliorée, dotée des dernières technologies. Nous avons des raisons de croire que Poutine a relancé ses recherches en activant un contre-espion, qu'il a baptisé la huitième sœur.

— On se croirait dans un *James Bond*, commenta Jenkins.

— La subtilité n'a jamais été son point fort. Tu as sûrement vu ces photos où il pose torse nu, en train de monter à cru ?

— Ah, la virilité russe, souffla Jenkins, se souvenant comme les officiers de la « Mère Patrie » se plaisaient à croire qu'ils étaient plus forts que leurs homologues de la CIA.

— La huitième sœur est aussi une référence au huitième bâtiment que Staline a commandé, mais qu'il ne verra pas de son vivant[4]. Nous avons besoin de quelqu'un pour identifier qui est cette personne, avant que d'autres sœurs ne soient éliminées.

Jenkins secoua la tête.

---

3 Le FSB (Service fédéral de sécurité de la Fédération de Russie) est le principal successeur du KGB, dissous en 1991.

4 Le palais du Triomphe à Moscou, édifié dans les années 2000.

— Les services de renseignement russes me repéreront à l'instant même où on scannera mon passeport à la douane. Ils vont ressortir mon dossier, et tout ce qui concerne la période où j'étais en poste à Mexico.

— Mais j'y compte bien, sourit Emerson. Un ancien agent de la CIA mécontent travaillant maintenant à Moscou. Le FSB sera méfiant, mais surtout très intéressé, dit-il. Il faudra y aller en douceur, leur fournir des informations qui les intéressent mais qui ne compromettent pas les opérations en cours. Quand tu auras gagné leur confiance, tu leur feras savoir que tu es en mesure de leur indiquer les noms des quatre autres sœurs. Nous avons toutes les raisons de croire qu'à ce moment-là, la huitième sœur sortira du bois.

— Et puis quoi ?

— Ton rôle s'arrêtera à son identification.

— Je dois jouer les appâts, si je comprends bien.

— Oui.

Jenkins secoua la tête.

— Et mon successeur sera chargé de tuer la huitième sœur ?

— Comme tu l'as dit, Charlie, les techniques d'interrogatoire russes peuvent être brutales. Les quatre sœurs encore en vie ont risqué leur sécurité personnelle et celle de leur famille pour nous fournir des informations sensibles.

— Pourquoi ne pas les exfiltrer, dans ce cas ? La Russie n'est plus le pays fermé qu'elle était autrefois. Elles n'ont qu'à passer par l'Europe pour rejoindre les États-Unis.

— Malheureusement, les exfiltrer, comme tu dis, risquerait de les exposer davantage encore. Les récents événements en Grande-Bretagne nous ont montré que cela ne les protégerait pas de la colère de Poutine. Qui plus est, nous perdrions un accès à l'information vital dans cette période troublée, chose que l'on ne peut pas se permettre. Poutine n'a jamais caché sa nostalgie de l'Union soviétique. Il a restauré le vieil hymne national choisi par Staline, et réintroduit les grandes parades militaires célébrant le sacrifice soviétique ; il a même relancé les programmes de culture physique créés par Staline en 1931.

— Il se prend peut-être pour Jack LaLanne[5].

Emerson eut un bref sourire.

— Avec son intervention en Ukraine et l'annexion de la Crimée, sans parler de son rôle dans le conflit syrien, dans l'élection de 2016, ou dans les empoisonnements au « Novitchok » en Grande-Bretagne, on a vraiment l'impression d'être revenus aux jours sombres de la Guerre froide.

Jenkins se leva et se mit à arpenter la pièce à pas lents.

— J'ai laissé tout ça derrière moi il y a plusieurs décennies, et je l'ai fait pour une bonne raison.

— C'est justement ce qui fait de toi l'homme de la situation. Ce qui s'est passé autrefois était une erreur, Charlie.

Jenkins n'avait jamais oublié ce village mexicain, ces hommes et ces femmes gisant morts sur le sol après l'attaque décidée sur la foi des rapports qu'il avait lui-même établis.

— Une « erreur » ? Dit comme ça, ça excuse tout, hein ?

— Cette attaque a eu lieu *en partie* grâce à tes renseignements. En partie seulement.

— Mais j'ai dû vivre avec ça, s'emporta Jenkins. Ça a été ma punition. Je ne veux plus être mêlé à tout ça. J'ai une femme et un gosse ; et même un deuxième en route. Trouve quelqu'un d'autre.

— Il n'y a *personne* d'autre – personne qui possède à la fois ton talent, qui puisse être réactivé aussi rapidement, et être aussi crédible sur place.

— Je pourrais aller en Russie dix fois, et en revenir en ayant fait chou blanc à chaque fois. Qu'est-ce qui te fait croire que j'aurai plus de chances d'identifier la huitième sœur que n'importe qui d'autre ?

---

5 Célèbre gourou de l'aérobic américain, mort en 2011 à l'âge de 96 ans.

— Dès l'instant où tu commenceras à évoquer les sept sœurs, tu n'auras même pas à trouver la huitième. C'est elle qui viendra à toi.

Jenkins avait adoré être en poste à Mexico. Ce boulot, à l'époque, avait donné un sens à sa vie ; il avait eu l'impression de faire quelque chose d'important. Espionner et se payer les officiers du KGB ; il avait été bon à ce petit jeu ; il y avait même excellé. Sa carrière était toute tracée… jusqu'à ce que ce massacre d'un village de la région d'Oaxaca, qui avait ébranlé ses certitudes et tout changé.

— Je ne suis plus l'homme que tu as connu, Carl.

Emerson se leva, fouilla dans les poches de sa veste et en tira une carte de visite.

— Mon numéro, pour le cas où tu changerais d'avis.

Jenkins ne fit aucun geste pour la prendre.

— M'étonnerait, dit-il.

Emerson posa la carte sur le manteau de la cheminée et sortit.

Jenkins ne le raccompagna pas.

Après le départ d'Emerson, il s'approcha de la cheminée, prit la carte et lut le numéro qui y était inscrit. Puis, tenant toujours la carte, il alla jusqu'à la baie vitrée, d'où il contempla ce qui avait été jadis une exploitation laitière rentable, mais qui avait été laissée à l'abandon, malgré son potentiel.

# Chapitre 3

Une semaine s'était écoulée depuis que Jenkins avait accordé un dernier délai de paiement à LSR&C, et en dépit des promesses répétées de Randy Traeger de solder le passif des factures dues à CJ Sécurité, la société d'investissement n'avait fait qu'un paiement de dix mille dollars. Cela n'avait même pas suffi à régler les salaires. Employés, sous-traitants, fournisseurs, tous menaçaient de le laisser tomber, voire d'engager des actions en justice. Pire, du fait qu'il s'était porté caution sur ses propres deniers pour obtenir son prêt professionnel, ses biens personnels étaient également menacés. Il risquait de tout perdre, y compris la ferme familiale, si la banque réclamait l'intégralité du prêt.

Il avait dit à Alex que LSR&C avait réglé une partie des arriérés, et promis de faire un nouveau paiement, mais elle connaissait la gravité de leur situation.

Jenkins faisait les cent pas dans son bureau, chez lui. Cela faisait deux jours maintenant que Traeger était injoignable, et les options commençaient à manquer. Même s'il engageait une action en justice, il lui faudrait des mois, peut-être même des années, pour récupérer les sommes dues – et encore. Il n'avait même pas la garantie que LSR&C serait encore solvable. D'ici là, il aurait tout perdu. CJ Sécurité serait en faillite, et il se retrouverait sans-abri, avec femme et enfants. Pour la troisième fois de la matinée, il ouvrit le tiroir de son bureau et en sortit la carte de visite laissée par Carl Emerson sur le manteau de la cheminée. Il la fit claquer doucement entre ses doigts. Il n'y avait aucune inscription dessus, aucun nom ni titre, aucune adresse ; juste un numéro à dix chiffres.

* * *

Il était midi, et Jenkins remontait la rue pavée du marché de Pike Place au milieu des gueulantes des marchands de poissons et du criaillement des mouettes affamées. La plupart des restaurants et des boutiques du quartier portuaire étaient déjà décorés pour Noël, bien que l'on n'eût pas encore fêté Thanksgiving.

Le restaurant *Radiator Whiskey* occupait le premier étage d'un petit bâtiment en brique situé à l'entrée du marché. Suspendu aux poutres du plafond, un réseau de grosses gaines d'évacuation apparentes traversait la salle au milieu des ventilateurs et des plafonniers. Un imposant « rack » de casseroles et de marmites dominait le centre de la cuisine bruyante ouverte sur la salle. Des bouteilles de whisky et des tonneaux en bois occupaient le mur du fond. Enfin, grâce aux grandes fenêtres cintrées en demi-cercle qui donnaient sur l'horloge et la grande enseigne au néon rouge qui marquait l'entrée du marché, la salle était baignée de lumière naturelle.

Carl Emerson était assis à une table, près d'une fenêtre. Un tableau noir détaillant le menu du jour écrit à la main était accroché au mur.

— Comment as-tu trouvé cet endroit ? lui demanda Jenkins en ôtant son manteau en cuir noir, qu'il suspendit au dossier de sa chaise.

— Une amie me l'a recommandé, répondit Emerson. Elle m'a parlé de l'ambiance rétro, et m'a surtout dit qu'on y mangeait bien.

Une serveuse s'approcha de la table.

— Qu'est-ce que tu bois ? demanda Emerson.

Il avait devant lui un verre de scotch avec de la glace. Il n'avait pas changé ses habitudes.

— Juste de l'eau, dit Jenkins.

La serveuse s'éloigna.

— Il paraît que le jarret de porc est excellent, reprit Emerson en lui tendant le menu.

Jenkins le posa sans même le regarder.

— Comment vais-je pouvoir trouver la huitième sœur ?

Emerson leva son verre de scotch et en but une gorgée, avant de répondre :

— Comme je te l'ai dit, une fois que tu auras fait savoir que tu as des informations sur les quatre sœurs restantes, nous sommes persuadés que c'est *elle* qui viendra à toi. Les Russes sortent de quatre-vingts années de régime communiste passées à regarder par-dessus leur épaule ; ils sont aussi curieux que paranoïaques.

— Le plus difficile sera d'être crédible. Et ça, c'est pas gagné.

— Comme tu l'as dit, tu auras à peine franchi les douanes que les Russes t'auront repéré grâce à ton passeport. Quand ils prendront contact, tu ne chercheras pas à dissimuler le fait que tu es un officier traitant de la CIA…

— Ancien officier traitant.

— Si tu dis que tu es un ancien officier, et à moins de travailler chez Lockheed ou un endroit dans le genre, ils considéreront que tu n'as pas d'informations valables. Non, il faut que tu les laisses penser que, bien qu'apparemment tu aies quitté l'agence, en réalité tu es toujours dans la partie, et que tu possèdes des informations susceptibles de les intéresser. Étant donné que tu vis comme un ermite dans ta ferme depuis des dizaines d'années, ils n'auront aucun moyen de vérifier si ce que tu leur dis est vrai ou non. Comme je te l'ai dit, c'est la couverture parfaite.

Jenkins avait vécu durant des années grâce à l'argent d'un héritage, auquel s'étaient ajoutés des revenus générés par l'élevage de pur-sang arabes, et la vente de miel et de confitures.

— Caché à la vue de tous, hein ?

— Exactement.

— Donc, l'information en ma possession, c'est l'identité des quatre autres sœurs ?

— Dis-le comme ça, et ce qui t'attend, c'est une cellule sans fenêtre à la Loubianka, l'avertit Emerson, faisant allusion à l'ancien quartier général moscovite du KGB notamment, et qui hébergeait aujourd'hui le FSB. Non, tu commenceras par leur dire que tu as des informations que tu aimerais leur vendre. Souviens-toi, les Russes aiment faire traîner les choses dans ce genre de marché. Ils te feront poireauter, et croire qu'ils ne sont pas intéressés. Ce sera leur façon de te mettre à l'épreuve, avant de pouvoir te faire confiance.

— Et pourquoi est-ce que je fais ça ? demanda Jenkins. Si je suis toujours actif, pourquoi est-ce que je trahirais mon pays ?

— La meilleure couverture est toujours celle…

— … qui est la plus proche de la vérité, termina Jenkins.

— Tu as une affaire qui est au plus bas, tu as besoin de te renflouer au plus vite.

— Comment est-ce que tu sais ça ?

— Simple intuition d'un vieux routard du renseignement – tu ne serais pas ici si ton affaire était florissante.

— Et comment est-ce que j'établis un lien de confiance ?

— Je te fournirai les noms d'un certain nombre d'agents russes qui ont travaillé pour la CIA, mais dont ni le Kremlin, faute de preuves suffisantes, ni l'Agence n'ont jamais confirmé le rôle.

— Dans ce cas, comment est-ce que je suis censé connaître leur identité ?

— Parce que ce sont des officiers du KGB que nous avons « retournés » à Mexico. Si le FSB vérifie – et je suis certain qu'ils le feront – ils verront que tu dis la vérité. Ça devrait suffire à aiguiser leur curiosité et leur parano. Quand tu auras établi une relation de confiance, tu leur diras que tu es peut-être en mesure de leur fournir les noms des quatre sœurs, pour une somme élevée. Le montant importe peu, mais souviens-toi que les Russes sont radins.

Emerson fit glisser sur la table un dossier en carton rigide marron.

Jenkins l'ouvrit et jeta un coup d'œil à l'intérieur. Il vit, clipsé à une feuille de travail, un cliché Polaroïd montrant un homme qui pouvait avoir quarante-cinq ou cinquante ans.

— Le colonel Viktor Nikolaïevitch Federov, dit Emerson.

— La huitième sœur travaille pour lui ?

— C'est peu probable. Nous pensons que son identité n'est connue qu'aux plus hauts niveaux hiérarchiques du FSB. L'ambition de Federov, cependant, est notoire. À l'instant où tu feras allusion aux sept sœurs, il comprendra l'importance de l'information, et s'empressera de lui faire remonter la chaîne de commandement. Quand la huitième sœur se présentera, ce sera le moment pour toi de quitter la partie, sur la promesse de fournir les noms des autres sœurs. Tu me feras part de son identité, et à partir de là nous prendrons le relais.

— Et si les Russes décident de ne pas respecter les règles ? Ils pourraient très bien décider qu'ils préfèrent que je reste leur invité, me garder en Russie.

Emerson le fixa sans ciller.

— Si quoi que ce soit tourne mal, l'Agence niera toute responsabilité dans cette opération. Il n'est pas question d'évoquer publiquement, et encore moins de reconnaître, ton travail. Ce serait faire courir un trop grand risque aux quatre sœurs toujours actives.

— Et ma femme et mon fils ?

— Ta femme doit ignorer totalement ce que tu fais.

— Je comprends. Quelle assurance ai-je que, si quoi que ce soit m'arrive, on s'occupera d'eux ?

— Aucune, dit Emerson.

Jenkins se renversa contre le dossier de sa chaise.

— Au moins, tu es honnête.

— Est-ce que tu m'aurais cru si je t'avais dit autre chose ?

— Je veux deux cent cinquante mille dollars. Cinquante mille d'avance, et les deux cent mille restants quand je te livrerai le nom de la huitième sœur.

— Ça fait beaucoup d'argent, dit Emerson.

— Parce que c'est beaucoup de risques, fit valoir Jenkins. J'ai des créanciers à payer. Cinquante mille d'avance, donc. Je demanderai la même somme au FSB pour divulguer le premier nom. Quand je recevrai cet argent, je te le donnerai.

Emerson sourit.

— Tu n'as pas changé.

— Oh que si, lui assura Jenkins. J'ai changé, crois-moi.

— Je ne peux pas t'obtenir une avance, dit Emerson, mais quand nous serons certains que le FSB est intéressé, j'autoriserai un paiement de cinquante mille dollars. Et quand nous aurons le nom de la huitième sœur, je veillerai personnellement à ce qu'on te verse cent mille de plus.

Cent cinquante mille dollars permettraient à CJ Sécurité d'éponger son passif et de voir venir, si LSR&C notamment continuait d'être en défaut de paiement.

La serveuse revint avec l'assiette d'Emerson. Elle demanda à Jenkins ce qu'il souhaitait commander, mais il déclina la sollicitation d'un geste. Il n'avait pas faim. Emerson regarda son jarret de porc garni de poivron rouge et nappé d'une sauce aïoli.

— Alors, marché conclu ?

— Ouais, répondit Jenkins. Marché conclu.

— Révise ton russe.

* * *

Jenkins regarda par-dessus le livre, espérant que CJ soit endormi ou proche de l'être, mais son fils était toujours éveillé. Alex n'avait pas autorisé CJ à lire les romans de la série *Harry Potter* quand il était plus jeune, arguant du fait que les histoires contenaient des détails trop effrayants pour un enfant. Pour son neuvième anniversaire, CJ avait demandé de nouveau à lire les livres. Jenkins s'était rangé de son côté. Grosse erreur. Alex avait cédé, à la condition que ce soit Charlie qui fasse la lecture des deux premiers tomes à CJ.

— La prochaine fois, rappelle-moi de la boucler, lui avait dit Jenkins.

D'ordinaire, Jenkins appréciait ce moment de partage avec son fils, mais ce soir il avait l'esprit ailleurs. LSR&C avait fait un autre paiement de dix mille dollars, mais cela ne compensait toujours pas les dettes qui s'accumulaient. Jenkins était toujours contraint de jongler avec les factures.

— Papa, dit CJ. Ça va ?

Jenkins se rendit compte qu'il s'était arrêté de lire.

— Quoi ? Oh, oui, ça va.

Il regarda les chiffres rouges lumineux du réveil à LED sur la commode : 21 : 00.

— On ferait bien d'arrêter là pour ce soir.

— Termine le chapitre.

— C'est la fin d'une section, et la suivante est vraiment trop longue.

Il ferma le livre, le posa sur la table de chevet de CJ, puis repoussa sa chaise dans un coin de la chambre où traînaient les chaussures à crampons et les protège-tibias du garçon.

— Comment ça s'est passé, le foot, cet après-midi ?

— Ça a été, répondit CJ en se glissant sous les couvertures.

— Quel enthousiasme ! C'est tout ?

— L'entraîneur veut que je joue en défense. Arrière-centre.

— C'est génial. C'est un des meilleurs postes.

— On ne marque pas de but quand on est arrière-centre.

— C'est vrai, mais empêcher l'autre équipe de marquer, c'est donner plus de chances à la sienne de gagner, non ?

— J'imagine, dit CJ.

— Les postes les plus importants ne sont pas toujours ceux que l'on croit, fit valoir Jenkins. Il arrive que certains joueurs brillent à des postes qui paraissaient pourtant moins glorieux.

Il se pencha et déposa un baiser sur le crâne de CJ.

— Tu sais que je t'aime, hein ?

— Je sais, dit CJ.

Et il roula sur le côté.

En bas, Alex avait fait une belle flambée dans la cheminée en pierre, et elle était assise sur un des canapés en cuir bordeaux, un plaid sur les genoux, en train de lire un guide pratique pour les futures mamans. À trente-neuf ans à peine, Alex était bien trop jeune pour lui, mais elle faisait preuve d'une maturité qui contrastait étonnamment avec sa relative jeunesse – une maturité qu'il mettait sur le compte de son éducation de fille unique de deux professeurs surdiplômés. Le père d'Alex avait travaillé comme consultant pour la CIA à l'époque où Jenkins était en poste à Mexico. Lui-même avait rencontré Alex trente ans plus tard, le jour où elle était venue lui apporter à sa ferme de Camano un paquet de la part de Joe Branick, l'ancien équipier de Jenkins à Mexico. Branick avait demandé à Alex de lui remettre ce paquet si quelque chose devait lui arriver.

Alex leva les yeux, abandonnant un instant sa lecture, en le voyant approcher.

— Alors, il a râlé ?

— Non, pas vraiment, répondit Jenkins.

— J'ai envie de lui prendre des livres audio. Le conseiller d'éducation dit que le fait d'écouter un narrateur tout en suivant le texte lui fera faire de gros progrès.

— Je suis plutôt d'avis de lui laisser le temps, dit Jenkins, qui appréciait particulièrement ces moments de lecture avec CJ.

— On ne t'a pas beaucoup entendu pendant le dîner, Charlie, lui fit-elle remarquer.

— Non ? C'est juste que j'ai pas mal de choses en tête en ce moment.

— Viens t'asseoir un moment ici, près du feu.

Jenkins fit le tour du canapé. Elle souleva son plaid ; il se glissa en dessous et contempla les flammes jaune-orangé qui dansaient derrière la vitre de l'insert.

— Qu'est-ce que Randy t'a dit ?

— Que leurs investissements sont solides, mais qu'ouvrir des bureaux à l'étranger leur a coûté beaucoup plus cher que prévu ; du coup, c'est la dèche côté liquidités. Il dit qu'il va tout faire pour rétablir la situation et nous payer. Ça devrait aller.

Il s'interrompit un instant, absorbé par le spectacle des flammes. Avant de reprendre :

— LSR&C m'a demandé d'aller à Londres pour les aider à ouvrir leur succursale là-bas, et en même temps évaluer les problèmes de sécurité. Randy sera sur place, lui aussi. Ce sera une bonne occasion de lui parler en personne, et de le relancer.

— Quand dois-tu partir ?

— Bientôt. Le temps de régler quelques détails. Juste après Thanksgiving, je pense.

— Tu seras parti combien de temps ?

Jenkins avait du mal à répondre à cela. Il se souvint de ce qu'un agent lui avait dit un jour, à savoir que le contre-espionnage, c'était un peu comme la drague ou un premier rendez-vous : il faut réussir à piquer l'intérêt de l'autre, sans avoir l'air trop disponible.

— Probablement une semaine.

— Je préfère quand tu es à la maison, lui dit Alex en se blottissant contre lui.

— Tu sais où est Freddie, lui rappela Jenkins.

Freddie, c'était le surnom qu'ils avaient donné au fusil à canon scié qu'il gardait dans une armoire à code à l'intérieur du placard de leur chambre. Avant Alex et CJ, il dormait avec le fusil à côté de lui.

Alex glissa une main sous le plaid.

— Ce n'est pas exactement à Freddie que je pensais, dit-elle.

— Qu'est-ce que le médecin t'a dit pour le sexe ?

Elle l'embrassa.

— Elle a dit que ce n'était pas un problème tant que je ne m'épuise pas. Tu vas devoir jouer les missionnaires…

# Chapitre 4

Une semaine après Thanksgiving, Jenkins embarqua sur le vol Aeroflot 2579, dont le décollage de l'aéroport de Londres-Heathrow à destination de celui de Cheremetievo, à une trentaine de kilomètres de Moscou, était prévu à 22 h 30. Deux jours plus tôt, il avait appelé le bureau de LSR&C à Moscou pour les prévenir de son arrivée ; il entendait évaluer par lui-même leurs mesures de sécurité.

Bien que sa destination ne fût qu'à quatre heures de vol approximativement de Heathrow, le voyage depuis Seattle devait durer dix-sept heures en tout. Avec les escales et les multiples changements d'heure, il arriverait à Moscou à 5 heures du matin. Pour accréditer sa couverture, il avait utilisé la carte de crédit de sa société aussi bien pour régler son vol que son hébergement à l'hôtel *Metropol*, dans le centre de Moscou. Il y avait très peu de chances pour qu'Alex découvre ces dépenses ; depuis qu'on lui avait diagnostiqué sa prééclampsie, elle ne vérifiait plus que très rarement les comptes de CJ Sécurité.

Incapable de dormir dans l'avion, Jenkins mit ses écouteurs pour réviser son russe. Dix ans avaient beau s'être écoulés depuis qu'il avait arrêté d'étudier la langue de Tolstoï, ses connaissances de base étaient toujours là. Quand l'avion atterrit sur le tarmac de Cheremetievo, il avait – à défaut de parler couramment – retrouvé ses réflexes dans la langue, et était capable de comprendre autant que de se faire comprendre. Il regarda par le hublot de l'appareil le ciel obscur qui barrait l'horizon, et se prit à espérer que cela soit signe de neige et non d'ennuis à venir.

À l'intérieur du terminal, l'agent du Bureau de l'immigration examina attentivement le passeport de Jenkins, avant de se tourner vers l'écran de son ordinateur et de pianoter sur le clavier. Après quelques secondes, il secoua la tête, rendit son passeport à Jenkins et dit :

— *Niet.*

— *Chto slouchilos ?* demanda Jenkins. Que se passe-t-il ?

L'homme parut surpris que Jenkins s'adresse à lui en russe.

— *Niet*, répéta-t-il, en lui faisant signe de sortir de la file.

— *Ya prozhdal chas*, se plaignit Jenkins. *I ou menia iest' delo, po kotoromou mne nuzhno popast' v Moskvou.* J'attends depuis une heure. J'ai des affaires à régler à Moscou.

L'homme sortit de sa cabine et appela quelqu'un. Jenkins ne comprit pas ce qu'il disait. Un deuxième homme, en costume gris terne celui-là, arriva rapidement. Les deux hommes échangèrent à voix basse durant plusieurs minutes. Puis, l'homme au costume prit le passeport de Jenkins et lui dit en anglais :

— Venez avec moi, s'il vous plaît.

Conscient qu'en Russie le moindre problème peut rapidement très mal tourner, et persuadé que cela n'allait pas accélérer les choses, Jenkins renonça à discuter et suivit l'homme à l'intérieur du terminal jusqu'à une salle de détention, convaincu qu'il allait faire l'objet d'un fichage en bonne et due forme, et qu'ils allaient le remettre dans le premier avion en partance pour les États-Unis. L'homme au costume le laissa seul dans la pièce. Jenkins posa son sac à dos à côté de sa valise à roulettes. Il essaya la porte. Fermée à clé.

— Génial, marmonna-t-il. On ne m'aura même pas laissé mettre un pied dans le pays.

Trente minutes plus tard, il n'avait plus envie de jouer. Il allait tambouriner à la porte quand il entendit des voix d'hommes. La porte s'ouvrit avec fracas. Un type, chauve, aux épaules larges, entra et s'approcha de lui comme s'il venait de retrouver un cousin disparu. L'homme au costume gris entra à son tour, l'air pâle et inquiet.

— Monsieur Jenkins, dit le premier homme en anglais, avec un fort accent russe. Veuillez nous pardonner pour le désagrément. J'attendais votre arrivée à la récupération des bagages. Je suis Youri, votre chauffeur et le responsable de votre sécurité ici, à Moscou.

Jenkins n'avait pas demandé de chauffeur et n'attendait personne.

— Que se passe-t-il, Youri ? Pourquoi suis-je détenu ici ?

— Un simple malentendu, répondit Youri en fusillant du regard l'homme au costume, qui n'en menait pas large.

La différence de taille était telle entre les deux hommes que ce dernier avait l'air d'un écolier essuyant des réprimandes.

— Monsieur est un homme d'affaires important, grogna Youri. Où est son passeport ?

L'homme le restitua aussitôt à Jenkins.

— Vous voyez ? Un malentendu.

Youri sourit, ramassa le sac à dos et tira la petite valise à roulettes.

— Venez. Vous avez d'autres bagages ?

— Non, dit Jenkins en le suivant hors de la pièce.

— Vous avez raison de voyager léger, dit Youri par-dessus son épaule en pressant le pas. On perd souvent une heure juste pour récupérer les bagages en soute.

Il sourit de nouveau.

— Venez.

— Youri, dit Jenkins en le suivant le long d'un couloir. Je n'ai pas demandé que l'on m'envoie un chauffeur.

Nouveau sourire.

— À Moscou, c'est un service normal. La ville est en chantier un peu partout, on démolit, on construit. La population augmente chaque année, c'est de pire en pire pour circuler.

Il tourna à gauche, et accéléra le pas à travers le vaste terminal.

— Sans chauffeur, ajouta-t-il, vous n'iriez pas très loin, et surtout pas très vite.

L'explication était plausible, et Youri était un acteur convaincant. Sa présence à l'aéroport n'avait peut-être pas d'autre but que celui qu'il avait expliqué, mais Jenkins savait aussi que son passeport avait déclenché une alerte. Sa détention avait laissé le temps à l'Immigration d'informer le FSB, et par conséquent de permettre à ce dernier de mettre en place une surveillance destinée à connaître le moindre de ses déplacements dans le pays. Youri pouvait très bien faire partie des personnes chargées de le surveiller. Il n'était pas rare que les Russes placent des officiers du KGB – aujourd'hui du FSB – à l'intérieur des entreprises américaines.

Jenkins était peut-être un homme d'affaires américain aujourd'hui, il n'en était pas moins vrai qu'il avait fait partie de la CIA autrefois ; et les Russes avaient la mémoire aussi longue que leur hiver.

Dans Moscou, Youri fit le tour du Kremlin par Marx Prospekt, la Perspective Marx, donnant à Jenkins l'occasion de profiter de la vue des dômes colorés en forme d'oignon de la cathédrale Saint-Basile, autour de laquelle fourmillaient déjà bon nombre de Moscovites bravant le froid, bien emmitouflés dans leurs habits d'hiver.

Youri s'arrêta devant l'entrée de l'hôtel *Metropol*. Jenkins, assis à l'arrière, descendit de voiture et sentit le froid vif lui piquer les joues et les mains, et lui geler les poumons. Il avait un bonnet en laine et des gants dans une poche extérieure de sa valise, mais au lieu de les prendre, il profita de l'instant pour observer les alentours à la façon d'un vrai touriste. Il contempla l'horloge du Kremlin par-delà la circulation dense de la rue, mais concentra son attention sur les deux hommes qui se trouvaient à bord d'une Mercedes Geländewagen noire. Il avait repéré le tout-terrain un peu plus tôt, sur la route, dans le miroir latéral de la voiture.

— Vous êtes attendu à votre bureau à 14 h aujourd'hui. Je passerai vous prendre à 13 h 30. D'accord ? dit Youri en déposant au sol la valise de Jenkins. Dormez, mais pas trop profondément.

Jenkins le remercia, prit son bagage et grimpa les marches de l'entrée. Un portier lui ouvrit, et il pénétra dans le hall marbré du cinq étoiles orné de statues dorées et de lustres en cristal suspendus à des plafonds encaissés. Au milieu des colonnes de marbre, des montres de luxe scintillaient dans des armoires-vitrines. Un peu plus loin, une harpiste pinçait délicatement les cordes de son instrument. Le réceptionniste parlait un anglais parfait ; il ne fallut que quelques minutes pour que Jenkins se retrouve dans sa chambre du cinquième étage. Là, il dut réfréner une violente envie de s'allonger sur le lit surdimensionné, sachant que s'il s'endormait maintenant, il risquait, comme l'en avait averti Youri, de le faire « trop profondément ». Il avait du pain sur la planche.

Il alla dans la salle de bains, ferma la porte et ouvrit les robinets de la douche. Puis il tendit le bras derrière la cuvette des toilettes et sentit le ruban adhésif. Il le décolla, et récupéra une enveloppe en papier kraft. Il s'assit sur le bord de l'abattant des toilettes, ouvrit l'enveloppe et en sortit plusieurs feuilles de papier renseignant le nom de l'opération inactive et l'identité de l'agent double russe qui allait lui servir à attirer l'attention du FSB.

Il avait l'appât. Il ne lui restait plus qu'à lancer sa ligne et à attendre une touche.

* * *

Après avoir mémorisé les informations fournies par Carl Emerson, Jenkins plia chaque feuille en accordéon, plaça la première sur la lunette des toilettes, et enflamma l'extrémité à l'aide d'un briquet. Les plis permirent au papier de brûler sans dégager de fumée, le but étant de ne pas déclencher l'alarme incendie. Quand la feuille fut réduite en cendres, il la laissa tomber dans la cuvette, et continua avec les autres feuilles, à l'exception d'un morceau de papier qu'il avait déchiré et mis de côté.

Emerson lui avait communiqué le numéro de téléphone du siège du FSB sur la place Loubianka. Jenkins ouvrit sa valise, y récupéra un téléphone jetable prépayé, et composa le numéro. Il faisait confiance à sa mémoire, mais il n'était plus ce gosse de vingt-cinq ans que rien n'impressionnait. Il espérait que la nervosité, et non quelque chose de pire, expliquait le léger tremblement qui agitait sa main droite. C'était minime, mais il n'avait jamais tremblé de la sorte auparavant.

Il glissa le téléphone prépayé dans la poche de son manteau et extirpa de sa valise son épais bonnet en laine et ses gants en cuir fourrés. Puis il se concentra pour mémoriser la position de chaque objet dans la pièce, qui, il le savait, serait fouillée.

Il alla jusqu'à la porte, posa un genou au sol comme pour lacer sa chaussure, et déposa sous sa semelle, pour qu'il ne s'envole pas quand il ouvrirait, un petit morceau de papier prélevé sur une des feuilles de l'enveloppe. Il se releva, ouvrit doucement, sortit dans le couloir et referma délicatement la porte.

Dans le hall de l'hôtel, le portier demanda à Jenkins s'il désirait un taxi. Jenkins déclina la proposition.

— Je vais juste marcher un peu, dit-il en s'entraînant à parler russe. Encore qu'avec ce froid, je ne vais probablement pas aller bien loin.

Il ferma son manteau, enfila son bonnet, et le descendit sur ses oreilles en sortant. Une rafale de vent hivernal lui cingla aussitôt le visage. Il s'arrêta juste devant la porte pour enfiler ses gants, profitant de cet instant pour s'aviser une nouvelle fois de la présence de la Mercedes noire garée de l'autre côté de Teatralni Prospekt.

Il marcha vers le nord, sa respiration formant des volutes de vapeur dans l'air glacé à mesure qu'il approchait de la façade orangée de l'ancien siège du KGB, sur la place Loubianka. L'édifice rectangulaire aux cellules tristement célèbres avait été jadis l'un des plus redoutés du monde.

Selon Emerson, le KGB, c'était les « Keystone cops[6] » comparé au FSB. Quand Poutine avait accédé au pouvoir, il avait consolidé sa position et redéfini les priorités de l'État. Il avait créé sa propre oligarchie, plaçant aux postes clés du FSB ses amis et collègues de Leningrad afin de le tenir constamment informé et d'être en mesure de barrer implacablement la route à quiconque chercherait à le défier.

De l'autre côté de la place, face au bâtiment de la Loubianka, se dressait la destination de Jenkins, l'immeuble massif abritant le complexe de magasins Dietsky Mir, le paradis des enfants, une centaine de boutiques de jouets réparties sur plusieurs étages. Jenkins franchit les portes vitrées de l'entrée décorée pour Noël de trois personnages en tubes de néon – une jeune fille, un ours et Pinocchio. Il se demanda s'ils avaient une signification politique ; la jeune fille pouvait représenter la nouvelle Russie, l'ours l'ancienne, et Pinocchio une sorte d'entre-deux. Jenkins avait choisi l'immeuble pour son emplacement, mais surtout parce qu'à la veille du mois de Noël, mères et enfants se presseraient dans les boutiques. Il voulait un endroit public pour sa première rencontre, si toutefois rencontre il devait y avoir.

Il ôta ses gants et son bonnet, et les fourra dans les poches de son manteau. Son visage le picotait comme s'il avait passé la matinée chez le dentiste, et que l'effet anesthésiant de la novocaïne commençait

6 Les célèbres flics moustachus, consternants d'incompétence, de nombreuses comédies burlesques du cinéma muet américain.

à se dissiper. Il entra dans un Starbucks au niveau bas, commanda un grand cappuccino et l'emporta jusqu'à une table installée sous une grande verrière colorée. Les voix de basse des clients résonnaient sous l'atrium, comme un fredonnement, couvrant presque la musique de Noël. Jenkins s'occupa avec son téléphone pour réduire son avance sur ses deux poursuivants. Les deux hommes entrèrent dans le complexe et allèrent se poster près d'un réverbère intérieur, l'un des deux feignant d'être plongé dans la lecture d'un journal.

Jenkins prit une grande inspiration et passa l'appel. Il y eut plusieurs sonneries ; il crut un instant être basculé sur la messagerie, mais soudain une voix d'homme répondit :

— Federov.

— *Dobri dien*, dit Jenkins, saluant en russe avant de poursuivre en anglais. Je suis un homme d'affaires américain en voyage à Moscou, et j'ai une information qui, je le crois, pourrait intéresser le gouvernement russe. J'aimerais rencontrer quelqu'un avec qui discuter de cette proposition.

Federov ne répondit pas tout de suite, cherchant probablement à enregistrer la conversation.

— *Kakaya informatsia ?* demanda-t-il en russe, bien qu'il fût sans aucun doute à même de parler anglais.

La langue pouvait être un moyen de contrôle avec un contact ; mieux valait ne jamais dévoiler dans quelle mesure on comprenait ce que disait l'autre.

— Une information que je ne peux évoquer autrement que confidentiellement, répondit Jenkins, en anglais de nouveau.

Nouveau silence. Puis :

— Nous ne nous occupons pas de ce genre de chose, dit Federov, en anglais cette fois. Si vous avez perdu votre passeport ou que vous avez besoin de renseignements, pourquoi n'iriez-vous pas à l'ambassade américaine ?

— Parce que je ne crois pas que mon information les intéresserait autant que le FSB. Mais j'ai peut-être fait fausse route… désolé de vous avoir fait perdre votre temps.

— *Podozhdite*, dit rapidement Federov.

— Oui, dit Jenkins. Je suis toujours là.

Nouveau temps mort.

— Où avez-vous appris à parler le russe ?

Jenkins sourit. Le jeu n'avait pas changé malgré les décennies écoulées.

— À Mexico, dans les années soixante-dix, répondit-il. Mais c'est comme le vélo…

— Comme le vélo ?

— C'est une expression occidentale. Une fois qu'on a appris, on n'oublie jamais.

— Vous voulez venir à la Loubianka ?

— Non. Si vous-même, ou quelqu'un d'autre, souhaitez me parler, vous pouvez me rappeler à ce numéro. Je suis tout près. Je vous dirai où me retrouver.

Il épela le numéro du téléphone prépayé. Il entendit Federov chercher fébrilement un papier et un stylo.

— Je reste ici quinze minutes, pas plus, ajouta-t-il. Le temps de terminer mon café. Ensuite, je partirai. Vous devriez dire aux deux hommes qui me suivent que les mères de famille n'aiment pas beaucoup voir des types sans enfant rôder devant les magasins de jouets. *Proshchay*.

Jenkins mit fin à la conversation et s'adossa à sa chaise, surveillant ses deux suiveurs russes en vision périphérique. Moins d'une minute plus tard, celui qui se trouvait le plus près de lui détourna légèrement la tête pour essayer de dissimuler le fil de son oreillette. Il recevait un appel.

Quinze minutes s'écoulèrent. Personne ne rappela Jenkins. À l'instar du KGB, le FSB jouait la montre, et préférait faire les choses à sa manière.

Jenkins termina son gobelet de café, le froissa et le jeta dans une poubelle en se dirigeant vers la sortie. Passant devant ses suiveurs, il ne put résister à l'envie de se payer leur tête, et de leur faire comprendre du même coup qu'il était un agent de terrain expérimenté.

— *Vy mozhete byt arestovany za besporyadok v detskom magazine*, leur dit-il. Vous pourriez être arrêtés à rôder comme ça devant des magasins pour enfants.

* * *

Chaperonné par Youri, Jenkins passa le reste de l'après-midi à établir la liste des mesures de sécurité à mettre en place pour les bureaux de LSR&C à Moscou. À la fin de la réunion, l'équipe d'investisseurs proposa de dîner dans un restaurant chinois. Jenkins, qui n'avait rien mangé depuis sa descente d'avion, accepta volontiers. Il resta vigilant ce soir-là, mais ne vit personne le suivre ni le surveiller pendant le repas.

Vers la fin de la soirée, il pria ses hôtes de l'excuser pour aller aux toilettes. Debout face à l'urinoir, il entendit une porte s'ouvrir, et un homme entrer. Bien qu'il y eût plusieurs urinoirs libres, l'homme prit celui qui se trouvait juste à côté de Jenkins, lequel se souvint brusquement des règles de base qu'on lui avait enseignées, parmi lesquelles ne jamais utiliser un urinoir, ni surtout se tenir dos à la porte, les mains occupées.

— Monsieur Jenkins, dit l'homme sans tourner la tête ni même lui adresser un regard, les yeux rivés sur le carrelage blanc mural au-dessus de l'urinoir. Je suis Federov, Viktor Nikolaïevitch. Nous nous sommes parlé ce matin au téléphone. Votre proposition nous intéresse ; nous aimerions en discuter avec vous. Soyez dans le hall de la Loubianka à 10 h demain matin. Vous savez où c'est ?

— Si je sais où c'est ? répondit Jenkins. Plutôt, oui ! Vous me pardonnerez donc de devoir décliner votre invitation. Les vieilles habitudes ont la vie dure. Je préfère un lieu plus neutre.

L'important était de ne pas laisser filer le poisson, sans pour autant le laisser tirer à sa guise.

Il entendit Federov inspirer, puis souffler sèchement.

— Vous connaissez le parc Zariadié ?

— C'est là où se trouvait autrefois l'hôtel *Rossiya*, non ? dit Jenkins, saisissant l'occasion d'impressionner Federov par ses connaissances – bien que le Russe eût très probablement déjà découvert son passé d'agent du renseignement américain.

L'hôtel *Rossiya*, jadis l'un des plus grands du monde, avait accueilli nombre de délégations étrangères officielles à l'époque soviétique. Après la chute du communisme, un nouveau propriétaire avait cherché à rénover l'hôtel, avant d'être contraint de le raser après que l'entreprise chargée des travaux avait découvert notamment que les murs, en plus d'abriter d'innombrables conduites de gaz, étaient truffés de caméras et de systèmes d'écoute. Poutine, dit-on, aurait fait pression sur le propriétaire non seulement pour passer ces détails sous silence et étouffer un scandale, mais également pour renoncer au bâtiment lui-même. Un jardin public avait donc été aménagé à la place, à deux pas du Kremlin, présenté par Poutine comme un cadeau fait à la ville de Moscou.

— Oui, c'est bien ça, répondit Federov.

— Si je ne me trompe pas, l'hôtel avait été édifié sur les fondations d'un gratte-ciel jamais construit, l'immeuble Zariadié, n'est-ce pas ?

Federov ne répondit pas.

— Ce gratte-ciel aurait été la huitième de ce qu'on appelle aujourd'hui les « Sept sœurs » de Moscou, non ?

Federov détourna la tête, mais Jenkins avait son attention, aucun doute ; il en profita pour dévisager longuement le Russe.

— Vous pouvez venir à pied depuis votre hôtel, dit ce dernier. Il y a une projection à la médiathèque, à 11 h du matin, un documentaire sur l'incendie de 1812 à Moscou. Asseyez-vous à l'avant-dernier rang.

# Chapitre 5

En ouvrant la porte de sa chambre d'hôtel, Jenkins se positionna de manière à empêcher un courant d'air, et jeta un rapide coup d'œil à la moquette. Le morceau de papier avait bougé. Il fit mine de n'avoir rien remarqué. Il existait de nos jours des caméras pas plus grosses qu'une tête d'épingle ; il pouvait être surveillé.

Il déposa ses vêtements d'hiver sur le lit et regarda l'heure sur sa montre. Il était onze heures de moins à Seattle ; cela signifiait qu'Alex s'apprêtait à conduire CJ à l'école. Elle n'aurait pas le temps de parler, ni de poser des questions.

Il prit son téléphone portable et l'appela à la maison. Alex répondit à la deuxième sonnerie.

— Salut, toi, dit-elle d'une voix essoufflée.

— Je t'appelais juste pour te dire que je suis bien arrivé, et savoir si toi, ça va.

— J'essaie de faire sortir CJ de la maison.

Elle se mit à crier :

— CJ, on y va. Tu vas encore être en retard. Je te préviens : ne compte pas sur moi pour que je te fasse un mot !

Puis, à Jenkins :

— Désolée. Comment ça va, toi ?

— Très bien. Écoute, pense à ta tension, d'accord ? Crier ne servira à rien. S'il est en retard, laisse-le en assumer les conséquences. C'est le seul moyen pour qu'il apprenne quelque chose.

— Crier fait baisser ma tension, dit-elle.

— Oui, bah, n'en abuse pas.

— J'ai ta veste et ton déjeuner, l'entendit-il dire à CJ. Je vais démarrer la voiture.

— Bon, je te laisse, tu es assez occupée comme ça. Embrasse CJ.

— Compte sur moi.

— Je t'aime, Alex.

Ce n'était pas dans sa nature de lui dire qu'il l'aimait à chaque fois qu'il l'appelait. Il n'avait pas été élevé comme ça.

— Moi aussi, je t'aime, lui dit-elle. J'ai hâte que tu sois rentré.

— À bientôt.

Il mit fin à la conversation. Et soudain, la nausée le prit ; il se précipita dans la salle de bains. Il ferma la porte, ouvrit les robinets de la douche et vomit dans le lavabo. Après quelques minutes, il se redressa et observa son reflet dans le miroir. Il était pâle, la tête lui tournait, et une sueur froide lui glaçait la peau. Il agrippa le bord du plan vasque pour conserver l'équilibre, et inspira plusieurs fois, profondément. Quand la sensation de vertige cessa, il se déshabilla rapidement et entra dans la douche, laissant le jet d'eau chaude décontracter ses muscles et stimuler sa peau.

Il avait accompli la première partie de sa mission. Il avait tendu sa ligne, et Federov avait apparemment mordu à l'hameçon. À présent, il fallait être patient. Federov allait se montrer prudent. Il allait chercher à le manipuler, à donner l'impression d'être maître du jeu en toute situation. Il jouait à domicile, en quelque sorte, contrairement à Jenkins. Federov pouvait le faire disparaître en un instant, sans laisser de trace.

Il y avait quarante ans de cela, à Mexico, Jenkins avait apprécié chaque minute de ce petit jeu du chat et de la souris avec les agents du KGB en poste dans la capitale mexicaine. Mais tout était différent alors ; il n'avait rien à perdre. C'était quelque chose qu'il avait déjà expérimenté au Vietnam, où il avait vu de jeunes hommes, des soldats, cesser de se préoccuper de savoir s'ils allaient vivre ou mourir, persuadés que la mort les attendait inévitablement dans la jungle. Jenkins s'était juré de ne pas devenir comme eux ; il avait fait le serment de se sortir vivant de cet enfer, de ne jamais oublier toutes les raisons qu'il avait de vouloir vivre.

Mais il avait échoué.

Lui aussi avait fini par accepter la mort comme quelque chose d'inévitable ; lui aussi avait cessé de s'en préoccuper.

Cette attitude ne l'avait pas quitté à Mexico ; elle lui avait permis d'être intrépide dans tout ce qu'on lui avait demandé de faire.

Mais cette époque-là était révolue ; il n'était plus la même personne.

En témoignait, s'il en était besoin, le tremblement qui agitait sa main droite levée devant lui. C'était l'inverse à présent ; il avait trop à perdre – une femme qu'il aimait et qui l'aimait en retour, un fils qu'il adorait, un autre enfant en route. Non, il ne cherchait plus à éviter des balles en pleine jungle, mais il savait que le jeu qu'il jouait pouvait être tout aussi mortel.

# Chapitre 6

Le lendemain matin, après une nuit agitée, Jenkins se leva, s'habilla chaudement et sortit dans le froid de Moscou. Il voulait rassembler ses esprits avant sa rencontre avec Federov – si toutefois celui-ci daignait se montrer. Il arrivait fréquemment que les officiers du KGB organisent des rencontres sans avoir une seule seconde l'intention de s'y rendre ; une façon d'exercer un ascendant sur l'autre, de contrôler la situation. Jenkins pressentait que le FSB opérait pareillement.

Il s'éloigna de l'hôtel en direction du bâtiment de la Loubianka. Cette fois cependant, il tourna à droite sous un écriteau « Soldes 50 % » écrit en anglais, et emprunta un chemin piétonnier pavé recouvert d'une fine pellicule de neige. Des restaurants et des boutiques de luxe – Giorgio Armani, Saint Laurent, Bottega Veneta – se profilaient de part et d'autre du chemin, leurs vitrines exposant toutes des décorations de Noël.

On était loin du Moscou de grand-papa.

Il s'arrêta, comme pour regarder les vitrines, y scrutant les reflets des gens dans la rue pour tenter de déterminer s'il était toujours suivi. Il ne vit pas ses deux filocheurs de la veille. Il poursuivit jusqu'à la place Rouge ; à sa droite se dressait la cathédrale de Kazan, et à sa gauche le Goum, le centre commercial le plus huppé de Moscou, décoré de milliers de guirlandes de Noël étincelantes.

À l'autre bout de la place, des touristes faisaient la queue dans le froid pour visiter le mausolée de Lénine. Jenkins passa devant la cathédrale Saint-Basile et quitta la place Rouge à l'endroit où elle débouchait dans le parc Zariadié, bordé par les eaux de la Moskova. Le parc était composé de vastes pelouses impeccables et d'un entrecroisement d'allées bordées de jeunes arbres, le tout jalonné de constructions en verre miroitantes. Jenkins franchit une intersection animée jusqu'à un amphithéâtre surmonté d'un dôme de verre. Il paya l'entrée et se vit remettre une carte et un dépliant en anglais qui expliquait fièrement que le parc Zariadié était le premier jardin public construit à Moscou depuis 1958. Poutine y était applaudi pour ce beau cadeau fait aux Moscovites. Le dépliant passait totalement sous silence la saga scandaleuse de l'hôtel *Zariadié* adjacent. La construction de ce dernier avait nécessité la démolition d'un bâtiment Art nouveau classé, propriété d'un homme d'affaires milliardaire, Dimitri Chumkov. Celui-ci avait tenté par tous les moyens d'empêcher la démolition ; on l'avait retrouvé peu après pendu dans son appartement de Moscou. L'enquête sur sa mort avait conclu à un suicide.

En s'aidant du plan figurant sur le dépliant, Jenkins traversa le pont suspendu, dépassa les structures curvilignes en béton qui paraissaient découpées à même la pente d'une vaste colline artificielle herbeuse, et arriva finalement à la médiathèque. Il prit un billet à l'entrée, et chercha la salle consacrée à l'incendie de 1812 à Moscou.

Jenkins soupçonnait Federov de n'avoir pas choisi cette projection au hasard. Il avait étudié l'histoire russe – cela avait fait partie de sa formation – et il savait que cet incendie de 1812 avait été délibérément déclenché par les forces russes battant en retraite, laissant les soldats de l'armée napoléonienne sans nourriture, sans abri, sans même personne sur qui régner. Napoléon était entré victorieux dans Moscou, mais il n'avait eu d'autre choix que de fuir la ville ou bien de mourir de faim et de froid. La Russie n'entendait pas être dominée.

Conformément aux instructions, il prit un siège à l'avant-dernier rang, au fond de la salle. Les spectateurs étaient peu nombreux.

À 11 h 15, Federov ne s'étant pas montré, Jenkins en conclut que le FSB le testait une fois de plus. Il ramassa son manteau et ses affaires, et il allait sortir quand il vit deux hommes entrer dans la salle obscure et se diriger vers lui. Federov était l'un d'eux. L'agent du FSB s'assit juste à côté de lui. L'autre homme, bâti comme un pilier de rugby, prit un siège juste derrière eux. Jenkins ne put s'empêcher de penser à Peter Clemenza dans la trilogie du *Parrain*, en particulier à la scène où Clemenza a pris place sur la banquette arrière d'une voiture pour pouvoir étrangler le mari de Talia Shire assis à l'avant, côté passager.

— Vous souhaitez parler ? lui demanda Federov en anglais.

— Oui, dit Jenkins.

— Très bien, mais si vous voulez que nous coopérions, il va falloir venir à la Loubianka, dit Federov en s'efforçant de ne pas paraître plus intéressé que cela. La proposition vient de vous. Nous voulons bien écouter ce que vous avez à nous dire, mais pour cela, vous devez venir.

— *Ia doumayou, chto ia dostatochno blizko. Krome togo, korotkaïa progulka po russkomou kholodou khorotcha dïa zdorovïa, net?* dit Jenkins en russe, volontairement.

En temps normal, il aurait évité de divulguer dans quelle mesure il était capable de comprendre et de parler le russe, mais il voulait que Federov ait l'impression qu'il était le maître du jeu. *Je reconnais que ce n'est pas loin d'ici. Et puis, une petite marche dans le froid russe, c'est toujours bon pour la santé, non ?*

Federov le fixa un instant, et Jenkins soutint son regard. Sauver la face, montrer sa force de caractère : rien n'était plus important pour un Russe. Jenkins baissa volontairement les yeux le premier, avant d'ajouter, en anglais cette fois :

— Mais avec le bruit qu'il y a ici, il est pratiquement impossible que quelqu'un puisse nous entendre ou nous enregistrer. Je crois qu'il vaut mieux évoquer maintenant nos buts respectifs. J'imagine que c'est aussi pour cela que vous êtes là.

Federov fixa l'écran.

— Peut-être que nous devrions commencer par vos propres motivations, suggéra-t-il.

— Ça me va. Comme je vous l'ai dit au téléphone, je suis un homme d'affaires américain qui a une information que le gouvernement russe, je le crois, apprécierait sûrement de posséder.

— Quel genre d'affaires ?

— Sécurité.

Un sourire presque imperceptible se dessina sur les lèvres de Federov.

— En Russie, beaucoup vous diraient que nous avons suffisamment de sécurité, peut-être trop, même.

— Aux États-Unis, beaucoup vous diraient que nous n'en avons pas suffisamment pour nous protéger de ceux qui nous veulent du mal.

Il soupira.

— Mon travail, c'est ce qui justifie ma présence dans votre pays.

— Pourquoi ne me dites-vous pas pourquoi vous êtes ici ?

— Avez-vous déjà visité Mexico ? demanda Jenkins.

Federov fronça légèrement les sourcils.

— Non, répondit-il. Je n'y suis jamais allé.

— Vous êtes trop jeune.

Federov devait avoir dans les quarante-cinq ans, pour autant qu'il pouvait en juger.

— À mon époque, vous jetiez une pierre dans n'importe quelle direction, et vous étiez sûr de toucher un officier du KGB.

— Et quelle était votre occupation à Mexico ?

Jenkins sourit.

— Jeter des pierres sur les officiers du KGB.

Federov tourna un regard vers lui, et se mit à rire.

— *Yo era un turista estadounidense en México*, dit Jenkins en espagnol. J'étais un touriste américain à Mexico.

— Je vois. Alors dites-moi, quelle est la nature de votre information ?

— Les noms des officiers du KGB que j'ai touchés avec ces pierres.

— Je ne comprends pas.

— Les pierres qui ont touché leurs cibles.

— Les officiers russes qui sont passés à l'Ouest ?

— Non. Ceux qui sont restés.

— Je vois.

Federov, malgré ses efforts pour le dissimuler, était de toute évidence intrigué.

— C'était il y a longtemps. L'Union soviétique n'existe plus. Qu'est-ce qui vous fait croire que nous serions toujours intéressés ?

— J'ai beaucoup lu sur la *glasnost* et la *perestroïka*, mais peut-être me suis-je trompé en supposant que quelqu'un comme moi pouvait avoir quelque chose à offrir à cette nouvelle Russie.

— Peut-être pas, dit Federov. Essayer ne coûte rien, après tout.

Jenkins opina du chef. Il était temps de ramener le poisson.

— Alexei Soukourov. Je crois qu'il avait le grade de colonel au KGB. Pendant quarante ans, il a fourni aux États-Unis des informations importantes concernant la technologie militaire soviétique. Le nom de code de l'opération était « Graystone ».

— Je n'ai jamais entendu parler de cet homme.

Jenkins sourit.

— Parce qu'il serait une honte pour votre pays. Vérifiez ce que je vous dis, monsieur Federov. Si vous êtes intéressé, faites-le-moi savoir.

— Combien de temps comptez-vous rester à Moscou, monsieur Jenkins ?

— Qui sait ? répondit Jenkins, notant que Federov ne lui avait pas demandé *où* il séjournait à Moscou.

— Et si cet homme se révèle intéressant pour nous, que voulez-vous en échange ?

— Ce que tout Américain veut, répondit Jenkins. Ce que n'importe quel Russe veut, du moins si j'en crois ce que j'ai vu durant ma brève promenade ce matin. Nous sommes tous des capitalistes maintenant, non ?

# Chapitre 7

L'appel arriva sur le téléphone prépayé de Jenkins le lendemain après-midi, alors qu'il foulait d'un pas pressé le tapis d'entrée du hall marbré de l'hôtel *Metropol*, de retour d'une série de rendez-vous en grande partie inutiles dans les bureaux de LSR&C. Il n'avait organisé ces rencontres que pour laisser le temps à Federov de se renseigner sur Alexei Soukourov. D'après Emerson, Soukourov avait fourni à l'administration américaine, durant des années et jusqu'à sa mort, une multitude d'informations détaillées concernant la technologie soviétique. En soi, son nom ne prêtait plus à conséquences maintenant. Il ne restait qu'à espérer que Federov serait curieux de savoir si Jenkins avait eu accès récemment à des informations tout aussi sensibles, mais beaucoup plus utiles.

L'appel venait confirmer l'intérêt du Russe.

Il demanda une nouvelle fois à Jenkins de venir à la Loubianka, et une fois de plus, Jenkins déclina la proposition, suggérant à la place une rencontre dans un restaurant. Pour soigner l'ego de Federov, il proposa à ce dernier de passer le prendre en voiture à son hôtel, et de rouler jusqu'à ce qu'il soit certain qu'aucun officier de la CIA ne les suivait – une procédure de contre-surveillance baptisée à l'époque de Jenkins le « nettoyage à sec ».

Une heure plus tard, il sortit de l'hôtel par l'arrière du bâtiment, descendit les marches qui donnaient dans la cour pavée, et attendit.

De gros flocons de neige duveteux tombaient, flottant dans la brise légère ; telles des feuilles d'automne, ils recouvraient doucement la cour, amortissant les sons et conférant à l'atmosphère des lieux quelque chose de profondément apaisant.

Une Mercedes noire arriva dans la cour et s'arrêta au pied des marches. Federov était assis à l'avant, côté passager, et fixait Jenkins à travers le pare-brise. Le bouton de la portière arrière cliqueta. Un voiturier s'avança pour ouvrir à Jenkins, qui se glissa sur la banquette et s'assit derrière Federov.

Le pilier de rugby, Clemenza, démarra, sortit de la cour, et engagea la Mercedes dans la circulation. Jenkins remarqua que les deux hommes vérifiaient dans leur rétroviseur qu'ils n'étaient pas suivis.

Soudain, Clemenza fit une embardée et opéra un brusque virage à droite, qui obligea Jenkins à agripper la poignée de maintien pour ne pas être plaqué contre la banquette par la force centrifuge. Le bas de caisse heurta un trottoir. Les roues rebondirent. Quand la voiture s'immobilisa dans une ruelle aux murs de brique à peine plus large que la Mercedes, Clemenza coupa le contact et éteignit les phares. Il descendit rapidement, en même temps que Federov, qui ouvrit prestement la portière arrière à Jenkins.

— Descendez, je vous prie.

Jenkins s'exécuta, espérant que ce n'était pas là leur destination finale. La ruelle empestait les ordures.

Clemenza le palpa des épaules aux chevilles, avant d'adresser un petit signe de tête approbateur à Federov, qui à son tour leva la main en regardant vers le fond de la ruelle. Une deuxième voiture garée plus loin, dans une espèce de tunnel voûté, alluma ses phares, illuminant l'étroite artère. Elle avança légèrement, tel un animal quittant prudemment sa tanière. Une Audi rouge. Trois hommes, dont l'un était aussi grand que Jenkins, en descendirent, avant de s'approcher rapidement et en silence de la Mercedes. Le plus grand s'assit à l'arrière. Le nouveau chauffeur démarra, sortit de la ruelle et tourna à droite dans la rue transversale.

Jenkins suivit Federov et Clemenza jusqu'à l'Audi, et grimpa à l'arrière. Ils sortirent de la ruelle dans la direction suivie précédemment. Clemenza continua d'opérer des virages impromptus, de ralentir ou au contraire d'accélérer à l'approche des feux rouges. Quand il fut certain que personne ne les suivait, il arrêta la voiture dans le boulevard Tverskoï, devant la façade de style baroque du *Café Pouchkine*, ornée d'une plaque dorée portant le nom de l'établissement.

Jenkins suivit Federov et Clemenza à l'intérieur du café-restaurant. En dehors de quelques clients assis au bar, la salle était vide. Ils empruntèrent un étroit escalier jusqu'au premier étage, où un maître d'hôtel paraissait les attendre. Il les conduisit jusqu'à une bibliothèque en bois d'acajou ornée d'appliques à abat-jour, où des tables avaient été installées, nichées pour certaines dans des sortes d'alcôves en bois sculpté, au milieu des livres anciens dorés sur tranche. Avec ses boiseries sombres, ses fenêtres cintrées et ses nappes vert chasseur, la pièce semblait tout droit sortie d'un des romans de *Harry Potter* que Jenkins lisait chaque soir à CJ.

Par un soir de semaine neigeux comme celui-là, les clients étaient peu nombreux, mais Jenkins entendit tout de même parler russe à voix basse çà et là, au milieu du tintement des verres et de l'argenterie. Les odeurs échappées des cuisines lui mirent l'eau à la bouche ; il n'avait rien mangé depuis le petit déjeuner. Le maître d'hôtel les précéda jusqu'à une table dans un coin, qu'il leur désigna d'un geste. Deux verres – de vodka, semblait-il – avaient été posés sur la table. Un serveur en chemise blanche, veste rouge et tablier long leur tendit la carte des menus. Federov la balaya d'un geste et commanda directement. Jenkins eut un peu de mal à saisir le détail de la commande, mais il comprit au moins les mots eau pétillante, champagne, caviar et escalope de veau aux oignons frits.

De deux choses l'une : ou bien le Kremlin avait décidé de récompenser dignement le premier renseignement fourni par Jenkins, ou bien Federov, à l'instar de nombreux employés du gouvernement américain, ne résistait tout simplement pas à l'occasion qu'il avait de faire là un repas gastronomique de luxe.

— Votre agence doit vous payer grassement. Bien plus que ce n'est le cas aux États-Unis, dit Jenkins en jetant un regard circulaire dans la salle après le départ du serveur.

— Désolé pour la petite mise en scène, monsieur Jenkins, mais on ne prend jamais assez de précautions lors d'une première rencontre.

— Dois-je comprendre que vous avez vérifié mes informations concernant Alexei Soukourov ?

— M. Soukourov est décédé, dit Federov.

— De mort naturelle ?

Federov saisit son verre de vodka du bout des doigts. L'autre attendait sur la table, devant Jenkins, qui désigna du pouce le pilier de rugby, Clemenza, et demanda :

— Il ne boit pas ?

— Arkady Volkov, dit Federov. Et non, il ne boit pas. Il conduit. Ce serait irresponsable.

Il leva son verre de vodka.

— *Za fstrie-tchoo !* À notre rencontre !

Jenkins leva son verre à son tour, le porta à ses lèvres, mais ne but pas.

Federov reposa le sien, et reprit à voix feutrée :

— Vous avez travaillé à Mexico en 1978 avec un dénommé Joe Branick, décédé depuis. Un suicide, je crois, non ? Une explication intéressante.

Jenkins ne répondit pas.

— Puis, vous avez quitté le Mexique et êtes retourné aux États-Unis. C'est là que votre histoire semble se terminer, ou plutôt recommencer.

Federov n'était pas loin de la vérité. Désabusé et rongé par la culpabilité, Jenkins avait quitté la CIA pour mener une vie de reclus dans sa ferme de Camano, seul jusqu'à ce matin providentiel où Alex était entrée dans sa vie.

Il déplia sa serviette, la plaça sur ses genoux et dit :

— Je n'étais pas particulièrement heureux, ni même satisfait de mon employeur.

— Je crois savoir que vous avez été envoyé dans un village de montagnes de l'État d'Oaxaca pour prendre la mesure d'une menace communiste grandissante, portée par un chef mexicain charismatique connu sous le nom d'El Profeta. Peu de temps après, les habitants de ce village ont été massacrés. On a dit que ce massacre était l'œuvre d'une milice de l'extrême droite mexicaine. Encore une explication intéressante, non ? Est-ce que jusqu'à présent mes informations sont justes ?

Le serveur revenant à cet instant précis, Jenkins ne répondit pas ; il se contenta d'acquiescer d'un hochement de tête. Le serveur déposa une assiette d'amuse-gueules sur la table, et commenta avec force gestes :

— Bruschettas de pain de seigle et lamelles d'aubergine ; champignons marinés et légumes confits. *Naslazhdat'sia.*

Federov prit une tartine et étala dessus des lamelles d'aubergine avec un couteau à beurre.

— Servez-vous, je vous en prie, dit-il à Jenkins. Ça va vous plaire.

Jenkins ramassa une tartine et la garnit en copiant les gestes de Federov. Arkady Volkov, le chauffeur, restait immobile, assis à la table.

— Il ne mange pas non plus ? demanda Jenkins. Quand est-ce que vous lui remplacez l'huile et la batterie ?

Le chauffeur tourna lentement la tête vers lui, et le fixa. Il resta ainsi quelques secondes, avant d'adresser à Jenkins une ébauche de sourire, quasi imperceptible. Le gars ferait un tabac dans un café-théâtre, songea Jenkins.

— Pour dire les choses clairement, monsieur Jenkins, reprit Federov en fourrant un champignon dans sa bouche, les noms d'anciens officiers du KGB décédés ne nous intéressent pas.

— Et pourtant, nous sommes là, dit Jenkins.

— Effectivement. J'imagine que votre but, en me parlant d'Alexei Soukourov, était de me permettre de vérifier qu'à une époque vous aviez accès à des informations classées secret défense. N'est-ce pas ?

— C'est vrai.

— Et vous dites que vous avez d'autres informations plus profitables, je veux dire *présentement* ?

— Oui, présentement, j'ai accès à une information en particulier qui, je le crois, pourrait vous être *très* profitable.

— Et comment se fait-il qu'un ancien agent de la CIA démissionnaire jouisse d'un tel accès après tant d'années, monsieur Jenkins ?

— Je ne parle pas d'un accès au sens propre, dit Jenkins.

Federov se tut un instant. Puis il prit un amuse-gueule et dit :

— Dois-je comprendre que vous nous faites perdre notre temps ?

Jenkins reposa ce qui restait de sa bruschetta, et s'essuya le coin des lèvres avec sa serviette.

— Le 16 novembre de cette année, une secrétaire du ministère de la Défense russe, Zarina Kazakova, a quitté la Bely Dom, votre Maison Blanche, peu après 17 h, et est rentrée chez elle, à son appartement du quartier du parc Filevski.

Il récita les renseignements que Carl Emerson lui avait fournis.

— Mme Kazakova a travaillé pour le ministère de la Défense durant presque quarante ans. Elle a toujours été favorablement notée, et elle était un membre reconnu et respecté du parti bien avant la *glasnost*. Sa réputation est restée la même après cela. Et pourtant, elle n'est pas revenue travailler le lendemain du 16 novembre, ni le jour suivant. On ne sait ni où elle est, ni dans quelles circonstances elle a disparu.

Il s'interrompit pour prendre une bouchée de sa bruschetta, avant d'ajouter :

— Une histoire intéressante, vous ne trouvez pas ?

La pomme d'Adam de Federov fit brièvement le yoyo. Il tenta de le dissimuler en buvant une gorgée de vodka, mais, que ce fût à cause de la nouvelle en soi ou encore de l'alcool, il se mit à tousser dans sa serviette de table, secoué par une violente quinte de toux sèche. Le chauffeur tressaillit, mais en dehors de cela il ne bougea pas. Si Federov avait été réellement en train de s'étouffer, il serait probablement mort. Finalement, la toux se calma et cessa complètement.

— Pardonnez-moi, dit Federov d'une voix rauque. Par le mauvais tuyau, c'est bien comme ça qu'on dit chez vous ?

— Oui, répondit Jenkins.

Federov posa ses coudes sur la table et joignit les mains devant lui, en clocher.

— Votre information est intéressante, dit-il. Bien entendu, nous allons devoir vérifier son exactitude.

— C'est normal, dit Jenkins.

— Y a-t-il autre chose ? demanda Federov.

— Deux autres femmes, reprit Jenkins, Irena Lavrova et Olga Artamonova, qui ont toutes les deux le même âge que M^me^ Kazakova, ont également disparu au cours des dix-huit derniers mois. Elles aussi ont quitté comme d'habitude leur travail pour le gouvernement russe, et ne sont jamais revenues. Voulez-vous que je vous parle d'elles ?

Federov opina du chef. Cette fois, il but son eau, pas sa vodka. Il était intéressé. Très intéressé.

Durant dix minutes, Jenkins raconta à Federov ce qu'il savait des deux femmes, deux des sept sœurs, et des circonstances de leur disparition. Il revint sur le fait qu'à chaque fois, la police de Moscou avait déclaré n'avoir pas la moindre piste, ni le moindre espoir de retrouver les trois femmes, en dépit des appels à l'aide des familles et des amis des disparues.

— Vous voyez, Viktor, termina-t-il, parfois le meilleur déguisement, c'est pas de déguisement du tout. On peut disparaître en plein jour, à la vue de tous ; tout le monde se demandera d'abord ce qui a pu nous pousser à faire cela, jusqu'à ce que, le temps aidant, les gens finissent par s'intéresser à autre chose. C'est à ce moment-là que la personne disparue a le plus de valeur… à ce moment-là qu'elle est le plus dangereuse. Vous n'êtes pas d'accord ?

— Et qu'est-ce qui pourrait motiver une telle personne ?

— Ma motivation n'est pas très compliquée ; elle n'est pas non plus altruiste ou patriotique. Elle est purement financière, dit Jenkins. Mon affaire est en train de couler ; économiquement, je suis dans le rouge. Je ne peux payer ni mes salariés ni mes fournisseurs ; je suis sur le point de perdre tout ce pour quoi j'ai travaillé si dur durant tant d'années. J'ai hypothéqué mes biens personnels quand j'ai contracté mes prêts professionnels, ce qui signifie que j'ai mis en péril ma maison et tout le reste.

— Vous avez une famille ?

— C'est hors sujet, dit Jenkins en s'appuyant contre le dossier de sa chaise. Vous avez vérifié mon identité auprès de vos supérieurs ; ça devrait vous suffire. Allez plutôt leur demander ce qu'ils pensent de mes informations concernant ces trois femmes – trois parmi celles que votre agence, je crois, nomme « les sept sœurs ».

Federov ne réagit pas pendant un instant, puis :

— Vous pouvez nous fournir les noms des quatre autres sœurs ?

C'était la question piège. Si Jenkins répondait oui, rien ou presque n'empêchait Federov de l'embarquer immédiatement pour lui soutirer l'information par la force, peut-être dans une des cellules remises au goût du jour de la Loubianka.

— Non. Pas pour le moment.

— Mais vous avez accès à cette information ?

Jenkins haussa les épaules. Traduction : évidemment que oui.

— Que proposez-vous, monsieur Jenkins ?

— Je veux cinquante mille dollars en signe de bonne volonté.

Federov grimaça.

— Pour une information que nous possédons déjà ? Je ne crois pas, non.

— Considérez que c'est un acompte. Chaque information supplémentaire coûtera cinquante mille dollars de plus. Et avant que je ne vous livre le nom de la septième et dernière sœur, vous me paierez un bonus de deux cent cinquante mille dollars.

— Cinq cent mille dollars, calcula Federov.

— C'est à prendre ou à laisser.

Jenkins sortit un morceau de papier sur lequel était inscrit un numéro de compte en banque, et le tendit à Federov. Là encore, le numéro lui avait été fourni par Carl Emerson.

— L'acompte devra avoir été versé par virement à cette banque avant que je ne reprenne l'avion pour rentrer chez moi demain matin. Si ce n'est pas le cas, j'en déduirai que vos supérieurs ne sont pas intéressés. Si au contraire ils le sont, vous n'aurez qu'à appeler le numéro que vous avez déjà composé pour me prévenir que l'acompte a été versé.

Le serveur revint avec un grand plateau et déposa les plats commandés sur la table. Quand il eut terminé, Federov l'éconduisit d'un geste.

— Je crois que mes supérieurs paieront l'acompte demandé, monsieur Jenkins, mais je ne vois pas sur quoi…

— Mes conditions ne sont pas négociables, coupa Jenkins en croquant dans un champignon, confrontant Federov à son premier défi.

— Dans ce cas, j'en discuterai avec mes supérieurs, dit le Russe sans s'engager davantage.

Il piqua avec sa fourchette un morceau de veau, le couvrit d'oignon et, coupant la viande, dit :

— En attendant, j'ai un nom à vous communiquer.

Jenkins acquiesça, quelque peu surpris.

— Tchaïkovski, Nikolaï Mikhaïl, dit Federov.

— Qui est Nikolaï Tchaïkovski ? demanda Jenkins, convaincu que c'était un test, tout en ignorant sa finalité.

— Un nom dont je vous demande de vous souvenir. Mais ne le communiquez pas… à personne.

Federov sourit, en gardant les yeux fixés sur son assiette tandis qu'il coupait son escalope de veau.

— Vous demandez beaucoup d'argent, monsieur Jenkins. Mes supérieurs veulent être certains que vous ne… comment dire… ? que vous ne vous moquez pas de nous.

Il prit une nouvelle bouchée, posa ses couverts et leva son verre de vodka.

— *Za tvoyo zdarovié*, dit-il. À la nôtre !

Jenkins leva son verre de la main gauche. Sous la table, sa main droite tremblait.

# Chapitre 8

Le matin de Noël, moins d'un mois après son voyage en Russie, Jenkins était assis dans son fauteuil en cuir, une grande tasse de café à la main, contemplant les boîtes vides et les morceaux de papier d'emballage déchiré ou froissé jonchant le sol du salon familial. CJ était assis sur le parquet, en train d'assembler un droïde noir tout droit sorti d'un *Star Wars* et pilotable à partir d'une application. Un feu rouge orangé crépitait dans l'insert de la cheminée, un extracteur ventilant l'air chaud dans la pièce. De la cuisine leur parvenait l'odeur des roulés à la cannelle qu'Alex faisait cuire, tandis que Max rongeait un gros os de dinde – son traditionnel cadeau de Noël – sous la table de la salle à manger.

Jenkins s'était réveillé à 4 h 30 du matin, comme tous les jours depuis son retour de Russie. Il avait d'abord mis cela sur le compte du décalage horaire, mais ses insomnies avaient persisté. Une fois de plus, il s'était réveillé l'esprit préoccupé par de menus détails liés à son travail de sécurité, mais surtout par la Russie et l'opération qu'ils avaient lancée.

Plus rien n'était comme dans sa jeunesse : il ne pouvait pas compartimenter son boulot, le séparer de sa vie personnelle. Bien qu'il fût chez lui à présent, sur l'île de Camano, la Russie ne quittait pas son esprit ; il y avait tellement de choses qui pouvaient mal tourner. Il se servit de sa main gauche pour stabiliser le mug tremblant et siroter son café. Sa nervosité ne le quitterait pas tant qu'il ne serait pas allé courir, ou n'aurait pas brûlé ses muscles sur la barre de traction ou sur la planche à abdominaux jusqu'à être hors d'haleine. Quand il eut finalement épuisé son corps et éclairci son esprit, il attrapa un livre et un plaid, et s'installa sur le canapé du salon. Même fourbu, il peinait à trouver le sommeil le matin.

Impossible de cacher cela à Alex. Quand elle lui posa la question, il lui dit qu'il était inquiet à propos de leur société, qu'il s'était levé parce qu'il ne voulait pas la déranger dans son sommeil, mais qu'elle ne devait pas s'inquiéter, qu'il reprenait toujours le dessus. Alex n'était pas dupe. Une psychiatre avait diagnostiqué à Jenkins des crises de panique et une anxiété généralisée, et relié les deux à ce qu'il lui avait confié – à savoir son inquiétude de perdre leur affaire, et ses doutes concernant le fait de devenir père une fois de plus, à l'âge de soixante-quatre ans. La psychiatre avait expliqué que les crises passeraient dès que les problèmes seraient résolus. D'ici là, elle lui avait prescrit un antidépresseur, la mirtazapine, que Jenkins prenait le soir pour dormir, et du propranolol, un bêtabloquant, pour les crises de panique durant la journée.

— Allez, venez, tous les deux, le petit déjeuner est prêt, dit Alex en apportant à la table de la salle à manger un plateau de roulés à la cannelle glacés à la vanille.

CJ laissa tomber son droïde, et courut s'asseoir à table, l'y devançant presque.

— Ils sont tout chauds. Ne vous brûlez pas les lèvres.

Elle déposa un roulé sur une assiette qu'elle tendit à CJ. Le garçon ouvrit aussitôt une partie de la viennoiserie, qui libéra un fin nuage de vapeur. Alex servit ensuite Charlie, mais il mit l'assiette de côté. Elle s'assit en face de lui, et regarda Max ronger son os.

— Ça lui plaît de ronger ça, hein ? dit-elle.

Jenkins hocha la tête, puis désigna CJ d'un mouvement du menton.

— Presque autant qu'il adore tes roulés à la cannelle. L'année prochaine, il te suffira de lui en préparer une pleine semaine de réserve à la place des cadeaux.

— Tu crois qu'on le gâte trop ?

— Probablement, dit Jenkins sans conviction. D'un autre côté, c'est son dernier Noël en tant que fils unique. Et toi, ça va ? lui demanda-t-il. Tu as l'air fatigué.

— Je le suis.

Elle se plaignait d'être épuisée depuis qu'il était revenu de Russie. Elle entamait sa vingt-huitième semaine de grossesse à présent ; le médecin voulait qu'elle soit le plus proche possible du terme avant de programmer une césarienne.

— En tout cas, c'était un chouette cadeau de Noël de la part de Randy, dit-elle. Ça devrait nous aider, non ?

— C'est certain. Les gars qui travaillent pour nous et les fournisseurs étaient aux anges, dit Jenkins.

Il avait raconté à Alex que les cinquante mille dollars que lui avait versés Carl Emerson provenaient de LSR&C. Il avait profité de cette somme pour payer leurs employés et leurs fournisseurs. Les comptes de CJ Sécurité n'étaient pas encore dans le vert, mais ils s'en rapprochaient, comme cela n'avait plus été le cas depuis longtemps.

— Randy a dit qu'il ferait tout ce qu'il pourrait pour régler ses dernières factures avant la fin de l'année, ajouta-t-il. Personnellement, je crains que LSR&C ne grandisse trop vite, et n'ait pas les moyens de ses ambitions. J'ai dit à Randy que je ne voyais pas l'intérêt d'avoir un bureau à Moscou, ou encore à Dubaï. Il n'a pas voulu l'avouer, mais je crois qu'il partage mon avis. D'après lui, tout ça, c'est une idée de Mitch, qui voudrait profiter des marchés émergents, ajouta-t-il.

Il faisait référence à Mitchell Goldstone, le directeur des opérations de LSR&C.

— À quelle heure faut-il que nous soyons chez David ?

Ni lui ni Alex n'ayant de famille proche, ils passaient la plupart de leurs vacances avec David Sloane, l'avocat de Seattle que Jenkins avait conseillé en matière de sécurité notamment, et qui avait perdu sa femme Tina, assassinée.

— David a dit d'arriver quand on voudra, répondit Alex. Ce sera sympa de revoir Jake. Je suis ravie qu'il soit revenu pour Noël. Personne ne devrait avoir à se réveiller seul un jour comme celui-là.

Jake, le fils de Tina, était parti vivre en Californie avec son père biologique, mais il était revenu s'installer à Seattle pour y faire son droit, et était retourné vivre avec Sloane à Three Tree Point, sur les rives du détroit de Puget.

Jenkins se leva.

— Je vais chercher le journal et me reprendre une tasse de café. Tu veux quelque chose ?

— Non, merci, dit Alex.

Jenkins remplit sa tasse de café dans la cuisine, puis sortit par la porte de service. La température avait baissé ; il faisait suffisamment froid pour qu'il neige, bien que la météo eût jugé peu probables des précipitations imminentes. Il ramassa le journal et le sortit de son emballage plastifié. En une figurait une photo d'un foyer pour sans-abri sous le titre « Joyeux Noël ». Suivaient juste en dessous un article consacré au dîner de Noël du président à la Maison Blanche, et un deuxième mettant en exergue l'augmentation du prix des billets d'entrée dans les grands parcs nationaux.

Il emporta le journal dans la cuisine et le feuilleta sur le plan de travail. Dans la rubrique « Monde », en pages intérieures, un titre attira son attention : « Le pionnier du laser russe retrouvé mort. » L'article était accompagné d'une photo d'un homme aux cheveux bruns portant des lunettes. Nikolaï Tchaïkovski.

Tandis qu'il lisait l'article, Jenkins sentit une sourde angoisse monter en lui. Tchaïkovski avait été retrouvé pendu dans son appartement de Moscou ; sa femme faisait tout ce qu'elle pouvait pour que la police ouvre une enquête pour homicide.

Tchaïkovski était considéré comme un des plus grands scientifiques du monde, spécialisé dans les techniques du laser. Il était aussi l'un des plus ardents détracteurs de l'utilisation de cette technologie à des fins militaires, ce qui lui valait la désapprobation virulente des membres du Kremlin.

Jenkins sentit une intense chaleur s'emparer de tous ses membres ; la douleur familière irradia jusque dans ses articulations. Sa main droite tremblait, et le journal avec elle. Il le reposa sur le plan de travail, quitta précipitamment la cuisine, s'empara d'un flacon de propranolol dans un tiroir de son bureau, et avala sans eau un des petits comprimés verts.

# Chapitre 9

Le lendemain de Noël, en début de soirée, Jenkins traversa la jetée-promenade de Waterfront Park, dans le centre-ville de Seattle. Le temps était aussi froid et venteux que la veille ; les météorologues avaient mis en garde contre de violentes rafales de vent les automobilistes qui rentraient chez eux après les fêtes. Carl Emerson se tenait devant la balustrade au bout de la jetée, le regard tourné vers l'ouest, par-delà les eaux sombres et écumeuses de la baie d'Elliott. Il portait un long manteau en tweed et des gants noirs. Ses cheveux volaient dans le vent, mais en dehors de cela il paraissait insensible au vent glacé qui balayait le détroit de Puget. À la gauche de Jenkins, la grande roue de Seattle tout illuminée de bleu et de vert, les couleurs de l'équipe de football des Seahawks, tournait lentement, dominant la jetée. Plus au sud, le toit violet du stade de football brillait dans la nuit, tandis que les notes joyeuses d'une musique de Noël se mêlaient aux gémissements du vent iodé qui soufflait sur la baie.

Jenkins remonta le col de son paletot en cuir noir et enfonça ses mains au fond de ses poches en s'approchant d'Emerson. Malgré son bonnet en laine noir, le froid lui glaçait le lobe des oreilles.

— Qui était Nikolaï Tchaïkovski ? demanda-t-il.

Emerson ne répondit pas ; c'était comme s'il n'avait pas entendu la question. Le regard vide, il fixait un ferry qui manœuvrait pour rejoindre la jetée.

— Il était des nôtres ? insista Jenkins en élevant la voix pour être entendu par-dessus les mugissements du vent.

— Tu as lu la presse, dit Emerson si doucement que Jenkins l'entendit à peine. C'était un scientifique et un dissident russe qui a critiqué le régime de Poutine. En Russie, ça suffit parfois pour se faire tuer.

Mais Jenkins réitéra sa question, avec plus de force cette fois :

— Est-ce qu'il était des nôtres ?

Emerson lui décocha un regard, parut sur le point de répondre, avant de se raviser et de reporter son attention sur le ferry.

— Qu'il ait été des nôtres ou pas n'a plus d'importance, dit-il simplement.

Jenkins tourna la tête, le dévisagea de profil et dit :

— Pour toi, peut-être, mais pas pour moi. Je veux savoir. J'en ai le droit.

— Non, Charlie, réagit Emerson en soutenant son regard. Tu te trompes.

— Si je dois continuer dans ce…

— Tu sais très bien comment fonctionne le FSB, l'interrompit Emerson d'un ton agacé. Tu le sais. KGB ou FSB, rien n'a changé. S'ils t'interrogent, tout ce que tu sauras, ils finiront par le savoir eux aussi. Alors, je te le redis, tu n'as aucun droit de savoir.

— J'en ai ma claque, je laisse tomber. Je laisse tout tomber, dit Jenkins en tournant les talons pour partir.

— Tu ne peux pas cette fois, Charlie.

— Mon cul ! Bien sûr que je peux.

— Si tu laisses tomber, si tu fais foirer cette mission, quatre femmes qui ont servi ce pays pendant presque quarante ans vont mourir, et ça, tu ne pourras jamais te le pardonner.

Ces derniers mots l'arrêtèrent net dans son élan. Il ferma les yeux, luttant contre la douleur qui tiraillait ses muscles et la brûlure qui lui incendiait le creux de l'estomac. La culpabilité, il le savait, était la plus mauvaise raison d'agir, mais elle pouvait aussi s'avérer un ressort puissant. Il se retourna et dit :

— Tu aurais pu le sortir de là. Je t'ai donné son nom. Tu aurais pu trouver un moyen de lui faire quitter le pays.

— Tu sais très bien pourquoi les Russes t'ont parlé de lui, répliqua Emerson. C'est comme ça que le KGB opérait à Mexico. Ils t'ont balancé le nom de Tchaïkovski parce qu'ils avaient déjà décidé de le tuer. Ils en ont juste profité pour te tester. Tu sais parfaitement que si je l'avais aidé à quitter le pays, pour quelque raison que ce soit, ils auraient compris qu'ils ne pouvaient pas te faire confiance, et que tu avais parlé de lui à quelqu'un de l'Agence. Et qu'est-ce qu'on aurait fait ? Et ta mission là-dedans ?

— Ce qui compte, ce n'est pas…

— La prochaine fois que tu aurais essayé d'entrer dans le pays, ils t'auraient collé en taule, ou renvoyé chez toi dans le meilleur des cas. Dans le pire, ils t'auraient laissé entrer et se seraient arrangés pour te faire disparaître définitivement. Qu'est-ce qui les empêcherait de faire de toi un traître à ton pays qui, se sachant découvert, se serait suicidé ? Non seulement ils ruineraient ta réputation, mais celle de toute ta famille du même coup. Je te l'ai dit, Charlie, le FSB, c'est le KGB en pire.

Une mouette, luttant contre le vent, ouvrit ses ailes pour se poser sur la balustrade de la jetée ; mais une violente rafale la renvoya en arrière, et elle renonça sans vraiment lutter.

Emerson changea de ton :

— Tu n'as pas à te sentir coupable de quoi que ce soit. On t'a donné un nom, et tu me l'as communiqué. C'est moi qui ai pris la décision de ne rien faire. S'il y a un responsable dans la mort de Tchaïkovski, c'est moi, pas toi.

Jenkins prit soudain conscience qu'il n'était pas le seul à être touché par la nouvelle de la mort du scientifique. Il avait été tellement occupé à s'apitoyer sur son sort qu'il en avait oublié tout le reste. Emerson avait raison. Il avait fait tout ce qu'il pouvait en lui rapportant sa conversation avec Federov. La décision d'abandonner Tchaïkovski ne lui était pas revenue, à lui. Elle avait été prise bien plus haut dans l'organigramme de l'Agence. Une réalité qui était pourtant loin d'atténuer la colère qu'il ressentait depuis qu'il avait découvert la nouvelle de la mort du scientifique.

— Federov va appeler, dit Emerson. Les derniers événements ont dû le mettre en confiance. Il va essayer de faire en sorte que tu te sentes responsable de la mort de Tchaïkovski, que tu te reproches de n'avoir pas dévoilé son nom.

C'était une autre des tactiques éprouvées du KGB : mettre la pression sur un informateur. Divulguer une information, puis s'en servir pour le faire chanter et l'empêcher de faire marche arrière.

— Tu vas donc devoir le laisser prendre l'avantage la prochaine fois que tu le rencontreras, et faire exactement ce qu'il attend de toi.

— Qu'est-ce que je suis censé faire, ou lui donner à ce moment-là ? demanda Jenkins.

Emerson ouvrit son manteau, glissa la main dans une poche intérieure, et en sortit une enveloppe qu'il lui tendit. Jenkins la prit avant qu'une rafale de vent ne l'emporte.

— La quatrième sœur, dit Emerson.

Jenkins plissa les yeux.

— Comment as-tu eu son nom ?

— Je n'ai rien eu du tout.

— Je ne comprends pas.

Emerson désigna l'enveloppe d'un petit mouvement du menton, et dit :

— Ouliana Artemyeva est morte il y a deux ans d'un cancer. Elle avait soixante-trois ans. Elle a travaillé dans le secteur de l'industrie nucléaire russe en tant qu'analyste de haut niveau. Depuis dix ans, elle fournissait aux États-Unis des informations classifiées révélant comment de hauts responsables du secteur de l'énergie, pour accroître l'influence et la mainmise de Poutine sur ce secteur de l'industrie nucléaire à l'échelle mondiale, ont versé des pots-de-vin et blanchi d'importantes sommes d'argent. Bien entendu, le FSB ignore tout de la trahison de cette analyste.

Il désigna de nouveau l'enveloppe et ajouta :

— Ça te servira de preuve. Ils ne douteront plus que tu sois capable de leur fournir des informations hautement confidentielles.

— Federov m'a dit que ses supérieurs n'étaient pas intéressés par des informations concernant des agents doubles russes, s'ils sont morts.

— Mais il t'a laissé entendre qu'ils l'étaient, intéressés, dès lors qu'il s'agit d'identifier les autres sœurs, non ?

— Artemyeva était une des sœurs ?

— J'en doute fortement, répondit Emerson, étant donné que sa collaboration avec l'Agence remonte à une dizaine d'années, pas plus. Mais les Russes ignorent de quand date cette collusion avec nos services. Elle a le même âge que les trois autres sœurs qu'ils ont déjà identifiées, et les renseignements qu'elle a fournis sont à peu près de la même nature que ceux que les autres sœurs faisaient remonter jusqu'à nous.

— Ils ont donc toutes les raisons de croire qu'elle était une des sept, raisonna Jenkins.

— Ils mettront en doute ta parole, bien sûr, mais ils n'auront aucun moyen de prouver que ce que tu leur racontes est faux. Cette information devrait te rapprocher de la huitième sœur, et te permettre de l'identifier.

— Tu as l'intention de les faire sortir de Russie ? Je veux dire, les quatre dernières sœurs ?

— C'est une décision qui ne m'appartient pas. Souviens-toi bien d'une chose, en tout cas : elles ne pensent pas courir le moindre danger, tout simplement parce qu'elles ignorent que les trois femmes qui ont été tuées étaient justement trois des leurs.

Jenkins secoua doucement la tête.

— Un problème ? Qu'est-ce qui te tracasse ? lui demanda Emerson.

Ce qui le tracassait ? Jenkins avait du mal à le déterminer justement.

— Comment la huitième sœur a-t-elle réussi à identifier les trois autres ? D'où lui est venue l'information ?

— J'imagine que tu ne vas pas tarder à le découvrir, dit Emerson. Tu auras fourni à Federov bien trop d'informations pour qu'il les ignore. Il va reprendre contact. Quand il le fera, dis-lui que tu es prêt à revenir en Russie.

— Est-ce qu'au moins il a payé les cinquante mille dollars que j'ai demandés ?

Emerson sourit.

— Bien sûr que non. Il est russe. Plus de quatre-vingts ans de communisme ont fait que les Russes ne paient jamais rien qu'ils n'aient une chance d'obtenir, soit par le vol, soit par le chantage. Mais ils paieront quand tu leur dévoileras cette information, lui assura-t-il. Ils ne peuvent pas se permettre de ne pas le faire.

# Chapitre 10

Le coup de téléphone de Federov arriva juste après le Nouvel An. La conversation fut brève. Le Russe invita Jenkins à revenir à Moscou. Pour donner le change une fois de plus, Jenkins lui demanda si ses supérieurs avaient consenti à satisfaire ses exigences financières. Federov lui assura que tout était « en passe d'être réglé ».

Jusqu'à ce que ce soit effectivement le cas, Emerson remboursait à Jenkins tous ses frais, en espèces.

La deuxième semaine de janvier, Jenkins laissa derrière lui la pluie de l'île de Camano pour la neige et le froid russes. Il dit à Alex qu'il devait retourner à Londres pour superviser le travail de l'équipe de sécurité dans les nouveaux bureaux de LSR&C, avant la visite de deux milliardaires anglais. Cette partie de l'histoire était vraie. Il lui dit aussi qu'il avait prévu de se rendre à Paris ensuite pour tenter d'y dénicher les futurs bureaux d'une succursale française de LSR&C. Cette partie-là était fausse.

Il n'aimait pas lui mentir, mais il avait une double raison de le faire. Moins l'épouse d'un agent de terrain était au courant de la mission de son mari, moins elle était susceptible de divulguer d'informations lors d'un éventuel interrogatoire. D'autre part, il ne voulait pas qu'elle s'inquiète, sachant quel mal cela pouvait lui faire, à elle et au bébé.

Cette fois, quand son vol Heathrow-Cheremetievo atterrit sur l'aéroport russe, Jenkins put franchir la douane sans aucun problème. Il retrouva Youri à la récupération des bagages. Il avait appelé le bureau pour que l'on vienne le chercher – procéder autrement aurait pu paraître suspect – et Youri avait été plus qu'heureux de lui rendre ce service. Le chauffeur était vêtu d'un pull à col roulé et d'une veste en cuir noirs. Il avait l'air d'un gangster russe. Après tout, c'était peut-être le cas, songea Jenkins.

— Ravi de vous revoir, patron.

Il attrapa le sac de Jenkins et, tel un engin de chantier, fendit la foule des voyageurs piétinant pour trouver leurs bagages.

Quand ils arrivèrent au *Metropol*, Jenkins s'enregistra à l'accueil, où un jeune réceptionniste tout sourire le salua en l'appelant par son nom. Jenkins trouva suspect que le jeune employé eût une aussi bonne mémoire, même si les Noirs d'un mètre quatre-vingt-dix étaient loin de courir les rues à Moscou. Le réceptionniste lui donna la clé de sa chambre – une carte magnétique – sans lui réclamer aucune carte de crédit. La chambre lui était gracieusement offerte. L'ennui, c'est que cela signifiait aussi qu'il ne laisserait aucune trace de son passage au *Metropol* cette fois-ci. Federov avait apparemment tout prévu. Jenkins ne savait pas trop quoi en penser.

Il monta jusqu'à sa chambre, la 613, laissa tomber son sac de voyage sur le lit, et remarqua la bouteille de champagne, une grande marque, enveloppée dans une serviette et plongée dans un seau à glace. Sur la table console se trouvait une petite enveloppe blanche contenant une carte avec un message de bienvenue se réjouissant de son retour au *Metropol*, et lui confirmant qu'une voiture viendrait le prendre dans la cour, derrière l'hôtel, ce soir-là à 20 h 15.

Cela lui laissait une douzaine d'heures pour rattraper son manque de sommeil, mais pas dans cette chambre. Il décrocha le combiné du téléphone et appela la réception.

— Oui, monsieur Jenkins ?

— *Mne ne nravitsysa moïa komnata. Ya by predpotchel drougouyou.* Je n'aime pas ma chambre. Je préférerais en avoir une autre.

— Avez-vous reçu la bouteille de champagne ? demanda le réceptionniste d'un ton agité.

— Oui, merci, dit Jenkins. Mais cela ne change rien à la chambre.

— Quelque chose en particulier, monsieur Jenkins ?

— Je préférerais être de l'autre côté de l'hôtel.

Il voulait avoir une vue sur l'entrée principale. Pour le moment, ses fenêtres donnaient sur le mur du bâtiment adjacent.

— Je veux dire, y a-t-il quelque chose en particulier dans votre chambre qui vous ennuie ?

— Oui. Le fait qu'elle ne soit pas de l'autre côté de l'hôtel, répondit Jenkins.

— Je suis désolé, dit le réceptionniste. J'ai bien peur que toutes les chambres situées de ce côté-là ne soient réservées pour la soirée. Nous sommes complets.

— À un étage supérieur, peut-être ?

— Je suis désolé, répéta le réceptionniste en faisant cliqueter son clavier en même temps qu'il lui parlait. Nous n'avons plus aucune chambre.

— Dans ce cas, je vais devoir essayer ailleurs, dit Jenkins. Merci de votre hospitalité.

— Attendez, dit le réceptionniste.

Jenkins ne dit rien.

— Je vois que nous venons d'avoir une annulation, monsieur Jenkins. Je vous envoie un garçon d'étage d'ici une heure.

— J'aimerais déjà dormir d'ici une heure, dit Jenkins, qui avait compris que le délai demandé était destiné à poser des micros dans l'autre chambre.

Le réceptionniste était en contact étroit avec Federov.

— Envoyez-moi le garçon d'étage maintenant.

Il raccrocha sans laisser le temps au réceptionniste de lui répondre, attrapa la bouteille de champagne et le mot, prit son sac et attendit. Le garçon d'étage fut là en quelques minutes seulement ; il le conduisit jusqu'à sa nouvelle chambre de l'autre côté de l'hôtel, deux étages plus haut.

— *Spasibo.*

Jenkins tendit au jeune garçon d'étage la bouteille de champagne, un billet de vingt dollars, et lui dit :

— J'aimerais être prévenu si quelqu'un me demande à la réception.

— Pas de problème, dit le jeune homme.

* * *

Ce soir-là, avant de quitter sa chambre d'hôtel, Jenkins plaça de nouveau un morceau de papier sur la moquette près de la porte. Il entrouvrit également la penderie, dévissa son porte-mine rechargeable, en ôta la mine de graphite, et la glissa dans la charnière de la porte. Si quelqu'un devait fouiller sa chambre, la personne, en quittant les lieux, aurait beau tenter de reproduire l'entrouverture de la porte telle qu'elle l'avait trouvée en arrivant, il lui serait impossible de remettre la mine brisée en place – pour autant, et c'était peu probable, qu'elle ait même remarqué sa présence.

Il sortit de l'hôtel par l'arrière à 20 h 15 précises. Federov n'était pas pressé. Jenkins le soupçonnait, lui et son acolyte, Arkady Volkov, d'attendre dans une voiture garée à proximité, moteur en marche et chauffage à fond, et de prendre un malin plaisir à le laisser, lui, Jenkins, faire le pied de grue dans le froid et se geler les noix.

La température de Moscou avait plongé avec la tombée de la nuit. La météo avait annoncé une vague de froid qui allait traverser tout le pays et faire chuter les températures jusqu'à -30 C. Jenkins se tenait sous un réverbère ouvragé, dont la lumière à incandescence reproduisait la flamme d'une bougie. Bientôt, en dépit de son gros manteau et de sa chapka à rabats achetée à Seattle, le froid commença à s'infiltrer dans ses membres. Il se mit à agiter les bras et les jambes pour ne pas geler sur place. Au bout de quinze minutes, il en eut assez. Il retourna à l'intérieur profiter de la chaleur de l'hôtel.

Tandis qu'il traversait le hall marbré, le garçon d'étage à qui il avait donné un généreux pourboire apparut avec une enveloppe.

— Excusez-moi, monsieur Jenkins, un message est arrivé pour vous.

Le jeune Russe se figea d'un air d'attente, avant d'ajouter :

— Il y a un taxi qui attend devant.

— *Spasibo*, dit Jenkins.

Il leva les yeux et, voyant que personne ne paraissait s'intéresser particulièrement à lui dans le hall, il ouvrit l'enveloppe :

Changement de plan. Prenez le taxi devant l'hôtel.

Jenkins grommela un juron, fourra l'enveloppe dans la poche de son manteau, puis enfila ses gants en se dirigeant vers l'entrée principale. Un homme attendait dehors, debout à côté du taxi, les épaules rentrées à cause du froid, soufflant de la fumée de cigarette par les narines. Quand il croisa le regard de Jenkins, il jeta son mégot de cigarette dans la neige et se remit rapidement au volant.

Jenkins grimpa à l'arrière du taxi. Le chauffeur ne lui demanda pas sa destination ; pas plus qu'il ne mit son compteur en marche. Il parut d'abord rouler au hasard, quoiqu'avec une intention précise : déterminer s'ils étaient suivis. Jenkins s'en rendit compte en prenant comme repère le Kremlin illuminé dans la nuit brumeuse : ils tournaient en rond. Au bout de quinze minutes, un téléphone portable sonna. Le chauffeur prit l'appel et écouta en silence, avant de faire faire un brusque demi-tour à la voiture en plein milieu d'une rue. Ils traversèrent la Moskova. Jenkins commença à prêter attention aux panneaux de signalisation. Le taxi tourna à droite, cette fois dans Krymsky Val, avant de se ranger le long d'un trottoir quelques minutes plus tard, puis de s'arrêter.

Le chauffeur lui désigna d'un geste une passerelle piétonne qui conduisait dans ce qui semblait être un parc, et dit :

— Le manège.

Quand Jenkins descendit du taxi, le froid le saisit une fois de plus. Il remonta le col de sa veste et appuya les rabats de sa chapka sur ses oreilles ; puis il suivit un chemin jalonné de réverbères anciens qui diffusaient une lumière jaunâtre faiblarde. Le chemin débouchait sur une aire de jeux pour enfants où avaient été installés plusieurs manèges constellés de lumières chatoyantes et colorées ; mais aucune trace de Federov ni de la Mercedes noire. Il attendit de nouveau.

Plusieurs minutes s'écoulèrent avant que la Mercedes n'approche lentement dans sa direction. Il se tenait sur le chemin piétonnier désert. Il leva la main pour se protéger de l'éblouissement des phares, et regarda Federov descendre de voiture et venir vers lui en fumant. Au volant de la Mercedes, il reconnut Volkov, le bout rouge de sa cigarette brillant dans la pénombre.

— C'est un chemin piéton, dit-il à Federov. Vous risquez une amende si un flic se pointe.

— Je prends le risque, dit Federov.

En dépit du froid, il portait un simple blouson de cuir ; pas de chapeau ni de gants – une façon d'affirmer sa virilité, sa force mentale et physique. Tout cela était si typiquement russe. Mais Jenkins n'avait que faire de ces enfantillages. Il n'était pas là pour tenter d'impressionner physiquement Federov. Il fourra ses mains gantées dans les poches de son manteau pour éviter d'avoir les doigts gelés.

— Où sommes-nous ? demanda-t-il en jetant un regard alentour.

Federov feignit d'être surpris.

— Vous ne lisez pas, monsieur Jenkins ? Je vous croyais amateur de littérature.

Jenkins fouilla dans sa mémoire, et retrouva soudain l'endroit où l'information était stockée.

— Parc Gorki, dit-il.

Federov sourit en hochant la tête.

— Exactement. De Martin Cruz Smith, je crois.

— Oui. Vous l'avez lu ? demanda Jenkins.

— Je lis tout ce qui concerne la Russie.

— C'est drôle, je ne vous imaginais pas en lecteur de romans.

— Vous m'avez mal jugé, dit Federov. J'avoue toutefois préférer les auteurs russes. Dostoïevski. Tolstoï.

— *Crime et châtiment* ?

— Un chef-d'œuvre.

Federov extirpa un paquet de cigarettes froissé d'une poche de son blouson. Il le tapota contre sa paume, en sortit une cigarette avec ses lèvres, et en proposa une à Jenkins, qui déclina l'offre.

— Ah, les Américains, fit le Russe en secouant la tête. Vous ne fumez pas. Vous ne buvez pas. Vous faites du sport tous les jours. Pourtant, il faut bien mourir de quelque chose ; alors, autant que ce soit quelque chose d'agréable, non ?

Il alluma son briquet et porta la flamme bleue au contact du bout de la cigarette. Le tabac rougeoya en même temps qu'il tirait une bouffée de fumée, l'air d'en apprécier le goût. Quand il souffla la fumée, elle donna l'impression de stagner dans l'air froid, comme si elle y était piégée.

— Je voulais que vous vous sentiez à l'aise pour cette rencontre. Je me suis dit que l'endroit vous serait peut-être familier.

— J'ai lu le livre il y a des années, dit Jenkins, sentant le froid s'infiltrer par toutes les coutures de ses vêtements.

*À l'aise, mon cul.*

— J'ai bien peur d'en avoir oublié les détails, ajouta-t-il.

— Vraiment ? L'inspecteur Arkady Renko ?

Federov pointa du doigt un endroit sur sa droite.

— Deux hommes et une femme retrouvés morts dans la neige, ici même, abattus. Trois cadavres mutilés. Un… comment dites-vous… ? un roman à énigmes ? Les corps ne sont retrouvés qu'au mois d'avril, à la fonte des neiges.

— Sinistre, dit Jenkins, se demandant si Federov cherchait à l'intimider. Savez-vous que le livre a failli ne jamais être publié ?

— *Parc Gorki* ? Non, je l'ignorais, avoua Federov.

— L'éditeur était persuadé qu'un livre mettant en scène un inspecteur russe ne se vendrait pas, que cela n'intéresserait pas les Américains.

— Regardez autour de vous : la Russie est un pays très intéressant, réagit Federov. Je crois que le tueur était un Américain, non ?

— Attention, *spoiler* !

— *Izvinite ?*

— Ça signifie que vous dévoilez la fin du livre. Vous le « *spoilez* ».

— Ah, les Américains et leurs termes !

Il tira une autre bouffée de sa cigarette, et, soufflant un nuage de fumée par le nez et la bouche, il ajouta :

— Vous avez dit que vous aviez une nouvelle information ?

— J'ai dit aussi que j'avais des exigences sur le plan financier.

— Mes supérieurs n'ont pas été impressionnés par la première information. Peut-être le seront-ils par celle-ci ?

— Je ne suis pas sûr qu'on le sache jamais.

— Ah non ?

— Non.

— Vous avez appris pour Nikolaï Tchaïkovski ? demanda le Russe.

— Oui, dit Jenkins. J'ai lu ça dans la presse.

— Quel dommage qu'un homme aussi talentueux doive mourir.

— Vous l'avez dit : il faut bien mourir de quelque chose.

— C'est vrai, mais…

Federov laissa tomber son mégot de cigarette et l'écrasa avec la pointe de sa chaussure.

— … vous auriez pu le sauver, ajouta-t-il.

— J'en doute.

— Vraiment ?

— J'imagine qu'il était sous surveillance depuis longtemps ; je veux dire, depuis bien avant que vous ne me donniez son nom. Alors, même si j'avais eu la tentation de faire remonter son nom jusqu'à l'Agence – ce que je n'ai pas envisagé une seconde – qu'est-ce qu'ils auraient pu faire ?

— Je ne sais pas, risquer un sauvetage périlleux, comme dans vos romans d'aventure ?

Jenkins eut un petit sourire.

— Peu probable.

— En tout cas, le fait est que vous aviez le nom de Tchaïkovski, et que vous n'avez rien fait pour prévenir vos supérieurs. Comment croyez-vous qu'ils réagiraient s'ils devaient l'apprendre ?

— Qui va le leur dire ?

Federov sourit à son tour.

— Je veux cinquante mille dollars virés sur le compte que je vous ai indiqué avant la fin de la semaine, ou je reprends l'avion et je ne reviens plus.

Federov secoua la tête d'un air grave.

— C'est beaucoup d'argent, monsieur Jenkins. Peut-être ne suivez-vous pas l'actualité ? Les prix du pétrole s'effondrent chaque jour un peu plus. L'économie russe est entrée en récession.

— Je suis certain que vos patrons sauront où trouver cet argent. Je ne doute pas qu'ils aient parmi leurs connaissances un oligarque fortuné, qui se trouve être aussi un patriote, et qui n'hésitera pas à mettre la main à la poche.

Il sourit de nouveau, avant d'ajouter :

— C'est ce que nous avons convenu. Je n'ai rien changé à notre marché.

— C'est vrai, admit Federov, mais mes supérieurs seraient plus enclins à payer s'ils avaient d'abord cette information que vous nous dites posséder.

Jenkins se tut un instant, volontairement. Il voulait que Federov se dise qu'il l'avait à sa merci, et que lui, Jenkins, en était conscient.

— Vous recherchez quatre des sept sœurs.

— Nous avons déjà eu cette discussion.

— La numéro quatre, dit Jenkins.

— Vous connaissez son identité ?

— Ouliana Artemyeva, lâcha Jenkins.

Il regarda Federov lancer de brefs regards en direction de Volkov dans la voiture, tandis qu'il lui livrait les détails de la trahison d'Artemyeva, et lui racontait comment l'Agence s'était servie de cette information pour saper de l'intérieur l'industrie nucléaire russe, si chère à Poutine. Jenkins savait qu'il était enregistré, peut-être même filmé.

Il plongea la main vers la poche intérieure de son manteau, et en tira l'enveloppe en papier kraft que Carl Emerson lui avait remise. Il la tendit à Federov, avant de répéter :

— Cinquante mille sur le compte que je vous ai donné. Autrement, et quelque plaisir que j'y prenne, je devrai mettre un terme à nos conversations.

Là-dessus, il tourna doucement les talons, et se remit en marche le long du chemin.

— Vous allez mourir de froid à marcher par ce temps, lui lança Federov.

Jenkins se retourna et lui sourit.

— Il faut bien mourir de quelque chose.

# Chapitre 11

Le retour à pied jusqu'au *Metropol* aurait très bien pu avoir la peau de Jenkins. Ironiquement, il fut sauvé par une ambulance qui s'arrêta à sa hauteur au moment où il arrivait de l'autre côté du pont de Crimée. Il crut d'abord à un bon geste, ou du moins à une prise de conscience par le chauffeur que, s'il ne le prenait pas maintenant à bord, il risquait fort de devoir revenir chercher son cadavre ; mais en lui ouvrant la portière, l'homme lui demanda « quarante dollars américains ». Jenkins avait lu qu'à Moscou, toutes sortes de véhicules, jusqu'aux plus improbables – benne à ordures ou corbillard – proposaient un service de taxi aux piétons. Dans une ville où tant de personnes luttaient pour pouvoir joindre les deux bouts, quelques milliers de roubles en plus à la fin du mois faisaient toute la différence.

Il paya sans broncher l'ambulancier pas si altruiste que cela.

De retour à l'hôtel, il vit que le morceau de papier sur la moquette de sa chambre n'avait pas bougé, pas plus que la mine de graphite glissée dans la charnière de la penderie. Il verrouilla sa porte, mit la chaîne, et s'affala sur le lit.

Il fut réveillé par la sonnerie de son téléphone portable. Le nom d'Alex s'affichait sur l'écran. L'horloge du téléphone indiquait 11 h du matin. Il avait dormi presque douze heures, soit le double de son temps de sommeil habituel. Il jeta un regard autour de lui, se demandant s'il n'avait pas été drogué. Si c'était le cas, il ne ressentait pas d'effets secondaires. Tout avait l'air d'être à sa place.

— On dirait que tu viens de te réveiller, remarqua Alex.

— Je me suis couché tard hier soir, dit-il. Les Anglais adorent prolonger les soirées au pub. J'espère être rentré dans un jour ou deux. Et toi, comment ça va ?

— Fatiguée. CJ a réussi à me négocier un chapitre de *Harry Potter* en plus ce soir. Je crois que ce gosse a une carrière d'avocat toute tracée devant lui.

Au ton de sa voix, elle paraissait abattue.

— Tu es sûre que tout va bien ? insista-t-il.

— Je ne veux pas t'inquiéter.

Jenkins se redressa.

— Qu'est-ce qui se passe ?

— J'ai eu quelques saignements aujourd'hui, répondit-elle. Le médecin dit que ce n'est peut-être rien, mais il veut que je garde les jambes relevées pendant un jour ou deux.

— Je vais rentrer, dit Jenkins.

Si quelque chose devait arriver à Alex ou au bébé, il ne se le pardonnerait jamais.

— Non… non, dit-elle. Je me suis arrangée avec Claire Russo. Elle a gentiment accepté de conduire CJ à l'école le matin, et même au sport. Tout ce que j'ai à faire, c'est de le réveiller et de m'arranger pour qu'il franchisse la porte à l'heure.

— Je l'appellerai tout à l'heure pour lui expliquer que nous avons besoin de son aide.

— Non, ne fais pas ça, dit-elle. Je lui ai déjà parlé ; il fait des efforts. Il a préparé le dîner ce soir.

— Je n'ose pas imaginer ce que c'était, s'inquiéta Jenkins.

— Des sandwichs à la dinde. Et c'était très bon. Je vais me coucher maintenant. Je suis fatiguée. Je voulais juste entendre ta voix. Je t'aime.

— Moi aussi, je t'aime, dit Jenkins.

Il coupa la communication et fixa son téléphone. Comment avait-il pu se laisser embarquer dans cette histoire, bordel ? Qu'est-ce qu'il ferait si Alex perdait cet enfant pendant qu'il était en Russie après avoir accepté de retravailler pour la CIA ? Il n'avait rien à faire là. Il était trop vieux pour négocier des renseignements hautement classifiés avec des officiers du FSB dans la nuit glaciale moscovite. Il repensa à ce qui l'avait poussé à créer CJ Sécurité. Était-ce pour assurer à sa famille une sécurité financière ? Ou bien son ego avait-il parlé plus fort, son besoin irrépressible d'essayer toujours quelque chose de nouveau, quelque chose de différent, par bravade peut-être ? Cela n'aurait pas posé de problème s'il était encore jeune et pouvait se permettre des erreurs, mais il avait soixante-quatre ans, une femme enceinte et un garçon de neuf ans. Mort, il ne leur serait d'aucun secours, et il n'avait plus la naïveté de croire que ce n'était pas là un risque bien réel. Les Russes n'aimaient pas qu'on les prenne pour des idiots. S'il réussissait dans sa mission, et déterminait l'identité de cette huitième sœur, il risquait de devoir regarder par-dessus son épaule pour le restant de ses jours. La CIA ne le protégerait pas, ni lui ni sa famille. Emerson avait été parfaitement clair sur ce point : si cela tournait mal, l'Agence désavouerait la mission en moins de temps qu'il n'en faudrait à un ado pris la main dans un sachet d'herbe pour jurer que ce n'était pas à lui. Le temps pressait. Il fallait qu'il trouve cette huitième sœur, et qu'il foute le camp de ce pays au plus vite.

* * *

Il était un peu plus de 18 h quand Jenkins, qui sortait d'un énième rendez-vous dans les bureaux moscovites de LSR&C, regagna l'hôtel *Metropol.* Le réceptionniste le salua d'un petit geste de la main, et lui tendit une enveloppe au passage. Jenkins le remercia, et rejoignit sa chambre. Le morceau de papier sur la moquette était toujours à l'endroit où il l'avait laissé. Il ôta son manteau, sa chapka et ses gants, les posa sur le lit et ouvrit l'enveloppe. Elle contenait une feuille de papier pliée. Un billet de spectacle s'en échappa et tomba en voletant sur la moquette quand il la déplia. Il se pencha et le ramassa. C'était un billet pour la pièce *Mascarade* de Mikhaïl Lermontov au théâtre Vakhtangov. La représentation avait lieu le soir même, à 19 h 30.

Federov voulait l'y retrouver. C'était sa façon d'essayer de le convaincre qu'il n'était pas seulement une brute, mais un amoureux des arts.

Jenkins n'y croyait pas une seconde.

* * *

Jenkins descendit du taxi et marcha dans la rue Arbat, l'une des plus anciennes voies pavées piétonnes de la capitale russe. Aujourd'hui, la rue s'était embourgeoisée, ce qui n'avait rien d'étonnant compte tenu de sa proximité avec le centre historique de Moscou.

Ce soir-là, les promeneurs étaient peu nombreux, en raison du froid glacial. Un attroupement s'était formé devant le théâtre Vakhtangov. Les gens fumaient une dernière cigarette avant le spectacle ; ils étaient comme des machines à vapeur soufflant des panaches de fumée dans la nuit.

À l'une des multiples entrées, une femme vérifiait les billets. Jenkins présenta le sien et entra en piétinant à l'intérieur du théâtre. Il se débarrassa rapidement de son manteau, de son chapeau et de ses gants, mais il ne les mit pas au vestiaire, préférant prévoir un départ en urgence. Il présenta son billet à l'ouvreuse. Au lieu de le diriger dans la travée principale, elle lui indiqua un escalier et lui dit de monter au troisième balcon.

Il suivit ses instructions et les indications sur son billet, et finit par arriver à une loge privée équipée de six sièges en velours rouge. Comme il s'y attendait, Federov et Volkov n'étaient pas là. Il prit un des sièges qui se trouvaient le plus près du garde-corps. Sur la scène, le rideau était fermé ; du parterre montaient des effluves entêtants d'eau de Cologne et autres parfums capiteux, tandis que le brouhaha des conversations couvrait le son des instruments que les musiciens accordaient dans la fosse d'orchestre.

Jenkins attendit ; cela devenait une habitude. Au moins, cette fois, il n'était pas dehors en train de geler sur pied.

Les sièges du théâtre presque entièrement occupés, les lumières faiblirent et la pénombre se fit. Avec un parfait sens du timing, Federov entra dans la loge à cet instant précis. Il portait un costume noir et une cravate rayée. Volkov arriva à son tour, vêtu d'un jean, d'un polo et d'un manteau d'hiver. Il portait également un attaché-case, curieux détail compte tenu du lieu.

Federov regarda Jenkins et dit :

— Ça vous ennuie si on échange nos places ?

Jenkins se leva. Il ne voyait pas ce qui pouvait motiver cette demande, mais il s'exécuta et prit le siège le plus à gauche, au premier rang de la loge. Volkov s'assit juste derrière lui, lui faisant de nouveau penser au *Parrain* et à la fameuse scène d'étranglement.

— Avez-vous déjà vu cette pièce, monsieur Jenkins ? lui demanda Federov en parlant à voix basse.

— Non, je ne crois pas, répondit Jenkins. Merci pour le billet.

Les musiciens jouèrent quelques dernières notes d'accord, puis les instruments se turent. Le chef d'orchestre avait les bras levés, prêt à commencer.

— À votre place, j'attendrais avant de me remercier, dit Federov.

Il lui tendit un programme.

— La pièce a été écrite en 1835 par Mikhaïl Lermontov. Je crois savoir qu'on la compare souvent à l'*Othello* de Shakespeare.

L'orchestre entonna un air d'ouverture, guidé par les mouvements de bras frénétiques du maestro. Federov se pencha vers Jenkins pour qu'il l'entende mieux.

— Le personnage central, Arbénine, est un esprit rebelle né dans la haute société. Par jalousie, il va finir par empoisonner sa femme.

— Encore une joyeuse comédie russe, dit Jenkins.

— La vie n'est pas toujours joyeuse ni amusante, répliqua Federov d'un air désabusé, son haleine sentant l'ail et la bière.

— Elle n'est pas toujours sombre ou déprimante non plus.

— Vous devriez passer quelques hivers ici, en Russie. Vous verrez : vous risquez de changer d'avis.

— Oh, ça, je n'en doute pas, dit Jenkins.

Il se tut un instant, avant de reprendre :

— Je ne vous imaginais pas amateur de théâtre dramatique, vous savez.

Federov laissa échapper un petit rire.

— Avez-vous des enfants, monsieur Jenkins ?

Jenkins ne répondit pas. Il voulait faire bien comprendre à Federov qu'il n'avait aucune intention de parler de sa famille.

— J'ai deux filles, reprit Federov en ôtant une peluche de son pantalon. Mon aînée, Renata, joue dans la pièce ce soir – un petit rôle, une des servantes.

Jenkins se tourna vers lui pour voir s'il était sérieux. Le Russe haussa les épaules.

— Mon ex-femme l'a déjà vue jouer trois fois. Je suis un mauvais père. Un père absent, qui rentre toujours trop tard du travail. Cela fait trois fois que je promets à ma fille de venir la voir, et trois fois que je la déçois. Vous pouvez me croire quand je vous dis qu'il n'y a rien de pire qu'une fille déçue et une ex-femme confortée dans l'opinion qu'elle a de vous.

Jenkins sourit. Le Russe lui avait déjà livré quelques détails personnels, mais c'était la première fois qu'il le faisait par un trait d'humour. Il paraissait mieux disposé à son égard. Le renseignement qu'il lui avait fourni la veille au soir y était-il pour quelque chose ?

— C'est pour ça que vous vouliez la place la plus avancée ? crut soudain comprendre Jenkins.

— Oui, c'est pour ça, dit Federov. Je sais que Renata ne résistera pas à la tentation de regarder par ici pour voir si je suis venu.

— Eh bien, vous êtes là, dit Jenkins.

— Oui, je suis là, souffla Federov d'un air satisfait.

Il montra du doigt les acteurs qui entraient en scène et dit :

— Là. Vous voyez la jeune femme brune en robe blanche ? C'est ma fille.

— Elle est très belle, dit Jenkins. Vous devez être fier d'elle.

Federov haussa doucement les épaules.

— La beauté et le théâtre, c'est de famille, de mon côté. Ma mère était chanteuse d'opéra.

— Vous avez le théâtre dans le sang.

— Je préfère ne pas calculer ce que m'ont coûté les écoles et la formation de Renata, mais il paraît que les jeunes aujourd'hui ne s'intéressent plus à cette question de l'argent, ni aux biens matériels. Ils veulent être heureux. Tout le monde veut être heureux. Je suppose que je n'ai pas d'autre choix que de l'accepter. Et de payer les factures, bien sûr.

— C'est certain. En même temps, elle a un rôle dans une grosse production à Moscou. Ce n'est pas rien.

— Elle chante comme une casserole, monsieur Jenkins. Elle tient cela de l'autre côté de la famille, celui de ma femme. Quand ma femme chante à la maison, les voisins se demandent si le chat n'est pas passé dans l'aspirateur. Ma fille ne chante pas beaucoup mieux.

Jenkins sourit.

— Comment a-t-elle eu le rôle, dans ce cas ?

Federov se tourna vers lui et haussa les sourcils.

— Elle a un père qui connaît des gens qui connaissent des gens, mais évidemment ni elle ni sa mère n'en savent rien.

Jenkins étouffa un petit rire.

— L'espace d'une toute petite seconde, je vous ai presque trouvé humain, Federov.

Le Russe haussa une nouvelle fois les épaules.

— Vous et moi, nous ne sommes pas si différents, monsieur Jenkins. Nous voulons que nos femmes et nos enfants soient heureux, non ? J'ai raté mon mariage. J'essaie de ne pas faire la même chose avec mes enfants.

Quelques minutes plus tard, quand la fille de Federov sortit de scène, l'agent du FSB se leva et dit :

— Venez.

— Quoi, nous partons déjà ? s'étonna Jenkins.

— Elle ne revient en scène qu'au troisième acte, dit Federov. Elle ne saura pas que nous sommes partis. Considérez cela comme un moment de répit.

Jenkins eut un instant d'hésitation, ne sachant pas s'il plaisantait ou non.

— Cette pièce est typique du théâtre russe, ajouta Federov. Bien trop longue et déprimante. Attention, *spoiler* : la femme meurt. Venez.

Jenkins le suivit hors de la loge, Volkov leur emboîtant le pas, son attaché-case à la main. Jenkins se demanda s'il contenait de l'argent. Au lieu de tourner à droite pour rejoindre le hall d'entrée, Federov prit à gauche. Ils longèrent le couloir jusqu'à ce qui semblait être un escalier de secours, mais Federov dépassa le petit panneau lumineux de sortie qui se trouvait au-dessus de la porte.

— Où allons-nous ? demanda Jenkins.

— Quelque part où nous pourrons parler en privé, répondit Federov.

Loin derrière eux, Jenkins entendit l'orchestre et les chanteurs entamer un crescendo assourdi. Federov s'arrêta et poussa une porte. Jenkins le suivit et entra dans la pièce avant même de se rendre compte qu'elle était plongée dans l'obscurité. La porte se referma derrière lui, et il entendit Federov, ou Volkov, actionner un interrupteur. Une ampoule nue reliée à une simple douille projeta une lumière vive dans la pièce, qui se révéla être un simple cube en béton sans fenêtre. Au centre, juste sous l'ampoule, quelqu'un avait installé une unique chaise en métal.

Plus jeune, et bien plus aguerri à ce petit jeu, Jenkins aurait deviné instantanément ce qui allait se passer, et il aurait mis tout aussi rapidement les deux hommes hors d'état de nuire. Mais ses réflexes n'étaient plus ce qu'ils étaient ; quand il se rendit compte de ce qui se passait, il était déjà trop tard.

Il sentit qu'on lui donnait un violent coup sur la nuque.

# Chapitre 12

L'odeur âcre de l'ammoniaque fit soudain se redresser Jenkins. Des images brouillées dansèrent devant ses yeux, puis sa vision s'éclaircit, et il reconnut Federov assis sur une chaise pliante à côté de Volkov, pareillement assis. Les deux hommes fumaient tous deux une cigarette. À en juger par la brume de fumée qui flottait au-dessus de leurs têtes et le nombre de mégots écrasés qui jonchaient le sol, Jenkins comprit qu'il était resté inconscient un long moment. Il ressentait une douleur lancinante à l'endroit où il avait été frappé.

— J'ai dit à Arkady qu'il avait cogné trop fort, dit Federov d'une voix calme.

— Bordel, mais qu'est-ce qui se passe, Federov ? lui demanda Jenkins, en s'efforçant de paraître plus las qu'effrayé.

Il ne s'attendait pas à se retrouver dans cette situation ; cela ne ressemblait à rien de ce qu'il avait connu à Mexico. Il lui fallait gagner du temps pour essayer de comprendre ce qui se tramait. Voulaient-ils seulement l'effrayer ou l'intimider, ou bien avait-il mis quelqu'un en rogne à la Loubianka ?

Volkov ouvrit l'attaché-case sur la table. Jenkins vit que la mallette contenait du ruban adhésif, des pinces, des couteaux et un chalumeau.

— Je suis un peu pressé par le temps, dit Federov en regardant sa montre. Si je ne suis pas de retour dans la loge avant le début du troisième acte, ma fille saura que je suis parti, et alors…

Il haussa les épaules.

— Ce n'est souhaitable ni pour vous ni pour moi.

— Si je comprends bien, votre fille joue réellement dans cette pièce ? reprit Jenkins, surtout pour gagner du temps.

— Bien entendu, répondit Federov. Et je n'aimerais pas la décevoir une fois de plus… Alors, que se passe-t-il ? C'est bien ce que vous m'avez demandé, non ?

— Ouais. Qu'est-ce qui vous prend ?

Federov tira une dernière bouffée de sa cigarette, laissa tomber le mégot sur le sol, se leva et et en écrasa le bout incandescent de la pointe de sa chaussure. Soufflant la fumée par le nez et la bouche, il expliqua :

— Nous nous trouvons dans une pièce située plusieurs niveaux sous la scène. On ne connaît pas réellement son histoire ; ou plutôt, avec le temps, cette histoire a été pas mal embellie. Certains racontent que les catholiques se réunissaient ici sous l'ancien régime communiste. Ils prétendaient aller au théâtre, alors qu'en fait ils assistaient à des messes dans cette pièce. Pour d'autres, toutes ces histoires sont de pures inventions. D'après eux, on faisait du stockage ici, rien de plus. Ce qui n'empêche pas un certain nombre de personnes d'affirmer que c'était une des innombrables salles d'interrogatoire réservées aux dissidents à l'époque de Staline. Ces mêmes personnes disent que le sang de ces hommes a laissé des taches sur les murs qu'aucune peinture ne parvient à couvrir. Vous voyez cette teinte rouge, là-bas ? Je reconnais qu'avec cette lumière, ce n'est pas facile.

— On dirait l'intrigue d'une pièce russe, dit Jenkins.

— On ne sait pas vraiment où est la vérité. L'ironie de la chose, c'est que vous êtes là, sur cette chaise, monsieur Jenkins.

Jenkins s'efforçait de rester calme. Sa main droite menottée à la chaise ne tremblait pas ; c'était déjà ça. D'un ton à la fois assuré et détaché – du moins, l'espérait-il – il dit :

— Tout cela est très théâtral, Federov. Vous voulez rejouer le passé, c'est ça ?

Federov se mit à marcher de long en large.

— Vous êtes ici, monsieur Jenkins, parce que je vous ai dit que mes supérieurs n'étaient pas intéressés, et qu'ils ne paieront pas pour des noms de femmes qui ne sont même plus de ce monde, puisque c'est tout ce que vous m'avez fourni.

— Comment cela ?

Federov s'approcha et se planta devant lui.

— Ce que je veux dire, c'est qu'Ouliana Artemyeva est morte il y a plusieurs années déjà, de mort naturelle.

— Et alors ?

— Et alors, vous voyez bien quel dilemme est le mien, non ?

— Non, je vous avoue que non. En quoi est-ce que ça rend mon information moins intéressante ?

— C'est simple : nous n'avons aucun moyen de prouver – ou d'infirmer – que M^me^ Artemyeva était l'une des sept sœurs.

— Je vous ai dit qu'elle était du nombre.

— C'est vrai, mais quelqu'un qui est prêt à trahir son pays pour de l'argent n'est pas ce qu'on pourrait appeler un modèle d'intégrité ou d'honnêteté, vous me suivez ?

Sur la table, Volkov régla le bec du chalumeau, ouvrit la valve et craqua une allumette. Une flamme jaune et bleue jaillit du brûleur ; il l'ajusta jusqu'à ce qu'elle devienne un petit triangle bleu.

— Pourquoi est-ce que je vous fournirais une information qui ne vaut rien ?

Federov se laissa distraire un instant en entendant détoner la flamme bleue, avant de reporter son regard sur Jenkins.

— Je pourrais vous donner cinquante mille raisons. Par laquelle voulez-vous que je commence ?

— Vous voulez parler des cinquante mille que vous ne m'avez toujours pas payés ? Je vous ai fourni l'information en toute bonne foi, Federov, et en imaginant bien sûr que j'en serais récompensé. Ne me traitez pas comme un amateur. Je commence à en avoir assez ! Vous vouliez un renseignement ; je vous l'ai fourni. S'il se trouve qu'une des sept sœurs est déjà morte, je n'y peux rien.

— Mais c'est bien pratique pour vous, non ?

— Pratique ? Vous trouvez que ma situation est pratique?

Volkov sortit un couteau de son fourreau et trancha un ruban de papier qui voleta en tombant sur le sol.

Jenkins releva les yeux vers Federov. Il allait devoir se montrer plus malin que lui.

— Dites-moi, Federov, qu'est-ce qui vous a permis d'être certain que les trois autres femmes étaient bien trois des sept sœurs ? Ont-elles avoué sous la torture ? Ou bien vous ont-elles juré qu'elles ne savaient pas de quoi vous parliez, qu'elles ignoraient jusqu'au sens de l'expression « les sept sœurs » ?

— Elles ont certainement été entraînées à résister à un interrogatoire, monsieur Jenkins.

Jenkins se mit à rire, mais intérieurement il avait un nœud à l'estomac.

— Si c'est le cas, c'est que vos gars n'arrivent pas à la cheville de ceux que j'ai connus à l'époque du KGB. J'avais cru comprendre que le FSB en était la version améliorée. Mais on m'aura sans doute mal renseigné ; si vraiment vous n'avez pas été capables de faire parler des femmes de plus de soixante-dix ans…

— Nous allons voir si nous sommes devenus si mauvais que cela, dit Federov.

Il jeta un coup d'œil à sa montre et ajouta en russe, en s'adressant à Volkov :

— Je dois retourner à la loge maintenant.

Puis :

— Veuillez m'excuser, monsieur Jenkins. Les ordres sont les ordres, mais ce qui va se passer ici est plutôt moche ; je ne souhaite pas y participer.

— Comment pouvez-vous raisonner aussi mal, Federov ?

— Oh... Vous souhaitez *éclairer ma lanterne*, c'est bien l'expression ? dit le Russe en se rasseyant en face de lui. Allez-y, je vous écoute, mais tenez compte de l'heure. Le deuxième acte est long, mais pas tant que cela.

— Pourquoi fournirais-je une information sur un agent double russe dont le FSB pourrait facilement vérifier l'inexactitude, si tel était le cas ? Le renseignement que je vous ai fourni, si mon Agence en avait vent, suffirait à lui seul à me faire passer le restant de mes jours dans un pénitencier. Pourquoi risquerais-je de vous donner une fausse information maintenant ? À quoi cela me servirait-il ?

Federov se pencha en avant. Son visage n'était qu'à quelques centimètres de celui de Jenkins.

— Je crois que vous voulez me faire passer pour un idiot auprès de mes supérieurs, voilà ce que je crois, monsieur Jenkins. Et cela, je n'en ai aucune envie, comprenez-vous ?

— Ce que je veux, c'est mon argent, comme nous en étions convenus. Je me fous totalement de votre image auprès de vos supérieurs, autant que je me contrefous de vos supérieurs eux-mêmes, qui, si j'en crois ce que vous me dites, ne méritent pas une once de respect. Mais rassurez-moi : dites-moi au moins qu'ils ont pris la peine de vérifier, *réellement*, que l'information est vraie.

Jenkins attendit la réponse du Russe. Comme elle ne venait pas, il laissa échapper un petit rire amer.

— Quoi, sérieusement ? Comment voulez-vous que le FBI et la CIA aient été au courant que des responsables russes travaillant dans le secteur de l'énergie nucléaire versaient des pots-de-vin et blanchissaient du fric, si ce n'est parce qu'ils recevaient des informations classifiées de quelqu'un qui était en position de les leur fournir ?

— Artemyeva est morte, ce qui veut dire…

— Que vous ne pourrez pas vérifier mes dires en vous contentant de la torturer. Il va falloir être un peu plus créatif ; fouiller dans les archives, exhumer des documents, faire marcher votre intelligence. Comment le FBI et la CIA auraient-ils été capables de court-circuiter autant d'entreprises faisant des affaires avec des sociétés d'énergie russes, s'ils n'avaient pas eu vent justement des dessous-de-table versés, et évidemment s'ils n'avaient pas menacé de les rendre publics ? Ces activités illégales ont été portées à la connaissance de la CIA par un « témoin protégé » qui connaissait parfaitement, de l'intérieur, la Commission de contrôle de l'énergie atomique. Et ce témoin protégé, c'était Ouliana Artemyeva.

À la table, Volkov sortit une espèce de pince-ciseaux et se mit à en passer les bords tranchants à la flamme du chalumeau jusqu'à ce qu'ils rougeoient.

— Peut-être qu'elle était ce témoin protégé, mais peut-être pas, continua de soutenir Federov, en cherchant à ôter une fois de plus une peluche imaginaire sur son pantalon.

Un geste révélateur. Tout le monde en avait un ; même les meilleurs agents auxquels Jenkins avait été confronté. Celui de Federov, c'était d'ôter une peluche imaginaire sur ses vêtements, ce qui signifiait qu'il n'était pas aussi sûr de lui qu'il voulait bien le laisser paraître. Il n'y avait pas que sa fille qui était mauvaise actrice dans la famille.

— Ce n'est pas une preuve qu'elle était une des sept sœurs.

— Ah non ? poursuivit Jenkins, retrouvant un peu de confiance. Elle avait soixante-trois ans quand elle est morte. Quel âge avaient Zarina Kazakova, Irena Lavrova et Olga Artamonova ?

— C'est justement la raison pour laquelle vous avez choisi de révéler son nom plutôt qu'un autre.

— Quoi, plutôt que le nom d'une autre femme travaillant elle aussi dans le secteur de l'énergie nucléaire, qui se trouverait avoir le même âge que les trois autres et dont vous sauriez en plus, après avoir fait quelques recherches, qu'elle fournissait au gouvernement américain des informations confidentielles ? Vous me décevez, Federov. J'ai été idiot de traiter avec vous. J'aurais dû demander à parler à quelqu'un de plus haut placé – quelqu'un d'intelligent.

Il sourit d'un air narquois, puis :

— Allez-y, bousillez l'unique source d'information qui ait jamais été en mesure de vous fournir les noms des autres sœurs, tout cela parce que vous pensez que je pourrais être un agent double qui vous balance un tas de conneries.

Federov, toujours assis, resta silencieux ; mais son langage corporel parlait à sa place. Jenkins avait visé juste. Il avait touché son ego, devant Volkov, qui avait reposé ses jouets et paraissait maintenant en proie au doute, pour ne pas dire à l'inquiétude.

— C'est le moment décisif, dit Jenkins. Nous voilà à la croisée des chemins, comme on dit. D'une certaine manière, vous en êtes là avec votre fille aussi, non ?

Federov leva les yeux.

— Comment cela ?

— Eh bien, soit vous ravalez votre fierté et acceptez la profession qu'elle a choisie pour continuer d'avoir une bonne relation avec elle, soit vous laissez votre fierté justement prendre le dessus et vous ôter tout espoir d'avoir jamais ce genre de relation.

Jenkins reprit son souffle, puis :

— Alors, quel choix allez-vous faire, Federov ? Est-ce qu'on va avoir une bonne relation, tous les deux ? Ou allez-vous laisser votre fierté prendre le dessus et vous faire perdre la meilleure chance que vous ayez jamais eue dans votre carrière de vous faire un nom ?

# Chapitre 13

Le réceptionniste de l'hôtel *Metropol* fixa Jenkins d'un drôle d'air, un peu comme s'il venait de voir un fantôme. Il sortit de derrière son comptoir et s'avança dans le hall où résonnaient des accords de harpe.

— Ça ne va pas, monsieur Jenkins ? demanda-t-il.

En effet, Jenkins ne se sentait pas bien, et de toute évidence cela se voyait. Il avait réussi à éviter de terminer dans un service pour grands brûlés ou de perdre quelques doigts sous le chalumeau de Volkov, mais il n'en éprouvait pas de satisfaction particulière ; ce n'était pas comme à Mexico, où damer le pion à un agent du KGB lui procurait alors une sensation grisante.

— J'ai dû trop manger, je crois, répondit-il au réceptionniste.

— Y a-t-il quelque chose que je puisse faire ? Vous apporter un peu d'aspirine, peut-être ?

— Non, je vous remercie. Je vais juste regagner ma chambre et m'allonger un peu.

Il entra dans l'ascenseur. Il se sentait épuisé, complètement vidé. Les portes allaient se refermer complètement quand une main surgit dans l'interstice comme une lame de couteau. Jenkins recula d'un bond et, dans un geste réflexe, mit ses mains devant lui en guise de protection. Les portes se rouvrirent sur le garçon d'étage, celui à qui Jenkins avait donné la bouteille de champagne et vingt dollars de pourboire. Il entra dans la cabine, salua d'un hochement de tête et appuya plusieurs fois, rapidement, sur le bouton de fermeture des portes. Quand celles-ci se refermèrent, il se tourna vers Jenkins.

— Une femme a demandé après vous à la réception. Elle a dit qu'elle était une amie à vous. Le réceptionniste ne lui a pas donné le numéro de votre chambre, mais nous sommes en Russie, monsieur Jenkins ; ici, tout s'achète, ou presque.

— À quoi ressemblait-elle ? demanda Jenkins.

— Environ quarante-cinq-cinquante ans, mais c'était difficile à dire. Elle portait de grandes lunettes et les cheveux longs.

— Quelle couleur, les cheveux ?

— Bruns. Presque noirs. Les lunettes étaient ovales, très grandes.

— Et ses vêtements ? Vous vous souvenez comment elle était habillée ?

— Elle portait un long manteau d'hiver, avec un col en fourrure et une écharpe.

Il lui était facile de se débarrasser du manteau et de l'écharpe ; des lunettes aussi – autrement dit d'avoir très vite une allure totalement différente en cas de besoin. Mais la question qui tracassait le plus Jenkins, c'était : pourquoi était-elle allée à la réception demander après lui ? Le réceptionniste avait certainement prévenu Federov qu'il avait réclamé un changement de chambre ; par conséquent, si cette femme était la huitième sœur, Federov aurait dû lui communiquer l'information. Donc, de deux choses l'une : soit Federov ne connaissait pas la huitième sœur ; soit elle n'était pas la huitième sœur justement. Mais dans ce cas, qui était-elle ? Si elle n'était pas envoyée par Federov, le réceptionniste aurait dû prévenir le Russe que quelqu'un s'était présenté à l'hôtel et avait demandé après lui, Jenkins. Toutefois, Federov était retourné assister au troisième acte dans lequel sa fille faisait une apparition ; peut-être n'avait-il pas encore reçu le message.

— À part demander après moi, est-ce qu'elle a dit autre chose ? demanda Jenkins.

— Non. Quand le réceptionniste lui a expliqué qu'il n'était pas autorisé à confirmer la présence d'un client à l'hôtel, et encore moins à communiquer son numéro de chambre, elle est partie. Mais, comme je vous l'ai dit, monsieur Jenkins, tout a un prix en Russie.

— *Spasibo.*

Jenkins fouilla dans sa poche à la recherche d'un billet supplémentaire.

— Non, dit le garçon d'étage en levant la main. Maintenant, nous sommes… quittes.

Il appuya sur le bouton de l'étage supérieur. Quand l'ascenseur s'arrêta, il en sortit.

— Bonne chance à vous, monsieur Jenkins… quoi que vous soyez venu faire à Moscou.

Jenkins appuya sur le bouton du huitième étage et rejoignit sa chambre. Des plateaux contenant des assiettes et des verres vides, des couverts et des serviettes de table froissées jonchaient la moquette du couloir. Jenkins chercha au passage dans les plateaux un objet susceptible de lui servir d'arme si, comme le garçon d'étage le lui avait laissé entendre, la femme avait réussi à soudoyer quelqu'un et à obtenir un double de la clé magnétique de sa chambre. Il repéra un couteau à steak et le ramassa, ainsi qu'une serviette de table. Il nettoya la lame et glissa le couteau dans la manche de sa chemise.

Parvenu à la porte de sa chambre, il ôta l'écriteau « Ne pas déranger » qu'il avait suspendu à la poignée et inséra sa clé magnétique. Il entendit le mécanisme d'ouverture se déclencher. Il posa un genou au sol pour éviter de prendre une balle dans le front si la femme était à l'intérieur, puis il abaissa lentement la poignée et entrouvrit la porte de quelques centimètres. Le morceau de papier n'avait pas bougé sur la moquette.

Il laissa échapper un soupir, se releva et entra. Il ôta son manteau et le lança sur le lit, avec son chapeau et le couteau à steak. Soudain, les événements de la soirée le frappèrent avec la force d'une gifle. Il sentit venir la crise de panique. Il se précipita dans la salle de bains, sortit un petit comprimé vert d'un des flacons et l'avala avec une gorgée d'eau. Puis il inspira lentement, profondément, pour se calmer. Dans le miroir, il se trouva le teint aussi gris que la nuit hivernale moscovite. Il rouvrit l'eau froide, se pencha au-dessus du lavabo et s'aspergea le visage. Ses poignets le brûlaient à l'endroit où les menottes avaient laissé des traces d'abrasion rougeâtres.

En quelques minutes, sa respiration redevint normale, et son angoisse disparut. Quelle qu'ait pu être la raison du test auquel Federov l'avait soumis ce soir, il avait passé l'épreuve avec succès – même si, avec le KGB – et le FSB, supposait-il – rien n'était jamais joué. Il espérait que le petit topo que lui avait fait le garçon d'étage à propos de cette femme qui cherchait à connaître son numéro de chambre, ne ferait que confirmer cette conclusion.

Soudain, un tiraillement dans l'estomac aiguisa une sensation de faim dans son esprit. Il jeta un coup d'œil à sa montre. Le service d'étage était la meilleure option. Il sécha ses mains, sortit de la salle de bains et se dirigea jusqu'au bureau ancien. Par la fenêtre, il aperçut la fontaine de la place Treatralnaïa et, plus loin, l'entrée à colonnade du théâtre Bolchoï, et la statue d'Apollon sur son char couronnant son fronton. À sa droite, dans la rue, le bâtiment trapu de la Loubianka étincelait de lumière, comme un subtil rappel que le FSB ne dormait jamais.

Il prit le classeur répertoriant les services de l'hôtel, chercha la page du service d'étage, puis composa le numéro à trois chiffres sur le téléphone fixe. Son regard glissa sur sa gauche, vers l'interstice entre le montant de la penderie et la porte ; l'écart n'avait pas changé. Puis son regard se posa sur la charnière dorée.

Au même instant, il eut un homme au bout de fil :

— Oui, monsieur Jenkins. En quoi puis-je vous aider ?

La mine de graphite n'était plus dans la charnière.

— Allô ? Monsieur Jenkins ?

Il l'aperçut sur la moquette, au pied de la penderie, cassée en deux.

# Chapitre 14

Jenkins tourna le dos à la penderie, comme s'il admirait la vue depuis la fenêtre, mais son attention était tout entière dirigée vers le miroir sur le mur adjacent, imaginant que quelqu'un, la femme peut-être, se dissimulait dans la penderie.

— J'aimerais commander de quoi manger, dit-il.

— Avec plaisir, monsieur Jenkins. Avez-vous fait votre choix ?

Jenkins feuilleta les pages du classeur, mais sans quitter réellement le miroir du regard.

— J'aimerais le cheeseburger, dit-il. Avec des frites. Et une bière. Celle que vous jugerez la meilleure.

— La viande de votre cheeseburger, comment la voulez-vous ?

— À point.

— Très bien, monsieur Jenkins. Vingt minutes, est-ce que ça ira ?

— Oui, c'est parfait.

L'homme raccrocha, mais Jenkins continua de parler.

— J'ai une journée de libre demain. J'aimerais visiter la ville. Y a-t-il un endroit en particulier que vous me recommanderiez ? Un endroit pas trop loin, étant donné le froid ?

Il souleva la base du téléphone, attrapa le cordon qui pendouillait derrière le bureau, tourna de nouveau le dos à la penderie et débrancha la fiche téléphonique du mur. Puis il se mit à arpenter la chambre de long en large.

— Oui, poursuivit-il, ça me paraît intéressant. Je crois que ça va beaucoup me plaire.

Il continua de parler tout en marchant, gardant toujours un œil sur le miroir. Il remarqua un très léger changement de lumière à l'intérieur de la penderie ; quelqu'un avait bougé.

Il marcha dans la direction opposée, le téléphone dans la main droite.

— Et pour ce qui est des représentations théâtrales ? Y a-t-il un spectacle que vous me recommanderiez ?

Il attendit, poursuivant sa conversation imaginaire, attendant une occasion d'agir. Un tube cylindrique apparut doucement dans l'entrebâillement de la porte de la penderie. Il n'avait plus le temps.

Il lança violemment le téléphone en direction de l'arme ; il y eut un grand fracas. La porte s'ouvrit. Sans attendre de savoir s'il avait fait mouche, Jenkins propulsa ses cent quinze kilos contre la personne qui se trouvait dans la penderie. Ils heurtèrent le mur du fond dans un bruit sourd. Il réussit à attraper le poignet qui tenait toujours l'arme, et dirigea celle-ci vers le plafond, juste avant d'entendre un « pop » sonore. Il vit un genou se lever pour le frapper à l'entrejambe, mais il réussit à esquiver le coup, qui toucha sa cuisse droite. Il tordit le poignet armé et entendit un nouveau « pop », avant que l'arme ne tombe sur la moquette. Une main lui agrippa alors le visage ; des ongles s'enfoncèrent dans sa chair et le griffèrent. Il en avait assez. Il donna un coup rapide, puissant, et sentit la personne mollir instantanément, avant de s'effondrer comme une poupée de chiffon.

Il traîna le corps hors de la penderie, et l'abandonna un peu plus loin sur la moquette. Une femme. Il récupéra le revolver et le glissa dans la ceinture de son pantalon, dans son dos. Il retourna la femme. Elle ne portait pas de lunettes, mais une perruque noire, de guingois sur son crâne maintenant. Elle était habillée de sombre – jean noir, pull à col roulé noir, bottes noires. Il lui retira la perruque, révélant des cheveux châtains noués en chignon. Elle avait un visage anguleux ; des traits slaves. Il arracha le cordon du téléphone et s'en servit pour lui attacher les mains dans le dos. Puis il lui fit méthodiquement les poches, à la recherche de papiers d'identité. Elle n'en avait pas.

Soudain, quelqu'un frappa à la porte de la chambre. Jenkins retourna dans la penderie, ramassa le manteau de la femme et le fouilla. Dans une poche, il trouva l'écharpe que le garçon d'étage lui avait décrite.

La porte encore ; trois coups brefs.

— Une minute, lança-t-il.

Il colla l'écharpe entre les dents de la femme et la lui noua derrière la tête. Puis il la traîna dans la penderie et referma. En se dirigeant vers la porte, il surprit son propre reflet dans le miroir. Sa chemise était déchirée. Il avait des traces de griffures sur la poitrine, et sa joue droite était maculée de sang. Il ne pouvait pas ouvrir dans cet état.

La porte, de nouveau : *toc toc toc*.

Jenkins jeta un coup d'œil par le judas. Un homme en veste blanche se tenait dans le couloir à côté d'un chariot de service sur lequel était posé un plateau argenté.

Il s'écarta de la porte, au cas où l'homme aurait une arme.

— Je sors juste de la douche, dit-il. Vous voulez bien laisser tout cela ici ?

— Bien sûr, répondit l'homme. Je vous laisse l'addition avec ?

Il s'inquiétait visiblement pour son pourboire.

— Oui, s'il vous plaît. Je m'en occuperai.

Jenkins attendit un moment, puis regarda de nouveau par le judas. Le jeune homme était parti. Il ouvrit la porte et rentra le chariot dans la chambre. Puis il retourna rapidement à la penderie.

La femme avait ouvert les yeux ; elle revenait lentement à elle. Il l'attrapa et la porta jusque sur la chaise de bureau ; puis il examina son arme : un Ruger 22 équipé d'un silencieux. Efficace. Une arme d'assassin. Le calibre ne lui aurait laissé aucune chance, mais il n'aurait pas pour autant répandu son sang et sa cervelle partout dans la pièce.

Cela soulevait plusieurs questions, au premier rang desquelles : si cette femme était la huitième sœur, pourquoi était-elle venue le tuer ? Pourquoi n'avait-elle pas cherché à découvrir ce qu'il savait des quatre sœurs restantes ? Pourquoi avait-elle été obligée de demander le numéro de sa chambre à la réception ?

Il vit qu'elle le regardait fixement.

— Si je vous ôte le bâillon, vous serez tranquille ? lui demanda-t-il en russe.

Elle hocha doucement la tête.

— Si vous criez, si vous faites le moindre bruit, je vous descends, je colle votre cadavre sur ce chariot, sous la nappe, et je vous abandonne dans la cage d'escalier. Est-ce que je suis bien clair ?

De nouveau, elle acquiesça d'un hochement de tête.

Jenkins fit pivoter la chaise et lui ôta le bâillon. Puis il recula, au cas où elle chercherait à se jeter sur lui ou à lui balancer un coup de pied dans les précieuses.

Elle cligna des yeux, plusieurs fois, ouvrit et ferma la bouche. Il ne lui avait pas brisé la mâchoire, ni le nez, mais elle aurait sûrement un œil au beurre noir ; ce n'était qu'une question d'heures.

— Pour commencer, dites-moi votre nom. Qui êtes-vous ? lui demanda Jenkins, en anglais cette fois.

La femme se contenta de le regarder en silence, imperturbable.

— Rien ? dit Jenkins. Bon, d'accord. Pourquoi avez-vous essayé de me tuer ?

Toujours pas un mot.

— *Kto ty ?* dit-il. *Qui êtes-vous ?*

— Je parle anglais, monsieur Jenkins.

Effectivement, quoiqu'avec un fort accent russe.

— Je pourrais appeler la police, vous savez ? Il me suffira de leur dire que vous avez essayé de me tuer.

Cette fois, ses lèvres dessinèrent un petit sourire entendu.

— Et moi, je leur dirais que vous avez essayé de me violer, et que je me suis défendue courageusement. L'arme ? Je dirais que c'est la vôtre. Vous tenez vraiment à ce que la police moscovite s'intéresse à la raison de votre présence ici ?

Que savait-elle de la raison de sa présence en Russie ? Ce qu'il devait déterminer, c'était avant tout si elle travaillait ou non pour le FSB. Il commençait à en douter.

— Je pourrais appeler le FSB, dit-il. Je suis certain qu'ils sauraient vous soutirer les bonnes informations.

De nouveau, il n'obtint pas de réponse. Il alla jusqu'à son manteau posé sur le lit et en sortit son téléphone prépayé.

— Non ?

Il haussa les épaules.

— Très bien, dit-il.

Il commença à composer un numéro.

— Attendez, dit-elle.

Intéressant.

— Quelque chose que vous me voudriez me dire ? Vous êtes du FSB ?

— Si j'étais du FSB, pourquoi voudrais-je tuer un homme qui a trahi son pays et sacrifié les vies de sept femmes qui ont peut-être fait plus de mal à la Russie que n'importe qui d'autre dans son histoire ?

Au lieu de clarifier la situation, sa réponse ne faisait que la compliquer davantage. Si elle n'était pas du FSB, qu'elle n'était pas non plus la huitième sœur, comment était-elle au courant pour les sept sœurs ? Il s'approcha de la fenêtre et regarda en bas, devant l'entrée principale de l'hôtel. Pas de Mercedes.

— Je ne sais pas. Dites-le-moi. Si vous n'êtes pas du FSB, pour qui travaillez-vous ?

— Dites-moi d'abord une chose, monsieur Jenkins : pourquoi trahissez-vous ces femmes ? Et votre pays ?

— J'ai besoin d'argent, répondit-il en s'en tenant à son alibi. Mes affaires vont mal.

— Échanger des vies contre de l'argent, comme ça, sans état d'âme ?

Il haussa les épaules.

— Disons que je n'ai pas la fibre patriotique.

— Pourtant, vous ne m'avez pas tuée à l'instant, alors que vous en aviez l'occasion. Vous l'avez toujours, d'ailleurs. Alors pourquoi ne me tuez-vous pas, monsieur Jenkins ? Pourquoi n'appelez-vous pas le FSB pour leur dire de venir chercher mon cadavre ?

Sans lui laisser le temps de répondre, elle poursuivit :

— Vous ne l'avez pas fait parce que vous avez des doutes. Vous m'avez demandé mon nom. En quoi le fait de connaître mon nom peut-il vous aider à obtenir l'argent qui sauvera votre affaire ?

— Je suis curieux, c'est tout.

Elle planta son regard dans le sien.

— Je crois que je vous ai mal jugé, monsieur Jenkins. Je crois que vous voulez connaître mon nom parce que vous n'êtes pas ici pour donner à Viktor Federov et Arkady Volkov les noms des quatre sœurs restantes. Voilà pourquoi vous leur avez fourni le nom d'une femme décédée. Non. Vous n'êtes pas venu ici dans ce but.

Intrigué par le tour que prenait la conversation, mais conscient que les minutes s'écoulaient, Jenkins dit :

— Dans ce cas, pourquoi ne me dites-vous pas ce que je suis venu faire ici ?

— Vous êtes là pour trouver la huitième sœur.

— Êtes-vous la huitième sœur ? demanda-t-il, doutant sérieusement que ce soit le cas à présent.

— Dites-moi si j'ai raison, monsieur Jenkins. Qu'avez-vous à perdre ? Je suis attachée, et vous tenez mon arme. Vous pouvez me tuer quand bon vous semble. Cela ne change rien à la situation.

— Pourquoi voulez-vous le savoir ?

— Parce que, monsieur Jenkins, toute cette histoire sent mauvais. Il y a quelque chose de louche, ou devrais-je dire quelqu'un ?

— Qui donc ?

— Pour commencer, celui ou celle qui vous a envoyé à Moscou découvrir mon nom. Celui ou celle qui vous a dit que je travaillais pour le FSB et que ma mission était de tuer les sept sœurs. La même personne qui est en train de divulguer les noms des sept sœurs à Federov, et qui est payée pour cela.

— C'est *vous* qui divulguez les noms à Federov.

Elle rit.

— Si c'était moi, pourquoi essaierais-je de tuer l'homme qui dit être en mesure de fournir les quatre noms restants ? Pourquoi le réceptionniste refuserait-il de me donner le numéro de votre chambre, si vraiment je travaillais pour Federov ?

C'étaient précisément les deux questions qui tracassaient Jenkins. En toute logique, elle avait raison. Il commençait à trouver lui aussi que toute cette histoire sentait mauvais. Il retourna à la fenêtre et regarda longuement l'entrée du *Metropol*.

— Pour qui travaillez-vous ? insista-t-il.

— Pour la même agence qui vous emploie, je suppose.

Jenkins se détourna de la fenêtre, et dévisagea son interlocutrice.

— Dites-moi pourquoi je devrais vous croire.

— Simple bon sens.

Il s'approcha du bureau et s'y appuya.

— D'accord. Expliquez-moi tout ça pour que j'aie envie d'y croire.

— Pour commencer, parlons de ce qu'on vous a raconté. On vous a dit que j'étais la huitième sœur, et que mon but était de découvrir les noms des sœurs encore en vie. N'est-ce pas ?

— Continuez.

— Problème : les circonstances de notre rencontre contredisent ce qu'on vous a raconté.

— D'accord, admettons que je doute de ce qu'on m'a raconté.

— Mon but n'est pas de découvrir les noms des quatre autres sœurs pour le compte du FSB, mais au contraire celui de la personne qui les dénonce, qui divulgue leurs noms et celui des autres au FSB. Est-ce vous, monsieur Jenkins ? Non.

Elle secoua lentement la tête.

— Je ne crois pas que le mouchard, ce soit vous. Je crois plutôt que le mouchard vous a envoyé pour me trouver, et pour qu'il puisse me tuer avant que je ne le trouve, moi.

De nouveau, Jenkins regarda en bas, dans la rue. Une Mercedes noire s'était garée devant l'hôtel. La réception avait prévenu Federov. L'officier du FSB descendit de la voiture côté passager. Volkov, au volant, descendit à son tour et alla se poster à l'arrière de la voiture.

— Les voilà, n'est-ce pas, monsieur Jenkins ? dit la femme. Ils viennent pour –comment dites-vous déjà en Amérique ? – faire d'une pierre deux coups.

Jenkins était loin d'être convaincu par tout ce qu'il venait d'entendre, mais une chose était sûre : la situation était loin d'être aussi claire que Carl Emerson avait bien voulu le lui faire croire. Emerson était-il le mouchard ? Il l'ignorait. Mais il ne comptait pas rester là à attendre de le savoir. Il fallait qu'il sorte de l'hôtel. Il avait besoin de temps pour chercher des réponses. Et sa meilleure option pour le moment était de garder la femme en vie, le temps au moins de découvrir ce qu'elle savait d'autre. Il se dit qu'elle avait le même but en l'occurrence. Ils allaient devoir former ce qu'il était convenu d'appeler dans son métier une alliance incertaine mais inévitable.

Il attrapa le couteau à steak, passa derrière la femme, coupa le cordon qui lui enserrait les poignets et se débarrassa du couteau.

— Nous devons partir.

— Oui, dit-elle. Allons-y.

Il attrapa son sac à dos avec son passeport et ce qu'il lui restait d'argent liquide ; puis il alla dans la salle de bains pour y récupérer son nécessaire de rasage ainsi que ses médicaments. Enfin, il prit son manteau, son chapeau et ses gants et se dirigea vers la porte.

— Vous connaissez bien Moscou ? demanda-t-il à la femme.

— Je suis née ici, répondit-elle. C'est ma ville.

— Dans ce cas, je vous suggère de décider rapidement comment nous sortir d'ici, ou bien c'est la mort pour vous et moi.

— Ma perruque.

Elle se précipita vers la penderie, remit la perruque sur son crâne et l'ajusta dans le miroir en même temps qu'elle rejoignait Jenkins à la porte. Elle chaussa ses grosses lunettes rondes, ramassa son manteau et son écharpe, parut y réfléchir à deux fois, puis les laissa retomber sur la moquette.

— Il vaut mieux qu'ils pensent que nous avons quitté l'hôtel.

— Mais nous *quittons* l'hôtel.

— Oui, mais nous devons leur faire croire qu'ils arrivent trop tard, que nous sommes partis à la hâte. C'est le seul moyen.

À contrecœur, Jenkins reposa son gros manteau, son chapeau et ses gants sur le lit.

La femme ouvrit la porte, jeta un regard à droite et à gauche dans le couloir, avant de sortir. Jenkins la suivit, et se dirigea jusqu'au panneau lumineux de sortie surmontant la porte de la cage d'escalier.

— Ils vont surveiller l'escalier et l'ascenseur, l'avertit-elle.

Elle continua dans le couloir, s'arrêta pour ramasser un verre de vin sur un plateau-repas et frappa à la porte de la chambre. Elle fit signe à Jenkins de se coller contre le mur de façon à être hors de vue du judas.

Jenkins se retourna pour surveiller l'ascenseur. La femme frappa de nouveau à la porte.

— *Vpousti menia*, dit-elle d'une voix de personne soûle. *Laisse-moi entrer.*

Elle se mit à tanguer, frappa trois coups de plus.

— *Vpousti menia.*

Jenkins regarda une nouvelle fois vers l'ascenseur.

Derrière la porte, un homme dit :

— *U vas nepravil'naya komnata. Vous vous trompez de chambre.*

— *Otkroy dver. Ya zabyl svoï klyouch*, répliqua la femme d'une voix traînante. *Ouvre la porte. J'ai oublié ma clé.*

L'ascenseur émit un « ping » sonore signalant l'arrivée de la cabine à l'étage. Au même instant, l'homme déverrouilla sa porte et ouvrit.

— *U vas nepravil'naya*… commença-t-il.

La femme bondit sur lui et le poussa violemment pour entrer. Jenkins la suivit et ferma la porte derrière eux.

L'homme voulut protester, mais l'envie lui en passa sitôt qu'il vit Jenkins lever son arme et la pointer sur son front, avant de lui couvrir la bouche de sa main libre. L'homme écarquilla les yeux de terreur. Hormis un slip en coton, il était nu ; son ventre poilu formait une masse protubérante qui tombait sur sa taille.

— Écoutez-moi bien, lui dit la femme en russe, dans un chuchotement. Si vous criez ou faites le moindre bruit, il vous tue. Si vous restez calme, nous partirons dès que possible. Asseyez-vous sur le lit.

L'homme hésita, les yeux rivés sur le canon de l'arme.

— J'ai dit : asseyez-vous sur le lit.

L'homme fit deux pas en arrière jusqu'à ce que ses jambes touchent le matelas ; puis il s'affala sur le lit, tremblant.

Jenkins s'approcha de la porte et regarda par le judas. Federov, Volkov et deux autres hommes sortirent précipitamment de l'ascenseur. Il sentit la vibration de leurs pas lourds dans le couloir alors qu'ils passaient devant la porte. Si la femme était du FSB, c'était le moment pour elle de crier. Elle resta silencieuse.

Federov tenait une clé magnétique à la main ; il fit signe aux autres de se positionner de chaque côté de la porte de la chambre de Jenkins. Tous tenaient une arme, canon pointé vers le sol. Federov glissa la carte magnétique dans la fente et abaissa la poignée. Les hommes firent aussitôt irruption dans la chambre.

La femme murmura à l'homme assis sur le lit :

— Des hommes viennent pour nous tuer. Ils ne sont pas de la police. Ce sont des hommes mauvais.

— *Mafiya ?* demanda l'homme.

— *Da, mafiya,* répondit-elle. S'ils nous trouvent dans votre chambre, ils nous tueront, et puis ils vous tueront, vous. Ils ne laisseront aucun témoin. Vous comprenez ?

L'homme hocha la tête.

Jenkins regarda les hommes sortir de la chambre. Federov leur fit signe de se diriger vers les portes situées à chaque extrémité du couloir. Ils s'exécutèrent, mais pas pour monter la garde. Ils s'engouffrèrent dans les cages d'escalier. Volkov sortit de la chambre à son tour, tenant le long manteau et l'écharpe de la femme, ainsi que les vêtements d'hiver de Jenkins. Le plan avait fonctionné. Ils croyaient qu'ils étaient déjà partis. Jenkins entendit une conversation étouffée entre Federov et Volkov, mais sans parvenir à comprendre ce qu'ils disaient. Federov avait l'air agacé. Il traversa précipitamment le couloir en direction de l'ascenseur, Volkov courant au petit trot pour le rattraper.

— C'est presque terminé, murmura la femme à l'homme. Nous allons partir. Mais avant cela, je dois vous avertir d'une chose : si vous dites à qui que ce soit que nous étions ici, ces hommes vous trouveront et vous tueront. Vous saisissez ?

— *Da*, répondit calmement l'homme.

— Vous dormiez. Vous aviez trop bu. Vous n'avez rien vu, rien entendu.

— *Da*, répéta-t-il.

— Maintenant, rendormez-vous. Vous avez fait un cauchemar.

# Chapitre 15

Jenkins regarda par le judas avant d'ouvrir la porte. Personne. Il sortit dans le couloir, regrettant déjà son manteau, son chapeau et ses gants ; ils allaient mourir de froid s'ils sortaient ainsi.

— Comment êtes-vous venue ? demanda-t-il à la femme.

— En voiture. Elle est garée derrière l'hôtel.

Elle traversa le couloir jusqu'à la porte surmontée du petit panneau lumineux de sortie, l'ouvrit et inspecta du regard la cage d'escalier, en haut et en bas. Jenkins tendit l'oreille, mais il n'entendit aucun bruit de pas. Elle lui fit signe de la suivre. Ils commencèrent à descendre les volées de marches, s'arrêtant par instants pour s'assurer qu'ils n'entendaient rien. Comme c'était le cas, ils descendirent jusqu'au rez-de-chaussée. De nouveau, la femme entrouvrit doucement la porte, avant de sortir et de tourner sur sa droite. Jenkins la suivit, tandis qu'ils se faufilaient à travers des couloirs déserts.

Ils débouchèrent dans une salle de réception plongée dans la pénombre, la traversèrent rapidement, et se retrouvèrent dans un autre couloir. Ils continuèrent jusqu'à ce qu'ils entendent des voix et de la musique.

— Le bar de l'hôtel, dit-elle, attirant Jenkins contre elle en même temps qu'elle s'adossait à l'un des piliers en marbre.

Ils avaient l'air de deux amoureux, discutant peut-être pour savoir dans quelle chambre continuer la soirée.

Posant les mains sur les épaules de Jenkins, elle murmura :

— L'entrée arrière de l'hôtel se trouve juste après les marches en marbre. J'y vais la première. Attendez cinq minutes, et rejoignez-moi.

— Je ne crois pas, non, lui murmura-t-il en retour. Je n'ai pas encore ce qu'on peut appeler une folle confiance en vous, si vous voyez ce que je veux dire.

— Alors, je vous suggère de faire très vite des progrès, dit-elle. Pour le moment, ils ne savent pas à quoi je ressemble. Ils ne connaissent que mon déguisement. Si je sors par cette porte, je ne suis qu'une femme qui prenait un verre au bar. Si je sors avec vous à mes côtés et qu'ils surveillent le bar, ma couverture est grillée.

Jenkins savait qu'elle avait raison ; son anonymat était son sauf-conduit. Mais il savait aussi qu'elle pouvait très bien regagner sa voiture et filer sans se retourner, le laissant se débrouiller avec le FSB. Il savait surtout qu'il n'avait guère le choix.

— Deux minutes, dit-il.

— Cinq minutes, insista-t-elle.

— Pourquoi cinq ?

— Parce que les portes du Bolchoï s'ouvrent dans cinq minutes. Donc, dans cinq minutes, sortez par-derrière et traversez la rue jusqu'à la fontaine. Si quelqu'un vous suit, semez-le au milieu de la foule qui sortira du théâtre.

— Et puis quoi ? Je vais où après ça ?

— Dans le Bolchoï. Tout le monde sortira. Vous rentrerez.

— Comment…

Elle se tourna vers lui et dit :

— Écoutez, ce n'est pas le moment de poser trop de questions. Si quelqu'un vous arrête, dites que vous avez laissé votre manteau et vos gants au vestiaire. Il y aura foule encore à l'intérieur du théâtre. Suivez les écriteaux. Le vestiaire est indiqué. Juste derrière, vous trouverez une porte. Prenez-la. Le couloir conduit dans les coulisses et les loges. Il y a une sortie de secours dont se servent les danseurs pour éviter la foule devant le Bolchoï.

— Comment savez-vous ça ?

— Peu importe. Écoutez-moi attentivement, reprit-elle avec force. Prenez cette porte. Vous déboucherez dans une ruelle. Entrez dans le bâtiment d'en face. Il y a un restaurant au premier étage où vont souvent les danseurs après le spectacle. Vous trouverez la porte ; elle ne sera pas fermée à clé justement. Prenez l'escalier et montez. Vous arriverez devant une sortie de service ; n'entrez pas dans le restaurant. Sur votre droite, vous verrez une porte en métal grillagée bloquant l'accès à un autre escalier. La porte est cassée. Ouvrez-la et redescendez au rez-de-chaussée. Là, vous n'aurez plus qu'à traverser un couloir au bout duquel vous trouverez une porte de sortie donnant dans une autre ruelle. Je vous ferai un appel de phares. Vous vous souviendrez de tout ça ?

— Oui.

— Donnez-moi le pistolet, dit-elle.

— Non, sûrement pas.

— Si on m'aborde et que je suis contrainte de tuer quelqu'un, il faudra que je puisse le faire en silence.

— Moi aussi.

— Oui, mais sans voiture, ni vous ni moi n'irons très loin.

De nouveau, Jenkins dut s'incliner devant sa logique imparable ; mais logique et confiance sont deux choses différentes. Abandonner sa seule arme à quelqu'un qui n'avait pas encore gagné sa confiance justement, très peu pour lui. Le problème était qu'il n'avait guère le choix. Ils ne pouvaient pas sortir ensemble de l'hôtel, et ils n'iraient pas loin sans voiture.

— Qu'est-ce que je fais en attendant ?

— Allez aux toilettes, dit-elle en regardant à sa gauche.

Jenkins vit la porte des toilettes pour hommes juste derrière la colonne en marbre.

À contrecœur, il souleva sa chemise, attrapa le Ruger, le glissa dans la ceinture du jean de la femme et rabattit son pull par-dessus.

— *Pozhelay mne oudatchi*, dit-elle. Souhaitez-moi bonne chance.

* * *

Paulina Ponomayova inclina la tête sur la gauche afin de laisser la frange de sa perruque brune couvrir ce côté de son visage, en espérant que les cheveux et les lunettes dissimuleraient suffisamment son œil gauche contusionné, qui commençait déjà à se fermer. Elle passa devant un agent de sécurité en faction à côté du premier rang de portes vitrées.

— *Mogou li ya pomoch ?* demanda-t-il. Puis-je vous aider ?

Ponomayova garda les yeux baissés.

— *Niet, spasibo.*

Elle franchit le deuxième jeu de portes, et essuya une rafale de vent glacé qui s'infiltra à travers son pull et lui piqua les mains et le visage. Elle passa délibérément devant des berlines Mercedes et BMW bien garées entre les bandes de stationnement, sous des mâts au faîte desquels flottaient les drapeaux de nombreux pays. Le voiturier était assis à l'intérieur d'une espèce de guérite en bois vert. Une barrière levante noire et blanche bloquait la sortie du parking. L'homme avait fermé la porte de son abri pour se protéger du froid. Comme Ponomayova approchait, il l'entrouvrit. Elle sentit une bouffée d'air chaud provenant d'un radiateur électrique posé sous le tabouret de l'homme.

Il glissa une main à l'extérieur ; elle lui remit son ticket de stationnement. L'homme chercha la clé correspondante sur un tableau fixé sur la cloison derrière lui.

— Je n'en ai que pour une minute, lui dit-il en se levant.

— *Niet*, dit-elle en lui tendant un billet de cinq roubles. Inutile d'avoir froid tous les deux.

Il sourit et prit l'argent.

— *Spasibo*. Il y a longtemps qu'on n'a pas eu un mois de janvier aussi rude.

Il sortit de sa guérite et lui désigna le fond du parking. Là-bas, vous la voyez ?

— *Da*, dit-elle.

— Tout va bien ? lui demanda-t-il en fixant le côté gauche de son visage.

— *Da*. Un petit accident, c'est tout.

Ponomayova traversa le parking jusqu'à sa voiture, une Hyundai Solaris grise, un véhicule sans prétention. De l'autre côté de la rue, les murs illuminés du Kremlin se profilaient à travers la chape de brume hivernale qui continuait de peser sur la ville. Elle appuya sur le bouton de la télécommande et déverrouilla les portes de la voiture. Au même instant, elle entendit une voix d'homme appeler d'un ton pressé :

— Excusez-moi. Excusez-moi.

Ponomayova se figea.

— *Da*, dit-elle, sans se retourner.

— Nous cherchons quelqu'un, dit l'homme. Pouvez-vous jeter un coup d'œil à cette photo ?

Ponomayova se retourna, mais en gardant la tête penchée à gauche, ses cheveux dissimulant cette partie de son visage. L'homme, qu'elle ne reconnut pas, tenait la photo à bout de bras. Charles Jenkins.

— *Niet*, dit-elle. Je ne l'ai pas vu.

— Puis-je savoir ce que vous faisiez à l'hôtel ce soir ?

Elle sourit.

— En quoi est-ce que ça vous regarde ?

— Dites-moi… Qu'est-ce qui est arrivé à votre œil ?

— Tirez-vous !

L'homme brandit une carte professionnelle : FSB.

— Répondez à ma question.

— Je me suis cognée contre une porte. Trop de vodka.

L'homme rangea sa carte.

— Montrez-moi vos papiers, s'il vous plaît.

Paulina se souvenait d'une époque où aucun Russe n'aurait refusé de montrer ses papiers, mais ce temps-là était révolu.

— Je ne prends pas mes papiers quand je sors faire la fête. Trop de risque de les perdre.

— Vos papiers, répéta l'homme, agacé.

— D'accord, d'accord. Ils sont dans la voiture, c'est ce que je voulais dire. Donnez-moi une minute.

Ponomayova attrapa la poignée de porte de sa main gauche, et, de la droite, empoigna la crosse du Ruger. D'un mouvement rapide, elle se tourna vers l'homme, leva son arme et tira. Le Ruger produisit un son assourdi – pffft – en partie couvert par la circulation de Moscou. L'homme s'écroula comme une masse entre les deux voitures garées. Du sang s'écoulait de son front par un trou de la taille d'une petite pièce. Ponomayova ouvrit la porte de la Hyundai et se glissa rapidement au volant. Elle tourna la clé de contact ; le moteur se mit à tousser, sans parvenir à démarrer.

— Merde !

Elle essaya encore. Cette fois, le moteur se lança.

Elle quitta la place de parking en reculant lentement, ne voulant pas attirer l'attention. Elle fit le tour du parking jusqu'à la guérite du voiturier, et leva la main comme pour le saluer, mais ce qu'elle voulait surtout, c'était faire écran pour qu'il ne voie pas son visage. La barrière se leva ; elle sortit du parking et poussa un grand soupir de soulagement.

* * *

Charles Jenkins vérifia l'heure sur sa montre en entrant dans les toilettes pour hommes. Des haut-parleurs de plafond diffusaient de la musique d'ambiance, une version russe d'une chanson américaine. Son intention était d'attendre dans une des cabines, mais ce qu'il vit lui fit instantanément revoir son plan. Un homme en manteau de cuir noir se tenait devant un des urinoirs. Arkady Volkov.

Avant que Jenkins n'ait le temps de battre en retraite, Volkov se retourna en remontant sa braguette. Il se figea. Son cerveau mit une fraction de seconde à comprendre ce qui se passait, mais cela suffit à Jenkins. Le Russe écarquilla les yeux et chercha à saisir son arme de son bras droit, mais Jenkins, qui s'était précipité sur lui, le tamponna violemment. Emportés par l'élan, ils enfoncèrent une porte de cabine, butèrent sur la cuvette des toilettes et percutèrent le mur carrelé. Jenkins avait une main plaquée sur le visage de Volkov, ses doigts enfoncés dans les orbites du Russe. De son autre main, il avait agrippé celle que Volkov avait refermée sur la crosse de son arme, tentant vainement de sortir celle-ci de son étui. Les deux hommes mettaient toute leur force à essayer de contraindre l'autre à l'intérieur de la cabine. Volkov était aussi fort qu'il en avait l'air ; ses bras courtauds étaient comme des pistons impossibles à contraindre. Jenkins sentit qu'il perdait cette épreuve de force ; il ne parviendrait pas à empêcher le Russe de sortir son arme. Sa seule chance était de faire en sorte que la force de Volkov se retourne contre lui.

Il relâcha la pression de sa main droite sur la tête du Russe, qui partit mécaniquement en avant. Jenkins lui assena alors un violent coup sec avec la paume de sa main, et renvoya sa tête heurter le mur carrelé. Le carrelage se fissura sous le choc. Il cogna la tête du Russe une deuxième fois, puis une troisième, mais impossible de lui faire lâcher son arme ; au contraire, Volkov continuait irrésistiblement de la diriger sur lui ; le canon n'était plus qu'à quelques centimètres de son ventre.

Il agrippa Volkov par le col de son manteau, le fit tourner sur lui-même, et réussit à le pousser hors de la cabine. Ils traversèrent la pièce et percutèrent le mur opposé. Jenkins pirouetta, utilisant la force centrifuge pour faire tourner Volkov une nouvelle fois, et l'envoyer heurter avec le dos un des urinoirs. La porcelaine cassa et une partie de l'urinoir tomba au sol, de l'eau giclant du tuyau cassé. Volkov grogna de douleur. Jenkins répéta la manœuvre, les propulsa à travers la pièce en direction des lavabos, que Volkov percuta avec le dos, une fois de plus. Espérant le désorienter, Jenkins pirouetta encore une fois, l'entraînant de nouveau vers les urinoirs. Les pieds de Volkov dérapèrent sur le sol mouillé, et tous deux s'écroulèrent lourdement. Jenkins perdit la main de Volkov qui tenait l'arme.

Il roula au sol et ramassa l'urinoir cassé. Une balle percuta la porcelaine juste avant qu'elle ne s'abatte sur le bras de Volkov, que le Russe avait mis en travers de son visage pour se protéger. Jenkins entendit un craquement sourd, mais cette fois ce n'était pas la porcelaine. Une ultime convulsion agita les membres du Russe ; puis il ne bougea plus.

Le souffle court, Jenkins récupéra le pistolet et se releva, chancelant. Il surprit son reflet dans le miroir, sa chemise déchirée et trempée, son visage égratigné. Il se retourna vers Volkov, lui ôta rapidement son manteau en cuir et l'enfila. Il était trop étriqué au niveau des épaules et les manches lui arrivaient au-dessus des poignets, mais il allait devoir faire avec. Il fourra le pistolet dans la ceinture de son pantalon et rabattit le manteau par-dessus. Puis il prit une grande inspiration et sortit des toilettes, manquant emboutir un homme titubant, visiblement éméché, qui s'apprêtait, lui, à entrer.

— *Ya by vospol'zovalsya vannoï na vtorom etazhe-skazal on*, dit-il. *Kto-to ostavil ogromnouyou kouchou der'ma na polou.* Si j'étais vous, j'irais plutôt aux toilettes qui se trouvent au bout du couloir. Quelqu'un a laissé un gros tas de merde par terre dans celles-là.

* * *

Dans le hall de l'hôtel, Viktor Federov écoutait le réceptionniste lui faire une description de la femme. Le Russe claqua des doigts, et aussitôt un autre agent du FSB lui apporta un manteau et une écharpe.

— Est-ce ce manteau et cette écharpe ?

— Oui. Pas de doute.

Comme on jette quelque chose au rebut, Federov renvoya le manteau à l'autre agent.

— Vous avez dit qu'elle portait des lunettes ? Décrivez-les.

— Grosses. Rondes. La monture était transparente.

— De quelle couleur étaient ses yeux ?

— Ils étaient clairs… bleus, je crois. Peut-être noisette, ou bien verts.

Federov s'adressa à l'agent qui tenait le manteau et l'écharpe :

— M'étonnerait, avec une couleur de cheveux aussi sombre, dit-il. Probablement des lentilles de contact ou une perruque, ou bien les deux.

— Vous voulez qu'on établisse un portrait-robot ? lui demanda l'autre agent.

— Inutile, dit Federov. Cette femme ne ressemble certainement pas à la description qu'on vient de nous en faire. Vérifiez toutes les poubelles ; on trouvera peut-être une perruque et des lunettes.

Comme l'agent s'exécutait, Federov se tourna de nouveau vers le réceptionniste.

— Répétez-moi ce que cette femme a dit quand elle s'est adressée à vous. Très exactement, s'il vous plaît.

— Elle a dit qu'elle avait un rendez-vous avec monsieur Jenkins ; elle a demandé le numéro de sa chambre.

— Autre chose ?

L'homme se massa les tempes et répondit :

— Non.

— Réfléchissez bien, insista Federov. Vous êtes certain qu'il n'y a rien d'autre ?

— Non. Juste qu'elle voulait connaître le numéro de sa chambre.

— Et vous le lui avez donné.

— Pas immédiatement, non. Il y avait des collègues autour de moi. Je l'ai suivie dehors, et là, je le lui ai donné.

Federov opina du chef.

— Combien vous a-t-elle payé ?

La sueur commençait à perler sur le front et la lèvre supérieure du réceptionniste :

— Je n'ai pas…

— Combien ?

— Dix mille roubles.

Federov tendit la main.

— Je dois saisir cette somme. C'est une preuve, maintenant.

Le réceptionniste sortit les roubles de sa poche et les tendit à Federov, qui fourra les billets dans la poche de son pantalon.

Puis le Russe jeta un coup d'œil à sa montre. Vingt minutes plus tôt, il avait envoyé Volkov au bar interroger les personnes présentes pour savoir si elles avaient vu la femme ou Jenkins.

— Restez ici. Il se peut que j'aie d'autres questions à vous poser.

Il fit un signe à l'autre agent du FSB.

— Veillez à ce que le réceptionniste ne s'en aille pas, lui dit-il en même temps qu'il traversait le hall, les semelles de ses chaussures clappant sur le sol marbré. Il passa devant les ascenseurs et entra dans le bar de l'hôtel, particulièrement animé. Des hommes et des femmes étaient attablés dans la salle ou assis sur des tabourets au bar. Il chercha Volkov du regard, mais ne le vit pas. Il l'appela sur son téléphone portable, mais il ne répondit pas non plus ; cela ne lui ressemblait pas. Federov s'approcha du bar et regarda le barman droit dans les yeux.

— Je cherche un homme qui est venu ici et qui a posé des questions aux clients de l'hôtel. Petit, trapu, très costaud.

— Ouais, il était ici tout à l'heure.

— Savez-vous où il est allé ?

— Je l'ai vu descendre les marches, juste là, pour aller aux toilettes.

Federov sortit une photo de Jenkins.

— Avez-vous vu cet homme ?

Le barman secoua négativement la tête.

— *Niet.*

Federov descendit les marches, poussa la porte des toilettes et entra. De l'eau clapota sous ses chaussures. Volkov gisait sur le sol ; il n'avait plus son manteau, et il y avait un morceau d'urinoir en porcelaine à côté de lui.

Federov se précipita vers lui. Il lui agrippa le poignet. Son pouls était faible, mais il était encore en vie. Il chercha l'arme de Volkov, mais ne la vit nulle part. À en juger par l'état des toilettes, il y avait eu une terrible bagarre ici. La seule explication logique était que Volkov était tombé sur Jenkins – lequel, selon toute probabilité, était maintenant armé. Federov se releva, sortit des toilettes et, tirant de sa poche la photographie de Jenkins, il s'approcha de l'agent de sécurité qui surveillait l'entrée au niveau des portes vitrées coulissantes.

— Est-ce que cet homme a quitté l'hôtel ? lui demanda-t-il en lui montrant la photo ainsi que sa carte du FSB.

— Oui, il y a tout juste quelques minutes.

— Vous vous souvenez de lui ?

— Parfaitement. Il portait un manteau en cuir noir, mais pas de chapeau ni de gants. Il a dit qu'il les avait laissés dans sa voiture et qu'il sortait pour les récupérer. Il avait l'air de s'être battu avec quelqu'un.

— Est-ce qu'il était avec une femme ?

— Non. Il était seul.

Federov sortit son téléphone portable de sa poche, composa un numéro et parla avec quelqu'un alors qu'il franchissait à la hâte le deuxième rang de portes vitrées pour rejoindre le parking. Sa tête pivota à droite et à gauche ; du regard, il chercha les sorties possibles, et l'agent qu'il avait chargé de surveiller l'arrière de l'hôtel et le parking.

— J'ai besoin d'un nettoyage complet dans les toilettes de l'hôtel, près du bar, dit-il à son contact au téléphone. Appelez une ambulance, mais soyez discret. Je ne veux pas que la police vienne mettre son nez là-dedans. Assurez-vous de ne laisser aucune trace, et fermez le bar.

Il mit fin à la conversation. Ne voyant pas l'agent, il se précipita jusqu'à la guérite en bois dans laquelle s'abritait un des voituriers de l'hôtel. Juste devant, un couple attendait de récupérer sa voiture. Federov passa devant et cogna à la porte. Le jeune gardien l'entrouvrit aussitôt. Federov lui montra une photo de Jenkins et sa carte du FSB.

— Avez-vous vu cet homme quitter le parking ?

— Je ne crois pas.

— Réfléchissez bien. Est-ce que vous l'avez vu ?

— Non, je ne l'ai pas vu, répondit le voiturier. Mais avec tous ces gens qui sortent du Bolchoï, je n'arrête pas de récupérer des voitures, alors…

— Et une femme ?

Le jeune voiturier fronça les sourcils.

— Je vois un tas de femmes. À quoi ressemble-t-elle ?

Federov se retourna en entendant une femme crier. Il se précipita dans la direction des cris. La femme se tenait à côté d'un homme ; ils étaient blottis l'un contre l'autre dans leurs gros manteaux d'hiver, les yeux rivés sur le corps qui gisait à leurs pieds sur le parking.

— J'ai failli lui marcher dessus en descendant de voiture, dit l'homme à Federov. J'ai d'abord cru à un SDF mort de froid, mais…

Federov écarta l'homme avec son bras et examina l'agent du FSB. Il avait été abattu d'une balle dans le front. Un tir mortel qui avait laissé un trou de la taille d'une petite pièce ; très peu de sang avait coulé, en raison de la température glaciale.

— Retournez à l'hôtel et prévenez la réception, dit-il au couple. Dites à l'homme en costume sombre qu'il y a un cadavre sur le parking. Allez, allez !

Le couple retourna précipitamment à l'entrée arrière de l'hôtel.

Federov courut jusqu'à l'angle de la rue, regarda à droite et à gauche, puis traversa jusqu'à la place et la fontaine. Plus loin, il vit la foule se déverser par les portes du Bolchoï. Jenkins n'avait pas pu aller très loin. Il allait probablement chercher à se fondre dans la foule justement. Federov scruta plus attentivement le flot des spectateurs sortant du célèbre théâtre.

* * *

Charles Jenkins traversa la rue en courant jusqu'à la fontaine. Sa confrontation avec Volkov l'avait mis en retard de quelques minutes. La femme allait-elle l'attendre ? En avait-elle seulement eu l'intention ?

Des couples bien emmitouflés dans leurs vêtements d'hiver prenaient des *selfies* à côté de la fontaine, mais ils s'éloignèrent rapidement en le voyant approcher, se disant sans aucun doute – à la vue de ses vêtements déchirés tachés de sang, et en remarquant qu'il ne portait ni chapeau ni écharpe – qu'ils avaient affaire à un fou. Pour ce qui était de se fondre dans la foule, c'était mal parti. Entrer à l'intérieur du théâtre et disparaître dans la cohue ne serait pas si facile.

Il marcha rapidement jusqu'à l'entrée, tenant son manteau fermé pour dissimuler sa chemise déchirée. La plupart des hommes qui sortaient portaient de longs manteaux en laine par-dessus des smokings ou des costumes de marque. À côté d'eux, il avait l'air d'un vagabond. Il baissa la tête et se fraya un chemin à travers la foule jusqu'à l'une des portes. Un homme en veste noire et nœud papillon assorti se tenait tout à côté, à l'intérieur, remerciant les spectateurs d'être venus et leur souhaitant une bonne fin de soirée.

— *Izvinite*, dit Jenkins. *Ya ostavil svoï vechtchi s proverkoï pal'to.* Excusez-moi, mais j'ai laissé mes affaires au vestiaire.

L'homme le toisa, littéralement de la tête aux pieds, et balaya d'un geste sa requête.

— *Niet*, dit-il.

— J'ai laissé mon chapeau et mes gants au vestiaire, répéta Jenkins en russe. J'ai besoin de les récupérer.

L'homme afficha un air dégoûté.

— Où est votre ticket de vestiaire ? lui demanda-t-il.

— Je l'ai égaré, répondit Jenkins.

— Dans ce cas, montrez-moi au moins votre billet d'entrée pour le spectacle de ce soir.

— S'il vous plaît. Je n'en ai que pour une minute.

L'homme secoua négativement la tête.

— Non, ce serait trop facile.

— Alors, laissez-moi au moins vous décrire mes affaires. Vous pourrez aller les chercher vous-même.

Il suffisait qu'il parvienne à éloigner l'homme un instant.

— Je ne suis pas votre valet. Partez maintenant, ou je devrai appeler la police.

Jenkins recula, espérant trouver une autre porte qui ne serait pas surveillée, ou un portier moins attentif. S'il n'avait pas le choix, il ferait le tour du bâtiment, en espérant trouver la ruelle. Il jeta un coup d'œil à la foule sur la place, les spectateurs du Bolchoï s'éloignant tous du théâtre – tous à l'exception d'un seul, qui fonçait à contre-courant dans sa direction.

Federov.

* * *

Au milieu de la foule, Federov chercha à voir quelque chose par-dessus les têtes. Avec son mètre quatre-vingt-quinze, Jenkins avait vingt centimètres de plus que le Russe lambda. Federov entendit des gens crier ; il se tourna vers la source du bruit. Il se passait quelque chose à l'une des portes du théâtre. Il se précipita dans cette direction. Plusieurs personnes gisaient au sol. Il poussa, joua des coudes, enjamba les corps, suscitant protestations et résistance.

— Police, écartez-vous ! hurla-t-il en brandissant ses papiers.

Il aida un homme en veste et nœud papillon noirs à se remettre debout. L'homme avait l'air secoué, mais il n'était pas blessé.

— Il s'est précipité dans le théâtre, expliqua-t-il. Il a dit qu'il avait laissé son chapeau et ses gants au vestiaire. Un vagabond.

— Comment était-il, physiquement ? demanda Federov, le souffle court, en cherchant fébrilement la photographie dans sa poche.

— Noir, répondit l'homme. Il était noir, et très grand.

Federov ne se préoccupa plus de la photo.

— Par où est-il parti ?

L'homme pointa un doigt en direction des vestiaires.

— Par là, dit-il.

Federov entra dans le théâtre et s'élança à travers le hall en évitant autant que possible de buter contre les spectateurs qui sortaient, mais il heurta inévitablement quelques épaules. À l'autre bout du hall, il vit des gens poussés de la même manière sur le côté, comme des quilles de bowling. Puis il aperçut une tête dépassant toutes les autres. Charles Jenkins se retourna un court instant ; leurs regards se croisèrent. Jenkins reprit sa course de plus belle.

Federov évita ou enjamba les personnes qui avaient été bousculées, remarquant au passage les écriteaux indiquant la direction du vestiaire. Il y avait foule autour du comptoir ; des employés du théâtre prenaient les tickets et restituaient les manteaux, les chapeaux en fourrure et les gants. Federov se mit à faire des bonds sur place, tel un bâton sauteur, s'efforçant de voir par-delà la foule. Tout au fond, sur sa gauche, une porte s'ouvrit, puis se referma.

— Excusez-moi, dit-il. Écartez-vous. Police. Laissez passer.

Péniblement, il parvint à rejoindre la porte, mais il hésita avant de la pousser, craignant que Jenkins, embusqué, ne lui saute dessus de l'autre côté, ou même ne tire sur lui avec l'arme de Volkov. Il abaissa doucement la poignée, et ouvrit prudemment la porte. Pas de coup de feu. Au lieu de cela, il entendit le hurlement assourdissant d'une alarme, en même temps qu'une porte en métal se refermait à l'autre bout du couloir. Il traversa ce dernier au pas de course, abaissa la barre anti-panique en métal, mais la porte ne bougea pas.

Il recula, et cette fois y alla d'un grand coup d'épaule. La porte trembla, mais ne s'ouvrit pas davantage. Il prit une fois de plus du recul, leva une jambe et donna un coup de pied dans la serrure. La porte trembla là encore, mais elle ne céda pas. Jenkins l'avait bloquée de l'extérieur.

Les agents de sécurité du Bolchoï arrivèrent précipitamment, hurlant après lui.

— Aidez-moi ! leur dit-il en leur montrant sa carte. Aidez-moi à ouvrir cette porte !

Les trois hommes appuyèrent une épaule contre la porte, soufflant et grognant. La porte s'ouvrit de quelques centimètres encore. Ils reculèrent, comptèrent jusqu'à trois et foncèrent dedans. La porte était maintenant ouverte sur une trentaine de centimètres. Federov jeta un regard par l'ouverture. De l'autre côté, une grosse poubelle bleue bloquait la porte.

— Encore, dit-il.

Les hommes poussèrent de nouveau. La porte s'ouvrit suffisamment pour qu'il réussisse à se faufiler dehors. Il se retrouva dans une ruelle. Il regarda à gauche. Un cul-de-sac. Il courut dans la direction opposée, déboucha dans une rue, et regarda dans les deux directions. Les gens qui sortaient du Bolchoï se hâtaient de rentrer chez eux dans la nuit glaciale. Il ne vit pas Jenkins. Il sortit son téléphone portable en revenant rapidement sur ses pas dans la ruelle, et donna des instructions. Tandis qu'il parlait, des voix lui parvinrent d'un peu plus haut ; il leva les yeux et aperçut de la lumière émanant des fenêtres d'un restaurant. Il vit une porte à sa droite. Elle n'était pas fermée à clé. Il l'ouvrit, gravit rapidement un escalier, et arriva sur un palier qui donnait sur la porte de service d'un petit restaurant. À l'intérieur, des gens du Bolchoï, habillés impeccablement, mangeaient des pâtisseries et buvaient du café ; rien n'indiquait que la tranquillité du lieu avait pu être troublée récemment. Jenkins n'était pas passé par là.

Il se retourna, s'apprêtant à gravir un étage de plus, quand il remarqua une porte grillagée bloquant l'accès à un autre escalier qui descendait. Il la poussa. Monter n'avait aucun sens : Jenkins se serait retrouvé piégé.

Il sortit son arme et descendit les marches, dos au mur. Il effectua un brusque demi-tour et brandit son arme vers le bas en arrivant au palier intermédiaire : personne. Il continua de descendre jusqu'au rez-de-chaussée, traversa un couloir sombre, poussa la poignée d'une autre porte et déboucha dans une autre ruelle. Il entendit un moteur de voiture et se retourna, mais il ne vit pas de phares. Soudain, la voiture émergea de l'obscurité. Il fit un bond sur sa droite pour l'éviter. La voiture faucha sa jambe gauche. Il pirouetta et retomba lourdement sur le sol, mais il réussit à rouler et à se redresser suffisamment pour tirer plusieurs coups de feu en direction du véhicule, qui tourna à gauche au bout de la ruelle. Il se releva, courut en boitant jusqu'à la rue, arme au poing, mais la voiture avait tourné de nouveau. Elle avait disparu.

# Chapitre 16

Dans la voiture qui les conduisait hors de Moscou, Charles Jenkins demanda de nouveau son nom à la femme. Une fois de plus, elle refusa de le lui dire, mais pas pour la raison à laquelle il pensait.

— Ce ne serait bon ni pour vous ni pour moi que vous connaissiez mon nom, lui dit-elle. En fait, je vous suggère même de fermer les yeux et de ne prêter aucune attention à notre destination.

Jenkins voulait bien la croire ; il était pourtant loin d'être convaincu de pouvoir lui faire confiance. Elle avait tenu parole en tout cas ; elle aurait pu quitter l'hôtel et le laisser se débrouiller seul, mais elle ne l'avait pas fait. Indépendamment du fait de savoir s'il pouvait lui faire confiance ou non, à présent il avait deux buts : continuer sa mission et découvrir ce qu'elle savait exactement.

Elle jeta ses lunettes par la vitre de sa portière. Dix minutes plus tard, elle arrêta la voiture et se débarrassa de sa perruque dans un fossé de drainage. Sans son postiche ni ses lunettes, Jenkins lui donna environ quarante-cinq ans ; mais peut-être son impression était-elle due en partie à la cigarette, qui l'avait vieillie prématurément. Des pattes d'oie étoilaient le coin de ses yeux et de ses lèvres. Elle avait allumé une cigarette dès qu'ils avaient dépassé les limites de la capitale. L'intérieur de la voiture sentait la cendre froide. Il abaissa légèrement sa vitre pour avoir un peu d'air frais.

— Je sais, c'est une mauvaise habitude, dit-elle. Et c'est pire en situation de stress.

Une demi-heure et trois cigarettes plus tard, ils quittèrent la voie express et enfilèrent les petites rues de banlieue, pour se garer finalement devant une tour d'habitation qui faisait partie d'un ensemble.

— Il ne faudra pas faire de bruit quand nous entrerons, dit-elle. La doctrine communiste est toujours en vigueur chez les plus âgés ; l'époque où chacun espionnait son voisin pour s'attirer les faveurs de l'État est loin d'être révolue. S'occuper de ses propres affaires, ce n'est pas l'esprit par ici.

Ils descendirent dans le froid glacial. La lune peinait à percer l'épais voile de brume tombé sur Moscou et sa banlieue. Les arbres, dépouillés de leurs feuilles, se dressaient dans la nuit anthracite, immobiles et silencieux. Comme ils approchaient de l'immeuble de la femme, Jenkins entendit un chien aboyer – ou plutôt gémir lugubrement – au loin. Ils pénétrèrent dans le hall du bâtiment et gagnèrent l'ascenseur. Ils ne semblaient pas avoir été repérés. Les portes de l'ascenseur s'ouvrirent. Il était vide. Ils montèrent au quatrième étage. La femme sortit la première. Jenkins lui emboîta le pas. Parvenue devant la porte de son appartement, elle sortit une clé, ouvrit plusieurs serrures en même temps et entra rapidement. Jenkins posa son sac à dos sur le sol tandis qu'elle refermait la porte derrière eux, la verrouillait et mettait la chaîne. À cet instant seulement, Jenkins s'autorisa à pousser un soupir de soulagement et à se détendre.

— Vodka ? lui demanda la femme.

— Oui, merci, répondit-il.

L'appartement était typique de l'époque soviétique, où l'espace personnel était considéré comme antirévolutionnaire. Il consistait en un minuscule vestibule équipé d'un placard et d'un portemanteau. La cuisine se trouvait à gauche ; un salon à droite faisait également office de chambre à coucher, un paravent à quatre panneaux opérant le cloisonnement nécessaire. Entre la cuisinière à deux feux d'un côté et l'évier surmonté d'un double placard de l'autre, il n'y avait de place que pour une personne dans la cuisine. Comme la voiture, l'appartement sentait la cigarette, malgré le courant d'air froid qui entrait par l'entrebâillement d'une fenêtre dans la cuisine.

La femme alluma la radio et baissa le volume. Elle ouvrit un congélateur, en sortit un sachet de légumes, et l'appliqua contre son œil avant de sortir une bouteille de Stolichnaïa.

— Désolé pour ça, s'excusa Jenkins d'une voix éteinte.

— J'aurais fait la même chose.

Elle sortit deux petits verres d'un placard et les remplit de vodka. Elle leva le sien. Jenkins fit de même.

— Buvons à la chance ! dit-elle.

La vodka lui brûla le fond de la gorge, mais le goût était agréable.

— Voulez-vous un peu de thé ? lui demanda-t-elle.

— Je veux bien, oui, dit-il.

— J'ai des pâtisseries.

Elle ouvrit le réfrigérateur.

— Elles ne sont pas du jour, mais…

— Non, merci, dit-il en l'observant avec curiosité.

Elle n'avait pas allumé dans la cuisine, mais les voilages de la fenêtre filtraient la clarté de la lune, qui accentuait les reliefs du mobilier. Elle attrapa la bouilloire de sa main libre et la posa sur le plan de travail. Le couvercle tinta quand elle l'ôta ; elle remplit la bouilloire au robinet. Jenkins écarta les rideaux et jeta un coup d'œil par la fenêtre ; elle donnait sur une cour intérieure où s'entrecroisaient des cordes à linge, certaines chargées de vêtements.

Il sortit l'arme qu'il avait prise à Volkov et la posa sur une table demi-lune sous la fenêtre. La femme se retourna en entendant l'arme heurter le bois du plateau.

— Où avez-vous eu ça ? l'interrogea-t-elle en posant la bouilloire sur un des brûleurs.

— Je suis tombé sur un des agents du FSB qui me connaissait en allant aux toilettes de l'hôtel.

— Vous l'avez tué ?

— Je ne sais pas. Peut-être.

Elle craqua une allumette et tourna le bouton de la cuisinière. Une légère odeur de gaz parvint aux narines de Jenkins alors que le brûleur s'enflammait. Elle régla l'intensité de la flamme et laissa tomber l'allumette dans l'évier ; puis, tenant toujours le sachet de légumes surgelés contre son visage, elle s'approcha de la table.

— C'est un PSS, dit-elle.

— Un PSS ?

— Un *Pistolet Spetsialnij Samozariadnii*. Un semi-automatique. Précis jusqu'à vingt-cinq mètres. Son système de cartouche lui permet de ne produire aucune étincelle, et il ne fait quasiment aucun bruit.

— Pas besoin de silencieux ?

— Non. Ça rend l'arme plus facile à dissimuler. Elle est très prisée par les forces spéciales du FSB.

Elle tira une chaise en face de lui, les pieds raclant le linoléum, et s'assit, l'air à peu près aussi vidé émotionnellement et physiquement que lui. L'adrénaline seule lui avait permis de tenir jusque-là.

— On peut parier que Federov va employer les grands moyens pour vous trouver, dit-elle.

— Est-ce qu'il peut remonter jusqu'à vous ? Grâce à votre voiture, peut-être ?

Elle y réfléchit.

— J'étais déguisée ; il ne sait pas à quoi je ressemble. Quant aux plaques de la voiture, elles appartenaient à un véhicule qui a été détruit. Mais il vaudra mieux ne pas s'attarder ici trop longtemps, de toute façon. Dites-moi pourquoi vous êtes là.

Jenkins se dit qu'il ne risquait plus grand-chose à lui répondre. De plus, c'était peut-être le seul moyen d'en savoir un peu plus sur elle, et sur le rôle qu'elle jouait dans tout cela.

— Lors de mon premier séjour, j'étais censé fournir discrètement des informations concernant un agent double russe, des informations vraisemblablement déjà connues du FSB, mais qui devaient accréditer le fait que j'étais capable d'en obtenir d'autres, hautement confidentielles. Cette fois, à mon retour, je devais livrer à Federov le nom d'une femme qui travaillait pour le Département de l'énergie nucléaire russe.

— Ouliana Artemyeva, dit-elle.

— Vous la connaissiez ?

— Je sais qu'on l'a soupçonnée de faire fuiter des informations confidentielles. Mais ils n'ont jamais pu le prouver. Et la Russie n'aime pas trop communiquer quand elle a le nez dans la gadoue.

— Comment est-elle morte ?

Elle haussa les épaules.

— Mort naturelle, qu'ils ont dit… mais on ne compte plus les personnes soupçonnées de trahison qui sont décédées de « mort naturelle » ou qui se sont suicidées.

La bouilloire se mit à siffler sur le feu. Elle posa le sachet de légumes surgelés sur la table, et se leva pour aller la prendre.

— Vous avez dit à vos contacts du FSB qu'Ouliana Artemyeva était l'une des sept sœurs, c'est bien ça ?

Elle sortit deux grandes tasses et deux soucoupes d'un meuble de rangement aux trois quarts vide, et une boîte de thé d'un tiroir en dessous. Elle posa la boîte sur la table et remplit les deux grandes tasses d'eau chaude.

— Étant donné qu'elle était morte, reprit Jenkins, ils ne pouvaient ni confirmer ni infirmer l'information.

— C'était une info destinée à impressionner votre contact.

Elle poussa la tasse vers Jenkins et lui demanda :

— Du lait ? Du sucre ?

— Non, merci, répondit Jenkins. Et pour répondre à votre question, oui, cette information était destinée à impressionner, et surtout à laisser entendre que je pouvais obtenir des informations classifiées sensibles.

Il prit un sachet de thé dans la boîte, le déballa et le plongea dans sa tasse.

— Qui vous envoie ?

— Je ne peux pas vous le dire.

— Que vous a dit cette personne ?

Jenkins sirota son thé ; il sentit l'eau lui brûler la lèvre supérieure. Il souffla sur le liquide et reposa la tasse.

— Il a dit que Vladimir Poutine connaissait l'existence des sept sœurs à l'époque où il travaillait pour le KGB.

— C'est vrai, dit-elle.

— Il a dit que Poutine avait missionné une huitième sœur pour faire la chasse aux sept autres, et qu'elle avait déjà identifié et assassiné trois d'entre elles.

— Je ne suis pas au courant de cela ; mais cette information me paraît douteuse.

— Mon travail consiste à découvrir qui est cette huitième sœur.

— Et ?

— Et rien ; ma mission s'arrête là.

— Zarina Kazakova et Irena Lavrova, dit la femme. Qui est la troisième sœur ?

— Olga Artamonova.

Elle s'adossa contre le dossier de sa chaise, pensive.

— Pour qui travaillez-vous à la CIA ? voulut savoir Jenkins.

— Si vous êtes officier traitant, vous savez que je ne peux pas vous répondre, dit-elle. Si vous ne l'êtes pas, monsieur Jenkins, alors il vaut mieux pour tout le monde que je ne vous parle pas de moi, ni de mon contact. Mais permettez-moi de vous poser une question : connaissez-vous vraiment bien le vôtre ?

Jenkins souffla de nouveau sur son thé avant de boire une nouvelle gorgée.

— J'ai travaillé pour lui il y a très longtemps, à l'époque où j'étais un jeune agent. Mais il y a des années que je ne suis plus sur le terrain.

Elle laissa l'information faire son chemin dans son esprit, avant de demander :

— Dans ce cas, pourquoi vous ont-ils choisi, vous ?

Jenkins réfléchit à sa question.

— Je parle russe. Et j'avais une couverture qui tenait debout pour venir en Russie. J'ai une affaire dans le domaine de la sécurité ; je m'occupe actuellement de gérer celle d'une société d'investissement qui a ouvert une succursale à Moscou. Et j'ai déjà une expérience dans le renseignement ; j'ai connu l'époque du KGB. J'étais entraîné sur le plan tactique ; ils pouvaient m'envoyer sans délai sur le terrain.

— Justement, le terrain, il y a longtemps que vous l'avez déserté, si j'en crois ce que vous me dites. Dans ce cas, pourquoi avoir accepté cette mission ?

La radio, sur le plan de travail, diffusait une douce musique classique ; du violon. Jenkins pensa à Alex, à CJ, à son fils à naître, et expliqua sa situation.

— En temps normal, je ne suis pas un homme que l'argent motive. Je ne l'ai jamais été. Mais certaines choses ont changé.

— Vous aviez un besoin urgent.

— Oui, dit-il. Précisément.

Elle jeta un coup d'œil à la pendule sur le mur.

— Si nous voulons avoir une chance de faire quoi que ce soit, il faut partir maintenant. Demain à cette heure-ci, je parie que votre visage et votre nom s'étaleront partout, dans les journaux comme à la télévision. Et physiquement, ici, à Moscou, vous êtes difficile à manquer.

Jenkins secoua la tête.

— Federov ne fera pas ça. Il ne voudra pas avoir à justifier le fait que je me suis enfui. Trop embarrassant pour lui. Il paraissait redouter plus que tout que je le fasse passer pour un idiot auprès de ses supérieurs. Je pense que le FSB va faire en sorte de ne pas ébruiter ce qui se passe, et essayer de remonter jusqu'à moi d'une autre manière.

— Le FSB supervise la sécurité du territoire ; vous pouvez être certain que votre photo sera envoyée à tous les gardes-frontières avant demain matin, si ce n'est pas déjà fait. Vous exfiltrer de Russie ne sera pas chose facile.

À cet instant, une autre pensée glaça l'esprit de Jenkins : s'il avait été piégé, ce qui paraissait maintenant très probable, le responsable n'allait pas tarder à apprendre qu'il s'était enfui, et peut-être décider de faire du mal aux personnes que Jenkins aimait le plus.

— Ma femme et mon fils, dit-il en se levant.

Elle se leva à son tour et dit :

— Où qu'ils se trouvent, il vaudrait mieux qu'ils partent rapidement.

# Chapitre 17

Viktor Federov n'était pas d'humeur à se satisfaire de demi-réponses ou d'explications équivoques. Son plus beau costume était déchiré aux genoux et souillé par la neige et l'eau boueuse de la ruelle. Son genou gauche avait enflé, et la douleur était vive à l'endroit où la voiture l'avait heurté. En fait, il avait mal un peu partout, mais sa blessure la plus profonde concernait son ego. Charles Jenkins avait fui, très probablement avec l'aide de la femme qui avait demandé après lui à l'hôtel. La question qui le taraudait était : qui était-elle ? Le contact de Federov aux États-Unis lui avait révélé que Jenkins n'avait pas été envoyé en Russie pour divulguer des noms, mais pour déterminer celui de la femme qui recherchait la taupe qui fournissait au FSB les noms des sept sœurs. S'agissait-il de la femme qui était venue à l'hôtel de Jenkins ? Mais dans ce cas, pourquoi l'aurait-elle aidé à s'échapper ? N'aurait-elle pas dû le tuer, croyant que la fuite venait de lui justement ?

Quelque chose ne s'était pas passé comme prévu, et cela contrariait au plus haut point le contact de Federov à la CIA – lequel contact lui avait demandé de faire en sorte que ni Jenkins ni la femme ne quittent la Russie. Dans le cas contraire, le contact en question « disparaîtrait » sans fournir les noms des quatre sœurs restantes, le laissant, lui, Federov, expliquer à ses supérieurs comment une telle chose était arrivée. Il avait beau s'être fait une réputation d'efficacité au cours des deux dernières années, la chute n'en serait que plus dure.

Federov retourna en boitant au parking de l'hôtel. Deux de ses collègues interrogeaient le voiturier, leur haleine formant des nuages de vapeur blanchâtres dans l'air glacé. Le plus jeune des deux, Simon Alekseyov, s'interrompit en le voyant arriver.

— Colonel, est-ce que ça va ?

Federov balaya la question d'un geste de la main.

— Ça va. Qu'est-ce que vous avez appris ?

— La sécurité de l'hôtel est en train de vérifier les deux dernières heures d'enregistrement vidéo, dit Alekseyov.

— Avez-vous trouvé les lunettes de la femme ou sa perruque dans l'hôtel ?

— Pas encore, non.

— À moins de les trouver, la vidéosurveillance ne vous sera sûrement pas plus utile pour l'identifier que les infos que j'ai pu glaner en interrogeant la réception.

— Colonel ? dit le deuxième agent en s'approchant à son tour. Je crois que vous devriez entendre ce que le voiturier a à dire.

— Je lui ai déjà parlé.

— Oui, mais il vient de se souvenir de quelque chose. Je crois que ça pourrait être important.

Federov acquiesça et suivit l'agent jusqu'à la guérite. Le voiturier se tenait juste devant, fumant une cigarette, frigorifié et l'air nerveux.

— Un détail vous est revenu ? lui demanda Federov d'un ton impatient.

— Oui.

— Je vous écoute. Qu'est-ce que c'est ?

— Ça concerne la femme. Je me suis souvenu qu'elle avait les cheveux bruns et qu'elle portait des lunettes rondes.

— Nous connaissons déjà ces détails, dit Federov en se tournant vers le deuxième agent d'un air mécontent. Vous me faites perdre mon temps.

— Elle avait un œil au beurre noir, dit le voiturier.

— Qu'est-ce que vous avez dit ? réagit soudain Federov en reportant son attention sur lui.

— La femme avait un œil au beurre noir, ou du moins ça commençait à marquer. Elle se cachait une partie du visage avec ses cheveux, mais j'ai bien vu qu'elle avait un œil tout rouge et qui enflait.

— Qu'est-ce qu'elle a dit ?

— Juste qu'elle avait un peu trop bu, et que c'était un accident, mais ça n'en avait pas l'air. Pour moi, quelqu'un lui avait mis un coup de poing ou une gifle.

— Elle a dit autre chose ?

Le voiturier tira une dernière bouffée sur son mégot de cigarette et l'expédia d'une pichenette sur le parking. Puis, secouant la tête en soufflant fumée et vapeur mêlées, il répondit :

— Non. Je lui ai proposé d'aller chercher sa voiture, mais elle a dit qu'il était inutile que nous ayons froid tous les deux.

— Quel œil ?

Le voiturier fourra ses mains au fond des poches de son manteau gris, réfléchit un court instant et répondit :

— Le gauche. C'était l'œil gauche.

Donc, le coup avait probablement été porté par un droitier. Peut-être que le premier contact entre Jenkins et la femme ne s'était pas si bien passé que cela, songea Federov.

— Où était garée sa voiture ? poursuivit-il.

— Là-bas.

Il pointa du doigt l'endroit où gisait l'agent du FSB abattu.

Le tireur avait visé l'homme en plein front, un tir mortel, précis – le genre de tir imputable à quelqu'un qui a suivi un entraînement tactique. Federov avait d'abord pensé à Jenkins, mais il avait changé d'avis.

— Avez-vous entendu le coup de feu ?

— Non, dit le voiturier. Mais j'étais à l'abri à l'intérieur, et le chauffage électrique fait du barouf.

Federov se tourna vers Alekseyov.

— Essayez de voir si quelqu'un a entendu un coup de feu, lui dit-il. Demandez au portier de l'hôtel.

Si personne n'avait rien entendu, c'était probablement que la femme s'était servie d'un silencieux ; ce qui confirmait qu'elle avait été formée sur le plan tactique.

— Quel genre de voiture conduisait-elle ? demanda Federov.

— Une Hyundai Solaris. Grise.

— Quelle année ?

— Je ne saurais pas dire.

— Elle était récente ? Ancienne ?

— Récente. Je dirais moins de cinq ans.

— C'est vous qui l'avez garée ?

— Oui.

— Avez-vous remarqué quoi que ce soit concernant la voiture ou la femme que vous ne nous auriez pas dit ?

Le voiturier regarda Alekseyov.

— Je lui ai dit qu'elle fumait des Karelia « Slims ». Il y avait un paquet sur le siège passager.

Federov réclama l'attention du deuxième agent d'un geste de la main.

— Je vais demander à ce qu'on prenne votre déposition par écrit, expliqua-t-il au voiturier. Si quelque chose vous revient en mémoire, le plus petit détail, n'hésitez pas à le dire, ou appelez-moi.

Il lui tendit une carte, et répéta :

— Le plus petit détail.

Puis il retourna à l'hôtel en boitant en même temps qu'il s'adressait à Alekseyov :

— Je veux que vous diffusiez une circulaire auprès de tous les bureaux gouvernementaux. Nous recherchons une femme avec un œil gauche contusionné. Demandez les noms de toutes les femmes qui ne seront pas présentes demain sur leur lieu de travail, pour quelque raison que ce soit.

Federov s'interrompit, songeant soudain à quelque chose.

— Colonel, cela va demander…

Federov lui intima le silence d'un geste de la main.

— Commencez par le FSB, dit-il.

— Colonel ?

— Je veux les noms de toutes les femmes employées par le FSB, à quelque titre que ce soit, qui ne seront pas présentes demain au travail. Voyez ensuite qui, parmi tous les noms relevés, conduit éventuellement une Hyundai Solaris. Enfin, veillez à ce que l'hôtel vous fournisse bien tous les enregistrements vidéo du parking. Allez-y.

# Chapitre 18

Jenkins ne voulait pas se servir du téléphone prépayé qu'il avait utilisé pour joindre Federov, ni son téléphone portable habituel, dont la ligne était probablement surveillée. La prudence lui imposait pareillement de tenir pour acquis que son téléphone fixe aux États-Unis, de même que le portable d'Alex, l'étaient également. Et s'il se servait du téléphone portable de la femme, il prenait un risque différent, certes, mais un risque tout de même. Si le FSB parvenait à localiser l'appel, il disposerait d'un indice de plus concernant l'identité de la femme, qui courrait de ce fait un plus grand danger encore.

Les choix étant limités, et le temps lui étant compté, il décida d'appeler avec son propre téléphone, mais d'être bref. La femme passa dans l'autre pièce pour lui laisser un moment en privé.

Jenkins composa le numéro d'Alex et se mit à faire les cent pas dans la cuisine en priant pour qu'elle réponde. Pendant qu'il attendait, il ne put s'empêcher de songer qu'il avait accepté d'être réactivé pour aider sa famille, et voilà qu'il appelait chez lui parce qu'il les avait mis en danger.

— Salut, toi. J'étais justement allongée là en pensant à toi, lui dit Alex en prenant l'appel.

Il ressentit un profond soulagement.

— Moi aussi, je pensais à toi. Tu es couchée ?

— Ordre du médecin. J'obéis. Comment ça va ? Quand rentres-tu ?

— Il y a eu quelques complications ici, dit-il. J'ai pris du retard.

— Quel genre de complications ?

— Comment va Lou ?

Alex marqua un temps d'arrêt ; à peine une seconde d'hésitation.

— Il dort pour le moment.

— Quand il se réveillera, demande à CJ de l'emmener en balade, d'accord ? Tu sais à quel point il adore sortir de la maison.

— C'est vrai, dit-elle. Je vais le sortir maintenant.

— Génial. Et emmène Freddie avec toi.

— D'accord. Écoute, CJ vient de rentrer. Je t'appelle plus tard, dit-elle.

— Je t'aime, Alex.

Mais elle avait déjà raccroché.

# Chapitre 19

Jenkins avait pris le volant de la Hyundai qui filait sur l'autoroute M4 à travers un paysage de terres agricoles enneigées, pendant que la femme continuait d'appuyer contre son œil le sachet de légumes surgelés. Un vent violent s'était levé ; des bourrasques de neige balayaient la route et faisaient trembler la voiture. Jenkins avait du mal à y voir ; il peinait à maintenir la trajectoire du véhicule. Si cela continuait ainsi, la route allait devenir carrément impraticable.

— Vous êtes inquiet… pour votre femme et votre fils ?

Jenkins acquiesça d'un hochement de tête.

— Et pour cette météo.

— Vous avez de la chance, dit la femme. D'avoir quelqu'un à aimer aussi fort.

Jenkins n'avait pas encore vu les choses sous cet angle. Une puissante rafale de vent secoua la voiture, l'obligeant à corriger une nouvelle fois sa trajectoire.

— Espérons que le vent va se calmer, dit-il. Parce qu'autrement, je ne sais pas combien de temps on va encore pouvoir rouler comme ça.

— Nous n'avons pas le choix. Si on s'arrête, on va geler sur place. Je n'ai pas fait tout ça pour mourir de froid dans ma voiture, et j'imagine que vous non plus.

— Quelle distance nous reste-t-il encore à parcourir ? voulut-il savoir.

Elle tourna la tête dans sa direction, le regarda, puis haussa les épaules.

— Encore des mystères ? s'agaça Jenkins. Si on se fait prendre maintenant, c'est tous les deux. On est dans le même bateau. Où va-t-on ?

— La mer Noire.

Elle abaissa le pare-soleil et vérifia l'état de son œil dans le miroir de courtoisie éclairé. Sa peau avait commencé à changer de couleur tout autour – jaune, violet foncé – mais le sachet de surgelés avait empêché l'œil de trop enfler.

— Il y a une petite ville là-bas où des amis me gardent un endroit sûr en cas de besoin.

Elle releva le pare-soleil.

— Les « amis » en question sont-ils pro-Américains ?

— Ils sont amis avec quiconque s'oppose au régime en place. Quand nous y serons, je m'arrangerai pour vous faire quitter le pays.

— Comment ça ? Vous ne comptez pas venir ?

— La Russie est mon pays, monsieur Jenkins. J'ai vécu toute ma vie ici. Je n'ai aucune intention de partir maintenant.

— S'ils découvrent votre identité, ils vous tortureront pour obtenir des informations à mon sujet, autant qu'au sujet des sept sœurs.

— Vous ne savez rien de plus qu'ils ne sachent déjà concernant les sept sœurs, dit-elle. Et moi non plus.

— Ils tortureront et tueront ceux que vous aimez.

— Cela fait très peu de monde, monsieur Jenkins. Mes parents sont morts. Mon unique frère aussi. Il y a des années qu'il ne reste plus rien de mon mariage.

— Vous avez des enfants ?

— Non.

Jenkins ne se souvenait pas avoir vu une seule photo dans l'appartement de la femme.

— Pourquoi faites-vous ça ? Pourquoi travaillez-vous pour la CIA ?

— C'est une longue histoire, monsieur Jenkins.

— Et nous avons une longue route devant nous, lui fit-il remarquer.

Après un silence, elle dit :

— Mon frère… c'est pour lui que je fais tout cela.

— On l'a tué ?

— L'État l'a tué. Ils ont tué son grand amour, ce pour quoi il vivait. Mon frère s'est suicidé.

— Je suis désolé.

— Ça remonte à de nombreuses années.

Jenkins resta silencieux un moment ; puis il demanda :

— Ce « grand amour » de votre frère, qu'est-ce que c'était ?

— Le ballet, répondit-elle doucement. Le Bolchoï.

— Cela explique que vous connaissiez si bien les lieux. Il a dansé pour le Bolchoï.

— Non. Jamais. Mais c'était son rêve, son grand amour. Voyez-vous, monsieur Jenkins, pendant des années, après le divorce de mes parents, ma mère nous a emmenés mon frère et moi au Bolchoï les soirs où elle se produisait. Elle n'était pas une des stars, mais elle faisait régulièrement partie des danseuses. Elle ne gagnait pas assez d'argent pour payer une baby-sitter. Je me promenais souvent dans les coulisses ; j'imaginais que je vivais dans d'autres endroits, d'autres pays. Il valait mieux que j'aie de l'imagination, parce qu'Ivan assistait jusqu'au bout à presque toutes les représentations. Il m'arrivait de me fâcher contre lui, de lui dire : « Ivan, c'est le même spectacle ce soir qu'hier soir, le même qu'avant-hier et qu'il y a trois jours. Allez, viens, allons jouer. » Mais Ivan adorait les ballets du Bolchoï plus que tout au monde, et il rêvait d'être danseur un jour, comme ma mère. Il travaillait très dur pour ça. Quand il a atteint un niveau supérieur à ce que ma mère pouvait lui enseigner, elle a économisé le moindre rouble, et elle a fait des pieds et des mains, elle a supplié pour le faire entrer à la prestigieuse Académie du ballet du Bolchoï. Elle est presque aussi ancienne que votre pays, et elle a produit quelques-uns des plus grands danseurs que le monde ait connus.

Elle s'interrompit un instant. Dehors, le vent violent sifflait bruyamment. Dans un murmure, elle reprit :

— Mon frère aurait pu être un grand danseur. Il avait la motivation, l'ambition, et le talent pour ça.

— Que s'est-il passé ?

— Mon frère est tombé amoureux, dit-elle. Profondément, désespérément amoureux d'un de ses professeurs, un homme marié et bien plus âgé que lui, qui lui a laissé croire qu'il l'aimait également. Il a raconté à Ivan qu'il pouvait l'aider à gérer sa carrière, qu'il pouvait lui obtenir des premiers rôles dans quelques-uns des plus grands spectacles donnés en Russie.

Jenkins crut deviner la suite.

— Mais il se servait de lui, poursuivit la femme ; de lui et de plusieurs autres étudiants. Quand il a eu ce qu'il voulait, il s'est débarrassé d'Ivan comme si c'était un moins que rien. Voyez-vous, monsieur Jenkins, la Russie n'est pas aussi tolérante envers l'homosexualité que l'est votre pays, pas même aujourd'hui. À l'époque, c'était pire. L'homme est allé voir les autres professeurs d'Ivan, et leur a dit qu'il n'avait pas ce qu'il fallait pour danser au Bolchoï. Il a raconté qu'il avait tenté d'expliquer ça à Ivan, mais qu'Ivan l'avait menacé et qu'il avait proféré des allégations mensongères selon lesquelles cet homme était homosexuel. Ivan a été renvoyé de l'école.

— Et les autres garçons ? Ceux dont cet homme avait profité aussi ?

Elle sourit tristement.

— Ivan a servi d'exemple. Les autres ont vite été dissuadés de l'imiter. Ivan s'est retrouvé seul à porter des accusations, et seul à en subir les conséquences. Il a compris qu'il ne danserait jamais pour le Bolchoï, ni pour aucune autre compagnie d'ailleurs. Il en a été dévasté ; il a grimpé sur le toit du théâtre, et il s'est jeté dans le vide.

Elle s'interrompit de nouveau, submergée par l'émotion durant une bonne minute. Puis, retrouvant sa voix, elle ajouta :

— J'étais montée sur ce toit avec lui plusieurs fois. De là, on avait vue sur tout Moscou illuminée, et on rêvait à tout ce que la vie avait à nous offrir.

— Je suis désolé, répéta Jenkins.

— Oui, je l'ai été, moi aussi, durant de nombreuses années, avoua-t-elle.

Mais le ton était plus énergique à présent, plus résolu.

— J'ai été désolée de voir que mon frère n'avait pas réussi à surmonter son malheur. Désolée que ma mère et moi ayons dû vivre avec sa décision. Et puis j'ai compris que ce qui était arrivé à mon frère n'était pas sa faute. Ce n'était même pas la faute de l'homme qui l'avait trahi. Ce qui est arrivé à Ivan était la faute des institutions qui ont permis à cet homme de s'en tirer à bon compte, et qui ont puni mon frère de l'avoir aimé. J'ai juré que j'aurai ma vengeance, et que je ne m'arrêterai pas tant que la Russie ne sera pas une vraie démocratie, tant que les gens n'auront pas réellement le choix de mener la vie qu'ils veulent. J'ai cru que ce jour était venu quand Gorbatchev est arrivé au pouvoir, mais mes espoirs ont vite été déçus. Chaque année, la Russie s'éloigne un peu plus de ce qu'est une véritable démocratie.

Elle tourna un regard vers lui.

— Vous voyez, monsieur Jenkins, ce n'est pas maintenant que je vais m'arrêter. Même si cela signifie mourir.

Si tout cela était pure invention de sa part, elle méritait un Oscar, mais il doutait que ce fût le cas.

— Comment avez-vous été recrutée ? lui demanda-t-il.

— J'ai des compétences en informatique et une solide formation en maths. J'ai étudié à l'université de Moscou. Un jour, j'ai appelé l'ambassade américaine. Une semaine plus tard, on a frappé à ma porte. A commencé alors un petit jeu qui a duré plusieurs mois, durant lesquels on m'a demandé d'accomplir un tas de missions toutes plus banales les unes que les autres.

Jenkins savait par expérience que l'on ne peut pas faire confiance à un agent dont la motivation est l'argent. La CIA recrutait en priorité ceux qui avaient une raison idéologique ou personnelle de trahir leur pays.

— C'était leur manière de vous tester, dit-il.

— Oui, ils voulaient être certains de pouvoir me faire confiance, dit-elle en haussant les épaules.

Ils parcoururent plusieurs kilomètres en silence ; puis Jenkins demanda :

— À quoi rêviez-vous sur le toit du Bolchoï ?

— Ça n'a plus d'importance aujourd'hui.

— Vous avez dit que vous aviez des rêves. Lesquels ?

Elle sourit.

— Je rêvais de devenir la version féminine et russe de Bill Gates. Je créais ma propre affaire, et je développais un logiciel unique en son genre, qui allait équiper tous les ordinateurs du monde.

— Vous avez dit que vous rêviez d'autres pays. Vous pourriez aller en Amérique. Il n'est pas trop tard pour réaliser vos rêves.

Elle pointa un doigt devant eux et dit :

— Péage.

Jenkins ralentit. La neige qui tombait diffractait l'éclat des feux clignotants avertisseurs. Le péage ressemblait à une station-service, avec plusieurs files sous un auvent métallique bleu. Tout était automatique. Inquiet soudain, Jenkins demanda :

— Est-ce qu'il y a des caméras aux péages ?

— J'imagine, mais Federov n'a aucune raison de me soupçonner. De plus, comme je vous l'ai dit, les plaques sont celles d'une autre voiture.

Jenkins ne put s'empêcher de penser qu'elle sous-estimait Federov. Il savait qu'il y avait d'innombrables moyens de l'identifier, elle aussi bien que la voiture.

— Peut-être, dit-il, mais je préférerais qu'on bazarde cette voiture et qu'on en trouve une autre.

— Qu'est-ce que c'est, « bazarder » ?

— Qu'on s'en débarrasse, traduisit-il, pour prendre une autre voiture.

— Regardez autour de vous. Il n'y a personne. Si on vole une voiture, ils la rechercheront.

Là, elle marquait un point. Il ralentit, s'arrêta à hauteur de l'automate, et se contorsionna pour insérer un billet dans la machine. La barrière rouge et blanche se leva. Il démarra et reprit la route sous la neige.

— Combien de kilomètres encore ?

— Beaucoup, répondit-elle. Restez sur la M4. Je crois que je vais dormir un peu. Essayez de ne pas nous tuer.

— Écoutez, si nous devons vraiment faire tout ce trajet ensemble, dites-moi au moins, à défaut de votre nom, comment je dois vous appeler.

— Vous pouvez m'appeler Anna, dit-elle. J'ai toujours voulu m'appeler comme ça depuis que j'ai lu *Anna Karénine.*

— D'accord, Anna. Est-ce qu'un jour vous me direz votre vrai nom ?

— Un jour, peut-être, dit-elle en inclinant doucement sa tête en arrière et en se tournant vers la vitre. Quand je serai certaine que vous êtes libre et en sécurité, je vous le dirai.

# Chapitre 20

Assis à son bureau devant son écran d'ordinateur, Viktor Federov buvait sa énième tasse de café noir en faisant fi des protestations de son estomac. Il n'avait rien avalé de consistant depuis la veille, ni dîner, ni petit déjeuner ; il avait l'impression que le café attaquait la paroi de son estomac. Il portait toujours son costume déchiré aux genoux, froissé et taché. Il n'avait pas pris la peine de rentrer chez lui se changer. Il y avait trop à faire ; le temps pressait. Jenkins et la femme, quelle que soit son identité, allaient tout faire pour quitter le pays au plus vite. Les frontières de la Russie étaient si vastes, et ses gardes si peu professionnels souvent, que ce n'était pas un défi insurmontable de les franchir. Il avait ordonné que le portrait de Jenkins soit diffusé auprès de tous les postes-frontières, et que son passeport fasse l'objet d'un fichage immédiat, mais il savait que ces mesures n'auraient d'efficacité que si Jenkins se servait dudit passeport et que les gardes-frontières se tenaient sur le qui-vive, ce qui n'allait évidemment pas de soi.

Il posa sa tasse de café et pressa une touche sur son clavier pour avancer rapidement dans la lecture d'une nouvelle vidéo de surveillance de l'hôtel. Il avait commencé avec la vidéosurveillance du parking. Ils avaient localisé la Hyundai Solaris, mais la caméra étant de piètre qualité, l'image l'était aussi. Ils avaient pu toutefois améliorer cette dernière et relever un numéro de plaque, mais l'immatriculation correspondait à une Lada Granta. Une recherche approfondie avait révélé que celle-ci avait été entièrement détruite dans un accident. Federov savait qu'identifier son propriétaire ne leur serait d'aucune utilité. Il passa à l'enregistrement suivant, la vidéosurveillance de la réception, sur laquelle il repéra la femme coiffée d'une perruque brune et portant des lunettes. Son long manteau touchait presque le sol. L'écharpe et les grosses lunettes dissimulaient presque tout son visage ; on ne distinguait quasiment pas ses traits. Grossir l'image ne leur permettrait pas de l'identifier. Tous les employés des services gouvernementaux étaient photographiés, et se soumettaient à un relevé d'empreintes. Grâce à la biométrique par reconnaissance faciale ou digitale, ils auraient pu déterminer son identité. La femme en était visiblement consciente – une preuve de plus, peut-être, qu'elle travaillait pour le FSB. Une taupe. En plus de l'écharpe, elle maintenait son buste légèrement tourné vers la gauche, comme si elle connaissait l'emplacement des caméras de l'hôtel.

Federov passa à un autre enregistrement, celui d'une caméra au huitième étage. Il vit la femme sortir de l'ascenseur et traverser le couloir jusqu'à la chambre de Jenkins. Cette fois, elle gardait la tête baissée pour échapper à l'œil de la caméra. Grâce à une carte magnétique – achetée en même temps que les renseignements pour quelques milliers de roubles – elle pénétra à l'intérieur de la chambre.

Un peu plus tard, ce fut au tour de Jenkins de sortir de l'ascenseur. Avant d'arriver à sa chambre, il s'arrêta et récupéra quelque chose dans un plateau-repas. Federov revint en arrière et repassa l'enregistrement au ralenti, en zoomant sur le plateau. Un couteau. Jenkins avait ramassé un couteau et l'avait glissé dans sa manche.

— Intéressant, commenta-t-il.

Quand il arriva devant sa chambre, il n'entra pas immédiatement. Avant d'ouvrir la porte, il s'agenouilla, comme s'il anticipait un coup de feu ; il poussa lentement la porte, et alors seulement il entra et referma derrière lui.

— Il soupçonnait qu'elle se trouvait déjà dans la chambre, dit Federov. Comment ?

Il faudrait qu'il réinterroge le réceptionniste. Quelqu'un avait forcément alerté Jenkins de la présence de la femme à l'hôtel.

Le fait qu'il ait récupéré un couteau dans un des plateaux indiquait de toute évidence qu'il considérait cette femme comme un danger, au moins au début. Quelque chose l'avait apparemment fait changer d'avis, et elle était devenue une alliée.

Environ quinze minutes après que Federov avait été informé par son contact de l'hôtel que la femme s'était présentée à la réception et avait demandé après Charles Jenkins, Volkov et lui étaient arrivés au *Metropol.* L'enregistrement vidéo du huitième étage allait lui permettre de comprendre comment ils avaient pu manquer Jenkins et la femme. Il avança jusqu'au moment où Jenkins sortait de la chambre. Il portait un sac à dos noir sur une épaule. La femme le suivait. Jenkins commença par se diriger vers l'escalier au bout du couloir, avant de s'arrêter et de faire demi-tour. La femme lui dit quelque chose ; probablement que l'escalier était surveillé, ce qui était le cas.

Quoi qu'il se soit passé dans la chambre d'hôtel, Jenkins et la femme faisaient maintenant équipe.

Sans son long manteau et son écharpe, que Volkov avait retrouvés dans la chambre de Jenkins – une ruse pour leur faire croire qu'ils étaient partis à la hâte – Federov put mieux voir à quoi la femme ressemblait. Il estima qu'elle devait mesurer un mètre soixante-dix, en comparaison avec la taille de Jenkins. Elle avait une allure athlétique, des épaules larges et une taille fine. Il la regarda ramasser une flûte de champagne sur un plateau-repas dans le couloir, et frapper à la porte d'une des chambres. Federov sentit son estomac se nouer, mais cela n'avait rien à voir avec le café. Il devinait ce qui allait suivre. La bande vidéo le lui confirma.

Il nota le numéro de la chambre dans laquelle ils s'étaient réfugiés. Il enverrait quelqu'un parler au client qui l'occupait pour découvrir ce que la femme et Jenkins avaient bien pu lui raconter.

Il en était là de ses explorations vidéo quand Simon Alekseyov frappa à la porte du bureau et entra.

— J'ai la liste des employées qui ne se sont pas présentées au travail ce matin. Il y en a six.

— Est-ce que vous avez croisé leurs noms avec l'immatriculation de leurs voitures ?

Alekseyov acquiesça.

— Deux conduisent une Hyundai. L'une est bleue, l'autre grise.

D'un geste, Federov demanda à Alekseyov de lui donner les feuilles de papier. Il scruta la photographie de Paulina Ponomayova. Quarante-huit ans, jolie femme, les cheveux châtain clair, les yeux marron, la mâchoire volontaire. Elle mesurait un mètre soixante-dix pour soixante-cinq kilos, ce qui correspondait exactement à ce qu'il avait vu sur l'enregistrement vidéo.

— Qu'est-ce qu'on sait d'elle ?

Alekseyov lut une fiche de renseignements :

— Elle a été engagée par le FSB juste après sa sortie de l'université de Moscou. Elle est diplômée en sciences de l'informatique et en mathématiques. Au sein du FSB, son travail et sa carrière sont exemplaires ; elle a été promue à des postes de plus en plus importants au fil des années, avec des habilitations de sécurité toujours plus sensibles.

Comparativement à l'âge des autres sœurs déjà identifiées, Ponomayova n'était pas une des sept. Federov examina sa vie personnelle, qui était somme toute assez banale. Elle s'était mariée jeune, puis avait divorcé. Elle n'avait pas d'enfants. Ses parents étaient décédés, ainsi que son unique frère qui était aussi son cadet, Ivan.

— Elle n'a pas ce qu'on pourrait appeler une vie palpitante, commenta Federov.

— Elle travaille comme analyste informatique pour la Direction générale des archives, dit Alekseyov, ce qui signifiait que Ponomayova avait accès à tous les rapports établis par l'ensemble des agents du FSB, comme ceux que Federov avait rédigés à propos de Charles Jenkins.

— Est-ce qu'on a une adresse ? demanda Federov.

— Oui.

Il attrapa son gros manteau d'hiver et son chapeau, se dirigea vers la porte, mais soudain il s'arrêta :

— Dans quel état se trouve Volkov ? Est-ce qu'on a des nouvelles ?

— Il est à l'hôpital, dans un état critique, répondit Alekseyov.

Federov se promit d'aller le voir dès qu'il aurait une minute. L'urgence était de rattraper Jenkins.

— Venez. Vous allez conduire. Il faut que j'examine ce dossier.

* * *

Federov sortit de l'appartement de Paulina Ponomayova dans la lumière glauque du palier. À l'intérieur, des techniciens du FSB passaient les lieux au crible, mais l'appartement avait été nettoyé. Il n'y avait aucune photographie de membres de la famille ou d'amis sur les étagères ou les murs, aucun courrier qui traînait, pas même un prospectus ; les tiroirs étaient pratiquement vides. Ils n'avaient trouvé aucun ordinateur. En dehors d'une allumette consumée dans l'évier, la cuisine était impeccable et sentait l'ammoniaque citronnée. Le reste du mobilier était tout aussi spartiate. Même le sac poubelle dans la cuisine avait été récupéré et jeté. Federov avait chargé un jeune agent de vérifier le contenu des poubelles du parking, pour infime que fût la probabilité que Ponomayova ait pu jeter quoi que ce soit de compromettant dans un endroit aussi accessible.

En fait, l'appartement était si propre, si net, que Federov s'était demandé si ce n'était pas une fausse adresse – une adresse que Ponomayova avait fournie uniquement pour sa fiche de renseignements au FSB, mais à laquelle elle n'habitait pas vraiment. Pourtant, ses voisins confirmaient qu'elle vivait bien dans l'appartement, et l'allumette dans l'évier indiquait qu'elle y était passée récemment. Tous décrivaient une femme discrète, parlant peu, se livrant encore moins. Personne ne se souvenait avoir vu quelqu'un d'autre à l'appartement, ni ne l'avait entendue rentrer chez elle la veille au soir.

Federov se remit à parcourir le dossier du FSB sur Ponomayova, qu'il avait déjà lu dans la voiture qui les conduisait à l'appartement. Il confirmait ce que les locataires lui avaient raconté, et décrivait quelqu'un qui faisait tout pour rester anonyme, et qui y avait largement réussi. Les techniciens spécialisés dans le relevé d'empreintes digitales allaient scruter le moindre recoin de l'appartement, mais l'odeur ammoniaquée semblait indiquer qu'ils n'y trouveraient pas les empreintes de Jenkins.

Tandis qu'il relisait le dossier, à la recherche d'un détail qui aurait pu lui échapper, Alekseyov sortit précipitamment sur le palier, souriant comme un gosse un matin de Noël.

— Nous avons la voiture, annonça-t-il.

Federov ressentit une brusque montée d'adrénaline.

— Où ça ?

— La caméra d'un péage sur la M4 a enregistré la plaque. Les péages suivants confirment que la voiture a continué sur l'autoroute durant toute la nuit.

— Ils se dirigent vers la mer Noire, dit Federov.

Il jeta un coup d'œil à sa montre.

— Ils doivent y être à l'heure qu'il est, ou presque. Trouvez-nous un avion ou un hélico. Prévenez la police locale des différentes villes qui se trouvent sur la route. Donnez-leur le signalement de la voiture. Précisez-leur bien que s'ils la localisent, ils doivent juste la surveiller à distance, et en aucun cas intervenir. Est-ce que je me fais bien comprendre ? Ils ne doivent pas approcher de la voiture, ni de la maison ou de l'appartement où elle pourrait être garée. Allez-y. Je vous rejoins tout de suite.

# Chapitre 21

Juste après avoir raccroché avec Charlie, Alex attrapa Freddie dans l'armoire à fusils, et un sac d'évacuation d'urgence qui contenait des vêtements pour CJ et elle, quelques affaires de toilette, des médicaments et cinq mille dollars en espèces. Les vieilles habitudes ont la vie dure.

Elle prit la voiture jusqu'à l'école de CJ, l'en fit sortir, et se rendit directement au cabinet juridique de David Sloane, dans le centre de Seattle. Sloane avait acheté un ancien entrepôt dans le quartier en plein essor de SoDo, et l'avait transformé en un endroit chic. Charlie saurait qu'il fallait appeler le bureau de Sloane pour la joindre. C'était un plan mis au point de longue date, en cas de besoin. Alex n'aurait jamais cru devoir y recourir un jour.

Elle se gara sur le parking alors qu'un train de marchandises franchissait le passage à niveau derrière le bâtiment, cloche et klaxon actionnés bruyamment. Max se redressa sur la banquette arrière du Range Rover et se mit à aboyer.

— Ça suffit, Max, dit CJ, l'air boudeur.

Il était fâché d'avoir raté l'entraînement de foot. Il avait parlé à son entraîneur, comme Charlie le lui avait conseillé, et obtenu la promesse qu'il jouerait attaquant dès le prochain match. Alex n'avait pas le cœur de lui expliquer qu'il y avait peu de chances pour que cela se produise, du moins pas avant qu'elle n'ait pu comprendre ce qui se passait.

*Dans quoi est-ce que tu t'es fourré, Charlie ?*

Ils prirent l'ascenseur avec Max – le cabinet juridique, « *pet-friendly* », acceptait les animaux – jusqu'au troisième étage de l'ancien entrepôt. Ils se firent annoncer à l'accueil. Carolyn, la secrétaire de Sloane, apparut presque aussitôt. Elle protégeait férocement l'emploi du temps de son patron.

— Alex, dit-elle. Et CJ.

Puis, s'adressant à Tara, la réceptionniste :

— Vous auriez dû me dire qu'il s'agissait de la famille.

Elle plia son mètre quatre-vingts pour caresser Max.

— Qu'est-ce qui vous amène ici, tous les trois ?

— Il faut que je parle à David, dit Alex.

— Il est en train de prendre une déposition, mais il devrait avoir terminé d'ici peu de temps. Je vous propose de l'attendre dans son bureau. Je vais le prévenir que vous êtes là.

Elle regarda le ventre imposant d'Alex.

— On dirait que l'accouchement est imminent !

— J'espère que non, dit Alex. Il me reste plusieurs semaines avant d'arriver à terme.

— Tara, vous voulez bien appeler Jake et le prévenir qu'Alex et CJ sont là ?

— Je sais où se trouve son bureau, dit CJ.

Il se mit à courir à travers un des couloirs, poursuivi par Max, qui aboyait joyeusement en passant devant les portes des bureaux.

Carolyn accompagna Alex jusqu'au bureau de Sloane situé à l'avant du bâtiment, lui dit de s'installer confortablement, et repartit. Le bureau était spacieux, avec un espace de travail d'un côté, un canapé de l'autre, et une table ronde avec deux chaises. Alex s'assit à la table et sortit l'ordinateur portable dont ils se servaient pour les affaires courantes de CJ Sécurité. Son esprit était en roue libre. Ils n'avaient encore jamais eu recours à ce protocole, et elle n'avait pas la moindre idée de ce qui avait pu pousser Charlie à le déclencher maintenant, ni du danger qu'elle et CJ pouvaient courir. Du moins était-elle soulagée d'être en sécurité pour le moment, et de pouvoir se concentrer pour essayer de comprendre ce qui était arrivé.

Elle se connecta à Internet et examina l'historique de recherche de Charlie, afin de tenter de retracer son emploi du temps et ses déplacements récents. Elle trouva et nota les références du dernier vol qu'il avait pris pour Heathrow, mais ce qui suivit fit courir un long frisson le long de sa colonne vertébrale. Charlie avait fait escale deux heures à Londres, avant de reprendre un vol de correspondance à destination de l'aéroport de Cheremetievo en Russie.

Alex sentit une sueur froide lui glacer le front. Elle poussa plus loin ses recherches et tomba sur un deuxième vol coïncidant avec son voyage actuel. Là encore, il avait fait escale à Londres avant de s'envoler pour Moscou.

Elle ouvrit un deuxième onglet, accéda rapidement au compte bancaire de CJ Sécurité et examina les opérations récentes faites avec la carte de crédit de la société. Elle trouva des montants correspondant à plusieurs nuits à l'hôtel *Metropol*, dans le centre de Moscou. Les dates des opérations coïncidaient avec celles du premier voyage en Russie de Charlie. Elle ne trouva pas de factures coïncidant avec son voyage actuel, ni de l'hôtel *Metropol* ni d'aucun autre hôtel en Russie.

Elle alla sur le site Web du *Metropol*, releva le numéro et appela. Le téléphone sonna plusieurs fois à Moscou avant qu'un homme – alerté probablement par l'indicatif téléphonique – lui réponde en anglais, avec un fort accent russe.

— J'essaie de joindre Charles Jenkins, dit-elle. Il a pris une chambre dans votre hôtel.

— Un instant, je vous prie.

Le réceptionniste mit l'appel en attente ; durant plusieurs minutes, elle dut supporter la musique qui allait avec. Inquiète, elle se leva et s'occupa en regardant par la fenêtre les camping-cars et les caravanes, hors d'âge pour la plupart, stationnés sur le parking de l'autre côté de la rue.

Le réceptionniste reprit l'appel.

— Je suis navré, mais nous n'avons aucun client enregistré sous ce nom.

— Peut-être qu'il a réglé sa note et qu'il est parti ?

— Non. Encore une fois, nous n'avons personne à ce nom.

Alex lui communiqua alors les dates de réservation pour le voyage de décembre, ainsi que le numéro de confirmation.

— Oui, un M. Jenkins était bien ici à ces dates, reconnut le réceptionniste.

— Mais rien de plus récent ?

— J'ai bien peur que non, dit l'homme en la pressant de terminer à présent. Y a-t-il autre chose que je puisse faire pour vous ?

— Non, merci.

Alex mit fin à l'appel juste au moment où David Sloane entrait dans son bureau.

— Alex, dit Sloane.

Il déposa un bloc-notes et une pile de documents sur la table ronde et lui donna une chaleureuse accolade.

— Est-ce que tout va bien ? lui demanda-t-il.

Une crampe fit soudain grimacer Alex.

— Hé, ça va ?

— Donne-moi juste une seconde.

La douleur passée, elle dit :

— Je suis inquiète pour Charlie. Je crois qu'il a des ennuis.

— Qu'est-ce qui te fait dire ça ?

— Il m'a appelée et, pour faire court, il m'a demandé de quitter la maison, de récupérer CJ à l'école et de venir ici. Il m'a demandé aussi de m'armer. C'est une espèce de procédure d'urgence que nous avons mise au point en cas de problème.

— Il n'a pas dit pourquoi ?

— Non, ce qui veut dire qu'il craint que nos appels ne soient enregistrés. Il n'est pas à Londres non plus, comme il me l'avait dit.

— Où est-il ?

— À Moscou.

— En Russie ? s'étonna Sloane. Pourquoi ?

— Je ne sais pas pourquoi, mais j'ai vu qu'il avait réservé des billets d'avion et une chambre d'hôtel là-bas en décembre déjà ; il a fait plusieurs paiements avec la carte de crédit de la société. Et j'ai trouvé une nouvelle réservation : un billet pour Moscou il y a deux jours. J'ai appelé l'hôtel ; ils disent qu'il a bien pris une chambre là-bas en décembre, mais pas depuis.

— Il a peut-être changé d'hôtel ?

— Peut-être, mais je ne vois aucune opération sur le compte correspondant à ce deuxième voyage.

— Tu es certaine qu'il a bien pris ce deuxième vol ?

— Je ne suis certaine de rien à l'heure qu'il est, à part que nous avons un code au cas où l'un de nous aurait des ennuis, et qu'il m'a sans l'ombre d'un doute demandé de quitter la maison. Pour le reste, Charlie est un homme d'habitudes : il serait sûrement descendu dans le même hôtel.

— Mais ils n'ont aucune trace de lui ?

— C'est ce qu'ils disent, en tout cas. Mais je sais bien que s'ils le veulent, il leur est facile de faire disparaître une fiche et de prétendre qu'une personne n'a jamais été là.

Elle grimaça, une nouvelle douleur lui cisaillant le ventre.

— Il va falloir te calmer, Alex. On va éclaircir tout ça. Tu n'as aucune idée de l'endroit où il peut être à présent ?

Elle secoua la tête.

— Non, pas pour le moment, et je ne peux pas appeler sur son portable tant que je ne sais pas ce qui se passe. Mais je soupçonne une opération de la CIA.

Sloane pâlit.

— Charlie ne ferait jamais ça. Il a tiré un trait sur tout ça il y a des années.

— Je sais, dit-elle. Je sais qu'il ne le ferait jamais pour lui-même, mais pour CJ et moi, j'en suis moins sûre.

— Qu'est-ce que tu veux dire ?

Alex lui expliqua les difficultés financières que rencontrait CJ Sécurité. Puis elle dit :

— Je suis inquiète, David. S'il a rempilé pour je ne sais quelle raison, et qu'il a des ennuis…

— On n'en sait rien pour le moment, d'accord ? dit Sloane.

Ce qu'Alex savait en tout cas, c'était que Charlie avait mené des opérations à Mexico pour le compte de la CIA contre le KGB, et que les Russes avaient la rancune tenace et étaient d'une patience à toute épreuve quand il s'agissait d'obtenir ce qu'ils voulaient.

# Chapitre 22

Après avoir roulé presque sans interruption durant vingt heures, Jenkins, au volant de la Hyundai, arriva dans la petite ville de Vishnëvka, sur les rives de la mer Noire. Ils ne s'étaient arrêtés que pour régler les péages, changer de conducteur, refaire le plein et aller aux toilettes. En milieu de matinée, la neige et le vent avaient cédé la place à la pluie et au brouillard, mais au moins la voiture n'était-elle plus ballotée sur la route ; et ils ne conduisaient plus à l'aveugle. Ils allaient pouvoir rattraper un peu le temps perdu. Anna expliqua à Jenkins qu'ils n'allaient pas rester à Vishnëvka, mais seulement s'y arrêter pour acheter de la nourriture et de l'eau.

Vishnëvka dominait la rive de la mer Noire. Au premier coup d'œil, Jenkins trouva que la ville avait toutes les apparences d'une station balnéaire, désertée en hiver comme la plupart des villes du même genre. Anna lui expliqua que la population de ces stations balnéaires triplait durant les mois d'été.

Le fait qu'il y ait si peu d'habitants à cette saison était un problème. Jenkins voulait toujours abandonner la Hyundai et trouver un autre véhicule, mais les voitures étant rares à Vishnëvka en hiver, en voler une ne passerait pas longtemps inaperçu. Il jeta un regard à la jauge de carburant – le réservoir était aux trois quarts vide – et dit :

— On devrait remettre de l'essence pendant que nous sommes là. C'est plus prudent. Est-ce que nous sommes encore loin de notre destination ?

— Non, plus très loin.

— Quand nous y serons, il faudra trouver un endroit où dissimuler la voiture.

Il s'arrêta dans une station-service Lukoil. Ils descendirent de voiture tous les deux – Jenkins pour faire le plein, Anna pour se rendre à la supérette de l'autre côté de la route et acheter de quoi manger.

Jenkins colla le nez du pistolet à essence dans le réservoir, alla à la boutique de la station-service, commanda un café noir et demanda au pompiste s'il pouvait utiliser les toilettes du fond.

Après s'être soulagé, il se lava les mains à l'évier en observant son reflet dans le miroir crasseux. Il y avait trente-six heures qu'il n'avait pas dormi, si ce n'était plus. Ses yeux étaient injectés de sang et gonflés ; des poches sombres s'étaient formées en dessous. Il avait beau courir trois fois par semaine et surveiller son alimentation, il n'était pas possible d'inverser le processus du vieillissement. C'était durant des journées comme celles-ci qu'il sentait véritablement le poids des ans. Il espérait, où qu'ils aillent, qu'il pourrait dormir un peu ; juste quelques heures de sommeil.

Il sortit des toilettes, scruta les rayonnages à la recherche de quelque chose à manger qui soit digne de ce nom, mais il n'y avait que des chips, des beignets, des bonbons, et tout un tas de cochonneries aux noms imprononçables. Dans les armoires réfrigérées vitrées, il y avait des jus de fruits, des sodas et de l'alcool. Il espérait qu'Anna aurait plus de chance à la supérette d'en face. Il regarda dehors. Il vit à travers la vitrine une berline hors d'âge avec une bande bleue sur le côté et une rampe de signalisation sur le toit, s'arrêter dans la station. La police. La voiture dépassa les pompes et se gara. Un jeune policier en descendit. Il ne se dirigea pas vers la boutique ; il fit le tour de la Hyundai, sortit un morceau de papier de la poche poitrine de sa veste et parut comparer ce qui y était inscrit avec le numéro de plaque de la voiture.

Ils étaient repérés.

Le jeune agent scruta l'intérieur de la voiture à travers la vitre côté conducteur. Puis il essaya d'ouvrir la portière, mais Jenkins avait actionné le verrouillage centralisé. Il se tourna ensuite vers la boutique et se dirigea vers l'entrée. Jenkins recula vers les toilettes, mais il garda la porte entrouverte pour entendre ce qui se disait.

— *Dobroye utro*, dit le jeune policier au pompiste. *Vy znayete, ch'ya machina nakhoditsya snaruzhi ?* Savez-vous à qui est la voiture qui est dehors ?

Le pompiste désigna les toilettes d'un mouvement du menton.

— *Tchelovek prosto vochel. On v vannoy*. L'homme vient juste d'entrer. Il est aux toilettes.

L'agent regarda dans la direction indiquée et demanda :

— Il y est en ce moment ?

— *Da*.

Il avança doucement vers les toilettes. Jenkins laissa la porte se refermer et battit en retraite dans l'unique cabine. Il referma la porte de cette dernière, mais ne mit pas le verrou ; il la maintint d'une main, et s'assit sur la cuvette. Il entendit la porte principale des toilettes s'ouvrir, puis se refermer. Sous celle de la cabine, il vit deux chaussures noires s'immobiliser. L'agent frappa doucement, un petit coup métallique, avec le bout d'une clé peut-être ; puis il recula.

— *On ispol'zuyetsya*, dit Jenkins. Occupé.

— *Ou vas yest' avtomobil' snaruzhi, Hyundai ?* Elle est à vous la voiture qui est dehors, la Hyundai ?

— *Da. Chto iz etogo ?* Oui, qu'y a-t-il ?

— J'aimerais que vous sortiez, s'il vous plaît, lui demanda l'agent.

— Qui êtes-vous, bon sang ? feignit de s'agacer Jenkins, toujours en russe.

— *Politsiya.*

— Quoi, on ne peut plus chier tranquille maintenant ? C'est illégal ?

— Sortez, répéta l'agent.

— Vous allez devoir attendre que j'aie terminé.

— Non, maintenant, ordonna le jeune policier.

— D'accord, d'accord, dit Jenkins, ne voulant pas éveiller davantage ses soupçons ni lui laisser le temps d'appeler des renforts – si ce n'était déjà fait. Bon sang, même aux chiottes, pas moyen d'être tranquille.

— Sortez maintenant, en gardant les mains bien en évidence. Je veux les voir.

— Je peux au moins les utiliser pour remonter mon pantalon ?

— Remontez-le. Et sortez.

— Enfin, qu'est-ce qui se passe ? demanda Jenkins, en espérant que le jeune agent allait s'approcher de la porte.

— Sortez de là.

Jenkins se leva et marqua un temps d'arrêt, comme s'il remontait son pantalon et bouclait sa ceinture.

Quand le policier fit encore un pas vers la porte, Jenkins leva une jambe et la déplia brusquement, balançant un grand coup de pied dans la porte. Le jeune agent ne put l'éviter : surpris et déséquilibré, il tomba à la renverse. Jenkins se précipita sur lui et lui donna deux coups de poing en pleine face, le mettant instantanément K.-O.

Il fit jouer les articulations de ses doigts ; la douleur était intense.

— Il faut vraiment que j'arrête de me battre dans des toilettes ! marmonna-t-il.

Le temps pressait maintenant. Si le flic avait appelé du renfort, ils étaient dans la panade. Mais c'était une petite ville, et on était en hiver : trouver du renfort n'était peut-être pas aussi facile que cela. Il traîna et porta à moitié le jeune policier dans la cabine, l'appuyant contre la cuvette des toilettes. Puis il lui prit ses menottes et les lui passa en l'attachant, mains au-dessus de la tête, à une canalisation qui descendait le long du mur. Il lui prit ses clés et lui ôta ses chaussures et ses chaussettes. Il lui colla une des chaussettes dans la bouche, lui glissa la deuxième entre les dents et noua les deux extrémités derrière sa tête. C'était ce qu'il pouvait faire de mieux. Il ferma la porte de la cabine et jeta les chaussures et les clés dans la poubelle, avant de retourner dans la boutique.

Le pompiste était assis derrière son comptoir. Jenkins compta quelques billets et paya pour le café et l'essence.

— *Spasibo*, dit l'homme. Qu'est-il arrivé à l'officier de police ?

Jenkins regarda en direction des toilettes et répondit :

— Je ne sais pas. Il avait peut-être un besoin urgent.

— Il a demandé à qui appartenait la Hyundai, dit le pompiste en pointant un doigt vers la voiture.

— *Da.* Sa femme veut en acheter une, mais il n'est pas d'accord. Il m'a demandé si j'étais satisfait de la mienne.

L'homme eut une moue perplexe.

— Et vous en êtes satisfait ?

Jenkins arqua les sourcils.

— J'aurais préféré une Mercedes, mais ce n'est pas le même budget, répondit-il d'un ton léger, tout sourire. La Hyundai manque de puissance, mais elle est économe, et aujourd'hui c'est un argument de poids.

— *Da*, approuva le pompiste. Il paraît que le prix du carburant va encore grimper de dix ou vingt pour cent à cause des sanctions américaines.

— Tant mieux pour vous. Pour moi, c'est moins drôle.

Jenkins désigna les toilettes d'un geste du pouce par-dessus son épaule.

— Dommage qu'on ne puisse pas mettre en bouteille ce qu'il est en train de lâcher là-bas. Ça suffirait à alimenter une petite ville en gaz naturel.

Le pompiste éclata de rire.

— À votre place, j'attendrais qu'il ait aéré un peu là-bas avant d'y aller. C'est un coup à tomber raide.

— *Da.* Merci pour l'avertissement.

Jenkins sortit de la boutique et rejoignit tranquillement la voiture, résistant difficilement à l'envie de se retourner pour voir si le pompiste se dirigeait vers les toilettes. Sa main droite, avec laquelle il avait cogné le jeune flic, lui faisait un mal de chien. Il se demanda s'il ne s'était pas cassé une phalange. Il sortit le pistolet du réservoir et le remit en place sur la pompe, profitant de cet instant pour regarder du côté de la boutique. Le pompiste était toujours assis, les yeux rivés sur le téléviseur posé sur le comptoir. Jenkins se remit au volant de la Hyundai et roula jusqu'à la supérette au toit de tuile rouge, de l'autre côté de la rue. Anna en sortit au même moment, tenant un sac en plastique dans chaque main. Jenkins lui ouvrit la portière.

— Dépêchez-vous, lui dit-il. On a un problème.

# Chapitre 23

Assise à la table ronde dans le bureau de Sloane, Alex fouillait l'ordinateur portable de Charlie. Jake, assis à côté d'elle face à son propre ordinateur portable, surfait sur Internet. Il allait et venait de la table à son bureau, où il récupérait des documents qu'Alex lui imprimait. Ils avaient laissé CJ et Max dans la salle de déjeuner avec une pizza qu'ils avaient commandée pour le dîner, une boisson gazeuse et la télévision branchée sur les chaînes câblées. Le gosse était aux anges.

Dehors, la nuit tombait sur Seattle. Les lampadaires illuminaient la pluie qui tambourinait sur le toit de l'ancien entrepôt. Un puissant coup de sifflet retentit, signalant l'approche d'un autre train. Alex étudia attentivement les derniers relevés d'opérations de la carte de crédit de CJ Sécurité, ainsi que ceux de leur carte de crédit personnelle. Elle passa en revue les e-mails de Charlie. Elle avait dressé une liste des dépenses qu'il avait faites en Russie, des endroits où il avait dîné, et elle avait localisé ces derniers sur une carte de Moscou qu'elle avait imprimée. Les dépenses confirmaient que Charlie avait bien voyagé une deuxième fois en Russie, mais elle n'avait aucune trace d'un deuxième séjour à l'hôtel *Metropol*.

Elle avait aussi appelé le bureau moscovite de LSR&C. Youri, le chef de la sécurité là-bas, lui avait confirmé que Charlie s'était bien rendu au bureau de la société deux fois au cours du mois précédent, et qu'il était descendu à l'hôtel *Metropol* les deux fois – du moins était-ce là que Youri l'avait systématiquement déposé et récupéré.

Quelqu'un mentait.

— Combien LSR&C devait-elle encore à CJ Sécurité ? demanda Sloane, en récupérant un document sur son bureau.

— En novembre, on approchait des cinquante mille dollars.

— Pourquoi est-ce que Charlie ne m'en a pas parlé ? J'aurais pu écrire directement à la société.

— Le directeur financier n'arrêtait pas de dire à Charlie qu'il allait régler les sommes dues, et effectivement ils ont fini par payer deux fois dix mille dollars, mais de notre côté, les factures ont continué de s'accumuler.

Alex se leva et s'approcha de l'endroit où Sloane était assis pour lui montrer un historique des opérations bancaires.

— Regarde ça. Juste avant Noël, après le premier voyage de Charlie en Russie, nous avons reçu un chèque de cinquante mille dollars, assez pour payer tous nos employés et nos sous-traitants. La somme a bien été créditée sur le compte de CJ Sécurité, mais je n'arrive pas à voir qui a émis ce chèque.

Sloane étudia l'historique bancaire, puis demanda :

— Et tu ne vois pas de raison liée à vos affaires qui expliquerait ces voyages de Charlie en Russie ?

— Ce bureau de LSR&C à Moscou ne date pas d'hier. Ce n'est pas comme s'il venait d'ouvrir, et que Charlie devait y aller pour s'assurer que tout fonctionne bien. Youri dit que Charlie est venu discuter des mesures de sécurité, mais je crois que c'était juste un prétexte.

— Un prétexte pour quoi ?

— Si Charlie a été réactivé, il a forcément eu besoin d'une couverture pour justifier sa présence dans le pays. Il lui fallait une raison légitime de voyager.

— D'accord, admettons, mais couverture ou pas, ce n'est pas cela qui peut empêcher les Russes de repérer un ancien agent de la CIA arrivant sur leur territoire, fit valoir Sloane.

— C'est certain, concéda Alex. La société a beau lui fournir un alibi, une raison d'être là-bas, il est bien évident que les Russes ne vont pas lui faire confiance pour autant.

Jake leva le nez de son ordinateur.

— Locke, Spellman, Rosellini et Cooper, dit-il. C'est bien les noms correspondant aux initiales LSR&C ?

Alex acquiesça d'un hochement de tête.

Jake se remit à pianoter sur son clavier, les yeux rivés sur l'écran de l'ordinateur.

— Si Charlie a des ennuis, est-ce que tu as un moyen d'entrer en contact avec lui ? demanda Sloane.

— Non. Et même si c'était le cas, je ne le ferais pas. Ce qu'on a prévu tous les deux, c'est qu'il t'appelle, toi ou ton bureau. Je me suis débarrassée de mon téléphone portable parce que c'est la première chose par laquelle ils chercheraient à passer pour me localiser.

— Oui, c'est probable, intervint Jake en s'adossant contre le dossier de sa chaise.

Il fit pivoter légèrement son écran d'ordinateur pour qu'Alex et David Sloane puissent le voir également.

— Locke, Spellman et Rosellini sont des noms d'anciens gouverneurs de l'État de Washington, ajouta Jake.

— Tu en es sûr ? lui demanda son père en s'approchant de l'écran.

Ni Sloane ni Alex n'avaient grandi à Seattle ; ils connaissaient mal l'histoire de la ville. Jake, lui, y avait passé son enfance, jusqu'au lycée.

— Gary Locke a été gouverneur de 1997 à 2005.

— Ça, je m'en souviens, dit Sloane.

— John Spellman de 1981 à 1985. Il est mort en janvier 2018. Quant à Albert Rosellini, il a été gouverneur de 1957 à 1965, et il est mort en 2011.

— Ce qui signifie qu'il est peu probable qu'ils aient été des investisseurs ou des administrateurs de la société, raisonna Sloane en consultant l'écran de l'ordinateur portable de Jake.

Il se tourna vers Alex.

— Se peut-il qu'ils aient des liens de parenté ?

— Je ne sais pas, avoua Alex. Je n'ai jamais rencontré personne, à part Randy Traeger, le directeur financier.

— Un nom, passe encore, dit Jake. Deux, c'est déjà plus qu'une coïncidence. Alors trois… Non, là, c'est voulu. Vous ne croyez pas ?

— D'un autre côté, dans le cas d'une société d'investissement et de gestion de patrimoine, ces noms peuvent être un moyen de donner un certain prestige à la société, fit valoir Sloane. Cela peut avoir pour but d'inciter les gens à investir ; c'est un moyen comme un autre de gagner la confiance des clients.

Jake retourna son ordinateur et ses doigts dansèrent sur le clavier. Après un moment, il dit :

— La société a été constituée et enregistrée dans le Delaware en 2015.

— Le Delaware ? s'étonna Alex. Le siège est à Seattle.

— Beaucoup de sociétés s'enregistrent dans le Delaware, expliqua Sloane. Les lois commerciales y sont plus favorables, et surtout les entreprises ne sont pas imposées sur les profits tant qu'elles ne concluent pas d'affaires *dans* l'État du Delaware.

Il se tourna vers Jake.

— Où LSR&C a-t-elle des bureaux ?

— Seattle, New York, Los Angeles, Londres et Moscou, répondit Alex, pendant que Jake pianotait sur son clavier.

— New Delhi, Taïwan et Paris, ajouta ce dernier. Du moins, si on en croit leur site Internet.

— Je n'ai jamais entendu parler d'un bureau à New Delhi ou à Taïwan, réagit Alex. Et pour ce que j'en sais, Paris n'était qu'un projet, rien de plus.

Sloane décrocha le téléphone sur son bureau.

— Tu as le numéro de Randy Traeger ?

— Son numéro de portable était sur le téléphone dont je me suis débarrassée.

— J'ai le numéro du bureau, dit Jake.

Il l'épela. Sloane le composa en même temps, et brancha le haut-parleur. Ils tombèrent sur un enregistrement disant que les bureaux étaient fermés à cette heure.

Sloane jeta un coup d'œil à sa montre, raccrocha et dit à Jake :

— Je veux que tu creuses cette histoire. Essaie de découvrir qui est réellement à la tête de cette société ; glane tous les renseignements que tu pourras. Il y a quelque chose qui n'est pas clair dans tout ça.

# Chapitre 24

Fuyant la station-service et la supérette à bord de la Hyundai, Jenkins raconta à Anna ce qui s'était passé avec le jeune policier.

— S'ils ont trouvé la voiture, c'est certainement qu'ils savent aussi qui vous êtes. Donc, le temps presse. Je ne sais pas ce que vous avez prévu, mais il faut le faire, vite, et cacher la voiture, dit-il.

Anna lui demanda de suivre une étroite route de terre et de gravier criblée de nids-de-poule qui faisaient tanguer et rebondir la voiture. La route suivait le relief ; la mer Noire se trouvait sur leur droite, mais le plus souvent des bosquets leur en masquaient la vue. Jenkins dépassa des tas de rondins et de branches mortes et des palettes de parpaings destinées à la construction de nouvelles maisons sur des parcelles de terrain nu. Il leva les yeux et regarda le ciel couvert à travers le pare-brise.

— Si Federov sait que nous sommes ici, il fera fouiller la zone par des caméras satellite pour tenter de localiser la voiture. La brume marine l'empêchera d'y voir quelque chose pour le moment, mais ça ne durera pas ; on ne peut pas courir le risque. Il faut qu'on se débarrasse de cette voiture, qu'on la laisse hors de vue quelque part ; Federov doit croire que nous avons continué notre route.

Sur sa droite, Jenkins aperçut une flamme jaune brûlant au sommet d'une tour en métal rouillée – la torchère d'une raffinerie de gaz naturel. Des navires-citernes mouillaient au large des côtes.

Bientôt, la route tourna à gauche. Jenkins la suivit. La Hyundai s'éloigna du rivage et roula vers l'intérieur des terres. Les maisons commencèrent à se faire plus rares.

— Là !

Anna désigna du doigt une bâtisse en parpaings à deux étages derrière une clôture faite de morceaux de métal de récupération. De l'autre côté de la route, sur leur droite, se profilaient des terrains en friche hérissés de buissons sauvages et d'arbres frêles.

Jenkins s'arrêta devant le portail en fer forgé. Anna descendit de voiture et ouvrit le cadenas qui maintenait une grosse chaîne en acier. Elle la retira bruyamment à travers les barreaux en métal. Les vantaux du portail grincèrent quand elle les poussa pour ouvrir. Jenkins avança avec la voiture. Anna le rejoignit un peu plus loin.

— Prenez les courses. Portez-les jusque derrière la maison, et attendez-moi là-bas, lui dit-elle au moment où il descendait de voiture à son tour.

— Où allez-vous ?

— Dissimuler la voiture, répondit-elle. Des voisins un peu plus loin ont un abri couvert. Ils ne seront pas là avant des mois. Si je parviens à y rentrer la voiture, je la laisserai là-bas. Autrement, je ferai de mon mieux. Fermez le portail derrière moi et remettez la chaîne. Il y a un petit passage commun derrière les maisons ; je l'emprunterai au retour.

Elle recula dans l'allée et ressortit la voiture. Jenkins referma le portail et remit la chaîne en place. Il ramassa ensuite les sacs de provisions et fit le tour de la maison. La peinture blanche des murs s'écaillait, révélant que les parpaings avaient reçu autrefois une peinture rose clair. Jenkins découvrit derrière un jardin envahi par la végétation. Deux poteaux rouillés autour desquels était tendue une corde se dressaient au milieu des buissons et des arbustes. Des empilements de pierres sèches et de morceaux de béton colonisés par de la vigne vierge dessinaient vaguement une petite cour. Derrière le mur de clôture à moitié effondré, la campagne s'étendait à perte de vue. Ils ne risquaient pas d'être ennuyés par les voisins ici.

Une grosse brise soufflait depuis la mer, charriant avec elle des effluves iodés et un froid mordant. Jenkins posa les sacs sur une marche, fourra les mains dans les poches du manteau en cuir pris à Volkov, puis alla s'abriter du vent en se postant à l'angle de la maison, en attendant le retour d'Anna.

Il la vit revenir dix minutes plus tard, marchant le long du chemin qui courait derrière les maisons. Elle sauta par-dessus la barrière de clôture et le rejoignit.

— Alors ? demanda Jenkins.

— Tout va bien, répondit-elle. C'était serré, mais c'est passé. Ça va marcher.

— La question, c'est : pour combien de temps ? Federov va inspecter les maisons du coin une par une s'il sait que nous sommes là ; il va chercher la voiture partout. Et pour ce que j'ai pu voir, il n'y a pas tant de cachettes que cela.

— Dans ce cas, on ne restera pas longtemps ici.

Elle passa à côté de lui, souleva une pierre au milieu des mauvaises herbes et récupéra une clé dissimulée en dessous. Elle grimpa ensuite trois marches en bois et déverrouilla la porte de service. Bloquée, elle s'ouvrit difficilement, le premier à-coup faisant trembler le panneau en verre.

Ils entrèrent dans une espèce d'arrière-cuisine qui servait aussi à se déchausser. La pièce était équipée de placards bas marron foncé surmontés d'un plan de travail vert citron. Une forte odeur de renfermé imprégnait la maison.

— N'allumez pas, dit Anna. Et laissez les rideaux et les volets fermés. Je vais ouvrir une fenêtre pour avoir un peu d'air frais.

Jenkins posa les sacs en plastique sur le plan de travail et ouvrit le réfrigérateur. Il n'y avait pas de lumière à l'intérieur. Il entendit Anna monter, puis marcher à l'étage. Il ferma la porte et actionna rapidement un interrupteur sur le mur pour voir s'il y avait de l'électricité.

— Le courant est coupé, dit-il à Anna quand elle revint.

— Très bien, dit-elle.

Elle prit deux bouteilles d'eau en plastique et en lança une à Jenkins. Puis elle sortit de la cuisine et le précéda dans un salon meublé d'un canapé et de deux fauteuils inclinables. Jenkins s'assit sur l'un des deux, faisant s'envoler un nuage de poussières. Anna s'affala sur le canapé.

— Quand est-ce qu'il y a eu quelqu'un ici pour la dernière fois ? demanda Jenkins.

— Je ne sais pas, répondit-elle.

— Étant donné que l'électricité est coupée, je suppose qu'il n'y a pas de chauffage non plus.

— Tout a été coupé pour l'hiver, on dirait, y compris l'eau.

Jenkins s'inquiétait des liens possibles qui pouvaient conduire Federov jusqu'à la maison.

— À qui appartient cette propriété ? Avez-vous le moindre lien avec cette personne ?

— Non, assura-t-elle. Aucun lien.

— Bon. On ne peut partir d'ici tant qu'on n'aura pas trouvé une autre voiture, rappela-t-il.

— Nous devons aussi supposer que Federov aura des bateaux sous ses ordres, puisque les garde-côtes russes patrouillent en mer Noire, reprit-elle. Ça va compliquer la situation.

— Votre contact doit arriver par bateau ?

— Oui, dit-elle. Une des fenêtres du deuxième étage donne côté mer. J'ai mis un carton rouge sur la vitre. Je dois allumer une lampe torche le soir et attendre une réponse. Un signal, et nous y allons. Deux, et nous attendons un jour de plus.

— Comment est-il censé nous rejoindre ?

— Ce n'est pas ce qui est prévu, dit-elle. C'est trop dangereux d'essayer d'accoster, avec les garde-côtes qui patrouillent. C'est à nous d'aller à lui.

— Vous avez un bateau ? demanda Jenkins.

Anna se leva.

— Venez.

Jenkins la suivit dans une autre des pièces situées à l'arrière de la maison, où se trouvaient deux caisses de rangement en bois. Anna se pencha et ouvrit l'une des deux, révélant un équipement de plongée.

# Chapitre 25

L'hélicoptère se posa sur le terrain de football en pelouse synthétique d'un lycée, en plein dans le rond central. Federov et Alekseyov baissèrent la tête en sortant et en s'éloignant de l'appareil, le vent soulevé par les pales du rotor faisant claquer les pans de la veste de costume et le manteau de Federov, qui pressait le pas pour rejoindre l'officier de police qui les attendait. Les lycéens, devant les bâtiments de l'école, leurs mains en visière pour se protéger du vent, observaient la scène avec une perplexité ébahie.

— Colonel Federov ? cria le policier pour être entendu par-dessus le bruit saccadé du rotor, une main tendue, l'autre empêchant son képi de s'envoler.

Federov répondit à son geste par une poignée de main de pure forme. Il avait reçu un appel lui expliquant que la voiture de Ponomayova avait été localisée dans une station-service de la petite ville de Vishnëvka, et il avait demandé à Alekseyov de leur trouver un moyen de transport pour pouvoir se rendre sur place le plus vite possible.

— Je suis le chef de la police locale, Timur Matveyev. Suivez-moi, je vous en prie, dit l'homme en criant toujours, et en leur désignant d'un geste la voiture de police qui les attendait.

Il ôta son képi et le posa sur le tableau de bord de la voiture en se glissant au volant. Federov grimpa à ses côtés à l'avant ; Alekseyov s'assit à l'arrière.

— J'ai cru comprendre que vous aviez localisé la voiture, dit Federov en fermant sa portière, étouffant du même coup le bruit des pales de l'hélicoptère.

— Oui, dit Matveyev. C'est ce que nous croyons.

— Où est-elle ?

— C'est le problème, répondit le chef.

Il raconta alors ce qui était arrivé à son jeune adjoint.

— Mes instructions étaient pourtant claires, rappela Federov, furieux. Identifier la voiture, mais ne pas l'approcher.

— Le policier en question est jeune et inexpérimenté, se justifia Matveyev. Il a commis une erreur.

— C'est plus qu'une erreur, rectifia Federov. Elle pourrait affecter partiellement la sécurité de ce pays. Donc, vous n'avez pas la voiture ?

— Non, admit Matveyev, mais elle ne peut pas être loin.

— Vous ignorez où elle se trouve au moment où nous parlons ?

— Pour le moment, oui, concéda Matveyev.

Avant de s'empresser d'ajouter :

— Mais nous savons qu'elle était ici, à la station-service, il y a très peu de temps.

Federov ravala sa colère, sachant que cela n'avancerait à rien. Il glissa une main dans sa poche, en sortit la carte routière qu'il avait apportée, et la déplia devant lui. L'autoroute M27 s'étirait le long de la côte, de Novorossiysk à la frontière avec la République d'Abkhazie, cette région géorgienne autrefois annexée par la Russie. Plusieurs routes croisaient la M27, filant vers l'intérieur du pays, mais Federov écarta l'hypothèse qu'ils aient pu emprunter l'une d'elles, convaincu que Jenkins et la femme cherchaient avant tout à fuir le pays, soit par le sud-est et la Géorgie, soit par le nord-ouest et l'Ukraine, ou même encore *via* la mer Noire. Il fit ses petits calculs, évaluant les distances approximatives avec chaque frontière, et la vitesse probable de la voiture. Raisonnant à voix haute, il dit :

— Si la Hyundai se trouvait à Vishnëvka à peu de choses près à 8 h 30 ce matin, cela signifie qu'ils roulent depuis à peine plus d'une heure, que ce soit vers le nord ou vers le sud. Et compte tenu de la nature du terrain, de la route sinueuse et du brouillard, ils n'ont sûrement pas parcouru plus de quarante ou cinquante kilomètres.

Puis, s'adressant à Alekseyov, qui se pencha en avant entre les deux sièges, il ajouta :

— Envoyez un signalement à tous les bureaux de police qui se trouvent le long de la M27. S'ils repèrent la voiture, je veux en être informé aussitôt. Dites-leur de vérifier la vidéosurveillance routière, en remontant une heure en arrière. Et prévenez les postes-frontières que Jenkins pourrait vouloir passer.

Il se tourna vers Matveyev.

— Vous avez des caméras de surveillance routière par ici ?

— Quelques-unes, répondit Matveyev. En ville.

— Conduisez-nous à votre bureau.

* * *

Le bureau de Matveyev était un mobile home double largeur posé sur un terrain nu en périphérie de la ville. Le chef de la police locale avait obtenu, sur ordre de Federov, les images de vidéosurveillance de la supérette. Assis autour de Matveyev, les deux hommes les visionnaient sur son ordinateur de bureau.

L'image était de piètre qualité ; pixellisée, en noir et blanc.

— Avancez, demanda Federov à Matveyev.

Ce dernier s'exécuta.

— Stop.

Ils virent Jenkins sortir de la boutique et se remettre au volant de la Hyundai. Il sortit de la station-service et s'arrêta une nouvelle fois de l'autre côté de la rue. Une femme sortit de la supérette, portant des sacs en plastique. Elle grimpa à bord de la voiture. Federov supposa qu'il s'agissait de Ponomayova, bien que son visage fût impossible à distinguer compte tenu de la distance.

— Je veux toutes les images possibles de l'intérieur du magasin, dit-il. Je veux savoir ce qu'elle a acheté.

Matveyev transmit l'ordre en criant sur le jeune officier qui avait subi l'humiliation d'être menotté dans les toilettes. Il avait une lèvre fendue, un œil poché, et paraissait en grande souffrance.

— Allez ! s'écria Matveyev. Foncez !

— Continuez, dit Federov au chef de la police.

Les images défilèrent de nouveau.

Ponomayova dans la voiture, Jenkins fit demi-tour, mais il ne se dirigea pas vers la M27. Il roula vers l'est, vers la mer. Federov examina sa carte.

— C'est une route ici, qui longe la côte ? demanda-t-il.

— Non, répondit Matveyev, en regardant par-dessus son épaule, un doigt sur la carte. Ça, c'est une ancienne voie de chemin de fer. Ils ont dû suivre la côte jusqu'à la raffinerie. Et là, c'est un chemin de randonnée, qui permet d'accéder à la plage.

— Comment les gens qui habitent ces maisons les rejoignent-ils ?

— Il y a un chemin de terre carrossable.

Matveyev examina la carte un instant.

— Il n'apparaît pas sur votre carte, mais le chemin suit la plage jusqu'ici, et puis il tourne à gauche pour permettre l'accès aux maisons. En le suivant jusqu'au bout, on rejoint la M27, là, vous voyez ?

Federov bascula contre le dossier de sa chaise et réfléchit. Jenkins ne connaissait pas la région. Il était probable qu'il suivait les indications de Ponomayova. S'ils avaient eu l'intention de rejoindre la M27, il aurait dû rouler vers le nord en quittant la supérette. Au lieu de cela, Jenkins avait fait demi-tour et il avait pris la direction de la plage. Federov tenta de se mettre à sa place. Jenkins tenait manifestement pour certain que le jeune policier avait identifié la voiture. Autrement dit, il savait qu'il était dangereux pour lui de continuer sa route comme si de rien n'était. Donc, de deux choses l'une : soit il avait dissimulé la voiture, soit il en avait trouvé une autre ; ou bien encore, dernière possibilité, Ponomayova et lui n'avaient aucune intention de quitter Vishnëvka, du moins dans l'immédiat, et ils se cachaient quelque part, attendant peut-être que quelqu'un vienne les chercher. Il n'oubliait pas non plus que Jenkins était un ancien agent opérationnel de la CIA, et qu'en tant que tel, il savait que Federov avait accès à des moyens de surveillance par satellite capables de repérer la voiture, quand bien même c'eût été difficile avec ce temps. Jenkins ne prendrait pas le risque de faire repérer la Hyundai. Brouillard ou pas, il avait dû mettre la voiture à l'abri des regards.

— Essayez de voir si quelqu'un a signalé un vol de voiture ces dernières heures, demanda-t-il à Matveyev. Je veux être tenu immédiatement au courant si c'est le cas.

Matveyev se leva et s'installa à un autre bureau, tandis que Federov prenait le relais en se connectant à Internet et en lançant Google Earth. Il sélectionna une vue de la côte russe de la mer Noire, pointa Vishnëvka et agrandit l'image jusqu'à voir le chemin d'accès que Matveyev lui avait indiqué, mais qui ne figurait pas sur sa carte. Il vit comment il tournait à gauche, s'éloignait du rivage et rejoignait la M27 en passant devant une vingtaine de maisons.

— Ces maisons, dit-il en s'adressant à Matveyev par-dessus son épaule. Je me trompe, ou bien elles sont occupées principalement durant les mois d'été ?

— Non, c'est bien le cas, confirma Matveyev. Pour la plupart, du moins.

— J'ai besoin de vous emprunter votre voiture, dit-il.

# Chapitre 26

Jenkins fixa l'équipement de plongée et se sentit brusquement envahi par un stress intense. Il s'écarta de la caisse, le souffle court. Craignant de faire une crise d'angoisse, il se précipita dans le salon, fouilla fébrilement dans son sac à dos, trouva ses médicaments, et avala un comprimé de propranolol.

— Est-ce que ça va ? lui demanda Anna en le rejoignant dans la pièce.

Jenkins ferma les yeux. Bien qu'il fît froid dans la maison, il sentit qu'il transpirait.

— Monsieur Jenkins ?

— Donnez-moi juste une minute.

Elle s'approcha de lui.

— Ça ne va pas.

— Si, si. C'est juste une crise de panique, dit-il. De l'angoisse.

— À cause de la plongée ?

Il acquiesça d'un hochement de tête.

— Je suis aussi légèrement claustrophobe. Y a-t-il un autre moyen de rejoindre ce bateau ?

Elle secoua la tête.

— Non. Il sera déjà dans les eaux territoriales russes. Il ne peut pas s'approcher plus près de la côte, et nous n'avons pas de bateau pour le rejoindre. C'est le seul moyen. Et on ne peut plus attendre.

Comme vous l'avez dit, le FSB va nous retrouver ; ce n'est qu'une question de temps.

— Quelle est sa couverture, à votre bateau ? Comment justifiera-t-il sa présence au large si les garde-côtes le contrôlent ?

— Il pratique la pêche commerciale, et vient de Turquie. Si on l'arrête, il dira qu'il a dérivé, que son GPS ne fonctionne plus.

— Quelle distance faudra-t-il que nous parcourions sous l'eau pour pouvoir le rejoindre ?

— Je dois vérifier ses coordonnées, mais je dirais un minimum de trois cents mètres.

— Vous avez déjà fait ça auparavant ? voulut savoir Jenkins.

— Non, dit-elle en secouant lentement la tête. Je n'ai encore jamais eu de raison de le faire.

— Rassurez-moi, vous avez déjà plongé en bouteille, au moins ?

— Oui. J'ai appris à plonger. Mais il faut que je vous dise quand même que trois cents mètres, c'est juste la capacité de la bouteille.

— Non, vous n'étiez pas obligée de me dire ça.

Il s'assit. Son angoisse retombait lentement, mais pas son inquiétude. Il s'efforça de rassembler ses pensées.

— Comment va-t-on localiser le bateau si nous sommes sous l'eau ?

— J'aurai ses coordonnées, et une boussole de plongée nous y aidera.

— Une boussole ? Et les courants ? Nous risquons de dériver, et le bateau aussi, non ?

— Non, le bateau ne dérivera pas. Le pilote a de l'expérience. Nous suivrons notre boussole, et une fois sur place, je gonflerai une balise de localisation pour signaler notre présence.

— Et si on se plante ? On aura nagé trois cents mètres pour rien, et après ?

— On ne se plantera pas.

— Imaginons une seconde le contraire.

— Alors, on sera… dans la merde jusqu'au cou. C'est bien comme ça que vous dites, non ?

— Génial.

Jenkins laissa échapper un soupir sonore.

— Ces bouteilles ont une autonomie de combien de temps ?

— Ça dépend de votre respiration. Votre carrure et votre angoisse ne sont pas un atout, mais si vous restez calme et que vous me suivez, nous devrions avoir entre trente et quarante-cinq minutes d'oxygène ; peut-être plus, étant donné que nous ne plongerons pas profond. Trois mètres, pas plus. Restez calme, et tout se passera bien.

— Et les requins ? s'inquiéta encore Jenkins.

— Il n'y a que des grands blancs par ici, pas de quoi s'inquiéter.

Elle s'interrompit un instant, puis sourit.

— Je plaisante. Il n'y a pas de requins.

Elle jeta un coup d'œil à sa montre.

— Il fait nuit à 16 h 20. Je vais attendre sa réponse. Un flash et nous y allons une demi-heure après le coucher du soleil. Ça nous laisse quelques heures pour vérifier l'équipement et vous détendre un peu.

— Vous voulez que je me détende ? Trouvez-moi un bateau de croisière.

# Chapitre 27

Au volant de la voiture personnelle de Matveyev, Federov emprunta le chemin de terre et de gravier, balloté au gré des nids-de-poule de la voie d'accès. À sa droite, entre deux bosquets et parallèlement à la côte, il aperçut la voie ferrée et les poteaux électriques qui conduisaient à la raffinerie. Le chemin se mit à grimper en se rétrécissant et était juste assez large pour permettre le passage d'une voiture. Des arbustes et des buissons sauvages, de chaque côté, menaçaient de l'envahir totalement. Federov chercha à voir si la végétation n'avait pas été aplatie à certains endroits – signe, peut-être, que la Hyundai avait été dissimulée tout près.

Il arriva bientôt en vue d'un ensemble de maisons récentes et plutôt luxueuses. Il ralentit et scruta l'intérieur des parcelles à travers les barrières qui clôturaient les propriétés, mais il ne vit aucune voiture ni rien qui suggère une possible cachette.

La qualité des maisons décrut rapidement à mesure qu'il poursuivait sa progression le long du chemin. Des matériaux de construction jonchaient les terrains et s'accumulaient en bordure – des tas de tuyaux rouillés, parpaings, bois de charpente. Un peu plus loin, Federov aperçut un groupe d'hommes qui chargeait des matériaux à l'arrière d'un camion plateau. Il s'arrêta à leur hauteur, descendit de voiture et s'approcha du groupe, tenant à la main une photo de la Hyundai et une autre de Jenkins.

— *Izvinite za bespokoïstvo. Ya ishchou etou machinou. Vy videli eto ?* Désolé de vous déranger. Je cherche cette voiture. L'auriez-vous vue ?

Le premier homme examina la photo, puis secoua négativement la tête. Les deux autres s'approchèrent, regardèrent la photo à leur tour, et secouèrent pareillement la tête.

— *Niet*, dirent-ils.

— Et cet homme ? Est-ce que vous l'avez vu ?

Même réponse.

Federov les croyait sincères, mais les Russes avaient repris l'habitude de se méfier de leur gouvernement et de ceux qui travaillaient pour lui.

— Depuis combien de temps travaillez-vous sur ce chemin, je veux dire aujourd'hui ?

— Environ deux heures, répondit un des hommes. On a presque terminé.

— *Spasibo*, dit Federov.

Il se remit au volant de la voiture et continua lentement sa progression, en regardant à droite et à gauche et en se demandant : *Qu'est-ce que Jenkins et la femme recherchent plus que tout en ce moment même ?*

— Faire une pause à l'abri des regards, dit-il à voix haute.

Il s'arrêta à hauteur d'une maison qui jouxtait un terrain nu à sa gauche. Un grand portail en fer forgé fixé à une clôture en tôle d'aluminium piquée de rouille protégeait la maison. Federov gara la voiture et en descendit pour jeter un coup d'œil par-dessus la clôture. Il ne vit pas la Hyundai, ni rien qui permette de la dissimuler. Il s'approcha du portail et secoua la chaîne rouillée cadenassée. Il regarda de nouveau la maison, mais il ne vit aucune lumière. Pas de fumée non plus sortant de la cheminée.

Il retourna à la voiture et continua de rouler le long du chemin, observant les maisons, certaines anciennes, d'autres en cours de construction. Il surveillait surtout les allées, et, quand une clôture l'empêchait de voir quelque chose, il descendait et s'arrangeait pour jeter un coup d'œil dans les jardins. À l'endroit où le chemin formait une fourche, il remarqua une maison de plain-pied avec un toit en tuiles rouges, et flanquée sur sa droite d'un abri, une sorte de remise recouverte de plaques de tôle ondulée rouillées. Il se gara, descendit de voiture et s'en approcha. Les portes n'avaient pas de poignées extérieures, bien qu'elles fussent montées sur gonds. Elles étaient maintenues fermées par une simple pierre posée devant. Federov entendit le vent s'engouffrer et siffler à travers les plaques de tôle. Il ôta la pierre et voulut tirer sur le bas des portes, mais elles étaient bloquées. Il faillit ne pas insister, voyant qu'il n'y avait aucune trace sur le sol, mais il réussit finalement à glisser sa main entre les deux portes et à agripper l'un des bords. Avec une meilleure prise, il tira sèchement ; les portes s'ouvrirent à demi, et il entra. Il leva son téléphone, lumière allumée, et éclaira une Hyundai grise.

Son cœur se mit soudain à battre plus fort.

La remise était trop exiguë pour qu'il puisse faire le tour de la voiture, mais il grimpa sur le capot, puis le toit, pour aller derrière. Avec son téléphone, il éclaira la plaque d'immatriculation, dont il avait retenu le numéro. La plaque correspondait.

La voiture avait été garée en marche arrière, prête à rejoindre facilement la M27 en cas d'urgence – si toutefois Jenkins et Ponomayova avaient choisi de rester dans les parages. Mais il était possible qu'ils aient changé de véhicule et soient partis.

Federov ressortit de la remise et scruta la maison, à la recherche d'un signe d'occupation. N'en voyant pas, il retourna dans l'abri, referma les portes et remit la grosse pierre en place. Puis il effaça du mieux qu'il le put les sillons creusés dans la terre par les portes, ainsi que ses propres traces de pas.

De retour au volant de la voiture de Matveyev, il roula quelques dizaines de mètres et se gara derrière une rangée d'arbustes. Là, il appela Alekseyov sur son portable, lequel lui dit que personne n'avait aperçu la Hyundai sur la M27, ni dans aucune autre ville se trouvant sur la route.

— La sécurité des frontières est alertée, ainsi que les garde-côtes.

Federov expliqua à Alekseyov qu'il voulait que Matveyev mobilise autant d'hommes que possible pour surveiller les deux extrémités du chemin, de la mer Noire à l'endroit où il rejoignait la M27.

— Dites-leur de ne laisser personne s'y engager, ni en sortir sans inspecter complètement les véhicules. Compris ?

— *Da.*

Federov communiqua à Alekseyov le numéro de la maison où il venait de repérer la voiture.

— Trouvez son propriétaire. Envoyez quelqu'un chez lui, où qu'il soit, et essayez de savoir quand il est venu ici pour la dernière fois, et aussi quel genre de voitures il possède, et s'il les gare ici.

— Où êtes-vous ?

— J'ai trouvé la voiture dans un abri le long du chemin. Je vais maintenant inspecter la maison pour m'assurer que Jenkins ne s'y cache pas.

— Vous voulez que je vous envoie quelques hommes ?

Federov ne voulait personne susceptible d'alerter sur sa position. Jenkins était un adversaire formidablement rusé. Federov savait à présent qu'il avait servi au Vietnam ; il était donc vraisemblable qu'il n'ignorait rien des fils-pièges et autres dispositifs d'alarme destinés à signaler une intrusion. Ponomayova elle aussi était capable d'agir en professionnelle ; son tir mortel sur le parking de l'hôtel en était la preuve. De surcroît, ils devaient être armés tous les deux à présent.

— *Niet*, répondit-il. Placez des hommes comme je vous l'ai dit, c'est tout. Si Jenkins et la femme sont ici, ils sont piégés. Pas question de les laisser filer, cette fois.

# Chapitre 28

Jenkins entendit Anna rentrer dans la maison par la porte de service, de retour de la plage où elle était allée pour la énième fois repérer le chemin qu'ils devraient suivre de nuit. Le bateau avait pris contact. Un flash. La voie était libre. Un peu plus tôt, elle avait annoncé que le vent était retombé et que la mer s'était calmée, ce qui était une bonne chose. Cette fois pourtant, il vit qu'elle affichait un air grave.

— Il y a des hommes dehors. Ils sont tout près.

Elle dit cela sans émotion, comme elle aurait dit : « Il y a du vent sur le rivage. » Mais Jenkins comprit ce que cela signifiait : rejoindre la plage justement allait s'avérer plus difficile que de nager jusqu'au bateau.

— On ne peut pas renoncer maintenant, dit-il. On continue comme prévu.

Ils étalèrent sur le sol les équipements de plongée. La combinaison de Jenkins était trop petite, mais il allait réussir à se glisser dedans ; il n'avait guère le choix.

— Les types dehors, est-ce qu'on peut les contourner ?

Anna secoua la tête.

— Non. Il y en a deux dans une voiture au bout du chemin, à l'endroit même où se trouve le sentier qui conduit jusqu'à la plage.

— Y a-t-il un autre chemin ?

— Non. Il est trop raide. Même sans équipement, on aurait du mal à descendre. Avec les bouteilles, mieux vaut ne pas y penser. Et de l'autre côté du chemin, là où j'ai garé la voiture, d'autres types surveillent les lieux.

— La station-service devait être équipée d'une caméra ; la boutique aussi, certainement, raisonna Jenkins. Federov a dû me voir faire demi-tour et prendre la direction de la mer. Il en a déduit que nous sommes restés dans les parages.

— Logique, acquiesça-t-elle.

— S'ils ont trouvé la voiture, ils vont commencer à fouiller les maisons. Il va falloir trouver un autre chemin pour rejoindre la plage, ou un moyen d'éloigner les deux types qui sont postés là-bas.

— Je ne vois aucun autre chemin. Et ces types ne bougeront pas, à moins d'être certains qu'ils nous poursuivent. Vous allez devoir y aller seul.

Jenkins n'était pas sûr de bien comprendre. Anna suggérait-elle de se séparer, et de se charger elle-même de détourner l'attention des deux hommes ?

— Non, je ne pars pas sans vous. Nous allons trouver un moyen.

— Il n'y en a pas, conclut-elle d'une voix douce et résignée.

— Il y a toujours un moyen, insista-t-il. Ne me laissez pas tomber, Anna.

Elle sourit, mais c'était un sourire triste – celui d'une femme qui s'apprête à être exécutée sur ordre de l'État.

— Je ne vous laisse pas tomber, monsieur Jenkins. Je fais mon travail.

— Charlie, bon sang ! Je m'appelle Charlie.

Nouveau sourire.

— Je ne renonce pas, Charlie. Vous devez comprendre que si vous survivez, si vous parvenez à rentrer, alors j'aurai fait mon travail. Il faut que vous réussissiez à rentrer et à trouver d'où vient la fuite concernant les sept sœurs ; vous devez trouver le ou la responsable avant qu'il y ait d'autres morts.

— Ils vous tueront, Anna.

— Paulina, dit-elle. Mon vrai nom est Paulina Ponomayova.

— Non, bordel. Ne me dites pas votre vrai nom maintenant. Rien n'est joué.

— Ils vont inspecter maison par maison, Charlie. Ils vont nous trouver tous les deux. Vous l'avez dit vous-même.

— Alors, on se battra.

— Si nous restons, nous perdons tous les deux notre unique chance. Le bateau n'attendra pas, et il ne reviendra pas. Combien de temps pourrons-nous nous battre, de toute façon ? Contre combien d'adversaires ?

Jenkins se mit à faire les cent pas.

— Je vous en prie, dit Paulina. Laissez-moi faire ça, pour mon frère.

— Pour votre frère…

— Tout ce que j'ai fait, durant toutes ces années, n'avait qu'un but : venger sa mort. Mais j'ai passé ma vie dans les ténèbres, Charlie. Je n'ai plus jamais aimé après mon divorce – parce que je ne voulais pas revivre la douleur de perdre une autre personne. Vous êtes marié. Vous aimez votre femme. Vous avez un fils, et un autre enfant en route. Il y a de l'amour dans votre vie, Charlie. Je n'ai jamais eu cette chance. Je veux saisir celle-ci ; sortir enfin des ténèbres, et regarder droit dans les yeux les assassins d'Ivan. Je veux leur dire que tout ce que j'ai fait, c'était par amour pour lui.

Jenkins s'assit sur le canapé en face d'elle.

— Ce ne sera pas aussi simple, Paulina. Ils vous tortureront pour découvrir ce que vous savez sur moi, et où je suis parti.

De nouveau, elle sourit.

— Je ne leur ferai pas ce plaisir, Charlie.

Jenkins comprit qu'elle avait l'intention de se donner la mort quand le moment viendrait.

— Je leur dirai que pendant des décennies, mon frère leur a fait plus de mal qu'ils n'imaginent lui en avoir fait, à lui ou à moi. Et ils devront vivre en sachant que la vengeance leur a échappé, une fois de plus.

Jenkins soupira, luttant pour contenir ses émotions.

Ne soyez pas triste pour moi, Charlie. J'ai anticipé ce jour ; je m'y suis préparée de longue date. Je suis en paix avec mon Dieu, et j'ai hâte de voir mon frère danser dans la grande salle de théâtre de l'Éternité. Faites-moi ce cadeau. Donnez-moi la satisfaction de savoir que je leur ai porté un dernier coup.

— Comment comptez-vous vous y prendre ?

— Je vais aller jusqu'à la voiture, et de là, je les entraînerai loin d'ici. À ce moment-là, vous devrez faire vite. Il y a une brèche dans la barrière de clôture, au fond de la propriété. La parcelle qui se trouve juste derrière nous n'est pas construite, mais il y a un tas d'arbres et d'arbustes qui permettent de traverser sans être vu. Traversez-la, et vous pourrez rejoindre la plage. Préparez-vous au maximum pour pouvoir, une fois au bord de l'eau, plonger directement.

— La boussole, dit-il. Je ne sais pas m'en servir.

Elle ôta la boussole de son poignet droit et la fixa autour du sien.

— Vous tendez le bras gauche devant vous. Votre pliez ensuite votre bras droit, coude verrouillé à 90 degrés, et vous agrippez votre poignet gauche, comme ça, dit-elle en lui faisant la démonstration en même temps. Ensuite, vous suivrez le cap 210 sur la boussole et vous palmez.

— Comment est-ce que…

— Il faut régler le cadran et l'aligner sur le nord, comme ça.

Elle tourna la bague du cadran dans le sens inverse des aiguilles d'une montre.

— Cette ligne rouge, là, c'est ce qu'on appelle la « ligne de foi ». Nous allons la régler sur 210 degrés. Dans l'eau, ce bouton, là, sert à allumer la montre, mais la partie boussole brillera en continu. Vous verrez constamment la direction où vous allez. Gardez votre bras et la boussole dans la position que je vous ai montrée, et gardez la ligne de foi alignée sur 210 degrés.

— Et les courants ?

— Il n'y a pas de fortes marées en mer Noire. Suivez la ligne de foi, et palmez avec énergie. Ce n'est pas une distance insurmontable ; ce sera difficile, mais c'est parfaitement faisable. Vous êtes bon nageur ?

— Il y a longtemps que je n'ai pas réellement nagé.

— Vous avez l'air en bonne forme physique. Vous avez des jambes musclées, non ?

— Oui, dit-il.

— Vous devrez être dans l'eau à 17 h 45 au plus tard. Trente minutes, ça me paraît raisonnable pour nager trois cents mètres. Ne descendez pas à plus de trois mètres sous la surface pour conserver votre air. Le bateau sera à l'endroit prévu entre 18 h 15 et 19 h. Il n'apparaîtra pas une minute plus tôt, et ne restera pas une minute de plus.

— Comment est-ce que je le verrai ?

— Il plongera une lampe dans l'eau. Cherchez la lumière quand vous serez sur zone. Quand vous la verrez, libérez la balise, mais gardez bien la corde attachée à votre poignet. Il aura les coordonnées. Il viendra jusqu'à vous. Ne faites pas surface avant qu'il soit là.

— Et si je manque d'air avant qu'il n'arrive ?

— Vous en aurez assez si vous vous détendez et que vous respirez calmement. Vous pouvez y arriver, Charlie. Faites-le pour moi ; et pour Ivan. Faites-le pour votre femme, votre fils et pour le petit dernier qui sera bientôt là.

Elle s'interrompit et le fixa, comme si elle avait quelque chose d'autre à lui dire.

— Quoi ?

— Votre femme aura une fille, dit-elle doucement.

Jenkins la regarda à son tour sans rien dire, perplexe. Elle paraissait si sûre de son fait.

— Comment pourriez-vous le savoir ? Moi-même, je n'en ai aucune idée.

Elle haussa les épaules.

— Ce n'est pas tellement que je sais. Disons que j'en ai la très forte intuition.

Jenkins hocha la tête. Il comprenait.

— Si réellement nous avons une fille, je l'appellerai Paulina. Et quand elle sera en âge de comprendre, je lui raconterai le sacrifice que vous avez fait.

Ponomayova avait visiblement du mal à maîtriser ses émotions. Elle se leva et regarda l'heure sur sa montre.

— Il est temps d'y aller maintenant.

Elle alla récupérer son manteau noir et son bonnet en laine.

— Paulina ?

Elle se retourna, mais elle n'ajouta pas un mot. Jenkins ne savait pas non plus quoi dire d'autre. Il la regarda se diriger vers l'arrière de la maison. Une seconde plus tard, il entendit la porte de service s'ouvrir, puis claquer doucement en se refermant.

# Chapitre 29

Alekseyov appela Federov pour l'informer qu'ils avaient du nouveau concernant la maison avec la remise. Des agents du FSB avaient réussi à remonter jusqu'à son propriétaire, qui habitait un appartement dans le centre de Moscou, précisément dans le quartier de Iassenevo. L'homme avait expliqué que cette maison en bord de mer était un héritage des parents de sa femme, et qu'ils ne l'occupaient que durant les mois d'été. Il garait son pick-up et rangeait ses outils dans la remise. Il n'avait pas d'autre voiture. L'abri aurait dû être vide.

Comme la maison.

— Ils ne sont pas dans la maison, dit Federov à Alekseyov après en avoir fouillé le moindre recoin. Dites aux hommes de faire du porte-à-porte en commençant par la première maison au début du chemin. Je veux qu'ils inspectent chaque pièce de chaque maison. Si les gens ne sont pas là, qu'ils enfoncent la porte.

Federov mit fin à la conversation et rangea son arme dans son holster d'épaule. Il traversa la maison et sortit dans le jardin par la porte de service. Il ne décolérait toujours pas contre la stupidité de l'officier de police qui avait abordé Jenkins à la station-service, au lieu de se contenter de donner l'alerte. S'il avait fait cela, Jenkins serait déjà entre leurs mains. Lui ou son cadavre.

*Mais ce n'est qu'une question de temps*, songea-t-il. *Une simple question de temps.*

# Chapitre 30

Paulina referma la porte de service et se retrouva dans le jardin. Les cordes à linge grinçaient dans la brise, et les poteaux métalliques craquaient comme s'ils étaient mécontents. Elle se glissa à travers une ouverture dans le mur de pierre, et se dirigea par le petit passage commun vers la maison et la remise où elle avait dissimulé la voiture.

L'étendue marine toute proche paraissait amortir les sons ; le silence lui rappela les derniers jours à Moscou, et l'épais manteau neigeux qui recouvrait la ville. Elle ne reverrait plus la capitale, ni le Bolchoï qu'Ivan et elle avaient exploré jusque dans ses recoins les plus secrets, allant jusqu'à grimper sur le toit pour contempler la ville. C'étaient les meilleurs souvenirs qu'elle gardait de son frère ; ceux-là, et les moments où il dansait. Il avait alors l'air d'un ange essayant ses ailes pour la première fois.

Elle continua d'avancer le long du passage, arme au poing, tous ses sens en alerte, attentive au moindre mouvement, au moindre son. Un chien aboya, mais c'était un bruit lointain ; le jappement d'un chien suppliant pour qu'on le laisse rentrer, plutôt que signalant une présence suspecte. Elle poursuivit sa progression.

Quand elle atteignit le mur de clôture en pierre qui délimitait l'arrière du terrain sur lequel se dressait la maison, elle s'arrêta et scruta la bâtisse. Elle lui parut toujours aussi vétuste et déserte. Mais alors qu'elle s'apprêtait à enjamber le mur de pierre, un mouvement attira son attention. Elle battit en retraite et se cacha derrière le mur. Un homme vêtu d'un long manteau sortit par l'arrière de la maison.

Elle le regarda sortir un paquet de cigarettes de la poche intérieure de son manteau et en allumer une, la flamme bleue de son briquet éclairant son visage aux traits marqués, qu'elle reconnut aussitôt. Federov. Il tira une grosse bouffée qui fit rougeoyer le bout de la cigarette, et souffla la fumée dans l'air du soir.

Une seule raison pouvait expliquer qu'il soit entré dans la maison : il avait découvert la Hyundai dans la remise, et avait probablement cru les trouver, Jenkins et elle, à l'intérieur. Maintenant qu'il savait que ce n'était pas le cas, le FSB et la police locale allaient fouiller chaque maison, comme le soupçonnait Jenkins. Autrement dit, le temps pressait.

Elle appuya la crosse de son pistolet sur le muret. Federov était à moins de dix mètres. Elle ne pouvait pas le rater. Et surtout, la réverbération du coup de feu permettrait de détourner l'attention de Charlie. Peut-être même aurait-elle le temps de se mettre au volant de la Hyundai et de s'enfuir, du moins s'ils ne l'avaient pas mise hors service. Elle roulerait aussi loin que possible. Mais à l'instant même où Federov se retrouva dans sa ligne de mire, il jeta son mégot de cigarette et se dirigea vers le côté de la maison, manifestement pour revenir devant.

C'était le moment de franchir le mur.

Elle l'enjamba et se laissa tomber dans le jardin. Puis elle se dirigea droit vers la remise, en prenant garde à ne pas se faire repérer. Parvenue derrière l'abri, elle s'arrêta de nouveau, passa la tête à l'angle du mur et scruta les environs. Elle vit rougeoyer le bout d'une autre cigarette ; quelqu'un surveillait le garage.

Elle battit en retraite de long du mur, souffla un court instant, puis se dirigea de l'autre côté de la remise, pour en faire pareillement le tour. Elle prit garde où elle mettait les pieds et s'appuyait, pour ne pas faire résonner une plaque de tôle ou donner accidentellement un coup de pied dans une canette. Elle jeta un rapide coup d'œil à l'avant du bâtiment. Le type qui montait la garde faisait les cent pas en fumant nerveusement. Il n'était pas à plus de trois ou quatre mètres d'elle. Il faisait une cible facile. Elle regarda du côté du chemin, à l'endroit où les autres avaient formé une espèce de barrage pour les empêcher, Jenkins et elle, de rejoindre la M27.

Elle s'occuperait de cela quand elle aurait réussi à sortir la voiture du garage.

Pour le moment, le temps pressait, surtout pour Jenkins.

Elle ôta le silencieux de son arme, devenu inutile, passa la tête à l'angle du bâtiment et visa sa cible.

Quand l'homme se retourna, elle tira.

— Pour toi, Ivan, murmura-t-elle.

* * *

Jenkins se glissa tant bien que mal dans la combinaison de plongée et sauta sur place en écartant les bras et les jambes pour l'étirer et l'ajuster à son corps. Puis il attrapa la bande de tissu reliée à la fermeture à glissière dans son dos, rentra le ventre en remerciant le ciel d'avoir perdu du poids, et remonta lentement la tirette de la fermeture jusque dans son cou. C'était serré, mais tant pis.

Il s'assit pour enfiler ses bottines et ses gants. Puis il prit sa pochette étanche contenant ses médicaments, son passeport, ses roubles et ses dollars, et la glissa dans une poche zippée de son gilet stabilisateur – son « stab » comme l'avait appelé Paulina. Il emporta également l'arme qu'il avait volée à Arkady Volkov. S'il arrivait jusqu'à la plage, il s'en débarrasserait dans la mer. Elle ne lui serait d'aucune utilité une fois en plongée.

Il s'accroupit, enfila son « stab », boucla les sangles du gilet, puis se redressa et soupesa la bouteille d'oxygène. Il se déplacerait plus facilement en les ayant sur le dos qu'en essayant de les porter avec son masque et ses palmes ; de plus, cela lui laisserait une main libre s'il avait besoin de se servir de son arme. Enfin, il avait bien à l'esprit la dernière instruction de Paulina : quand il atteindrait la mer, il devrait être prêt à plonger.

Il ramassa ses palmes et son masque, alla à l'avant de la maison, s'approcha de la fenêtre et écarta une lame du store. Il regarda dehors par l'interstice et vit que la voiture était toujours garée dans le chemin. Quoi qu'elle eût décidé de faire, il espérait que Paulina réussirait à éloigner rapidement les deux hommes.

Il allait laisser retomber la lame du store quand il remarqua du mouvement dans la voiture. Les deux hommes en descendirent en même temps. Il se passait quelque chose.

Téléphone portable à l'oreille, le chauffeur s'anima, sa tête pivotant d'un côté et de l'autre du chemin, cherchant à apercevoir quelque chose. Puis il abaissa son téléphone, le glissa dans la poche de son manteau, et dit quelque chose à son complice, qui avait fait le tour de la voiture. Ils se dirigèrent tous les deux vers la maison. Ils avaient probablement reçu l'ordre d'aller de porte en porte fouiller systématiquement les propriétés.

— Merde, grommela Jenkins.

Il les regarda tirer sur le portail et le secouer dans un bruit de chaîne métallique. Comprenant qu'il ne céderait pas facilement, le premier homme longea la clôture en tôle d'aluminium, agrippa un poteau, se hissa par-dessus un panneau et sauta dans le jardin. Son acolyte l'imita ; quand il atterrit à son tour de l'autre côté de la clôture, ils s'approchèrent ensemble de la maison.

Jenkins, arme au poing, courut jusqu'à la porte de derrière.

Un des hommes frappa à la porte d'entrée. Il y eut un silence, puis il frappa de nouveau, avec plus de force cette fois, en appelant pour savoir s'il y avait quelqu'un. Jenkins allait sortir par la porte de service et rejoindre le petit passage, quand il surprit une ombre derrière le store d'une des fenêtres latérales. Le deuxième homme avait commencé à faire le tour de la maison. Celui qui frappait à l'entrée cherchait-il seulement à attirer son attention ?

Jenkins s'écarta de la porte et recula dans l'ombre de la pièce ; il mit un genou au sol, le poids de la bouteille pleine, une vingtaine de kilos, pesant sur son dos, et il s'appuya contre le mur. Sa main qui tenait l'arme tremblait. Il n'avait aucune chance de tirer juste s'il était aussi fébrile. Il prit une grande inspiration, puis une autre, pour se calmer et faire cesser le tremblement.

Il entendit des bruits de pas dehors ; le son le conduisit jusque devant la porte de service. L'homme grimpa les marches. Jenkins aperçut son ombre à travers le voilage qui ornait la vitre de la porte. La poignée tourna. Fermée. Il y eut un bruit d'impact aigu, et un grand morceau de verre tomba à l'intérieur et se brisa sur le sol. L'homme passa sa main par l'ouverture, déverrouilla la porte et tourna la poignée.

Jenkins brandit son arme devant lui, sa main gauche agrippant son poignet droit pour le stabiliser. Il ne pouvait plus attendre que Paulina ait fait ce qu'elle avait prévu.

Il allait devoir tirer et tenter sa chance.

* * *

Paulina appuya sur la détente. L'agent, touché à l'épaule gauche, fut projeté en arrière, comme si quelqu'un avait brusquement tiré un fil attaché dans son dos. Il atterrit brutalement par terre. Le claquement et la réverbération du coup de feu résonnèrent en écho dans l'air du soir. La plupart des gens croiraient à une pétarade, mais les habitués des armes à feu, comme Federov, ne s'y tromperaient pas.

Paulina se précipita sur l'agent, lui prit son arme encore rangée dans son étui, et la jeta dans les fourrés.

— *Vy Budete shit*, lui dit-elle. Vous vivrez.

Elle courut à l'avant du garage, déplaça la grosse pierre qui maintenait les portes fermées, et ouvrit ces dernières en grand. Elle se faufila ensuite entre le mur et la voiture, ouvrit la portière et se glissa tant bien que mal au volant.

Elle inséra la clé dans le démarreur, fit une prière silencieuse, et mit le contact.

— Il est temps de ficher le camp, Ivan.

Elle enclencha la boîte automatique sur « Démarrer », et aperçut au même instant des phares approcher de l'intersection au bout du chemin. Pas question de se retrouver coincée dans la remise. Elle enfonça la pédale d'accélérateur. La voiture bondit en avant, le train arrière dérapant dans la terre et les graviers avant que les pneus n'accrochent le sol et que la Hyundai ne redresse sa trajectoire. Paulina fonça droit vers la voiture en approche.

Elle eut le temps d'apercevoir deux hommes à l'intérieur avant que le conducteur ne donne un brusque coup de volant pour l'éviter. La voiture traversa des broussailles et heurta violemment un arbre. Paulina entendit le bruit sourd causé par le choc, suivi du déclenchement en continu du klaxon de la voiture.

Charles Jenkins avait sa diversion. Elle pria pour qu'elle soit efficace.

Elle accéléra en direction de l'intersection. Elle roulait phares éteints ; la route n'était qu'ombres grises, mais elle distingua bientôt deux voitures formant un barrage. Elle visa l'espace séparant les deux pare-chocs avant, abaissa sa vitre et tira sur les agents de police qui s'extrayaient précipitamment de leurs véhicules et couraient se mettre à couvert. Juste avant l'impact, elle rentra son bras, laissa tomber son arme sur ses genoux, et agrippa le volant des deux mains en se préparant au choc.

La Hyundai emboutit les deux voitures, qui s'écartèrent mécaniquement sous la violence de l'impact. Paulina se sentit soulevée de son siège ; sa ceinture de sécurité se bloqua, la renvoyant sèchement en arrière au fond du siège. Elle freina brutalement, tourna rapidement le volant à droite pour corriger le déport du train arrière, puis écrasa la pédale d'accélérateur. Dans une reprise crachotante, la voiture prit très vite de la vitesse le long de la M27.

Paulina n'irait pas loin, elle le savait, mais avec un peu de chance, cela donnerait le temps à Jenkins de s'enfuir.

* * *

Jenkins relâcha la pression sur la gâchette de son pistolet quand l'écho d'un coup de feu lui parvint des environs proches. Paulina. L'homme qui tentait d'entrer par la porte de service l'entendit également. Il se figea, et retira sa main de la poignée intérieure. Son complice devant la maison lui cria quelque chose, et il le rejoignit en courant.

Jenkins se releva, cherchant son équilibre, et alla jusqu'à la porte. Il sortit et entendit une voiture démarrer en faisant patiner ses pneus dans le gravier. Pas de temps à perdre. Il traversa le jardin aussi vite qu'il le put, s'arrêtant seulement pour se glisser à travers l'ouverture dans le mur de pierre. Le bas de sa bouteille cogna contre une grosse pierre, mais il réussit à passer et se mit à courir au petit trot à travers le terrain adjacent en direction du sentier qui descendait jusqu'à la mer. En se retournant, il vit briller au loin les feux arrière de la voiture qu'il avait entendue démarrer.

Il arriva devant une autre clôture en pierre, un simple muret de moins d'un mètre cette fois, qu'il enjamba tant bien que mal. Avec ses bottines de plongée, il sentait la moindre pierre, la moindre branche sur laquelle il marchait. Il traversa une autre parcelle et arriva devant une maison en construction. Le sentier vers la plage se trouvait derrière la petite route qui bordait la maison, à une quinzaine de mètres à l'ouest seulement. Il longea le pignon de la maison, s'arrêta, regarda à droite et à gauche ; il ne vit personne. Il allait continuer quand quelque chose bougea devant lui. Il leva son arme. Un chien surgit des buissons, le faisant sursauter. L'animal l'observa un court instant, puis rentra la queue entre ses pattes et détala.

Jenkins reprit sa marche ; la sueur lui coulait sur le visage et lui brûlait les yeux, brouillant sa vue. Les mains prises, il ne pouvait même pas s'essuyer.

Il traversa la route. Il était à découvert maintenant. Il accéléra le pas, la bouteille rebondissant sur son dos, sa ceinture de lestage creusant ses hanches. Encore dix mètres, et il serait sur la plage rocailleuse. De nouveau, il sentit la moindre pierre sous ses pieds. Quand il parvint au bord de l'eau, il laissa tomber ses palmes, son masque et son arme, et remonta sur sa tête la capuche de la combinaison, qui lui enserra le crâne. Il rentra sous les bords les quelques mèches de cheveux qui dépassaient, ramassa le reste de son équipement et entra jusqu'aux genoux dans l'eau sombre.

Le vent était tombé, et la nuit était calme. Les vagues étaient minimes, et il n'avait pas de mal à maintenir son équilibre. Il n'avait plus besoin de son arme à présent ; il la jeta loin devant lui, et entendit un « plouf » quelque part dans l'obscurité. Il leva sa jambe gauche, en équilibre instable cette fois sur la rocaille, et réussit à enfiler une première longue palme. Il répéta l'opération avec la deuxième. Puis il voulut cracher dans son masque, mais il avait la bouche sèche.

À cet instant, il aperçut les phares d'une voiture qui paraissait se rapprocher à toute vitesse.

De nouveau, il essaya de cracher ; cette fois, il réussit à produire un petit jet de salive. Il la frotta contre le verre du masque, rinça ce dernier, l'enfila, puis ajusta la sangle. La voiture en approche s'arrêta, et des hommes en descendirent précipitamment.

Jenkins fourra le détendeur dans sa bouche et se laissa tomber en arrière dans l'eau glacée.

* * *

Federov marchait le long du chemin pour rejoindre Alekseyov et les autres agents du FSB, quand il entendit le coup de feu. Il se figea. Le tir provenait de la maison qu'il venait juste d'inspecter. Il avait laissé un agent à la remise.

Il fit volte-face et se mit à courir, d'abord à petites foulées, son genou lui faisant mal ; puis, ravalant sa douleur, il allongea ses foulées et entama un sprint. Il entendit un bruit de moteur et aperçut la Hyundai qui sortait en trombe du garage. Elle partit légèrement en queue de poisson, corrigea sa trajectoire et accéléra. Une des voitures de police, dont les agents avaient certainement été alertés eux aussi par le coup de feu, fonça droit sur elle. Ce serait à qui dévierait le premier. Le conducteur de la voiture de police donna un coup de volant au dernier moment pour éviter la Hyundai ; il s'enfonça dans les buissons et heurta un arbre.

Federov ne s'arrêta pas ni ne sortit son arme pour tirer, jugeant que le plus important était d'arriver le plus vite possible au barrage qu'ils avaient dressé. Il vit la Hyundai foncer droit vers les deux voitures garées en travers et bloquant l'accès à la M27. Il y eut une série de coups de feu rapides. La voiture ne ralentit pas. Si les hommes de Matveyev avaient tiré, ils avaient de toute évidence manqué leur cible.

Dans un fracas assourdissant de tôle froissée et de verre volant en éclats, la Hyundai emboutit les deux voitures, précisément dans l'intervalle qui les séparait. Federov crut un instant que le choc allait l'immobiliser, mais la force de l'impact écarta suffisamment les deux voitures pour qu'elle réussisse à passer. Le conducteur ou la conductrice contrôla sa trajectoire malgré une nouvelle amorce de tête-à-queue, et accéléra en direction du sud.

Federov les perdait, une fois encore.

Quand il arriva à côté des deux véhicules de police accidentés, il sortit son arme et vida son chargeur en tirant sur la Hyundai, sans toutefois parvenir à la faire ralentir.

Il évalua rapidement l'état des deux voitures de police, mais elles étaient tellement endommagées au niveau du train avant qu'il était évident qu'elles ne pouvaient plus rouler. Soudain, il vit des phares en approche. Il se mit à agiter les bras pour se signaler au milieu du chemin. Alekseyov freina brutalement ; la voiture dérapa, puis s'arrêta net. Federov fit précipitamment le tour de la voiture jusqu'à la portière côté conducteur.

— Sortez de là ! Dégagez ! hurla-t-il en tirant Alekseyov hors de la voiture.

Le jeune agent lâcha le volant et se laissa extraire du véhicule sans résister, tombant à genoux à côté de la voiture, avant de s'écarter rapidement. Federov se glissa au volant et accéléra avant qu'Alekseyov n'ait le temps de fermer la portière, qui se rabattit d'elle-même sous l'action conjuguée du mouvement et de la vitesse.

Federov se faufila entre les deux voitures accidentées, enfonça la pédale d'accélérateur, et prit de la vitesse sur la route qui montait et rejoignait la M27. Il calcula qu'il devait être entre deux et trois kilomètres tout au plus derrière la Hyundai, mais celle-ci avait heurté les deux voitures de police à grande vitesse ; les dégâts à l'avant devaient être considérables. Avec un peu de chance, son moteur ne tarderait pas à lâcher.

Des murs de pierre d'un mètre de haut et des broussailles épaisses bordaient l'étroite autoroute à deux voies. Difficile et dangereux d'essayer d'en sortir ; quant aux réelles intersections avec des routes secondaires, Federov, qui avait étudié la carte de la région, savait que ces dernières menaient uniquement à des lotissements, sans offrir la moindre issue permettant à Jenkins et Ponomayova de quitter la Russie. Il était plus que jamais convaincu que ces deux-là étaient aux abois, et qu'ils tentaient désespérément de rallier la frontière.

Il arriva rapidement derrière une camionnette blanche, fit une embardée sur la voie de gauche pour la dépasser, mais il freina et se rabattit aussitôt en apercevant des phares plus loin dans un virage. Quand la voiture venant en sens inverse le dépassa, il déboîta de nouveau sur la gauche. Voyant une ouverture, il appuya sur l'accélérateur et dépassa la camionnette juste au moment où la route opérait un virage à gauche. Il se rabattit, freina aussitôt et tenta de redresser sa trajectoire pour coller au virage, mais il ne put empêcher le côté droit de la voiture de frotter contre la glissière de sécurité en métal qui avait remplacé le muret de pierre. Il y eut une gerbe d'étincelles, et le rétroviseur droit vola en éclats.

La route traçant une nouvelle ligne droite, il accéléra et reprit de la vitesse, klaxonnant et faisant des appels de phares à une autre voiture en la dépassant. Il continua ainsi durant plusieurs kilomètres, jusqu'à ce qu'il commence à se demander si Jenkins et Ponomayova n'avaient pas fini par lui échapper, cachés quelque part peut-être le long d'un embranchement. Il en était là de ses pensées quand, passé un nouveau virage, il aperçut des feux arrière rouges. Il les rattrapa rapidement. La Hyundai roulait bien au-dessus de la limite de vitesse ; de la fumée blanche s'échappait de son capot.

Cette fois, il les tenait.

Il enfonça la pédale d'accélérateur et emboutit le pare-chocs arrière. La Hyundai fit une brusque embardée, mais le conducteur réussit à contrôler sa trajectoire. Federov se déporta légèrement sur la droite et rentra une nouvelle fois dans le pare-chocs arrière, selon une technique policière éprouvée. Le Hyundai partit en tête-à-queue. Cette fois, son conducteur ne put rien faire. La voiture franchit la ligne médiane et la voie de gauche avant de s'encastrer violemment dans un arbre, s'immobilisant complètement.

Federov écrasa la pédale de frein et fit un demi-tour. Il se gara une dizaine de mètres derrière la Hyundai et scruta ses vitres, cherchant à apercevoir du mouvement. N'en voyant pas, il sortit son arme et descendit de voiture, se servant de la portière comme d'un bouclier. Il visa la vitre arrière.

— *Vyydite iz machiny, podniav ruki na golovu !* Descendez de voiture, les mains sur la tête !

Pas de réponse. De la fumée continuait de s'échapper du moteur sous le capot broyé.

Federov répéta son ordre.

Toujours pas de réponse.

Il se redressa, sortit de derrière sa portière et se mit à avancer vers la Hyundai à pas glissés, le doigt sur la gâchette. Il s'approcha de la voiture côté conducteur et, de la main gauche, tira lentement sur la poignée de la portière. Elle s'ouvrit dans un grincement métallique. La femme, Ponomayova, était affalée sur le volant. Federov jeta un coup d'œil au siège passager, puis à la banquette arrière. Aucune trace de Jenkins. Furieux, il agrippa Ponomayova par le cou et la tira en arrière. Du sang ruisselait sur le visage de la Russe ; elle avait une large entaille au front.

— *Gde on ?* hurla-t-il. *Gde on ?* Où est-il ?

Ponomayova ouvrit les yeux un instant et sourit, ses dents rougies par le sang.

— *Ty opozdal. On davno uchel*, dit-elle dans un murmure. Vous arrivez trop tard. Il est parti depuis longtemps.

Federov lui colla le canon de son pistolet sur la tempe.

— Dites-moi où il est. Où est-il parti ?

Elle rit et cracha du sang en même temps.

— C'est tellement russe, ça : menacer de tuer une femme qui est en train de mourir, réussit-elle à articuler, les dents serrées.

— Où est-il ?

Elle sourit encore, d'un air de défi cette fois. Federov vit la petite capsule blanche qu'elle tenait coincée entre ses dents.

— Pour Ivan, dit-elle. Puissent ceux qui l'ont tué pourrir en enfer !

Et elle mordit dans la capsule.

# Chapitre 31

Jenkins nagea dans l'obscurité, avec pour seule lumière la lueur bleue de sa boussole. Compressé dans sa combinaison, son masque serré contre son visage, il luttait contre la claustrophobie et l'inquiétude. Toute sa concentration convergeait vers cette petite lumière bleue, et vers la « ligne de foi » qu'il devait suivre coûte que coûte. À chaque fois qu'il se déconcentrait ou commençait à paniquer, il songeait à Paulina, qui, à l'heure qu'il était, avait vraisemblablement donné sa vie pour lui permettre de fuir, une chance qu'il n'avait pas le droit de gâcher.

*Il faut que je réussisse, pour Paulina, pour Alex et CJ, et pour mon bébé.*

Il s'intima l'ordre de se détendre et de continuer de palmer en de longs mouvements amples, de respirer le plus calmement, le plus régulièrement possible. Paulina avait estimé à trente minutes son temps de nage. Il vérifiait régulièrement sa montre de plongée. Il nageait depuis une quinzaine de minutes maintenant. Quand il ne regardait pas sa boussole, il tentait d'apercevoir une lumière, quelque part devant lui, mais tout était noir. S'il manquait cette lumière, il savait qu'il n'aurait pas assez d'air pour rejoindre le rivage ; et même s'il y parvenait, il n'aurait nulle part où aller.

Il vérifia sa jauge de profondeur. La lire dans l'obscurité était un défi, mais il était bien à trois mètres sous la surface ; à cette profondeur, la couleur de l'eau était un assez bon indicateur. Il continua de palmer avec force et régularité. Paulina lui avait dit qu'il n'y avait pas de courants forts en mer Noire, mais il se sentait tout de même légèrement chahuté ; ce n'était pas si simple de maintenir sa trajectoire.

Dix minutes de palmage plus tard, il sentit qu'il approchait, mais de quoi au juste ? Il ne voyait toujours aucune lumière. Il vérifia son SPG, son manomètre immergeable, en remerciant le ciel que son équipement soit de fabrication américaine et qu'il puisse au moins comprendre ce qu'il lisait. L'appareil indiquait une pression inférieure à 100 psi, soit un peu moins de 7 bars. Quand il indiquerait 50 psi, sa réserve d'air commencerait à être dans le rouge.

Il nagea durant trois minutes encore et jeta un coup d'œil à sa boussole. Il était arrivé. Les coordonnées correspondaient. Il chercha à distinguer une lumière, mais n'en vit pas encore. Sa montre indiquait 18 h 35.

Il était à l'heure. Et au bon endroit, semblait-il.

Mais il n'y avait aucune trace du bateau.

* * *

Federov tira son téléphone portable de sa poche pour appeler Alekseyov tandis qu'il rejoignait précipitamment sa voiture. Jenkins et Ponomayova s'étaient séparés. Cette dernière avait choisi de se sacrifier pour faire diversion et permettre à Jenkins de fuir. La M4 étant surveillée, il doutait que l'Américain ait choisi de rallier la frontière par la route. Restait la mer.

— Jenkins se dirige vers la plage, dit-il à Alekseyov. Prenez une voiture et foncez-y. Cherchez un bateau ou n'importe quelle embarcation ancrée au large. Et prévenez les garde-côtes. Dites-leur d'intercepter tout bateau se trouvant dans les eaux territoriales russes.

Il appuya sur l'icône de fin d'appel, et réfléchit à ce que Paulina Ponomayova venait de lui dire. Il avait étudié son dossier. Il savait qu'elle avait eu un frère prénommé Ivan, qui s'était suicidé en sautant du toit du théâtre du Bolchoï. Les dernières paroles de Ponomayova laissaient entendre qu'elle tenait l'État russe pour responsable de la mort de son frère. C'était par colère qu'elle avait trahi, et choisi de détourner leur attention de Jenkins pour lui permettre de quitter le pays. Elle avait voulu que cela se termine ainsi.

Federov n'encaisserait jamais que l'on puisse trahir son pays, mais il respectait quiconque – aussi mal inspiré fût-il – était prêt à donner sa vie pour ce en quoi il croyait.

Il ralentit en arrivant près des véhicules de police endommagés. Le barrage routier n'était plus utile. Matveyev avait l'air complètement dépassé par les événements.

Federov abaissa sa vitre et fit signe aux deux voitures de s'écarter davantage pour le laisser passer. Il franchit le barrage et accéléra le long du chemin de terre et de gravier qui filait jusqu'à la mer Noire. Quand il parvint au bout, juste avant le virage, il se gara, descendit de voiture et, en boitillant et en prenant garde à ne pas se tordre la cheville sur une pierre ou en mettant le pied dans un trou, il emprunta le sentier qui rejoignait la plage.

Alekseyov se tenait au bord de l'eau et scrutait l'horizon marin avec des jumelles. Il se retourna en entendant Federov approcher. Ce dernier, sans un mot, lui prit les jumelles des mains et, à son tour, balaya visuellement de droite à gauche la sombre étendue marine, cherchant à apercevoir un bateau ou une lumière, mais il ne vit rien. La brume formait un rideau opaque assez épais pour dissimuler une embarcation, surtout si celle-ci naviguait sans lumière.

— Vous n'avez rien vu ? demanda-t-il à Alekseyov en jouant avec la molette de mise au point des jumelles pour avoir la vision la plus nette possible.

— Non, colonel. Rien du tout.

— Vous avez appelé les garde-côtes ?

— Oui. Ils ont aussitôt envoyé un patrouilleur « Classe Rubin » pour fouiller la zone.

— Un seul ? s'insurgea Federov en abaissant les jumelles. Ils n'ont qu'un patrouilleur ?

Alekseyov haussa les épaules.

— J'ai bien insisté sur le fait qu'il s'agissait d'une affaire urgente, colonel…

Federov grommela un juron, et se remit à scruter l'horizon avec les jumelles.

*Ya naydu tebya, M. Dzenkins, I kogda ya eto sdelayu, ty rasskazhesh, mne vse. V etom vy mozhete byt' uvereny*. Je vous trouverai, M. Jenkins. Et alors, vous me direz tout ce que je veux savoir. Je peux vous le garantir.

* * *

Jenkins consulta son manomètre. C'était devenu obsessionnel, un peu comme lorsque, le voyant d'essence allumé, on consulte compulsivement la jauge. L'aiguille du manomètre avait encore baissé de 10 psi, et était maintenant à 60. Dix de plus, et il serait officiellement dans le rouge. Cela ne signifiait pas qu'il manquait d'air, mais il n'en était pas loin. Il était conscient qu'il ne serait pas prudent de laisser la pression descendre encore, mais il n'avait guère d'autre choix, à part faire surface, ce que Paulina lui avait déconseillé de faire.

Il vérifia sa direction sur sa boussole. La ligne de foi pointait parfaitement sur 210 degrés. La question était maintenant de savoir s'il avait nagé suffisamment loin, ou si les courants, aussi faibles soient-ils, l'avaient ralenti, auquel cas le bateau risquait d'être encore loin. Il commençait à se dire que leur plan était voué à l'échec dès le départ, qu'il n'était qu'une goutte d'eau dans l'océan, et que le bateau ne le trouverait jamais. Et puis, il se souvint que Paulina lui avait parlé aussi du transpondeur de recherche et de sauvetage, la balise qu'il portait à la ceinture. Il déclipsa le petit appareil conique et l'alluma. Une lumière se mit à clignoter. Il enroula la corde autour de son poignet, et laissa le reste se dérouler. Le transpondeur monta et flotta à la surface, tirant doucement sur son bras.

Il n'y avait rien d'autre à faire à présent, à part attendre et espérer. Il se mit à nager en cercle pour conserver le plus possible sa chaleur, un œil sur la boussole, l'autre cherchant à apercevoir une lumière quelconque. Rien encore.

Se pouvait-il que la boussole ne fonctionne pas ? Il tapota le cadran. Peut-être que Paulina s'était trompée dans ses réglages ? Peut-être nageait-il dans la mauvaise direction, auquel cas le transpondeur serait hors de portée du bateau ; peut-être était-il irrémédiablement perdu. Il lutta pour rester calme et contrôler sa respiration. S'il paniquait, il épuiserait le peu d'air comprimé qu'il lui restait, et il serait perdu dans tous les sens du terme. Il consulta de nouveau le manomètre : 50 psi. Il était dans le rouge. La jauge paraissait descendre plus vite maintenant. Il respirait trop vite, ou trop profondément. Une fois de plus, il songea à faire surface, mais le souvenir de l'avertissement de Paulina l'en dissuada de nouveau. Il pourrait gonfler son gilet stabilisateur et se laisser flotter à la surface. Au moins, il n'épuiserait pas ce qu'il lui restait d'air.

Il allait céder à la tentation quand il entendit un bruit lointain, comme un vrombissement assourdi. Il cessa tout mouvement et se concentra sur le bruit. Il augmenta en volume. Un moteur de bateau. Il n'arrivait pas à déterminer sa direction ; dans l'eau, c'était comme si le bruit était tout autour de lui.

Là !

Un sillage. La coque d'un bateau approchant à petite vitesse, traînant derrière elle, à environ un mètre sous la surface, une lumière LED d'un bleu intense.

Elle brillait comme celle d'un phare maritime, proclamant le salut de Charles Jenkins.

Il se remit à palmer, dans sa direction à présent, se rapprochant – dix mètres, cinq mètres, trois mètres. Il allait gonfler son gilet quand il entendit un autre vrombissement, bien plus fort que le premier cette fois. Le moteur plus puissant d'un plus gros bateau, qui paraissait naviguer à une vitesse bien plus élevée. Jenkins sentit que l'eau autour de lui était brassée plus fortement. La coque du nouveau bateau aussi s'enfonçait plus profondément dans l'eau ; elle arrivait rapidement sur lui et risquait de le heurter.

La lumière LED s'éteignit.

Il cessa de nager un instant, avant d'agiter frénétiquement les bras pour descendre plus profondément. La coque du puissant bateau passa juste au-dessus de lui, produisant un remous qui le fit tournoyer sur lui-même. Quand il put contrôler de nouveau ses mouvements, il vérifia sa jauge d'air. Elle indiquait maintenant 30 psi. Il était nettement dans le rouge, proche de la graduation la plus basse.

# Chapitre 32

Demir Kaplan était capitaine de pêche depuis presque vingt-cinq ans, et à soixante-trois ans, il connaissait comme personne les eaux de la mer Noire, du détroit du Bosphore et de la mer de Marmara. Avant de posséder son bateau, il avait passé quinze ans dans la marine turque, dont les dix dernières dans une brigade spécialisée dans les opérations amphibies, après cinq ans dans les forces spéciales. Il avait pris sa retraite, surtout par lassitude, avant de se mettre à travailler sur le chalutier de son père. L'excès d'alcool et de cigarettes avait eu raison de la santé de ce dernier ; à sa mort, Kaplan était devenu le capitaine du bateau. Pendant des années, la pêche avait permis à la famille de vivre confortablement. Le poisson qu'il prenait – anchois et aloses – garnissait les sandwiches vendus sous le pont de Galata à Istanbul. Pourtant, la pêche turque connaissait depuis plusieurs années un déclin rapide, victime notamment de la surpêche commerciale ou illégale, et d'une réglementation laxiste. Alors qu'autrefois Kaplan pouvait remplir ses filets avec une trentaine d'espèces de poisson différentes, il s'estimait heureux aujourd'hui s'il en avait cinq ou six, et en quantité moindre. Pour tenter de reconstituer les stocks tout en permettant aux poissons de se reproduire, le gouvernement avait interdit la pêche durant les mois d'été, mais ces régulations ne concernaient que les pêcheurs turcs. Les Russes ne respectaient aucune loi de ce genre, pas plus que les limites de leurs eaux territoriales ; au contraire, ils déployaient en mer Noire leurs filets maillants, puis sous-déclaraient grossièrement leurs prises. Après quatre-vingts ans passés à apprendre comment s'arranger avec les lois gouvernementales, la fraude était devenue un art de vivre pour les Russes.

Kaplan avait tout de même réussi à vivre de son travail, assez pour pouvoir construire des maisons, pour lui-même et pour ses deux fils et leurs familles, sur les hauteurs du détroit. Mais, la retraite approchant, il craignait que ses fils ne puissent plus vivre du métier ; aussi avait-il renoué avec certains de ses anciens contacts dans la marine. Ces dernières années, il avait arrondi ses revenus issus de la pêche en transportant clandestinement des armes et des personnes – réfugiés irakiens ou syriens, Américains, Britanniques ou agents des forces spéciales israéliennes. De ce point de vue, il était devenu comme les Russes. Tant qu'il était payé, il se fichait de savoir d'où venait l'argent. Pourtant, il détestait les Russes ; un trait de caractère hérité de son père. Exfiltrer secrètement des agents opposés au régime de Moscou était sa façon à lui de rétablir l'équilibre des forces. Et il était grassement rétribué pour faire cela ; un seul passage pouvait lui rapporter l'équivalent d'une saison de pêche – à condition bien sûr de livrer la « marchandise » à bon port et en bon état. Ce soir, chaque minute qui passait semblait rendre cette perspective plus improbable.

Pour le moment, il tournait sur zone aux coordonnées qu'on lui avait données, les yeux rivés sur son radar – un cadeau du gouvernement turc pour améliorer sa pêche. Il avait réglé l'appareil de détection pour qu'il capte toutes les transmissions situées entre 9.2 et 9.5 GHz, la fréquence du transpondeur – ce qui était en dessous des fréquences utilisées par les garde-côtes russes. S'il captait le signal du transpondeur, il demanderait à ses fils de descendre une lumière LED sous la coque du bateau afin d'alerter visuellement leur cible du jour.

Cela faisait sept minutes maintenant qu'il tournait en rond dans le brouillard, et le radar n'avait toujours pas capté le moindre signe. Il demanda malgré tout à ses fils, entraînés pour ces situations – et les seules personnes en qui il pouvait avoir une confiance absolue – de mettre à l'eau la lumière LED, espérant attirer le plongeur vers le bateau.

Le brouillard était à la fois un avantage et un inconvénient. Il rendait plus difficile la localisation d'un plongeur, mais également celle du bateau par les garde-côtes russes. En cas de rencontre avec ces derniers, il avait une excuse toute prête. Il tournait en rond comme s'il voulait ramener et tirer son filet, mais ils avaient dérivé et pénétré dans les eaux territoriales russes. Si les Russes ne trouvaient pas son histoire suffisamment convaincante, ils pourraient très bien couler son bateau.

Kaplan regarda de nouveau sa montre. Il ne comptait pas s'attarder. Il attendrait exactement trente minutes, comme convenu ; pas une de plus, ni une de moins. Il quitterait la zone à 19 h, passager à bord ou non. Il restait vingt-trois minutes, mais il pouvait tout aussi bien rester vingt-trois jours, il ne voyait pas comment il pourrait localiser sa cible sans signal radio. Dehors, il était aveugle ; incapable d'y voir à plus de trois ou quatre mètres dans ce brouillard à couper au couteau.

Il ralentit son bateau, sortit de la cabine de pilotage, alluma le projecteur et balaya la surface de l'eau. Mais le brouillard continuait de leur compliquer la tâche ; la lumière altérait encore plus la visibilité. C'était comme de rouler en pleins phares sur une route brumeuse.

— Tu vois quelque chose ? lui cria Emir, son fils aîné.

— Non, dit Kaplan.

— Et toujours rien non plus sur le radar ?

— Rien du tout.

— Combien de temps il reste ? demanda Yousouf, son cadet.

Les deux garçons étaient inquiets, conscients des graves conséquences que pouvait leur valoir le fait d'avoir pénétré aussi loin dans les eaux territoriales russes, ce qu'ils n'avaient encore jamais fait.

Kaplan jeta un coup d'œil à sa montre.

— Vingt et une minutes, répondit-il.

Il rentra dans sa cabine et remarqua une lumière verte clignotante sur son écran radar. L'espace d'un instant, il crut qu'il s'agissait du transpondeur, avant de remarquer que la lumière se rapprochait de leur position à une vitesse anormalement élevée.

— *Bok !* cria-t-il à ses fils en se précipitant à la porte. Un bateau ! Il se rapproche rapidement… Les garde-côtes russes. Vite, jetez vos filets !

Il coupa le moteur du bateau pendant que les garçons agissaient avec rapidité et précision, selon un scénario bien rodé. Dans l'alignement de la proue, la lumière d'un projecteur forma un halo dans le brouillard. Kaplan vit se dessiner lentement les contours d'un bateau, apparition fantomatique dans la nuit ténébreuse. Soudain, le projecteur perça le brouillard et l'éblouit. Il leva un bras pour se protéger les yeux. Comme le bateau s'approchait par tribord, Kaplan reconnut le bandeau tricolore rouge, bleu et blanc qui zébrait la proue d'acier du patrouilleur « Classe Rubin ». Des garde-côtes agissant sur ordre du FSB ? Il fallait que leur cible soit d'une importance exceptionnelle, songea-t-il.

Une voix retentit dans un haut-parleur, s'adressant en russe à l'équipage. Kaplan l'ignora.

La voix réitéra ses ordres, plus fermement cette fois, tandis que le patrouilleur ralentissait, inversant ses propulseurs pour se positionner parallèlement au chalutier. Kaplan comprenait le russe ; quand il voulait, du moins. Ce soir, il n'en comprenait pas un traître mot. Il entendait jouer le rôle du pêcheur turc en détresse, dont les filets étaient désespérément emmêlés.

Il sortit de la cabine de pilotage et se tint sur le pont à côté de ses fils. La voix s'adressa de nouveau à eux, les avertissant qu'ils allaient être accostés. Kaplan regarda ses fils, puis les filets. Tandis que le patrouilleur russe descendait un skiff, il régla la hauteur des pare-battages destinés à protéger la coque lors de l'amarrage. Quelques minutes plus tard, il attrapa une première corde que lui lancèrent les Russes depuis le skiff ; son fils Yousouf attrapa la deuxième et l'attacha aux taquets sur le pont. Puis Kaplan descendit une échelle en aluminium sur le côté du bateau, et deux des trois hommes présents dans le skiff grimpèrent à bord – le deuxième armé d'un fusil automatique Kalachnikov porté à l'épaule. C'était la procédure normale.

L'officier portait un caban de la marine côtière impeccable, col relevé pour se protéger du froid. Une fois sur le pont, il vissa sa casquette noire sur son crâne. Il avait un visage prépubère ; il paraissait bien plus jeune que les fils de Kaplan. Ses mains étaient visiblement douces et roses ; pas la moindre callosité. Fraîchement émoulu de l'académie militaire, certainement. Il n'avait rien d'un homme qui vivait et travaillait sur un bateau. Kaplan en avait vu beaucoup comme lui. Ils ne juraient que par le règlement, et cherchaient généralement à asseoir leur autorité. Kaplan espérait que celui-là ferait exception à la règle.

— Papiers, demanda-t-il en russe, d'un ton autoritaire quelque peu forcé.

Kaplan le fixa et secoua la tête, l'air de ne pas comprendre.

— *Kàitlar*, répéta le jeune officier, en turc cette fois.

Kaplan opina du chef et dit que ses papiers étaient dans la cabine.

— Allez les chercher, s'il vous plaît.

Kaplan s'exécuta. L'officier et son garde le suivirent. Dans la cabine, Kaplan ouvrit une armoire et en sortit ses papiers, ainsi que ceux de ses fils. Au même instant, il entendit une douzaine de petits bips provenant du radar, mais il résista à la tentation de regarder.

Le transpondeur.

Sa « pêche du jour » était arrivée.

— Qu'est-ce qui prend tant de temps ? lui demanda l'officier, s'impatientant déjà.

Kaplan lança les papiers sur l'écran du radar pour dissimuler le point lumineux clignotant, sans pouvoir rien faire concernant les bips. Il fouilla dans les documents, faisant mine de chercher quelque chose, puis il tendit les papiers à l'officier, qui restait impassible. *Ah, ces Russes, tellement sinistres quand ils ne sont pas soûls !* songea-t-il. Il nota le nom inscrit sur la plaque en laiton fixée sur la poche poitrine droite du jeune gradé : Popov.

— Pourquoi pêchez-vous dans les eaux russes ? interrogea ce dernier en feuilletant les documents.

Kaplan haussa les épaules.

— J'ai dû dériver à cause de ce fichu brouillard. Nous avons des difficultés à remonter nos filets. Ils sont emmêlés, et j'ai peur qu'ils se prennent dans l'hélice. Les couper nous coûterait une fortune.

Popov sortit de la cabine et alla examiner le côté du bateau ; des filets pendaient le long de la coque, apparemment emmêlés. Kaplan, qui l'avait suivi, scruta la surface de l'eau, mais il ne distingua aucune lumière à travers le brouillard.

— Vous voyez, dit-il. Tel que c'est parti, on n'est pas près de pêcher.

— Vous avez votre autorisation de pêche ? lui demanda le jeune officier.

— Oui, pour moi et mes deux fils. Vous voulez que j'aille chercher les documents ?

— Non. Nous allons fouiller votre bateau.

— Pourquoi ? demanda Kaplan.

— Parce que vous êtes dans les eaux territoriales russes, et que nous en avons le droit, répondit Popov.

Kaplan haussa les épaules. Mieux valait ne pas trop discuter avec ce petit morveux mal luné.

— Allez-y. Faites ce que vous avez à faire, dit-il en les y invitant d'un geste. Puis-je vous demander ce que vous cherchez ?

— Non, vous ne pouvez pas, dit Popov.

Il fit signe à l'homme au fusil mitrailleur de le suivre, et ils commencèrent leur inspection par la cabine de pilotage. Kaplan regarda ses fils, mais il ne dit pas un mot ni ne fit le moindre geste, conscient que d'autres garde-côtes sur le patrouilleur les observaient certainement.

— Toi, le capitaine, lui cria l'homme à la Kalachnikov depuis la porte de la cabine. Viens ici.

Kaplan rassura ses fils d'un petit signe de tête et rejoignit les deux autres dans la cabine.

Popov se tenait à côté du radar.

— Qu'est-ce que c'est que ça ? demanda-t-il.

— C'est mon radar, répondit Kaplan. Le gouvernement turc nous en a fourni à tous pour améliorer notre pêche.

— Je sais que c'est votre radar. Pourquoi est-ce qu'il bipe ?

Kaplan s'approcha du radar et posa un doigt sur l'écran.

— C'est à cause de votre patrouilleur, répondit-il. J'ai branché le radar à cause de ce foutu brouillard. Je ne voulais pas risquer une collision et des dégâts éventuels. Vous voyez ? Le bip est stationnaire. C'est votre bateau.

Le jeune officier examina de nouveau le radar. Le clignotement sur l'écran ne correspondait pas à son patrouilleur ; le point était bien trop petit, mais Kaplan espérait qu'il ne verrait pas le problème.

Popov retourna sur le pont ; Kaplan poussa un soupir de soulagement. L'officier et son subordonné descendirent une échelle dans la cale du bateau. Quand il partait pour ce genre de missions,

Kaplan laissait toujours dans la cale un tas d'anchois pourri, au cas où quelqu'un viendrait y mettre le nez justement. L'odeur était faite pour que l'on n'ait pas envie de s'y attarder. Popov remonta, l'air éprouvé.

— Vos poissons sont en train de pourrir, dit-il.

— Ce sont des appâts, dit Kaplan. Des anchois. Plus l'odeur est forte, plus l'appât est efficace.

Popov alla inspecter rapidement l'arrière du bateau.

— Ça, qu'est-ce que c'est ? demanda-t-il.

— Un canot pneumatique, au cas où le bateau subirait des dommages.

— Vous devez quitter immédiatement les eaux territoriales russes.

— Oui, je suis désolé, dit Kaplan. On fait de notre mieux pour désemmêler les filets et on part.

Mais Popov n'entendait pas montrer davantage de compréhension.

— Sortez vos filets de l'eau et retournez dans les eaux turques. Vous les désemmêlerez là-bas. Si vous ne le faites pas, je serai obligé de le couper.

— Non, d'accord, dit Kaplan.

Le jeune officier fit un petit signe du menton au garde armé. Les deux hommes enjambèrent le bastingage et regagnèrent le skiff, qui les ramena au patrouilleur.

— Remontez les filets, cria Kaplan.

Il jeta un coup d'œil à sa montre : 18 h 57.

À voix basse, il ajouta :

— Celui-là, on l'a perdu.

# Chapitre 33

Jenkins, qui nageait à l'aplomb des deux coques de bateau, surveillait ce qui se passait plus haut. Il avait un bras tendu, ayant récupéré le transpondeur, qu'il maintenait sous la surface. Il n'en était pas certain, mais le plus grand des deux bateaux semblait être un bateau russe, de la marine ou des garde-côtes. Il priait pour que le plus petit soit bien son bateau de secours, attiré là par le signal du transpondeur.

Quelques minutes plus tôt, une embarcation de type Zodiac était venue se glisser entre les deux bateaux, et était attachée à présent au plus petit.

Il vérifia son manomètre. L'aiguille était passée sous les 15 psi, mais elle paraissait descendre moins rapidement depuis qu'il avait cessé de nager réellement. Néanmoins, il ne lui restait que quelques minutes avant d'être à court d'oxygène ; il n'aurait d'autre choix alors que de faire surface ou bien de suffoquer. Il s'efforça de rester calme, de dépenser aussi peu d'énergie que possible. Malgré la combinaison pourtant, maintenant que ses mouvements étaient réduits au strict minimum, le froid commençait à engourdir ses membres. Ses doigts et ses orteils étaient comme paralysés.

Plusieurs minutes s'écoulèrent encore. Il vérifia sa jauge d'oxygène : 8 psi. Puis il regarda l'heure : 18 h 55. Paulina lui avait dit que le bateau de secours partirait à 19 h 00 pile, mais elle n'avait probablement pas imaginé qu'il serait accosté par les Russes. Allait-il rester plus longtemps ? Le pouvait-il ? Le bateau des garde-côtes, si c'en était un, n'allait-il pas lui ordonner de quitter les eaux territoriales russes ?

Soudain, il entendit un moteur et leva la tête. Le Zodiac s'éloigna du petit bateau et retourna vers le plus grand. Jenkins jeta un coup d'œil à sa jauge : 5 psi. Une minute plus tard, il entendit des bruits de moteurs, plus puissants ; d'abord ceux du navire russe, puis ceux du bateau qu'il supposait être le bateau de pêche venu le secourir.

Les deux étaient en train de quitter la zone. Son cœur se mit à battre la chamade : 4 psi.

Le navire russe prit de la vitesse, ses gros moteurs produisant un bruit intense, ses hélices brassant l'eau puissamment, et laissant un large sillon d'écume blanche derrière lui. Jenkins défit la corde enroulée autour de son poignet, et laissa le transpondeur s'échapper verticalement. Puis il se mit à palmer rapidement pour rejoindre lui aussi la surface agitée et mousseuse. Quand il sortit la tête de l'eau, il vit le chalutier qui s'éloignait lentement. Deux hommes penchés par-dessus le bastingage remontaient quelque chose. Il cracha son détendeur.

— Hé ! hurla-t-il. Hé ho !

Il baissa la tête et se mit à nager, palmant aussi fort que possible, mais le bateau continuait de s'éloigner. Il était déjà trop loin. Soudain, Jenkins sentit quelque chose dans l'eau, quelque chose que le bateau traînait et qui causait des turbulences. Il se remit à palmer et tendit le bras pour essayer de saisir la chose… un filet. Il manqua sa prise ; il se remit à nager et tendit de nouveau le bras.

Le filet lui échappa une fois de plus. Le bateau accéléra. C'était fini.

Il avait manqué sa chance de quitter la Russie. Sa bouteille d'oxygène était vide, et il dérivait loin des côtes, frigorifié, les membres engourdis, sans aucun espoir de secours à présent.

# Chapitre 34

Demir Kaplan regarda les Russes accrocher le skiff à un treuil et le hisser. Popov et ses deux hommes, à peine de retour à bord du patrouilleur, traversèrent le pont et s'engouffrèrent à l'intérieur de la passerelle de commandement. Quelques instants plus tard, les moteurs donnèrent de la puissance et le navire quitta la zone, prenant rapidement de la vitesse et disparaissant dans la nuit sombre, jusqu'à ce que même ses lumières soient englouties par le brouillard.

Kaplan tira sur la manette des gaz pour réduire leur vitesse, craignant que leur filet ne se prenne accidentellement dans l'hélice, auquel cas ils auraient un vrai problème. Son radar continuait d'émettre des bips courts provenant de tribord, mais c'était aussi la direction dans laquelle le patrouilleur russe était parti. Il ne pouvait pas prendre le risque de retourner chercher son contact. Il ne voulait pas mettre en péril la vie de ses deux fils, tous deux mariés et pères de famille. Il secoua la tête. Il savait qu'il abandonnait le plongeur à une mort probable, que ce soit en mer Noire ou, s'il parvenait à regagner la côte, en tombant aux mains des Russes, et cela le rendait malade.

Il allait tourner le gouvernail et pousser la manette des gaz, prêt à rentrer, quand il entendit un de ses fils crier :

— *Bok !*

Kaplan crut aussitôt que le filet venait de se prendre dans l'hélice, mais son plus jeune fils passa la tête à l'intérieur de la cabine et, les yeux exorbités, dit :

— *Tekneyi durdur ! Tekneyi durdur !*

Kaplan arrêta le moteur.

— Emir croit avoir vu quelque chose dans l'eau !

Kaplan se précipita sur le pont, sachant qu'il prenait un risque en s'arrêtant pour scruter la mer. Le patrouilleur russe pouvait revenir d'un moment à l'autre. Mais il alluma malgré tout le projecteur.

— *Nerede ?* demanda-t-il. Où ?

Son fils pointa quelque chose du doigt, le bras tendu. Kaplan dirigea le projecteur dans la direction indiquée. Le brouillard s'éclaira, formant comme une toile d'araignée autour d'eux. Kaplan modifia l'angle du projecteur pour atténuer l'éblouissement, et se mit à balayer lentement la surface de l'eau.

— Il n'y a rien, dit-il.

— Je suis sûr d'avoir vu quelque chose dans l'eau, insista son fils.

Kaplan redirigea la lumière sur sa droite. Il entendait l'eau clapoter contre la coque du bateau.

— Non, rien, dit-il de nouveau.

* * *

Jenkins regarda le brouillard engloutir le chalutier, le bruit du moteur diminuant progressivement. Hors d'haleine, il soufflait des panaches de vapeur blancs dans l'air glacé. Toute sa chaleur l'avait quitté ; il était à bout de forces. Il savait qu'il devait continuer de bouger, continuer de nager. Le froid risquait de le tuer. Il était fatigué ; bon Dieu, tellement fatigué.

Et puis, nager, oui, mais dans quelle direction ? Impossible de distinguer la côte avec ce brouillard. Il risquait de se perdre davantage en pleine mer, et d'aller vers une mort certaine.

*Réfléchis !*

Il s'intima l'ordre de rester calme, et d'essayer de faire preuve de logique. C'était assez ironique, mais alors qu'il était au comble du stress et du désespoir, il ne ressentait pas d'angoisse. Peut-être que durant tout ce temps, c'était ce qu'il avait cherché : une situation désespérée, la certitude de mourir. Il sourit ; tout cela était tellement absurde. Il n'était pourtant pas encore résigné à accepter son destin ; il lui restait une chance. Il n'abandonnerait pas ; par devoir envers Paulina et son frère, envers lui-même, et surtout envers sa famille. Il voulait laisser d'autres souvenirs à CJ ; il voulait partager avec lui ce que la vie lui avait appris, lui transmettre une certaine sagesse ; faire en sorte que son fils ait une vie meilleure que la sienne. Il voulait aussi connaître son bébé ; il n'était pas question qu'il ne voie pas le visage de cet enfant.

Sa boussole.

Il regarda la boussole à son poignet. Il avait suivi un cap à 210 degrés. S'il réglait l'aiguille sur le nord et qu'il alignait la ligne de foi en conséquence, il pourrait déterminer la direction opposée en faisant une lecture à 180 degrés, ce qui théoriquement devrait le ramener vers la côte. D'autres problèmes l'attendraient sûrement là-bas, mais comme Paul Newman le fait remarquer à Robert Redford dans *Butch Cassidy et le kid*, au moment où Redford refuse de sauter dans une rivière du haut d'une falaise parce qu'il ne sait pas nager : « De toute façon, la chute te tuera sûrement. »

Il s'inquiéterait de ce qui l'attendait sur la côte quand il y serait ; s'il y arrivait.

L'autre problème, c'était son endurance. Réussirait-il à nager jusque là-bas ? Il courait régulièrement et était en bonne forme physique, mais nager faisait appel à d'autres muscles. La première chose qu'il devait faire, c'était s'alléger.

Il déclipsa sa ceinture de lest et la laissa couler au fond de l'eau ; il sentit tout de suite qu'il flottait plus facilement. Il devait aussi se débarrasser de sa bouteille. Il n'avait encore jamais fait cela ; c'était probablement moins facile que d'ôter une ceinture. Il ne voulait pas enlever son gilet stabilisateur, qui contenait de l'air et l'aidait à flotter. Il se souvint de la manière dont Paulina et lui avaient fixé la bouteille au gilet, avec une sangle située sous le régulateur en haut de la bouteille, et une autre plus bas, qui maintenait cette dernière bien serrée contre son dos.

Il glissa un bras derrière lui, attrapa la sangle inférieure, tira sur le Velcro, puis la boucle, et réussit à la défaire. Puis il plia son bras derrière sa tête et trouva l'autre sangle, près du robinet d'air. Il répéta l'opération et libéra la bouteille en acier, qui tomba comme une pierre au fond de la mer.

Il trouva ensuite le flexible de gonflage et insuffla de l'air dans le gilet, ce qui eut aussitôt pour effet d'améliorer sa flottabilité. Il remit son masque, glissa l'embout du tuba entre ses dents, puis pencha la tête et tendit le bras droit devant lui comme Paulina le lui avait expliqué. Il trouva sa direction, s'équilibra dans l'eau, et commença à palmer en direction, il l'espérait, de la côte.

En moins d'une minute, il sentit qu'il était déjà à la peine ; le froid engourdissait ses muscles et ralentissait ses mouvements. Il tenta de se représenter son sang bouillonnant dans ses veines comme l'huile dans un moteur roulant sous des températures négatives, mais il avait du mal à concentrer ses pensées, à part sur le froid, ou sa propre respiration. *Continue d'avancer !* Il n'y avait que cela qui comptait. Continuer d'avancer, de palmer. Il avait au moins trente minutes de nage devant lui. Il les compterait, une par une. L'important était de conserver un mouvement régulier, de résister à la tentation de sortir la tête de l'eau, de cracher le tuba et de souffler ; surtout ne pas être la proie de son corps, qui n'aspirait qu'à s'arrêter pour récupérer une minute ; juste une minute.

*S'arrêter, c'est mourir.*

Il se répétait mentalement, comme une litanie, les noms d'Alex et de CJ… et du bébé, qui n'en avait pas encore. Ils ne l'avaient toujours pas choisi. Ils ne savaient pas non plus si ce serait une fille ou un garçon. Paulina lui avait dit que ce serait une fille. Comment le savait-elle ? Cela n'avait pas d'importance. Il se représenta une fille ; une jolie petite fille. *Alex, CJ, mon bébé. Alex, CJ, mon bébé… Alex et CJ… Alex et… Alex. Alex.*

Soudain, il entendit un bruit sourd, comme un vrombissement. Il crut d'abord que son imagination lui jouait un tour, mais le bruit persista. Il arrêta de nager et leva la tête ; il avait du mal à rattacher le bruit à quelque chose de précis. Un bateau ? Oui. Non… Si, un moteur de bateau. Le vrombissement se fit plus proche. Un bateau se rapprochait. Jenkins scruta le brouillard grisâtre, priant pour que ce ne soit pas seulement son imagination. Il se faisait l'effet d'un condamné à mort attendant une hypothétique grâce.

N'était-ce pas les Russes qui revenaient ?

Il en était là de ses pensées quand le faisceau d'un projecteur perça brusquement l'obscurité.

Ce n'était pas son imagination, mais bien le chalutier.

Le projecteur balaya la surface de la mer, puis s'arrêta. Jenkins crut entendre des voix ; des hommes en train de crier.

Le faisceau lumineux revint vers lui et l'éblouit. Péniblement, il leva un bras et l'agita au-dessus de sa tête.

— *Nerede ?* entendit-il.

Puis :

— *Orada ! Orada !*

Ce n'était pas du russe.

Le bateau se rapprocha, et sa silhouette se matérialisa enfin dans le brouillard. Il vit deux hommes sur le pont, dont l'un pointait un bras dans sa direction. L'autre lança quelque chose par-dessus bord. L'objet tournoya dans les airs avant de heurter la surface de l'eau. Une bouée de sauvetage.

Jenkins nagea jusqu'à elle, passa un bras dans l'ouverture, et s'y accrocha pendant que les hommes tiraient sur la corde pour le ramener jusqu'au bateau.

* * *

L'effort le vida du peu d'énergie qu'il lui restait. Les deux hommes le tirèrent jusqu'à ce qu'ils parviennent à attraper les sangles de son gilet et à le hisser à bord. Il bascula par-dessus le bastingage et tomba sur le pont, tel un poisson en train de suffoquer. Ils étaient trois maintenant penchés au-dessus de lui, s'adressant à lui en anglais ; un rapide staccato de phrases courtes ; il y avait une urgence dans leurs voix. Jenkins n'arrivait pas à reprendre son souffle assez longtemps pour pouvoir leur répondre.

Un des hommes l'attrapa sous les bras et le traîna à travers le pont jusqu'à la cabine de pilotage. Celui qui paraissait le plus âgé des trois se mit précipitamment à la barre, et lança le moteur à pleine puissance. Jenkins se sentit projeté en arrière au démarrage du bateau, qui prit rapidement de la vitesse.

Il ne sentait plus ni ses mains ni ses pieds ; et il tremblait de tout son corps. Un des hommes lui tendit une grande tasse remplie d'un liquide fumant, mais quand Jenkins voulut la prendre, sa main se mit à trembler si fort qu'il en fut incapable.

L'homme s'agenouilla devant lui et lui ôta ses gants. Jenkins eut l'impression que des milliers d'aiguilles lui transperçaient le dessus des mains et les doigts ; il ne put refréner un râle de douleur. Après lui avoir retiré les gants, l'homme lui attrapa les mains et les glissa sous ses aisselles.

— Comment vont vos pieds ? lui demanda-t-il en anglais, avec un fort accent turc.

— Je ne les sens plus, répondit Jenkins en claquant des dents.

L'autre homme – qui pouvait être son frère, à en juger par leur ressemblance physique – récupéra des couvertures épaisses dans le fond de la cabine, et en drapa les épaules de Jenkins. Puis il aida son frère à lui ôter ses bottillons de plongée en néoprène. Jenkins ressentit la même douleur que dans les mains.

— Je m'appelle Emir, dit l'homme en lui frictionnant les pieds pour les décongestionner. Et voici mon frère, Yousouf. Le capitaine est notre père.

— J'ai cru vous avoir perdus, dit Jenkins, tremblant toujours. J'ai vu votre bateau partir.

Yousouf lui frictionna vigoureusement les mains. La douleur fit grimacer Jenkins.

— Je suis désolé, s'excusa le jeune marin. Mais il faut vraiment aider le sang à circuler de nouveau.

— Les Russes doivent sacrément tenir à vous, dit Demir, à la barre. Pour qu'ils alertent un patrouilleur, c'est forcément du sérieux.

— Pour qui travaillez-vous ? lui demanda Jenkins.

Il commençait lentement à sentir de nouveau ses mains et ses pieds, mais la douleur n'en était que plus vive.

— Pour moi, répondit Demir.

— Pas pour les services de renseignement turcs ?

— Je ne suis qu'un marin pêcheur, qui travaille quand on l'appelle. J'ai mes raisons de le faire, mais elles n'appartiennent qu'à moi. On m'a demandé de vous trouver et de vous ramener en Turquie, à Istanbul. Je ne cherche pas à connaître les détails.

— Merci d'être revenu, en tout cas, dit Jenkins.

Il récupéra ses mains et en plia lentement les doigts. Ils étaient enflés, mais il commençait à retrouver un peu de dextérité. Emir lui tendit de nouveau la tasse. Il la prit en coupe entre ses mains et but une gorgée du liquide épais et chaud – du café turc – pendant que Yousouf introduisait le bout d'une paire de ciseaux dans sa combinaison en néoprène pour la découper.

— Emir va vous donner quelque chose à manger et des vêtements secs pour vous changer, dit Demir Kaplan, bien qu'avec votre taille, ça risque d'être compliqué. Il vous montrera aussi une couchette où vous allonger et dormir un peu. Vous devez être épuisé.

Jenkins se leva, les jambes faibles, et suivit Emir jusqu'à un étroit couloir intérieur. Là, il s'arrêta, se retourna et dit :

— Merci.

— Ne me remerciez pas tout de suite, dit Demir. La route est encore longue avant Istanbul, et j'ai bien l'impression que les Russes ne vont pas abandonner la partie aussi facilement.

# Chapitre 35

Viktor Federov pénétra dans la vieille maison de bord de mer aux murs décrépits. Il y faisait froid, et une forte odeur de moisi flottait dans l'air. Ses hommes étaient allés de maison en maison, frappant à chaque porte ; la plupart étaient vides, et ne montraient aucun signe d'occupation récente. Celle-là aussi était vide, mais pas depuis longtemps. Il y avait des sacs de provisions qui n'avaient même pas été déballés sur le plan de travail de la cuisine ; et une boîte de crackers ouverte. Dans les sacs, Federov trouva une bouteille de jus de fruits, de l'eau, du fromage et des barres chocolatées. Il attrapa la boîte de crackers et l'emporta avec lui dans le salon en piochant dedans.

Les petits biscuits secs avaient meilleur goût qu'il ne s'y attendait ; ou bien était-ce seulement qu'il avait faim ? Il ne se souvenait plus à quand remontait son dernier repas.

Il considéra d'un œil froid les vêtements d'homme éparpillés sur les meubles. Un équipement de plongée traînait sur le sol ; un gilet de flottaison et une bouteille d'oxygène, pleine à en juger par le poids, un masque, des palmes et une combinaison – pour femme.

Ses hommes avaient fouillé les vêtements, sans trouver aucun papier d'identité. Mais Federov n'en avait pas besoin. Il savait à qui appartenaient les vêtements, et qui avait eu l'intention d'utiliser l'équipement de plongée.

Paulina Ponomayova avait donné sa vie pour permettre à Jenkins de fuir ; cela en disait long sur l'importance de l'homme et de sa mission. Federov essuya ses doigts sur son pantalon, tendit la boîte de crackers à un des hommes, et s'adressa à Simon Alekseyov.

— Un homme doté d'un équipement de plongée sans propulsion dispose d'une quarantaine de minutes d'air avec une bouteille pleine. Pour quelqu'un de la corpulence de Jenkins, disons trente minutes – à moins qu'il ne soit particulièrement entraîné, ce qui est probablement le cas. Disons qu'il est en capacité de parcourir au moins trois cents ou trois cent cinquante mètres par une nuit calme comme celle-là. Prévenez les garde-côtes. Dites-leur que nous cherchons un plongeur. Donnez-leur les coordonnées. Et demandez-leur de me prévenir immédiatement s'ils croisent un bateau, n'importe lequel, sur zone.

Alekseyov sortit son téléphone pour transmettre les ordres. Federov sortit de la maison et traversa le jardin. Il ne distinguait pas la plage, mais il voyait bien les eaux noires du bassin maritime diluées dans la brume. Il les contemplait d'un air absent, quand Alekseyov accourut soudain dans sa direction.

— Les garde-côtes ont intercepté un chalutier turc à environ trois cents mètres de la côte. Le capitaine du bateau a expliqué qu'il pêchait quand ses filets se sont emmêlés ; son équipage s'activait pour remettre tout en ordre. Colonel ?

Federov, en pleine réflexion, avait reporté ses regards sur l'horizon enténébré. Personne ne pouvait rejoindre un bateau en nageant de nuit, dans ce brouillard – même avec des coordonnées précises. Il faudrait que la personne dispose d'un moyen de se signaler, d'un appareil de petite taille, comme on en trouve sur les balises maritimes pour alerter les bateaux de la présence de rochers.

— Rappelez tout de suite, et dites-lui que je veux parler à l'officier du patrouilleur qui est monté à bord du chalutier.

Alekseyov s'exécuta. Moins d'une minute plus tard, il tendit son téléphone à Federov.

— Oui. Quel est votre nom ? demanda ce dernier.

À l'autre bout du fil, l'homme répondit :

— Je suis le capitaine Popov.

— J'ai cru comprendre que vous aviez croisé la route d'un bateau de pêche turc il y a peu de temps, c'est bien ça ?

— Oui, il y a une heure environ.

— Qu'est-ce que ce bateau faisait dans le secteur ?

— Il a dit que ses filets étaient emmêlés, et qu'ils étaient en train de régler le problème, ce qui les avait fait dériver dans les eaux russes.

— Aussi loin que ça ? releva Federov d'un air sceptique. Vous avez fouillé le bateau ?

— Oui, personnellement. Ses papiers étaient en ordre.

Federov se foutait bien que les papiers du bateau soient en ordre.

— Combien d'hommes ?

— Trois. Un père et ses deux fils.

— Vous n'avez rien trouvé de particulier ?

— Non.

Federov doutait que le capitaine du patrouilleur ait procédé à une fouille méticuleuse du bateau. Certains navires de contrebande possédaient des cachettes où ils entreposaient de la drogue, des armes ou des personnes.

— Comment avez-vous localisé ce bateau dans le brouillard ?

— Il est apparu sur nos radars.

— Il n'y avait rien d'autre sur vos radars ?

— Non, répondit Popov.

— Rien du tout ?

— Non, répéta le jeune capitaine.

Puis, après un silence :

— Je ne crois pas que ce soit important, mais quand nous sommes montés à bord du bateau turc, il y avait un signal sur son radar.

— Quel genre de signal ?

— Un point vert clignotant. Fixe. J'ai demandé au capitaine ce que c'était ; il m'a répondu que son radar détectait la présence de notre patrouilleur.

Federov se sentit faiblir sur ses jambes.

— Est-ce que ça ne pouvait pas être un transpondeur, capitaine ?

— Eh bien, je…, commença Popov, sans oser poursuivre davantage.

Federov comprit qu'il n'avait pas envisagé cette possibilité.

— Où êtes-vous à présent ?

— Toujours en patrouille, approximativement dans la même zone.

— Je veux que vos radars balaient tout le secteur. Essayez toutes les fréquences possibles, et rappelez-moi si vous avez quelque chose. Ensuite, retournez à Anapa et retrouvez-moi là-bas.

Federov mit fin à la conversation.

— Faites préparer l'hélicoptère, dit-il à Alekseyov. Nous allons à Anapa.

Alekseyov secoua la tête.

— Ce n'est pas possible, colonel. Il y a trop de brouillard. On ne peut pas voler par ce temps.

Federov laissa échapper un juron.

— En voiture, c'est à combien de temps d'ici ?

— Je ne sais pas exactement. Plusieurs heures dans des conditions normales. Par ce temps, ça va être plus long.

Plusieurs heures allaient certainement permettre au chalutier de regagner les eaux turques. Il serait alors trop tard pour l'intercepter. Federov ne pouvait pas prendre ce risque. Il rappela le capitaine du patrouilleur.

— Capitaine Popov, ici le colonel Federov. Vous m'avez dit que vous vous trouviez encore près de Vishnëvka ?

— Relativement près, oui.

— Et vous avez un canot pneumatique, celui qui vous a servi à accoster le chalutier, non ?

— Oui, bien sûr.

— Retournez à Vishnëvka, et envoyez le canot pneumatique nous récupérer sur la plage. Guettez nos lampes torches. Je viens à bord.

* * *

Après avoir enfilé des vêtements secs, une chemise et un pantalon assez grands pour qu'il puisse au moins les boutonner aux trois quarts et des bottes de travail, Jenkins se sentit bien mieux ; réchauffé enfin. Il suivit Yousouf jusqu'à la cuisine de bord, où un café turc bien noir, si épais qu'une cuillère aurait presque pu tenir debout dans la tasse, revigora tous ses membres et mit son esprit en éveil, bien qu'il n'eût pratiquement pas dormi au cours des soixante-douze dernières heures. On lui servit de l'agneau avec du riz, des œufs brouillés aux oignons et du pain. La nourriture aida à tempérer les effets du café, et tout lui parut succulent. Quand ils eurent fini de manger, Yousouf et Emir allèrent se reposer. Eux aussi avaient vécu une soirée pleine de stress.

Jenkins retourna à la cabine de pilotage où Demir Kaplan, à la barre, maintenait le cap en surveillant la zone. Les lumières de la console se reflétaient dans sa barbe, et animaient son visage de reflets bleu-vert. Demir ressemblait à ses fils, à ceci près qu'il avait les traits plus marqués et la peau tannée de qui a passé une vie en mer, ou vécu des choses difficiles. Il se tenait légèrement voûté – trop d'années passées à barrer, certainement – mais son torse et ses bras, musclés par le travail manuel, dégageaient une impression de force. Il se tourna vers Jenkins quand la silhouette de celui-ci apparut dans l'encadrement du passage intérieur. Un radiateur sous la console de pilotage réchauffait agréablement la cabine.

— Vous devriez être en train de dormir, dit Demir. Trop préoccupé ?

— Trop de café, répondit Jenkins en pénétrant dans la cabine.

Demir émit un petit grognement, ses lèvres esquissant un sourire.

— Fort et épais, plein d'énergie ; c'est comme ça qu'on l'aime.

Jenkins laissa échapper un petit rire. Puis il tendit la main à Kaplan et dit :

— Merci d'être revenu. Vous m'avez sauvé la vie.

— N'en faites pas une affaire personnelle, monsieur Jenkins. Vous n'êtes qu'un chargement que je dois ramener en Turquie.

— Je comprends. Je tenais tout de même à vous le dire.

Demir répondit à son geste et lui serra la main.

— De rien, dit-il.

Ils continuèrent de naviguer en silence, écoutant le ronronnement monotone du moteur, la proue montant et descendant au gré des vagues. Après quelques minutes, Demir n'y tint plus ; sa curiosité était trop grande. Il remarqua :

— Qui que vous soyez, votre pays a l'air de tenir autant à vous que vous êtes dangereux pour les Russes.

— Je n'en suis plus aussi sûr, avoua Jenkins. La situation est devenue bien plus compliquée que je ne l'aurais imaginé.

— Comme toujours, dit Demir.

— Les deux garçons, ce sont vos fils, hein ?

— Oui, même s'ils sont tous les deux bien plus beaux que moi. Ils tiennent de leur mère.

— Vous les avez bien élevés, dit Jenkins.

— L'argent peut acheter bien des choses, mais les liens du sang n'ont pas de prix. Le sang des Kaplan, c'est notre richesse. Vous avez des enfants, monsieur Jenkins ?

— Un fils de neuf ans, répondit Jenkins. Et un bébé en route.

Demir acquiesça en se lissant la barbe.

— C'est bien, dit-il.

— J'ai mis du temps à fonder une famille.

— À cause de votre carrière ?

— En partie, oui. Mais c'est surtout que l'occasion ne s'était pas présentée.

Demir le regarda brièvement.

— Et à présent, vous avez beaucoup à perdre, c'est ça ?

— Beaucoup trop.

— Dans ce cas, pourquoi faites-vous ça ?

— Je dois faire vivre ma famille, et je me suis dit que je servais mon pays en même temps. Je n'en suis plus aussi sûr à présent.

Demir soupira.

— J'ai passé une bonne partie de ma jeunesse dans la marine où je pensais faire carrière, mais j'en ai eu assez et j'ai commencé à travailler pour mon père. La pêche était bonne, alors. On vivait bien. Aujourd'hui, il devient difficile de vivre du métier. J'ai sept petits-enfants, et même un huitième en route. On fait ce qu'on pense être bon pour nos familles, pas vrai ?

Jenkins approuva d'un hochement de tête.

— Combien de temps avant d'arriver là où nous allons ?

— Nous serons dans les eaux turques d'ici une heure, et au port une heure plus tard.

— Si ça ne vous ennuie pas d'avoir de la compagnie, j'aimerais rester ici et surveiller les environs avec vous.

— Ça ne me dérange pas, dit Demir.

* * *

Federov et Alekseyov montèrent à bord du patrouilleur russe qu'ils avaient rejoint au moyen du skiff. Popov les accueillit sur le pont et, sans perdre de temps, emprunta un escalier métallique et les précéda jusqu'au poste de pilotage.

— Nous avons capté quelque chose sur notre radar, dit-il en s'approchant d'un des instruments sur la console.

— Un bateau ? demanda Federov.

— Non, quelque chose de plus petit. Peut-être une bouée, mais à un endroit où on ne s'attend pas à en trouver, et qui émet à une fréquence inhabituelle. L'objet semble dériver.

— À quelle distance se trouve-t-il de l'endroit où vous avez accosté le chalutier turc ?

— Un demi-mille marin, mais si on tient compte de la direction dans laquelle il dérive, il devait être tout près du bateau il y a une heure. Vous voulez qu'on s'en approche, ou bien que l'on essaie de trouver le bateau ?

— Retrouvons cette bouée et voyons quel signal elle émet. Nous saurons si le bateau est impliqué, ou si sa présence n'était qu'une coïncidence. Je ne veux pas me lancer sur une fausse piste. Si ce bateau et son capitaine sont dans le coup, vous pourrez les retrouver ?

— Oui, dit Popov. Nous les retrouverons.

— Bien, dit Federov. Parce que ça m'ennuierait d'expliquer à vos supérieurs que vous avez laissé filer notre homme.

Popov pâlit instantanément.

— Oui, colonel.

Il donna aussitôt l'ordre de mettre le cap sur la bouée émettrice.

Vingt minutes plus tard, tout le monde était sur le pont – Popov, Federov, Alekseyov et cinq ou six hommes d'équipage. Les faisceaux des projecteurs se croisaient à la surface des eaux brumeuses.

— Là, signala un des hommes, bras tendu. Là !

Federov, Alekseyov et Popov s'approchèrent du parapet. Les hommes d'équipage descendirent le long de la coque une sorte de grappin fixé à une corde, accrochèrent le tube cylindrique rouge doté d'un signal lumineux clignotant qui dérivait, et le remontèrent lentement sur le pont.

— C'est un transpondeur, dit Popov. Ça sert à…

— Je sais à quoi ça sert, coupa Federov. Et à quoi ça a servi, en l'occurrence. Vous avez dit que vous pouviez retrouver ce chalutier ?

— Oui.

— Alors, ne perdons pas de temps.

* * *

Dans la cabine de pilotage du chalutier, Jenkins tendit une tasse de café à Demir.

— Six sucres ? s'étonna Jenkins.

— Je ne le bois pas pour le goût, se justifia Demir.

Il avala une gorgée et posa la tasse sur un rail destiné à l'empêcher de se renverser.

— J'ai remarqué que le bateau s'appelait *Esma*. Qu'est-ce que ça signifie ?

— Esma, c'est ma femme ; nous sommes mariés depuis quarante ans. Elle a longtemps dit que j'aimais la mer plus que je ne l'aimais, elle ; alors, quand j'ai hérité du bateau…

Kaplan haussa les épaules.

— Maintenant, je peux lui dire : « Je suis avec toi, Esma, même quand je suis en mer. » J'espère, par la grâce d'Allah, que nous aurons encore de longues années ensemble, et encore plus de petits-enfants.

Il jeta un coup d'œil aux instruments de bord, et ajouta :

— Nous ne sommes plus très loin des eaux turques. Une vingtaine de minutes.

— Vous serez bientôt chez vous, dit Jenkins.

Demir le regarda et soupira.

— Ce qui est encore loin d'être votre cas, j'en ai bien peur. Le FSB a de nombreux alliés en Turquie ; beaucoup de gens seront prêts à vous dénoncer pour quelques livres turques. Et physiquement, vous ne passez pas inaperçu. Vous devrez être très prudent.

Jenkins entendit un bip provenant de la console. Demir scruta aussitôt l'écran du radar, sur lequel clignotait maintenant une lumière verte.

— Prévenez mes fils, dit-il.

— Qu'est-ce que c'est ?

— Je n'en sais rien. Mais ça vient droit sur nous, semble-t-il.

— C'est à quelle distance ?

— Pas très loin. Ça se déplace très vite. Trop vite pour nous laisser le temps d'arriver au détroit.

Demir poussa la manette des gaz ; Jenkins sentit aussitôt le chalutier bondir en avant.

— Est-ce qu'on peut encore arriver avant dans les eaux turques ?

— Si c'est un patrouilleur russe, le fait d'être dans les eaux turques ne changera rien. Les Russes ne respectent pas les limites territoriales quand ils veulent réellement quelque chose, et on dirait bien qu'ils vous veulent coûte que coûte.

— Comment peuvent-ils savoir que je suis à bord ?

— Je ne sais pas. Peut-être qu'ils ont trouvé votre transpondeur. On n'a pas eu le choix : il a fallu le laisser. Maintenant, ils savent que nous n'étions pas là-bas par hasard. Allez-y. Prévenez mes fils. Il va falloir être plus malins qu'eux maintenant. Ce soir, le brouillard est une bénédiction envoyée par Allah.

* * *

Sous la pression de Federov, le patrouilleur russe avait retrouvé la trace du chalutier turc, l'*Esma*, et remontait sur lui depuis presque une demi-heure. Le bateau de pêche suivait une trajectoire rectiligne, qui était aussi la route la plus courte, la plus directe vers la Turquie.

— Il a pris de la vitesse, dit Popov à Federov. Ils savent que nous arrivons. Le capitaine essaie de rejoindre au plus vite le détroit du Bosphore.

— Impensable, prévint Federov.

— Il ne peut pas nous semer. Nous l'intercepterons avant.

Popov s'interrompit un instant, avant de préciser :

— En revanche, nous serons dans les eaux turques, colonel.

Federov ignora la remarque.

— Je veux qu'on arrête ce bateau et qu'on le fouille. Si nous devions avoir à nous justifier, il suffira de dire qu'il a pénétré le premier dans les eaux territoriales russes, et qu'il s'agit d'un navire de contrebande.

— Et s'il n'obéit pas à nos injonctions ? demanda Popov.

— Alors, vous le coulerez, répondit Federov, et on sauvera qui on pourra.

Le patrouilleur réduisit rapidement la distance qui le séparait de sa cible. L'image radar, bien que le brouillard compliquât la communication par satellite, laissait peu de doutes sur le fait qu'il s'agissait bien du chalutier.

— Je commence à capter d'autres bateaux, plus près des côtes turques, prévint cependant Popov.

— Les bateaux de pêche sont légion près des côtes turques, dit Federov. Ignorez-les. Restez sur le chalutier.

— Je vais donner un coup de trompe pour le prévenir qu'on va l'arraisonner.

— Non, dit Federov. Inutile.

— L'*Esma* a un radar. On ne le prend pas par surprise, fit valoir Popov.

— Justement. L'avertir ne sert à rien, insista Federov.

— Le chalutier n'est plus qu'à une encâblure, à tribord, annonça un technicien.

— Ralentissez, dit Popov, mais restez sur lui.

Une minute plus tard, l'*Esma* apparut, enveloppé de brume, naviguant toujours à pleine vitesse.

— Il faut l'avertir, répéta Popov. Ne pas le faire, c'est risquer une collision.

— Faites un tir de sommation, ordonna Federov.

Il voulait que le capitaine comprenne les conséquences de ses actes, le fait qu'il mettait en péril non seulement son bateau, mais sa propre vie et celle de ses hommes. Il se disait qu'il ne devait être qu'un passeur bien payé, qui ne devait pas avoir de sympathie particulière pour Jenkins. Il avait dupé Popov, mais cette fois, c'était à lui, Federov, qu'il avait affaire.

D'un hochement de tête, Popov transmit l'ordre d'effectuer un tir de sommation. Le patrouilleur tira un coup de canon à blanc, dont l'écho se répercuta bruyamment dans la nuit.

Quelques secondes plus tard, Popov dit :

— Il a ralenti.

Federov acquiesça d'un air satisfait.

— Maintenant que le capitaine sait que vous ne plaisantez pas, vous pouvez lui conseiller de couper immédiatement ses moteurs. Dites-lui que nous allons monter à bord.

Popov s'exécuta, et le chalutier s'arrêta. Federov ouvrit la porte du poste de pilotage et sortit sur le pont supérieur. La température extérieure était légèrement remontée, mais il faisait encore froid. Il fourra les mains dans les poches de son manteau, descendit l'escalier métallique et attendit que l'équipage du patrouilleur mette le Zodiac à l'eau. Il descendit ensuite le long d'une échelle jusque dans l'embarcation, suivi de Popov et de deux gardes armés. Le skiff couvrit en quelques secondes la distance qui les séparait du chalutier. Le capitaine de l'*Esma* et ses fils aidèrent Federov et les garde-côtes à monter à bord.

— Vous êtes le capitaine ? demanda Federov en russe à l'homme à la barbe poivre et sel et aux épaules robustes qui se tenait devant lui.

Le capitaine le regarda d'un air perplexe, avant de se tourner vers Popov, qui répéta la question en turc.

— Comme je l'étais déjà il y a quelques heures quand vous êtes montés à bord de mon bateau, répondit le capitaine. Pourquoi est-ce que ça aurait changé ?

— Fouillez le bateau, dans les moindres recoins, ordonna Federov aux gardes armés.

Puis, s'adressant de nouveau au capitaine :

— Pour votre bien, capitaine, j'espère que les choses n'ont pas changé. Je suis le colonel Viktor Federov, du Service fédéral de sécurité de la Fédération de Russie. Dites-moi, que faisiez-vous dans les eaux russes ?

De nouveau, Popov traduisit.

— J'ai déjà expliqué au capitaine que nos filets s'étaient emmêlés, et que nous étions en train d'essayer d'arranger le problème.

— Et vous avez dérivé sur une telle distance ? Au point d'être aussi près des côtes russes ? Par une nuit aussi calme ? J'ai du mal à le croire, dit Federov.

Popov commença à traduire.

— Ça suffit, dit Federov en fixant le capitaine. Cet homme se fiche de vous. Il comprend tout ce que je dis. Il ne peut pas pêcher en mer Noire depuis aussi longtemps sans avoir appris le russe. Il fait celui qui ne comprend rien, c'est tout.

Federov se tourna vers un des gardes. L'homme lui tendit le transpondeur.

— Ce qui pose encore plus question, c'est que nous avons récupéré ce transpondeur qui, d'après nos calculs, se trouvait exactement dans la zone où votre bateau a été arraisonné la première fois.

— Cet appareil n'est pas à moi, se défendit Kaplan, parlant toujours en turc.

Popov traduisit.

— Vous suiviez le signal de ce transpondeur parce qu'il vous menait à l'homme que vous deviez repêcher.

— Je ne suivais rien du tout, leur assura encore Kaplan. Et tout ce que je pêche en mer, c'est du poisson. Rien d'autre.

— Où est votre autre fils ? lui demanda Popov.

— Quoi ? dit Kaplan.

— Votre autre fils, où est-il ? Vous étiez trois à bord. Où est-il ?

Kaplan ne répondit pas.

— Trouvez le troisième, ordonna Federov aux gardes.

Puis, s'adressant à Kaplan de nouveau :

— Ne jouez pas avec moi, vieux singe. Ma patience a des limites.

Une dizaine de minutes plus tard, les deux gardes revinrent de leur fouille. Ils secouèrent négativement la tête.

— Il n'y a personne d'autre à bord.

Federov fixa de nouveau Kaplan.

— Vous avez deux choix, capitaine : soit vous me dites où sont allés votre fils et M. Jenkins, soit j'ordonne au patrouilleur de couler votre bateau.

— Je ne crois pas que ce serait bien avisé de votre part, dit Kaplan en turc.

— Ah non ? dit Federov, souriant devant l'arrogance du capitaine de pêche.

— Non. Nous sommes dans les eaux turques, et les tensions entre nos deux pays sont au plus haut depuis la guerre en Syrie, et depuis que votre cher Poutine a traité les Turcs de terroristes.

Federov regarda Popov, qui traduisit.

— C'est un argument valable, dit Federov. Dans ce cas, au lieu de vous tirer dessus, capitaine, peut-être que nous nous contenterons d'éperonner votre bateau. La faute à ce fichu brouillard. Un tragique accident.

— Le canot pneumatique n'est plus là, annonça un des hommes de Popov.

— Dites-moi où votre fils et M. Jenkins sont allés, et je ne coulerai pas votre bateau, capitaine, répéta Federov. Vous seriez stupide de refuser : je coulerais votre bateau, et finirais par vous soutirer l'information, de toute façon. Alors, que décidez-vous ?

— Je vous l'ai dit, colonel, vous seriez très mal avisé de faire cela, lui répondit Kaplan en turc. J'ai alerté les garde-côtes turcs de votre présence dans ces eaux. Ce sont de vieux amis à moi. Ils seront là dans quelques minutes. À votre place, je ne perdrais pas de temps ; je regagnerais le patrouilleur, et ferais très vite demi-tour.

Federov était admiratif devant tant de courage.

— Peut-être que votre fils pourra nous dire où ils sont allés.

Emir secoua la tête.

— Je n'en sais rien, dit-il.

— Vraiment ?

Federov sortit son pistolet, s'avança vers lui et appuya le canon de l'arme contre son front.

— Comme vous l'avez dit, capitaine, nous avons très peu de temps. Alors, je vais répéter ma question une dernière fois, et je veux que cette fois, vous réfléchissiez bien avant de me répondre, en russe. D'accord ? Alors voilà : où votre fils et M. Jenkins sont-ils allés ?

# Chapitre 36

Le Zodiac filait à la surface de l'eau, son fond de coque rigide et ses boudins en caoutchouc giflant les vagues. Yousouf avait enclenché à fond la manette des gaz du moteur vingt-cinq chevaux, poussant l'embarcation légère à ses limites. Jenkins, vêtu d'un gilet de sauvetage sur une combinaison de survie rouge, se tenait agenouillé sur le fond rigide en fibre de verre, au milieu du canot pneumatique, pour procurer du lest. Ses mains étaient agrippées aux cordes fixées sur chaque boudin, les bonds du Zodiac sur les vagues lui martyrisant le dos et les genoux. Les heures de chaleur à bord de l'*Esma* n'étaient plus qu'un souvenir, d'autant plus douloureux qu'il contrastait violemment avec l'air froid et les éclaboussures d'eau glacée qu'il affrontait à présent.

Yousouf se servait d'une boussole pour maintenir le cap que son père et lui avaient défini. S'il y parvenait, avec l'*Esma* naviguant en parallèle et constituant ce qu'on appelait une « zone d'ombre », il échapperait au faisceau radar des garde-côtes russes, et pourrait rallier le détroit du Bosphore. Demir avait appris cette technique à l'époque où il était dans la marine. Le temps que le patrouilleur arraisonne l'*Esma* et fouille le bateau, le Zodiac serait tout près des côtes turques, s'il ne chavirait pas avant.

Les mains de Jenkins lui cuisaient à force d'agripper les cordes, et les muscles de ses bras commençaient à se tétaniser tandis qu'il luttait contre la force d'inertie qui menaçait de l'envoyer par-dessus bord. Le vent et le bruit du moteur empêchaient les deux hommes de parler. La seule chose que Jenkins pouvait faire, c'était scruter le brouillard devant eux en espérant repérer un bateau arrivant ou un débris flottant avant qu'ils ne les tuent.

Une trentaine de minutes après leur départ, Yousouf réduisit brusquement la vitesse du Zodiac. Les rebonds sur l'eau et les forces contraires s'amoindrirent, permettant à Jenkins de lâcher les cordes un moment. Il serra les poings, les rouvrit, mit ses mains en coupe et tenta de les réchauffer en soufflant dessus, la bouche grande ouverte. Soudain, le brouillard se dissipa. Il leva la tête, et vit des milliers d'étoiles étincelant dans la nuit noire. Il eut un instant l'impression qu'elles descendaient jusque sur la surface de l'eau, mais en y regardant mieux, il comprit que les lumières provenaient des maisons et des hôtels qui constellaient les collines de chaque côté de la minuscule embarcation.

— Le détroit du Bosphore, dit Yousouf. On dirait bien qu'on a réussi, monsieur Jenkins.

En d'autres circonstances, le bateau aurait certainement stoppé ses moteurs, et il aurait pris le temps d'admirer la beauté des lieux, mais ce n'était pas le moment. Ils passèrent sous un gigantesque pont suspendu enjambant les deux masses terrestres, des lumières clignotant au sommet des pylônes pour les signaler aux avions en approche.

Jenkins s'assit enfin au fond de la coque et étira ses jambes et ses bras. Les eaux s'étaient considérablement calmées maintenant qu'ils étaient à l'intérieur du détroit. Yousouf ralentit encore et glissa dans un trou prévu à cet effet l'extrémité d'une tige en métal dotée à l'autre bout d'une lumière bleue clignotante. Un feu de signalisation, dont Jenkins comprit vite l'importance tandis qu'ils passaient à côté d'immenses navires-citernes mouillant dans le détroit, ou de cargos levant l'ancre de nuit. Yousouf tenait à leur éviter de finir comme un moucheron sur le pare-brise d'une voiture.

Le jeune pêcheur réduisit encore leur vitesse comme ils approchaient d'une marina, et il manœuvra adroitement autour d'un affleurement rocheux protégeant les bateaux amarrés là. Une myriade de bateaux de toutes les formes, de toutes les tailles et de toutes les couleurs, ancrés de manière apparemment anarchique, comme si un tsunami avait balayé la côte et les avait abandonnés là, pêle-mêle. Yousouf guida le Zodiac au milieu de chalutiers grands comme l'*Esma*, ou d'embarcations de pêche pas plus grandes que leur canot pneumatique.

Quand ils parvinrent enfin au bout de la marina, il coupa le moteur, laissa le Zodiac glisser sur son erre, jusqu'à ce que la proue gonflée rebondisse doucement contre la coque d'un petit bateau en bois amarré au quai. Puis il noua une corde autour d'un taquet du bateau, se mit bord à bord, et dit à Jenkins :

— Allez-y, passez sur le bateau.

Jenkins se leva lentement à la façon d'un patineur débutant se relevant sur la glace. Il attrapa le bastingage du bateau et grimpa tant bien que mal sur le pont. Yousouf l'imita avec plus d'agilité.

— Venez, murmura le jeune pêcheur.

Il n'y avait pas un souffle de vent. Il régnait un grand calme sur la marina ; on n'entendait ni voix, ni bruits de circulation. Une corne de brume retentit au loin, comme un appel. Yousouf aida Jenkins à sauter du bateau sur le quai en béton, et ils se dirigèrent vers le centre de la petite ville portuaire qui attendait l'aube pour s'éveiller. Ils cheminèrent bientôt au milieu de maisons colorées à deux ou trois étages, avec leurs boutiques en rez-de-chaussée et leurs appartements au-dessus. Dans les rues, les voitures étaient partout, garées aussi anarchiquement ou presque que les bateaux de la marina, et rendant parfois le passage si étroit qu'aucun véhicule ne pouvait plus circuler.

Yousouf conduisit Jenkins jusqu'à une fourgonnette garée dans une rue du centre. Il récupéra une clé cachée sous le pare-chocs avant, et ouvrit la porte latérale de l'utilitaire. Jenkins grimpa à l'intérieur. L'habitacle sentait les légumes et était encombré d'un tas de cartons vides et de cageots.

— Couchez-vous pour le moment, lui dit Yousouf. Moins il y a de personnes qui vous voient, mieux ça vaut.

Jenkins se conforma aux instructions du jeune marin.

Yousouf referma la porte. Puis il fit le tour de la fourgonnette, ouvrit la portière côté conducteur et se glissa au volant. Le plafonnier ne s'alluma pas. Le jeune marin mit le contact, et démarra.

— Vous pouvez vous asseoir, si vous voulez, dit-il à Jenkins une minute plus tard. Mais restez bien derrière, loin des vitres.

Jenkins se redressa en position assise, ôta sa combinaison de survie et, adossé contre un tas de cageots, il essaya d'y voir à travers le pare-brise. La route montait depuis la marina, traversait une zone boisée. Entre les arbres, il apercevait par instants le détroit et les lumières des bateaux-citernes amarrés à quai.

— Où allons-nous ? demanda-t-il.

— Si le patrouilleur nous a suivis, les Russes savent que nous vous avons récupéré. S'ils arrêtent mon père, il essaiera de gagner du temps, mais il ne risquera pas son bateau, ni sa vie ou celle de mon frère, pour vous.

— Je comprends.

— Les Russes ont de nombreux alliés et soutiens en Turquie, en particulier à Istanbul. S'il y a tant de romans d'espionnage américains qui se passent dans cette ville, ce n'est pas pour rien. Donc, ces personnes vous chercheront, vous et moi. Elles finiront par me trouver, et je devrai alors leur dire où je vous ai conduit.

— Et où me conduisez-vous ?

— Le seul moyen sûr de voyager, pour vous, c'est le car. Ce ne sera pas pratique, mais vous pourrez facilement acheter un billet sans avoir à présenter de papiers d'identité, et changer de car, au besoin, ne présentera pas de difficulté non plus. Souvenez-vous : la bonne information, c'est la désinformation. Vous devrez faire ça souvent ; laisser de fausses pistes.

— Où dois-je aller ?

— Je vais vous conduire jusqu'à la place Taksim. De là, vous prendrez le car pour Izmir, et d'Izmir pour Çeşme. Une fois là, il ne vous restera qu'à vous embarquer pour l'île de Chios, de l'autre côté de la mer Égée.

— La Grèce, dit Jenkins.

— Chios n'est qu'à un jet de pierre, ou presque, de Çeşme. Une fois sur l'île, vous serez livré à vous-même.

— Combien de temps ai-je devant moi ?

— Le car vous conduira à Izmir en sept ou huit heures ; tout dépendra du nombre de fois où vous devrez changer de car. Et comptez encore une heure pour rejoindre Çeşme. J'attendrai aussi longtemps que possible avant de repartir, mais pas plus tard que midi. Au-delà, ce sera trop risqué pour moi. Je m'inquiète pour ma famille. Quand les Russes m'interrogeront, je leur dirai que je vous ai laissé à une gare routière à Istanbul, mais que vous avez refusé de me dire où vous alliez.

— Vous n'avez pas à mentir pour moi, dit Jenkins.

— Je ferai ce que je peux pour les embobiner, mais s'ils menacent de s'en prendre à ma famille, je leur dirai que vous cherchez à rejoindre Çeşme. Avec un peu de chance, vous y serez déjà et aurez même quitté le pays.

Trente minutes plus tard, le paysage changea de manière spectaculaire, des immeubles d'habitation s'étageant à flanc de colline, de part et d'autre de la route nationale. Et quinze minutes plus tard encore, Yousouf abandonna la voie rapide pour les petites rues du quartier de Taksim qui s'éveillait. Parvenu près de la grand-place bordée au nord par le parc Gezi, il gara la fourgonnette.

— De l'autre côté de la rue, là-bas. Vous voyez l'auvent blanc ? Vous pourrez acheter un billet au kiosque dès qu'il ouvrira. Cherchez la direction de Çevre Yolu. N'oubliez pas de descendre fréquemment du car. De laisser des fausses pistes. Soyez très prudent.

— Je n'ai pas de livres turques, dit Jenkins. Seulement des roubles.

— Vous pourrez les échanger. Il y a une banque dans la rue un peu plus bas.

— Merci de votre aide, Yousouf. Je ne vous oublierai jamais, vous, votre père et votre frère.

— Ce serait une erreur, j'en ai bien peur, monsieur Jenkins...

# Chapitre 37

Jenkins disparut à l'intérieur du parc Gezi, à l'autre bout de la place, où il se fit discret en attendant l'ouverture des commerces. Il s'assit, adossé contre un arbre, les genoux relevés contre sa poitrine. Les épiceries et les marchands de fruits et légumes furent les premiers à ouvrir, dès 4 h 30 du matin. Les voitures devinrent bientôt plus nombreuses, et des gens commencèrent à aller et venir autour de la grand-place. Jenkins se leva et massa ses genoux endoloris avant de traverser la rue. Il n'alla pas directement à la billetterie des cars. Il remonta la rue, passa devant des boutiques en enfilade aux rez-de-chaussée d'immeubles d'habitation, jusqu'au bureau de change que lui avait indiqué Yousouf, Alo Döviz. Il ne savait pas ce que cela signifiait, mais il y avait deux distributeurs automatiques de billets, derrière lesquels se trouvait un guichet dont la vitre comportait en inscription le symbole universel de l'argent – le signe « dollar ». En s'approchant, il vit que l'endroit arborait également les drapeaux du Royaume-Uni, des États-Unis et de la Russie. Il tendit dix mille roubles à l'agent derrière le comptoir. Il aurait besoin de plus que cela, mais changer une trop grosse somme risquait de le faire remarquer.

L'homme compta les roubles, pianota sur sa calculatrice, puis il la tourna vers Jenkins pour lui montrer le résultat de la conversion :

huit cent cinquante livres turques. Jenkins acquiesça d'un hochement de tête.

— *Spasibo*, dit-il.

Puis il leva la main, comme s'il tenait un téléphone portable près de son oreille, et demanda en russe où il pouvait en acheter un.

L'homme pointa un doigt vers la rue et lui fit signe de tourner au coin à droite.

— *Yuva iletişim*, dit-il.

Jenkins prit son argent, remercia l'homme et se dirigea vers la boutique, qu'il trouva comme indiqué. À l'intérieur, il expliqua à un jeune vendeur – en russe, une fois encore, et non sans difficulté – qu'il voulait acheter deux téléphones jetables prépayés permettant d'appeler à l'international. Après discussion, l'homme lui conseilla un téléphone appels et SMS « Mobal World » en formule internationale pour cent douze livres, soit approximativement quatre-vingt-dix dollars. Jenkins résista aux tentatives de l'homme de lui vendre des produits complémentaires, et quitta la boutique de téléphonie avec deux mobiles « Mobal World » qu'il glissa dans les poches de son manteau.

Il rejoignit ensuite, sans perdre de temps, la gare routière ; mais avant de s'approcher de la billetterie, il prit le temps d'examiner discrètement les gens qui gravitaient autour. Ne voyant rien de suspect, il s'approcha du guichet et répéta ce que Yousouf lui avait indiqué. Le caissier prit son argent, lui imprima un billet, puis se leva et lui désigna avec force gestes un car garé un peu plus loin. Aux gesticulations de l'homme, il comprit qu'il devait se hâter. Il arriva juste au moment où le car partait. Le chauffeur lui ouvrit les portes. Jenkins grimpa à l'intérieur, lui présenta son billet et alla s'asseoir à l'arrière.

Sans trop savoir pourquoi, il fut étonné de constater que le car était étonnamment moderne. Les sièges étaient confortables et la température agréable. Il se détendit ; ses articulations étaient douloureuses, et il éprouvait une grande fatigue musculaire. Il appuya sa tête contre la vitre et ferma les yeux, espérant récupérer quelques précieuses heures de sommeil, bien qu'il eût en tête les conseils de prudence et le mot d'ordre de Yousouf : désinformer – autrement dit, changer de car ; brouiller les pistes.

* * *

Yousouf tarda à rentrer chez lui autant qu'il en eut le courage – assez longtemps, il l'espérait, pour permettre à Charles Jenkins de quitter Istanbul. Il retourna à Rumeli Kavaği un peu après midi, et prit la route côtière qui surplombait la marina jusqu'à l'une des maisons que son père avait construites sur les falaises dominant le détroit du Bosphore. Les maisons de son frère et de son père se trouvaient dans la même rue, un peu plus loin. Il gara la fourgonnette, descendit quelques marches jusqu'à un portail donnant sur une cour intérieure, le franchit et traversa la cour jusqu'à sa porte d'entrée. Le portail se referma doucement derrière lui, le pêne de la serrure claqua en émettant un petit bruit métallique.

Yousouf ouvrit la porte d'entrée, mais il se figea en voyant sa femme assise dans le salon, les baies vitrées derrière elle offrant une vue spectaculaire sur le détroit. Son père et son frère se tenaient dans la même pièce, ainsi que trois autres hommes. Ses trois enfants, Dieu merci, étaient à l'école.

— Ah, fit l'un des hommes. Merci de vous joindre à nous, Yousouf. Nous vous attendions.

— Qui êtes-vous ? demanda Yousouf. Et que voulez-vous ?

L'homme sourit.

— Vous savez qui nous sommes.

— Je sais que vous êtes russes.

— C'est vrai, confirma l'homme. C'est nous qui avons arraisonné et fouillé le bateau de votre père, à la recherche de

M. Jenkins – qui a commis des crimes très graves en Russie, notamment l'assassinat de deux agents du FSB.

— Je ne sais rien de ses crimes, se défendit Yousouf.

— Ah non ?

— Non. Rien.

— Mais vous savez où il est ?

Yousouf secoua la tête.

— En ce moment même, non.

L'homme sourit, mais on lisait de la lassitude dans ce sourire. Il tira son arme de son holster d'épaule et colla le canon contre la tête de la femme de Yousouf. Elle cria.

— C'est ça que vous voulez ? demanda l'homme. Vraiment ?

— Non, dit Yousouf. Non. Mais comment est-ce que je peux vous dire une chose que j'ignore ?

— Où avez-vous conduit M. Jenkins ?

— Ça, c'est autre chose. Je l'ai déposé à la gare routière de Taksim. Il m'a dit que c'était là qu'il voulait aller, alors je l'ai conduit là-bas.

— Et où va-t-il ?

Le regard de Yousouf alla de Federov à son père, puis à son frère. Son père acquiesça d'un signe de tête.

— Il a dit qu'il avait l'intention de quitter le pays en passant par la Grèce.

— Soyez plus précis, s'il vous plaît.

— Je pense qu'il doit se diriger vers la côte occidentale de la Turquie, et chercher à traverser la mer Égée. Ensuite, je ne sais pas où il compte aller.

— Avez-vous aidé M. Jenkins à obtenir des papiers pour faciliter ses déplacements ?

— Non. Je le jure. Je l'ai conduit à la gare routière, c'est tout. Ce qu'il a fait ensuite, je n'en sais rien.

L'homme fit un petit signe du menton aux autres, et ils se dirigèrent vers la porte. Avant de sortir, il s'attarda près d'une étagère, sur laquelle il s'empara d'une photo encadrée des garçons et de leurs familles respectives, ainsi que de leurs père et mère.

Puis il se tourna vers Demir et dit :

— Vous avez une jolie famille, capitaine. À l'avenir, je crois que vous devriez passer plus de temps avec vos enfants. C'est plus prudent.

* * *

La tête de Jenkins rebondit contre la vitre du car, et il se réveilla. Il se redressa rapidement, momentanément désorienté. Puis il regarda autour de lui ; les passagers étaient nombreux à somnoler, et très peu à prêter attention à lui. Il ignorait combien de temps il avait dormi et quelle distance ils avaient parcourue. Quand le car ralentit et quitta la voie rapide, il sortit de la poche intérieure de sa veste une carte qu'il avait ramassée à la gare routière ; puis il jeta un coup d'œil à sa montre pour essayer de déterminer combien de temps ils avaient roulé. Il suivit l'itinéraire d'un doigt, et en déduisit qu'ils entraient dans la ville de Bursa, ce que lui confirmèrent les premiers panneaux de signalisation.

Le car arriva à un terminus situé dans les faubourgs de la ville et s'arrêta, le système pneumatique de freins évacuant dans un sifflement le trop-plein de pression. Le chauffeur cria quelque chose en turc, et les passagers gagnèrent les portes de sortie, à l'avant et à l'arrière du car.

Jenkins suivit le mouvement, descendit à son tour et scruta les environs. Le terminus se trouvait au milieu d'une espèce de friche urbaine. Il se dirigea vers une station de taxis, et s'approcha du premier chauffeur de la file, qui attendait comme les autres adossé contre sa vieille guimbarde.

— Bursa ? lui demanda-t-il.

L'homme lui répondit en turc. Jenkins essaya le russe, mais l'homme secoua la tête. Il tenta alors l'anglais, déplia la carte et désigna du doigt le centre-ville. Cette fois, le chauffeur sourit et opina du chef. Jenkins grimpa à l'arrière du taxi.

Ils roulèrent durant une quinzaine de minutes, et parvinrent à ce qui semblait être, à en juger par les embouteillages, le centre-ville de Bursa. Le chauffeur, au volant, s'adressait à lui, voulant de toute évidence savoir quelle était sa destination exacte. Jenkins vit plusieurs enseignes d'hôtels, et en désigna une située à un carrefour embouteillé. Le chauffeur s'arrêta devant l'entrée. Jenkins vérifia le montant figurant sur le taximètre et paya l'homme en lui laissant un généreux pourboire, assez pour qu'il s'en souvienne. Puis il descendit du taxi, esquiva quelques piétons et entra à l'*Hôtel Central.*

En anglais, il demanda une chambre pour deux nuits. Le réceptionniste lui réclama une carte de crédit, mais Jenkins secoua négativement la tête. Il sortit ses billets et dit qu'il paierait en espèces. L'homme sourit, satisfait.

— *Sorun Değil*, dit-il.

Jenkins lui sourit à son tour.

Sa clé en main, il se dirigea vers les ascenseurs et monta au troisième. Sa chambre était l'avant-dernière au fond du couloir à gauche. L'intérieur était spartiate, mais propre. Il sortit un des téléphones jetables de sa poche et lança son manteau sur le lit. Il appela David Sloane, sans trop savoir quel était le décalage horaire entre Seattle et la Turquie. Sloane prit l'appel d'une voix endormie.

— Allô ?

— David.

Jenkins crut entendre un brusque froissement de draps.

— Charlie ?

— Est-ce qu'Alex est chez toi ?

— Oui, elle est ici avec CJ.

— Comment vont-ils ?

— Ils s'inquiètent pour toi. Nous sommes tous inquiets. Est-ce que ça va ?

—Je n'ai pas beaucoup de temps.

— Je vais la chercher.

Il y eut de l'agitation à l'autre bout de la ligne. Jenkins entendit des bruits de pas précipités, puis une voix qui lui serra le cœur.

— Charlie ? fit Alex.

— Salut. Ça va, toi ? Et CJ ?

— Oui, ça va ici. Où es-tu ? Toi, comment vas-tu ?

— Je rentre à la maison, mais je vais avoir besoin d'aide. Tu te souviens d'oncle Frank, de Mexico ?

— Qui ça ?

— Tu ne te souviens pas que je t'ai parlé de mon oncle Frank à Mexico, le « roi du faux », comme je l'appelle ? On lui a rendu visite, toi et moi, quand on est allés à Mexico, il y a huit ou neuf ans.

Il y eut un silence. Puis Alex dit :

— Oui, oui, je me souviens. Le faussaire.

— Il doit avoir dans les soixante-dix ans aujourd'hui. Il a une boutique d'antiquités à Mexico. *Antigüedades y tesoros*.

— Antiquités et trésors.

— Oui… 165 República del Salvador.

— Attends, attends. Je prends de quoi noter. Vas-y, répète.

Jenkins répéta les informations.

— Je vais avoir besoin d'au moins un passeport, ajouta-t-il. Canadien. Et il va falloir que quelqu'un me l'apporte.

— Où es-tu ?

— En Turquie. Mais je te donnerai des instructions plus précises quand je serai en Grèce.

— Charlie, je ne peux pas prendre l'avion. Je suis au repos total.

— Je sais, dit-il. David devra s'en charger.

— Non, Charlie, David ne peut pas. Nous devons partir du principe qu'ils me surveillent et qu'ils savent que je suis ici. Ils suivront David.

Jenkins s'assit sur le rebord du lit et se frotta le front, s'efforçant de réfléchir malgré la fatigue. Puis il entendit une autre voix au bout du fil dire :

— Moi, j'irai.

# Chapitre 38

Fumant une cigarette, Federov observait les arrivées et les départs des cars à la gare routière de Bursa, leurs pots d'échappement crachant des nuages de fumée noire. Tout près, des chauffeurs de taxi, adossés contre leurs voitures et leurs camionnettes hors d'âge, racolaient les voyageurs en criant « *Taksi* ». Passant de l'un à l'autre, Simon Alekseyov leur montra la photographie de Jenkins. La tenue vestimentaire du Russe – costume et cravate – jurait avec celles des hommes, qui portaient presque tous des jeans, des chemises laissées à l'extérieur du pantalon et des vestes en cuir. Leurs joues n'avaient pas vu un rasoir depuis des jours.

Federov tira une bouffée de sa cigarette et souffla la fumée par la vitre ouverte de sa portière. La température avait gagné un confortable 15° C, mais elle avait aussi entraîné l'apparition d'un voile de pollution, d'une brume grise qui flottait sur la gare routière.

Alekseyov ouvrit la portière de la voiture de location, côté passager. Il se glissa sur le siège avant et secoua la tête.

— *Nichego*, dit-il. Rien.

Il posa la photo de Jenkins sur le tableau de bord, et Federov et lui continuèrent d'attendre les arrivées des cars et des taxis.

Federov savait que Jenkins avait pris au moins un des cars. L'employé de la billetterie à la gare routière de Taksim se souvenait de lui ; il lui avait acheté un billet ce matin-là dès l'ouverture. Jenkins avait payé en livres turques ; l'homme affirmait qu'il lui avait semblé qu'il avait beaucoup d'argent sur lui. Il avait ajouté qu'il avait dû courir pour attraper le premier car qui quittait Istanbul.

Sur une intuition, Federov s'était dirigé vers le bureau de change le plus proche, de l'autre côté de la rue, et avait montré la photo de Jenkins au guichetier. L'homme se souvenait bien lui avoir échangé dix mille roubles ce matin-là ; il dit qu'il avait supposé que Jenkins était Russe, à cause des roubles et du fait qu'il s'était adressé à lui en russe justement. Il ajouta qu'il lui avait demandé où il pouvait acheter un téléphone portable ; le guichetier lui avait indiqué une boutique de téléphonie dans une rue adjacente.

Le vendeur de la boutique reconnut lui aussi la photo de Jenkins, et dit qu'il avait acheté deux téléphones jetables, dotés chacun d'une carte prépayée pour trente minutes de communication. Federov ressortit de la boutique et appela son contact aux États-Unis. Ce dernier l'avertit que Jenkins allait probablement tenter d'entrer en contact avec sa femme, et peut-être de lui faire part de son plan pour quitter la Turquie.

Federov s'était occupé ensuite de retrouver le chauffeur du premier car à avoir quitté Istanbul ce matin-là. L'homme se souvenait très bien de Jenkins lui aussi, parce qu'il avait failli manquer le car, et aussi à cause de sa taille. Il expliqua qu'il n'était pas descendu durant le trajet, mais qu'il était allé jusqu'au terminus à Bursa. Avait-il repris le même car, ou un autre ? Federov avait des agents à Çeşme qui interrogeaient tous les chauffeurs de car qui arrivaient dans cette ville pour savoir s'ils se souvenaient de l'avoir vu. Il se pouvait aussi que Jenkins ait pris un taxi à la gare routière, peut-être pour se faire oublier un jour ou deux, bien qu'avec huit cent cinquante livres en poche, il avait les moyens de demander au taxi de le conduire où il voulait.

— En voilà un autre, dit Alekseyov en pointant du doigt un taxi qui arrivait à la gare routière et se garait en bout de file.

Il ramassa la photo sur le tableau de bord et traversa le parking jusqu'à la station de taxi. Après avoir montré la photo de Jenkins au chauffeur, il se retourna et fit signe à Federov de venir tout de suite. Le Russe descendit de voiture, tira une dernière bouffée de sa cigarette et, d'une pichenette, projeta le mégot sur le parking tout en se dirigeant vers les deux hommes.

Alekseyov s'écarta quand il fut tout près.

— Il se souvient de lui, dit-il.

Federov se sentit comme électrisé intérieurement, en proie à une sorte d'enthousiasme nerveux.

— Est-ce qu'il parle russe ?

— Un peu, dit Alekseyov.

Federov prit la photo, la montra au chauffeur et lui demanda, en russe :

— *Vy pomnite etogo cheloveka ?* Vous vous souvenez de cet homme ?

— *Evet*, répondit l'homme en acquiesçant d'un hochement de tête. *Ono bu sabah Bursa ehir merkezindeki biro tele götürdüm.* Je l'ai conduit à un hôtel dans le centre de Bursa.

Federov se tourna vers Alekseyov.

— Il dit, je crois, qu'il l'a conduit à un hôtel dans Bursa.

Alekseyov regarda le chauffeur et lui demanda :

— *Kogda* ?

Avant de se reprendre et d'essayer de traduire en turc :

— *Ne zaman ?* Quand ?

— *Bu sabah*, répondit l'homme.

— Ce matin.

— Demandez-lui quel hôtel exactement, reprit Federov.

— *Otel neydi ?*

Le chauffeur regarda Alekseyov, puis Federov, et tendit la main en frottant son pouce contre son index, un signe universel, là encore.

Federov acquiesça. Alekseyov sortit quarante livres turques de son portefeuille et les tendit à l'homme.

— *Hôtel Central*, dit le chauffeur.

Sans un mot de plus, Federov tourna les talons et retourna à leur voiture de location. Comme Alekseyov le rattrapait, il ouvrit la portière côté conducteur, se glissa au volant et dit :

— Trouvez-moi la direction de l'hôtel, et faites passer le message : surveillance à distance uniquement ; que personne ne s'approche de l'hôtel tant que je ne suis pas arrivé.

Vingt minutes plus tard, ils passèrent devant l'hôtel situé dans une rue animée du centre-ville de Bursa. Elle rejoignait un rond-point où se pressaient, au milieu des coups de klaxon et des gaz d'échappement, des bus, des utilitaires en tout genre ou encore des scooters slalomant entre les voitures. Sur le trottoir, des vendeurs interpellaient le chaland à grands cris pour écouler leurs marchandises, ajoutant à la cacophonie générale. Federov s'engagea sur le rond-point et reprit la rue en sens inverse jusqu'à ce qu'il trouve une place où se garer, à une centaine de mètres de l'hôtel, devant le DAB d'une agence bancaire.

— Prévenez les autres ; qu'ils nous retrouvent ici, dit-il à Alekseyov.

Il abaissa sa vitre et tira une cigarette de son paquet. Mais avant qu'il ait le temps de l'allumer, un employé sortit de la banque et lui fit signe de ne pas rester là avec la voiture. Il lui désigna un panneau portant une inscription que Federov ne pouvait pas lire, mais surtout dont il se fichait royalement. Ce dernier fit signe à Alekseyov de s'occuper du problème. Le jeune agent descendit de voiture, prit l'homme à part et lui dit quelque chose en turc, avant de lui tendre quelques livres. L'homme regarda les billets, haussa les épaules, et retourna à l'intérieur de la banque sans se plaindre davantage.

Finalement, quatre autres agents retrouvèrent Federov et Alekseyov. Federov envoya un des hommes vérifier le nombre de sorties que possédait l'hôtel. Il revint dix minutes plus tard faire son rapport :

— Sur le côté gauche de l'hôtel, il y a une porte en verre qui donne dans une petite rue étroite où l'on trouve des boutiques et quelques restaurants avec des tables en terrasse. Il y a beaucoup de monde en ce moment. Le côté droit est mitoyen avec une quincaillerie. Il n'y a pas de sortie de ce côté-là, mais il y en a une derrière l'hôtel, qui donne dans la même petite rue à gauche.

Federov demanda à deux des hommes d'aller s'installer à une table d'où ils pourraient surveiller la porte située à l'arrière de l'hôtel, et aux deux autres d'aller s'asseoir quelque part pour faire de même avec la porte de sortie latérale. Alekseyov et lui entreraient par la porte principale.

C'est ce qu'ils firent dès que les agents furent positionnés. Ils allèrent directement à la réception. L'établissement hébergeait des voyageurs de passage, semblait-il. L'endroit était propre et la décoration plutôt sobre ; un endroit simple où passer une nuit pour un prix modeste. Des brochures touristiques encombraient un présentoir à droite de l'accueil ; cela allait du zoo au circuit touristique en bus – d'où, probablement, la présence d'innombrables petits bus blancs encombrant la rue, près de l'hôtel. Le hall sentait le tabac d'Orient, et des haut-parleurs encastrés dans le plafond diffusaient de la musique turque.

Le réceptionniste, chemise blanche à plastron déboutonnée au col, leva les yeux et les salua. Alekseyov lui présenta la photo de Jenkins en la faisant glisser sur le comptoir et dit :

— Nous cherchons cet homme, et nous croyons savoir qu'il a loué une chambre ici ce matin.

L'homme s'empara aussitôt d'une brochure sur le présentoir à côté de lui, et la plaça sur la photo. Ses yeux dardèrent un regard sur sa droite. Federov vit qu'il y avait une caméra fixée au plafond qui filmait la réception. Le réceptionniste regarda Alekseyov et Federov de la même manière que le chauffeur de taxi. Il avait reconnu Jenkins, mais enfreindre la politique de l'hôtel avait forcément un prix.

Alekseyov souleva la brochure, comme s'il était intéressé par son contenu et, dos à la caméra, il glissa discrètement un billet de vingt livres et la photo à l'intérieur du dépliant, qu'il reposa enfin sur le comptoir. L'homme ouvrit la brochure, mais son regard signifia à ses visiteurs qu'il était loin d'être impressionné par ce qu'il voyait. Il ne prit pas le billet.

— Je ne sais pas, dit-il. Nous avons de nombreux clients. En même temps, ce visage m'est familier.

Federov fit un petit signe du menton à Alekseyov, qui reprit le dépliant et recommença l'opération. Cette fois, l'homme n'hésita pas. Il ramassa le dépliant et fourra discrètement les billets dans la poche de son pantalon en examinant la photo.

— Oui, reprit-il à voix basse en les regardant. Il est venu ce matin et il a pris une chambre pour deux nuits. Il parlait anglais. Il a payé cash.

Federov sentit son pouls s'accélérer.

— Est-ce que vous l'avez vu quitter l'hôtel ?

— Non. Il avait l'air épuisé. J'imagine qu'il dort.

— Quelle chambre ? demanda Federov.

L'homme fixa de nouveau Alekseyov et reposa le dépliant sur le comptoir. Federov posa sa main dessus avant qu'Alekseyov ait le temps de le récupérer, et il fusilla du regard le réceptionniste. Ce dernier comprit le message. Il se tourna vers son ordinateur et pianota rapidement sur le clavier. Puis il prit un stylo et écrivit « 312 » au dos de la photographie de Jenkins.

— J'ai perdu la clé de ma chambre. Il m'en faudrait une autre, dit Federov.

L'homme glissa une clé magnétique dans une machine pour l'activer, puis tendit à Federov, en une fois, la clé, la photographie et la brochure.

Federov se dirigea vers l'ascenseur derrière la réception et jeta le dépliant touristique dans une poubelle. En arrivant au troisième étage, il fit signe à Alekseyov de sortir de la cabine, puis il la bloqua en appuyant sur le bouton d'arrêt. Il sortit sur le palier, dégaina son arme et la maintint le long de sa cuisse. Alekseyov l'imita. Ils avancèrent le long du couloir, scrutant au passage les numéros des chambres. La 312 se trouvait au fond à gauche, ce qui voulait dire que ses fenêtres donnaient sur la rue. Federov espérait que Jenkins ne les avait pas vus entrer, mais même si c'était le cas et qu'il tentait de fuir, ses autres agents se tiendraient prêts. Alekseyov et lui prirent position de chaque côté de la porte, leurs armes levées à présent.

Federov sortit la clé magnétique de sa poche et la glissa dans la serrure électronique. La lumière passa au vert. Il appuya doucement sur la poignée, poussa la porte, puis entra brutalement, son arme brandie devant lui.

# Chapitre 39

David Sloane faisait les cent pas sur le parquet du salon familial, secouant la tête et répétant :

— Non… Non, pas question.

Des haut-parleurs de plafond diffusaient de la musique – assez fort pour couvrir leur conversation au cas où ils seraient sur écoute, mais pas assez pour réveiller CJ, qui dormait à l'étage. Sloane avait également baissé les stores.

Il s'adressait à Jake, qui se tenait entre les deux canapés en cuir blanc, implorant son père d'entendre raison.

— Alex ne peut pas y aller, papa.

Alex était assise sur un des canapés. Elle avait l'air épuisée et désespérée.

— Le médecin lui a ordonné le repos complet.

— J'irai, moi, dit Sloane. Je peux le faire.

— Non, tu ne peux pas, surtout pas maintenant, rétorqua Jake. S'ils ont suivi Alex jusqu'ici, ou jusqu'au bureau, ils savent qui tu es. Et si ce n'est pas déjà fait, il leur faudra moins de dix secondes pour découvrir qui possède cette maison. Et puis, tu n'es pas exactement un anonyme, compte tenu de ta carrière ; et je ne parle même pas du fait que Charlie a travaillé pour toi. Si tu y vas, ils te suivront. En fait, ils n'auront même pas à te suivre. Il leur suffit d'avoir ton nom pour savoir avec quelle compagnie et sur quel vol tu vas voyager.

— Je ne peux pas non plus te laisser y aller, Jake. Non, pas toi.

— J'ai vingt-trois ans, papa. Je ne suis plus un gosse. Je me débrouille. Je peux gérer ça.

Sloane continua de secouer négativement la tête.

— Pas ça. C'est différent. Ces gens-là sont des professionnels.

Alex intervint :

— Ton père a raison, Jake. C'est trop dangereux.

Jake secoua la tête à son tour.

— Dangereux pour tout le monde, peut-être, mais moins pour moi. Ils ne s'attendent pas à ce que je me mêle de ça.

Il se tourna vers son père.

— J'ai un nom de famille différent ; ils n'en sauront rien. Tu n'auras qu'à acheter un billet à ton nom pour une autre destination, l'Amérique du Sud ou le Japon, par exemple. Tu serviras d'appât. Pendant ce temps-là, je prendrai un billet au nom de Jacob Carter.

Alex regarda Sloane et dit :

— Là, il marque un point, David.

— Peu importe. Il n'ira pas.

— On ne peut pas laisser tomber Charlie, insista Jake. Il faut qu'on fasse quelque chose. Je suis le seul à…

— Je n'ai pas l'intention de le laisser tomber, coupa Sloane. Mais je ne veux pas te perdre comme j'ai perdu…

Il s'interrompit, la gorge nouée. Il inspira profondément et reprit, après quelques secondes :

— Si je ne peux pas y aller, nous engagerons quelqu'un pour y aller à ma place.

— Alors, tu feras courir les mêmes risques à cette personne. Et tu as entendu Charlie – son contact à Mexico ne fera pas confiance à n'importe qui. On ne peut même pas appeler pour s'assurer qu'il est toujours là-bas. Charlie dit qu'il n'a même pas le téléphone. Et de toute façon, il n'aurait aucune raison de dire qui il est à quelqu'un qui l'appellerait. Les choses doivent se faire en personne.

— Et pourquoi, à condition qu'il soit toujours à Mexico et en vie, est-ce qu'il te ferait plus confiance ? interrogea Sloane.

— Parce que Charlie est mon parrain ; parce que je suis jeune, naïf, désespéré, mais surtout parce que je n'accepterais pas qu'il me dise non.

Sloane cessa de faire les cent pas. Il tira une chaise et s'assit à la table de la cuisine. Il avait les mains jointes, comme s'il priait. Après quelques secondes, il regarda Alex.

— Et si on faisait appel à une connaissance de Charlie ?

— Et tu lui diras quoi, p'pa ? Que tu as besoin qu'il récupère un paquet, et, ah oui, au fait, qu'il se pourrait bien que quelqu'un cherche à le tuer ? ironisa Jake. Je ferai très attention. Je prendrai un taxi à l'aéroport, et aussi toutes les précautions pour m'assurer qu'on ne me suit pas. Je n'entrerai pas dans cette boutique d'antiquités tant que je n'en aurai pas la certitude.

— Et si on te suit ?

— Alors, je laisserai tomber, et on cherchera une autre solution.

— Comment est-ce qu'on reste en contact ?

— Je vais acheter des téléphones jetables. J'en prendrai un pour toi, un pour moi et un pour Alex. Elle appellera Charlie et lui expliquera notre plan.

Sloane prit une longue inspiration.

— Ils n'essaieront pas de me tuer, crois-moi, même s'ils parviennent à me suivre. C'est Charlie qu'ils veulent, pas moi. S'ils sont un tant soit peu malins, ils me laisseront récupérer les papiers, et ils essaieront de me suivre jusqu'à l'endroit où Charlie veut que je les dépose.

Sloane regarda Jake, puis Alex.

— Il a raison, c'est ce que je dois comprendre ?

Alex acquiesça d'un hochement de tête.

— Je n'ai pas plus envie que toi de le laisser faire ça, David, mais oui, il a raison. Ils ne le connaissent pas, et même s'ils découvrent qui il est, ce n'est pas lui qu'ils veulent, mais Charlie.

— Ça peut vraiment marcher, poursuivit Jake. Si tu y vas, c'est fichu. Il faut que tu serves d'appât, c'est tout ; ça augmentera d'autant mes chances de réussir. Ils te suivront en Amérique du Sud. Tu les baladeras, et puis tu prendras un vol retour.

Sloane opina du chef cette fois. Il savait que c'était leur meilleure option.

— Tu veux vraiment faire ça ?

— Oui, dit Jake. Il le faut.

— Il y a encore une autre raison qui fait que, selon moi, c'est la meilleure solution, reprit Alex. Je ne sais pas ce qui se passe, mais si Charlie parvient à rentrer, il a dit qu'il aura besoin d'un avocat. Or, si tu enfreins la loi pour l'aider, tu seras disqualifié – voire rayé du barreau.

Sloane acquiesça d'un air piteux. Il n'avait pas pensé à cela non plus. Il se tourna vers Jake.

— Est-ce que tu as accès à un ordinateur à l'université ?

— Sans problème.

— Va à la bibliothèque, prends un terminal sans entrer ton identité, et réserve un vol pour Mexico demain. Achète le billet avec ta carte de crédit, et de la fac, file directement à l'aéroport. Prends un Uber ou un Lyft. N'y va pas avec ta voiture. Assure-toi que tu n'es pas suivi. Si, à n'importe quel moment, tu as l'impression d'être surveillé ou suivi, tu annules tout. Tu me le promets ?

— Promis, dit Jake.

Sloane jeta un coup d'œil à sa montre, puis regarda Alex.

— J'imagine que tu as des instructions à lui donner, des choses qu'il va devoir faire ou chercher ?

Alex acquiesça, et regarda sa montre à son tour.

— Je vais le briefer du mieux possible compte tenu du peu de temps dont nous disposons.

— Je vais préparer du café, dit Sloane en se dirigeant vers la cuisine.

# Chapitre 40

Viktor Federov balaya la pièce avec son arme, d'abord à gauche, puis à droite. La chambre d'hôtel était vide ; le lit encore fait. Il n'y avait pas de portes de placard, juste un espace en alcôve avec une tringle et quelques cintres. Il entendit l'eau couler dans la salle de bains. La douche. Il vit un rai de lumière sous la porte, et fit signe à Alekseyov d'aller se positionner à droite, le long du chambranle, pendant que lui-même allait se placer de l'autre côté.

À son signal, Alekseyov actionna la poignée. Elle n'était pas verrouillée. Il entrouvrit lentement la porte, avant d'entrer avec fracas en pointant son arme vers la cabine de douche. Le pommeau aspergeait d'eau les parois de verre, mais il n'y avait personne à l'intérieur.

Federov se tourna vers le lavabo. Il remarqua une savonnette sur le plan vasque ; elle avait été déballée. Quelqu'un s'en était servi pour écrire sur le miroir.

*Raté.*

* * *

Le car se gara le long du trottoir, le énième de la journée à arriver à Çeşme. Il était un peu plus de 18 h. Les touristes débarquèrent aussitôt, certains tirant des valises à roulettes bruyantes sur le sol pavé inégal. Le soleil était presque couché ; il laissait derrière lui un ciel hivernal rouge-orangé et un thermomètre en chute libre. Le drapeau turc, avec son étoile et son croissant de lune blancs sur fond rouge, pendait mollement en haut d'un poteau. Plus loin se profilait la marina animée, hérissée de mâts et de haubans. La rue paraissait avoir été rénovée récemment, avec sa bande de pavés centrale, ses jeunes palmiers et ses lampadaires de style.

Charles Jenkins descendit du car, vêtu d'une burka noire qui lui descendait jusqu'aux sandales. Il n'était pas facile d'y voir à travers la grille en tissu au niveau des yeux, mais il parvenait tout de même à avancer sans trébucher.

Jenkins savait que Yousouf avait dû dire à Federov qu'il avait pris le car pour Çeşme. Il savait également que Federov se rendrait à Istanbul, à la gare routière, et que tôt ou tard, il finirait par le rattraper. Son détour par Bursa était destiné à convaincre le Russe que, sachant que Yousouf n'avait pas de raison de lui être loyal, il avait opté pour un autre moyen et une autre destination lui permettant de quitter la Turquie.

En quittant l'hôtel de Bursa par la porte arrière avant l'arrivée de Federov, il s'était rendu dans un magasin de vêtements traditionnels musulmans. C'est en voyant une femme en burka dans le car que l'idée lui était venue de se déguiser. Il avait dit au vendeur qu'il cherchait une burka pour sa fille, qui était presque aussi grande que lui. L'homme n'en avait pas de cette taille, mais il avait envoyé Jenkins dans une autre boutique située tout près qui en vendait. Jenkins avait acheté la burka et les sandales, et les avait enfilées rapidement dans une ruelle déserte. Totalement dissimulé par le vêtement, il était allé à la gare routière et avait pris un car qui faisait un grand détour avant de rallier Çeşme. Il était descendu du car deux fois sur le trajet, avait laissé passer un peu de temps avant de reprendre un autre car. Il avait repéré deux hommes qui surveillaient la gare à Izmir, mais pas ailleurs. Il espérait qu'une fois à Bursa, et après avoir trouvé son petit mot sur le miroir de la salle de bains, Federov aurait décidé de renoncer à le poursuivre.

Il traversa la rue jusqu'aux échoppes en tout genre qui se trouvaient sur le trottoir d'en face, et qui apparemment ne fermaient pas tant que le dernier car de touristes n'était pas passé. Il longea des restaurants d'où s'échappaient des odeurs délicieusement appétissantes, et plus loin, des petits immeubles modernes de deux ou trois étages. Il entra dans ce qui semblait être une boutique de nouveautés qui diffusait à plein volume de la musique turque. Au fond de la boutique, il trouva un sac à dos bon marché, une bouteille d'eau, des barres chocolatées, des biscuits secs, des lunettes de soleil, une casquette de base-ball rouge écussonnée avec le drapeau turc sur le devant, et une autre noire portant des inscriptions en turc. Il fit de son mieux pour éviter de parler et, autant que possible, de montrer ses mains à la caissière. Cette fois, le but était de ne surtout pas attirer l'attention sur lui.

Quand il ressortit, il se glissa derrière des panneaux de chantier clôturant un lotissement en construction et se débarrassa rapidement de la burka. L'air frais sur sa peau couverte de transpiration lui fit du bien. Il roula les vêtements en boule et les fourra dans le sac à dos. Puis il vissa sur son crâne la casquette de base-ball rouge, visière sur les yeux, chaussa les lunettes de soleil, sortit discrètement du chantier et repartit en direction de la marina.

Ce qu'il y vit le découragea instantanément. La plupart des bateaux étaient des yachts de plaisance, pas des bateaux de pêche ; ils appartenaient manifestement à des gens assez riches pour ne pas avoir besoin de se laisser soudoyer en échange d'un passage pour l'île de Chios, que Jenkins pouvait apercevoir en face, au milieu de la mer Égée. Il marcha le long du quai, jouant les touristes amateurs de beaux bateaux. Il s'arrêta en voyant un homme vêtu d'un short, en dépit du froid vif, et passant au jet d'eau le pont d'un yacht.

L'homme lui sourit en le voyant s'approcher ; il dévia le jet d'eau sur le côté pour ne pas l'asperger.

Jenkins lui demanda s'il parlait anglais. L'homme lui répondit en écartant légèrement le pouce et l'index, pour signifier « un peu ». Jenkins lui reposa la même question, mais pour le russe cette fois. L'homme secoua la tête. Non, de toute évidence.

— *Español ?* continua Jenkins.

Un haussement d'épaules, puis :

— *Un poco.*

— *Es este tu barco ?* Est-ce votre bateau ?

L'homme se mit à rire.

— *Ya me gustaría.* J'aimerais bien.

Dans un mélange d'espagnol et d'anglais, il expliqua à Jenkins qu'il était employé par la marina – un bon point – et que les propriétaires des bateaux venaient surtout au printemps et en été.

— *Espero ir a pescar mañana. ¿ Conoces algún barco que me pueda llevar ?* J'aimerais aller pêcher demain. Savez-vous si un bateau pourrait m'emmener ?

— Ici ? Non, dit l'homme en anglais.

C'était ce que craignait Jenkins.

L'homme pointa un doigt en direction du nord.

— *Por la calle.* Plus loin, dans la rue.

— *Por la calle ?* chercha à comprendre Jenkins.

— *Sí. Por la calle.* La pêche.

Jenkins regarda dans la direction indiquée. Plus loin, à environ cinq cents mètres, il aperçut des bateaux amarrés dans une marina beaucoup plus petite.

— Très tôt, ajouta l'homme en anglais.

Puis, désignant le ciel :

— *Karanlik*… nuit.

— Nuit, répéta Jenkins, avant de comprendre. *Sí. Mañana.* Tôt. Quand il fait encore nuit. *Muchas gracias.*

# Chapitre 41

Jake atterrit à l'aéroport international Benito Juárez de Mexico après une nuit sans sommeil. Il tenait grâce à l'adrénaline. Il faisait à peine 5° C quand il avait quitté Seattle. La matinée commençait à peine, mais il faisait déjà chaud à l'intérieur du terminal. Il n'osait pourtant pas ôter son blouson. Alex lui avait cousu une liasse de documents dans la doublure. Elle avait également dissimulé cinq mille dollars dans le fond de son sac à dos ; l'argent était destiné à celui que Charlie appelait « oncle Frank », si toutefois il parvenait à le trouver.

Il suivit les panneaux de l'immigration et des douanes, fit tamponner son passeport, et trouva un bureau de change. Alex lui avait expliqué que les dollars américains étaient acceptés un peu partout à Mexico, mais qu'il se ferait moins remarquer s'il payait en pesos. Il chercha ensuite une boutique hors taxes, et acheta une bouteille de Johnny Walker Blue Label Scotch, la boisson préférée d'oncle Frank, d'après Charlie – et il n'était sûrement pas le seul, étant donné le prix de la bouteille.

Ils avaient réservé pour David un billet d'avion de Seattle vers le Costa Rica, avec une escale à Charlotte, en Caroline du Nord, en espérant donner à Jake une longueur d'avance de quelques heures. Du moins, c'était le plan.

Jake glissa son sac à dos sur son épaule, et, dans un mélange d'anglais et de mauvais espagnol, il héla un taxi marron et or à la sortie du terminal. Alex lui avait noté quelques phrases clés et plusieurs adresses en espagnol. Elle avait vécu à Mexico et connaissait bien ses quartiers. Son intention était d'envoyer Jake d'un côté de la ville à l'autre. Il devrait à chaque fois se déplacer dans le quartier concerné en utilisant les techniques qu'elle lui avait rapidement apprises. Il devait notamment commencer par faire du lèche-vitrine, en se concentrant sur les reflets qui lui renverraient une image de la rue afin de déterminer s'il était suivi. Il devait aussi entrer fréquemment dans des boutiques pour s'assurer que personne ne l'imitait, et au bout de dix ou quinze minutes, reprendre un taxi pour la destination suivante. Le processus était à répéter plusieurs fois.

Il le fit quatre fois, sans rien remarquer de suspect. Il était presque 9 h du matin quand il se dirigea vers *Antigüedades y tesoros*, dans le centre historique de Mexico – une rapide recherche sur Internet lui ayant confirmé que la boutique existait toujours.

Le quartier lui rappela Pioneer Square à Seattle, avec ses immeubles bas en brique et en pierre, ses commerces de détail et ses trottoirs plantés de grands arbres. Il descendit du taxi juste en face d'un de ces immeubles bas. Avec ses garde-corps en fer forgé au premier étage, il avait vaguement l'air d'une prison du Vieil Ouest américain. Il traversa la rue et vit que l'enseigne en lettres anciennes était bien celle qu'il cherchait : *Antigüedades y tesoros*. Il poussa un grand soupir de soulagement. Jusque-là, tout se passait comme prévu. Avec un peu de chance, oncle Frank serait à la boutique.

Plutôt que d'entrer immédiatement, il flâna le long du trottoir. Il ne pouvait pas faire du lèche-vitrine pour la bonne raison qu'il n'y avait pas, à proprement parler, de vitrines. Il s'agissait de primeurs qui avaient remonté un simple rideau de fer et vendaient leurs fruits et légumes sur des étals installés sur le trottoir, quand ce n'étaient pas des vêtements sur des portants, au milieu de hamacs et d'autres babioles pour touristes, qui encombraient les devantures. Des boutiquiers nettoyaient le trottoir avec des balais de paille en échangeant bruyamment entre eux. Jake alla au bout de la rue, tourna dans une ruelle, et fit le tour du pâté de maisons. Personne ne le suivait ni ne prêtait particulièrement attention à lui, apparemment.

Il revint devant *Antigüedades y tesoros*, et cette fois il entra dans la boutique. Une petite sonnette annonça sa présence. Alex lui avait dit de s'assurer que personne n'entre dans la boutique juste après lui – ce qu'elle lui avait décrit comme une « coïncidence voulue ». Mais personne d'autre n'entra.

L'intérieur sentait la poussière de bois, et renfermait un amoncellement d'objets anciens – meubles, jouets, bibelots en tout genre, couverts, vaisselles, pierres précieuses dans des vitrines fermées à clé. Jake se mit à déambuler tranquillement au milieu des objets, tel un touriste, en même temps qu'il observait l'homme assis derrière son comptoir. Ce dernier lui sourit et le salua d'un petit hochement de tête, tout en continuant d'astiquer une cafetière en argent. Avec son pull marron qui laissait apparaître son col de chemise, ses petites lunettes rondes et ses cheveux longs, Jake trouva qu'il ressemblait à l'un de ses vieux professeurs à l'école de droit. En tout cas, il ne ressemblait pas à l'homme qu'Alex lui avait décrit, à commencer par le fait qu'il était trop jeune. Rassemblant son courage, Jake s'approcha du comptoir.

— *Hola*, dit-il. *Habla inglés ?*

— *Sí.*

L'homme sourit et posa sa cafetière en argent et son chiffon, qui dégageait une forte odeur chimique.

— Comment puis-je vous aider, *amigo* ?

— Je cherche quelqu'un, dit Jake. Mon oncle, Charles Jenkins, m'a dit que je pourrais le trouver ici. Il l'appelle oncle Frank.

Oncle Frank, lui avait expliqué Alex, était le nom de code d'un homme nommé José. L'homme derrière son comptoir secoua la tête et plissa le front.

— Je n'ai jamais entendu ce nom-là, dit-il. Vous êtes certain d'être dans la bonne boutique ?

— J'ai cru comprendre qu'oncle Frank avait dans les soixante-dix ans, peut-être même plus de quatre-vingts. Charlie l'a connu à l'époque où il travaillait ici, à Mexico. Il y a longtemps que vous travaillez dans cette boutique ?

L'homme acquiesça.

— Oui, mais je ne connais aucun oncle Frank. Comment avez-vous dit que votre oncle s'appelle, déjà ?

— Charlie. Charles Jenkins. Il dit qu'oncle Frank doit mesurer dans les un mètre cinquante. Il est chauve et porte de petites lunettes rondes, comme les vôtres. Oh, et il dit aussi qu'oncle Frank est amateur de bon Scotch.

L'homme eut un grand sourire. Il s'appuya sur le comptoir et dit :

— Vous êtes en train de décrire mon père. Son vrai nom était José. Cette boutique était à lui. Et il adorait le bon Scotch.

Jake ressentit un grand soulagement. Il posa son sac à dos sur le comptoir, ouvrit la fermeture Éclair d'une des poches, en sortit la bouteille et la posa à côté, en disant :

— Mon oncle m'a demandé de faire savoir à oncle Frank… à José… que j'ai besoin de lui parler. C'est très important.

L'homme leva une main et dit :

— Doucement, *amigo*. Doucement. Je suis désolé, mais mon père est mort il y a sept ans d'un cancer du poumon.

L'annonce fit à Jake l'effet d'un uppercut.

— Il est mort ?

— *Sí.*

Pendant un instant, Jake fut totalement déstabilisé par la nouvelle, ne sachant plus que faire.

— Est-ce que ça va ? lui demanda l'homme.

— Je suis désolé. La nuit a été longue, et la matinée aussi. Donc, votre père est mort, c'est ça ?

— *Sí.*

Jake s'écarta du comptoir ; il avait l'impression d'être au bord de la nausée.

— Pardon de vous avoir importuné, dit-il.

— Ça ne fait rien, *amigo.* Votre oncle était un ami de mon père ?

— Oui, répondit Jake, en reculant toujours.

— *Amigo.*

L'homme leva la bouteille de Scotch.

— Votre Scotch.

Jake haussa les épaules.

— Je ne peux pas la prendre dans l'avion, dit-il. Gardez-la.

— Est-ce que votre oncle avait un message pour mon père ?

Jake repensa à ce que Charlie avait dit à Alex quand il l'avait appelée depuis un téléphone jetable, mais il ne pouvait pas le répéter au fils d'oncle Frank.

— Il a dit que votre père était un artiste, et qu'il lui avait passé plusieurs commandes à l'époque où il travaillait ici, à Mexico.

— Mon père, un artiste ?

De nouveau, l'homme sourit et secoua la tête d'un air incrédule.

— Mon père a vendu des objets anciens toute sa vie. Peut-être qu'il a vendu une œuvre à votre oncle ?

— Peut-être, dit Jake.

— Qu'est-ce que votre oncle faisait ici, à Mexico ?

— Je ne sais pas vraiment, répondit Jake.

L'homme secoua la tête et haussa les épaules. Puis il ramassa la cafetière en argent et se remit à l'astiquer.

— Je suis désolé que vous ayez dû faire tout ce chemin. Pourquoi votre oncle n'a-t-il pas appelé avant ?

— Je suppose qu'il aurait dû, concéda Jake, avant de se retourner rapidement vers la porte.

L'air frais lui fit du bien. Il inspira profondément, à plusieurs reprises. La tête lui tournait, et il se sentait nauséeux, parce qu'il n'avait pas mangé, parce qu'il manquait de sommeil, parce qu'il était dans l'impasse. Il fallait qu'il mange quelque chose, qu'il calme son estomac. Le quartier s'animait de plus en plus ; les voitures étaient plus nombreuses, les piétons aussi. Il fallait qu'il appelle Alex pour lui expliquer la situation ; elle et Charlie allaient devoir élaborer un plan B, si toutefois il en existait un. Il longea la rue et s'arrêta devant un bâtiment vert citron qui arborait en vitrine, au-dessus d'un assortiment de pâtisseries, une décoration au néon rouge représentant une tasse de café.

Il entra et commanda un café et deux roulés à la cannelle à une jeune serveuse aux cheveux roux et au visage couvert de taches de rousseur. Elle avait tout sauf l'air d'être mexicaine. Elle s'adressa à lui en espagnol, mais Jake lui signifia d'un haussement d'épaules qu'il ne comprenait pas ce qu'elle disait.

Elle fit quelques gestes et répéta sa question :

— *Aquí o para ir.*

Elle lui demandait s'il voulait manger son café et ses viennoiseries sur place, ou les emporter. Il vit qu'il y avait plusieurs petites tables poussées contre un mur ; elles étaient toutes vides.

— *Para tomar aquí, por favor*, dit-il. *Gracias.*

Il regarda autour de lui et demanda :

— *Dónde está el baño ?*

Elle lui indiqua le fond de la boutique.

Il se dirigea vers les toilettes avec son sac à dos et ferma la porte à clé. Il observa son reflet dans le miroir au-dessus du lavabo. Il était pâle, et il avait des poches bien marquées sous les yeux. Il ouvrit le robinet, s'aspergea plusieurs fois le visage d'eau froide, et se sécha avec des serviettes en papier.

— Et maintenant quoi ? demanda-t-il à son reflet.

Il jeta un coup d'œil à sa montre. Elle était toujours à l'heure de Seattle. Il était 7 h 30 du matin là-bas. Il appellerait Alex, oui, et lui demanderait ce qu'il devait faire à présent. Il sortit des toilettes et retourna dans la salle. La femme derrière le comptoir le regarda d'un drôle d'air. En rejoignant sa table, Jake vit qu'il n'y avait qu'un seul roulé à la cannelle sur son assiette, et pas de café.

Il se tourna vers la femme et, avec des gestes de la main, lui demanda :

— *¿ Dónde está ? Café. Dos.*

La femme pointa un index vers la porte.

— *El hombre lo tomó*, dit-elle.

— *¿ El hombre ?* Il l'a pris ?

— *Sí. Carlos.*

Jake se tourna vers la porte et ressentit une brusque montée d'adrénaline. Il avait donc été suivi, finalement ?

— *¿ Carlos ? ¿ Quién es Carlos ?*

Elle lui désigna la porte de nouveau, en souriant cette fois.

— *Carlos. Antigüedades y tesoros.*

Il avait l'impression d'entendre grincer les rouages de son cerveau.

— *Habló*… quelque chose ? bredouilla-t-il. *¿ Carlos habló ?*

— *Sí. Dijo que no le gusta el whisky tan temprano en la mañana, pero que le encantaría une taza de café.*

Jake ne comprit pas le sens de la phrase. Il sortit son téléphone et ouvrit une application dédiée à la traduction qu'il avait téléchargée avant de quitter Seattle. Il sélectionna « Espagnol-Anglais » et demanda :

— *¿ Repetir ?*

Il tendit son téléphone vers la femme, qui répéta ce qu'elle venait de dire. L'application traduisit en anglais : « Il a dit qu'il ne buvait pas de Scotch le matin, mais qu'il apprécierait une tasse de café et une part de gâteau. »

Jake regarda la femme, et, de nouveau, elle pointa un index vers la porte.

— *Antigüedades y tesoros,* répéta-t-elle.

— *Gracias, señorita. Gracias.*

Il rassembla ses affaires.

— *Señor.*

La femme sortit de derrière son comptoir en tenant un gobelet de café à emporter et un petit sac en papier blanc.

— *Dos*, dit-elle.

# Chapitre 42

Jenkins se leva à 4 h 30 ; encore une nuit où il n'aurait dormi, réellement, que deux heures. Il avait trouvé un hôtel sur la petite colline qui surplombait la deuxième marina. Il se dirigea vers la porte et sortit. Il espérait que les pêcheurs de Çeşme prenaient la mer aussi tôt qu'aux États-Unis.

La température matinale était proche de zéro ; il fourra ses mains dans ses poches en descendant la colline. Au loin, les lumières des maisons et des hôtels illuminaient le littoral de Chios. Jenkins suivit du regard le clignotement rouge des feux anticollision d'un avion qui amorçait sa descente vers l'aéroport de l'île grecque.

Il prit dans une petite rue qui descendait entre deux ensembles d'immeubles en terrasse, et qui offrait une vue sur la marina et le parking adjacent. Il scruta ce dernier, à la recherche de signes trahissant une présence dans une des voitures en stationnement – la flamme d'une allumette ou d'un briquet, le bout rouge d'une cigarette, la lueur d'un téléphone portable. Il inspecta également du regard les coins d'ombre autour de la marina, cherchant à repérer quelqu'un qui semblerait n'avoir rien à faire là. Mais il ne vit personne.

Il aperçut des phares en approche en bas de la colline. La voiture ralentit, s'engagea sur le parking et s'arrêta devant des poubelles. Un homme en descendit, jeta sa cigarette par terre et fit le tour de la voiture. Il ouvrit le coffre et en sortit ce qui semblait être une glacière, et différents objets que Jenkins ne parvenait pas à distinguer à cette distance. L'homme referma le coffre et se dirigea vers la marina et vers un emplacement en particulier, semblait-il.

Jenkins accéléra le pas. En approchant du parking, il continua de scruter l'intérieur des voitures et les alentours, mais il ne vit toujours personne. Quand il atteignit les pontons, il ralentit, ne voulant pas effrayer l'homme, qui venait d'entrer dans la cabine d'un bateau. Un Afro-américain de la taille de Jenkins pouvait faire peur par sa simple présence, surtout ici. Il attendit que l'homme sorte de la cabine pour le regarder et dire :

— *Affedersiniz. Günaydin.* Excusez-moi. Bonjour.

Il avait appris rapidement les quelques mots turcs dont il aurait vraisemblablement besoin.

— *Günaydin*, répondit l'homme d'un air circonspect.

— *Balik tutmak için ariyorum.* J'aimerais aller pêcher.

Il sortit une liasse de livres turques de sa poche.

L'homme regarda l'argent. Il était assez grand et bien charpenté ; il n'avait pas l'air du tout impressionné par Jenkins. Il ne paraissait pas non plus intéressé. Jenkins comprit qu'il allait décliner son offre.

— *Sakiz gezisi yapmak belki a zaman*, risqua-t-il alors. Dans ce cas, peut-être une traversée pour Chios ?

De nouveau, l'homme marqua un temps d'arrêt. Il regarda de l'autre côté du détroit. Les lumières de Chios étaient si proches qu'on avait l'impression de pouvoir les toucher. Il n'y avait pas plus de vingt minutes de traversée.

— Chios ?

— Oui, dit Jenkins. *Sadece bir gezinti.* Juste la traversée.

— *Ne kadar ?* demanda l'homme, en frottant son pouce et son index. Combien ?

C'était bon signe, songea Jenkins.

— *Be yüz imdi*, dit-il. Cinq cents livres maintenant.

Ce devait être amplement suffisant pour conclure le marché, surtout si l'homme s'apprêtait à sortir en mer de toute façon.

— *Biz indiimizde be yüz daha*, renchérit Jenkins, n'attendant plus qu'un oui maintenant. Et cinq cents de plus à l'arrivée.

L'homme regarda l'île de nouveau, mais l'expression de son visage trahissait une certaine méfiance.

— *Kimi kaçiyorsun ?*

Jenkins secoua la tête pour lui indiquer qu'il n'avait pas compris ce qu'il lui demandait. L'homme pointa un index sur lui ; puis, avec deux doigts, il mima quelqu'un qui court.

— *Kimi kaçiyorsun ?* répéta-t-il.

Si Jenkins lui répondait qu'il fuyait le FSB, ou même simplement les Russes, il pouvait être à peu près sûr que l'homme refuserait de le prendre à son bord.

— *Evet*, répondit-il en hochant la tête.

— *Kim ?* voulut savoir l'homme.

Jenkins en déduisit qu'il lui demandait de nouveau qui il fuyait. Il sourit, puis acquiesça, avant de sortir son téléphone et de trouver la traduction qu'il cherchait.

— *Karim*, dit-il. *Ma femme.*

L'homme parut décontenancé un instant. Puis il sourit et fit signe à Jenkins de monter à bord.

— *Belki de seninle gitmeliyim*, dit-il. C'est bon, je vous emmène.

# Chapitre 43

Devant l'arrêt terminus de la gare routière de Çeşme, Viktor Federov attendait l'arrivée du prochain flot de cars. Après le fiasco de Bursa, il avait réfléchi. Selon lui, il n'y avait que deux possibilités : ou bien le jeune pêcheur lui avait menti concernant l'intention de Jenkins de prendre le car jusqu'à la côte occidentale de la Turquie, et de là, de passer en Grèce ; ou bien Jenkins, conscient que le FSB était plus que jamais sur ses traces, avait décidé de modifier ses plans et en avait échafaudé de nouveaux.

Il écarta la première possibilité, la jugeant hautement improbable. Les pêcheurs avaient été rétribués pour faire traverser la mer Noire à Jenkins. Ils ne lui devaient rien de plus, et certainement pas leur vie ni celles de leurs proches. Et d'ailleurs, leur histoire tenait debout. Le moyen le plus rapide pour espérer quitter la Turquie était bien d'essayer de rallier la Grèce, qui comptait des dizaines d'îles où Jenkins pouvait se cacher en attendant de pouvoir prendre un bateau ou un avion pour une autre destination. L'autre possibilité était donc la plus probable : Jenkins, sachant que Federov le talonnait, avait changé ses plans en arrivant à Bursa, ou du moins il voulait le lui faire croire. Avec le recul, il ne pouvait s'empêcher de penser qu'il lui avait peut-être été un peu trop facile de remonter la trace de Jenkins jusqu'à l'hôtel – Jenkins qui avait parlé anglais et laissé un généreux pourboire afin qu'on se souvienne de lui. De toute évidence, il les avait attirés intentionnellement vers cet hôtel. Il pouvait avoir quitté Bursa pour à peu près n'importe quelle destination, et donc être presque n'importe où à présent.

Ou bien… c'était précisément ce qu'il voulait lui faire croire, et ainsi augmenter ses chances de pouvoir fuir en passant par Çeşme, comme prévu initialement.

C'est cette dernière possibilité qui expliquait notamment la présence de Federov devant cette gare routière terminus, où il attendait l'arrivée des cars – afin qu'Alekseyov et lui puissent interroger tous les chauffeurs pour savoir si l'un d'eux se souvenait d'avoir vu l'Américain. Jusqu'à maintenant, ils avaient fait chou blanc. L'autre raison pour laquelle il était là était tout simplement qu'il n'avait pas grand-chose d'autre à faire dans l'immédiat. Si Jenkins avait choisi de suivre un autre itinéraire pour quitter la Turquie, il n'y pouvait rien tant que personne ne signalait son passeport ni ne le reconnaissait, ou encore tant qu'ils n'en apprenaient pas un peu plus sur ses tentatives de joindre des amis aux États-Unis pour se procurer des papiers d'identité.

Alekseyov descendit du dernier car et le rejoignit un peu plus loin. Pour ressembler à un touriste turc, le jeune agent s'était débarrassé de son costume et portait un bermuda, une chemise colorée, des chaussettes noires, des baskets et des lunettes de soleil. Federov, lui, portait un pantalon en toile, un polo bleu et des sandales.

— *Niet*, dit Alekseyov en secouant la tête. On dirait que M. Jenkins n'est pas venu à Çeşme.

— On dirait bien, admit Federov.

Il avait appelé son contact aux États-Unis, qui lui avait dit qu'il était possible que Jenkins tente de se procurer de faux papiers par une source qui venait de prendre un vol pour le Costa Rica. Ils suivaient les faits et gestes de la source en question.

Federov se retourna. Il contempla les eaux turquoise de la mer Égée, et les bateaux de plaisance amarrés le long des pontons de la marina – une parmi les nombreuses autres logées dans les multiples criques qui composaient le relief côtier de la petite ville portuaire. Des pêcheurs aussi jetaient l'ancre dans les eaux calmes et peu profondes de Çeşme, et passaient la journée en ville. Jenkins aurait facilement pu soudoyer l'un d'entre eux pour le conduire en Grèce s'il était venu jusqu'ici.

— Qu'est-ce qu'on fait ? demanda Alekseyov.

Federov sortit de sa poche un rouleau de Mentos aux fruits et en fourra deux dans sa bouche.

— Quand les prochains cars doivent-ils arriver ? demanda-t-il.

— Pas avant 17 h.

Il regarda sa montre, puis les toits de tuiles rouges des bâtiments alentour. C'était une belle journée ensoleillée, et la température était agréable. À part attendre, ils ne pouvaient pas faire grand-chose de plus pour le moment.

— Allons manger un bout avant les prochaines arrivées. Ça me laissera le temps de passer quelques coups de fil pour aller aux nouvelles.

# Chapitre 44

Jake poussa la porte en verre de *Antigüedades y tesoros* et entra dans la boutique, tenant à la main le gobelet de café et le sac en papier contenant les deux viennoiseries. Il s'approcha du comptoir où il avait vu l'homme astiquer son argenterie. La cafetière était posée sur un plateau, avec le chiffon rouge. L'odeur chimique était toujours présente. Derrière le comptoir se tenait à présent une femme aux longs cheveux noirs et raides, qui ne devait pas mesurer plus d'un mètre cinquante. Elle jeta un coup d'œil au gobelet de café que Jake tenait à la main, et l'espace d'un instant, il crut qu'elle allait lui demander de ne pas boire ni manger à l'intérieur de la boutique. Mais elle lui sourit.

Avant qu'il ait le temps de s'enquérir de Carlos, la femme fit le tour du comptoir, traversa la boutique, retourna un écriteau en vitrine et ferma la porte à clé. Puis elle lui fit signe de la suivre, et le précéda à travers un labyrinthe de buffets, de tables, de cadres de lit, d'armoires et de piles de magazines. Elle ouvrit une porte au fond de la boutique et s'écarta pour le laisser passer. Jake s'avança et jeta un regard plongeant dans un escalier qui descendait en pente raide vers un espace éclairé par une faible lumière jaune.

— *¿ Carlos aquí* ? demanda-t-il en pointant du doigt l'escalier.

La femme sourit et acquiesça d'un hochement de tête, mais ne dit rien.

Jake descendit lentement, ne sachant pas à quoi s'attendre. La femme ferma la porte derrière lui. Il s'arrêta en entendant cliqueter la serrure.

— Pas bon, marmonna-t-il. Pas bon du tout.

L'escalier trembla et craqua sous son poids. Il aperçut bientôt des machines posées sur un sol pavé – des photocopieurs, une presse d'imprimerie, et une machine qui, à en juger par la pile de feuilles transparentes à côté, servait à plastifier des documents.

Carlos se tenait derrière un imposant *« partner's desk »*, un ancien bureau double anglais, dans le fond de la pièce. L'autre viennoiserie que Jake avait commandée était posée sur une serviette en papier, à côté d'un gobelet de café. La lumière jaune émanait d'une suspension au-dessus de la tête de Carlos.

Ce dernier sourit en voyant Jake descendre la dernière marche.

— Venez. Asseyez-vous, je vous en prie.

Jake s'avança, posa son café et son sac en papier sur le bureau, et s'assit de l'autre côté.

Carlos s'assit à son tour, prit une bouchée de son roulé à la cannelle, et tendit une serviette en papier à Jake.

— Tenez. Je déteste manger seul, et comme vous aviez faim, semblait-il…

— Oui, on peut le dire, confirma Jake.

Il prit un de ses roulés dans le sac en papier, et mordit dedans.

— D'où venez-vous ? lui demanda Carlos.

— Seattle, répondit Jake.

— Et Charles Jenkins est votre oncle ?

— Disons qu'il est comme un oncle pour moi.

— C'est bien ce que je pensais. Vous ne vous ressemblez pas.

Un silence, puis :

— Je plaisante, dit Carlos en souriant. Vous avez l'air à cran. Détendez-vous.

— Vous le connaissez ?

— Seulement d'après les photos que mon père a conservées dans ses fichiers.

Il arracha un petit morceau de son roulé, s'appuya contre le dossier de sa chaise et trempa le morceau de viennoiserie dans son café.

— J'ai été contraint de vous renvoyer pour m'assurer que vous n'aviez pas été suivi, et pour me donner le temps de faire une recherche dans les fichiers de mon père.

Il termina son roulé et s'essuya les doigts dans une serviette en papier.

— Je vous ai vu entrer dans ce café, et je me suis précipité ici pour m'assurer que vous disiez bien la vérité.

Il désigna du doigt un ordinateur portable sur son bureau.

— J'ai informatisé la plupart des documents dont s'est servi mon père. Il y en avait beaucoup. Le dossier de votre oncle était du nombre. Il semble que mon père et votre oncle aient fait affaire, plusieurs fois, il y a très longtemps.

— Votre père est vraiment mort ?

— Oui. Sur ce point, je n'ai pas menti.

— Et vous avez pris sa succession, c'est ça ?

— Mon père m'a appris les deux métiers. Il en a vécu confortablement parce qu'il a toujours fait très attention, aussi bien aux objets qu'il achetait, qu'aux clients. S'il n'était pas certain de faire un bénéfice sur un objet ancien, il ne l'achetait pas. Et quand il n'aimait pas, ou ne croyait pas pouvoir faire confiance, à la personne qui lui réclamait des faux papiers, il feignait simplement l'ignorance, comme moi tout à l'heure. C'est pour cette raison qu'il ne traitait jamais aucune affaire par téléphone. Il aimait regarder un homme… ou une femme… dans les yeux. Il était très sélectif, et se trompait très rarement. C'était également un artiste, comme l'a dit votre oncle ; bien plus talentueux que moi, bien que je n'aie pas à être aussi bon avec l'aide des nouvelles technologies. Presque tout ce que mon père a fait pour votre oncle à l'époque, il l'a fait à la main. Pour ma part, je m'appuie essentiellement sur les ordinateurs.

Il posa son gobelet de café.

— De quoi avez-vous besoin… ?

— Jake.

— De quoi avez-vous besoin, Jake ?

— Puis-je vous emprunter votre couteau ?

Carlos lui tendit le couteau. Jake se servit de la pointe pour découdre une des doublures, derrière laquelle Alex avait soigneusement dissimulé une enveloppe. Lors du passage aux rayons X à l'aéroport, elle donnait tout simplement l'impression d'être dans sa poche intérieure. Et grâce au programme Precheck de la TSA[7], destiné à passer plus rapidement les contrôles de sécurité, il n'avait même pas eu à ôter son blouson pour le faire vérifier. Il tendit l'enveloppe à Carlos. Ce dernier l'ouvrit et en sortit plusieurs photos récentes de Charlie, ainsi que des photocopies de son passeport, de son extrait de naissance et de son permis de conduire. Alex conservait ces documents, ainsi que ses propres papiers et ceux de CJ, dans le sac d'évacuation d'urgence qu'elle avait emporté avec elle de Camano.

Carlos ôta ses lunettes à monture métallique, qui lui laissèrent des marques rouges sur l'arête et de chaque côté du nez. Sans elles, il paraissait plus jeune ; ses pommettes et son nez étaient plus proéminents. Il lut le mot manuscrit qu'Alex avait joint aux photos, en même temps qu'il posait ces dernières une par une sur le bureau. Quand il eut terminé de lire le mot, il rassembla l'ensemble des documents, les tapa doucement sur le plateau du bureau pour en égaliser les bords, et reposa le tout devant lui.

— Votre tante ? demanda-t-il en posant une main à plat sur le mot manuscrit.

— La femme de Charlie.

7 L'Administration de la sécurité des transports.

— Elle était également officier traitant ?

— Oui. Ici, à Mexico.

— On voit qu'elle connaît la ville ; aucun doute.

Il appuya le bout de ses doigts contre ses lèvres et pencha la tête comme s'il récitait une prière silencieuse. Ses yeux n'arrêtaient pas de revenir vers les documents. Moins d'une minute plus tard, il reprit :

— Elle dit qu'il y a urgence. Je peux vous préparer les papiers pour demain, en fin d'après-midi. Je ne peux pas faire plus vite.

Jake hocha la tête.

— C'est déjà bien. On fera avec.

— Ça vous coûtera cinq mille dollars.

Jake eut l'impression qu'on venait de lui envoyer un pavé dans l'estomac. C'était tout l'argent qu'il avait.

— Mais je sais que vous êtes inquiet pour votre oncle, ajouta Carlos. Tout comme sa femme.

— Très inquiet, dit Jake.

— Je vais vous faire ça pour deux mille cinq cents, dit-il, étant donné que votre oncle connaissait mon père. Vous avez déjà pris une chambre d'hôtel, ou quelque chose ?

— Non, dit Jake. Pas encore.

— Attendez.

Carlos décrocha le combiné de son téléphone rétro et actionna le cadran une seule fois. Il parla en espagnol, bien trop vite pour que Jake puisse comprendre ce qu'il disait ; puis il raccrocha.

— Je loue des chambres au premier étage. Veronica me dit que nous en avons une de libre. Vous pouvez la prendre. Je vous suggère de ne pas sortir ; mieux vaut ne pas vous faire remarquer. Je ne crois pas que vous ayez été suivi, mais on n'est jamais trop prudent. Veronica vous apportera de quoi manger. Laissez votre blouson et votre sac à dos. Tout ce dont votre oncle a besoin sera cousu dans la doublure.

# Chapitre 45

En arrivant de bon matin à Chios, Jenkins trouva un hôtel isolé qui avait des chambres de libres dans une petite rue en contre-haut de la plage où le pêcheur l'avait déposé – loin de la marina et des boutiques, et plus près de l'aéroport. Il profita d'un terrain vague envahi par la végétation à gauche de l'hôtel pour sortir la burka de son sac à dos et l'enfiler avant d'entrer dans l'hôtel pour y prendre une chambre.

Une fois dans celle-ci, il s'écroula pour la première fois depuis plusieurs jours, et dormit comme une souche. Il était presque 17 h quand il se réveilla. Il appela Alex, oubliant le décalage horaire, et la réveilla.

— Tu es en sécurité ? lui demanda-t-elle.

— Oui.

— Où es-tu ?

— Dans un hôtel à Chios, pas loin de l'aéroport. Tu as des nouvelles de Mexico ?

— Tes papiers devraient être prêts en fin d'après-midi. Il y a un vol pour Athènes au départ de Mexico à 21 h. Il arrive à Chios à 18 h, heure grecque. Où en es-tu ?

— J'ai laissé autant de fausses pistes que possible, et pour le moment, je n'ai repéré personne qui me suivait. J'espère qu'ils en sont arrivés à la conclusion que j'ai changé mes plans et que j'ai déjà quitté le pays, mais ce n'est jamais aussi simple avec le FSB. Ils sont malins, intuitifs, et ils ne lâchent rien.

— Et on ne peut pas dire que tu te fondes facilement dans la foule.

— En Amérique, peut-être, mais ici je porte une burka en public. Jusqu'à présent, ça n'a pas mal marché.

— Mais pour combien de temps encore ? Combien crois-tu qu'il y ait de femmes en burka mesurant plus d'un mètre quatre-vingt-dix en Grèce ?

— Plus d'une, j'espère. Tu as des nouvelles de David ?

— Il a atterri au Costa Rica il y a deux heures, et il a été suivi en sortant d'une agence de voyages. Il compte retourner à l'agence demain après-midi. Avec un peu de chance, la personne qui le file croira qu'il a récupéré tes faux papiers, et qu'il vient te les apporter.

— Où ça ?

— Il a réservé un vol pour Chypre.

— Bon choix.

— C'est ce que je me suis dit aussi. Si tu avais renoncé à suivre le plan de ce pêcheur à Bursa, tu aurais sûrement pris un car jusqu'à la côte turque et traversé la Méditerranée jusqu'à Chypre, avant de rejoindre Israël.

— J'espère que David est affilié à un programme de fidélité qui lui permet d'accumuler des « miles » aériens, dit Jenkins.

Il observa un silence. Il se sentait coupable d'avoir menti à Alex et de lui causer autant de soucis.

— Comment ça va ? lui demanda-t-il. Tu tiens le coup ?

— Ça va, tant que je ne reste pas à rien faire et que je réussis à occuper mon esprit.

— Je suis désolé, Alex. Je suis désolé de te mettre dans cette situation. Je…

— Ne commence pas à t'excuser, l'interrompit-elle. Rentre, c'est tout. Nous t'attendons tous ici.

Il savait qu'elle s'évertuait à être forte pour qu'il le soit aussi.

— Je vais changer de téléphone, dit-il. Tu as l'autre numéro ?

— Oui. Je vais en changer moi aussi. Je donnerai les nouveaux numéros à Jake quand il appellera.

— J'attends qu'il fasse nuit, et je vais chercher un endroit où Jake et moi pourrons nous retrouver.

Elle observa un silence à son tour, avant de reprendre d'une voix chargée d'émotion :

— Sois prudent, Charlie. Et assure-toi que Jake le soit aussi.

— Je récupère les papiers, et je le renvoie aussitôt. Si tout va bien, je serai juste derrière lui.

— Je t'aime, Charlie. Reviens-moi vite.

— Promis.

Il mit fin à l'appel et se posta devant la fenêtre de sa chambre, qui offrait une vue sur la mer Égée et Çeşme au loin. Il se demanda si Federov se trouvait dans la même position que lui, de l'autre côté, à la marina peut-être, les yeux tournés vers l'ouest, en pleine interrogation.

* * *

Federov mit fin à un appel, rangea son téléphone et alla rejoindre Alekseyov, à qui il avait demandé d'aller à la marina montrer la photo de Jenkins, pour le cas improbable où quelqu'un aurait vu l'Américain. En arrivant sur les quais, il le repéra qui terminait une conversation avec un homme près d'une pompe à carburant.

— Rien, dit le jeune agent. Personne ne l'a vu.

— Parce qu'il n'est pas ici, à Çeşme.

— Qu'est-ce que vous voulez dire ?

— Je viens d'avoir en ligne mon contact aux États-Unis. L'homme qui sert de coursier à Jenkins, David Sloane, a atterri à San José, au Costa Rica. On l'a pris en filature à son arrivée.

D'abord, il s'est rendu dans une agence de voyages, juste avant la fermeture. Et puis il a rejoint à pied un hôtel tout proche.

— Il compte probablement récupérer des papiers pour Jenkins dans cette agence, raisonna Alekseyov. Il y retournera certainement demain.

— Oui. Et juste après que M. Sloane a pris une chambre dans cet hôtel, il s'est occupé de réserver un vol pour Chypre demain après-midi.

— Jenkins a donc pris un autre car à Bursa, comme vous le soupçonniez, dit Alekseyov.

— Alertez notre équipe à Chypre, et dites-leur d'oublier les marinas. Jenkins est probablement déjà là-bas. Dites-leur de surveiller l'aéroport de Paphos, où Sloane doit atterrir.

— Jenkins pourrait chercher à rejoindre Israël en bateau, suggéra Alekseyov.

— C'est bien pour cela qu'il nous faut le coincer à Chypre.

Alors qu'ils quittaient la marina, Federov remarqua que l'homme à la pompe à carburant parlait avec un type vêtu d'un short, de tongs et d'une veste polaire – peut-être le propriétaire d'un bateau – et les désignait du doigt. Sans doute racontait-il l'échange qu'il venait d'avoir avec eux.

Soudain, Federov s'arrêta.

— Un problème ? lui demanda Alekseyov.

Federov se rendit compte qu'il venait de faire à propos des deux hommes une déduction basée uniquement sur une information non confirmée, ce qui était exactement ce qu'il faisait avec Charles Jenkins. En se basant sur la présence de l'Américain à Bursa, et sur le fait qu'aucun des chauffeurs de car arrivant à Çeşme ne se souvenait de l'avoir vu, il avait conclu que Jenkins avait renoncé à son plan initial de se rendre à Çeşme et de s'embarquer pour la Grèce. S'il se retrouvait dans la même situation, lui aussi ferait tout pour brouiller les pistes concernant sa destination réelle.

— Les deux hommes qui discutent ensemble là-bas, vous avez parlé aux deux, ou à un seul ?

— Un seul. Je n'avais pas vu l'autre.

— On dirait qu'ils se connaissent.

— C'est important ?

— L'information concernant le coursier nous est parvenue un peu trop facilement, non ? raisonna Federov.

— Qu'est-ce que vous voulez dire ?

— Je veux dire que ce coursier a acheté ses billets sous son vrai nom. Idem pour la réservation d'hôtel. Un peu comme Charles Jenkins nous a facilité la tâche à Bursa en ne cherchant pas vraiment à dissimuler son intention de descendre dans cet hôtel.

— Vous croyez qu'on cherche à faire en sorte que notre attention se concentre sur le mauvais endroit ?

— Ou la mauvaise personne. Si vous cherchiez à fuir, et que vous saviez que ces pêcheurs allaient finir par révéler vos plans, que feriez-vous ?

— Je changerais de plans, répondit Alekseyov.

Federov sourit.

— Non, vous tenteriez de nous faire croire que vous avez changé vos plans, c'est différent. Tout cela pour qu'en apprenant ces nouveaux plans supposés, nous soyons persuadés d'avoir été plus futés que vous, alors que c'est tout l'inverse.

— Vous croyez que Charles Jenkins pourrait être ici, à Çeşme ? Mais personne ne l'a vu. Il n'était dans aucun des cars. On a interrogé tous les chauffeurs.

Federov regarda de nouveau les deux hommes au bout du quai. Celui à qui Alekseyov n'avait pas parlé retournait à son bateau. Si Jenkins se trouvait à Çeşme, et qu'il cherchait à rejoindre Chios, il tenterait certainement de louer un bateau ici, à la marina, ou de convaincre quelqu'un de le faire traverser.

Sans prévenir, Federov se dirigea vers l'homme qui marchait le long du quai.

— Colonel ?

— N'appelez personne… pour le moment.

Quinze minutes plus tard, Alekseyov le vit revenir d'un pas pressé.

— Jenkins est ici, dit Federov. Dites à nos hommes de concentrer leurs recherches sur Chios. Dites-leur que je veux connaître les itinéraires de tous les passagers qui ont pris un vol Seattle-Athènes, ou Washington-Athènes, et… Non.

Il s'interrompit.

— Dites-leur que je veux les identités de tous les passagers qui prennent un vol pour les États-Unis au départ de Chios, ou qui voyagent par avion avec un passeport américain. Faites en sorte que chaque agent dispose d'une photo de Jenkins. Je ne sais pas s'il nous mène en bateau une fois de plus… peu importe. Je ne tomberai pas deux fois dans son piège.

# Chapitre 46

Épuisé, les yeux bouffis à cause du manque de sommeil et souffrant de maux d'estomac, Jake regarda par le hublot de l'appareil l'île de Chios en forme de haricot, toute proche maintenant. La masse terrestre s'élevait des eaux bleues cristallines de la mer Égée vers des hauteurs montagneuses couvertes d'une riche végétation. Des maisons aux toits de tuiles rouges parsemaient ses pentes escarpées, s'étageant jusqu'à la côte où se trouvaient regroupés la plupart des hôtels et des boutiques de l'île, le long des plages où la mer tranquille avait des reflets verts fluorescents. La vue rappela à Jake les séjours qu'il avait faits à Hawaï avec David et sa mère, quand celle-ci était encore en vie. Chios avait quelque chose de paradisiaque, et en d'autres circonstances, c'eût pu être réellement un paradis.

Mais pas pour lui ; ou du moins, pas cette fois.

De l'autre côté du détroit, que Charlie avait dû franchir à l'heure qu'il était, il apercevait la Turquie. Personne ne lui avait donné de détails concernant les efforts déployés par Charlie pour quitter la Russie ou la Turquie ; mais il savait que si on ne lui avait rien dit, c'était pour une bonne raison. S'il devait être pris et subir un interrogatoire, il ne pourrait rien révéler d'important. Combien de temps il faudrait aux Russes pour parvenir à cette conclusion, et ce qu'ils pourraient lui faire entre-temps, voilà deux interrogations qu'il trouvait aussi démoralisantes qu'effrayantes.

Il avait parlé à Charlie avant de prendre l'avion pour Athènes, lors de son escale à Francfort, en Allemagne. Charlie lui avait conseillé, à peine débarqué, de jouer les étudiants venus visiter l'île en touristes. Quand il serait à l'intérieur du terminal, il ne devait pas le chercher tout de suite. Charlie prendrait contact avec lui, et lui dirait où aller et quoi faire, dès qu'il serait certain que personne ne le suivait.

Pour coller à l'image du touriste, Jake portait un short, des sandales de marche Teva, un tee-shirt et son blouson, bien que la température à Chios au mois de janvier fût encore loin d'être agréable. Juste avant l'atterrissage, le pilote annonça qu'il avait fait 16° C au meilleur de la journée. Il était un peu plus de 18 h quand l'avion toucha la piste ; la nuit tombait doucement sur l'île grecque. Jake attrapa son sac à dos dans le compartiment à bagages, ainsi que le chapeau à larges bords qu'il avait acheté à Mexico, et il s'efforça d'imiter l'attitude enthousiaste des autres passagers tandis qu'il descendait l'escalier d'accès jusqu'à la piste.

* * *

Viktor Federov attendait à l'intérieur du terminal principal de l'aéroport national de l'île de Chios avec trois autres agents du FSB, dont Simon Alekseyov. Chacun d'eux était positionné de manière à avoir une vue sur les deux portes du terminal. Ils avaient occupé les mêmes positions la veille, et étaient prêts à les reprendre le lendemain si nécessaire. Ils étaient habillés comme des habitants de l'île venus attendre un proche ou une relation – shorts ou jeans, sandales, chemises légères et coupe-vent pour dissimuler leurs armes. Il n'y avait pas plus d'une vingtaine de vols qui atterrissaient chaque jour sur le minuscule aéroport, provenant tous d'aéroports plus importants en Grèce.

À un tout petit peu plus de 18 h, une voix annonça dans les haut-parleurs l'arrivée du vol GQ240 en provenance d'Athènes.

D'après les sources de Federov au FSB, trois passagers avaient embarqué avec des passeports américains. Deux étaient de jeunes mariés, venus apparemment passer leur lune de miel à Chios. Le troisième, un jeune homme, voyageait seul. Tous les agents du FSB s'étaient vu fournir les photographies des passeports.

Federov se redressa quand les premiers passagers franchirent les portes du terminal. Le jeune homme rejoignit rapidement la file qui se formait devant le Bureau des douanes et de l'immigration.

Federov se toucha l'oreille.

— Le sujet vient d'entrer dans le bâtiment. Il se tient en bout de file.

— Je le vois, dit Alekseyov.

Le jeune agent était assis sur un banc à l'autre bout du terminal. Le vol GQ240 étant le dernier de la journée, Federov avait envoyé deux des hommes récupérer leur voiture de location. Il écoutait à présent attentivement les messages diffusés par les haut-parleurs, tout en surveillant les réactions du jeune Américain.

Il le vit s'écarter légèrement dans la file et regarder devant lui. Cherchait-il quelqu'un ? Un contact, peut-être ? Federov doutait que Jenkins eût le front d'arranger un échange dans l'aéroport même, mais ce jeune homme pouvait n'être qu'un intermédiaire, chargé de remettre les documents à un autre coursier, qui les porterait enfin à Jenkins.

Le jeune Américain parvint au guichet et remit son passeport à l'agent de douanes. Federov s'approcha discrètement et entendit l'agent lui demander le motif de sa visite à Chios.

— Vacances, répondit le jeune homme.

L'agent des douanes tamponna son passeport et le lui rendit. Le jeune homme ramassa son sac et se dirigea vers la sortie du terminal. Federov et Alekseyov lui emboîtèrent le pas, tout en restant à bonne distance.

Le jeune homme s'arrêta, sortit un téléphone portable et le colla à son oreille. Quelqu'un l'appelait. Il continua de parler en franchissant les portes du terminal, puis traversa la rue jusqu'à la station de taxis. Une brise cinglante agita les branches des palmiers.

La voiture de Federov se gara le long du trottoir. Alekseyov et lui grimpèrent à l'arrière. Le taxi quitta la station et s'engagea sur la route à deux voies qui longeait la côte, en direction du nord, vers le centre de Chios, la capitale éponyme de l'île.

— Pas trop près, dit Federov.

Quelques minutes plus tard, le taxi s'arrêta devant un hôtel, non loin de la marina. Le jeune homme en descendit et entra dans l'établissement.

— Garez-vous en face, dit Federov au chauffeur, qui s'exécuta.

Les chambres de l'hôtel étaient toutes accessibles par un balcon extérieur qui donnait sur la marina. Après quelques minutes, le jeune Américain apparut sur le balcon du premier étage et entra dans sa chambre, l'avant-dernière à droite.

— Combien de temps est-ce qu'on va attendre ? demanda le chauffeur.

Federov descendit sa vitre et alluma une cigarette.

— On va voir, dit-il.

* * *

Jake descendit l'escalier d'accès et traversa le tarmac avec son sac à dos et son sac marin. Il dépassa les chariots à bagages, pénétra dans le terminal et prit la queue derrière le couple avec qui il avait fait brièvement connaissance dans l'avion – de jeunes mariés de San Francisco qui venaient passer leur lune de miel dans les îles grecques, et se plaignaient déjà de la température trop fraîche.

Il résista à la tentation de regarder autour de lui dans le terminal et, quoiqu'il fût loin de faire chaud, il sentait la sueur couler doucement sous ses aisselles. Le dos de son tee-shirt lui collait à la peau, mais il ne voulait pas ôter son blouson.

Son téléphone portable vibra dans sa poche. Il plongea la main à l'intérieur de son blouson, le récupéra et le colla à son oreille pour entendre la voix qui lui parlait, par-dessus les annonces dans les haut-parleurs de l'aéroport.

— Ne te retourne pas, lui dit Jenkins.

— D'accord.

— Deux hommes au moins surveillent le terminal. Il y en a probablement d'autres. Souris comme si tu étais heureux de recevoir cet appel.

Jake s'exécuta.

— Maintenant, regarde discrètement sur ta droite. Tu vois l'homme en coupe-vent bleu là-bas, tout à fait à l'écart ?

— Oui, dit Jake.

— Ris de nouveau.

Jake fit mine de s'esclaffer. La femme qui se tenait devant lui se retourna et sourit.

— Maintenant, regarde sur ta gauche. Tu vois le type blond assis sur le banc ?

Jake se tourna dans la direction indiquée.

— Oui. Qu'est-ce que je fais ?

— Rien. Avance, c'est tout.

Les jeunes mariés s'avancèrent vers un des deux guichets. Jake alla au guichet d'à côté dès que les personnes qui le précédaient eurent terminé.

— Passeport, lui demanda l'officier des douanes.

Jake le lui tendit. L'officier l'ouvrit, examina la photo, puis Jake.

— Ôtez votre chapeau, s'il vous plaît.

Jake fit ce qu'on lui demandait.

L'homme le dévisagea une fois encore ; puis il posa le passeport et se mit à pianoter sur son clavier d'ordinateur.

— Quel est le but de votre visite ? lui demanda-t-il.

— Voyage d'agrément, dit Jake.

L'homme tapa encore quelque chose sur son clavier. Puis il tamponna le passeport et le rendit à Jake.

— Bon séjour à Chios, dit-il.

Jake ramassa son sac marin, franchit la douane et se retrouva dans le terminal. Au même instant, l'homme sur le banc se leva. L'homme à sa droite parut également venir vers lui.

— Qu'est-ce que je fais ? demanda Jake.

— Continue d'avancer. Ne te retourne pas. Souris, sois enthousiaste. Tu es heureux d'être à Chios.

Jake s'efforça d'en avoir l'air, mais il n'était pas certain d'être convaincant. Il franchit la porte de sortie du terminal. Une voiture se rabattit le long du trottoir. L'espace d'une seconde, il imagina que les portières allaient s'ouvrir et que des hommes allaient l'embarquer de force, mais la voiture passa devant lui sans s'arrêter.

Il poussa un grand soupir.

— Ça va ? lui demanda Jenkins.

— Oui. Tout va bien.

Il se dirigea vers la station de taxis.

— Ne prends pas de taxi. Loue une voiture. Ensuite, prends à droite en sortant du parking et suis les panneaux qui indiquent GR-74. Reste sur cette route pendant trente-cinq minutes. Ne roule pas trop vite. Les routes sont très mal éclairées par ici.

— Tu es sérieux ? dit Jake. C'est de ça que je suis censé m'inquiéter ? Parce que, pour le moment, les routes mal éclairées, c'est le cadet de mes soucis, je te l'avoue.

Il entendit Charlie rire, puis dire :

— Je t'appellerai quand tu auras ta voiture ; je te donnerai d'autres instructions à ce moment-là. C'est bon de t'entendre, Jake.

— C'est bon de t'entendre aussi, dit Jake.

* * *

Federov regarda sa montre. Ils attendaient devant l'hôtel depuis presque une heure, mais personne n'était venu. Combien de temps est-ce que ça allait prendre ? Une heure encore ? Toute la nuit ? Fatigué et frustré, il jeta son mégot de cigarette par la vitre ouverte et descendit de voiture. Les autres agents, pris de court, cafouillèrent un instant avant de descendre à leur tour et de courir pour le rattraper.

— Pourquoi ne pas attendre qu'il prenne contact avec Jenkins ? demanda Alekseyov.

— S'il a les papiers de Charles Jenkins, je le convaincrai de nous dire où ils ont prévu de se retrouver.

— Et si ce n'était pas au programme ? Je veux dire, peut-être qu'il doit juste déposer les papiers quelque part ?

— Alors, on enverra quelqu'un que M. Jenkins ne connaît pas déposer les documents.

Federov monta rapidement l'escalier jusqu'au premier étage, et se dirigea droit vers l'avant-dernière chambre au bout du balcon. Quand il arriva devant, il sortit son arme et frappa à la porte. Quand le jeune homme lui ouvrit, Federov n'attendit pas qu'il l'invite à entrer. Il le poussa purement et simplement. Le jeune homme se mit à protester, mais Federov le bâillonna aussitôt en plaquant sa main sur sa bouche et en lui montrant son arme.

— Pas un mot. Vous comprenez ?

Le jeune homme hocha la tête, les yeux écarquillés.

— Fouillez ses bagages, ordonna-t-il aux autres agents.

Ils fouillèrent les sacs, arrachèrent les doublures. Federov souleva le blouson du jeune homme, ouvrit un couteau à cran d'arrêt et tailla la doublure.

— Fouillez la chambre, dit-il.

— Qu'est-ce que vous cherchez ? demanda le jeune homme. De la drogue ? Je n'en ai pas.

— Où sont les papiers ? Les documents de voyage ?

Le jeune homme indiqua la commode d'un petit mouvement du menton.

— Là, sur la commode.

— Je parle de ceux que vous êtes venu livrer ?

— Quoi ?

— Ne jouez pas avec moi. Je ne suis pas d'humeur.

— Je ne sais pas de quoi vous parlez.

Federov s'approcha de lui.

— Ne me mentez pas. Je suis fatigué d'entendre mentir.

— Je ne mens pas. Je vous en prie. Je ne sais pas ce que vous cherchez.

Federov baissa les yeux et vit que l'homme avait mouillé son pantalon. Il grommela un juron et fit signe aux autres de sortir. Avant de quitter la chambre, il avertit :

— À partir de maintenant, tous vos faits et gestes seront scrutés. Si vous racontez à qui que ce soit ce qui vient de se passer, ou si vous tentez d'alerter la police, on reviendra. Vous comprenez ?

L'homme hocha rapidement la tête.

Federov sortit et ferma la porte derrière lui. Un drôle de sentiment l'envahit tandis qu'il contemplait au loin, par-delà les eaux sombres du détroit, les lumières de Çeşme. Il était dans l'incertitude la plus totale. Il était possible que le coursier de Charles Jenkins ne soit pas encore arrivé à Chios. Il pouvait très bien arriver le lendemain, ou le surlendemain ; ou bien il était déjà arrivé, et Jenkins avait déjà pris un vol retour pour les États-Unis. En fait, tout était possible. Le coursier pouvait être un homme ou une femme, il pouvait être jeune ou vieux, voyager avec un passeport américain ou de n'importe quel pays. Son contact aux États-Unis avait sous-estimé les talents de Charles Jenkins. Lui aussi. Le contact en question pouvait bien proférer toutes les menaces qu'il voulait, aucun d'entre eux n'empêcherait Jenkins de rentrer chez lui, semblait-il.

Ce ne serait alors plus son problème, à lui, Federov.

Il sourit à cette idée, et laissa échapper un petit rire sarcastique.

— Colonel ? l'interrogea Alekseyov d'un air perplexe.

— Nous repartons pour Moscou demain matin. Prenez les dispositions nécessaires, dit Federov.

— Nous ne reprenons pas la surveillance de l'aéroport demain ? s'enquit le jeune agent.

Federov secoua la tête.

— Non. Ce soir, nous irons prendre un bon dîner quelque part. Nous boirons de la vodka, et nous porterons un toast à M. Jenkins. Il n'est plus notre problème.

* * *

Suivant les dernières instructions de Charlie, Jake arriva à Pyrgi, le « village peint ». Bien qu'il fît nuit, il était difficile de manquer ce dernier. Des formes géométriques en noir et blanc ornaient les murs extérieurs de chaque bâtiment, ou presque. Les rues étroites et les ruelles se prêtant mal à la circulation automobile, il gara sa voiture à l'entrée du village. Puis il prit son sac à dos et se dirigea vers le centre. Malgré une température assez basse, les rues n'étaient pas désertes. Des gens se promenaient sous les arcades en pierre des maisons ; des hommes assis à des tables jouaient au backgammon pendant que les femmes faisaient du tricot, leurs voix se mêlant aux accents mélodieux de la musique grecque s'échappant par les portes ouvertes.

Alors qu'il marchait sous une des arcades, le téléphone portable de Jake vibra dans sa poche. Il prit l'appel.

— Continue d'avancer jusqu'à la place centrale, lui dit Jenkins. Là, tu y es. Maintenant, regarde devant toi, de l'autre côté de la place. Tu vois le restaurant avec le parasol rouge fermé à côté de l'entrée ?

Jake regarda dans la direction indiquée. La place était constellée de dizaines de tables vides et de parasols beiges fermés.

— Oui, je le vois, dit-il en repérant le parasol rouge.

— Demande au serveur une table dans le patio, au fond du restaurant. Comme il commence à faire froid, il va te suggérer de t'asseoir à l'intérieur. Dis-lui que c'est ton premier soir en Grèce, et que tu veux en profiter.

Tout autour de la place, de la lumière se déversait des fenêtres et des vitrines des restaurants et des boutiques. Jake rejoignit le restaurant au parasol rouge et s'adressa au maître d'hôtel. Comme Charlie l'avait prédit, l'homme tenta de le convaincre qu'il serait mieux à l'intérieur, mais il céda quand Jake lui dit que c'était son premier soir sur l'île. Le maître d'hôtel alluma un photophore en verre rouge sur une table du patio. Jake commanda une bière grecque et attendit.

Quelques minutes plus tard, levant les yeux, il poussa un grand soupir de soulagement en voyant Charlie s'encadrer dans la porte du patio. Ce dernier s'avança jusqu'à sa table et le prit chaleureusement dans ses bras.

— Tu n'aurais pas dû faire ça, Jake, dit Charlie, la gorge nouée par l'émotion.

— C'est-à-dire que les choix étaient assez limités, dit Jake.

Ils s'assirent. Le serveur réapparut. Charlie commanda une bière.

— Tu sais comment ont fait ces types pour se retrouver à l'aéroport de Chios ? interrogea Jake. J'étais persuadé que papa les avait baladés au Costa Rica, et ensuite à Chypre.

— Non, répondit Charlie en secouant la tête. Je l'ignore.

Il songea à Federov. Le Russe était doué dans sa partie, c'était indéniable, et il respectait cela.

— Il faut croire qu'ils se sont rendu compte que c'était une ruse. La piste du Costa Rica avec David, c'était peut-être un peu trop gros. Dans le monde du contre-espionnage, il faut toujours avoir un plan B. À propos, comment est-ce que tu as franchi la douane sans qu'ils t'arrêtent ? À la place de Federov, je me serais intéressé à tous les passagers arrivant à Chios avec un passeport américain, surtout arrivant seul.

Jake fouilla dans sa poche et tendit à Charlie un petit livret vert chasseur portant en lettres dorées l'inscription *Pasaporte*.

— Un passeport mexicain, dit Jenkins. Ce bon vieil oncle Frank.

Jake secoua la tête.

— Oncle Frank est mort d'un cancer il y a sept ans. C'est son fils, Carlos, qui a repris l'affaire familiale. Et c'est Alex qui m'a suggéré de voyager avec un passeport mexicain.

Jenkins sourit fièrement.

— Tu as mes papiers ?

Jake ouvrit son blouson.

— Donne-moi ton couteau.

Jake coupa le fil de la doublure à plusieurs endroits, et la décousit. Il récupéra l'enveloppe et la tendit à Charlie, qui la glissa sous la serviette de table posée sur ses genoux. Il l'ouvrit et examina rapidement son contenu sans rien sortir – les trois passeports, grec, mexicain et canadien, ainsi que les permis de conduire, deux mille dollars américains, et un billet d'avion pour un vol au départ d'Athènes le lendemain soir.

— Comment vas-tu faire pour quitter l'île s'ils surveillent l'aéroport ? lui demanda Jake.

— Il y a un ferry qui part demain matin pour le Pirée, à Mesta. Tu vas le prendre. Du Pirée, il est facile de rejoindre l'aéroport d'Athènes en taxi, et de s'envoler ensuite pour les États-Unis.

— Mais… et toi ?

— Je serai sur un autre bateau. Je ne serai pas loin de toi.

Le serveur revint.

— Je parie que tu as faim, dit Charlie.

— Tu veux dire que je meurs de faim, sourit Jake.

Charlie regarda le serveur.

— Une pizza Pyrgi. Extra-large. Et deux autres bières, commanda-t-il.

# DEUXIÈME PARTIE

# Chapitre 47

Après des jours de cavale, Jenkins, assis à la table de cuisine de David Sloane, contemplait les eaux sombres du détroit de Puget, n'en revenant toujours pas d'être enfin rentré. Son avion avait atterri à l'aéroport de SeaTac trente-six heures plus tôt ; il était arrivé groggy à cause du manque de sommeil et du décalage horaire, épuisé physiquement et mentalement – une preuve de plus, s'il en était besoin, qu'il n'était plus l'homme de trente-cinq ans qui avait poursuivi des agents du KGB à Mexico. Son séjour russe avait laissé des traces. Ce qui le surprenait le plus, c'était son épuisement mental. Il avait l'impression d'avoir participé à un marathon d'échecs ; fuir la Russie avait exigé de lui d'avoir toujours deux coups d'avance sur Federov. Ce n'était que maintenant qu'il mesurait combien l'épuisement mental pouvait interagir avec le corps. Quand enfin il était rentré, il s'était littéralement écroulé, et il était toujours en train de récupérer.

— Tu as faim ? lui demanda Alex, les yeux rougis par le manque de sommeil et l'inquiétude.

Des boîtes cartonnées blanches de plats à emporter d'un restaurant thaïlandais jonchaient la table de cuisine, mais les odeurs d'ordinaire alléchantes du pad thaï au poulet, de la soupe *tom yam* ou du *phat khing* ne parvenaient pas à aiguiser l'appétit de Jenkins, au plus bas depuis qu'il était arrivé aux États-Unis. Non pas qu'il ne fût pas heureux d'être rentré, de pouvoir tenir la main de sa femme ou de lire un livre à CJ à l'heure du coucher, mais quelque chose continuait d'assombrir les tréfonds de son esprit, et il ne pouvait s'empêcher de penser que l'épreuve qu'il venait de vivre n'était pas terminée.

— Tout à l'heure, peut-être, répondit-il.

Max, qui sentait peut-être que son maître avait bien failli ne jamais revenir, était couchée à ses pieds sous la table. CJ aussi paraissait inquiet pour son père ; il voyait bien que quelque chose n'allait pas, sans pouvoir dire quoi, au juste. Un peu plus tôt dans la soirée, quand Jenkins l'avait mis au lit, CJ l'avait supplié de continuer sa lecture après l'unique chapitre habituel. Jenkins s'était alors rendu compte que ce n'était pas une simple tentative de manipulation, mais que cela procédait d'une crainte bien plus profonde : celle de perdre son père. Jenkins avait poursuivi sa lecture jusqu'à ce que CJ soit endormi.

Il lâcha la main d'Alex et lova les siennes autour d'un mug de café en porcelaine. La chaleur contre ses paumes fit surgir dans son esprit l'image de la tasse de café turc qu'il avait tenue entre ses mains, après être sorti des eaux glacées de la mer Noire. Il repensa à Demir Kaplan et à ses deux fils, et aux sacrifices qu'ils avaient faits. Et, un souvenir en entraînant un autre, lui revint celui de Paulina Ponomayova, juste avant qu'elle ne quitte la maison de plage pour tenter de faire diversion.

— Charlie ? dit David Sloane.

Jenkins le regarda, sans savoir depuis combien de temps son ami l'appelait ; mais, à en juger par l'air inquiet des visages autour de la table, cela faisait plus que quelques secondes.

— Ça va ? lui demanda Sloane.

— Oui. Juste un peu fatigué, répondit-il.

Une enceinte connectée sur le plan de travail de la cuisine de Sloane diffusait de la musique country. Jenkins craignait toujours que quelqu'un ait installé des micros directionnels pour écouter leurs conversations. Depuis son retour, il avait passé des heures – deux à la fois, son temps de concentration maximum – à expliquer ce qui l'avait conduit en Russie, ce qu'il avait appris là-bas, et les raisons qui l'avaient poussé à fuir pour sauver sa peau. Tous s'efforçaient à présent de décider quoi faire – pour autant qu'il y eût quelque chose à faire.

— Est-ce qu'il y a un moyen d'informer des personnes en position d'agir qu'il y a une fuite, un traître qui informe les Russes ? demanda Sloane.

— Ça ne va pas être simple, dit Jenkins. Un agent de terrain sait que si une opération est abandonnée, il est censé disparaître. Il n'essaiera jamais de reprendre contact avec son contrôleur.

— Pourquoi cela ? voulut savoir Sloane.

Lui aussi avait l'air fatigué. Des poches sombres s'étaient formées sous ses yeux, et avec les mèches grises qui striaient sa chevelure, il n'avait plus cet air juvénile qui avait si longtemps charmé les jurys.

Jenkins s'éclaircit la gorge et répondit :

— Emerson m'a prévenu que si l'opération capotait, l'Agence ne reconnaîtrait pas publiquement sa responsabilité, parce que ce serait reconnaître du même coup l'existence des sept sœurs, et leur faire courir peut-être un plus grand danger encore.

— Et ce type, Emerson ? reprit Sloane. Est-ce qu'on peut lui faire confiance ?

Jenkins exhala un long soupir. Il avait beaucoup réfléchi à cette question au cours des derniers jours.

— Je ne sais pas. Rien ne s'est passé comme il l'avait prévu, mais quelqu'un a pu se servir de lui également.

Il regarda Alex.

— Il avait de nombreux contacts au KGB autrefois, quand nous étions en poste à Mexico. Mais c'était notre cas à tous.

— Tu crois qu'ils ont pu le retourner à ce moment-là ? demanda Alex.

— Je crois que tout est possible.

— Comment ça, « retourner » ? voulut savoir Jake.

— Alex veut dire qu'il se serait mis à travailler pour le KGB, répondit Jenkins. Un agent double.

Il sirota son café. Il avait eu tout le temps d'envisager cette possibilité pendant sa cavale.

— Qui que ce soit – peut-être Emerson, peut-être quelqu'un de plus haut placé – je pense que la personne en question s'est dit qu'elle avait une occasion de vendre les noms des sept sœurs, et elle l'a saisie.

Il regarda Alex.

— Peut-être une taupe russe travaillant pour la CIA depuis des années, voire des décennies, conjectura-t-il.

— C'est déjà arrivé, commenta Alex.

— C'est vrai.

— Pourquoi une taupe bien en place attendrait-elle tant d'années pour divulguer ces noms ? chercha à comprendre Sloane.

— Emerson m'a dit que les noms des sept sœurs n'étaient connus que d'une poignée de personnes triées sur le volet à l'Agence, reprit Jenkins. Cette personne n'a peut-être appris les noms des sœurs que très récemment ; à moins que sa situation n'ait changé.

— D'accord, admettons qu'il s'agisse d'une taupe qui connaît les noms des sœurs, dit Jake. Dans ce cas, pourquoi ne les a-t-elle pas tous divulgués d'un coup ?

— Une fois encore, elle ne les connaît peut-être pas tous. Quelqu'un peut très bien les lui avoir communiqués un par un. C'est du pur opportunisme. La personne vend les noms un par un pour en tirer le meilleur prix. J'ignore évidemment qui elle est – Emerson, ou quelqu'un au-dessus de lui. Et je ne sais pas comment le découvrir discrètement. Si je fais le mauvais choix, cela pourrait alerter la taupe, qui aura tout le temps d'effacer ses traces et de s'enfuir.

— Et de s'en prendre à toi, dit Alex.

— Possible, admit-il, sans s'étendre davantage sur ce qu'ils savaient tous les deux, à savoir que si Jenkins était bien rentré, il n'était pas pour autant en sécurité.

— Est-ce que tu as essayé de joindre Emerson ? demanda Sloane.

Jenkins acquiesça d'un hochement de tête.

— Mais le numéro qu'il m'a donné n'est plus en service.

— Il t'a donné le numéro, ou quelque chose sur quoi il était inscrit ? chercha à savoir Sloane.

— Juste un numéro sur une carte de visite. Je crois qu'il s'agit d'un numéro de portable.

— Tu as toujours cette carte ?

— Pas sur moi.

— Où est-elle ? demanda Sloane en se redressant sur sa chaise, manifestement intéressé. Une carte est une preuve tangible de contact ; et cela pourrait s'avérer important si Emerson venait à nier avoir participé à ton opération.

— Elle est dans mon bureau, à la maison, dit Jenkins. Mais il est probable que le numéro ait été réattribué depuis à une autre personne, ou à une autre société.

— Et si on attendait que cet Emerson t'appelle de lui-même ? suggéra Jake. *A priori*, s'il le fait, c'est que la fuite ne vient pas de lui, non ?

— Ce n'est pas aussi simple, rectifia Jenkins. Il est rare qu'un contrôleur appelle un officier traitant quand une mission tourne mal ; autrement dit, son silence n'est pas un signe de culpabilité.

— De plus, si le traître, c'est lui, renchérit Alex, il pourrait très bien passer ce coup de fil pour se protéger, et découvrir ce que Charlie sait, au juste, pour mieux le mettre hors jeu.

— Et si Charlie allait trouver la presse ? poursuivit Jake. Ça inciterait peut-être la CIA à chercher en interne d'où vient la fuite ?

Jenkins appuya ses coudes sur la table.

— Ça risquerait plutôt de poser un tas d'autres problèmes, dit-il. Pour commencer, vous avez tous eu du mal à me croire quand je vous ai raconté toute cette histoire, et pourtant vous me connaissez. Un journaliste ne me croira pas sur parole. Il voudra des preuves, et je n'en ai pas.

— C'est justement là que la carte de visite peut nous aider, dit Sloane.

— Peut-être, concéda Jenkins. Mais j'hésite à rendre tout cela public. C'est trop tôt.

— Dans ce cas, ne dis rien, réagit Sloane. Peut-être que notre bonhomme aura senti passer le vent du boulet, comme on dit. Peut-être qu'il se dira qu'il s'en tire à bon compte, finalement.

— Peut-être, concéda encore Jenkins. Mais je ne peux pas m'y résoudre.

— Te résoudre à quoi ?

C'était la conversation qu'il redoutait.

— À le laisser s'en tirer à bon compte.

— Pourquoi ? voulut savoir Alex. Si cette personne garde le silence et ne fait pas d'autres dégâts, pourquoi ne pas en rester là ?

Jenkins savait qu'Alex avait peur de ce qu'il pouvait lui arriver, et que c'était cette peur qui motivait ses questions.

— Parce que quelqu'un à la CIA est soit une taupe russe capable de continuer de faire du mal, soit un traître opportuniste directement responsable de la mort d'au moins trois femmes. Surtout, il y a toujours quatre sœurs là-bas. Je ne peux pas faire comme si de rien n'était, alors que j'ignore si cette personne a l'intention de dévoiler leurs noms. Elles n'ont aucune idée de ce qui se trame ; cela fait d'elles des cibles faciles.

— Ce n'est pas de ta responsabilité, plaida Alex. Tu n'aurais même jamais dû être impliqué dans tout ça. On t'a menti.

— Impliqué, je le suis maintenant ; et responsable aussi. Je ne peux pas, en toute bonne conscience, laisser mourir ces quatre femmes.

— Ces femmes savaient dans quoi elles s'engageaient, répliqua Alex, de plus en plus agitée. Elles connaissaient les dangers de leur mission.

— Ces femmes servent leur pays depuis des dizaines d'années. Je ne peux pas les abandonner. Je ne les abandonnerai pas. Si je le faisais, ça signifierait qu'une brave femme a donné sa vie pour rien ; qu'une famille turque..., que *vous tous* avez risqué vos vies pour rien.

— Des conneries, tout ça, s'agaça Alex en repoussant sa chaise et en s'efforçant de se lever. Les personnes dont tu parles ont été payées pour t'aider à quitter le pays, et si nous avons risqué nos vies, c'est pour que mon mari et le père de mes enfants puisse rentrer à la maison. Tu as une famille à qui tu dois penser maintenant.

— Je sais cela.

— Alors, oublie le reste.

— À chaque fois que j'ouvre un journal et que je lis qu'une personne a été tuée en Russie, je me demande si ce n'est pas une autre sœur, si je n'aurais pas pu lui sauver la vie.

— Eh bien, ça vaut mieux, crois-moi, que d'ouvrir le journal et d'y lire ton nom dans la rubrique « faits divers ». Penses-y.

Elle jeta sa serviette de table dans son assiette, tourna les talons et traversa le couloir jusqu'à leur chambre aussi vite qu'il est possible à une femme enceinte de trente-deux semaines de le faire.

Un silence pesant tomba sur la cuisine. Seule l'enceinte connectée continuait de diffuser en sourdine une chanson country nasillarde aux accents mélancoliques.

Jenkins regarda Sloane.

— Ça va aller. Elle va se calmer, dit-il.

— Restons-en là pour ce soir, dit Sloane. Il est tard, on est tous fatigués. Reparlons de tout ça demain, dans mon bureau, juste tous les trois. Ces derniers jours n'ont pas été faciles pour Alex ; ni pour aucun d'entre nous.

Il s'interrompit un instant, puis :

— Elle a raison au moins sur un point : tu es rentré, et tu es sain et sauf. C'est le plus important. En attendant, comme on dit, peut-être qu'il vaut mieux éviter de réveiller le chat qui dort.

Peut-être, songea Jenkins, si ce n'est qu'il n'avait aucun moyen de savoir si le chat dormait vraiment, ou s'il n'allait pas brusquement se jeter sur lui, toutes griffes dehors.

* * *

Jenkins passa devant des photographies encadrées de Jake avec David et Tina à différents moments de leur vie, avant la mort de Tina. Il resta songeur un long moment, avant de se retourner et de jeter un regard en direction de la cuisine. Sloane venait d'éteindre et de monter se coucher, seul. Personne ne l'attendait dans sa chambre, et c'était ainsi depuis plusieurs années. Cela le fit repenser à ce long intervalle, qui se comptait en décennies, où il avait vécu seul à la ferme de Camano ; tout ce temps où il n'avait même pas pris la mesure du gouffre de solitude dans lequel il était tombé. Alex l'en avait sorti. CJ aussi. Il avait une vie agréable à présent ; une vie qu'il n'imaginait plus possible après toutes ces années de réclusion volontaire. Il ne voulait pas perdre tout cela ; mais comment pouvait-il tourner le dos aux personnes qui avaient pris tant de risques pour qu'il reste en vie ?

Il poussa la porte de leur chambre provisoire avec une certaine appréhension. Il savait ce qu'il venait de faire vivre à Alex, et il ne voulait pas qu'elle continue de s'inquiéter pour lui. Il était conscient du stress que cela occasionnait pour elle et le bébé.

Une lampe de chevet de faible puissance diffusait une maigre lueur dans la chambre. Alex sortit de la salle de bains attenante en chemise de nuit, son ventre saillant sous le tissu bleu pastel. Elle le regarda, secoua la tête, tira les draps, et se glissa au lit sans un mot. Ça n'allait pas être facile.

— Je suis désolé, dit-il en s'attardant devant la porte. Je ne voulais que pas que ça se passe comme ça.

— Ah non ? Tu croyais qu'il allait se passer quoi ?

— J'ai cru que je pourrais sauver ces femmes ; c'est comme ça qu'on m'a vendu cette mission.

— Et évidemment, les factures de la société n'ont rien à avoir là-dedans ?

— Bien sûr que si, dit-il.

— Pourquoi ne m'as-tu rien dit ?

— Tu sais que je ne pouvais pas, Alex.

— Je ne parle pas de l'opération, Charlie. Je parle de l'étendue des problèmes financiers auxquels était confrontée CJ Sécurité – les problèmes de *notre* société – ou as-tu oublié que j'en suis également propriétaire ?

— Je ne t'ai rien dit parce que je ne voulais pas t'inquiéter, lui assura-t-il.

— Oh ? Et tu trouves que c'est réussi ?

Il inspira profondément, s'efforçant de rester calme ; il voulait à tout prix éviter l'escalade, surtout ne pas la stresser davantage.

— Je ne voulais pas t'inquiéter pour ne pas risquer des complications de ton côté.

— Eh bien, c'est raté.

Elle remonta les couvertures. Jenkins lui tendit un verre d'eau et s'assit au bord du lit.

— J'en resterai là, si c'est ce que tu veux vraiment, dit-il. Je laisserai tomber.

Elle secoua la tête, et, s'efforçant de contenir ses larmes, elle dit doucement :

— Je sais que tu ne pourras pas. Je sais aussi que c'est ce qu'il faut faire, essayer de sauver ces femmes. J'aimerais seulement que ce ne soit pas à toi qu'incombe cette tâche. Promets-moi d'être prudent. J'ai bien vu que tu ne voulais pas en parler devant David et Jake, mais nous savons tous les deux que quelqu'un a déployé d'énormes efforts pour que tu ne rentres pas, pour te faire taire. Si tu commences à parler, cette personne, quelle qu'elle soit, devra réagir et répondre à son tour.

# Chapitre 48

Le lendemain, Jenkins quitta Three Tree Point et se rendit en voiture jusqu'aux bureaux de Sloane, dans le quartier de SoDo, une abréviation de « South of Downtown », autrement dit le « sud du centre-ville » de Seattle. Avant la construction des stades de baseball et de football, SoDo était un quartier essentiellement industriel. On doit sa transformation à Paul Allen, le milliardaire de Microsoft, qui possédait déjà un des stades. Des dizaines d'entrepôts ont été démolis et transformés en immeubles de bureaux, d'appartements, en boîtes de nuit, en restaurants, et même en distilleries. Le bâtiment de David Sloane était du nombre.

Jenkins retrouva ce dernier dans une grande salle de conférence derrière l'accueil. Il savait que Sloane cherchait des preuves tangibles pour étayer son histoire russe, pour la rendre crédible. Malheureusement, Jenkins n'avait pas grand-chose à lui offrir de ce point de vue.

À midi, Carolyn leur apporta des sandwiches. La secrétaire de Sloane et Jenkins avaient toujours eu une relation de type « Je t'aime, moi non plus », en mode taquin.

— Le sandwich au pastrami, c'est pour qui ? demanda-t-elle à Sloane. Pour vous, ou pour le Géant Vert ?

— Pour moi, dit Sloane.

Carolyn regarda Jenkins.

— À la dinde, nature. Vous devriez vraiment mettre un peu de piment dans votre vie.

— Disons que je viens d'en mettre pour toute une vie, répliqua Jenkins.

— J'ai eu droit à la version courte, dit Carolyn. Ravie que vous soyez de retour.

— Dites, je rêve, ou c'était un mot gentil ?

Il se tourna vers Sloane.

— Je ne me trompe pas, hein ?

— Oui, bah, ne vous y habituez pas trop, tempéra Carolyn.

Après le départ de cette dernière, Sloane reprit :

— J'ai beaucoup réfléchi à ce que tu as dit hier soir. Je parle du fait de ne pas vouloir aller trouver la CIA, ni rendre public ce qui s'est passé. J'ai une autre idée.

— Je t'écoute, dit Jenkins en posant son sandwich.

— Et si on racontait tout ça à une autre agence fédérale, et qu'on les laissait enquêter à notre place ?

— À quelle agence est-ce que tu penses ?

— Je connais quelqu'un au FBI, dit Sloane. Ce n'est pas un ami, mais il me respecte. Que dirais-tu de tout lui expliquer, sans mentionner par son nom aucune opération, bien sûr ? Tu pourrais lui demander de se renseigner auprès de la CIA, qui lui confirmerait peut-être que tu as bien été réactivé ; et qui sait, il pourrait même obtenir des détails. Ça permettrait d'informer la CIA qu'elle abrite une taupe, ou du moins quelqu'un qui vend aux Russes des informations classées secret défense. De simples allégations, à mon avis, suffiraient à déclencher une enquête.

Jenkins y réfléchit. L'idée n'était pas mauvaise. Le FBI opérait sur le territoire américain, et était compétent pour mener ce type d'investigations.

— Ton contact, il est du genre obstiné ? demanda-t-il. Si je lui donne certaines informations, est-ce qu'il fera tout son possible pour vérifier que ce que je lui dis est vrai, et est-ce qu'il essaierait d'en apprendre davantage ?

— Oui, je crois que oui – pour peu qu'on lui donne une bonne raison d'agir. Si on lui explique qu'il y a une taupe à la CIA, je crois que ça lui suffira, dit Sloane.

Jenkins considéra les choix qui s'offraient à lui ; ils étaient très limités.

— D'accord, dit-il. Essayons.

* * *

Sloane téléphona à Christopher Daugherty, au bureau local du FBI situé sur la Troisième Avenue, dans le centre de Seattle. Après quelques mots de retrouvailles, il expliqua à Daugherty qu'il avait un client qui avait des choses à dire. Quand il mentionna la CIA, Daugherty lui dit qu'il passerait à son bureau SoDo dans l'heure.

Durant une bonne partie de l'après-midi, Jenkins expliqua à Daugherty les liens professionnels qui unissaient CJ Sécurité et LSR&C, les difficultés financières que sa société avait traversées du fait des retards de paiement de LSR&C, et lui raconta la visite à point nommé, à sa ferme de Camano, de Carl Emerson. Il lui parla également de ses deux voyages en Russie, mais sans mentionner les sept sœurs.

— Je ne peux rien dire de l'opération elle-même, se justifia-t-il. Elle est toujours en cours.

Il raconta encore sa rencontre avec Viktor Federov, à qui – avec l'aval d'Emerson – il avait dévoilé le nom d'Alexei Soukourov, et celui de l'opération Graystone. Il avait par la suite, lui dit-il, livré le nom de la scientifique russe spécialiste du nucléaire, Ouliana Artemyeva. Daugherty écouta, posa des questions, prit des notes – autant de signes que Jenkins jugea positifs et encourageants.

Quand il eut terminé son récit, Daugherty se renversa contre le dossier de sa chaise et dit :

— Bon, corrigez-moi si je me trompe. Si j'ai bien compris, vous avez reçu un paiement de cinquante mille dollars pour divulguer cette information ?

— Non. Les cinquante mille dollars, c'était une partie de ma rémunération.

— Et vous avez utilisé cet argent pour payer les arriérés de factures et les salaires de CJ Sécurité ?

— Oui. Pour maintenir l'entreprise à flot, jusqu'à ce que LSR&C ait rattrapé son retard de paiement.

— Est-ce que les Russes vous ont rémunéré ?

— Non.

— Et cet homme…

Daugherty consulta ses notes.

— … Carl Emerson. Il était votre chef de poste à Mexico à l'époque où vous étiez vous-même officier traitant, c'est bien ça ?

— C'est exact.

— Et vous ne l'aviez pas revu depuis cette époque ?

— Non. C'était il y a plusieurs dizaines d'années.

— Mais il est venu vous trouver pour vous proposer de mener cette opération en Russie.

— Oui.

Daugherty plissa le front, comme s'il s'efforçait de résoudre un problème complexe. Après quelques secondes, il demanda :

— Pourquoi ? Je veux dire, pourquoi vous ?

— Parce que je parle couramment le russe et que je connais toutes les ficelles du renseignement. Et aussi parce qu'il est moins coûteux et plus facile de réactiver un agent que d'en former un.

— Et le temps pressait, c'est ça ?

— C'est ce qu'on m'a fait comprendre, en tout cas, répondit Jenkins.

— D'accord, dit Daugherty. Donc, vous ne pouvez pas me dire pour quelle raison précise Carl Emerson vous a envoyé en Russie ?

— Précisément, non.

— Information classifiée, hein ?

— Oui.

— De quoi mettre réellement en danger la vie d'agents sur le terrain ?

— Oui.

— Mais pas Alexei Soukourov, ni…

Il consulta de nouveau ses notes.

— Ouliana Artemyeva, termina Jenkins. Non, ces noms m'ont été communiqués par Carl Emerson. Je n'ai révélé aucune information non autorisée.

— Donc, c'était une information déclassifiée ?

— On *m'a* autorisé à la divulguer, en tout cas.

Daugherty regarda Sloane, puis de nouveau Jenkins.

— Vous devez comprendre que je vais avoir beaucoup de mal à accorder à tout ça un réel crédit, tant que je n'ai rien de plus pour corroborer ce que vous me racontez.

— Je comprends parfaitement, mais il y a des informations que je ne peux pas vous révéler. Une chose est sûre : il y a une taupe à la CIA, qui met en péril toutes les opérations menées en Russie. Si la CIA enquête, elle peut mettre un terme à ces fuites. Vous allez devoir convaincre l'Agence d'agir et… d'essayer de combler les manques.

Daugherty s'adossa de nouveau contre le dossier de sa chaise en dévisageant Jenkins.

— Seriez-vous prêt à passer le test du polygraphe ?

Jenkins savait que le test de ce qu'on appelait communément le « détecteur de mensonges » n'était pas recevable devant un tribunal. Il savait que l'examinateur comme le témoin pouvaient manipuler les résultats en jouant notamment sur le phrasé des questions ou des réponses. Il était surtout conscient que sans rien de plus pour convaincre Daugherty qu'il lui disait la vérité, l'agent du FBI risquait de ne pas être très motivé pour chercher des réponses.

— Sous certaines conditions, répondit Jenkins.

— C'est-à-dire ?

— Je ne répondrai pas aux questions concernant l'opération elle-même. En revanche, je répondrai à tout ce qui concerne ma réactivation, et le fait que j'ai ou non révélé des informations non autorisées.

Daugherty referma son bloc-notes.

— Quand pouvez-vous venir au bureau ?

— Non, ça ne se passera pas au bureau, dit Jenkins, conscient de l'importance de l'environnement dans ce genre de d'examen. On peut très bien faire ça ici.

— Vous voulez que l'examinateur vienne vous voir ?

— Je veux un environnement neutre, et je veux que mon avocat soit présent pour s'assurer du bien-fondé des questions posées. Je veux également les résultats du test avant que vous ne partiez.

Peut-être qu'il devenait paranoïaque, se dit-il, mais il ne voulait pas que quiconque puisse manipuler les résultats.

— À quelle heure demain ?

— Si on disait cet après-midi ? risqua Jenkins.

— Bon. Laissez-moi passer quelques coups de fil.

* * *

Jenkins n'avait été relié à la machine qu'une vingtaine de minutes, mais l'analyse de ses réponses physiologiques à chaque question avait demandé beaucoup plus de temps à l'examinateur – en l'occurrence, une examinatrice. La nuit était tombée. Le bruit métallique des manœuvres d'accouplement et de désaccouplement des wagons sur la voie ferrée leur parvenait de derrière le bâtiment.

On avait l'impression de coups de tonnerre lointains répercutés en écho.

Le téléphone portable de Sloane sonna. Daugherty les attendait dans la salle de réunion.

Installé à la table à côté de l'examinatrice, un petit bout de femme mal fagotée à l'attitude un peu raide, l'agent du FBI tendit les résultats du test à Sloane.

— Pas de mensonges détectés, dit-il.

Jenkins poussa un soupir de soulagement. Les résultats du polygraphe pouvaient être de trois types : soit il disait la vérité, soit il mentait, soit le résultat était non concluant. La seule chose qui lui importait à présent était que Daugherty avait maintenant de quoi poursuivre ses investigations.

— Donc, il dit la vérité, commenta Sloane.

— Disons qu'il n'a pas menti, du moins dans ses réponses aux questions posées, nuança Daugherty.

Il regarda Jenkins, et ajouta :

— Je vais passer quelques coups de fil demain, et m'efforcer de combler les vides les plus significatifs de votre histoire. Si la CIA confirme que vous étiez bien en mission pour l'Agence et certains détails que vous m'avez confiés, nous nous mettrons à la tâche pour essayer de débusquer cette taupe. J'aurai peut-être d'autres questions à vous poser, en fonction de ce que je découvrirai. La CIA aussi, j'imagine. Restez joignable.

— Je ne vais nulle part, dit Jenkins.

Tous se serrèrent la main, et Daugherty comme l'examinatrice quittèrent les bureaux de Sloane. Ce dernier ferma peu après, et Jenkins et lui rentrèrent à Three Tree Point.

— Jusqu'ici, ça se déroule plutôt bien, commenta Sloane.

Pendant que l'avocat conduisait, Jenkins jeta un coup d'œil dans le rétroviseur latéral.

— On nous suit, dit-il.

— Quoi ?

Sloane regarda à son tour dans le rétroviseur intérieur.

— La voiture derrière nous, dit Jenkins. Deux hommes. FBI.

— Comment sais-tu qu'il s'agit du FBI ?

— Parce que la voiture n'essaie pas d'être discrète, ce qui veut dire qu'il y a peu de chances pour que les types à l'intérieur soient des agents de la CIA, ou des Russes cherchant à me tuer.

— Pourquoi est-ce que le FBI nous suivrait ? Tu as passé le test du polygraphe avec succès.

— L'agent Daugherty veut sûrement garder un œil sur moi jusqu'à ce qu'il ait tiré toute cette histoire au clair. Je lui ai tout de même dit que j'avais révélé au FSB des informations classifiées.

* * *

Alex les accueillit à la porte quand ils arrivèrent. Jenkins l'avait appelée en route, et lui avait annoncé notamment qu'il avait passé avec succès le test du polygraphe.

— Je préparais CJ à monter se coucher, dit-elle, plus enjouée qu'elle ne l'avait été depuis bien des jours. J'ai laissé un plat au four si vous avez faim.

— Laisse-moi d'abord coucher CJ, dit Jenkins.

Il monta rejoindre son fils dans sa chambre et le trouva assis sur la moquette, en train d'assembler des briques Lego et de composer un des nombreux modèles que Jake lui avait descendus du grenier et donnés.

— Salut, mon grand.

Jenkins s'assit à côté de lui.

— Qu'est-ce que tu construis ?

— C'est l'Étoile de la Mort, la station spatiale de *Star Wars*, dit CJ. Papa, quand est-ce que je vais pouvoir retourner à l'école ?

— Bientôt, dit-il.

— Mais quand ?

— Je ne peux pas te donner une date précise, fiston. Tes amis te manquent ?

CJ hocha la tête.

— Et le foot.

— Je sais, dit Jenkins.

— Est-ce que tu as des ennuis ?

— Pourquoi me demandes-tu ça ?

— Je ne suis pas stupide.

— Non, ça non.

— Alors ? J'ai raison ?

— Non, je n'ai pas d'ennuis, mais la situation est un peu compliquée.

— Tu risques d'aller en prison ?

Jenkins prit une seconde de trop pour répondre. Il vit l'inquiétude déformer les traits de CJ, qui se mit à pleurer.

— Hé, dit Jenkins alors que le garçon lui tombait dans les bras. Allons, ne t'inquiète pas. Tout va bien se passer. Tout va rentrer dans l'ordre.

Jenkins n'avait jamais menti à son fils. Il considérait que l'honnêteté était un des premiers devoirs de la parentalité.

— Écoute, dit-il en cherchant le regard de CJ. Ton père n'a rien fait de mal, d'accord ? Je veux que tu saches ça. C'est important, et c'est la vérité. Je n'ai rien fait de mal.

— Alors, tu n'iras pas en prison ?

— Qu'est-ce qui te fait dire que je risque d'aller en prison ?

— David est avocat, et vous n'arrêtez pas de vous voir et de discuter dès que je monte me coucher.

C'était une déduction logique.

— David pratique le droit dans différents domaines, CJ. Il ne s'occupe pas seulement d'aider les gens qui risquent la prison.

— Alors, pourquoi vous discutez autant, et pourquoi est-ce que nous habitons ici ? Pourquoi est-ce qu'on ne peut pas rentrer à la maison ?

— Tu as parfaitement le droit de te poser ces questions, dit Jenkins, qui cherchait par où commencer. Écoute, il y a longtemps, j'ai travaillé pour le gouvernement ; et récemment, on m'a demandé de recommencer. C'est pour ça que j'ai dû voyager et m'absenter tout ce temps. Les choses ne se sont pas passées exactement comme prévu, c'est très compliqué, et j'ai demandé à David et à Jake de m'aider. Tu comprends ?

— Pas vraiment.

— Le plus important, c'est que tu n'aies pas peur. Il n'y a pas de raison. D'accord ?

CJ opina du chef.

— C'est bien. Tu es mon grand garçon. Allez, il est temps de dormir maintenant ; sinon, je vais avoir des ennuis avec ta mère. Et ça, c'est la dernière chose que je veux.

# Chapitre 49

Durant les trois jours qui suivirent, chez David Sloane, Jenkins fit l'école à CJ et des sorties avec lui pour permettre à Alex de se reposer. Quand il ne faisait pas cours à la maison, il emmenait CJ pêcher à la plage, ou bien ramasser des morceaux de verre poli et des oursins plats sur le rivage. Ils terminèrent d'assembler l'Étoile de la Mort et deux autres modèles Lego. Jenkins avait beau adorer ces instants passés avec CJ, il n'en attendait pas moins impatiemment, et non sans angoisse, des nouvelles de Daugherty.

Le matin du quatrième jour, il proposa à CJ d'aller pêcher avant de commencer ses devoirs, pour permettre à Alex de dormir un peu plus longtemps. CJ ne se fit pas prier pour accepter.

Ils s'emmitouflèrent dans des vêtements d'hiver – une vague de froid était tombée sur la région – et il se retrouvèrent au bord de l'eau, devant le détroit de Puget, avec une dizaine d'autres pêcheurs. Jenkins venait de lancer sa ligne quand son téléphone portable sonna. Il reconnut le numéro de téléphone de l'immeuble de bureaux de Stanwood que CJ Sécurité partageait avec d'autres sociétés. Il avait redirigé tous les appels entrants de CJ Sécurité vers le cabinet juridique de David Sloane, tandis que Jake répondait aux appels des fournisseurs impayés et des avocats qui menaçaient la société de poursuites.

— Charlie ? C'est Claudia Baker.

Baker était la secrétaire-standardiste commune aux différentes sociétés de l'immeuble. Jenkins commença par s'excuser de ne pas avoir donné de ses nouvelles.

— Je tenais juste à vous informer qu'un agent du FBI est passé au bureau hier après-midi.

Sa curiosité piquée au vif, Jenkins demanda :

— Qu'est-ce qu'il voulait ?

— Il avait une autorisation de saisie pour des documents. Je lui ai dit que vous ne gardiez rien ici, et que vous n'aviez pas non plus d'ordinateur de bureau.

— Est-ce que l'agent en question a laissé une carte ou un nom ?

— Il n'allait pas le faire, mais j'ai insisté pour qu'il me présente sa carte ou ses papiers avant d'accepter de répondre à ses questions. Il s'appelle Chris Daugherty. J'ai sa carte.

Jenkins se dit que c'était bon signe ; Daugherty creusait son sillon. Il continuait d'enquêter.

Baker observa un silence, comme si elle hésitait à poursuivre. Jenkins s'en rendit compte.

— Qu'a-t-il dit d'autre, Claudia ?

— Eh bien, par inadvertance, semble-t-il, il a dit que le FBI savait que vous travailliez pour la CIA, et qu'ils avaient besoin de consulter vos dossiers.

Jenkins sourit. Daugherty avait fait tomber le plus gros obstacle ; il avait eu la confirmation que Jenkins avait bien été missionné par la CIA. Le fait qu'il veuille maintenant récupérer ses dossiers ne pouvait signifier qu'une chose : il s'efforçait d'étayer tout ce qu'il lui avait raconté.

Il repensa à ce que Sloane avait dit concernant la carte de visite, et la nécessité d'avoir des preuves tangibles.

— Claudia, j'ai besoin que vous me rendiez un service.

— Bien sûr, dit-elle, quoiqu'avec une hésitation perceptible dans le timbre de sa voix.

— J'ai besoin que vous me tapiez ce que vous venez de me raconter, et que vous joigniez à ce document la carte de visite de cet agent du FBI. Ensuite, je veux que vous datiez et signiez le document, et que vous en fassiez une photocopie. Mettez l'original dans une enveloppe, et portez-la au bureau de poste. Assurez-vous que le cachet de la poste figure bien dessus à la date d'aujourd'hui.

Jenkins travaillait avec Sloane depuis assez longtemps pour savoir que s'envoyer un courrier certifié portant le cachet de la poste était un bon moyen de prouver que l'on a bien écrit et signé ledit document à la date figurant sur l'enveloppe.

— Quand l'enveloppe vous reviendra, poursuivit-il, ne l'ouvrez pas. Gardez-la bien à l'abri quelque part.

Il lui communiqua le nom de David Sloane et l'adresse de son cabinet juridique, et lui demanda également de lui envoyer la photocopie du document signé.

Après avoir remercié Baker et mis fin à l'appel, il se tourna vers son fils.

— Hé, CJ, qu'est-ce que tu dirais d'un petit déjeuner maintenant ?

— J'ai déjà mangé un truc, dit CJ. Encore quelques minutes, d'accord ?

Jenkins jeta un coup d'œil à sa montre. Il était un peu plus de 8 h.

— Une demi-heure, c'est bon ?

— Ouais, dit le garçon en ramenant sa canne à pêche par-dessus son épaule avant de relancer loin devant, du côté du bateau amarré de Sloane. Le leurre toucha l'eau dans une éclaboussure, et CJ commença à mouliner doucement en agitant de haut en bas le bout de sa canne, comme Jake le lui avait montré.

— Je vais remonter et préparer le petit déjeuner de ta mère, dit Jenkins.

Il voulait appeler Sloane pour lui répéter ce que Claudia lui avait dit, et lui demander s'il avait un conseil particulier à lui donner.

La marée basse avait découvert une large bande de sable hérissée de rochers bas. Une dizaine de mètres séparaient le bord de l'eau de la pelouse qui menait à la terrasse couverte, derrière la maison. Quand Jenkins arriva à la terrasse, il entendit sonner à la porte, traversa rapidement la maison et alla ouvrir. Chris Daugherty se tenait là, sous l'auvent d'entrée, vêtu d'une doudoune par-dessus son costume, et coiffé d'un bonnet de ski. Derrière lui se trouvait un autre agent, tout aussi chaudement habillé.

— Monsieur Jenkins, dit Daugherty. Je sais qu'il est tôt. J'espère ne pas déranger.

Jenkins était soulagé d'avoir laissé CJ à la plage.

— Non, ça ne fait rien. Que puis-je faire pour vous ?

— J'aimerais pouvoir vous poser encore quelques questions.

— Ma femme essaie de dormir un peu, et j'ai mon fils avec moi.

— Nous pourrions nous voir à nos bureaux, dans le centre, suggéra Daugherty.

— Vous avez parlé à la CIA ?

— Oui.

— Et est-ce qu'ils ont comblé les blancs, comme je vous ai dit qu'ils le feraient ?

— Je continue d'y travailler. Certaines questions sont apparues. De petites choses qu'il me faut éclaircir.

Jenkins avait accepté de mettre Daugherty dans le coup, et l'agent faisait son possible, semblait-il, pour trouver des réponses. Il se dit qu'il valait mieux continuer à coopérer.

— Je vais appeler David pour voir s'il est libre.

— On vous attend tous les deux dans une heure, dit Daugherty.

* * *

Une heure plus tard, Jenkins se retrouva assis à côté de Jake dans une banale salle de réunion du bureau local du FBI. Sloane avait un arbitrage à Port Angeles ; il avait demandé à Jenkins de repousser le rendez-vous avec Daugherty, mais Jenkins avait préféré s'y rendre. Il avait raconté à Sloane sa conversation avec Claudia Baker, et expliqué que Daugherty lui avait confirmé qu'il avait bien parlé à la CIA et qu'il avait juste quelques dernières questions à lui poser.

— J'ai hâte que tout cela soit fini, David. Alex va bientôt accoucher, et je veux pouvoir rentrer à la maison et préparer l'arrivée du bébé. CJ aussi veut retourner à l'école ; il veut revoir ses amis et rejouer au foot.

Jake, qui bénéficiait d'un statut d'assistant juridique provisoire, avait été le compromis tout trouvé. Son rôle se bornerait à prendre des notes, à s'assurer que les questions soient appropriées, et que le FBI n'enregistre pas la conversation.

Chris Daugherty et l'autre agent entrèrent dans la salle de réunion, tirèrent des chaises et s'assirent en face d'eux.

— Nous avons passé plusieurs coups de fil, comme vous l'avez suggéré, commença Daugherty. Vos états de service indiquent que vous avez démissionné de l'Agence centrale du renseignement en 1978, soit après quelques années de service seulement, c'est bien cela ?

— Deux ans et un mois.

— Êtes-vous parti en bons termes avec votre hiérarchie, à l'époque ? voulut savoir Daugherty.

— Pas particulièrement, non.

— Pourquoi cela ?

Jake se pencha en avant, les coudes sur la table.

— Qu'est-ce que tout ça a à voir avec l'opération en Russie ? interrogea-t-il.

— Simple question préparatoire.

Daugherty jeta un coup d'œil à la carte professionnelle que Jake venait de lui remettre.

— Monsieur Carter, je cherche à établir les antécédents professionnels de M. Jenkins, pour qui il a travaillé à la CIA avant d'être réactivé. Ce genre de choses.

Il regarda Jenkins.

— Pourquoi n'êtes-vous pas parti en bons termes ?

— Je ne vois toujours pas l'intérêt de cette question, insista Jake. En quoi est-ce qu'elle nous intéresse aujourd'hui ?

— Ça ne fait rien, dit Jenkins.

Il savait que Jake faisait son travail, mais il voulait aussi que Daugherty puisse faire le sien.

— J'ai eu le sentiment que l'Agence m'avait trompé lors d'une opération à laquelle j'ai participé ; de ce fait, des gens sont morts.

— Vous étiez en colère contre l'Agence ?

— À l'époque, oui.

— Mais plus aujourd'hui ?

— Non, la rancœur s'estompe avec le temps. Je suis passé à autre chose. Je voulais juste m'éloigner de tout ça. Si vous vérifiez, vous verrez que je me suis installé dans une ferme, sur l'île de Camano. J'y suis toujours resté.

— Cette ferme représente beaucoup pour vous, si je comprends bien ?

— C'est chez moi, depuis longtemps maintenant.

— Vous êtes marié, et vous avez un fils.

— C'est exact.

— Et un bébé en route ?

— Absolument.

— Comment est né CJ Sécurité ?

— J'ai été approché par le directeur financier de la société d'investissement LSR&C.

— Comment s'appelle-t-il ?

— Randy Traeger.

— Et comment Randy Traeger et vous avez fait connaissance ?

— Son fils et le mien jouaient au foot ensemble. J'ai dû lui dire par hasard que je travaillais comme détective privé et que j'assurais aussi la sécurité de David Sloane et de ses clients. Traeger m'a expliqué que LSR&C avait pour projet de s'ouvrir aux marchés étrangers et qu'ils allaient avoir besoin de sécuriser leurs nouveaux bureaux quand ils recevraient de riches investisseurs.

— Et l'un de ces bureaux se trouve à Moscou ?

— C'est exact.

— Votre femme travaille aussi pour CJ Sécurité ?

— Travaillait. Depuis qu'elle est enceinte, le médecin lui a conseillé le repos absolu.

— Est-ce qu'elle a également rencontré ce…

Il feuilleta ses notes.

— … Carl Emerson ?

— Non, dit Jenkins.

— L'a-t-elle déjà rencontré, en d'autres occasions ?

— Non.

— Quand vous avez fondé CJ Sécurité, avez-vous dû contracter un prêt professionnel ?

Jenkins devinait où Daugherty voulait en venir, mais il ignorait pourquoi.

— Pas au début, non, répondit-il.

— Les choses ont changé par la suite ?

— LSR&C s'est rapidement développé. Pour pouvoir m'aligner sur leurs besoins en sécurité, j'ai dû en effet engager du monde, et je n'avais pas le capital pour ça.

— Donc, vous avez contracté des prêts. Qu'avez-vous utilisé comme garantie ?

— La ferme.

— Votre maison.

— Oui.

— Et à un certain moment, LSR&C a cessé de payer CJ Sécurité, mais vous avez continué de travailler pour eux.

— Randy Traeger m'a assuré qu'il allait régler tout le passif.

— C'est ce qu'il a fait ?

— Pas tout de suite, et pas complètement.

— Avez-vous subi alors la pression de vos employés et de vos sous-traitants ?

— Plus ou moins.

— Courriers de relance, menaces de cessation d'activité ?

— Oui. Mais je croyais que nous avions déjà abordé le sujet, agent Daugherty.

— Je suis désolé. J'essaie juste de faire le tour des points principaux, et de m'assurer que rien ne m'a échappé.

Jenkins doutait sérieusement à présent que ce fût là la raison principale de ses questions. Daugherty ayant été seul lors de leur premier entretien, il soupçonnait que la présence de l'autre agent avait pour but de corroborer les réponses qu'il lui avait faites la première fois. La vraie question maintenant, c'était : à quoi jouait Daugherty ?

— C'est donc dans cette situation, disons financièrement critique, que Carl Emerson, sans prévenir, vient vous trouver à la ferme, et vous propose de vous réactiver ?

— C'est exact.

— Et combien M. Emerson a-t-il dit qu'il vous paierait ?

— Nous sommes tombés d'accord sur cinquante mille dollars pour commencer.

— Et vous avez utilisé cet argent pour régler les impayés de CJ Sécurité ?

— Oui, comme je vous l'ai déjà expliqué.

Jake intervint cette fois :

— À moins qu'il n'y ait autre chose, agent Daugherty, nous allons vous laisser maintenant. M. Jenkins a déjà répondu à toutes ces questions.

Daugherty s'appuya contre le dossier de sa chaise, sans quitter Jenkins du regard. Finalement, il dit :

— J'ai appelé la CIA, comme vous me l'avez demandé. Ils n'ont aucune information concernant une opération en Russie.

— Je vous ai prévenu qu'ils ne vous donneraient aucun détail concernant cette opération, parce que les vies de plusieurs agents sont en jeu.

— Ce n'est pas ce que je veux dire, précisa Daugherty. Ils n'ont aucune information concernant une telle opération, ni même sur le fait que vous ayez été réactivé.

Jenkins se figea.

— Si la CIA ne reconnaît pas votre réactivation, qu'est-ce que je suis censé en déduire ?

Jenkins réfléchit péniblement à la question, mais aucune réponse ne lui vint.

— Je vais vous dire ce qui me chiffonne, poursuivit Daugherty. La CIA m'a affirmé qu'Alexei Soukourov, un des noms que vous avez admis avoir divulgué au FSB, était toujours actif.

Jenkins eut l'impression de recevoir un direct à l'estomac.

— On m'a dit qu'il était mort.

— Il est bien mort, mais tout récemment et dans des conditions mystérieuses.

Jenkins n'en croyait pas ses oreilles. On l'avait piégé depuis le début. La tête lui tourna, et il se sentit tout près de faire une crise d'angoisse. Il avait du mal à respirer.

— Bon sang, qu'est-ce que j'ai fait ? se lamenta-t-il dans un murmure, suffisamment audible toutefois pour que Jake tourne la tête dans sa direction.

— Faisons une pause, dit ce dernier.

— Voulez-vous avouer et passer un marché, monsieur Jenkins ? lui demanda Daugherty.

— Charlie, faisons une pause, insista Jake en repoussant sa chaise derrière lui.

Jenkins avait toujours le souffle court. Il avait l'impression que les murs de la pièce se resserraient autour de lui. Sa main droite commençait à trembler. Il agrippa le rebord de la table. La sueur perlait sur son front. Il regarda Daugherty.

— Ce n'est pas ce que vous croyez. Je n'ai pas agi pour la raison que vous croyez.

— Ah non ? Pour quelle raison, alors ?

— Écoutez, j'ai accepté le test du polygraphe, plaida-t-il, en s'efforçant de ne pas avoir l'air totalement aux abois. Je n'ai divulgué aucune information non autorisée. Le polygraphe l'a confirmé.

— Quand on vous a formé pour devenir officier traitant à la CIA, cela n'incluait-il pas des séances d'entraînement pour réussir à tromper un détecteur de mensonges ?

— Charlie, faisons une pause, répéta Jake pour la troisième fois, d'un ton plus tranché.

— La CIA a également des difficultés à entrer en contact avec un autre agent à Moscou. L'agent en question aurait disparu de leurs radars au moment où vous avez dit vous trouver là-bas. Son nom ? Paulina Ponomayova. Avez-vous été en contact avec elle ?

— Une minute, intervint Jake en levant une main.

Jenkins ne put s'empêcher de frémir en entendant le nom de Ponomayova, mais il se ressaisit aussitôt.

— Si j'étais un espion, agent Daugherty, un espion coupable de trahison… comme vous semblez le suggérer, pourquoi la CIA vous communiquerait-elle le nom d'un agent en opération à Moscou, en vous demandant d'obtenir la confirmation que je le connaissais ?

— Je ne sais pas. D'après vous ?

— Je ne crois pas une seconde qu'ils seraient aussi stupides.

— Êtes-vous un espion ?

— J'ai déjà répondu à cette question, dit Jenkins. De plus, vous avez un test au polygraphe qui confirme que j'étais un espion, et que je n'ai divulgué aucune information sensible.

Les deux hommes échangèrent un regard.

— Je suis libre de partir ? demanda Jenkins.

Daugherty lui désigna la porte d'un mouvement du menton, mais Jenkins savait que la « liberté » en question serait toute relative, puisqu'à l'instant même où il quitterait ces bureaux, il devrait s'attendre à ce qu'au moins une voiture et deux agents suivent le moindre de ses mouvements.

# Chapitre 50

Ni Jenkins ni Jake ne dirent grand-chose sur le chemin du retour vers les bureaux de SoDo. Jenkins savait maintenant que la CIA ne prendrait pas sa défense, qu'elle ne reconnaîtrait même pas l'avoir réactivé. La question était : pourquoi ? Était-ce parce que l'Agence ne voulait pas admettre, même en interne, l'existence des sept sœurs ? Ou bien la véritable raison était-elle beaucoup moins avouable ?

Il entendait encore la mise en garde d'Alex. *Nous savons tous les deux que quelqu'un a déployé d'énormes efforts pour que tu ne rentres pas, pour te faire taire. Si tu commences à parler, cette personne, quelle qu'elle soit, devra réagir et répondre à son tour.*

Quelqu'un avait fourni à Chris Daugherty de quoi non seulement le discréditer, lui, Jenkins, mais également l'accuser d'espionnage, et le mettre définitivement sur la touche. Ce qu'il ne comprenait pas, c'était pourquoi Daugherty ne l'avait pas arrêté sur-le-champ. Pourquoi lui avait-il permis de quitter le bâtiment, fût-ce avec une escorte qui comptait à présent quatre agents dans deux voitures, garées en face des bureaux de Sloane ?

— J'aurais dû mettre un terme à cette conversation plus tôt, se reprocha Jake. David aurait coupé court à tout ça.

— Tu as essayé, dit Jenkins. J'ai été stupide. J'ai cru naïvement que la CIA renseignerait Daugherty, qu'au moins ils reconnaîtraient m'avoir réactivé.

— C'est sûrement un coup d'Emerson, non ?

— Peut-être. Mais cela pourrait tout aussi bien être la CIA qui a décidé de protéger une opération efficace qui dure depuis quarante ans, et qui, pour cela, est prête à nous sacrifier tous les deux, Emerson et moi.

— Ils peuvent te poursuivre pour espionnage, dit Jake.

Jenkins regarda de nouveau les deux Ford garées pare-chocs contre pare-chocs dans le virage en bas, et il repensa à la question que lui avait posée CJ ce fameux soir, quand il l'avait couché : « Papa, tu risques d'aller en prison ? »

* * *

Jenkins et Jake levèrent les yeux de l'écran d'ordinateur quand Sloane, de retour de Port Angeles, entra dans le bureau. Les trois hommes avaient déjà discuté en audioconférence de l'entretien avec Daugherty.

— Je crains qu'on ait ouvert la boîte de Pandore en allant trouver le FBI, dit Jenkins.

Jake tourna son ordinateur portable afin que Sloane puisse prendre connaissance de la nouvelle qui faisait l'actualité cet après-midi-là.

— La SEC[8] ouvre une enquête pour fraude et corruption visant LSR&C, dit-il. Ils affirment que toute la société n'est qu'une vaste arnaque, une gigantesque pyramide de Ponzi.

Jake cliqua sur une icône et lança le téléreportage. Une journaliste, micro à la main, s'exprimait devant le Columbia Center,

8 Abréviation de *Securities and Exchange Commission*, l'autorité des marchés financiers des États-Unis, l'équivalent de notre COB.

le monolithique gratte-ciel noir qui se dressait dans le centre de Seattle. La journaliste expliquait que LSR&C avait fait l'objet d'une enquête diligentée par le fisc deux mois plus tôt, mais qui n'avait rien donné.

> « Il semble qu'au contraire l'enquête ouverte par la SEC ait été couronnée de succès. La SEC a déposé plainte devant une cour fédérale aujourd'hui pour fraude contre le directeur des opérations de LSR&C, Mitchell Goldstone, et son directeur financier, Randy Traeger, ainsi que d'autres cadres de la société, expliqua la journaliste. La partie plaignante affirme que LSR&C a notamment cherché à attirer de riches donateurs en se servant frauduleusement des noms d'éminentes personnalités de Seattle. »

Jenkins sortit son téléphone portable et appela Randy Traeger, comme il l'avait fait dès qu'il avait appris la nouvelle, mais sans succès. Cette fois, Traeger prit l'appel.

Jenkins mit la conversation sur haut-parleur afin que Jake et Sloane en profitent.

— Charlie ?

— Randy, qu'est-ce qui se passe, bon sang ? Je viens de voir les nouvelles locales.

— Je ne sais pas, répondit Traeger. Ça a commencé il y a plusieurs semaines avec cette journaliste du *Seattle Times*. Elle a demandé à interviewer la direction financière à propos de la croissance rapide de la société. J'ai eu un mauvais pressentiment à ce moment-là, et j'ai dit à Mitchell de l'envoyer bouler. Il m'a dit que je dramatisais, que je m'inquiétais pour rien. Deux jours après, on a reçu une lettre du fisc qui nous réclamait des informations financières, et affirmait que la société avait fait de fausses déclarations d'impôts. Là encore,

Mitchell m'a dit de ne pas m'inquiéter, que tout ça allait rentrer dans l'ordre.

— Rentrer dans l'ordre ? Comment ?

— Je n'en sais rien. Tout ce que je sais, c'est que le fisc a bel et bien laissé tomber.

— Laissé tomber ? Comment c'est possible ? interrogea Jenkins, incrédule, le fisc n'ayant pas pour habitude, quand il tenait un os, de ne pas le ronger jusqu'au bout.

— Je n'en sais rien, dit Traeger, manifestement à cran. Mitchell m'a dit qu'il s'occupait de tout, et il est vrai que je n'ai plus entendu parler d'enquête ensuite. J'avais pourtant raison concernant cette journaliste. Ce n'était pas à notre croissance qu'elle s'intéressait, mais aux noms de nos investisseurs.

— Qu'est-ce qui va se passer maintenant avec la SEC ?

— J'en sais foutre rien. Tout ce que je peux te dire, c'est qu'on est dans une merde noire. Ils ont déposé une demande de recours à un syndic de faillite, et ils ont saisi tous nos avoirs. Tu as parlé à Mitchell ?

— Non. Et toi ?

— Je ne sais même pas où il est. Je ne l'ai pas vu depuis hier après-midi. De l'argent a disparu, Charlie.

Jenkins regarda Sloane.

— Combien ?

— Exactement, je ne sais pas, mais plusieurs millions de dollars. J'ai consulté mes fichiers avant qu'ils ne saisissent nos ordinateurs.

— Qui a saisi les ordinateurs ?

— Des enquêteurs fédéraux sont venus cet après-midi, et ils ont ordonné à tout le monde de quitter le bureau.

Jenkins observa un silence pour pouvoir réfléchir ; puis il dit à Traeger :

— Où es-tu à présent ?

— Chez moi. Je regarde la télé et j'attends que mon avocat m'appelle. Si tout ça est vrai… J'ai une femme et trois gosses, Charlie… Je dois te laisser. J'ai un autre appel.

Traeger mit fin à la conversation. Jenkins regarda Sloane et Jake de l'autre côté de la table.

— Il faut qu'on y aille, dit-il.

— Aller où ? demanda Sloane.

— Je te le dirai dans la voiture. Jake, récupère-nous en bas, derrière le bâtiment. Je ne veux pas que le FBI me suive.

* * *

Quinze minutes plus tard, Jake se gara dans le parking souterrain du Columbia Center. Jenkins ouvrant la marche, ils empruntèrent plusieurs escaliers mécaniques et se retrouvèrent dans le hall de l'immeuble. Là, ils s'engouffrèrent dans un ascenseur qui desservait directement les bureaux d'affaires de LSR&C, au quatorzième étage. Jenkins inséra sa carte d'accès dans le lecteur et, retenant son souffle, il appuya sur le bouton d'étage correspondant, priant pour que les autorisations d'accès n'aient pas été supprimées ; mais une lumière s'alluma et l'ascenseur s'éleva.

Au quatorzième étage, il sortit de l'ascenseur et s'arrêta net.

L'open space avait été complètement vidé ; il ne restait plus un meuble, plus un poste de travail, plus le moindre équipement. Tout avait disparu, jusqu'aux cloisons de séparation des box. Plus un seul ordinateur. Il n'y avait même plus un cadre ni une affiche sur les murs. Jenkins avait beau chercher ; rien n'avait été oublié, pas même un stylo, un morceau de papier ou un trombone. Même la moquette avait été arrachée ; il ne restait qu'une dalle de béton brut.

# Chapitre 51

De retour dans la salle de réunion de Sloane, ils poursuivirent la conversation qu'ils avaient engagée dans la voiture. Jenkins leur fit remarquer que le fait que les bureaux de LSR&C aient été vidés dans les quelques heures suivant l'annonce de l'enquête ouverte par la SEC changeait radicalement la donne. Il ne s'agissait plus seulement d'une fuite ou d'une taupe à la CIA. Cela remettait en question jusqu'à l'existence même de la société que Jenkins croyait protéger, et la déclaration de Traeger selon laquelle de l'argent avait disparu ne faisait qu'agiter un drapeau rouge de plus.

— Réexplique-moi ce que tu entends par « propriété de la CIA » ? demanda Sloane, qui voulait être sûr de bien comprendre ce que Jenkins venait de leur exposer.

— Il s'agit littéralement d'une société possédée et dirigée par la CIA, dit Jenkins.

— Mais pas sur le papier.

— Non, évidemment. Sur le papier, ça a l'air d'une entreprise tout à fait régulière. En fait, la CIA s'en sert pour transférer des fonds à des agents infiltrés un peu partout dans le monde. La société leur fournit une couverture en leur octroyant un emploi quelconque nécessaire pour entrer dans tel ou tel pays, et cela permet à l'Agence de leur faire passer de l'argent. Ça expliquerait comment LSR&C a pu se développer aussi rapidement et ouvrir des bureaux à Moscou,

Dubaï et ailleurs ; et aussi comment une enquête du fisc a pu tout simplement être abandonnée, et comment les bureaux de la société ont pu être débarrassés et nettoyés de fond en comble aussi rapidement. Idem pour les millions de dollars qui ont disparu, comme le dit Traeger. Il pourrait s'agir de fonds transférés à des agents infiltrés, ou bien destinés à l'être.

— Il y a une chose que je ne comprends pas, dit Sloane. Si LSR&C était une société écran de la CIA, pourquoi le fisc, et maintenant la SEC, lui sont-ils tombés dessus ?

— Tout simplement parce que la CIA ne fait pas savoir qu'elle est « propriétaire » de ces sociétés, pas même aux autres agences gouvernementales, répondit Jenkins. Pour le fisc et la SEC, LSR&C était une société tout ce qu'il y a de plus légal. Si le fisc a laissé tomber aussi rapidement, c'est certainement parce que Goldstone a appelé Langley[9], qui à son tour a appelé les bureaux du fisc à Washington et leur a dit de lever le pied.

— Dans ce cas, pourquoi n'avoir pas fait la même chose avec l'enquête de la SEC ? s'étonna Sloane.

— Peut-être que l'enquête de la SEC était trop avancée, ou que cette histoire de pyramide de Ponzi avait déjà fuité dans la presse, et que des investisseurs se sont retrouvés impliqués. Traeger dit que la journaliste du *Seattle Times* était déjà très renseignée sur la société avant même de commencer ses interviews.

— Qu'est-ce qui va arriver à Goldstone et Traeger ? demanda Jake. Est-ce que la CIA va les protéger ?

— C'est peu probable. Le fait que les bureaux aient été nettoyés comme ils l'ont été semble indiquer que l'Agence a l'intention de se dissocier complètement de LSR&C et de tous ceux qui y travaillaient.

9 Le QG de la CIA se trouve à Langley, en Virginie.

— Ne serait-ce pas ce qui est en train de t'arriver ? fit remarquer Sloane. N'est-ce pas pour cette raison que la CIA ne veut pas reconnaître qu'elle t'a réactivé ?

— Je ne sais pas, reconnut Jenkins. Je crois que ce qui m'arrive va bien au-delà encore. Mais sur le plan pratique, le fait que l'Agence prenne ses distances avec les membres du bureau directeur de la société notamment, indique clairement qu'elle n'est pas près de reconnaître le rôle qu'elle m'a fait jouer récemment.

— Ça signifie aussi qu'il va être extrêmement difficile de mettre la main sur les documents susceptibles de prouver tes dires, étant donné qu'ils n'ont pas laissé traîner le moindre bout de papier dans ces bureaux, ajouta Sloane.

— Ce que je ne m'explique pas encore, c'est pourquoi Daugherty ne m'a pas fait arrêter quand j'étais dans son bureau. Pourquoi est-ce qu'il m'a laissé filer ?

— Le FBI a peut-être préféré attendre que cette nouvelle soit rendue publique pour pouvoir jeter le discrédit sur tout ce que tu pourrais dire, avant même que tu n'ouvres la bouche, conjectura Sloane.

— Présumé coupable jusqu'à ce que tu sois déclaré innocent, renchérit Jake.

— C'est un classique, dit Sloane.

— Le fait que de l'argent ait disparu, d'après Traeger, me tracasse aussi.

— Pourquoi ? demanda Sloane.

— Parce que si quelqu'un vendait des secrets aux Russes, ils avaient forcément besoin d'un moyen de blanchir cet argent. J'ai déjà vu ça à Mexico. L'argent payé aux agents doubles russes était blanchi à travers des sociétés écran, de manière à ce que l'on ne puisse pas remonter jusqu'à la CIA.

— Emerson n'ignore sûrement pas ça, fit remarquer Sloane.

— Non, dit Jenkins. Si LSR&C était bien une société écran de la CIA, Emerson, ou quelqu'un d'autre, a pu faire passer de l'argent aux Russes par ce moyen. Ça expliquerait évidemment l'implosion de la société juste après que nous sommes allés trouver le FBI. Quelqu'un a certainement essayé de se débarrasser de documents compromettants avant que le FBI ne mette la main dessus, et ne confirme qu'il manque des millions de dollars.

— Ça pourrait signifier que notre taupe travaillait pour LSR&C, non ? raisonna Jake. Goldstone, peut-être ? C'est peut-être pour cela qu'on n'a plus de nouvelles de lui.

— Je ne crois pas, dit Jenkins. Mais il faut que nous le trouvions pour lui poser certaines questions. Il faut aussi que je parle à Traeger, et que je découvre ce qu'ils savaient au juste, l'un et l'autre, de toute cette histoire. Mais ça ne va pas être facile avec ces crampons du FBI qui suivent le moindre de mes mouvements.

— S'ils se sont fait baiser eux aussi, peut-être qu'ils cherchent un moyen de sauver leur peau, dit Sloane. Et si Goldstone était au courant que LSR&C était une société écran de la CIA et qu'il possède des documents qui le prouvent, ça pourrait donner plus de crédibilité à ton histoire de recrutement par la CIA.

— C'est peut-être pour cela que Goldstone est introuvable, dit Jenkins. Et que j'ai toutes les chances d'être arrêté pour espionnage. Quelqu'un essaie de nous discréditer tous les deux, et il semble qu'ils soient bien partis pour réussir.

# Chapitre 52

Le lendemain matin, pour le bien de CJ, Jenkins fit de son mieux pour s'en tenir à la routine qu'ils avaient installée, et ils descendirent à la plage avec leurs cannes à pêche. Jenkins se sentait groggy à cause du manque de sommeil. Il n'avait quasiment pas fermé l'œil de la nuit, racontant à Alex ce qu'ils avaient appris, et s'efforçant de déterminer avec David et Jake ce qu'ils pouvaient faire. Il avait tenté plusieurs fois de joindre Traeger de nouveau, mais ses appels étaient restés sans réponse. Il n'avait pas – n'avait jamais eu – le numéro de téléphone portable de Goldstone.

Sloane et Jake avaient quitté tous les deux le bureau très tôt ce matin-là pour se rendre chez Jenkins, sur l'île de Camano. Jenkins avait scotché la carte de visite avec le numéro de téléphone de Carl Emerson à l'intérieur d'une édition originale de *Moby Dick*, afin que la carte ne tombe pas si quelqu'un, fouillant la bibliothèque, feuilletait les livres un par un. Sloane lui avait également expliqué qu'il comptait appeler Daugherty pour tenter de déterminer si le FBI avait l'intention de l'arrêter. Si c'était le cas, Sloane voulait que Jenkins se rende de lui-même – non seulement pour éviter à Alex et CJ d'être témoins de son arrestation, mais aussi, sur un plan médiatique, pour une question d'image et de crédibilité ; il valait mieux qu'il apparaisse résolu, combatif, prêt à réfuter toutes les accusations qui seraient portées contre lui.

Les vagues du détroit de Puget se brisaient sur la grève et venaient lécher les rochers, sous un ciel d'un bleu lumineux qui s'étendait jusqu'à l'île de Vashon, et au-delà jusqu'aux Montagnes olympiques aux sommets enneigés.

— Tu crois que c'est notre jour, aujourd'hui ? demanda Jenkins à son fils.

C'était la question rituelle, chaque matin, quand ils allaient pêcher.

— Tu crois que le gros saumon, c'est pour aujourd'hui ?

— Je crois, dit CJ, optimiste.

Le garçon ne perdit pas de temps. Il ôta le frein de son moulinet, ramena sa canne derrière lui et lança le plus loin possible dans l'eau son leurre à hameçon triple.

En ramenant à son tour sa canne à pêche par-dessus son épaule droite pour lancer, Jenkins aperçut derrière eux Chris Daugherty et trois hommes portant costumes, manteaux et lunettes de soleil, appuyés contre la barrière du passage public bétonné. Daugherty lui adressa un petit signe de tête.

— Papa ! Papa, j'en ai un ! cria CJ.

Le bout de la canne à pêche du garçon ployait en formant un arc de cercle, tandis que la ligne tendue dansait à la surface de l'eau. Jenkins lâcha sa canne et alla aider son fils.

— Donne du mou, dit-il. C'est un gros poisson. Laisse-le se fatiguer, mais garde-le loin des bateaux si tu ne veux pas que ta ligne se prenne dans les bouées flottantes.

Durant une quinzaine de minutes, CJ fut un modèle de concentration. Jenkins le regarda faire, trois pas à gauche, trois pas à droite, moulinant au moment où il abaissait sa canne, qu'il relevait ensuite lentement, sans à-coups. Il finit par ramener le poisson jusqu'au rivage.

— Papa, viens le prendre, dit le garçon.

Jenkins savait qu'il lui demandait son concours non pas parce qu'il était fatigué, mais parce qu'il craignait de perdre le combat.

— Tu l'as, dit Jenkins. Continue exactement comme tu le fais. Ramène-le jusqu'à la plage.

Jenkins ramassa la grosse épuisette.

CJ continua de mouliner en reculant sur la plage. Jenkins vit le poisson frapper frénétiquement la surface de l'eau avec sa queue.

— Tu t'en sors bien, c'est parfait.

— Je préfère que tu l'attrapes, papa. Il est trop gros.

Jenkins posa un genou sur le sable et une main dans le dos de CJ.

— C'est ton combat. Tu n'as besoin de l'aide de personne.

CJ lui jeta un regard rapide, et, voyant que Jenkins souriait, sourit à son tour.

D'autres pêcheurs le long de la plage avaient sorti leur ligne de l'eau et encourageaient CJ.

— Allez, mouline, mon garçon ! Il est à toi, celui-là !

Jenkins se retourna vers la plateforme de béton. Daugherty et les trois autres agents étaient descendus sur la plage et attendaient. Il savait qu'ils n'étaient pas venus discuter. Le FBI n'allait même pas lui laisser une chance de se rendre, ni d'expliquer à la presse qu'il était innocent.

Il reporta son attention sur la mer.

— Relève encore un peu, CJ. Un peu plus haut.

Il s'enfonça dans le sable à hauteur de cheville, glissa l'épuisette sous le saumon et le sortit de l'eau. L'épuisette était presque trop petite, la queue du poisson dépassant sur le côté.

— C'est un saumon royal, dit-il, en calculant qu'il devait peser dans les dix ou douze kilos.

Sur la plage, CJ se tenait à côté du poisson, le dominait de toute sa hauteur, rayonnant de fierté, tandis que les autres pêcheurs le félicitaient. Jenkins décrocha le triple hameçon de la bouche du saumon et sourit à son fils, le regardant à travers un voile de larmes. Il prit une petite massue de pêche, et donna un coup sur la tête du poisson, mettant fin à ses tourments.

— Tiens-le bien haut, CJ, dit un des pêcheurs au garçon. Prenons une photo pour le journal.

CJ lâcha sa canne à pêche et souleva le saumon en l'attrapant par les branchies, des deux mains. Le poisson lui descendait du menton jusque sous les genoux. C'était plus qu'un poisson. C'était un véritable trophée.

— On peut le montrer à maman ? demanda CJ.

Jenkins tourna la tête vers la maison. Alex se tenait sur la pelouse, devant les chaises longues. Des larmes roulaient sur ses joues. Elle aussi avait repéré les quatre hommes.

— Je crois qu'elle l'a vu, dit Jenkins. Et elle est fière de toi, regarde : elle pleure.

CJ lui fit de grands signes. Alex lui répondit pareillement.

— Et si tu le lui apportais, hein ? suggéra Jenkins. Maman et toi pourrez le nettoyer ensemble. Je suis sûr que ça lui plaira.

— Tu ne veux pas le nettoyer avec moi ?

— Tu me connais, dit Jenkins. Les entrailles de poisson, c'est pas trop mon truc. Allez, vas-y. Porte-le à ta mère.

Le sourire disparut du visage de CJ quand il vit les quatre hommes s'avancer vers eux.

— Je veux que tu viennes avec moi, dit-il.

— Vas-y, CJ. Tout va bien se passer, comme je te l'ai dit. Tu me crois maintenant, pas vrai ?

CJ hocha la tête, mais des larmes sillonnèrent ses joues.

— Vas-y, répéta Jenkins. C'est moi qui vais livrer combat maintenant. Tu comprends ? Et je vais gagner, tout comme toi tu as gagné aujourd'hui en attrapant ce poisson. D'accord ?

Lentement, à contrecœur, CJ remonta la plage en jetant par intermittence des coups d'œil par-dessus son épaule. Quand il arriva près d'Alex, il laissa tomber le saumon dans l'herbe et enfouit son visage dans le giron de sa mère. Alex fit un signe de la main à Jenkins, qui fit de même, ignorant si la vie lui réserverait jamais d'autres matins comme celui-ci.

* * *

Jenkins déposa les cannes sur la pelouse, à côté de la boîte de pêche. Les autres pêcheurs étaient retournés à leur place, même si certains d'entre eux continuaient de regarder par-dessus leur épaule les quatre hommes en costume-cravate.

— Si je comprends bien, vous n'allez pas me laisser une chance de me rendre volontairement ? demanda Jenkins.

— Je suis désolé, dit Daugherty. Ce n'est pas moi qui décide.

— Merci d'avoir attendu que mon gamin se soit éloigné.

— J'ai moi-même trois enfants, monsieur Jenkins. Inutile de rendre les choses plus compliquées qu'elles ne doivent l'être. On peut marcher jusqu'au passage. Une voiture nous attend plus haut.

— Alors, allons-y, dit Jenkins.

Daugherty grimaça.

— Je vais devoir vous passer les bracelets. Ce sont les ordres, je n'y peux rien.

— Est-ce qu'on peut au moins attendre d'être arrivés au passage ?

— Bien sûr, dit Daugherty.

À l'endroit en question, Jenkins se retourna et Daugherty lui menotta les mains dans le dos. Une caméra de télévision le filma en train de marcher, flanqué de deux marshals qui le tenaient chacun par un biceps. Quand ils arrivèrent à la Ford de Daugherty, un des marshals posa une main sur la tête de Jenkins, et l'obligea à se baisser pour qu'il puisse se glisser sur la banquette arrière. Jenkins jeta un coup d'œil derrière lui. Plusieurs voisins étaient sortis dans leurs jardins, en curieux. Dieu merci, songea-t-il, Alex et CJ n'étaient pas du nombre.

# Chapitre 53

Daugherty conduisit Jenkins au bureau local du FBI pour le soumettre à la procédure de routine après une arrestation : photo, prise d'empreintes, confiscation des objets personnels et autres réjouissances. On l'enferma ensuite dans une salle de réunion, où il resta assis à attendre. Quand la pendule murale de la pièce marqua 17 h, il se dit qu'il allait probablement passer la nuit dans une prison fédérale, mais quand Daugherty et les trois marshals revinrent, Daugherty dit :

— On y va. Ils vont vous lire l'acte d'accusation.

Jenkins regarda de nouveau la pendule murale.

— Il est plus de 17 h, dit-il.

— Le juge Harden nous attend, dit Daugherty sans donner plus de détails.

— Et David Sloane ?

— Il vous retrouve au tribunal.

Ils descendirent par l'ascenseur jusqu'au garage en sous-sol, où une voiture les attendait. En arrivant devant le tribunal de district situé sur Stewart Street, Jenkins comprit pourquoi il avait dû attendre aussi longtemps. Des dizaines de caméras de télévision et de journalistes se pressaient devant l'entrée du tribunal. Le FBI avait pris le temps d'alerter la presse et de donner sa version de l'histoire.

*Présumé coupable jusqu'à ce qu'il soit déclaré innocent.*

Un marshal ouvrit la portière arrière et aida Jenkins à descendre. Un deuxième vint rapidement se placer à sa droite, et deux autres derrière lui, fermant la marche. Il n'y avait personne devant lui, pour bien dégager la vue aux caméras. Quand ils parvinrent aux marches jouxtant le bassin rectangulaire, Jenkins baissa les yeux pour ne pas trébucher en les montant. Immédiatement, il entendit la mitraille des appareils photos et des caméras. Les photographes avaient attendu qu'il baisse la tête pour qu'il ait l'air abattu et coupable.

Les marshals l'escortèrent jusque dans la vaste salle de tribunal, où les bancs se remplissaient déjà de journalistes. Derrière la rambarde, à la table de la défense, David Sloane l'attendait. Sur la gauche se tenait une équipe de quatre avocats – trois hommes et une femme en complets bleu foncé et tailleur gris.

Quand Jenkins arriva à la table de la défense, un des marshals lui ôta ses menottes.

— Comment ça va ? lui demanda Sloane.

Jenkins haussa les épaules.

— J'ai faim. Ces types sont pires que les Russes. Ils ne m'ont rien donné à manger de toute la journée. Tu as parlé à Alex ?

— Elle voulait venir. Je l'en ai dissuadée.

— Merci.

— Je crois qu'on sait maintenant pourquoi Daugherty ne t'a pas arrêté l'autre jour, dit Sloane. Ils préparaient leur coup avec la presse. On ne parle que de toi aux infos et sur les réseaux sociaux. Ils t'ont donné en pâture avant même ton arrestation.

— Est-ce qu'on sait quels vont être les chefs d'accusation ?

Sloane secoua la tête.

— Le procureur ne m'a rien dit. J'imagine qu'on va très vite être fixés.

— Arrange-toi pour me faire sortir sous caution pour que je puisse au moins rentrer auprès de ma famille.

Il regarda les avocats du ministère public représentant le gouvernement à sa gauche.

— Qui mène la danse parmi les plaidaillons à côté ? demanda-t-il.

— La femme, dit Sloane. Maria Velasquez. Mais ne te fie surtout pas à sa petite taille. On a croisé le fer deux fois, et les deux fois elle m'en a fait baver. Elle est réglo, mais elle ne fait pas de cadeau pour autant. Elle ne me communiquera pas un document tant que je ne lui en aurai pas fait la demande. À propos, ils ont trouvé Mitchell Goldstone, ajouta-t-il.

— Mort ?

— Non, il est en vie, mais ils l'ont trouvé dans une chambre d'hôtel du centre-ville, les poignets tailladés et un flacon d'antalgiques à côté de lui. D'après toi, est-ce qu'il est du genre à faire ça ?

Jenkins secoua la tête.

— Je ne sais pas. Je ne le connaissais pas assez bien.

— On dit qu'il s'est enfui avec l'argent qu'il a volé aux investisseurs, et qu'il risque la prison à vie.

— C'est ce qu'on s'était dit aussi, non ? dit Jenkins. Mais je n'y crois pas. C'est trop facile. Trop pratique.

— Quant à Randy Traeger, il collabore avec les enquêteurs. J'ai parlé à son avocat. Traeger soutient qu'il n'a jamais entendu parler d'une pyramide de Ponzi. D'après son avocat, il ne savait pas que LSR&C était une société écran de la CIA.

— Il se lave les mains de toute cette affaire, quoi.

— On dirait bien.

— Une idée de la raison pour laquelle on a dû attendre qu'il soit 17 h pour me lire l'acte d'accusation ? demanda Jenkins. Je veux dire, à part pour me jeter en pâture aux médias ?

— Le juge Harden terminait un procès, et c'est lui que le gouvernement veut, dit Sloane. C'est un ancien procureur fédéral qui traîne une réputation de dur à cuire qui aime faire les choses à sa manière.

L'huissier pénétra dans la salle par une porte à droite de l'estrade, et annonça :

— Mesdames et messieurs, veuillez vous lever pour l'honorable juge Joseph B. Harden, qui préside ce tribunal.

Jenkins trouva que le juge Harden ressemblait vaguement à Abraham Lincoln, avec sa grande taille et ses cheveux noir corbeau grisonnant sur les tempes. Vêtu d'une robe noire, il entra, alla s'asseoir sur le banc surélevé, et se mit à feuilleter différents documents pendant que la greffière appelait l'affaire par son numéro et sa dénomination : *Gouvernement des États-Unis contre Charles William Jenkins.*

Après un court silence, Harden dit :

— Veuillez vous présenter, s'il vous plaît.

Le quatuor d'avocats du ministère public commença, Velasquez s'exprimant la dernière.

— David Sloane pour la défense, Votre Honneur, dit Sloane.

— Votre client a-t-il pu prendre connaissance des charges retenues contre lui, monsieur Sloane ? demanda Harden.

— Non, Votre Honneur. Et moi non plus.

— Dans ce cas, je vais le faire maintenant.

Harden lut l'acte d'accusation mot pour mot. Jenkins devait répondre de deux chefs d'accusation pour espionnage, de deux autres pour transmission aux autorités russes de documents classifiés, et d'un dernier chef pour conspiration. Le gouvernement l'accusait également d'avoir révélé les identités de deux agents de la CIA, révélation qui avait entraîné leur mort. Bien qu'Harden n'en dît rien, Jenkins savait qu'il risquait la prison à vie.

— Comment l'accusé a-t-il choisi de plaider ?

— Non coupable, dit Jenkins.

— Très bien, monsieur Jenkins ; le tribunal vous place sous la responsabilité de l'USMS[10] jusqu'à l'heure de votre procès.

— La défense souhaiterait solliciter une mise en liberté sous caution, dit Sloane.

— Le gouvernement s'y oppose, intervint immédiatement Velasquez. Nous croyons que l'accusé pourrait tenter de fuir le pays.

— Le défendeur est marié et père d'un garçon de neuf ans, Votre Honneur, rétorqua Sloane. Sa femme est enceinte de leur deuxième enfant. Elle est actuellement au repos forcé du fait de complications liées à sa grossesse, et peut accoucher d'un jour à l'autre. M. Jenkins ne souhaite qu'une chose : être auprès de sa famille, et ici au tribunal pour se défendre de ce dont on l'accuse.

Velasquez regarda un des avocats. Il lui tendit un dossier.

— Votre Honneur, nous avons là une chronologie des voyages à l'étranger les plus récents de l'accusé. Nous aimerions la présenter à la cour.

Harden acquiesça d'un hochement de tête. Velasquez pianota aussitôt sur son clavier d'ordinateur, et remit un document à Sloane. Une chronologie fléchée apparut sur les moniteurs du tribunal, indiquant les dates auxquelles Charles Jenkins avait voyagé au départ de Seattle vers l'aéroport d'Heathrow, au Royaume-Uni, et de là vers l'aéroport international de Cheremetievo dans la banlieue de Moscou.

— La cour notera, Votre Honneur, que la chronologie est incomplète. Il y manque en effet une information concernant le retour de l'accusé dans notre pays, après son dernier voyage en Russie. Et pourtant, le voici parmi nous. Donc, soit M. Jenkins est l'égal de Harry Houdini, et c'est par magie qu'il a regagné les États-Unis ; soit il a utilisé un faux passeport. Le gouvernement réitère sa

10 US Marshals Service, une des agences de police du gouvernement fédéral des États-Unis dépendant du département de la Justice.

mise en garde contre le risque que M. Jenkins – qui est un ancien agent de la CIA – s'enfuie de notre territoire.

Harden regarda Sloane, sourcils arqués d'un air interrogateur. Jenkins était conscient que son ami était face à un dilemme. Il ne pouvait dire toute la vérité à la cour, laquelle vérité ne ferait que confirmer le fait que Jenkins avait plus d'un passeport de plus d'un pays.

— M. Jenkins peut parfaitement remettre son passeport à l'USMS, plaida-t-il. Je puis assurer la cour que mon client restera dans l'État de Washington pour prouver son innocence. Comme je l'ai dit…

Harden l'interrompit en levant la main.

— Je vais refuser pour le moment une remise en liberté sous caution, dit-il, compte tenu du risque de fuite à l'étranger. Mais vous êtes libre, maître, de me soumettre tout nouvel élément relatif à cette question. Y a-t-il autre chose ?

Jenkins sentit ses jambes se dérober sous lui en songeant qu'il n'allait pas rentrer auprès de sa famille, et à l'impact que cette nouvelle aurait sur CJ. *Papa, tu risques d'aller en prison ?*

— Non, dit Sloane.

— Charles William Jenkins, vous êtes par conséquent placé en détention provisoire, jusqu'à nouvel examen d'une demande de remise en liberté sous caution ou son renvoi devant une autre chambre. La séance est ajournée.

Harden donna un coup de marteau, se leva et quitta la salle sans se retourner. Les marshals revinrent à la table, cette fois avec une chaîne qu'ils glissèrent autour de la taille de Jenkins, avant de l'y menotter. La chaîne descendait jusqu'au sol, avec deux menottes de chevilles qui furent verrouillées également.

— Occupe-toi d'Alex, tu veux bien ? dit Jenkins à Sloane, soucieux de l'impact que la nouvelle aurait sur elle et CJ.

— Ne t'inquiète pas pour ça, le rassura Sloane. Nous allons déposer une nouvelle demande de remise en liberté sous caution dès que possible.

Jenkins savait que ce ne serait pas pour tout de suite.

# Chapitre 54

Jenkins fut conduit au Centre de détention fédéral, près de l'aéroport de Seattle-Tacoma. Il refusa de manger la nourriture qu'on lui servait, craignant d'être empoisonné. D'après Sloane, Mitchell Goldstone avait survécu ; il se remettait doucement à l'hôpital, et devait comparaître devant un juge dans la semaine.

Jenkins s'efforça de paraître optimiste quand il eut Alex et CJ au téléphone, mais il savait quel stress son arrestation et son emprisonnement leur avaient causé. Sloane avait engagé une infirmière pour prendre soin d'Alex, Jake et lui passant de longues heures loin de la maison, au cabinet de SoDo. Jake avait insisté pour faire partie, fût-ce dans l'ombre, de l'équipe qui défendait Jenkins. Sloane avait également recruté un instituteur à la retraite pour faire l'école à la maison à CJ. Le garçon avait d'abord protesté, jusqu'à ce qu'il apprenne que l'instituteur en question était un ancien joueur de football professionnel, lequel avait accepté de l'entraîner en privé à condition qu'il continue d'avoir de bonnes notes. CJ en avait presque dansé sur place.

Il se passa une trentaine d'heures avant que Jenkins se voie remettre des vêtements de prisonnier ; on l'épouilla et il eut droit à un examen médical complet – les premières étapes de la déshumanisation carcérale. Sloane déposa une demande visant à faire en sorte qu'il soit placé à l'isolement préventif, arguant du fait que la médiatisation de son arrestation et les accusations portées contre lui étaient forcément connues à présent des autres détenus – parmi lesquels, notamment, d'anciens militaires.

Le bruit à l'intérieur du centre de détention – entre les radios qui déversaient à plein volume de la musique rock et les cognements métalliques – était presque assourdissant. Les détenus, qui ne se voyaient pas, discutaient en criant à travers les murs en parpaings pour éviter de devenir cinglés. Cela ne marchait pas toujours.

Jenkins ne dit pas un mot, de peur d'être enregistré, ce qui l'isola encore plus. Il fallait absolument qu'il sorte pour que Sloane et lui puissent préparer sa défense.

Il commençait à devenir paranoïaque, mais le cinquième jour lui prouva qu'il avait quelques raisons de l'être. Sloane vint le voir à la prison et lui expliqua que quelqu'un s'était introduit par effraction dans son cabinet, et que seul le déclenchement de l'alarme de sécurité avait empêché la personne d'ouvrir le coffre où il conservait notamment la carte de Carl Emerson et l'enveloppe cachetée contenant l'affidavit dactylographié de Claudia Baker. Ces deux éléments étaient à présent les seules preuves susceptibles de démontrer qu'il avait bien été réactivé par la CIA. Tout cela était bien fragile.

Sloane avait déposé une nouvelle demande de remise en liberté sous caution, et le juge Harden avait prévu de l'examiner le lendemain matin.

— Est-ce que tu en sais plus sur l'endroit où Emerson peut se trouver ?

— Non, et le gouvernement ne nous aide pas. Ils disent qu'Emerson ne travaille plus pour l'Agence, et qu'ils ne savent pas où le joindre. Est-ce que c'est pour ça que le juge Harden veut aller vite ? Le fait est que plus cette histoire traîne, plus on a de temps pour le trouver.

— Est-ce qu'on a accès désormais aux documents qui sont censés prouver les accusations du gouvernement ?

— Jake travaille à déposer une motion, mais pour le moment on concentre tous nos efforts sur ta libération sous caution.

— Comment va Alex ?

— L'infirmière s'occupe bien d'elle. Elle dit que le cœur du bébé bat très bien, et que l'accouchement par césarienne peut avoir lieu d'un jour à l'autre maintenant. Alex attend que tu sois rentré.

— Si demain, ma demande de libération sous caution est rejetée une nouvelle fois, dis à l'infirmière de faire ce qui doit être fait. Je ne veux pas qu'il arrive quoi que ce soit à Alex ou au bébé.

* * *

Le lendemain matin, Jenkins comparut devant le tribunal. Une fois de plus, Sloane et Velasquez s'affrontèrent autour de la motion de remise en liberté sous caution déposée par Sloane. La salle était pleine, bien que la motion présentée fût relativement banale – signe, là encore, que son arrestation avait fait du bruit à Seattle. Quand les parties adverses eurent terminé de faire valoir leurs arguments, Harden mit sa décision en délibéré, et précisa qu'il rendrait une ordonnance l'après-midi même. Sloane avertit Jenkins qu'il n'avait aucune certitude quant à l'issue de cette motion. C'était du cinquante-cinquante ; autrement dit, il était peu probable que cela tourne à son avantage.

Harden, pourtant, les surprit. La demande de libération sous caution fut accordée, et la caution elle-même fixée à un million de dollars. Jenkins devrait porter un bracelet électronique, et pointer chaque matin et chaque soir au bureau du marshal.

Jenkins s'en moquait. Il était simplement heureux de pouvoir rentrer chez lui.

— Est-ce que tu as demandé à une société de sécurité de rechercher d'éventuels micros chez toi et à ton bureau ? demanda-t-il à

Sloane sur le chemin qui les ramenait de la prison à la maison de l'avocat à Three Tree Point.

— Ils vérifient tous les matins, répondit Sloane.

Alex fit un effort pour ne pas fondre en larmes en voyant Jenkins franchir le seuil de la maison. Sloane les laissa se retrouver et retourna à son bureau.

— Comment ça va ? demanda Jenkins.

— Ça va. J'ai hâte que le bébé soit là. Le médecin dit qu'on peut y aller n'importe quel jour maintenant que tu es rentré.

Jenkins sourit, les yeux voilés de larmes.

— D'accord. Faisons venir ce bébé au monde, dit-il. Où est CJ ?

— Là où il passe tous ses après-midi ; depuis qu'il a pris ce saumon, il n'en a plus que pour la pêche.

— C'est bien, ça l'occupe ; comme ça, il pense moins à tout le reste. Est-ce qu'il a compris ce qui se passe ?

— Il m'a posé des questions à propos des types qui sont venus te chercher sur la plage l'autre jour. Je lui ai expliqué qu'il entendrait peut-être des choses méchantes à ton sujet, mais que tous ces gens qui critiquaient ne te connaissaient pas comme nous on te connaît.

Jenkins laissa échapper un soupir qu'il avait l'impression d'avoir retenu durant des jours. Il savait, à en juger par les réactions de la foule, que la couverture médiatique de son affaire lui était largement défavorable. Cela ne l'inquiétait pas, lui ; mais inquiet, il l'était pour CJ. Il était heureux, au moins, que CJ ne soit pas à l'école, et n'ait pas à subir la brutalité des autres gosses.

Alex lui tendit une petite boîte à bijoux.

— Ouvre, lui dit-elle.

Jenkins ouvrit la boîte et en sortit une gourmette en argent massif.

— Regarde l'inscription à l'intérieur. Je l'ai fait graver.

Jenkins retourna la gourmette, pendant qu'Alex lui tendait une paire de lunettes de lecture qu'il chaussa aussitôt, avant de manipuler le bracelet de manière à accrocher la lumière.

AINSI VOUS CONNAÎTREZ LA VÉRITÉ, ET LA VÉRITÉ VOUS RENDRA LIBRES. JEAN 8 : 32

— Quoi qu'il arrive, nous connaîtrons la vérité. Personne ne nous en empêchera. C'est ce que nous allons dire à CJ.

Jenkins passa la gourmette à son poignet.

— J'espère que la vérité suffira, dit-il.

# Chapitre 55

Sloane et Jake étaient assis à la table de la salle de réunion face à Conrad Levy, un ancien agent de la CIA à la retraite. Âgé d'un peu plus de soixante-dix ans, Levy était devenu l'un des critiques les plus sévères de l'Agence, qui abandonnait ou crucifiait bien trop souvent ses anciens agents de terrain. Il avait écrit un livre qui racontait comment des hommes et des femmes amoureux de leur pays avaient consacré leur vie à le servir loyalement, et comment l'Agence, au contraire, avait failli à son devoir en ne leur témoignant pas la même loyauté. En consultant Conrad Levy, Sloane cherchait à savoir si l'histoire de Jenkins était symptomatique des mauvaises pratiques de la CIA, que l'ancien agent dénonçait justement dans ses livres.

Levy n'avait rien d'un James Bond ni d'un Jason Bourne. Petit, plutôt maigrichon, il avait un début de calvitie, portait des lunettes, et un costume-cravate élimé des plus quelconques – le genre de type qui pouvait manger dans le même restaurant tous les soirs sans que l'on se souvienne particulièrement de lui.

— J'ai évidemment un certain nombre de questions qui me brûlent les lèvres, dit-il de sa voix haut perchée, mais, à en juger par ce que vous m'avez déjà expliqué, je suppose que votre client refusera d'y répondre.

— Vous savez tout ce qu'on sait, dit Sloane.

Levy remonta ses lunettes sur son nez.

— Je suis désolé, monsieur Sloane, mais je ne crois pas une seconde à l'histoire de M. Jenkins.

Sloane ne s'attendait pas à cela.

— Qu'est-ce que vous ne croyez pas ? demanda-t-il.

— Tout... Pour un homme qui est censé avoir affronté le KGB à Mexico, tout cela me paraît plus que douteux. Votre client est soit l'officier de renseignement le plus stupide qui ait jamais vécu, soit un menteur et un traître.

Cela avait au moins le mérite d'être clair.

— Et quand bien même son histoire serait vraie, vous ne trouverez personne à la CIA pour l'accréditer.

— Pourquoi ça ?

— Parce que si son histoire est vraie, cela veut dire que l'Agence n'est pas capable de surveiller les faits et gestes d'un collaborateur de haut niveau. Vous croyez vraiment qu'elle tient à envoyer un message d'incompétence aux agences de renseignement du monde entier ? Enfin, jamais la CIA ne reconnaîtra publiquement l'existence d'une société écran lui appartenant.

— Jenkins m'a expliqué que Carl Emerson était son chef de poste à Mexico. Ce serait faux ? demanda Sloane.

— Non, cette partie-là est vraie. Mais émailler un conte de faits réels et vérifiables est une vieille technique que connaissent bien les officiers de renseignement. Il s'agit d'induire l'idée que si certains faits sont vérifiables, alors c'est que le reste doit être vrai également, comme lorsque M. Jenkins dit avoir été autorisé à divulguer les noms d'Alexei Soukourov et d'Ouliana Artemyeva à son contact russe.

— Que voulez-vous dire ?

— Que les noms d'Alexei Soukourov et d'Ouliana Artemyeva ont été évoqués pour la première fois par l'Agence à son bureau de Mexico comme étant des cibles potentielles pouvant être retournées et encouragées à travailler pour la CIA. M. Jenkins a été rattaché à ce bureau.

— Vous êtes en train de m'expliquer que parce que Charlie a travaillé dans ce bureau, il est forcément familier de ces noms ? crut comprendre Sloane.

— Je dis qu'il est possible qu'il les ait déjà entendus là-bas, et qu'il s'en soit servi en croyant, une fois encore, que cela ajouterait un degré de crédibilité à son histoire.

— Mais le gouvernement affirme que c'est en dévoilant leurs noms qu'il a causé la mort de ces agents.

— Ce que je veux dire, c'est qu'il s'agissait bien – c'est vérifiable – de deux agents travaillant pour la CIA. Réfléchissez deux minutes : si vous comptez faire croire que votre ancien chef de poste s'est invité chez vous un beau matin sans prévenir, presque quarante ans après que vous avez quitté l'Agence, est-ce qu'il n'y a pas un intérêt à utiliser deux noms que le chef de poste en question connaissait et a utilisés lui aussi ?

— Êtes-vous en train d'insinuer qu'il a inventé toute cette histoire ? interrogea Jake.

— Je vous dis ce que le gouvernement va tenter de mettre en avant. Quand votre client a quitté la CIA, il en voulait à l'Agence. L'accusation ne va pas manquer d'essayer d'enfoncer ça dans le crâne du jury. Ils feront valoir que M. Jenkins avait besoin d'argent, et qu'en vendant des secrets aux Russes, il a fait d'une pierre deux coups, en réparant l'injustice – ou ce qu'il percevait comme tel – qui l'a fait quitter l'Agence à l'époque.

Sloane avala une gorgée d'eau en s'efforçant de ralentir le cours de ses pensées.

— Je suis navré, monsieur Sloane, mais mettez-vous un instant à la place d'un juré. M. Jenkins se rend en Russie, où il prend contact avec le FSB. Il offre de fournir aux Russes des informations contre de l'argent, dont il a désespérément besoin, et cela marche la première fois. Il reçoit cinquante mille dollars…

— Cet argent lui a été versé par son contact à la CIA, fit valoir Jake.

— Ça, vous n'en avez pas la preuve, et je ne suis pas sûr que vous ayez très envie de chercher de ce côté-là.

— Pourquoi ça ? demanda Jake.

— Parce que j'ai moi-même essayé de remonter à la source. Les fonds provenaient d'un compte en banque suisse, et ils ont été transférés directement sur le compte professionnel de CJ Sécurité. Il n'y a aucun moyen de déterminer d'où vient l'argent avant cela, que ce soit de Russie ou bien d'un compte de la CIA destiné à financer des opérations. Le gouvernement fera valoir qu'ayant réussi une fois, M. Jenkins s'est dit qu'il avait d'autres informations à vendre, sauf que cette fois rien ne s'est passé comme prévu. Après ce premier paiement, les Russes détenaient une preuve qu'il avait accepté cinquante mille dollars ; et quand M. Jenkins est retourné en Russie, le FSB l'a fait chanter ; c'était une pratique typique du KGB, et probablement du FSB aussi aujourd'hui.

— D'après vous, ils ont menacé de révéler ce qu'il avait fait ? dit Sloane.

— Oui, ce qui explique certainement que M. Jenkins, ayant compris ce qui se passait, ait préféré fuir. Il ne travaillait pas pour la CIA. Il n'est qu'un traître qui s'est fait prendre, et qui fait de son mieux pour se soustraire à ses actes, sachant que rien ne peut le réjouir davantage que de mettre la CIA en mauvaise posture.

* * *

Après le départ de Levy, Jake dit :

— Charlie n'inventerait jamais une pareille histoire. J'ai vu ces hommes à l'aéroport qui surveillaient les accès.

Sloane approuva d'un hochement de tête.

— Levy a raison, pourtant. L'histoire de Charlie sonne faux, et sans preuve tangible qu'il dit la vérité, jamais nous ne réussirons à convaincre douze jurés de son innocence.

— Alors, qu'est-ce qu'on fait ?

— On invente une meilleure histoire.

Jake grimaça d'un air peiné.

— J'ai bien peur que ça ne suffise pas.

— Qu'est-ce que tu veux dire ?

— Je ne veux pas être alarmiste, mais j'ai fait quelques recherches cet après-midi, et pour autant que je le sache, jamais un agent de la CIA accusé d'espionnage n'a été acquitté par un jury. Pas une seule fois.

# Chapitre 56

Jenkins et CJ entrèrent dans la cuisine après une matinée passée à pêcher, sans succès. Au fil des jours, Jenkins doutait de plus en plus de ses chances de se sortir du guêpier dans lequel il s'était fourré.

— Il va falloir qu'on revoie tes maths. Je ne veux pas que tu sois à la traîne.

— Je vais chercher mon sac à dos.

— Et moi, je vais voir si maman a besoin de quelque chose.

CJ grimpa les premières marches de l'escalier, puis s'arrêta.

— Quand as-tu dit qu'elle allait avoir le bébé, déjà ?

— Dans deux jours, répondit Jenkins. Qu'est-ce que ça te fait de savoir que tu vas avoir un petit frère ?

CJ haussa une épaule.

— Je trouve que c'est cool.

Jenkins songea à son procès, imminent à présent, et à ce que cela signifierait d'être condamné.

— En tant que grand frère, tu vas avoir des responsabilités.

— Je sais, p'pa.

CJ se tut un instant. Puis :

— Tu seras là pour m'aider ?

Jenkins acquiesça d'un hochement de tête.

— Bien sûr que je serai là. Pourquoi tu me demandes ça ?

— J'ai entendu les autres pêcheurs parler. Ils disent qu'on t'a arrêté le matin où il y avait ces hommes en costume. Ils disent que c'étaient des agents du FBI, et que tu es un traître. C'est pas vrai, dis ?

— Viens ici une seconde.

CJ redescendit les marches. Jenkins s'assit sur le bras du canapé, et posa ses mains sur les épaules de son fils.

— On m'a arrêté, c'est vrai, mais tout cc qu'on raconte sur le fait que j'ai vendu des secrets et trahi mon pays est faux, CJ. Je te le promets.

— Pourquoi est-ce qu'ils disent ça, alors ?

Jenkins soupira.

— Certaines choses sont difficiles à comprendre quand on a ton âge, mais les yeux dans les yeux, je te le répète : ce qu'on raconte est faux. Tiens, je veux te montrer quelque chose.

Il ôta sa gourmette en argent et la retourna pour que CJ puisse lire ce qui y était gravé : « Ainsi vous connaîtrez la vérité, et la vérité vous rendra libres. Jean 8 : 32 »

— Tant qu'on sait où est la vérité, peu importe ce que les autres peuvent dire. Tu comprends ?

CJ hocha la tête.

— Je crois, oui.

— Il se peut que les choses deviennent très moches par ici. Des gens pourraient bien tenir des propos encore plus méchants sur ton père.

— Je ne les croirai pas, dit CJ.

Le garçon monta dans sa chambre chercher son livre de math, tandis que Jenkins traversait le couloir jusqu'à leur chambre. Il poussa la porte et entra. Alex n'était pas au lit. Il entendit le ventilateur de plafond de la salle de bains bourdonner légèrement derrière la porte fermée. Alex devait aller faire pipi toutes les dix minutes.

— Alex ?

Il s'approcha de la porte de la salle de bains.

Pas de réponse.

Il frappa trois coups.

— Alex ?

Comme elle ne répondait pas, il tourna la poignée et poussa la porte. Quelque chose gênait l'ouverture de l'autre côté. Il glissa sa tête dans l'entrebâillement. Alex gisait sur le sol, sa chemise de nuit remontée sur ses hanches. Elle paraissait avoir perdu connaissance. Sous elle, une flaque de sang s'était répandue sur le carrelage blanc.

* * *

Jenkins regarda Sloane et Jake entrer dans la salle d'attente de l'hôpital. Jake s'approcha de CJ, qui avait l'air apeuré.

— CJ, qu'est-ce que tu dirais d'aller à la cafétéria chercher de quoi manger pour tout le monde ? lui demanda-t-il.

CJ secoua la tête et leva les yeux vers son père.

— J'ai pas faim.

Jenkins posa une main dans le dos du garçon.

— Maman est avec les médecins, dit-il. Et ils prennent bien soin d'elle. Va avec Jake. Je promets de t'appeler si j'ai la moindre nouvelle entre-temps.

Jake passa un bras autour des épaules du garçon, et l'entraîna avec lui dans le couloir.

— Comment va-t-il ? demanda Sloane.

— Il a entendu les pêcheurs dire que j'étais un traître. Et maintenant ça. Ça fait beaucoup pour un gosse de neuf ans.

— Oui, c'est certain, dit Sloane. Et les médecins, qu'est-ce qu'ils disent ?

— Elle a perdu beaucoup de sang. Je viens d'interroger l'infirmière. Elle m'a dit que je devrais avoir des nouvelles dans les minutes qui viennent.

Sloane pointa du doigt la main droite de Jenkins, qui s'était mise à trembler.

— Depuis quand est-ce que tu trembles comme ça ?

Jenkins serra le poing.

— Depuis mon premier voyage en Russie.

— Tu n'as pas la maladie de Parkinson ?

— Non. C'est le stress. Je ne suis plus tout jeune… et j'ai surtout beaucoup plus à perdre.

À cet instant, le médecin entra dans la salle d'attente, vêtu d'une tenue chirurgicale.

— Monsieur Jenkins, vous avez un bébé en pleine forme ; une jolie petite fille.

— Quoi ? dit Jenkins, à la fois bouleversé et soulagé. Sloane lui agrippa l'épaule.

— L'accouchement s'est bien passé. Il a fallu faire très vite, expliqua l'obstétricien.

Une fille. Il avait une fille.

— Comment va Alex ? Comment va ma femme ?

— Elle est faible et fatiguée, mais ses constantes sont bonnes. Elle devrait récupérer très vite. Elle a hâte de vous voir.

— Je vais appeler Jake et CJ pour les prévenir, dit Sloane.

Jenkins suivit l'obstétricien dans le couloir. Ils franchirent plusieurs portes battantes. Alex se trouvait dans une chambre en unité de soins intensifs, entourée d'infirmières. Elle était pâle et fatiguée, mais elle souriait.

Jenkins l'embrassa sur le front.

— Comment ça va ? lui demanda-t-il dans un murmure.

— Fatiguée, mais je vais bien, répondit Alex d'une voix éteinte. Encore mieux maintenant que tu es là. Tu as vu notre fille ?

Dans le berceau à côté du lit, le haut d'un petit bonnet rose dépassait d'une couverture blanche à rayures rose pâle.

— Ça ne s'est pas passé exactement comme on l'avait prévu, hein ? fit Alex.

— Non, pas exactement, dit Jenkins, fasciné par la minuscule créature endormie dans le berceau. Elle est si menue. Je ne me souviens pas que CJ ait été aussi petit.

— Parce qu'il ne l'était pas, dit Alex. Mais le docteur dit qu'elle va bien. Elle a une légère jaunisse, mais ça devrait s'estomper d'ici deux ou trois jours. Prends-la dans tes bras.

Jenkins la souleva délicatement. Elle tenait parfaitement dans sa grande main, du bout de ses longs doigts à son poignet. Il l'amena doucement contre sa poitrine.

— Bonjour, ma petite fille.

Il sentit son cœur fondre en prononçant ces mots. Les émotions les plus contradictoires se bousculaient dans son esprit. Il voulait la tenir tout contre lui pour que personne ne puisse jamais lui faire de mal, et en même temps il était inquiet à l'idée qu'il pourrait n'être pas là pour la protéger.

— On n'a toujours pas décidé d'un prénom, rappela Alex.

Ils n'avaient pas souhaité connaître le sexe du bébé avant sa naissance, comme pour CJ, et ils avaient listé et envisagé plusieurs prénoms de filles et de garçons, mais avec tout ce qui s'était passé, ils n'avaient pas eu l'occasion d'arrêter leur choix.

— Je me disais qu'on pourrait lui donner le prénom de ta mère, suggéra Alex.

Jenkins sourit.

— Elizabeth.

— On pourra l'appeler Lizzie, dit Alex.

— Et que penses-tu de Paulina, en deuxième prénom ?

— La femme qui était avec toi en Russie ?

— C'est grâce à elle si je suis là aujourd'hui, à tenir notre fille dans mes bras. Elle n'a jamais eu d'enfant. Ce serait une façon de la faire vivre de nouveau.

— Elizabeth Paulina Jenkins, essaya Alex. Oui, ça sonne bien.

Le rideau s'écarta, et une infirmière apparut avec CJ. Jenkins s'écarta légèrement pour permettre à CJ de grimper sur le lit à côté de sa mère. Alex l'embrassa, et il redevint un tout petit garçon qui se blottit contre elle. Jenkins se pencha vers lui pour qu'il puisse voir sa sœur.

— Tu veux la tenir ?

— Je peux ?

— Bien sûr. Mets tes bras devant toi, comme ça. Tu dois bien soutenir sa tête.

CJ fit comme il le lui indiquait, et Jenkins déposa sa fille dans le creux de ses bras. CJ leur sourit. Puis, d'une voix sérieuse, il murmura :

— Je prendrai soin d'elle, papa. Je te le promets.

Jenkins sourit à son tour, priant pour être là et pouvoir prendre soin d'eux lui aussi, tout en étant conscient que rien n'était moins sûr.

# Chapitre 57

Une semaine après la naissance d'Elizabeth, ils retournèrent tous à Three Tree Point, chez David Sloane. Pour respecter les termes de sa liberté sous caution, Jenkins devait rester dans le comté de King, et tous convinrent qu'il était plus sûr pour lui et sa famille de loger à Three Tree Point que de retourner vivre dans sa ferme isolée de Camano. La maison de Sloane était aussi plus proche du tribunal et du centre-ville de Seattle, ce qui permettait à l'avocat et à Jenkins de s'entretenir plus facilement. En plus de veiller sur Alex et le bébé, Jenkins s'assurait que CJ suive parfaitement le programme scolaire. Ces responsabilités supplémentaires étaient une bénédiction ; elles l'occupaient, l'empêchaient de trop penser à sa situation – du moins, jusqu'à un certain point.

Le procès était comme une épée de Damoclès suspendue au-dessus de sa tête, encore plus menaçante maintenant qu'ils avaient Lizzie.

Ce jeudi après-midi-là, Sloane lui demanda de le retrouver au bureau. Jenkins arriva à 16 h ; le jour déclinait lentement. Ils se servirent un verre de bière fraîche à un tonnelet dans la cuisine, et emportèrent les verres dans la salle de réunion, où ils s'installèrent.

— J'ai parlé à Maria Velasquez cet après-midi, dit Sloane d'un ton hésitant. Si on plaide l'incapacité mentale, elle réclamera deux ans en établissement psychiatrique. Ensuite, tu seras libre.

— Ils veulent que je plaide la folie ?

— Plutôt une capacité de discernement diminuée, corrigea Sloane.

— Je sais ce que ça signifie, dit Jenkins.

— Tout ça serait derrière toi ensuite. Tu pourrais reprendre le cours de ta vie.

Jenkins avala une gorgée de bière et reposa son verre sur la table. Il regarda la gourmette à son poignet.

— Jusqu'à ce qu'un des gosses, à l'école de CJ, ou un pêcheur, lui dise que son père était un cinglé en plus d'être un traître. Je pourrais accepter, David, s'il n'y avait que moi. Mais jusqu'à la fin de leurs jours, mes gosses devront vivre avec l'idée que leur père a séjourné dans un asile. Je ne veux pas leur faire ça.

— Si tu refuses de négocier, tu risques la prison à vie.

— On le sait depuis le début, non ?

Sloane en convint d'un hochement de tête.

— Je sais que tu es tenu de me proposer cet accord, et tu l'as fait, mais je n'accepterai jamais d'admettre que j'ai fait tout ça sous le coup de la folie.

Sloane resta silencieux une fois de plus, et pour la première fois, Jenkins sentit que son ami était en proie au doute.

— Tu crois que je devrais vraiment y réfléchir, c'est ça ?

— On n'a pas réussi à trouver la moindre preuve pour étayer ta version, Charlie, rappela Sloane. Et je doute qu'on y parvienne davantage dans les jours à venir. Emerson est introuvable. Traeger coopère avec le gouvernement, Goldstone travaille à trouver un arrangement avec la justice et ne peut rien dire tant que ce n'est pas fait ; on ne peut pas compter sur le polygraphe. Bref, on n'a rien du tout.

— Est-ce que tu crois que je dis la vérité ? demanda Jenkins.

— Que je le croie ou non n'a strictement aucune importance, en l'occurrence, répondit Sloane.

— C'est important pour moi. Est-ce que tu crois que je dis la vérité ?

— Bien sûr, Charlie, mais…

— Mais quoi ?

— On a engagé un consultant du nom de Conrad Levy. C'est un ancien…

— Je sais qui c'est. Il a écrit un bouquin sur la CIA.

Sloane rapporta à Jenkins sa conversation avec Levy. Puis il ajouta :

— Encore une fois, Charlie, ce qui compte, ce n'est pas la vérité. C'est ce qu'on peut prouver. Ce qu'a dit Levy est à peu de choses près ce que nous entendrons de la part du gouvernement. Ce sera un argument décisif.

— Mais ce n'est pas la vérité.

Sloane l'admit d'un hochement de tête.

— Il y a peut-être un autre moyen, dit-il. Je connais une psychiatre avec qui j'ai travaillé par le passé. Elle pourrait faire une évaluation. En fonction des résultats, cela pourrait être la meilleure preuve que nous ayons que tu dis la vérité.

— Dans ce cas, essayons, dit Jenkins.

* * *

Au cours des trois jours qui suivirent, Jenkins se soumit à une longue série d'entretiens et une batterie de tests psychologiques menés par une psychiatre du nom d'Addison Beckman. La cinquantaine bien sonnée, Beckman avait une excellente réputation dans la profession, en particulier en psychiatrie médicolégale.

Avant de rédiger son rapport d'expertise, elle passa voir Sloane et Jake au bureau, qui la reçurent dans la salle de réunion. Si elle leur disait que Jenkins était complètement givré, ils ne feraient jamais état des tests au procès, et ne citeraient même pas son nom.

Ils lui proposèrent un café ou du thé, mais Beckman déclina l'offre. Elle semblait avoir hâte de parler. Quand elle fut assise à la table de conférence, elle dit :

— Il est aussi normal et droit qu'on peut l'être. Trop droit même. Il ferait bien de s'assouplir un peu.

— Qu'est-ce que ça veut dire, exactement ?

— Ça signifie : croyez votre client. Je vous donne mon opinion, elle n'engage que moi. Il est honnête, intègre, émotionnellement stable. Je lui ai fait passer une batterie de tests, que j'ai résumés dans mon rapport. Il n'est pas déconnecté de la réalité, et c'est tout sauf un sociopathe ou un mythomane. Je crois sincèrement que les choses se sont passées comme il le dit.

Ils examinèrent longuement chacun des tests que Beckman avait pratiqués. Cinq heures plus tard, la table était couverte de documents de toutes sortes – courbes, graphiques, notes, résultats de tests. Tout était parfaitement normal, mais cela ne résolvait pas leur plus gros problème : Sloane avait encore besoin de preuves pour étayer les conclusions de Beckman.

Après le départ de la psychiatre, Sloane retourna dans son bureau avec Jake pour répondre à un appel reçu pendant qu'il examinait les résultats des tests avec Beckman. Il avait engagé un détective, un dénommé Peter Vanderlay, pour faire des recherches en annuaire inversé sur le numéro de téléphone que Carl Emerson avait donné à Charlie. Sloane espérait prouver que le numéro appartenait bien à Emerson. Vanderlay prit l'appel à la troisième sonnerie. Sloane le mit sur haut-parleur pour que Jake puisse entendre la conversation.

— Monsieur Sloane, dit Vanderlay. J'allais vous appeler dans la matinée. Je viens juste d'arriver au match de basket de ma fille.

— Désolé de troubler un moment d'intimité familiale.

— Ça ne fait rien. Les filles ont encore dix minutes d'échauffement avant le match. J'ai réussi à trouver à qui appartient le numéro que vous m'avez donné. Vous avez de quoi noter ?

Sloane attrapa un stylo et un bloc-notes.

— Je vous écoute, dit-il.

— Le numéro appartient à un certain Richard Peterson, de la société TBT Investments.

Sloane n'avait jamais entendu parler de ce Peterson ni de sa société. Il se tourna vers Jake mais, à la mention du nom, ce dernier s'était levé et précipité hors du bureau.

— Autre chose ? demanda Sloane.

— Non, c'est tout. Pas de numéro de renvoi, ni d'adresse.

Sloane posa encore quelques questions à Vanderlay avant de mettre fin à l'appel.

Jake revint et plaqua sur le bureau, sous le nez de Sloane, les statuts juridiques de LSR&C. Il appuya un index sur les documents et dit :

— TBT Investments est une filiale de LSR&C. C'est écrit là, noir sur blanc. Et le directeur général de TBT Investments était Richard Peterson.

Sloane lut attentivement les documents pour en être certain.

— Tu crois que Carl Emerson pourrait être Richard Peterson ? demanda Jake.

— On dirait bien, reconnut Sloane. Si on parvient à le démontrer, ce serait une preuve tangible qui permettrait d'affirmer que Charlie a bien rencontré Emerson. La question, c'est : comment est-ce qu'on s'y prend ? Même si nous arrivons à remonter jusqu'à Emerson, on n'a aucune garantie qu'il reconnaîtra que la carte est bien à lui, ou que le numéro de téléphone est bien le sien.

Sloane repensa à la suggestion de Beckman, qui lui avait conseillé d'appeler Charlie à la barre des témoins ; mais dans une affaire criminelle, c'était toujours très risqué. Il se mit à faire les cent pas dans le bureau en réfléchissant. Il s'arrêta devant la petite table ronde qui se trouvait près de la porte, et sur laquelle était posé le *Seattle Times*. Le quotidien avait rapporté ce matin-là que

Mitchell Goldstone, l'ancien directeur des opérations de LSR&C, avait accepté une transaction judiciaire pour réduire sa peine. Il se tourna vers Jake.

— Tu as lu que Mitchell Goldstone avait accepté un arrangement ?

— Le jugement sera rendu dans le courant du mois, dit Jake.

— En attendant, Goldstone est détenu à la prison de SeaTac. Il sait peut-être que Carl Emerson et Richard Peterson ne font qu'un.

— Possible, mais le gouvernement pourra le traiter de menteur, dit Jake. L'accord qu'il a passé l'oblige à admettre qu'il a menti en prétendant que LSR&C était une société écran de la CIA.

— Oui, sauf qu'on a maintenant un numéro de téléphone sur une carte de visite professionnelle, et un expert qui témoignera que le numéro en question appartient à Richard Peterson de TBT Investments ; sans compter le fait que nous avons des documents qui prouvent que TBT était une filiale de LSR&C. Si Goldstone confirme que Peterson et Emerson sont une seule et même personne, ça prouvera qu'un agent de la CIA était en même temps à la tête d'une filiale de LSR&C. Ce sera la preuve indiscutable que Charlie dit bien la vérité.

À cet instant, une autre pensée lui traversa l'esprit :

— Les documents – ou ce qu'il en reste – relatifs à LSR&C étaient bien classifiés dans l'affaire Goldstone ?

— Oui, dit Jake.

— Mais maintenant qu'il a accepté de signer un accord…

— Le gouvernement n'abandonnera jamais ces documents, fit Jake.

— Ils ne sont pas la propriété du gouvernement. Ces documents appartiennent à une société de l'État de Washington qui est actuellement en faillite. C'est la société chargée d'administrer cette faillite qui en a le contrôle. Avec l'accord passé par Goldstone, il n'y a plus d'affaire criminelle, d'une certaine façon ; il s'agit maintenant d'un dépôt de bilan pur et simple. Je parie que le gouvernement ne pense même plus à ces documents.

Jake sourit.

— Tu veux que je prépare une injonction pour les récupérer ?

— Nous n'avons rien à préparer du tout. Le gouvernement soutient que LSR&C n'a rien à voir avec cette affaire ; qu'il s'agit d'une simple affaire d'espionnage. Rien ne nous oblige à passer par eux pour obtenir ces documents. Le mieux est encore d'essayer de les récupérer directement auprès du cabinet chargé d'administrer la faillite de LSR&C, sans que le gouvernement n'en sache rien.

# Chapitre 58

Sloane quitta son bureau et se rendit directement au Centre de détention fédéral, que l'on appelait familièrement la « prison de l'aéroport » du fait de sa proximité avec l'aéroport international de SeaTac. Pour la première fois, il entrevoyait une lueur d'espoir. Ce n'était pas encore une flamme, mais il ne tenait qu'à Goldstone de l'alimenter… ou au contraire de l'étouffer.

De l'extérieur, avec ses murs beiges et ses bâtiments cubiques, ses portes en verre et son auvent d'entrée, la prison avait des allures d'hôpital. Après les précautions tatillonnes d'usage – et une demi-douzaine de formulaires remplis plus tard – Sloane se retrouva dans une pièce miteuse, derrière une vitre en Plexiglas percée de plusieurs trous permettant de parler au prisonnier.

Il était assis là depuis plus de cinq minutes quand une porte s'ouvrit de l'autre côté de la vitre. Mitchell Goldstone, les mains menottées à la chaîne qu'il portait autour du ventre, et les poignets enserrés dans des bandages blancs, entra dans la pièce. Il faisait plus jeune que sur les photos qui étaient parues dans la presse écrite ou que l'on avait vues aux infos. Ses cheveux étaient séparés par une raie au milieu, et lui tombaient de chaque côté sur les oreilles. Il avait le teint pâlot, et les joues rouges. Il n'avait pas l'air d'être le directeur des opérations d'une société d'investissement brassant des millions de dollars, et peut-être bien qu'il ne l'avait jamais été.

D'après Jenkins, si LSR&C était une société écran de la CIA, alors Goldstone n'était qu'un homme de paille. Toutes les décisions venaient de Langley.

Goldstone fixa Sloane d'un drôle d'air.

— Je m'appelle David Sloane. Je suis l'avocat de Charles Jenkins.

— Vous avez une carte ? lui demanda Goldstone.

L'homme avait toutes les raisons d'être paranoïaque. Sloane plaqua sa carte professionnelle et son permis de conduire contrc la vitre.

Goldstone se pencha en avant et les examina attentivement. Puis il dit :

— Je suis désolé de ce qu'il lui arrive. Dites-lui que je lui souhaite le meilleur.

— Il partage les mêmes sentiments en ce qui vous concerne.

Goldstone s'appuya contre le dossier de sa chaise. Il donna un instant l'impression de vouloir dire quelque chose, mais il n'en fit rien.

— Que voulez-vous savoir ? Quelle est votre question ?

— Je voulais savoir si les documents de constitution de LSR&C, au bureau du procureur en charge des faillites, mentionnent ses filiales.

— J'en suis certain. À quelle filiale vous intéressez-vous en particulier ?

Sloane s'approcha de la vitre, les yeux rivés sur Goldstone.

— Je m'intéresse à une société nommée TBT Investments.

Une lueur passa dans les yeux de Goldstone et le coin de sa bouche se releva légèrement, comme s'il réprimait un sourire.

— Il faut vérifier, éluda-t-il.

— Mais TBT était bien une filiale de LSR&C ?

Goldstone hocha la tête.

— Oui, dit-il.

— Et étiez-vous, en plus de LSR&C, le directeur des opérations de TBT Investments ?

Sloane connaissait la réponse, mais il voulait faire parler Goldstone.

Ce dernier secoua négativement la tête.

— Non, répondit-il.

— Les statuts de la société mentionnent un dénommé Richard Peterson.

Goldstone sourit cette fois, mais sans faire de commentaire.

— J'ai des difficultés à localiser certaines personnes susceptibles de corroborer l'histoire de Charles Jenkins, avoua Sloane. Savez-vous où je peux trouver Richard Peterson ?

Goldstone bascula le buste en arrière, pencha la tête sur le côté, comme s'il le jaugeait.

— Charlie a une femme et deux enfants, rappela Sloane, sachant que Goldstone avait une famille lui aussi. Il vient d'avoir un bébé, une petite fille, qui n'a que deux semaines.

Goldstone réfléchit longuement. Sloane se dit qu'il allait se lever et partir, mais il se pencha en avant et dit :

— Interrogez Carl Emerson à propos de Richard Peterson.

Sloane fit de son mieux pour conserver un air impassible.

— Il saura, lui ?

Goldstone hocha la tête.

— Posez-lui la question.

— Avez-vous déjà rencontré Carl Emerson ?

— Une fois. Il avait pris l'avion. Il s'agissait de transférer de l'argent qui se trouvait aux Philippines.

— Pouvez-vous le décrire ?

— Il est âgé. Environ soixante-quinze ans ; peut-être quatre-vingts. Grand. Mince. Un mètre quatre-vingt-cinq ou quatre-vingt-dix. Les cheveux blancs, les yeux marron… non, plus sombres. Le teint hâlé.

La description correspondait à celle que Jenkins lui avait faite.

— Si je comprends bien, il est à la retraite. Une idée de l'endroit où je pourrais le trouver ?

Goldstone secoua la tête.

— Vous avez dit qu'il avait pris l'avion pour venir à Seattle. Savez-vous d'où il arrivait ?

— De Washington, je crois. À un moment, il a parlé de golf. J'ai cru comprendre qu'il jouait souvent. On était au milieu de l'hiver, et pourtant il venait de jouer tout récemment. Donc, il est sûrement dans une région au climat agréable.

— Vous n'auriez pas conservé, par hasard, dcs documents provenant de LSR&C ?

Les yeux de Goldstone brillèrent, et de nouveau, le coin de sa bouche se releva, esquissant un sourire espiègle, qui disparut aussitôt. Il frotta doucement le bandage autour de son poignet gauche.

— L'accord que j'ai passé avec le gouvernement stipule que je ne dois rien conserver qui ait le moindre lien avec LSR&C, dit-il.

Sloane s'aperçut que son interlocuteur faisait passer à travers les expressions de son visage ce qu'il ne pouvait exprimer autrement. L'homme était bien plus futé que les articles de presse n'avaient bien voulu le laisser entendre. Sloane le soupçonnait d'avoir conservé de quoi faire pression sur le gouvernement ; des documents qu'il avait certainement mis en sécurité quelque part, et qui, révélés, pouvaient causer de sérieux dégâts. C'était probablement ce qui expliquait à la fois l'accord qu'il avait trouvé, et le fait qu'il était toujours en vie. Sans doute même était-ce lui, et non le gouvernement, qui avait poussé à trouver cet accord. Il ne faisait aucun doute qu'il allait être condamné à une peine de prison assez longue, mais aussi qu'il n'en purgerait qu'une petite partie, et probablement dans ce qu'on appelait une « prison ouverte » ou de sécurité minimale. Le gouvernement n'aurait qu'à attendre que l'ensemble des poursuites engagées par les investisseurs contre LSR&C ait abouti à un jugement, et que tout le monde ait obtenu ce qu'il voulait. Mitchell Goldstone pourrait alors être libéré sur parole, et reprendre discrètement sa place dans la société.

# Chapitre 59

Tôt le lendemain matin, Jake se rendit en voiture dans le centre-ville, vêtu de son plus beau costume bleu marine, assorti d'une chemise blanche et d'une cravate rouge. Il avait appris le nom de l'assistante juridique en charge des documents de LSR&C et consulté son profil sur le site du cabinet juridique. Elle y travaillait depuis trois ans, ce qui signifiait qu'elle n'était pas toute fraîche émoulue de l'école de droit, mais pas si expérimentée que cela non plus.

Il entra dans le bâtiment et s'adressa à la réceptionniste :

— Molly Diepenbrock, s'il vous plaît. Je suis Jake Carter. Je viens consulter les documents de LSR&C.

Jake essaya d'avoir l'air détendu pendant que la réceptionniste passait l'appel. Il écouta attentivement la conversation.

— C'est ce qu'il a dit, oui, répéta-t-elle à deux reprises avant de raccrocher.

Quelques minutes plus tard, une femme grande et mince, guère plus âgée que lui, sortit de l'ascenseur et se présenta :

— Molly Diepenbrock. De quoi s'agit-il ? demanda-t-elle.

— J'ai besoin de consulter les documents disponibles de LSR&C, dit Jake. C'est dans le cadre d'une affaire criminelle qui est jugée cette semaine, et je suis plus ou moins dans une impasse ; je dois examiner rapidement ces documents. Vous pourriez m'arranger ça ?

— Je crois, oui, répondit Diepenbrock. Il faut juste que je mette la main dessus. Je prépare un procès, moi aussi. Vous les voulez en copie aujourd'hui, j'imagine ?

Ayant compris que Diepenbrock était sous pression et que tout ce qui pourrait lui faire gagner du temps – ou du moins ne pas lui en faire perdre – était bon à prendre, il en profita pour dire :

— Écoutez, je sais ce que c'est que de préparer un procès. Si vous m'indiquez où sont les documents, je m'arrangerai pour en faire des photocopies et vous épargner ça.

Diepenbrock sourit.

— Formidable. J'apprécie, vraiment.

Jake la suivit jusqu'aux ascenseurs. Il avait l'impression qu'on venait de lui donner les clés du Louvre, et qu'il allait pouvoir repartir avec *La Joconde* sous le bras.

* * *

La table de la salle de réunion était jonchée d'assiettes en carton, de serviettes en papier froissées et de canettes de soda vides. Sloane, Jake et Jenkins n'avaient pas quitté la salle depuis que Jake était revenu avec les photocopies de tous les documents de LSR&C. Comme le soupçonnait Jenkins, il n'y avait pas grand-chose – à peine quatre boîtes d'archives cartonnées. Le gouvernement avait sans aucun doute confisqué la plus grande partie des archives, et, à l'heure de la numérisation et du classement informatique, une grande quantité de documents n'existait que sur le serveur réseau de LSR&C. Jenkins n'en était pas moins satisfait de ce qu'ils avaient trouvé.

— Écoutez ça.

Jake but une gorgée de sa boisson, avant de lire à voix haute une note de 2015 dans laquelle la CIA demandait à Goldstone de fournir une couverture à Carl Emerson :

— « La Division des ressources extérieures demande à M. Mitchell Goldstone, directeur des opérations de LSR&C, de prendre toutes dispositions utiles pour que Carl Emerson, sous le nom d'emprunt de Richard Peterson, dispose d'une couverture solide. La Division croit que cette proposition présente un intérêt certain, et qu'elle est appelée à être utile à l'avenir sur le plan opérationnel. »

Il reposa la feuille et lut un deuxième document :

— « La couverture de M. Emerson devra lui permettre de se présenter comme le directeur général ou l'un des principaux responsables d'une importante société d'investissement de Seattle, État de Washington. »

Il posa le document et en prit un troisième :

— Et voici l'e-mail adressé au fisc, dit-il. « Le QG de Langley a appelé le fisc, et conseillé d'oublier l'enquête sur les comptes de la société. »

Il ramassa un autre document encore, puis :

— Et voilà une autre note qui explique à Goldstone comment se couvrir en cas d'enquête extérieure justement. En gros, il devait créer des sociétés pour des clients étrangers dont les noms devaient être tenus confidentiels, « pour des opérations financières non spécifiées ». Goldstone était censé n'être qu'un prête-nom, et n'avoir aucun intérêt financier dans ces entités.

Jenkins soupçonnait Carl Emerson d'avoir créé TBT Investments pour échapper à un possible contrôle du fisc visant LSR&C. C'était logique, surtout si Emerson devait blanchir l'argent qu'il recevait des Russes.

— Pourquoi Goldstone plaiderait-il coupable avec ce genre de preuves ? se demanda Jake.

— Parce qu'il n'a aucun moyen de les faire admettre comme preuves justement, dit Sloane. Le juge a confirmé lors d'une motion préliminaire que les liens présumés de Goldstone avec la CIA étaient sans rapport avec les accusations portées contre lui – à savoir qu'il est l'organisateur d'une pyramide de Ponzi et qu'il a escroqué des investisseurs.

— Bon, mais comment est-ce qu'on va s'y prendre, *nous*, pour présenter ces preuves ?

— Ton cas est différent. L'espionnage est au cœur de l'affaire. Toute ta défense consiste à prouver que tu as agi sur l'ordre d'un cadre supérieur de la CIA. Les documents sont de toute évidence pertinents.

— Ça ne veut pas dire qu'ils seront admis, surtout si quelqu'un du gouvernement va trouver le juge, fit valoir Jenkins.

— J'ai pensé à ça aussi. Il faut que nous réussissions à modifier l'opinion que le juge Harden a de toi comme du gouvernement, dit Sloane. Harden n'est qu'un homme. Il sera remonté contre toi s'il est convaincu que tu as vendu des secrets aux Russes. Il faut que nous trouvions un moyen de lui faire comprendre que tu dis la vérité, et que c'est le gouvernement qui ment. Crois-en mon expérience : s'il y a une chose que les juges détestent, ce sont les avocats et les témoins qui mentent.

— Alors, je répète ma question : comment est-ce qu'on s'y prend ? Comment est-ce qu'on démontre que c'est le gouvernement qui ment ?

Sloane sourit.

— On les laisse juste ouvrir la bouche, dit-il.

# Chapitre 60

Le lendemain, Sloane et Jake déposèrent une requête en référé obligeant la partie plaignante, conformément à l'article 16 du règlement fédéral en matière de procédure criminelle, à produire toutes pièces en sa possession liées à l'affaire en cours, dont évidemment une bonne partie des documents contenus dans les boîtes d'archives récupérées. Ils rédigèrent d'ailleurs leur requête de manière à réclamer spécifiquement les documents déjà en leur possession. Enfin, ils demandèrent que le gouvernement leur communique la dernière adresse connue de Carl Emerson.

La réponse du gouvernement arriva quelques jours plus tard. Comme ils s'y attendaient, la partie adverse niait l'existence de tels documents et ajoutait : « Le gouvernement n'a aucune intention d'accréditer d'une quelconque manière les élucubrations de M. Jenkins. » En dépit de cette réponse, le gouvernement chercha à faire purement et simplement annuler la motion et la réponse qu'elle avait reçue, et réclama que l'audience se tienne dans le cabinet du juge, ou bien que la salle de tribunal soit vidée de son assistance, compte tenu du « caractère sensible » des documents demandés.

Jenkins sourit en lisant la phrase où sa requête était qualifiée d'« élucubrations », et la précision selon laquelle le gouvernement n'était pas en possession de la dernière adresse connue de Carl Emerson.

— Peut-être qu'ils savent que nous avons les documents, dit Sloane. À moins qu'ils ne soient simplement prudents.

Le lendemain, Sloane déposa une requête en exécution et réclama une confrontation orale. Il s'opposa également à la demande du gouvernement de clore la procédure.

— Je vais tâcher de faire en sorte qu'il y ait foule dans la salle, au contraire, expliqua-t-il à Jenkins. Avec un peu de chance, nous réussirons à modifier l'image que le public a de toi.

* * *

La semaine suivante, Sloane, Jenkins et Jake se présentèrent au tribunal devant le juge Harden, qui avait accédé à la double demande du gouvernement de clore la procédure et de fermer l'audience au public. Sloane dit à Jenkins de ne pas s'inquiéter, et lui rappela que leur intention première était surtout de faire en sorte que le juge Harden change d'opinion à son égard. Comme précédemment, le gouvernement avait adjoint à Velasquez un bataillon d'avocats.

Après que le juge Harden eut pris place sur l'estrade et ouvert la séance, Sloane expliqua que Jenkins avait l'intention de prouver qu'il avait été autorisé par Carl Emerson – agissant lui-même au nom de la CIA – à divulguer certaines informations aux Russes, et cela dans le cadre d'une opération décidée par la CIA.

— Les documents réclamés sont par conséquent cruciaux pour la défense de mon client, de même que la présence de M. Emerson.

Velasquez répondit à Sloane d'un ton dédaigneux censé témoigner de son incrédulité.

— Votre Honneur, le gouvernement n'a aucunement connaissance de l'existence de tels documents, tout simplement parce que la prétendue défense de l'accusé est pure fantaisie. Le gouvernement ne peut pas produire ce qui n'existe pas. Il n'y a aucun document attestant que M. Jenkins travaillait pour la CIA quand il a monnayé certains secrets de l'Agence. Quant à M. Emerson, il a bien travaillé avec M. Jenkins à Mexico, mais c'était en 1978.

Harden regarda Sloane.

— Monsieur Sloane, le gouvernement ne peut produire ce qu'il ne possède pas.

— J'en conviens, dit Sloane. Mais j'aimerais que la cour demande à M^me^ Velasquez si le gouvernement a réellement recherché les documents réclamés.

Harden se tourna vers Velasquez.

— Maître ?

Jenkins retint son souffle. Velasquez soupira.

— Votre Honneur, le gouvernement ne peut rechercher ce qui n'existe pas. La défense sort un lapin de son chapeau pour tenter de faire diversion et nous éloigner en réalité de la question toute simple qui est posée à cette cour : l'accusé a-t-il monnayé des secrets gouvernementaux ?

Jenkins se retint de sourire.

Harden regarda Sloane de nouveau.

— Monsieur Sloane ?

Jenkins savait que Sloane allait enfoncer le clou pour que Velasquez ne puisse plus faire marche arrière le moment venu.

— Votre Honneur, avec tout le respect que je vous dois, il est impossible de déduire avec certitude de la réponse écrite du gouvernement, ou des déclarations faites par la partie adverse ce matin, ici même, que le gouvernement a bien recherché les documents en question, tant et si bien que l'affirmation de M^me^ Velasquez n'a aucun fondement. Et si le gouvernement les a effectivement recherchés, il se peut que M^me^ Velasquez tente tout simplement d'égarer la cour parce que de tels documents révéleraient à coup sûr que les affirmations « fantaisistes » de M. Jenkins sont en réalité la pure vérité.

Velasquez se hérissa brusquement face à cette accusation, ce que cherchait visiblement Sloane.

— Votre Honneur, je n'aime pas les insinuations de la défense, et j'affirme une fois encore que l'alibi de l'accusé est une pure invention. Chercher des documents qui n'existent pas serait une perte de temps et d'argent, et M. Sloane le sait parfaitement.

Et voilà, songea Jenkins, anticipant la suite.

Sloane se tourna vers Jake, qui lui remit une pile de documents, avec une date estampillée sur chacun d'eux. Jake lui remit également un mémorandum précisant à quoi renvoyait chacun des documents.

— Votre Honneur, si vous permettez que je m'approche, dit Sloane.

Harden lui fit signe d'avancer, la curiosité se lisant sur son visage d'ordinaire impassible. Sloane tendit la pile de documents à la greffière, qui la remit au juge. Quand ce dernier les eut en main, Sloane retourna à la table de la défense et tendit un jeu de photocopies à Velasquez. Jenkins observa la réaction de l'avocate pendant que Sloane poursuivait l'offensive.

— Ce que la défense vient de présenter à la cour, Votre Honneur, ce sont des copies de documents émanant de LSR&C et attestant, sans aucun doute possible, que LSR&C, d'une part, était une société écran de la CIA, que d'autre part Mitchell Goldstone travaillait sous l'autorité de la CIA, et enfin que Carl Emerson – dont le gouvernement a reconnu qu'il travaillait bien pour la CIA, mais qui s'est apparemment volatilisé – officiait, sous le nom d'emprunt de Richard Peterson, en qualité de directeur général d'une filiale de LSR&C, TBT Investments. Nous aimerions simplement savoir maintenant quels autres documents existent encore.

Velasquez parut sur le point d'exploser, mais Sloane ne lui laissa pas le temps de l'interrompre.

— La société de sécurité de M. Jenkins, CJ Sécurité, assurait la sécurité des employés et des clients de LSR&C dans ses différents bureaux, un peu partout dans le monde. En facturant ses services à LSR&C, c'était un peu la CIA que M. Jenkins facturait.

— Objection, Votre Honneur, intervint Velasquez, rouge de colère, et luttant pour contrôler le volume de sa voix. Ces documents sont classifiés.

— Votre Honneur, ces documents que le gouvernement prétend à présent être « classifiés », ne seraient-ils pas précisément les documents « purement fantaisistes » que le même gouvernement affirme ne pas exister ? demanda Sloane. Parce que j'ai beau chercher, Votre Honneur, je ne vois pas comment on classifie des documents inexistants !

— Ça suffit, dit calmement Harden, l'air perplexe.

Il examina les documents durant plusieurs minutes avant de les reposer. Il prit encore une minute de réflexion avant de s'adresser à Velasquez d'une voix calme mais ferme, un peu comme un père s'adresserait à son fils rentré après l'heure convenue :

— Madame Velasquez, tout à l'heure je vous ai posé une question directe, en vous demandant si vous aviez cherché les documents réclamés par la défense.

— Votre Honneur…

— C'est une question toute simple, maître, l'interrompit Harden, un ton au-dessus. Le gouvernement a-t-il recherché ces documents ?

— Non. Mais puis-je ajouter, Votre Honneur, que le gouvernement n'a aucun contrôle sur les archives de LSR&C ? Par conséquent…

Harden sourit. Il avait manifestement anticipé l'argument. Il secoua la tête et coupa de nouveau :

— Non, non, non. Madame Velasquez, j'ai sous les yeux des documents émanant de la CIA et d'autres bureaux gouvernementaux. Monsieur Sloane, avez-vous d'autres documents en votre possession ?

— Oui, Votre Honneur.

— Veuillez s'il vous plaît les présenter à la cour.

Sloane fit signe à Jake de porter à la greffière les quatre boîtes d'archives.

Harden serra les dents.

— Je vais examiner ces documents en privé, et tâcher de répondre à trois questions. La première : est-ce qu'ils sont pertinents pour l'affaire qui nous occupe ? La deuxième : le gouvernement a-t-il sciemment dissimulé ces documents et menti à cette cour ? Enfin, ces documents sont-ils recevables, eu égard au principe dit « du contradictoire », dans le cadre du procès à venir ? Autre chose, monsieur Sloane ?

Profitant du changement d'attitude évident du juge Harden, Sloane continua de mener l'attaque.

— Oui, Votre Honneur. La défense demande également que le gouvernement soit contraint de lui communiquer la dernière adresse connue de Carl Emerson, ainsi que la date à laquelle il a pris sa retraite de la CIA.

— Votre Honneur, objecta Velasquez, le gouvernement ne peut produire ce qu'il n'a pas.

— Cherchez mieux, maître, railla Harden. Peut-être trouverez-vous l'information là où dormaient ces documents. Quand ce sera fait, je veux que vous communiquiez cette adresse à la défense. Je consignerai par écrit ma décision cet après-midi.

Il donna un coup de marteau et dit :

— La séance est levée.

* * *

Jenkins retourna au bureau de Sloane galvanisé par leur victoire, bien que l'avocat l'incitât, et Jake avec lui, à ne pas trop s'exciter.

— Ça va être un marathon, pas un sprint, avertit Sloane. On fera la fête quand on aura franchi la ligne d'arrivée.

Alors que la journée touchait à sa fin, Carolyn entra dans la salle de réunion, tenant à la main la copie d'un document.

— Un communiqué du tribunal ; ça vient juste d'arriver, annonça-t-elle en leur remettant le document avant de ressortir de la salle.

Harden avait examiné attentivement tous les documents d'archives de LSR&C, et décidé qu'ils étaient pertinents et devaient être versés au dossier pour servir notamment la ligne de défense de l'accusé – à savoir qu'un agent de la CIA l'avait autorisé à révéler certaines informations.

— C'est une tout autre partie qui se joue à partir de maintenant, s'enthousiasma Jake.

— Oui, mais rien n'est gagné, tempéra Sloane. Cette partie, comme tu dis, le gouvernement la jouera jusqu'à la dernière seconde.

Au même instant, Carolyn revint, tenant un autre document.

— Ils ne s'arrêtent jamais, là-bas ?

Elle regarda Jenkins.

— Quoi que vous ayez fait, vous avez réussi l'impossible : pousser des fonctionnaires à faire des heures sup'.

Sloane et Jake feuilletèrent rapidement l'acte de procédure ; Jenkins se tenait derrière eux, regardant par-dessus leurs épaules.

— Ils mettent en avant le fait que, conformément à la loi sur les procédures relatives aux informations classifiées, le fameux CIPA[11], le gouvernement a le droit de classifier des documents qu'il juge dangereux pour la sécurité nationale, ce qui lui permet par conséquent d'empêcher qu'ils soient produits comme preuves, même si ces documents étayent notre défense, expliqua Jake.

— Impossible qu'ils aient mis cela au point aussi rapidement, dit Sloane. Ils avaient forcément préparé cette motion à l'avance,

11 Le « Classified Informations Procedures Act » promulgué en 1980.

ce qui signifie qu'ils avaient anticipé la décision du juge. Harden va très vite le comprendre ; j'espère que ça le mettra encore un peu plus en rogne.

— Ils peuvent vraiment invoquer ça ? demanda Jenkins, en proie à un brusque accès de découragement. Faire que ces documents ne soient pas pris en compte ?

— Harden n'a pas l'intention de laisser faire. Il est clair que lui aussi avait anticipé le fait que le gouvernement formerait un recours et invoquerait le CIPA. Regarde à la troisième page. Il est rappelé que toute personne accusée d'une infraction pénale a constitutionnellement le droit d'insister pour que le gouvernement prouve sa culpabilité au-delà de tout doute raisonnable. Harden explique qu'exclure des documents classifiés te priverait par définition du droit à un procès équitable, puisqu'il t'empêcherait de présenter ta défense.

— En fait, c'est une feuille de route qu'il nous donne, le mode d'emploi pour présenter un recours devant la cour d'appel, dit Jake.

Sloane regarda Jenkins.

— Il sait maintenant ce qu'il y a dans ces documents, c'est tout ce qui compte. Il sait que tu dis la vérité.

Jenkins n'était pas aussi confiant.

— La date du procès va devoir être reportée à une date ultérieure à l'appel, dit Jake.

Jenkins se tourna vers Sloane et lui demanda :

— Tu crois qu'ils peuvent demander à négocier de nouveau ?

Il voulait être reconnu innocent, mais il n'était pas contre une résolution rapide – pour Alex et pour le bien des enfants, et tant qu'il n'avait pas à plaider coupable.

— C'est possible, dit Sloane. Surtout s'ils perdent l'appel.

Vers 18 h, Jenkins dit :

— Je ferais bien de rentrer maintenant. Alex doit avoir envie de se reposer un peu. Appelez-moi si vous avez besoin de quoi que ce soit.

Il attrapa sa veste et se dirigea vers la porte. Le téléphone au centre de la table de la salle de réunion sonna. La réceptionniste ayant terminé sa journée, Sloane avait redirigé automatiquement ses appels vers la salle de réunion. Les voyants sur la console téléphonique indiquaient que l'appel provenait de l'extérieur, mais quand Sloane répondit, le numéro de téléphone ne s'afficha pas sur le petit écran vert.

Il mit le haut-parleur.

— Cabinet juridique Sloane, annonça-t-il.

— David Sloane ?

L'accent fit se retourner Jenkins ; il se figea comme s'il avait entendu un fantôme.

— Oui, dit Sloane.

— Bien. Monsieur Sloane, je m'appelle Viktor Federov. Je connais bien votre client, Charles Jenkins.

Sloane regarda Jenkins, qui hocha la tête et revint s'asseoir à la table.

— Vous avez mis sur haut-parleur, dit Federov. Serait-ce que M. Jenkins est près de vous ?

— Je suis là, Viktor, dit Jenkins.

— Monsieur Jenkins. Comment allez-vous ? lui demanda Federov, comme s'ils étaient deux vieux amis qui ne s'étaient pas vus depuis longtemps.

— J'ai connu mieux, Viktor, dit Jenkins.

— Oui. J'ai lu avec beaucoup d'intérêt le récit de votre arrestation, et j'attends avec impatience la reprise de votre procès. En Russie, les choses sont plus expéditives. Mon échec a été une source d'embarras pour le gouvernement russe, qui m'a renvoyé sans préavis.

— Dire que je suis désolé serait mentir, avoua Jenkins.

Federov laissa échapper un rire.

— Oui, je veux bien le croire. À propos, je n'ai pas eu l'occasion de vous féliciter pour votre évasion. Vous êtes un redoutable adversaire ; je pense que j'aurais aimé vous connaître mieux en d'autres circonstances. Peut-être qu'un jour je viendrai aux États-Unis, et que nous pourrons trinquer.

Jenkins adressa à Sloane un regard déconcerté.

— Avez-vous appelé uniquement pour me féliciter, Viktor ?

— Non. Je vous ai appelé pour vous dire qu'en Russie, le gouvernement agit sans détour. Dans votre pays, c'est loin d'être le cas. Personnellement, je suis pour oublier le passé, mais il y a certaines personnes dans votre pays qui ne veulent pas que vous alliez au procès. Ce serait… compromettant pour eux. J'ai pensé que vous voudriez le savoir.

— Est-ce que vous faites allusion à Carl Emerson ? demanda Jenkins.

— Moi ? Je ne fais allusion à personne. Ce ne serait pas bon pour… ma santé.

— Pourquoi me dites-vous tout cela, Viktor ?

Federov soupira.

— Parce que, encore une fois, nous ne sommes pas si différents, vous et moi, monsieur Jenkins. Nous travaillons pour des bureaucrates qui n'apprécient pas toujours ce que nous faisons, mais qui sont prompts à sévir quand nous échouons.

Jenkins y réfléchit un moment, puis :

— Merci pour le tuyau, dit-il.

— Mais de rien.

— Qu'allez-vous faire maintenant ?

— Moi ? Mon frère a une entreprise de béton ; il a beaucoup de contrats avec le gouvernement. Je gagnerai plus d'argent en travaillant avec lui, bien qu'évidemment pas autant que certains en ont gagné à nos dépens, monsieur Jenkins.

Jenkins échangea de nouveau un regard avec Sloane. Le commentaire paraissait confirmer ce qu'il avait soupçonné, à savoir que quelqu'un, peut-être Carl Emerson, avait gagné des millions de dollars.

— Je comprends, dit-il.

— Alors, j'ai bien fait d'appeler. Au plaisir, monsieur Jenkins. *Za zdaróvye !*

Federov mit fin à l'appel. Jake appuya sur une touche de son téléphone. Il avait enregistré la conversation.

— Je l'ai, dit Jake. On pourra faire écouter ça à Harden.

Sloane secoua la tête.

— Ça ne pourra pas servir de preuve. Tu l'as enregistré sans son consentement ; la partie adverse fera valoir qu'elle n'a pas la possibilité de soumettre Federov à un contre-interrogatoire.

— Ce n'est pas le plus gros problème, dit Jenkins. Ça confirme aussi ma relation avec un agent russe du FSB, et, à entendre ça, on pourrait croire qu'on est copains comme cochons. Cette conversation pourrait se retourner contre moi.

Personne ne dit rien pendant un moment. Puis :

— Est-ce que tu crois qu'il a pu essayer de te piéger, d'une manière ou d'une autre ? demanda Jake.

— Non, dit Jenkins. Il a quitté la partie. Pour de bon. Je crois que son avertissement, c'était d'agent à agent. Il voulait surtout que je sache que quelqu'un avait gagné beaucoup d'argent sur notre dos. Il est furieux. C'est pour cela qu'il a appelé. Il veut que je gagne.

— Pourquoi ? Qu'est-ce qu'il a à y gagner, lui ? demanda Jake.

Jenkins sourit en songeant à Federov, et au respect qu'il avait développé pour les talents de l'homme en matière de contre-espionnage. Federov semblait avoir développé le même respect pour lui.

— Absolument rien, répondit Jenkins. C'est justement pour cela que je le crois. Lui et moi, on a au moins un point commun – son gouvernement l'a baisé, et le mien est en train d'essayer de faire la même chose. C'est sa manière de m'aider.

— Je ne comprends pas que tu puisses rester si calme, alors que tu sais que des gens pourraient essayer de te tuer, dit Jake.

— C'est parce que je sais qu'aucun tueur à gages ne voudra honorer ce contrat. C'est une petite confrérie, et je suis certain qu'ils savent ce qui s'est passé. Ils attendront de connaître le résultat. Parce qu'ils savent que ce qui m'arrive peut leur arriver à eux aussi.

* * *

La procédure d'appel déboucha sur un report de quatre mois de la date du procès. Jenkins passa ce temps avec Alex et les enfants. C'étaient les vacances d'été, si bien que CJ avait cessé pour un temps de réclamer de pouvoir retourner à l'école. Alex travaillait à mi-temps dans un supermarché. Jenkins, lui, était sans perspective d'embauche en raison de la publicité entourant son arrestation et le procès à venir. Il puisait en attendant dans leurs maigres économies. Sloane ne facturait pas ses services ; il ne leur demandait rien non plus pour l'hébergement et la nourriture.

— À quoi me sert d'avoir de l'argent si je ne peux pas l'utiliser pour prendre soin de ma famille ? leur avait-il dit un soir.

Par un bel après-midi de juillet, Sloane appela Jenkins pour lui dire que trois juges de la cour d'appel des États-Unis pour la 9e circonscription avaient approuvé à l'unanimité la décision du juge Harden, et rejeté la demande du gouvernement de classifier les documents en application du CIPA. Jenkins raccrocha et laissa échapper un cri de joie. Il croyait plus que jamais à présent que le gouvernement allait soit abandonner totalement sa plainte, soit tenter de négocier de nouveau, sans qu'il ait cette fois à plaider la folie.

L'euphorie, pourtant, fut de courte durée. Sloane le rappela en fin d'après-midi pour lui dire que le gouvernement avait déposé un nouveau recours, cette fois pour réclamer l'arbitrage de l'ensemble des douze juges de la 9e circonscription. Sloane lui expliqua qu'il était peu probable que la formation plénière invalide une décision prise par trois de leurs collègues, mais Jenkins n'était pas naïf : toucher au pouvoir de la CIA et du FBI n'était jamais sans risque.

La veille de la nouvelle date prévue pour le procès, la 9e circonscription décida par sept voix contre cinq d'invalider la décision du juge Harden, et du même coup l'approbation des trois premiers juges. Tous les documents de LSR&C que Jake avait réussi à rassembler étaient maintenant considérés comme classifiés en application du CIPA, et étaient par conséquent irrecevables. Sloane s'efforça de consoler Jenkins en lui rappelant que le juge Harden, au moins, connaissait le contenu des documents.

Le jury, en revanche, n'en saurait rien.

Sans surprise, le gouvernement ne proposa pas d'autre arrangement.

Ce soir-là, Jenkins alla marcher sur la plage. Il avait compris maintenant que ceux qui avaient le pouvoir ne laisseraient jamais la vérité éclater, ne lui laisseraient pas l'ombre d'une chance, n'accepteraient jamais qu'il soit libre. Fixant l'horizon, il se perdit dans la contemplation du détroit de Puget. Le soleil se couchait, colorant le ciel de stries rouge-orangé de mauvais augure qui lui rappelèrent le ciel moscovite, lors de son premier voyage en Russie.

Il encourait trois condamnations à perpétuité, et il n'avait quasiment rien à présenter pour sa défense.

* * *

Tard dans la soirée, la veille de l'ouverture du procès, Jenkins, assis sous la pergola de la maison de Sloane, écoutait le bruit des vagues se brisant sur la plage. Il comprenait maintenant pourquoi le gouvernement n'avait jamais perdu dans un procès pour espionnage. C'était comme de jouer au black-jack à Las Vegas. Les chances de gagner étaient d'autant plus minces que la maison contrôlait les cartes.

Sloane le rejoignit sous la pergola. Il avait apporté deux bouteilles de bière ; il lui en tendit une, s'assit sur l'autre rocking-chair, et contempla lui aussi les eaux sombres du détroit de Puget. Jenkins savait que Sloane avait acheté deux de ces chaises berçantes avant la mort de Tina, prévoyant de s'asseoir ici avec elle et d'admirer la vue durant les longues soirées d'été. La vie pouvait être si dramatiquement imprévisible parfois, ne put-il s'empêcher de songer.

Il avala une gorgée de bière et demanda :

— Tout est prêt pour demain ?

Sloane avait passé toute la journée au tribunal, à défendre ses dernières requêtes préliminaires. Si le juge Harden était furieux contre le gouvernement et ses mensonges concernant les documents de LSR&C, ou encore pour avoir subi un débouté de la part de ses pairs de la 9e circonscription, il n'en avait rien laissé paraître. Il s'était simplement montré professionnel et efficace.

— Est-ce que le gouvernement a fourni la dernière adresse connue de Carl Emerson ? demanda Jenkins.

— Non, dit Sloane. Je ne m'y attendais d'ailleurs pas. Et même s'ils le font, on aura droit à un numéro de boîte postale dans un bled perdu. Et puis, il faut encore qu'il se trouve dans l'État de Washington, parce que s'il refuse de venir, je doute qu'on obtienne une assignation à comparaître qui l'y obligerait.

Jenkins réfléchit un moment à la question, puis :

— C'est peut-être aussi bien comme ça, dit-il. Surtout s'il sait maintenant que tu n'as aucun document pour le mettre en accusation. Partons du principe qu'il n'aurait rien à dire de positif sur moi de toute façon, et si vraiment c'est lui qui a parlé aux Russes, il a eu tout le temps d'assurer ses arrières. Emerson a toujours été futé ;

ça fait quarante ans qu'il joue cette partition. L'appeler à la barre risquerait juste de me griller un peu plus.

Sloane sirota sa bière, puis dit :

— Je veux au moins qu'il soit consigné que nous avons essayé de le trouver, et que nous avons demandé au gouvernement de fournir son adresse. Cela pourrait nous être utile en appel.

— Est-ce qu'ils ont communiqué leur liste de témoins ? demanda Jenkins.

Sloane eut un petit sourire narquois.

— À la toute dernière minute cet après-midi. Vingt-sept noms, sans la moindre information sur ce qu'ils diront.

Ils allaient être sans filet, une fois de plus, songea Jenkins, les planches de la vieille terrasse couverte grinçant sous les balancements de son rocking-chair. Le bruit lui rappela celui d'une potence gémissant sous le poids d'un pendu se balançant au bout d'une corde dans un vieux western.

— Je ne te demanderai pas de veiller sur Alex et les enfants, dit-il, le regard toujours fixé sur l'horizon. Juste d'être là pour eux, s'ils ont besoin d'aide.

— Je prendrai soin d'eux comme de ma propre famille, lui promit Sloane. Tu le sais. Mais nous n'allons rien lâcher ; rien n'est joué, d'accord ?

— Je ne lâcherai jamais rien, David, mais certaines choses nous échappent, quoi qu'on fasse.

Il entendit Lizzie pleurer à l'intérieur de la maison, et regarda sa montre.

— Réglée comme une horloge, dit-il.

Il tendit sa bière à Sloane.

— J'ai dit à Alex que je donnerais le biberon à la petite, et qu'elle pouvait se reposer. De toute façon, je ne crois pas que je dormirai beaucoup ce soir. Et comme je ne sais pas combien de fois j'aurai encore l'occasion de la tenir dans mes bras…

# Chapitre 61

Le lendemain matin, le gouvernement déposa une motion demandant au juge Harden de se récuser lui-même parce qu'il avait pris connaissance des documents protégés par le CIPA. Harden rejeta la motion, affirmant que ces documents n'influenceraient pas sa conduite du procès.

C'était particulièrement bien joué de la part du gouvernement, expliqua Sloane à Jenkins, la partie adverse voulant que cette motion soit un peu comme une épée de Damoclès au-dessus de la tête de l'honorable Joseph B. Harden, et une façon de s'assurer que ses décisions soient conformes à la loi.

Le choix des jurés se déroula aussi efficacement que les motions préliminaires. Ce fut Harden qui posa la plupart des questions aux candidats jurés. C'était la règle. Sloane et le gouvernement étaient l'un et l'autre limités à trois questions. Sloane expliqua à Jenkins que, selon le vieux principe qui veut qu'il n'y ait pas de fumée sans feu, la plupart des jurés entrant dans une salle de tribunal supposaient déjà que, si un procès avait lieu, c'était que les allégations étaient probablement vraies. Par conséquent, sa première question devait réussir à les amener à reconsidérer leur opinion préconçue concernant Charles Jenkins, l'espion.

À la barre, Sloane dit :

— Que ceux qui pensent que les États-Unis ont à leur service des espions qui travaillent dans l'ombre pour protéger les intérêts et la sécurité de notre pays, lèvent la main, s'il vous plaît !

Dans un contexte de menaces terroristes quotidiennes, presque tous les candidats jurés levèrent la main. Jenkins nota dans son carnet ceux qui ne l'avaient pas fait.

— Et combien d'entre vous croient qu'afin de protéger les intérêts de notre pays, le gouvernement est parfois amené à dissimuler au grand public les lieux où se trouvent et travaillent ses espions ?

Une fois encore, presque tous les jurés levèrent la main.

— Combien d'entre vous diraient que le gouvernement commet parfois des erreurs ? interrogea enfin Sloane.

Cette fois, l'ensemble des candidats jurés leva la main.

Sloane s'assit, mais Velasquez décida de répliquer en utilisant la même technique.

— En levant la main, s'il vous plaît, enchaîna-t-elle, combien parmi vous pensent que les personnes qui vendent des informations classifiées à un gouvernement étranger devraient être punies ?

La réponse fut unanime : tout le monde. Les deux questions suivantes de Velasquez furent tout aussi percutantes et convaincantes.

Finalement, Sloane recourut dix-huit fois à la récusation péremptoire pour écarter certains jurés. Velasquez dix-sept fois. Deux heures après le début du processus du « voir-dire »[12], ils avaient un jury composé de neuf femmes et de trois hommes – la plupart diplômés et ayant des postes à responsabilité. Sloane confia à Jenkins qu'il était très satisfait du groupe.

Harden ne perdit pas de temps :

— Le gouvernement est-il prêt à faire sa déclaration liminaire ? demanda-t-il aussitôt le « voir-dire » bouclé.

---

12 Aux États-Unis, le « voir-dire » désigne le processus par lequel un juré potentiel est interrogé notamment sur ses antécédents judiciaires et ses qualifications, avant d'être choisi pour figurer dans un jury.

Mais ce n'était pas une question. Velasquez repoussa sa chaise et se leva. Si elle n'était pas prête, elle n'en montra rien. Droite dans ses bottes et élégante dans son tailleur-jupe bleu marine, elle posa un ordinateur portable sur le pupitre, mais l'abandonna pour faire face au jury.

Reprenant la thématique qu'elle avait déjà abordée, elle dit :

— Le ministère de la Justice ne s'engage pas dans une affaire de cette nature sans certitude ni preuves à l'appui.

Jenkins vit Sloane bouger comme s'il allait se lever, mais il n'en fit rien. Il aurait pu émettre d'emblée une objection, mais il déduisit de l'expression des jurés qu'ils n'en étaient pas convaincus, du moins pour la plupart.

— Au cours de ce procès, vous entendrez les preuves que l'accusé, Charles Jenkins, connaissait des difficultés aussi bien sur le plan professionnel que personnel. Sa société de sécurité, CJ Sécurité, était au bord du dépôt de bilan, et l'accusé lui-même au bord du gouffre financier et personnel. La société de M. Jenkins devait de l'argent à ses fournisseurs et à ses employés. Il a dû hypothéquer la ferme familiale qu'il possède sur l'île de Camano pour obtenir un prêt professionnel permettant de maintenir à flot sa société. En d'autres termes, il avait besoin d'argent s'il ne voulait pas perdre sa maison.

Velasquez poursuivit en évoquant pour le jury la grossesse compliquée d'Alex et sa prééclampsie.

— Alors, dans cette situation, que pouvait faire M. Jenkins ? Comment pouvait-il sauver sa famille ?

Elle marqua un temps de pause, comme si elle attendait une réponse du jury.

— Il pouvait faire appel à un talent qu'il avait jadis possédé, contre un adversaire qu'il avait jadis combattu, un adversaire dont il devinait qu'il ne serait que trop empressé de recueillir le type d'information que M. Jenkins pouvait lui fournir. Car voyez-vous,

M. Jenkins était autrefois un espion de l'Agence centrale de renseignement – un espion de la CIA. À la fin des années soixante-dix, il a travaillé pour l'antenne de la CIA à Mexico, sous le commandement d'un certain Carl Emerson. M. Jenkins a mené des opérations contre l'Union soviétique et les officiers du KGB stationnés à Mexico. M. Jenkins a par conséquent eu accès à des informations confidentielles concernant des agents américains travaillant en Russie, et des agents doubles – des Russes espionnant pour le compte de l'Amérique.

Velasquez poursuivit en relatant la brusque démission de Jenkins et son ressentiment avoué à l'égard de l'Agence. Elle se tourna ensuite vers Jenkins et, levant un doigt, elle dit :

— Et alors, face à une catastrophe personnelle et professionnelle annoncée, qu'est-ce que M. Jenkins a fait ? Il avait une couverture parfaite pour voyager en Russie. LSR&C avait ouvert un bureau à Moscou, et c'était le travail et la responsabilité de CJ Sécurité d'assurer précisément la sécurité des employés et des investisseurs là-bas.

Velasquez évoqua alors les voyages de Jenkins à Moscou, les renseignements qu'il avait prétendument livrés, et comment ces derniers lui venaient de l'époque où il avait été en poste à Mexico.

— Ces deux agents dont M. Jenkins a livré les noms au FSB, dit-elle, ont payé de leur vie cette trahison.

Jenkins sentit les regards des jurés se tourner vers lui ; il dut faire un effort intense pour rester impassible.

Velasquez continua en expliquant comment, à son retour de Moscou, CJ Sécurité avait reçu un virement de cinquante mille dollars émanant de quelque part en Suisse.

— C'était un marché on ne peut plus simple : de l'argent contre une information. Il était criblé de dettes, et au pied du mur.

Jouant tour à tour l'indignation et la provocation, Velasquez expliqua aux jurés le mystérieux retour de Jenkins aux États-Unis après un deuxième voyage à Moscou, sans que son passeport ne soit apparemment nécessaire. Elle enchaîna en évoquant ses contacts avec l'agent du FBI Chris Daugherty, insinuant que ces rencontres n'avaient été motivées que par la peur d'être démasqué. Elle ajouta :

— Et il a inventé une histoire.

Ce qu'elle appela, en s'y étendant à loisir, « les élucubrations de M. Jenkins ». Après quoi, elle demanda :

— Croyez-vous sincèrement que cette grande nation – les États-Unis d'Amérique – abandonnerait un de ses agents à l'autre bout du monde, s'il était réellement au service de son pays ?

— Demandez-vous ceci : y a-t-il une seule preuve tangible qui accrédite son histoire ? Ou encore : quelle est la probabilité qu'alors qu'il se trouve dans une situation financière extrêmement difficile, personnellement et professionnellement – quelle est la probabilité, dis-je, qu'un agent de la CIA apparaisse comme par magie, chez lui, et lui offre un pont d'or pour une mission secrète ? On dirait un mauvais roman d'espionnage, qui ferait rire n'importe quel lecteur un tant soit peu avisé, non ?

Après seulement vingt minutes, Velasquez avait fait forte impression sur le jury. Quand elle regagna sa table, le seul son que l'on entendit fut le grincement des chaises des jurés se tournant d'un air d'attente vers la table de la défense.

* * *

Sloane se dirigeait déjà vers le pupitre quand Harden lui demanda :

— Monsieur Sloane, souhaitez-vous faire votre déclaration liminaire maintenant, ou la remettre à plus tard ?

— Votre Honneur, la défense souhaite vivement être entendue maintenant, répondit-il.

Sloane avait expliqué à Jenkins qu'il aurait un temps très court, quelques dizaines de mots seulement, pour modifier l'impression laissée au jury par Velasquez, au-delà de quoi les jurés risquaient de faire la sourde oreille à ses propos. Il devait donc attaquer fort.

Il ne prit pas la peine de les saluer. Au lieu de cela, il pointa un doigt vers Jenkins et demanda :

— Est-ce que cet homme est un espion ?

Il regarda chacun des jurés dans les yeux ; puis il dit :

— Et comment ! Un espion au service des États-Unis d'Amérique. Il a été un espion dans les années soixante-dix, avant d'être réactivé en novembre 2017. Est-ce une coïncidence, comme l'affirme la partie adverse, si nous sommes ici ? Certainement pas. Nous sommes ici parce que M. Jenkins est la victime d'un agent de la CIA véreux qui a escroqué une société d'investissement.

Sloane allait et venait en même temps qu'il parlait. Il expliqua aux jurés ce que Velasquez avait omis de dire, à savoir que Carl Emerson avait travaillé, sous le nom d'emprunt de Richard Peterson, pour TBT Investments, une filiale de LSR&C, qui servait de société écran à la CIA pour les agents de tout le pays. C'était un risque. La déclaration liminaire n'avait pas pour but d'exposer les faits, qui devaient en théorie appuyer les preuves. Sans possibilité de présenter les documents, le risque, c'était le retour de bâton ; mais c'était un risque que Jenkins et lui avaient jugé devoir prendre.

— Était-ce une coïncidence si la société de M. Jenkins était au bord de la faillite ? Bien sûr que non. M. Jenkins ne pouvait pas payer les factures de CJ Sécurité parce que LSR&C avait cessé de payer CJ Sécurité. Était-ce une coïncidence si Carl Emerson est venu trouver M. Jenkins chez lui, sur l'île de Camano, à ce moment critique ? Bien sûr que non. Carl Emerson a été le supérieur de M. Jenkins à la CIA ; il savait pourquoi M. Jenkins avait démissionné, comme il savait qu'il n'accepterait pas d'être réactivé, à moins que quelque chose ne l'exige – quelque chose comme la faillite inéluctable de sa société et la perte de la maison familiale.

Sloane marqua un temps de pause pour laisser ces informations faire leur chemin dans l'esprit des jurés. Se souciait-il du fait que chacun d'eux eût bien saisi la moindre nuance de son propos ? Pas à cet instant – et d'autant moins qu'il n'avait pas la possibilité d'étayer ses dires. Ce qu'il voulait, c'était faire passer l'idée d'un gouvernement déloyal initiant des tractations louches – ce que, espérait-il, chaque juré pouvait comprendre.

— Carl Emerson savait également que M. Jenkins était un excellent agent, qui parlait russe, et qui de surcroît avait la meilleure des couvertures pour pouvoir se rendre en Russie – une société de sécurité qui travaillait avec une succursale de LSR&C à Moscou. Était-ce une coïncidence si M. Jenkins a divulgué l'identité de deux agents américains infiltrés en Russie, et qui avaient comme point commun, l'un et l'autre, d'avoir commencé à travailler pour la CIA à Mexico ? Bien sûr que non. Ces informations, mon client a été autorisé à les divulguer par Carl Emerson, son ancien chef de poste à Mexico, qui, en tant que tel, connaissait les deux opérations.

Sloane s'interrompit de nouveau pour regarder chaque juré. Il avait expliqué à Jenkins qu'il avait l'intention de les mettre mal à l'aise, en espérant les pousser à changer de point de vue, ou du moins à ne pas juger trop vite, à comprendre qu'il existait possiblement une autre histoire.

— L'accusation vous a posé une question : croyez-vous qu'une agence gouvernementale de notre grand pays abandonnerait un agent sur le terrain ? Quand vous aurez tous les éléments de preuve en main, je ne doute pas un instant que votre réponse soit : oui, absolument.

Sloane joignit les mains en portant le bout de ses doigts à ses lèvres, comme pour prier.

— Mesdames et messieurs, en droit américain, c'est à l'accusation qu'il revient d'apporter la preuve que Charles Jenkins est coupable. Dans n'importe quelle affaire criminelle, l'accusé est présumé innocent jusqu'à preuve du contraire, et cela au-delà de tout doute raisonnable. Il n'a pas à témoigner.

Il baissa les mains, comme si ce qu'il allait dire était spontané. Rien n'était spontané.

— Mais pour ce procès particulier, nous allons procéder différemment, poursuivit-il. Oui, différemment.

Il regarda Jenkins, hocha doucement la tête, puis désigna du doigt les avocats de l'accusation.

— Nous allons leur ôter des épaules ce qu'en droit on appelle la « charge » ou le « fardeau » de l'accusation, l'obligation d'apporter des éléments de preuve. Nous allons assumer ce fardeau ; *nous* allons vous prouver, au-delà de tout doute raisonnable, que mon client n'a pas enfreint la loi, et qu'il a toujours été un Américain loyal qui a cru jusqu'au bout servir son pays.

Sloane remercia les jurés et retourna à la table de la défense. Jenkins remarqua alors que l'expression des jurés avait changé ; ce n'était plus du dédain qu'elle exprimait, mais de la curiosité. Il ne pouvait pas espérer mieux.

# Chapitre 62

Après le déjeuner, Harden, de nouveau, ne perdit pas de temps. Tout en classant des documents sur son bureau, il demanda :

— L'accusation est-elle prête à reprendre ?

Une fois de plus, ce n'était pas une question. Velasquez, déjà debout, répondit sans hésiter :

— Oui, Votre Honneur, nous pouvons poursuivre.

— Appelez votre premier témoin.

Velasquez appela Nathaniel Ikeda, un commis aux archives des bureaux de la CIA à Langley, en Virginie. Ikeda était un bel homme d'origine japonaise aux cheveux noirs grisonnants. Après l'avoir invité à décliner ses nom et qualité, Velasquez lui demanda :

— D'après les dossiers auxquels vous avez accès, pouvez-vous confirmer que Charles William Jenkins a bien été employé par l'Agence centrale de renseignement ?

— Oui, c'est effectivement le cas, répondit Ikeda, sûr de lui.

— Voulez-vous expliquer au jury ce que révèlent les archives ?

Ikeda se tourna vers les jurés, comme on le lui avait probablement demandé, ou bien à force d'expérience, après des années passées à témoigner dans des tribunaux. Il tenait des documents sur ses genoux, que l'accusation n'avait communiqués à Sloane que la veille au soir. Il expliqua que Jenkins avait été employé par la CIA de juin 1976 à juillet 1978.

— Est-il indiqué pourquoi ou comment cet emploi a pris fin ?

— Le dossier stipule une « retraite volontaire supposée » après que la CIA a vainement tenté de joindre M. Jenkins.

— Le dossier fait-il état d'une réactivation de M. Jenkins en tant qu'agent opérationnel en novembre ou décembre 2017 ?

— Non, aucunement.

— Avez-vous recherché des informations se rapportant à un certain Carl Emerson ?

Ikeda se tourna de nouveau vers le jury, et confirma qu'il avait fait les recherches demandées. Après que Velasquez eut fait enregistrer les documents comme pièces à conviction, Ikeda expliqua ce que les archives révélaient, et notamment que « M. Emerson a été désactivé en tant que chef de poste à Mexico, pour être attaché ensuite à nos bureaux de Langley, en Virginie. »

— Est-il fait état dans vos dossiers d'une opération en Russie dirigée par Carl Emerson en décembre 2017 ?

— Non, du tout.

Ikeda expliqua quel genre de documents il aurait dû trouver en pareil cas, avant de dire qu'il n'y avait rien de tout cela.

— Et est-il fait mention quelque part d'un paiement de cinquante mille dollars fait à M. Jenkins ou à M. Emerson en décembre 2017 ?

— Non.

Velasquez interrogea ensuite Ikeda concernant les deux agents doubles dont Jenkins avait révélé les noms au FSB – Alexei Soukourov et Ouliana Artemyeva.

— Vos archives indiquent-elles si ces personnes étaient actives, ou opérationnelles ?

— Actives au sens où leurs dossiers restaient ouverts, oui.

— Quand ces personnes ont-elles été activées pour la première fois ?

— En 1972 et 1973.

— À partir de quelle antenne ?

— Celle de Mexico.

— Qui a ouvert ces dossiers ?

— Carl Emerson.

Velasquez remercia Ikeda et retourna s'asseoir.

Jenkins et Sloane n'avaient eu que la matinée pour consulter les documents fournis par Ikeda. Sloane avait expliqué à Jenkins que son but était d'établir que Carl Emerson existait bien, qu'il n'était pas un fantôme. Il voulait également prouver que c'était bien lui, Emerson, qui dirigeait les opérations Alexei Soukourov et Ouliana Artemyeva, et qu'il n'existait aucun document liant Jenkins à l'un ou à l'autre. Il voulait enfin établir qu'Emerson avait été viré de la CIA quasiment au moment même où LSR&C avait implosé, et où Jenkins avait été accusé d'espionnage.

— Qui était le chef de poste à Mexico en 1972 et 1973 ? demanda-t-il à Ikeda.

— Carl Emerson, répondit ce dernier.

— Vos dossiers indiquent-ils si M. Jenkins a participé à l'une des deux opérations mentionnées précédemment ?

— Je n'en suis pas sûr, dit Ikeda. C'est possible.

— Je vous en prie, prenez le temps de regarder, et dites-moi si le nom de M. Jenkins figure sur un document dans l'un ou l'autre de ces dossiers.

Ikeda examina ses documents durant deux bonnes minutes. Jenkins le regarda faire, tout en surveillant la réaction des jurés.

— Je ne trouve pas son nom, ni dans le premier ni dans le deuxième dossier, dit finalement Ikeda.

— Vous n'avez aucun document dans vos dossiers attestant que M. Jenkins était au courant de ces deux opérations, ou même d'une seule d'entre elles, n'est-ce pas ?

— Non, je n'ai rien ici.

— Et avez-vous des documents avec vous aujourd'hui attestant que M. Carl Emerson travaillait pour TBT Investments à Seattle, État de Washington ?

— Objection, Votre Honneur, intervint Velasquez. La question viole les règles du CIPA.

— Objection retenue, dit Harden.

— Très bien. Alors, avez-vous des documents avec vous aujourd'hui attestant que M. Richard Peterson travaillait bien pour TBT Investments à Seattle, État de Washington ?

— Même objection, dit Velasquez.

— Retenue.

— Vous a-t-on demandé de rechercher une telle information ?

— Objection, encore une fois, Votre Honneur.

— Retenue, dit Harden, qui décocha cette fois à Sloane un regard qui voulait dire : ne vous avisez pas d'essayer une quatrième fois !

— Disposez-vous de documents – réservations de billets d'avion, notes d'hôtel ou de repas – émanant de M. Emerson et réclamant à l'Agence de renseignement un remboursement de frais pour des déplacements entre Langley et Seattle, entre novembre 2017 et janvier 2018 ?

— Je ne sais pas. On ne m'a pas demandé de vérifier cela.

— Mais M. Emerson a bien travaillé pour la CIA en novembre et décembre 2017, et en janvier 2018, n'est-ce pas ?

— D'après les dossiers, oui.

— Et vos dossiers ne révèlent pas que M. Emerson a voyagé à Seattle en qualité de directeur général de TBT Investments ?

— Même objection, dit Velasquez.

— Retenue, dit Harden.

— Alors disons simplement : avez-vous trouvé des demandes de remboursement de frais déposées par Carl Emerson, ou par un certain Richard Peterson, pour la même période ?

— On ne m'a pas demandé de rechercher une telle information.

— C'est drôle, moi non plus, dit Sloane, feignant la perplexité.

Il tourna les talons comme pour regagner la table de la défense, mais Jenkins savait qu'il n'en avait pas terminé. Il revint aussitôt d'un pas glissé vers le pupitre, et dit :

— Je suis désolé, monsieur Ikeda, mais juste quelques questions encore. Vos dossiers indiquent-ils à quelle date la CIA a mis fin au contrat de M. Emerson ?

— Oui. Le 25 janvier 2018.

— Il a été renvoyé, n'est-ce pas ?

Ikeda regarda Velasquez, qui bondit de sa chaise.

— Objection, Votre Honneur. La défense déforme les propos du témoin.

Harden secoua négativement la tête.

— Pas de ce témoin. Il n'a même pas encore répondu à la question. Avez-vous besoin qu'on vous la répète, monsieur Ikeda ?

Ce dernier parut mal à l'aise.

— Non, dit-il.

Puis, se tournant vers Sloane :

— Il a été mis fin à ses activités, oui.

— Il a été renvoyé.

— La CIA a mis fin à ses activités, insista Ikeda.

— Il n'est pas dit que Carl Emerson a pris sa retraite, n'est-ce pas ?

— Non.

— Ni qu'il a démissionné ?

— Non.

— Ni qu'il a demandé un congé exceptionnel, ou sabbatique ?

— Non.

— Il est dit qu'il a été mis fin à son contrat, n'est-ce pas ? Qu'il a été licencié, congédié, renvoyé ?

— La CIA a effectivement mis fin à ses activités, oui.

— Vos dossiers disent-ils pourquoi Carl Emerson, qui travaillait pour la CIA depuis les années soixante-dix au moins, a été renvoyé ?

— Non.

Sloane observa un temps de pause, comme s'il réfléchissait à cette information, sachant évidemment que les jurés feraient de même.

Velasquez réinterrogea Ikeda durant quelques minutes, puis le libéra. Le reste de l'après-midi fut un défilé de témoins choisis parmi les vingt noms figurant sur la liste de l'accusation. Aucun témoignage ne fut particulièrement préjudiciable, mais à la fin de la journée, Jenkins se fit vaguement l'effet d'être un punching-ball.

* * *

Tôt le lendemain matin, après une courte nuit, Sloane retourna à son bureau avec Jenkins et Jake et trouva en arrivant, poussée sous la porte d'entrée en verre, une enveloppe anonyme. L'extérieur ne comportait ni timbre ni cachet de la poste, ce qui signifiait que quelqu'un l'avait déposée.

Sloane l'ouvrit et en sortit une simple feuille de papier. Il secoua la tête et la leva :

— La dernière adresse connue de Carl Emerson.

— Ils l'avaient depuis le début, dit Jake. Où est-il ?

— Santa Barbara, dit Sloane. Si l'adresse est toujours d'actualité. Si c'est le cas, envoie-lui une assignation à comparaître.

— Il est à plus de 160 km, c'est-à-dire en dehors du périmètre légal. On ne peut l'obliger à se présenter, rappela Jake.

— C'est pourtant ce qu'il faudrait, soupira Sloane. S'il ne comparaît pas après que j'ai cité son nom tellement de fois, le jury voudra savoir pourquoi. Il faut que la balle soit dans le camp de l'accusation. Je veux être en mesure d'expliquer que nous l'avons assigné à comparaître en vain, mais que le gouvernement aurait parfaitement pu le convoquer comme témoin, et qu'il n'en a rien fait. Peut-être que cela suffira à créer un doute raisonnable.

# Chapitre 63

Pour ouvrir le deuxième jour du procès, Maria Velasquez appela à la barre l'agent du FBI Chris Daugherty. Daugherty avait le look de l'emploi avec son complet bleu marine, sa chemise blanche à col boutonné et sa cravate rouge. Velasquez eût-elle drapé sur les épaules du jeune agent la bannière étoilée, qu'il n'aurait pas paru plus américain.

Elle lui demanda de revenir sur les circonstances qui l'avaient amené à interroger Charles Jenkins et, relancé par l'avocate, Daugherty raconta dans le détail la nature de chaque conversation.

— M. Jenkins a-t-il demandé qu'un représentant de la CIA soit présent avant de vous parler ? lui demanda-t-elle ensuite.

— Non, répondit Daugherty.

— D'après votre expérience, n'aurait-il pas été normal que ce soit le cas, compte tenu du fait que M. Jenkins s'apprêtait à vous dévoiler une opération sensible de la CIA ?

— Il aurait en effet été normal que ce soit le cas.

— Pourquoi cela ? Pouvez-vous nous l'expliquer plus précisément ?

— Le FBI est responsable de ce qui se passe à l'intérieur des États-Unis ; la CIA de ce qui se passe à l'extérieur. Les deux agences ignorent – et n'ont aucun moyen de savoir – ce sur quoi l'autre travaille ; donc, un agent de la CIA interrogé par le FBI cherchera normalement à ce qu'un représentant de la CIA soit présent afin de garantir la confidentialité de l'échange.

— Quand M. Jenkins a eu terminé de vous raconter son histoire, quelle a été votre réponse ?

— Je lui ai dit que je ne le croyais pas ; que son histoire était ridicule.

— Et quelle a été *sa* réponse ?

Daugherty haussa les épaules.

— Il a dit : « Faites-moi confiance. Je ne vous mentirais pas. Je ne peux pas tout vous dire. Vous allez devoir vous-même combler les manques en vous renseignant auprès de la CIA. » Je lui ai demandé : « Pourquoi ne pouvez-vous pas me parler ? » Et il a dit : « Parce que tout ce que je pourrais dire risque de compromettre une opération en cours d'une extrême importance. »

— Avez-vous appelé la CIA pour tenter de vérifier les dires de M. Jenkins ?

— Je n'ai rien pu vérifier de ce qu'il m'a raconté. La CIA m'a fait savoir qu'ils n'avaient aucune information confirmant que M. Jenkins avait été réactivé, ou qu'il était impliqué dans une quelconque opération en Russie ou ailleurs. Quant aux deux opérations pour lesquelles M. Jenkins m'a demandé de me renseigner, la CIA m'a précisé qu'elles avaient été désactivées il y a des années de cela, mais que les deux agents doubles impliqués avaient trouvé la mort en Russie récemment, dans des conditions troubles.

Velasquez marqua une pause, et fit mine de consulter ses notes, le temps que l'information puisse s'ancrer dans l'esprit des jurés. Plusieurs se tournèrent d'ailleurs vers la table de la défense.

— Qu'avez-vous fait ensuite ? reprit-elle.

— Le FBI a ouvert une enquête sur les agissements de M. Jenkins, et nous avons appris qu'un paiement de cinquante mille dollars avait atterri sur le compte de CJ Sécurité peu après que M. Jenkins fut revenu de son premier voyage en Russie.

— Avez-vous tenté de découvrir l'origine de ces fonds ? demanda Velasquez.

— Nous avons effectivement demandé à un juricomptable de tenter de remonter jusqu'au donneur d'ordre, et de faire un rapport.

Jenkins et Sloane avaient une copie dudit rapport, et avaient approuvé sa recevabilité.

— Et quelle est la conclusion de ce rapport ?

— Le juricomptable a découvert que les fonds provenaient d'un compte en banque suisse, mais il n'a pas pu en apprendre davantage.

Velasquez demanda ensuite à Daugherty de revenir sur ce que Jenkins lui avait dit lors de leur deuxième conversation au bureau du FBI, dans le centre de Seattle.

— Avez-vous fait part à M. Jenkins de ce que vous aviez appris concernant les deux opérations qu'il avait divulguées aux Russes ?

— Oui, en effet.

— Et quelle a été sa réaction ou sa réponse ?

— Il a secoué la tête et il a dit : « Bon sang, qu'est-ce que j'ai fait ? »

De nouveau, Velasquez laissa la réponse faire son chemin dans les esprits, avant de reprendre :

— Lui avez-vous répondu ?

— Je lui ai demandé s'il voulait avouer et passer un marché.

— Et qu'a-t-il dit ?

— Il a dit : « Ce n'est pas ce que vous croyez. Je n'ai pas fait ça pour la raison que vous croyez. »

Sur cette déclaration apparemment accablante, Velasquez remercia Daugherty et alla s'asseoir.

Sloane se leva et s'approcha lentement du pupitre.

— Agent Daugherty, vous avez dit avoir demandé à M. Jenkins s'il voulait avouer avoir commis un crime, c'est bien ça ?

— Oui.

— Voulez-vous s'il vous plaît produire pour la cour les aveux que M. Jenkins a signés dans votre bureau ce jour-là ?

Daugherty s'éclaircit la gorge.

— Je n'ai pas d'aveux signés.

— Alors, des aveux non signés peut-être ?

— Non, je n'en ai pas.

— Pourtant, la procédure habituelle ne veut-elle pas, quand on interroge un témoin, qu'on le fasse signer et dater sa déposition ou ses aveux avant qu'il ne reparte ?

— Il existe de nombreuses procédures différentes…

— L'une d'elles n'était-elle pas, ce jour-là, que vous, agent Daugherty, fassiez signer M. Jenkins avant qu'il ne quitte votre bureau ?

— Sans doute.

— Ce n'était pourtant pas la première fois que vous meniez un interrogatoire ?

— Non.

Jenkins regarda les jurés. Deux d'entre eux esquissèrent un petit sourire amusé.

— Vous avez déclaré que M. Jenkins vous a dit : « Ce n'est pas ce que vous croyez. Je n'ai pas agi pour la raison que vous croyez. » C'est bien ça ?

— C'est ce qu'il a dit.

— N'a-t-il pas dit qu'il avait divulgué ces deux noms parce que Carl Emerson l'y avait autorisé ?

— Il a dit qu'il n'avait divulgué aucune information non autorisée, mais je n'ai pu trouver aucune preuve corroborant le fait qu'on l'y avait autorisé.

— Vous avez déclaré encore que M. Jenkins avait dit qu'il vous fallait aller trouver la CIA si vous vouliez comprendre toute l'histoire. C'est bien ça ?

— Oui.

— Et vous affirmez avoir appelé la CIA, qui vous a dit n'avoir aucune trace d'une opération dans laquelle M. Jenkins aurait été réactivé ?

— C'est effectivement ce qu'ils ont dit.

— Donc, vous en avez déduit qu'il n'existait aucune opération de ce genre ?

— Oui, on peut dire ça.

— Mais vous avez également expliqué à cette cour que le FBI gérait ce qui se passe à l'intérieur du pays, tandis que la CIA s'occupe de ce qui est extérieur ?

— Quelque chose comme ça, oui.

— Et aussi qu'une agence ne sait pas toujours ce que fait l'autre, et que les deux agences ne communiquent guère entre elles sur ce qu'elles font ?

— C'est exact, répondit Daugherty.

— Et n'est-il pas exact de dire qu'alors que le FBI et la CIA peuvent avoir des objectifs communs, la manière dont chacune des deux agences cherche à atteindre cet objectif peut être, elle, très différente ?

— Je ne comprends pas.

— Dans ce cas, je vais tâcher d'être plus clair, dit Sloane, qui était depuis longtemps familier des us et coutumes du Bureau fédéral d'enquête. Votre devise au FBI, ou du moins l'une d'entre elles, n'est-elle pas « Flanquez-moi ce connard en taule » ? Vous avez déjà entendu ça, n'est-ce pas ?

— En effet, confirma Daugherty.

— Un peu simpliste, non ? Juste « Flanquez-moi ce connard en taule. »

— J'en conviens, dit Daugherty.

— Et le credo qui a cours parmi les agents de la CIA, le connaissez-vous ?

— Non.

— « Et vous connaîtrez la vérité, mais elle vous foutra en rogne. » Avez-vous déjà entendu cela ?

Daugherty sourit, ainsi que plusieurs membres du jury.

— Non, jamais.

— Une idée de ce que cela signifie ?

— Non.

— Tout n'est donc pas aussi simple, agent Daugherty, n'est-ce pas ?

Velasquez se leva.

— Objection, Votre Honneur. Le témoin a simplement dit qu'il ne connaissait pas ce credo.

— Objection rejetée, dit Harden.

— Tout n'est donc pas aussi simple, n'est-ce pas ?

— Non, dit Daugherty.

# Chapitre 64

Après Daugherty, Velasquez appela Randy Traeger, l'ancien directeur financier de LSR&C. Elle rappela le parcours de Traeger, avant de s'attacher à démontrer que LSR&C avait été dans l'impossibilité de payer les sommes dues à CJ Sécurité durant une période d'environ trois mois, correspondant grossièrement au dernier trimestre de 2017. Elle établit également que Jenkins avait dit à Traeger qu'il avait épuisé ses possibilités de crédit à la banque.

Sloane se leva dès que Velasquez retourna s'asseoir.

— Vous étiez le directeur financier de LSR&C, responsable de tous les mouvements d'argent entrants et sortants, c'est bien ça ?

— En quelque sorte, oui.

Sloane n'était pas d'humeur à accepter des demi-réponses.

— C'était bien votre travail, n'est-ce pas ?

— Oui, en partie.

— Alors, dites-nous, pourquoi LSR&C ne payait plus CJ Sécurité ?

— J'ai posé la même question à Mitchell Goldstone, et…

— Sauf votre respect, l'interrompit Sloane, j'attends que *vous* m'expliquiez, en tant que directeur financier, pourquoi LSR&C ne pouvait plus assurer ses paiements à CJ Sécurité.

— Nous n'avions plus de flux de trésorerie, tout simplement, dit Traeger.

— Pourquoi cela ?

— Je ne sais pas.

— C'était votre travail de le savoir, non ?

— Eh bien, oui, mais…

— Mais vous n'avez pas cherché à savoir ?

— J'ai essayé.

— Vous avez posé la question à votre directeur des opérations. Qu'avez-vous fait d'autre ?

— J'ai essayé de comprendre ce qu'il advenait de nos profits.

— Et alors, qu'advenait-il de vos profits ?

— Je n'ai pas réussi à le déterminer.

— Vous ne savez pas.

— Non.

Sloane réinterrogea Traeger sur son parcours – ses études, sa formation et son expérience professionnelle, considérables – avant de lui demander :

— Malgré tout cela, vous n'avez pas réussi à savoir où passaient les millions de dollars de bénéfices de la société ?

— Non.

— Êtes-vous au courant que votre directeur des opérations, Mitchell Goldstone, affirme que LSR&C était une société écran de la CIA, grâce à laquelle l'Agence faisait passer de l'argent à ses agents partout dans le monde ?

— Objection, Votre Honneur, bondit de nouveau Velasquez. La défense viole une fois de plus les règles du CIPA.

Harden réfléchit un instant, puis :

— Objection rejetée, dit-il.

Sloane ne posait pas de questions concernant les documents, mais sur ce que Mitchell Goldstone avait affirmé, et dont il fallait espérer qu'il témoignerait. Harden semblait curieux d'entendre la suite. Plusieurs jurés aussi. Mais c'était un risque. Sloane pouvait très bien porter l'accusation, et Goldstone la confirmerait ; mais le gouvernement ferait passer ce dernier pour un menteur, et sans les documents de LSR&C, Sloane n'avait rien pour étayer son témoignage.

— J'ignorais tout de cette accusation jusqu'à ce que je l'apprenne en lisant le journal, dit Traeger.

Sloane retourna à la table de la défense et se saisit de la plainte du gouvernement contre LSR&C.

— Des accusations ont été portées contre vous dans la même affaire qui concerne M. Goldstone, n'est-ce pas ?

— Oui.

— Vous avez accepté de témoigner contre M. Goldstone en échange de l'immunité, est-ce exact ?

— C'est l'accord auquel est parvenu mon avocat, oui.

— Ne nous rendez pas responsables de tout, nous autres avocats, dit Sloane, déclenchant quelques rires dans le box des jurés. C'est bien vous qui avez signé cet accord, n'est-ce pas ?

— Oui.

Sloane présenta l'accord signé.

— Vous avez lâché Michell Goldstone pour sauver votre peau et éviter la prison, n'est-ce pas ?

— Objection, Votre Honneur. La défense harcèle le témoin.

— Contre-interrogatoire, dit Harden. J'autorise la question.

— J'ai seulement accepté de témoigner de ce que je savais et ne savais pas, corrigea Traeger.

— Et vous avez découvert qu'il y avait beaucoup de choses que vous ne saviez pas ?

— Non, ce n'est pas comme cela que…

Traeger s'interrompit et regarda Jenkins, avant de reprendre :

— C'est vrai, j'ignorais un tas de choses.

Sloane enchaîna avec une question destinée à replacer la CIA au cœur du procès, et dont l'implication était que même le directeur financier de LSR&C ne savait pas ce qui se passait.

— Monsieur Traeger, avez-vous déjà rencontré Carl Emerson ?

— Non.

— Saviez-vous au moins qui il était ?

— Non.

— Connaissiez-vous Richard Peterson ?

— Il était le directeur général de TBT Investments.

Bingo. Une confirmation sans avoir besoin de s'appuyer sur les documents de LSR&C ou le témoignage de Goldstone.

— Et TBT Investments était une filiale de quelle société ?

— LSR&C.

— Votre société, dit Sloane. La société dont vous étiez le directeur financier ?

— Oui.

— Quelqu'un vous a-t-il jamais informé que Richard Peterson était en réalité Carl Emerson ?

— Non.

— Maintenant, quand LSR&C, M. Goldstone, vous-même et d'autres personnes ont été mis en accusation, avez-vous essayé de joindre M. Goldstone ?

— J'ai essayé, mais il était injoignable.

— Vous êtes-vous rendu aux bureaux de LSR&C pour le chercher ?

— Oui.

— À quel moment ?

— Le lendemain.

— Vous voulez dire, le lendemain des mises en accusation ?

— C'est exact.

— Et l'avez-vous trouvé au bureau ?

Traeger commença à paraître mal à l'aise.

— Non.

— Qu'avez-vous trouvé quand vous vous êtes rendu aux bureaux de LSR&C, au Columbia Center, le lendemain de la mise en accusation de la société ?

— Rien. Tout avait été enlevé.

— Quoi, tout ? Les box, les ordinateurs ?

— Oui.

— La moquette ? Enlevée également ?

— Oui. Il ne restait qu'une dalle de béton.

— L'intégralité du bureau avait été démantelée en quoi, moins de douze heures, depuis la dernière fois où vous étiez sur place ?

— Oui.

— Et les dossiers de la société ? Restait-il des dossiers ?

— Non. Plus un seul dossier physique, mais le serveur réseau s'était également volatilisé.

— Qui a fait cela ?

— Je ne sais pas.

— Et les fonds d'investissement ? L'argent… parti aussi ?

— Je ne pouvais plus accéder au serveur de la société, donc…

— Des millions de dollars en investissements envolés, en même temps que tous les bureaux de la société, ses dossiers, son serveur... sa moquette. Pouf ! Disparus, comme par magie. C'est bien ce qui s'est passé ?

— Oui, je suppose.

Sloane alla s'asseoir, et après un bref contre-interrogatoire, Velasquez libéra le témoin.

Un peu avant 17 h, Harden remercia le jury, et l'autorisa à quitter le box.

— Quels témoins l'accusation compte-t-elle faire comparaître demain matin ? demanda-t-il.

— Nous n'avons encore rien déterminé, Votre Honneur, répondit Velasquez.

— Quels que soient vos choix, je veux que vous en informiez la défense ce soir.

Il donna un coup de marteau et dit :

— La séance est levée. Elle reprendra demain matin.

# Chapitre 65

Le lendemain matin, comme Jenkins s'installait à sa place, Maria Velasquez eut une surprise pour la défense, et elle était problématique. Bien que l'avocate eût omis de les appeler la veille pour les informer de l'identité des témoins qu'elle comptait faire comparaître ce matin-là, Sloane et Jenkins s'attendaient à ce que l'accusation poursuive sur sa lancée ; mais quand Harden prit place sur l'estrade et demanda à Velasquez d'appeler son prochain témoin, celle-ci se leva et dit :

— Votre Honneur, l'accusation en a terminé.

Sloane ne réagit pas physiquement, mais Jenkins devina instantanément que son ami était pris de court et qu'il allait être à la peine pour donner le change. Les juges n'aiment pas l'impréparation chez les avocats, surtout ceux du calibre de David Sloane. Ce dernier savait qu'il était inutile de se plaindre de ce que l'accusation l'avait piégé en ne faisant pas connaître sa décision la veille. Velasquez avait certainement une réponse toute prête expliquant pourquoi elle ne l'avait pas fait.

La vraie question était : pourquoi le gouvernement décidait-il d'en rester là avec encore au moins douze noms sur sa liste de témoins ? Velasquez se disait-elle qu'elle avait fait la démonstration de ce qu'elle avançait ? Il se pouvait aussi qu'elle ait décidé de prendre Sloane au mot après sa déclaration liminaire disant qu'il allait assumer le « fardeau de l'accusation » et prouver l'innocence de Jenkins.

Si Harden fut surpris par la décision du gouvernement, il n'en montra rien. Il se tourna vers Sloane et dit :

— Appelez votre premier témoin, monsieur Sloane.

C'était parfait, à un détail près, songea Jenkins : les témoins de Sloane n'étaient pas encore là.

L'avocat se leva et dit :

— Votre Honneur, puis-je avoir une minute ?

— Une minute, dit Harden.

Sloane se tourna vers la salle et fit signe à Jake, qui s'approcha de la balustrade.

— Sors et appelle Carolyn, lui murmura-t-il. Dis-lui de faire rappliquer ici dare-dare l'agent de location du Columbia Center, ainsi qu'Addy Beckman.

— Demande-lui aussi d'appeler Claudia Baker, dit Jenkins. Elle n'aura qu'à lui expliquer que j'ai besoin qu'elle me rende un service. Elle viendra. Elle est à une heure de route environ, mais elle viendra.

— Qu'est-ce que vous allez faire en attendant ? demanda Jake.

— Improviser, dit Sloane.

— Monsieur Sloane, dit Harden. Appelez votre premier témoin.

Sloane se redressa pendant que Jake quittait la salle à la hâte en composant un numéro sur son téléphone. À la table de l'accusation, Velasquez et son cortège d'avocats restaient tranquillement assis, attendant que Sloane se plaigne auprès du juge. Il n'en fit rien.

— Certainement, Votre Honneur. La défense appelle Alex Jenkins.

Alex avait assisté au procès le premier jour, et à chaque fois qu'elle avait pu ensuite. Sloane avait engagé une nounou pour veiller sur CJ et Lizzie ; et durant l'heure qui suivit, en prenant tout son temps, il demanda à Alex de raconter son mariage, ses enfants, sa vie avec Charlie. Elle revint sur la création de CJ Sécurité, sur leur relation avec Randy Traeger, et sur les liens professionnels qui unissaient CJ Sécurité et LSR&C. Elle témoigna qu'elle n'avait jamais entendu parler de TBT Investments avant ce procès.

Elle poursuivit jusqu'à ce que Jake soit de retour dans la salle et qu'il adresse un petit signe de tête à Sloane, qui s'approcha de la balustrade. Jake lui tendit un morceau de papier.

*L'agent de location et Baker sont dans le hall et attendent qu'on les appelle. Beckman est en chemin.*

Sloane remercia Alex et la libéra. Velasquez n'avait pas de questions.

Sloane appela alors l'agent de location du Columbia Center, qui confirma le témoignage de Randy Traeger selon lequel les bureaux de LSR&C avaient été vidés dès le lendemain de l'annonce d'une enquête ouverte par la SEC pour fraude et corruption.

— Tout a disparu, dit l'agent. Et quand je dis tout, c'est tout, jusqu'à la moquette. J'ai pris des photos, parce que je n'avais jamais rien vu de pareil.

Les jurés adorèrent l'incrédulité manifeste de l'homme, autant que les photos que Sloane diffusa sur les écrans prévus à cet effet.

De nouveau, Velasquez renonça à mener un contre-interrogatoire.

Après l'agent de location, Sloane appela Claudia Baker à la barre. Il rappela qu'elle occupait le poste de réceptionniste de l'immeuble où CJ Sécurité avait ses bureaux ; après quoi, il lui demanda :

— Avez-vous été témoin, durant vos heures de travail, de la venue du FBI dans les bureaux de CJ Sécurité ?

— Oui, dit-elle. Un agent du nom de Chris Daugherty s'est présenté.

Interrogée, Baker se souvenait même de la date de la visite de Daugherty.

— L'agent Daugherty a-t-il dit pourquoi il était là ?

— Il a dit qu'il savait que Charles Jenkins travaillait pour la CIA. Il a dit qu'il voulait les dossiers de CJ Sécurité pour pouvoir confirmer le lien.

Sloane remercia Baker et retourna s'asseoir.

Velasquez se leva presque aussitôt. En la voyant s'avancer d'un pas décidé vers le pupitre, Jenkins se dit qu'ils avaient peut-être sous-estimé son degré de préparation. D'un autre côté, il savait que Sloane lui avait tendu un piège, et il espérait bien qu'elle tomberait dedans.

— Madame Baker, vous étiez chargée de répondre aux appels destinés à CJ Sécurité, et notamment à M. Jenkins ?

— Oui.

— Avez-vous à un moment ou à un autre, pendant vos heures de travail, répondu à un appel émanant d'un certain Carl Emerson ?

— Je ne m'en souviens pas. C'est possible, mais…

— Ce nom ne vous dit rien. Et Richard Peterson ?

— Ce nom ne me dit rien non plus.

— M. Jenkins vous a-t-il jamais fait part d'un voyage en Russie qu'il comptait faire ?

— Non.

— Vous a-t-il jamais dit qu'il travaillait pour la CIA ?

— Non.

— Vous a-t-il jamais dit qu'il *avait* travaillé pour la CIA autrefois ?

— Non plus. Je l'ai appris en lisant le journal.

— Vous avez dit que l'agent du FBI Daugherty était venu dans les bureaux de CJ Sécurité, et qu'il avait dit : « Nous savons que M. Jenkins a travaillé pour la CIA », c'est bien ça ?

— Oui.

— Vous n'avez probablement pas pris note de cette conversation dans le détail ; je me trompe ?

Velasquez venait de mettre un pied dans le piège de Sloane, et de commettre sa première erreur du procès : elle avait posé une question dont elle ne connaissait pas la réponse.

— Il se trouve que si, répondit Claudia Baker.

Velasquez se figea. Baker poursuivit :

— J'ai appelé M. Jenkins et je lui ai répété ce que l'agent du FBI venait de me dire. M. Jenkins m'a demandé de transcrire les propos de l'agent Daugherty, de les dater et de les signer ; et puis de me les envoyer par courrier, ainsi qu'à son avocat.

Velasquez comprit qu'elle était acculée dans un coin du ring. Elle n'avait d'autre choix que de poser la question suivante. Si elle ne le faisait pas, Sloane s'en chargerait.

— Et c'est ce que vous avez fait ?

— J'ai l'enveloppe ici même.

Elle la sortit de son sac à main.

— Elle est encore cachetée.

Sitôt Velasquez rassise, Sloane se leva. Après avoir établi la date figurant sur le cachet de la poste, il demanda à Baker d'ouvrir l'enveloppe et de lire son contenu. Puis il dit :

— Étiez-vous également chargée de filtrer les appels arrivant sur le portable de M. Jenkins ?

— Non. Il aurait fallu que lui-même les transfère vers l'accueil.

Sloane la remercia et la libéra.

Après la pause déjeuner – une pause plus que bienvenue qui permit à Sloane de souffler un peu, et aussi de revoir le témoignage d'Addison Beckman avec l'intéressée elle-même – il appela à la barre la psychiatre médicolégale.

— À quelles conclusions êtes-vous parvenue après avoir fait passer tous ces tests à M. Jenkins ?

— J'en ai conclu que M. Jenkins disait la vérité, répondit-elle, et je vous ai demandé de le croire. J'ai également conclu que M. Jenkins était d'une loyauté sans faille vis-à-vis de son pays.

Sloane s'assit. Velasquez prit le relais.

— Madame Beckman, avez-vous interrogé M. Jenkins à propos des raisons qui l'ont poussé à quitter la CIA en 1978 ?

— Non.

— Il ne vous a pas dit qu'il a quitté l'Agence sans même prévenir son chef de poste de sa démission ?

— Non. Je me suis concentrée sur le moment présent.

— Il ne vous a pas dit qu'il avait quitté l'Agence parce qu'il était mécontent ?

— Nous n'avons pas parlé de cela.

— Vous a-t-il dit qu'il était désabusé ?

— Nous n'avons pas évoqué les raisons de son départ en 1978.

— Pourtant, vous avez conclu qu'il était, je reprends vos mots, « d'une loyauté sans faille vis-à-vis de son pays » ?

— C'est exact.

Velasquez adopta un ton de plus en plus incrédule.

— Si je comprends bien, vous êtes parvenue à cette conclusion sans même avoir considéré le fait qu'il a démissionné de la CIA, et qu'il a disparu sans donner d'explication à quiconque, ni dire où il allait ?

— Il a démissionné. Il n'a pas trahi son pays.

— Pas à ce moment-là, non, admit Velasquez.

Sloane bondit de son siège.

— Objection, Votre Honneur.

— Accordée, dit Harden en décochant un regard plein de reproche à Velasquez.

— Vous avez soumis M. Jenkins à ces tests, et conclu qu'il vous disait la vérité, c'est bien cela ? reprit l'avocate.

— C'est exact.

— M. Jenkins vous a-t-il dit qu'en tant qu'agent de la CIA, il avait été entraîné à subir des interrogatoires, et à réussir ces tests ?

— Non.

— Vous ignoriez donc qu'il avait été entraîné à faire croire à un examinateur qu'il disait la vérité, alors qu'en réalité il mentait ? interrogea Velasquez en souriant, laissant le jury profiter de sa réaction.

Avant d'enchaîner :

— Pour croire à l'histoire que nous raconte M. Jenkins, il faut croire au fait qu'il est doué pour le mensonge, non ?

— Je ne vous suis pas.

— M. Jenkins nous explique qu'il était censé réussir à mentir aux officiers russes du FSB et à leur faire croire qu'il disait la vérité. Que faut-il en déduire, d'après vous ?

— Je ne sais pas.

— Ne serait-ce pas que M. Jenkins est un excellent menteur ?

— Objection, Votre Honneur, intervint Sloane.

— Retenue.

Velasquez, ayant obtenu ce qu'elle voulait, s'assit.

La journée touchant à sa fin, Harden leva la séance. Velasquez attendit que les jurés aient quitté la salle pour dire :

— Votre Honneur, nous avons une motion à déposer concernant la demande de la défense de faire comparaître et témoigner Carl Emerson, mais nous souhaiterions que ce soit à huis clos.

— Vous l'avez donc trouvé ? dit Harden.

— Oui, Votre Honneur.

— Une enveloppe a été déposée anonymement à mon bureau hier avec l'adresse de M. Emerson à l'intérieur, dit Sloane.

Harden fit évacuer la salle, puis il se tourna vers Velasquez.

— Je vous écoute, madame Velasquez.

— Votre Honneur, en accord avec la décision de la 9e circonscription confirmant que les documents de LSR&C sont protégés par le CIPA, le gouvernement s'oppose à ce que M. Emerson témoigne devant cette cour, et cela au motif, confirmé par la cour d'appel, que ces documents sont potentiellement préjudiciables à la sécurité nationale. Et comme ils ne peuvent pas non plus être utilisés pour mettre en cause pénalement M. Emerson, le gouvernement demande à la cour de rejeter l'assignation à comparaître.

— Monsieur Sloane ?

— Il y a une différence entre réclamer le témoignage de M. Emerson, et l'interroger sur des documents classifiés. Nous n'avons aucunement l'intention d'introduire ces documents. Par conséquent, rien ne devrait nous empêcher de questionner M. Emerson sur ses relations avec TBT Investments, et sur les relations de TBT Investments avec LSR&C. C'est un point crucial de notre défense, et le droit constitutionnel veut que mon client puisse se défendre.

Harden continua de feuilleter la motion déposée par le gouvernement, avant de revenir brusquement à la première page et de poser le tout.

— Je suis d'accord, monsieur Sloane. Le CIPA protège ces documents. Pour autant, il ne vous interdit pas d'interroger M. Emerson sur ses liens avec les deux sociétés. La Constitution garantit en effet à votre client le droit de se défendre. Qu'il soit cependant bien clair que je ne vous laisserai pas une seconde compromettre la sécurité de ce pays. Ceci étant dit, je crois que vous avez le droit de poser des questions à M. Emerson, comme je crois que ce jury a le droit d'entendre son témoignage. J'ordonne par conséquent au gouvernement de faire comparaître Carl Emerson devant cette cour demain matin à 9 h, aux frais de la défense.

— Votre Honneur, commença Velasquez.

Harden coupa court à ses objections.

— Madame Velasquez, n'essayez surtout pas de me faire croire que le gouvernement n'a aucune autorité sur M. Emerson. En échange, je n'essaierai pas de savoir comment cette enveloppe est apparue sous la porte du bureau de M. Sloane. Débrouillez-vous pour que M. Emerson soit présent demain matin, ou je ferai condamner l'accusation pour outrage à ce tribunal.

* * *

— Je ne suis pas certain qu'il nous ait rendu service au bout du compte, dit Jenkins à Sloane, comme ils quittaient le tribunal. Emerson admettra peut-être qu'il travaillait pour la CIA ; peut-être même ira-t-il jusqu'à confirmer que LSR&C avait pour principale raison d'être l'acheminement de fonds vers les agents en opération, mais rien ne l'empêchera de nier m'avoir rencontré ; ce qui ne fera que renforcer l'argument de l'accusation selon lequel ma défense n'est qu'une excuse bien pratique que je me suis fabriquée, après la mise en accusation de Mitchell Goldstone et de LSR&C, pour ne pas aller croupir moi aussi en prison.

— Si Emerson comparaît, le jury va s'attendre à ce que je ne le lâche pas, dit Sloane. Je crois au contraire qu'il faut faire en sorte de l'interroger brièvement. Établir simplement qu'il travaillait bien pour TBT Investments, et qu'il était présent à Seattle au moment où tu dis l'avoir rencontré. S'il ment, j'essaierai de faire valoir devant le juge le fait que seule l'utilisation des documents classifiés pourrait me permettre d'invalider les dires d'Emerson, et réclamer qu'il vide la salle à l'exception des jurés, mais je ne suis pas sûr qu'il acceptera.

Ils travaillèrent tard ce soir-là, jusqu'à ce que la fatigue gagne tout le monde. Jenkins suivit Sloane dans son bureau pendant que l'avocat vérifiait ses e-mails.

Quelques minutes plus tard, ce dernier grogna, marmonna un juron inaudible et dit :

— Il se peut que nous n'ayons plus à nous inquiéter d'interroger ou non Emerson.

# Chapitre 66

Le lendemain matin, l'assistant du juge Harden entra dans la salle d'audience, et informa les deux parties que le juge souhaitait les voir en privé dans son cabinet. Sloane regarda Jenkins et lui fit un petit signe de tête. Ils connaissaient tous deux la raison de cette réunion.

Ils suivirent Velasquez et sa cohorte d'avocats le long d'un étroit couloir, jusque dans le cabinet du juge. La greffière se tenait dans un coin avec sa machine ; le juge à son bureau. Sa robe était suspendue à une patère, ainsi que sa veste de costume. Sur le côté du bureau, il y avait les quatre boîtes d'archives contenant les documents de LSR&C.

Il avait justement à la main un document qu'il était en train de lire, quand les avocats entrèrent. Il demanda à la greffière de consigner les noms des personnes présentes dans son cabinet ; puis il dit :

— Monsieur Sloane, je suppose que vous n'avez pas vu l'arrêté du juge Pence, que j'ai reçu à la première heure ce matin ?

Pence était le juge de la cour d'appel de la 9e circonscription qui avait signé l'arrêté annulant la décision prise par Harden d'autoriser l'utilisation des documents de LSR&C. Sloane n'avait pas vu l'arrêté, mais il avait lu l'appel interlocutoire du gouvernement destiné à le décourager d'appeler Carl Emerson à la barre.

— J'ai vu l'appel, pas l'arrêté, répondit-il.

Harden le lui tendit.

— Le juge Pence travaille tard apparemment, dit-il en jetant un regard insistant à Velasquez, qui resta de marbre cependant. En tout état de cause, reprit-il, cette décision du juge Pence interdit à la défense de poser à M. Emerson des questions se rapportant aux contenus des documents que la cour d'appel de la 9e circonscription a de toute façon déjà classifiés en application du CIPA. Il a également émis plusieurs autres restrictions relatives aux questions que la défense peut poser à M. Emerson. Je ne sais pas quelle décision vous prendrez finalement, monsieur Sloane, mais si malgré tout cela vous décidiez d'appeler M. Emerson à la barre, sachez que ces restrictions s'appliqueront.

Sloane et Jenkins feuilletèrent rapidement l'arrêté de deux pages, et prirent connaissance des restrictions. Elles empêchaient d'interroger Emerson sur la plupart des points clés. Sachant qu'il ne risquait pas grand-chose, ce dernier aurait toute latitude pour mentir. Le problème était maintenant que, s'il était présent au tribunal et que la défense ne l'appelait pas à la barre, les jurés risquaient de se demander pourquoi. Cela pouvait porter un coup fatal à la défense de Jenkins.

— Nous vous le ferons savoir très vite, Votre Honneur, dit Sloane d'un ton qu'il voulait combatif.

Velasquez, manifestant à présent une confiance qui frisait l'arrogance, dit :

— Le gouvernement exige d'être fixé maintenant. Nous devons savoir si nous pouvons dire à M. Emerson qu'il est libre de partir, ou si au contraire nous devons le préparer pour son interrogatoire.

Harden se frotta le menton comme s'il avait pris un crochet du droit et que le coup l'avait surpris.

— Maître, dit-il à Velasquez. Que la défense choisisse d'appeler M. Emerson à la barre aujourd'hui, demain ou dans deux jours, vous pouvez lui dire que je compte sur le fait qu'il se trouvera bien dans le couloir à ce moment-là, prêt à s'exécuter. Est-ce que je me suis bien fait comprendre ?

— Parfaitement, Votre Honneur, dit Velasquez.

— Votre Honneur, dit Sloane, pensant soudain à quelque chose. Si la défense choisit de ne pas appeler M. Emerson, j'aimerais requérir une ordonnance empêchant la partie adverse de commenter la présence du témoin entre ces murs, ou même la décision de la défense de ne pas le faire comparaître. Ce serait hautement préjudiciable à mon client, d'autant plus que la défense serait dans l'impossibilité de commenter le fait qu'on lui a interdit d'utiliser les documents de LSR&C pour mettre en défaut M. Emerson, s'il advenait qu'il mente à la cour.

— Je vous garantis l'application de cette ordonnance, dit Harden.

Avant d'ajouter rapidement :

— Très bien. Nous en avons terminé ici.

* * *

Quand les jurés eurent regagné leur place dans le box et que le juge Harden eut ouvert la séance, Sloane appela à la barre Mitchell Goldstone, le directeur des opérations de LSR&C. Goldstone avait été conduit ce matin-là directement du Centre de détention fédéral de SeaTac jusqu'au tribunal. Sa femme lui avait apporté un costume, une cravate et des chaussures adéquats pour une pareille comparution.

Jenkins trouva que Goldstone paraissait à l'aise à la barre, peut-être parce que le fait d'être contraint de témoigner le libérait en quelque sorte. Il raconta à la cour que LSR&C avait été conçue dès le départ pour devenir une société écran de l'Agence centrale de renseignement, et que LSR&C était payée par la CIA justement pour fournir des couvertures aux agents en mission, et notamment des emplois parfaitement légaux. Il témoigna que Carl Emerson avait d'abord été employé chez LSR&C, avant qu'il soit décidé au QG de la CIA à Langley, en Virginie, qu'il serait plus prudent de le placer à la direction d'une filiale, TBT Investments, afin que les sommes versées par l'Agence suivent un circuit différent de celui des fonds d'investissement. C'est donc par TBT Investments que l'argent de la CIA transitait avant de parvenir aux agents et de financer leurs opérations. Goldstone témoigna enfin qu'il avait rencontré Emerson quand ce dernier était venu aux bureaux de la société, en novembre 2017. Cette information allait permettre à Sloane, dans son plaidoyer final, d'affirmer que Carl Emerson se trouvait bien à Seattle au moment où Jenkins affirmait l'avoir rencontré sur l'île de Camano.

Goldstone répondit aux questions sans hésitation, avec calme et assurance, du moins en apparence. Jenkins et Sloane savaient pourtant tous les deux que, du fait de l'accord judiciaire qu'il avait signé, il était une proie facile pour Velasquez, qui ne perdit d'ailleurs pas une seconde pour tenter de lui sauter à la gorge.

— Monsieur Goldstone, commença-t-elle, est-il vrai que vous avez plaidé coupable pour pas moins de quatre-vingt-quatorze chefs d'inculpation, dont le parjure, l'escroquerie et l'évasion fiscale ?

— C'est vrai, confirma Goldstone.

— Vous avez plaidé coupable pour avoir menti presque cent fois sous la foi du serment, je ne me trompe pas ?

— Non, c'est exact.

— Vous avez également plaidé coupable pour avoir escroqué des investisseurs qui faisaient confiance à LSR&C, n'est-ce pas ?

— C'est vrai, dit Goldstone.

— Vous avez encore plaidé coupable d'avoir organisé ce qu'on appelle une pyramide de Ponzi, c'est bien cela ?

— Oui.

— Après votre arrestation pour escroquerie, vous n'avez pas appelé la CIA pour leur demander de payer votre caution ?

— Je crois que je me suis dit qu'ils le feraient.

— Vous n'avez pas appelé la CIA pour qu'ils paient votre caution, n'est-ce pas ? insista Velasquez d'un ton plus énergique.

— Non, c'est vrai.

— Et nulle part, dans l'accord que vous avez signé, il n'est dit que vous avez travaillé pour la CIA, ni que LSR&C était une société écran de la CIA ? Je me trompe ?

— Non, effectivement, admit Goldstone.

Velasquez fut plus qu'heureuse d'aller s'asseoir.

Sloane regarda Jenkins. Ils savaient l'un et l'autre que toute tentative de réhabiliter Goldstone les décrédibiliserait un peu plus ; aussi en restèrent-ils là.

Durant la pause de midi, ils allèrent déjeuner au restaurant.

— Tout s'est passé bien plus mal que je ne l'avais prévu, se lamenta Sloane en fixant son assiette.

— Ce n'est pas ta faute, répliqua Jenkins. Sans possibilité de présenter aucun document, Goldstone passe pour un menteur. Qu'est-ce qu'on fait pour Emerson ?

Ils pesèrent le pour et le contre d'une comparution, compte tenu de la décision du juge Pence, et décidèrent qu'il était trop risqué d'appeler Emerson à la barre.

— Il te taillerait en pièces, dit Sloane. Et pendant ce temps-là, les documents qui prouvent qu'il ment dormiraient tranquillement sur le bureau du juge Harden.

— Appelle-moi à la barre, dit Jenkins.

Il connaissait les risques d'un tel choix, mais il en avait parlé avec Alex. Quitte à aller au tapis, autant y aller crânement. Il ne voulait pas être condamné sans avoir eu une chance de regarder le jury dans les yeux avant qu'ils ne le traitent de menteur.

Sloane se tourna vers lui.

— Sans les documents…, commença-t-il.

— Je connais les risques, David. C'est à moi que revient cette décision. Appelle-moi à la barre. Laisse-moi m'adresser directement au jury. Si le gouvernement doit me traiter de menteur, qu'il le fasse au moins en face-à-face.

— Ça pourrait se retourner contre nous, l'avertit Sloane. Le jury pourrait voir ça comme une tentative désespérée…

— Celle d'un condamné, je sais, dit Jenkins. Peut-être bien que c'est le sort qui m'attend, mais au moins je me serai battu jusqu'au bout.

# Chapitre 67

De retour au tribunal, comme Jenkins l'avait demandé, Sloane se leva et l'appela à la barre. Jenkins vit Velasquez regarder Sloane comme s'il était brusquement devenu cinglé, avant de se mettre à feuilleter fébrilement son classeur. Elle s'était aussi préparée à cette éventualité.

Jenkins sentit monter en lui une sourde angoisse tandis qu'il s'approchait de la barre et prenait place sur le siège des témoins, mais il réussit à ne pas trembler quand il leva la main droite pour prêter serment de dire toute la vérité.

Sloane et lui étaient tombés d'accord sur le fait qu'il était important de banaliser le mot « espion », de faire immédiatement en sorte qu'il n'ait plus de connotation négative. Le jury devait admettre comme une évidence le fait que l'Amérique utilisait des espions pour assurer la sécurité du pays.

— Êtes-vous un espion ? demanda Sloane.

— Oui, répondit Jenkins en s'adressant au jury.

— Pour quel pays avez-vous espionné ?

— Pour les États-Unis d'Amérique.

— Pour quelle agence avez-vous travaillé ?

— L'Agence centrale du renseignement des États-Unis d'Amérique.

— Avez-vous, à un moment ou à un autre, fourni à un agent russe du FSB, ou à qui que ce soit d'autre, une information que vous n'étiez pas autorisé à divulguer ?

— Non. Si j'ai livré un renseignement, c'est que l'on m'y a autorisé.

— Avez-vous fait autre chose que de suivre les ordres de la CIA ?

— Non.

— Qui était votre contrôleur à la CIA ?

— Carl Emerson.

— Et vous avez suivi les ordres et les instructions de M. Emerson ?

— Oui, répondit Jenkins.

Sloane lui posa ensuite des questions concernant le Vietnam, son recrutement par la CIA et ses premières missions à Mexico. Jenkins répondit à chaque question en moins de vingt-cinq mots, pour empêcher l'accusation de poser ensuite des questions sur des sujets débordant le cadre de ses réponses.

— Pouvez-vous dire à la cour pour quelle raison vous avez quitté la CIA ?

— Je suis parti parce que j'ai eu le sentiment que le gouvernement ne me disait pas la vérité concernant le but réel de certaines opérations, dont l'une notamment, qui a causé de nombreuses morts inutiles. J'ai décidé de tout plaquer.

— Avez-vous tué quelqu'un ?

— Non. J'ai récolté des renseignements, c'est tout.

— Étiez-vous en colère quand vous avez quitté la CIA ?

— Triste, plutôt.

— Pourquoi ?

— Je croyais avoir trouvé la carrière qui me convenait, quelque chose pour quoi j'étais doué et que j'aimais faire. Mais je n'ai plus voulu faire partie de tout ça après ce qui s'est passé.

— Quand vous avez quitté votre emploi à la CIA, avez-vous dit à quelqu'un que vous partiez ?

— Non.

— Pourquoi cela ?

— Avec le recul, je regrette de ne pas l'avoir fait. Je n'avais pas vingt-cinq ans. Maintenant que je suis plus âgé, je ferais les choses différemment, mais je ne peux pas changer le passé. Je voulais juste quitter tout ça et partir le plus loin possible.

— Êtes-vous retourné là où vous avez passé votre enfance, dans le New Jersey ?

— Non. Je voulais un nouveau départ. C'est comme ça que je me suis retrouvé sur l'île de Camano, dans l'État de Washington.

— Vous cachiez-vous du gouvernement ?

— Difficile de se cacher quand votre nom figure sur l'acte de propriété d'une parcelle de quatre hectares, et que vous payez des impôts chaque année.

Sloane demanda à Jenkins pourquoi il avait fondé CJ Sécurité.

— Je cherchais quelque chose qui, à terme, permette à mon fils de devenir ce qu'il veut dans la vie. Il est intelligent. Il tient de sa mère.

Plusieurs jurés sourirent.

Jenkins parla au jury de la proposition de Randy Traeger.

— Ne vous êtes-vous pas dit que c'était tout de même une drôle de coïncidence que Traeger recherche justement quelqu'un qui travaille dans la sécurité ?

— Pas à l'époque, non.

— Et aujourd'hui ?

— Aujourd'hui, je me pose des questions.

— Soupçonniez-vous que LSR&C était en réalité une société écran de la CIA, ainsi qu'en a témoigné Mitchell Goldstone ?

— Absolument pas.

— Saviez-vous que Carl Emerson, toujours selon les déclarations de Mitchell Goldstone, dirigeait TBT Investments ?

— Non plus. Je n'avais pas revu Carl Emerson, ni entendu prononcer son nom, depuis mon départ du Mexique. Il est apparu comme ça, à ma ferme, un beau jour de novembre, après qu'Alex était partie conduire CJ à l'école.

Jenkins revint en détail sur sa rencontre avec Emerson, et sur ce qu'Emerson lui avait demandé de faire.

— N'avez-vous pas trouvé là encore que c'était une drôle de coïncidence, cette soudaine apparition de Carl Emerson ?

— Pas sur le moment, non.

Jenkins répondit ensuite aux questions de Sloane concernant les difficultés financières de CJ Sécurité, les prêts qu'il avait dû contracter, et les garanties personnelles qu'il avait dû donner.

— Est-ce pour cela que vous avez accepté ce travail ?

— C'est une des raisons, certainement, oui, répondit-il. Mais il y avait une autre raison.

— Laquelle ?

— Carl Emerson a dit que des agents étaient en danger de mort. Il a dit qu'ils seraient probablement tués si l'opération échouait.

— Quelle couverture étiez-vous censé avoir ?

— La meilleure couverture est toujours celle qui colle le plus à la vérité. J'étais un ancien agent de la CIA, désabusé et en colère contre l'Agence, et j'avais des informations classifiées à vendre. Carl Emerson m'a dit que je n'aurais qu'à aller là-bas, ferrer le poisson et laisser les choses venir à moi ensuite. D'autres agents devaient prendre le relais.

— Comment pouviez-vous joindre M. Emerson en cas de besoin ?

— Il m'a donné une carte de visite avec un numéro dessus.

Sloane projeta la carte sur les écrans de la salle. Jenkins confirma qu'il s'agissait bien de la carte en question.

— Emerson vous a-t-il dit quelque chose à propos de ce qui arriverait si les choses se passaient mal pour vous en Russie ?

— Il m'a expliqué que, dans ce cas, l'Agence nierait toute implication.

— Pensiez-vous qu'ils reconnaîtraient le fait de vous avoir réactivé ?

— Pas publiquement, mais en privé, oui.

— Est-ce pour cela que, par vous-même, vous êtes allé trouver le FBI et que vous avez parlé à l'agent Daugherty ?

— Oui. Je lui ai demandé d'essayer de tirer tout ça au clair. J'ai pensé naïvement que la CIA admettrait m'avoir réactivé, et qu'elle enquêterait sur ce que j'avais raconté à Daugherty.

Ils étaient revenus sur les grandes lignes de l'histoire. Il était temps maintenant d'aller à l'essentiel.

— Avez-vous à un moment ou à un autre communiqué au FSB, ou à qui que ce soit d'autre, des informations non autorisées ?

— Non. Il y a des dizaines d'années que je ne suis plus sur le terrain. Je ne dispose d'aucune information de ce genre.

Ils en avaient discuté la veille, et savaient que c'était un argument de poids.

— Avez-vous fait autre chose que suivre les ordres de la CIA ?

— Non.

Les deux dernières questions étaient juste destinées à impressionner le jury, et à rappeler que Jenkins était un type bien.

— Êtes-vous loyal envers les États-Unis d'Amérique ?

— Je l'ai toujours été. J'aime mon pays.

Sloane laissa la réponse faire son effet, avant de tourner les talons et d'aller se rasseoir.

Velasquez se leva et s'approcha du pupitre.

— Quelle histoire, monsieur Jenkins ! Tellement… *raccord* avec la version de M. Goldstone.

— Parce que c'est la vérité.

— Vous saviez, n'est-ce pas, que M. Goldstone prétend avoir travaillé lui aussi pour la CIA ?

— Je l'ai appris. Je ne sais plus quand exactement, mais je le sais, oui.

— M. Sloane vous a interrogé sur ce qu'il a appelé des « coïncidences ». Justement, j'aimerais revenir sur ce point, parce qu'il y a de quoi s'étonner. Vous avouerez que c'est une drôle de coïncidence que Carl Emerson, que vous n'aviez pas vu depuis quarante ans, apparaisse comme cela chez vous, au moment même où vos affaires périclitent et où la faillite menace, vous ne trouvez pas ?

Jenkins devait se montrer extrêmement prudent ici. S'il répondait non, il devrait expliquer, sans aucun document à l'appui, qu'Emerson, ou quelqu'un d'autre, avait orchestré un retard de paiement des sommes dues à CJ Sécurité pour le contraindre à prendre la décision qu'il avait prise. Le jury aurait sûrement du mal à avaler cela. Au lieu de quoi, il surfa sur le témoignage de Goldstone, qui affirmait avoir rencontré Emerson chez LSR&C en novembre, ce qui tendait à prouver qu'Emerson était bien à Seattle à cette période.

— À l'époque, je n'ai pas vu le problème, dit-il. Aujourd'hui que je sais que Carl Emerson travaillait pour LSR&C, je suis persuadé que ce n'était pas une coïncidence.

— Vous êtes un ancien agent de la CIA expérimenté. On a du mal à croire que vous n'ayez pas interrogé votre ancien chef de poste pour savoir ce qu'il faisait là, chez vous, sans même vous avoir prévenu de sa venue, des dizaines d'années après votre dernière rencontre. Et voilà qu'il vous propose un travail, justement au moment où vous avez besoin d'argent ?

— Je lui ai demandé pourquoi il était là. Évidemment ! Mais je n'ai pas douté de ses motivations.

— N'est-il pas vrai, monsieur Jenkins, que lorsque vous avez rencontré les agents du FBI, vous n'avez pas demandé à ce qu'un représentant de la CIA soit présent ?

— C'est vrai.

— Vous avez dit à l'agent Daugherty que vous aviez divulgué des informations à un agent russe du FSB.

— J'ai dit à l'agent Daugherty que je n'avais pas divulgué d'informations non autorisées, corrigea Jenkins.

— Les deux agents dont vous avez divulgué les noms étaient d'anciens agents doubles de la CIA à Mexico, là où vous avez travaillé justement, n'est-ce pas ?

— J'ignorais ces faits à l'époque.

— Mais quand l'agent Daugherty vous a dit que les deux agents étaient morts, vous avez dit, je cite : « Qu'est-ce que j'ai fait ? » Est-ce exact ?

— Il est possible que j'aie dit cela, oui. Je n'arrivais pas à y croire. Carl Emerson m'avait dit que les opérations de ces deux agents étaient terminées depuis des années.

— L'agent Daugherty vous a également fait savoir que la CIA n'avait aucune trace d'une réactivation vous concernant ; je ne me trompe pas ?

— C'est ce qu'il a dit.

Velasquez continua son offensive durant quarante-cinq minutes. Jenkins fit de son mieux pour laisser passer l'orage. Il avait beau paraître sûr de lui, il sentait son tee-shirt lui coller à la peau.

— N'est-il pas exact, monsieur Jenkins, que vous n'avez pas dévoilé tous les détails de votre histoire à l'agent Daugherty parce que vous ne saviez pas exactement ce qui se passait, et que vous vous donniez du temps pour improviser ?

— Non, c'est faux.

— Vous saviez, monsieur Jenkins, n'est-ce pas, que si la CIA ne confirmait pas votre histoire, vous pourriez être poursuivi pour espionnage ?

— Oui, j'en étais conscient.

— Et pourtant, vous demandez à ce jury de croire que, avec une femme enceinte souffrant de complications médicales et un fils de neuf ans, vous n'avez pas dévoilé à l'agent Daugherty tous les détails de votre opération par loyauté envers une agence qui, vous le soupçonniez, ne vous soutiendrait pas, et que vous risquiez d'être poursuivi pour espionnage ? C'est bien ce que vous demandez à ce jury de croire ?

— Je n'ai pas donné tous les détails à l'agent Daugherty parce que je craignais en le faisant d'exposer des agents en opération, et de mettre leur vie en péril.

— Donc, même aujourd'hui… vous nous expliquez que vous ne nous avez pas tout dit. C'est cela, votre témoignage ?

— Je ne peux pas donner tous les détails de cette opération, se défendit Jenkins. Désolé, mais je ne peux pas.

Velasquez regarda les jurés.

— Et la CIA ne le peut pas non plus, n'est-ce pas ?

— Je ne sais pas si la CIA le peut ou non, dit Jenkins. Tout ce que je sais, c'est qu'ils ne le feront pas.

Il était un peu plus de 15 h quand Velasquez conclut son contre-interrogatoire. Sloane posa encore quelques questions avant de libérer Jenkins, qui était physiquement et émotionnellement vidé. Quand il s'assit, le juge Harden dit :

— Monsieur Sloane, vous pouvez appeler votre prochain témoin.

Sloane se leva. Profitant d'une pause, Jenkins et lui étaient tombés d'accord sur un point : si l'avocat sentait que le témoignage de Jenkins était suffisamment solide, il n'appellerait pas d'autres témoins.

— Votre Honneur, dit Sloane, la défense en a terminé.

Harden parut légèrement surpris. Il se tourna vers Velasquez, qui échangea en aparté avec ses assistants, avant de se lever.

— Le gouvernement en a également terminé, dit-elle.

Sloane devrait faire sa déclaration finale le lendemain matin. Tous attendirent que Harden remercie, mette en garde sur certains points et libère les jurés comme il l'avait fait à la fin de chaque journée, mais au lieu de cela, il déclara :

— Mesdames et messieurs les jurés, la défense en a terminé avec les témoins, ainsi que l'accusation, mais je crois qu'il y a encore un témoin que le jury devrait entendre. J'appelle par conséquent à la barre Carl Emerson. J'appelle M. Emerson parce que je veux que son témoignage figure au procès-verbal, poursuivit Harden. Je ne voulais pas que l'une ou l'autre des parties se sente obligée de l'appeler à la barre, mais je crois sincèrement que le jury a besoin d'entendre M. Emerson répondre à quelques questions.

— Bah merde alors, marmonna Sloane.

# Chapitre 68

Velasquez se leva aussitôt.

— Votre Honneur, le gouvernement est obligé d'élever une objection.

— Rejetée.

— Votre Honneur, le gouvernement avait l'intention d'appeler M. Emerson en tant que témoin de réfutation.

— Non, madame Velasquez, le gouvernement a clairement fait savoir qu'il en avait terminé, et je crois que le jury doit entendre ce témoin.

— Votre Honneur, nous demandons à ce que l'objection du gouvernement figure au procès-verbal, et à la cour de bien vouloir suspendre la séance pour nous permettre de faire remonter cette décision jusqu'à la 9e circonscription dans le cadre d'un appel interlocutoire.

— Que cela soit noté au procès-verbal, dit Harden. La motion du gouvernement est rejetée. Autre chose ?

— Non, Votre Honneur, s'inclina Velasquez.

Harden se tourna vers l'huissier.

— Veuillez s'il vous plaît aller dans le couloir demander à M. Emerson d'entrer.

La raison de la décision du juge Harden apparut soudain à Sloane. En appelant Emerson à la barre en fin de journée, il ne voulait pas laisser à Velasquez le temps de déposer un nouvel appel interlocutoire auprès de la 9e circonscription.

Jenkins regarda Sloane, qui se pencha vers lui et lui murmura :

— Je n'ai jamais vu une chose pareille de toute ma carrière, mais je dois dire que ça me réjouit diablement.

Emerson entra dans la salle d'audience vêtu d'un costume bleu qui lui donnait des allures d'agent de change de Wall Street. Le fait que chaque juré eût les yeux rivés sur lui à cet instant était la preuve de la curiosité qu'il suscitait, son nom revenant dans tous les échanges depuis le début du procès. Bien qu'âgé de plus de soixante-quinze ans, Emerson faisait dix ans de moins avec ses cheveux gris argent et son teint hâlé. Son maintien et son regard décidé avaient quelque chose de vaguement condescendant ; il avait visiblement hâte que tout cela soit derrière lui.

Après avoir rejoint le box des témoins et avoir prêté serment de dire la vérité, il déboutonna sa veste, s'assit et croisa les jambes. Il regarda le pupitre, puis la table où se trouvait Jenkins, et parut sincèrement surpris quand le juge Harden s'adressa à lui :

— Veuillez énoncer votre nom, s'il vous plaît.

Emerson regarda Velasquez, puis le juge.

— Je vous demande pardon ?

— Veuillez énoncer votre nom pour le procès-verbal, répéta Harden.

— Carl Edward Emerson.

— Occupez-vous actuellement un emploi ?

Emerson décroisa les jambes et se redressa.

— Non, je suis retraité.

— Retraité de quel domaine ?

— De l'Agence centrale du renseignement.

— Avez-vous pris votre retraite de la CIA, ou a-t-on mis fin à votre activité ?

— J'ai décidé que quarante-cinq années au service du gouvernement, c'était suffisant, et j'ai pris ma retraite.

— Monsieur Emerson, dit Harden en sortant des documents qui lui avaient été fournis par le commis aux archives de la CIA. J'ai là des documents qui indiquent que l'on a mis fin à votre contrat. Êtes-vous en train de me dire que ces documents sont erronés ?

Emerson eut un sourire suffisant.

— J'imagine que cela dépend de la façon dont on considère les choses. S'il a été mis fin à mon contrat, c'est parce que j'avais déjà décidé de prendre ma retraite.

— Les documents en ma possession indiquent également que l'on vous a reproché des erreurs de jugement et une mauvaise gestion des sociétés TBT Investments et LSR&C. Êtes-vous en train de me dire que vous ignoriez ces faits ?

— Non, je suis au courant.

— Donc, la CIA a bien mis fin à votre contrat ?

— Je suppose, oui, dit Emerson, souriant toujours du bout des lèvres.

— Que vous a-t-on reproché, au juste ?

— D'avoir investi personnellement de l'argent dans ces sociétés.

— Vous avez investi votre propre argent ?

Jenkins se pencha vers Sloane.

— J'avais raison, murmura-t-il. C'est Emerson, la taupe. Il se servait de TBT pour blanchir l'argent qu'il recevait de Russie.

— Effectivement, dit Emerson. C'était visiblement une erreur, compte tenu de ce qui s'est passé ensuite.

— Un témoignage en particulier a indiqué que vous aviez officié en qualité de chef de poste de la CIA à Mexico. Est-ce exact ?

— C'est exact.

— Et vous étiez le patron, en quelque sorte, de l'accusé, Charles Jenkins ?

— Durant une brève période, oui, j'ai été ce qu'on appelle son contrôleur. Charles était un excellent agent, mais il a brutalement quitté la CIA. Il en voulait à l'Agence. Je n'ai pas le droit d'évoquer les détails de l'affaire qui a poussé Charles à démissionner, mais il était en colère contre la CIA et le gouvernement des États-Unis, et contre moi aussi, j'imagine.

— Il vous l'a dit ?

Emerson manqua trébucher, mais :

— Non, répondit-il. Je n'ai jamais eu de nouvelles de lui. Il est parti sans explication.

Le juge Harden marqua une pause. Jenkins regarda les jurés ; plusieurs paraissaient avoir noté la contradiction. Si Jenkins était parti brutalement, sans explication, comment Emerson connaissait-il la raison de son départ ?

— Il a été indiqué au cours de ce procès que vous aviez fait partie de la direction de TBT Investments. Est-ce exact ? reprit Harden.

— Bien joué, murmura Sloane à Jenkins. Il s'appuie sur les témoignages, et pas sur les documents.

— C'est exact.

Jenkins s'attendait à l'entendre mentir sur ce point, mais peut-être que la décision du juge Harden de l'appeler à la barre de façon inopinée avait-elle empêché Velasquez de l'informer que les documents de LSR&C avaient été classifiés.

— Possédiez-vous une carte de visite de TBT Investments avec votre numéro de téléphone inscrit dessus ?

— J'avais une carte de visite avec un numéro, oui.

— Il a été indiqué encore au cours de ce procès que TBT était une filiale d'une société nommée LSR&C. Est-ce exact ?

— Oui, c'est exact.

— Il a été en outre précisé ici que TBT Investments servait à acheminer secrètement de l'argent de la CIA vers des agents en opération dans d'autres pays. Confirmez-vous ce fait ?

— Oui, je le confirme.

Jenkins se pencha vers Sloane :

— C'est la confirmation que Goldstone n'est pas un menteur, chuchota-t-il.

— Il a été dit encore dans cette salle qu'en votre qualité de dirigeant de TBT Investments, vous utilisiez le nom d'emprunt de Richard Peterson. Est-ce exact ?

— Oui.

Jenkins surveilla la réaction des jurés. La curiosité se lisait sur leurs visages.

— Au cours du mois de novembre 2017, avez-vous eu l'occasion de voyager sur l'île de Camano et d'y rencontrer l'accusé, Charles William Jenkins ?

Jenkins savait que c'était une question clé. Si Emerson devait mentir, c'était maintenant.

— Non, dit Emerson. Absolument pas.

Jenkins se doutait qu'il donnerait cette réponse. Emerson admettait que LSR&C était une société écran de la CIA, mais il niait que Jenkins avait été réactivé. Cela permettait à Velasquez de soutenir que toute cette histoire était pure invention. Néanmoins, un détail faisait toute la différence : Emerson avait confirmé que Goldstone avait dit la vérité.

— Quand avez-vous vu M. Jenkins pour la dernière fois ?

— La dernière fois ?

Emerson, qui affichait toujours le même petit sourire suffisant, se tourna vers Jenkins.

— Il y a plusieurs dizaines d'années de cela, dit-il, à Mexico.

— Vous ne l'avez jamais revu depuis ?

— Non.

— Vous pouvez disposer, dit Harden.

Emerson ne s'était pas départi de son sourire une seule fois. Il se leva, reboutonna sa veste et descendit du box.

Harden se tourna vers l'accusation :

— Maître Velasquez, souhaitez-vous intervenir en réfutation après l'initiative de la cour ?

Jenkins savait que la partie adverse avait été au pied du mur. Les questions du juge avaient clairement montré que Carl Emerson avait des liens avec la CIA et avec LSR&C par le biais de TBT Investments, comme Mitchell Goldstone et lui-même, Jenkins, en avaient attesté à la barre. Velasquez n'allait certainement pas en rester là.

— Oui, Votre Honneur, répondit-elle. Le gouvernement rappelle Carl Emerson.

Ce dernier, stoppé dans son élan, grimaça comme si on l'importunait, avant de regagner son siège dans le box.

— Monsieur Emerson, dit aussitôt Velasquez, avez-vous eu l'occasion de parler à l'agent du FBI Chris Daugherty au mois de janvier 2018 ?

— Je ne me souviens pas de la date exacte, mais oui, j'ai bien eu l'agent Daugherty au téléphone à cette période.

— Et voulez-vous dire au jury, s'il vous plaît, quel était l'objet de cette conversation ?

— L'agent Daugherty m'a appelé et m'a dit que Charles Jenkins lui avait parlé. J'ai dit : « Qui ça ? » J'étais surpris d'entendre ce nom. L'agent Daugherty m'a expliqué alors que M. Jenkins disait travailler pour moi, et que j'aurais des détails à lui donner concernant une opération menée pour le compte de la CIA par M. Jenkins.

— Et qu'avez-vous dit à l'agent Daugherty ?

— Je lui ai d'abord demandé si c'était une plaisanterie. Je lui ai dit que je n'avais plus de nouvelles de Charles Jenkins depuis plus de quarante ans.

— Je suppose que vous n'avez pas donné d'informations à l'agent Daugherty concernant une opération menée en Russie par M. Jenkins à votre demande ?

— Il n'y avait aucune opération.

— Vous n'avez pas autorisé M. Jenkins à divulguer une information concernant des agents de la CIA en Russie ?

— Absolument pas.

Velasquez remercia Emerson et alla s'asseoir.

— Monsieur Sloane ? dit Harden.

Sloane se leva.

— N'est-il pas vrai, monsieur Emerson, que TBT Investments était une société conçue pour vous, afin de vous démarquer de LSR&C ?

— Objection, dit Velasquez.

— Rejetée.

— C'est exact, répondit Emerson.

— Quel était le numéro de téléphone inscrit sur votre carte de visite pour TBT Investments ?

— Je ne m'en souviens pas.

Sloane lui rappela le numéro.

— Était-ce bien ce numéro ?

— Je ne m'en souviens pas.

— N'est-il pas exact que la CIA a mis fin à vos activités dans les jours qui ont suivi l'effondrement de LSR&C ? continua Sloane.

— Mon départ n'avait rien à voir avec cela.

— Eh bien, corrigez-moi si je me trompe, mais l'effondrement de LSR&C n'a-t-il pas eu pour conséquence immédiate celui de TBT Investments ?

— J'assume le fait que TBT Investments a cessé d'exister.

— Ainsi que Richard Peterson ?

— Je ne comprends pas votre question.

— N'y avait-il pas de l'argent sur les comptes en banque contrôlés par TBT Investments – c'est-à-dire par vous – qui a disparu au moment où la CIA a mis fin à vos activités ?

— Je ne saurais le dire.

— Vous étiez le directeur général de cette société, non ?

— Seulement sur le papier.

— N'est-il pas vrai que, lorsqu'il a été mis fin à vos activités, vous et vos supérieurs à la CIA avez trouvé un accord afin qu'aucune poursuite judiciaire ne puisse être engagée contre vous ?

— Non, c'est faux.

— La société TBT Investments n'a-t-elle pas reçu des millions de dollars de LSR&C pour acheminer de l'argent vers des agents un peu partout dans le monde ?

— Objection.

— Retenue.

— Vous, M. Emerson, *alias* Richard Peterson, en tant que directeur général de TBT Investments, n'étiez-vous pas responsable de l'acheminement de cet argent vers les agents en mission ?

— Objection. La défense viole les règles du CIPA.

— Retenue.

Jenkins savait que Sloane s'en moquait, tout comme le juge Harden au fond. L'important était de poser les questions et que le jury les entende. Il avait réussi à démontrer ce qu'il voulait, à savoir un lien entre la CIA, LSR&C et Carl Emerson. Cela suffirait-il à faire pencher la balance en leur faveur ? C'est ce qu'il leur restait à découvrir. Sloane, cependant, surprit Jenkins en poursuivant :

— Vous avez témoigné que vous n'aviez pas revu Charles Jenkins depuis l'époque où il était sous vos ordres, à Mexico. C'est bien cela ?

— C'est exact.

— Peut-être pourriez-vous nous expliquer dans ce cas comment il se fait que M. Jenkins ait en sa possession votre carte de visite avec le numéro de TBT Investments ?

Sloane montra le document en question et le tendit à l'huissier, qui le tendit à Emerson. La carte apparut en même temps sur les écrans de la salle. Jenkins était curieux d'entendre la suite ; les jurés tout autant.

— Je ne saurais le dire, répondit Emerson. Peut-être est-il venu aux bureaux de la société, où il l'aura subtilisée pour étayer l'histoire qu'il raconte aujourd'hui.

— Peut-être, dit Sloane. Sauf que... selon l'accusation elle-même, M. Jenkins n'aurait concocté son histoire qu'après la fermeture de LSR&C – plusieurs témoignages ayant attesté que les bureaux avaient été totalement vidés dans les heures qui ont suivi, jusqu'à la moquette qui avait disparu.

Jenkins sourit.

— Sloane, espèce de filou, marmonna-t-il pour lui-même.

Trois jurés se redressèrent dans le box, et acquiescèrent d'un hochement de tête.

— Objection, dit Velasquez. M. Sloane expose une théorie ; ce n'est pas une question.

— Retenue.

— Ma question, monsieur Emerson, est celle-ci : comment se peut-il que M. Jenkins ait pu aller récupérer une carte de visite dans les bureaux de LSR&C, alors que ces derniers s'étaient purement et simplement volatilisés, jusqu'au dernier morceau de papier, quelques heures seulement après que la nouvelle de l'ouverture d'une enquête de l'autorité des marchés financiers se fut répandue ?

— Je n'ai pas de réponse à cette question, dit Emerson.

* * *

Ils quittèrent le tribunal cet après-midi-là dans de meilleures dispositions que tous les jours précédents. Jake et Sloane retournèrent aux bureaux de Seattle afin que ce dernier puisse préparer son plaidoyer final. Jenkins regagna Three Tree Point avec Alex. Ils avaient prévu un dîner en famille avec CJ et le bébé. Ils étaient tous les deux épuisés, mais ils savaient que c'était important. Ils passèrent sous silence le fait que c'était peut-être leur dernier repas tous ensemble.

Après avoir lu plusieurs chapitres de *Harry Potter* à CJ, Jenkins retrouva Alex sur la terrasse couverte où, assise dans un des rocking-chairs, elle donnait le sein à Lizzie.

— Combien de chapitres ce soir ? demanda-t-elle.

— Trois, dit Jenkins en prenant l'autre fauteuil.

— Tu l'écoutes trop, il t'embobine.

— Les deux premiers, c'était pour lui ; le dernier, pour moi.

Ils restèrent silencieux un moment, se balançant doucement dans les fauteuils sur le plancher grinçant.

— Tu crois que j'aurais dû accepter de négocier ? Un an ou deux, ça n'aurait pas été si terrible…

— Ce n'était pas juste un an ou deux, Charlie. Ç'aurait été une vie à accepter le fait que tout le monde te croie coupable.

— Je ne me soucie plus trop de ce que les gens peuvent penser de moi à présent. Je suis inquiet pour toi et les enfants ; et aussi à l'idée qu'ils grandissent sans connaître leur père.

— Nous n'en sommes pas là. Ne te laisse pas aller à penser à tout ça, d'accord ? dit Alex.

— Je veux que tu me promettes, s'ils me déclarent coupable, que tu ne m'attendras pas.

— Charlie, arrête.

— Tu es trop jeune, et les gosses ont besoin d'un père.

— Ils ont un père.

Elle tendit sa main libre et attrapa la sienne. Le contact de sa peau apaisa un peu Jenkins.

— On va surmonter tout ça, quelle que soit l'issue de ce procès, dit-elle. On aurait pu accepter une négociation ; on a choisi de se battre, Charlie ; pas seulement pour toi, mais pour CJ et Lizzie, et pour tous les autres agents qui, un jour peut-être, pourraient se retrouver dans ta situation.

— Aucun agent n'a jamais gagné contre le gouvernement.

— Eh bien, ce sera une première.

— Emerson va s'en tirer, c'est tellement frustrant. Il a trahi des agents ; il a trahi son pays. Il est responsable de la mort de ces femmes, et peut-être de bien d'autres. Et il va s'en tirer et vivre comme un roi.

— Non, Charlie, il ne s'en tirera pas aussi facilement. Un jour, il devra répondre de ses actes, comme nous tous.

— J'aurais préféré qu'il en réponde maintenant.

— Ce sera peut-être le cas.

— Non, dit Jenkins en secouant la tête. Il sait où les corps sont enterrés, et il a sûrement les documents qui le prouvent. La CIA ne veut pas que ce genre de secrets s'ébruite ; elle ne veut pas risquer d'être compromise. Elle préfère sacrifier des gens comme Goldstone ou moi. C'est plus facile.

# Chapitre 69

Le réquisitoire de Maria Velasquez ne différa guère de sa déclaration liminaire. Jenkins s'était retrouvé dans une situation financière désespérée, et pour payer ses factures, il avait vendu son pays aux Russes.

— Il a vendu ce qu'il avait – son honneur, son serment, et bien sûr des informations classifiées, dit-elle.

Sloane avait expliqué à Jenkins que le plus important était de s'en tenir à la déclaration liminaire. Il lui avait promis de prouver son innocence, mais sans preuves à l'appui, c'était une promesse difficile à tenir. Heureusement, le juge Harden avait appelé Emerson à la barre. Ce dernier avait admis un lien entre la CIA et TBT Investments, et entre TBT et LSR&C. Il avait menti quand il avait dit n'avoir jamais revu ni reparlé à Jenkins depuis Mexico, mais Sloane avait fait de son mieux pour réfuter son témoignage avec la carte de visite comportant son téléphone. C'était au moins un élément de preuve tangible.

Sloane avait apporté un tableau noir écolier et de la craie de chez lui, et il avait installé le tableau face au jury. Tina s'était servie de ce tableau autrefois pour faire la classe à Jake. Plusieurs jurés se penchèrent légèrement en avant, curieux de voir ce qu'il préparait. Le juge Harden non plus ne cachait pas sa curiosité.

— Le premier jour du procès, je vous ai dit que la défense accepterait de prendre sur elle le fardeau ou la responsabilité de prouver que Charles Jenkins est innocent des accusations portées contre lui. Je vous ai dit qu'il n'y aurait aucun aveu signé, bien que l'accusation prétende que M. Jenkins a avoué. Non, il n'existe rien de tel. Je vous ai dit que nous prouverions que la CIA était impliquée dans LSR&C. C'est ce que nous avons fait. Je vous ai dit que Charles Jenkins était en possession d'un numéro de téléphone que nous avons pu relier à la société TBT Investments. Nous avons aussi prouvé cela. Nous avons également prouvé que Carl Emerson se trouvait à Seattle au mois de novembre 2017, et qu'il a continué de travailler pour la CIA jusqu'à ce que l'Agence mette brutalement fin à ses activités. Comment Charles Jenkins aurait-il pu savoir que Carl Emerson se trouvait à Seattle en novembre 2017, à moins de l'avoir rencontré à cette période ? Comment Charles Jenkins aurait-il pu entrer en possession de cette carte de visite comportant le numéro de TBT Investments, à moins que Carl Emerson ne la lui ait effectivement donnée *avant* que les bureaux de LSR&C ne soient vidés et nettoyés jusqu'au dernier morceau de papier ?

Jenkins trouva que les deux questions étaient particulièrement parlantes ; il vit d'ailleurs que plusieurs jurés prenaient fébrilement des notes dans leurs carnets.

— Maintenant, voici la réalité, poursuivit Sloane. Voici à quoi cette affaire se résume. Au cours de l'hiver 2018, la CIA a *débranché*, pour utiliser une expression imagée, deux sociétés de Seattle dont elle se servait comme écran pour ses activités secrètes, et Charles Jenkins a été abandonné à son sort. Le gouvernement l'a poursuivi pour de multiples chefs d'accusation : espionnage, conspiration, et vente de secrets à une puissance étrangère, la Russie. La loi dit qu'il incombe à l'accusation de faire la preuve de ce qu'elle avance ; or, l'accusation n'a rien pu prouver. Rien.

— Je vais dresser la liste des points que le gouvernement a échoué à prouver. Notez-les bien dans vos carnets pour ne pas les oublier.

Sloane ramassa un morceau de craie et se mit à écrire au tableau noir en énumérant chacun des points. Les jurés écrivirent en même temps.

Ils n'ont pas nié que la CIA entretenait des liens avec LSR&C.

Ils n'ont pas nié que Carl Emerson travaillait pour TBT Investments, une filiale de LSR&C.

Ils n'ont pas nié que Carl Emerson avait un numéro de téléphone à Seattle, chez TBT Investments, comme ils n'ont pas nié que Charles Jenkins avait en sa possession ce numéro inscrit sur une carte de visite.

Ils n'ont pas nié que l'agent du FBI Chris Daugherty avait dit à la réceptionniste de CJ Sécurité qu'il savait que Charles Jenkins travaillait pour la CIA.

Ils n'ont pas pu produire un seul document pour appuyer leur affirmation selon laquelle Charles Jenkins avait avoué ses crimes.

La liste continua. Quand Sloane eut terminé d'écrire, il dit :

— Ce sont les faits, et le gouvernement ne les a pas niés. C'est qu'ils sont vrais. Et si ces faits sont vrais, alors nous avons prouvé que Charles Jenkins est innocent.

Il pointa un doigt vers Velasquez et ajouta :

— Je mets au défi l'accusation de répondre à chacun de ces points. Le gouvernement a encore une chance de faire valoir son point de vue. Nous n'en avons plus. Vous devez accepter ce que nous vous disons maintenant, parce que c'est la dernière chance que nous avons de vous parler. J'ai donné au gouvernement une liste de points auxquels répondre. S'ils ne le peuvent pas, alors votre devoir est de déclarer mon client, Charles Jenkins, non coupable.

Sloane posa sa craie et chassa la poussière de ses mains.

— Parfois, ajouta-t-il, avec tous les gadgets à notre disposition dans cette salle, avec tous les témoignages d'experts, les graphiques informatiques et les photographies numériques, nous perdons de vue un principe fondamental : votre responsabilité ultime est de trouver la vérité, et parfois, la vérité n'est pas compliquée. Elle ne nécessite aucun graphique, ni aucune technologie informatique.

Sloane regarda le tableau noir.

— Parfois, la vérité est simple et directe. Parfois, elle nous regarde dans les yeux. Parfois, elle est en noir et blanc.

* * *

Velasquez ne mordit pas à l'appât. Son dernier réquisitoire fut une longue tirade de quarante-cinq minutes jouant sur différents registres d'émotion, et au cours de laquelle elle ne répondit à aucun des points consignés par Sloane sur le tableau noir.

— Je suis d'accord au moins sur un point avec M. Sloane, dit-elle finalement. La vérité dans cette affaire est très simple. Je l'ai exposée dans ma déclaration liminaire ; je la répète maintenant. Cet homme a vendu son honneur et son intégrité. Un marché fort simple, en vérité : des renseignements contre de l'argent. Il était en possession d'informations sensibles. Il est allé en Russie. Et peu après son retour, cinquante mille dollars sont mystérieusement apparus sur son compte en banque. La défense et moi-même sommes donc d'accord au moins sur ce principe simple : la vérité est parfois facile à voir. Et la vérité, en l'occurrence, est que Charles Jenkins est coupable.

C'était un réquisitoire efficace.

Il ne restait plus qu'une chose à faire : attendre.

# Chapitre 70

Sloane dit à Jenkins qu'il espérait que le jury délibérerait durant plusieurs jours ; plus cela prenait de temps, mieux c'était. Dans un procès criminel, plus le jury mettait de temps à débattre d'une affaire, plus il y avait de chances que cela signifie qu'un ou plusieurs jurés n'arrivaient pas à rendre une décision au-delà de tout doute raisonnable. Harden avait demandé aux deux parties de rester dans le bâtiment, pour le cas où les jurés auraient des questions. La défense attendit dans la salle de délibération d'une des salles d'audience inoccupées du tribunal.

Vers 17 h, Alex et Jake débarrassèrent leur table des sandwiches à moitié mangés et des papiers d'emballage, et jetèrent le tout à la poubelle.

— J'imagine que l'huissier va venir nous dire de rentrer chez nous pour la nuit, espéra Sloane. Ce serait une bonne chose.

Quelques minutes plus tard, Jenkins entendit des bruits de pas, suivis de trois coups brefs frappés à leur porte.

Sloane regarda sa montre.

— C'est l'heure de rentrer chez nous, dit-il.

Il enfila sa veste tandis que Jake ouvrait la porte. L'huissier qui se tenait là dit :

— Nous avons un verdict.

Jenkins sentit son cœur faire un bond. David Sloane paraissait tout aussi stupéfait. Le jury avait mis moins de cinq heures pour délibérer. Tous rassemblèrent leurs affaires. Personne ne dit un mot.

Dans le couloir, ils se mêlèrent à d'autres personnes se dirigeant vers la salle d'audience du juge Harden, devant les portes de laquelle s'était amassée une foule composée entre autres de journalistes et de cameramen. Les journalistes crièrent des questions à Jenkins, qui les ignora. Il était comme paralysé ; il ne savait même pas comment ses jambes fonctionnaient. Il sentit sa main droite trembler ; puis la main d'Alex saisissant la sienne.

Des agents chargés de la sécurité et des marshals formèrent une haie protectrice pour leur permettre d'entrer dans la salle de tribunal.

— David ? appela quelqu'un.

Une voix familière. Jenkins se retourna et vit Carolyn.

— Elle est témoin-expert, dit Sloane à l'un des marshals, qui laissa passer la secrétaire.

Elle rejoignit Alex, et glissa son bras sous le sien.

Velasquez et son équipe étaient déjà à leur table. Ils paraissaient prêts à fêter leur victoire.

Quand tout le monde fut à sa place, le juge Harden demanda à l'huissier de faire entrer le jury.

Les neuf femmes et les trois hommes s'installèrent dans le box sans un regard pour Jenkins, ce qui n'était pas non plus un bon signe.

Quand ils furent assis, Harden s'adressa à eux :

— Avez-vous rendu un verdict pour les cinq chefs d'inculpation de l'acte d'accusation ?

Le juré numéro quatre, une mère de famille qui possédait sa propre affaire, se leva.

— Oui, Votre Honneur, répondit-elle.

Jenkins sentit son estomac se serrer.

— L'huissier veut-il bien faire passer le verdict au greffier ? demanda Harden.

L'huissier s'exécuta. Le greffier tendit le verdict à Harden. Harden lut les pages sans manifester aucun signe permettant de deviner la décision du jury. Jenkins avait l'impression d'entendre résonner son cœur. Il régnait dans la salle un silence de mort. Il songea à tout ce qui allait lui manquer – les anniversaires et les vacances, faire la lecture à CJ, donner le biberon à Lizzie, tenir Alex dans ses bras.

Harden rendit le document au greffier.

— Que l'accusé veuille bien se lever et faire face au jury, dit-il.

Jenkins eut besoin de l'aide de Sloane pour se lever. Il posa ses mains sur la table pour garder l'équilibre. Son cœur s'emballa ; ses oreilles bourdonnèrent. Il tourna la tête et regarda par-dessus son épaule vers le premier rang. Alex lui sourit doucement, mais il voyait bien qu'elle luttait pour contenir ses larmes, tout comme Carolyn.

Le premier juré prit le verdict.

— Le premier juré va maintenant lire le verdict, dit Harden.

— Pour le premier chef d'inculpation, commença la femme, nous, le jury, déclarons l'accusé, Charles William Jenkins, non coupable.

Jenkins sentit la main de Sloane se poser dans son dos. Il prit une grande inspiration pour éviter d'hyperventiler, puis une deuxième, et une troisième. Il chercha la confirmation de ce qu'il venait d'entendre dans le regard de Sloane, qui hocha la tête en souriant. Derrière lui, la salle d'audience tout entière paraissait avoir exhalé un soupir.

— Pour le deuxième chef d'inculpation, continua la femme d'une voix légèrement plus forte, nous, le jury, déclarons l'accusé, Charles William Jenkins, non coupable.

Cette fois, la femme s'autorisa à tourner un regard vers Jenkins. D'autres jurés le regardaient également. Certains souriaient. Plusieurs femmes avaient les larmes aux yeux.

Jenkins sentit Sloane se tourner vers lui et lui étreindre les épaules. Pour les trois derniers chefs d'inculpation, le verdict énoncé par le premier juré fut le même : non coupable.

La salle d'audience explosa. Harden donna des coups de marteau pour restaurer le calme, remercia le jury et le libéra. Velasquez et son équipe paraissaient sidérés par le verdict.

— Monsieur Jenkins, dit le juge Harden.

Jenkins se tourna vers l'estrade. Harden ne souriait pas, mais ses yeux brillaient.

— La séance est levée, dit-il. Et vous, monsieur, êtes libre de partir.

# Épilogue

Au cours des jours, des semaines et des mois qui suivirent le verdict, la vie de Jenkins reprit lentement son cours normal. Les premiers temps, il fut sollicité pour donner des interviews et apparaître dans des programmes télévisés. Son premier réflexe fut de refuser toutes ces propositions, mais Alex le persuada de l'importance de témoigner. Elle fit valoir qu'être le premier agent déclaré non coupable d'espionnage par un jury était une histoire que d'autres agents avaient besoin d'entendre ; elle était emblématique de la vitesse avec laquelle les choses pouvaient mal tourner, et de la manière dont un agent pouvait être abandonné à son sort.

Mais ils avaient aussi besoin d'argent.

Dans les interviews, Jenkins expliqua aux journalistes qu'il n'avait jamais cessé d'aimer son pays et qu'il continuerait à l'aimer par-dessus tout, parce qu'il considérait, pour imparfait qu'il fût, que c'était encore le meilleur endroit au monde où vivre.

Plusieurs jurés également accordèrent des interviews. Leurs déclarations furent moins consensuelles. La majorité indiqua n'avoir plus la même confiance dans le gouvernement que les générations précédentes. Ils étaient plus sceptiques, se méfiaient davantage des politiciens et des agences gouvernementales. L'un d'eux résuma ainsi son point de vue : « Il n'y a pas de fumée sans feu, et ce procès était particulièrement enfumé. »

David Sloane n'aurait pas mieux formulé la chose.

L'euphorie du verdict de non-culpabilité finalement dissipée et les médias ayant eu ce qu'ils voulaient, Jenkins retourna à sa ferme, auprès de sa famille, sur l'île de Camano. L'accueil que lui réserva la petite ville de Stanwood fut cordial. À l'école, ou bien dans les gradins des terrains de football les jours où CJ avait match, il arrivait que des parents l'abordent pour le féliciter, et lui dire qu'ils étaient de son côté. Il les remerciait, mais il ne les croyait pas. Il savait, la nature humaine étant ce qu'elle est, qu'ils l'avaient condamné à l'instant même où il avait été arrêté, et qu'ils ne l'avaient absous qu'une fois le verdict prononcé. La plupart, du moins. D'autres le considéraient toujours comme un traître qui l'avait juste échappé belle.

Mais ça lui était égal. Il connaissait la vérité, et la vérité lui avait rendu sa liberté.

Il signa un contrat d'édition à six chiffres, et passa la plupart de ses journées à s'occuper de leur bébé pendant qu'Alex travaillait dans la salle de classe de Jake. Il allait devoir retrouver un job à plein temps, ou écrire ce livre, mais pour le moment il était heureux de travailler à temps partiel pour Sloane et d'être un homme au foyer.

Quand Elizabeth eut six mois, ils se rendirent à Three Tree Point pour y fêter la nouvelle de l'admission de Jake au Barreau de l'État de Washington. Personne n'en dit rien, mais la petite réunion avait encore un autre but : ils n'avaient jamais fêté le verdict.

Pendant qu'Alex, profitant que Lizzie dormait, préparait des tacos dans la cuisine, Jenkins saisit l'occasion d'aller passer un moment avec CJ. Ils sortirent par la porte de service avec tout l'attirail de pêche et allèrent au bord de l'eau.

CJ était devenu un pêcheur aguerri et patient. Il prenait souvent des dorades ou des carangues. Les autres pêcheurs le connaissaient maintenant de nom. Que pensaient-ils du fait qu'il était le fils d'un homme acquitté pour espionnage ? Peu importait. Ce qui intéresse avant tout un pêcheur en action, c'est sa ligne et son moulinet.

Jenkins tendit une canne à pêche à CJ, et le jeune garçon fit un premier lancer. Jenkins prépara ensuite sa propre canne à pêche, notant que sa main droite ne tremblait plus, et cela depuis son acquittement. Il lança sa ligne à son tour et actionna son moulinet pour ramener doucement le leurre.

Ils pêchaient depuis une quinzaine de minutes quand son téléphone portable sonna. C'était un appel masqué. Il faillit l'ignorer, se disant que c'était sûrement quelqu'un qui cherchait encore à l'interviewer, ou un écrivain quelconque prêt à lui servir de plume quand il raconterait son histoire, mais il répondit tout de même.

— Allô ?

— Monsieur Jenkins.

Jenkins reconnut l'accent.

— Viktor, dit-il.

— Vous êtes un homme difficile à joindre.

— J'ai dû filtrer mes appels, dit Jenkins en s'éloignant de CJ pour qu'il n'entende pas la conversation.

Le garçon lui jeta un rapide coup d'œil, comme s'il craignait que son père ne lui soit enlevé une fois encore. Jenkins lui sourit en levant le pouce, et CJ se remit à mouliner pour ramener son leurre.

— J'ai suivi avec grand intérêt les nouvelles de votre procès. J'ai eu l'impression qu'il se déroulait ici, en Russie, où tout est fait pour que la vérité n'éclate pas au grand jour. Je suis heureux que vous ayez été acquitté.

— Merci, dit Jenkins.

— Je vous le redis : votre pays et le mien ne sont pas si différents.

Cela fit sourire Jenkins.

— Alors, travailler pour votre frère vous plaît ?

— J'ai décidé que je n'étais pas fait pour ça. Trop de paperasserie. Et c'est quelqu'un qui a travaillé pour le gouvernement qui vous le dit, rigola Viktor.

— Qu'allez-vous faire maintenant ?

— Je suis détective privé, répondit Federov. Pour l'instant, je n'ai qu'un client, mais je me suis dit que vous seriez curieux de savoir quelle est cette première mission.

— Ah oui ? Et pourquoi ça ? demanda Jenkins.

— Parce que je crois que vous connaissez l'homme que je traque.

— De qui est-ce qu'on parle, au juste ?

— Il a été votre chef de poste à Mexico. Et plus récemment, il a travaillé à Washington, D.C. Votre procès m'a aidé à le trouver.

Jenkins sentit sa gorge se serrer.

— Voyez-vous, monsieur Jenkins, j'ai beau en plaisanter, le fait est que la Russie n'est pas les États-Unis. En Russie, nous avons la rancune tenace, et justice est toujours rendue, d'une manière ou d'une autre.

— Qu'est-ce que vous voulez dire, Viktor ?

— Regardez les informations. J'imagine qu'ils ne tarderont pas à en parler.

Jenkins songea à ce qu'il avait dit à Alex : qu'il voulait que Carl Emerson paie pour ses crimes ici et maintenant, et non pas dans l'au-delà.

— Avez-vous un crayon ou un stylo et du papier sous la main ? demanda Federov.

— Pour quoi faire ? voulut savoir Jenkins.

— Je veux vous donner une série de chiffres.

— Une minute.

Jenkins alla jusqu'à la boîte de pêche, y récupéra le dos d'un vieux sachet d'hameçons et un bout de crayon.

— C'est bon, je vous écoute.

Il s'attendait à noter un numéro de téléphone à dix chiffres, mais il y en eut plus que cela.

— Qu'est-ce que c'est ? demanda-t-il. Ce n'est pas un numéro de téléphone.

— Non. C'est le numéro d'un compte en Suisse. Je l'ai ouvert à votre nom.

— À mon nom ? Pourquoi ouvrir un compte à mon nom ?

— Parce que vous étiez mon client.

— Moi ?

— Disons un de mes clients. Et je me suis dit que vous méritiez l'argent autant que moi. Je me suis décidé pour soixante-quarante parce que c'est moi qui ai fait tout le travail, dit Federov en riant de nouveau.

— Viktor, si c'est l'argent que Carl Emerson a volé, je ne peux pas accepter.

— Non, monsieur Jenkins. Je m'attendais à cette réponse. Je crois que vous êtes quelqu'un d'intègre. Mais cet argent n'a pas été volé. C'est la Russie qui paie.

— La taupe, c'était bien Emerson. La fuite venait de lui.

— La fuite ? Je ne connais rien aux fuites, à part celle que j'ai sous mon évier.

— De combien d'argent parlons-nous ? voulut savoir Jenkins, sa curiosité piquée au vif.

— Suffisamment, répondit Federov. Assez pour compenser tout ce que nos deux gouvernements nous ont fait subir. Non ?

— Je ne peux pas accepter cet argent, dit Jenkins.

C'était de l'argent sale. Il avait coûté la vie à trois des sept sœurs.

— Il est sur le compte que je vous ai indiqué, en tout cas. Ce que vous en ferez ne me regarde pas. Maintenant, je dois vous laisser. J'ai bien peur que nous n'ayons plus l'occasion de nous revoir.

— N'en soyez pas aussi sûr, dit Jenkins. Nous savons tous les deux que le cours d'une vie peut changer en un instant, et d'une manière dont nous n'avions pas idée une seule seconde.

Viktor laissa échapper un rire sonore.

— Alors, à bientôt peut-être. Je boirai à votre santé. *Boodeem zdarovov.*

À cet instant, CJ s'écria :

— Papa ! Papa ! Je crois que j'ai un poisson.

Jenkins mit fin à l'appel et rangea son téléphone dans la poche de sa veste. La ligne de CJ mouillait à un endroit précis et ne paraissait pas bouger.

— Fais-moi voir ça.

Il prit la canne à pêche, songeant encore à ce que Federov venait de lui dire.

— Non, CJ, je crois que c'était juste une touche.

— Ah oui ? fit le garçon, déçu.

Jenkins tira sur la ligne pour libérer le leurre, et rendit la canne à pêche à son fils.

— Allez, mouline, ramène la cuillère, et relance.

— C'est pas grave, rentrons, dit CJ. On n'attrapera rien aujourd'hui.

Jenkins posa une main sur la tête du garçon.

— Des touches, c'est ce qu'on a le plus souvent dans la vie, CJ, mais ce n'est pas pour ça qu'il faut se décourager. Tu dois insister, réessayer. C'est comme ça qu'on finit par attraper le gros poisson.

— Tu crois vraiment ?

— Charlie ? Charlie ! appela Alex depuis la véranda. Viens vite voir les infos, tu ne vas pas le regretter. Surtout, tu ne vas pas le croire. David a mis sur enregistrement.

Tout le monde était à l'intérieur, famille et invités, rassemblés dans le salon. Il les voyait de dos à travers les grandes fenêtres, tournés vers la lueur de la télévision à écran plat.

Jenkins allait poser sa canne à pêche, tenté un instant de courir voir ce qui se passait exactement, mais c'était inutile. Il ne le devinait que trop bien. Il songea à Viktor Federov et à Carl Emerson ; et au caractère imprévisible de la justice, qui avait souvent pris des tours inattendus pour eux tous. Mais tout ce qu'il voulait pour le moment, c'était regarder son fils lancer sa ligne loin dans l'eau, et ramener doucement son leurre en moulinant avec cette conviction profonde du pêcheur que cette fois, contre toute attente, ce serait peut-être le bon lancer.

— Allez, ramène et relance, dit-il à CJ.

# REMERCIEMENTS

Il y a quelques années, j'ai lu le roman de Kristin Hannah intitulé *Le Chant du rossignol.* Ce livre m'a tellement impressionné par sa documentation et les détails qui y figurent que j'ai écrit à son autrice. Nous avions le même agent littéraire. Je lui ai demandé : « Où avez-vous trouvé cette histoire ? » Kristin m'a répondu : « Parfois, les bonnes histoires vous tombent du ciel, comme ça. Difficile de passer à côté. »

Je suis d'accord. *La Huitième Matriochka* n'est pas une histoire vraie. C'est une pure fiction. Mais elle a tout de même pour point de départ le coup de fil d'un monsieur fort respectable qui avait une histoire à raconter. J'ai répondu à son invitation, et de cette rencontre est née cette intrigue. Je rends grâce au ciel d'avoir pris ce café avec lui, et le remercie pour son aide.

J'étais à mi-chemin de l'écriture de ce roman quand j'ai rencontré un autre homme lors d'un événement à Seattle. Il m'a raconté qu'il avait travaillé en Union soviétique, à l'hôtel *Metropol,* dans les années soixante-dix. Ce n'était pas encore un hôtel à cette époque. Nous avons bavardé, et lui aussi avait eu une autre carrière. Il m'a été à son tour d'une grande aide pour écrire ce roman.

J'aimerais également remercier ici John Black, que j'ai rencontré à l'occasion d'une de mes interventions dans un atelier d'écriture. John est un ancien « avocat pétrolier », un juriste spécialisé dans les énergies gazières et pétrolifères, qui a travaillé pour des compagnies pétrolières russes, à Moscou et à Ioujno-Sakhalinsk, de 1991 à 2008. John a appris le russe à l'armée durant la guerre du Vietnam. Il a relu le manuscrit de *La Huitième Matriochka* et m'a aidé pour les questions de langage. Je remercie également Rodger Davis, qui a vécu et travaillé en Union soviétique, et qui s'est mis en contact avec un certain nombre de personnes pour m'aider encore un peu plus dans l'écriture de ce livre. Rodger m'a fourni de nombreuses informations sur la Russie et la culture russe. Il m'a notamment fait découvrir plusieurs livres, dont *Peter the Great*, de Robert K. Massie, *Black Wind, White Snow*, de Charles Clover, et *Wheel of Fortune* de Thane Gustafson. Rodger est un écrivain de talent, et un homme généreux. Merci également à mon ami et romancier Tim Tigner. Tim a travaillé en Union soviétique durant de nombreuses années, et la Russie sert de cadre à plusieurs de ses romans, dont *Coercion* et *The Lies of Spies*. Tim m'a également recommandé le livre de Bill Browder, *Notice rouge*, que j'ai dévoré.

Je tiens également à remercier Jon Coon, scaphandrier et spécialiste en explosifs, qui a notamment servi dans l'armée comme officier chargé de la sécurité en plongée, et a été chef de projet dans diverses missions internationales de fouilles archéologiques. Il a écrit trois romans et de nombreux articles. Ses photographies illustrent des manuels scolaires et des magazines depuis plus de trente ans. Il est en outre ancien directeur régional et maître instructeur de la PADI, spéléoplongeur et formateur en premiers secours.

Je sais gré à toutes ces personnes de leur aide dévouée. S'il y a des erreurs, c'est à moi et à moi seul qu'en revient la responsabilité.

En plus des livres cités plus haut, j'ai lu d'autres ouvrages, de fiction mais pas seulement, parmi lesquels : *Un gentleman à Moscou* d'Amor Towles ; *The Main Enemy : The Inside Story of the CIA's Final Showdown with the KGB* de Milton Bearden et James Risen ; *Moscow City* d'A.R. Zander ; *The Honest Spy* d'Andreas Kollender ;

*The Defector* de Daniel Silva ; *L'Espion qui venait du froid* de John le Carré ; *Parc Gorki* de Martin Cruz Smith ; et *Le Passager d'Istanbul* de Joseph Kanon.

J'ai également passé trois semaines en Russie. En 1998, une chanteuse d'opéra russe, qui avait fait défection à l'Ouest quelques années plus tôt et qui avait chanté à mon mariage à Seattle, décida de rentrer dans son pays d'origine. Elle proposa de nous organiser un séjour en Russie si nous le souhaitions. Ma femme et moi, ainsi que notre fils alors âgé de dix-huit mois, mon beau-frère et ma belle-sœur, mes parents ainsi que mes beaux-parents, tous nous acceptâmes sa proposition. Avant de partir, mon beau-frère et moi décidâmes de nous couper les cheveux en brosse, principalement parce que l'on nous avait raconté que les conditions d'hygiène en Russie n'étaient pas optimales, et que nous aurions des difficultés à nous laver les cheveux – ce qui s'avéra totalement faux. Nous décidâmes également de porter des bérets bleu marine pour ne pas avoir froid à la tête. Vous commencez à voir le tableau ?

Quand nous arrivâmes à l'aéroport international de Cheremetievo à Moscou, l'officier des douanes vérifiant mon passeport prononça un « *Niet* » catégorique. On me fit sortir de la file et on me conduisit dans une pièce où l'on fouilla minutieusement mes bagages. Quand finalement nous arrivâmes à l'hôtel *Rossiya* de Moscou, chaque couple se vit assigner une chambre particulière. Toutes se trouvaient au même étage, et chacune possédait un grand miroir fixé au mur d'une chambre adjacente vraisemblablement inoccupée. Nous plaisantâmes sur le fait que nous étions surveillés. Chaque matin, je paradais nu comme un ver devant le miroir. Mais ce premier après-midi-là, nous convînmes tous de faire une sieste et de nous retrouver pour dîner à 18 h.

Mais nous n'en fîmes rien, tous autant que nous étions.

Aucun d'entre nous, les huit adultes, ne réussit à se lever après la sieste ce jour-là. Ce fut comme si nous avions été drogués ;

impossible même de rester assis. Nous ne nous retrouvâmes que le lendemain matin.

Nous allâmes nous promener du côté du Kremlin et de la place Rouge. Alors que nous marchions de la cathédrale Saint-Basile vers le mausolée de Lénine, mon beau-frère s'approcha de moi et me dit : « Nous sommes suivis. » Il me désigna discrètement une femme qui portait des bottes blanches, et ajouta : « Où que nous allions, elle est là ; elle ne nous lâche pas. » Elle continua de nous suivre à l'intérieur du Goum, le mythique centre commercial de Moscou, et ailleurs. Nous arpentâmes les galeries du Dietsky Mir, le gigantesque complexe de boutiques de jouets, avant de rejoindre la place Loubianka où se dressait l'ancien siège du KGB. La femme nous accompagna partout, jusqu'à notre retour à l'hôtel *Rossiya*.

Je me souviens également que lorsque nous allâmes visiter l'église des Douze Apôtres, nous tombâmes sur un groupe d'écoliers. Ils nous observèrent longuement et nous sourirent. L'un d'eux, un jeune garçon, trouva le courage de venir jusqu'à moi et me dit : « Vous êtes un militaire. » Je lui assurai que non, mais il ne me crut pas. Ses amis, enhardis à présent, arrivèrent à leur tour et répétèrent : « Vous êtes un militaire. »

Puis, comme si notre petit groupe n'avait pas assez attiré l'attention, le surlendemain au soir, mon beau-frère, qui s'était mis en tête de rapporter en souvenir une petite pierre de la place Rouge, me convainquit de faire un tour dehors à minuit pour fumer un cigare cubain. Nous arrivâmes près de l'endroit où l'on dit qu'Ivan le Terrible fit exécuter tant de personnes. Il y avait là une petite pierre descellée au milieu des pavés de granit. Mon beau-frère me demanda : « Comment est-ce que je la prends ? » Je lui dis : « Laisse tomber ton cigare, et en le ramassant, ramasse la pierre en même temps. »

Il suivit mon conseil et laissa tomber son cigare. Au même instant, une voiture qui traversait la place en roulant dans notre direction, alluma ses phares et s'arrêta à moins de trois mètres de nous. Mon beau-frère, inquiet, me demanda : « Qu'est-ce que je fais ? » Ce à quoi je répondis d'abord : « La ferme », puis « Mets un pied sur ton cigare. » Ce qu'il fit ; nous retournâmes ensuite à l'hôtel le plus irréprochablement du monde.

J'appris par la suite, en faisant des recherches, que le *Rossiya* était l'hôtel où l'on installait tous les visiteurs étrangers. J'appris également que lorsqu'il fut racheté pour être rénové, on y découvrit toutes sortes d'appareils d'écoute, des caméras, et même des conduites – servant vraisemblablement à diffuser du gaz – encastrées dans les murs. L'hôtel fut finalement démoli. Un parc fut aménagé à sa place, nouveau symbole de la ville dû à Vladimir Poutine. J'appris encore que la place Rouge était truffée de micros directionnels ; on les disait suffisamment sensibles pour capter un murmure. Je n'en doutais plus.

Alors, les Russes s'intéressaient-ils à moi et à ma famille ? Probablement que non. Notre petite bande n'offrait aucun intérêt particulier ; nous n'avions rien qui pouvait laisser penser que nous étions des espions. Mais tout ce que j'ai raconté plus haut est un bon point de départ pour une intrigue, non ? Ce fut le début de ma fascination pour la Russie. Et ma famille et moi-même sommes d'accord pour dire que ce voyage à Moscou, Saint-Pétersbourg et Zagorsk fut le plus intéressant et le plus fascinant que nous ayons jamais fait. La Russie est un pays d'une grande beauté, où la richesse la plus exubérante côtoie la plus incroyable pauvreté. Les Russes marchent le plus souvent la tête baissée, comme s'ils voulaient passer inaperçus ; mais demandez-leur votre chemin, et ils n'hésiteront pas à dévier du leur pour vous aider. Nous n'étions pas en voyage organisé, si bien que les interactions dans les magasins d'alimentation ou les restaurants étaient impératives. Très peu parlaient anglais. À Saint-Pétersbourg, nous logeâmes dans un appartement qu'une famille occupait depuis cinq générations. Ils nous le louèrent pour une semaine, car la somme convenue pour ce service dépassait ce que le propriétaire des lieux gagnait en un an. Je contemplai les eaux gelées de la Neva et songeai à Napoléon.

Un ami me poussa à retourner en Russie pour écrire ce roman, mais un tel voyage n'était plus à l'ordre du jour. Alors, j'ai ressorti mes albums photo, lu de nombreux livres et revisité mentalement les restaurants où nous avions mangé et les lieux que nous avions explorés.

La Russie fut le dernier grand voyage que je fis avec mon père. Il mourut des suites d'un mélanome en 2008, le jour de la fête des pères. Je veux me souvenir de lui sur cette place de Saint-Pétersbourg, en train d'embrasser ma mère, dos cambré et tête en arrière à la façon d'une star de cinéma dans un classique d'autrefois. J'ai cette photo d'eux accrochée sur mon mur.

Je ne pourrais jamais écrire une aventure de Charles Jenkins sans remercier par la pensée mon très cher ami et camarade de chambre à l'école de droit… Charles Jenkins. Chaz, comme nous le surnommions, est une légende vivante. Avec son mètre quatre-vingt-quinze et ses cent quinze kilos de muscles, nous étions en admiration devant lui à la salle de musculation, et encore plus en dehors. Chaz est la douceur, le calme et la drôlerie incarnés ; et il porte un regard unique sur la vie. C'est aussi un homme et un père merveilleux, en plus d'être un de mes amis les plus chers. J'ai dit à Chaz il y a longtemps qu'il était plus grand que nature, et qu'un jour j'écrirais un livre en me servant de son nom et de sa personnalité. Voilà qui est fait. J'espère avoir réussi à rendre tout ce qui fait qu'il est ce qu'il est.

Merci à Meg Ruley, Rebecca Scherer, ainsi qu'à l'équipe de l'agence Jane Rotrosen, mes agents incroyables. J'ai tellement de chance de les avoir. Ils sont mes gardiens infatigables, mes conseillers avisés, et réellement des personnes merveilleuses qui savent faire une fête d'un simple voyage à New York.

Je tiens également à remercier Thomas & Mercer. C'est le dixième livre que j'écris pour eux, et ils ont su faire en sorte, par leurs conseils et leur travail éditorial, que chacun d'eux soit meilleur que le précédent. Ils ont assuré la promotion et la vente de mes romans partout dans le monde, et j'ai ainsi eu le plaisir de rencontrer les équipes éditoriales d'Amazon Publishing en Angleterre, en Irlande, en France, en Allemagne, en Italie et en Espagne. Des gens merveilleux, dans tous les sens du terme. Je leur sais infiniment gré de tout ce qu'ils ont fait et continuent de faire pour moi et mes romans.

Merci à Sarah Shaw, en charge des relations auteurs, qui semble ignorer jusqu'au sens de l'expression « être de mauvaise humeur ». Elle a toujours le sourire. Une fois de plus, merci d'illuminer constamment mes journées.

Merci à Sean Baker, chef de la fabrication ; à Laura Barrett, directrice de production ; à Oisin O'Malley, directeur artistique. J'adore les couvertures et les titres de chacun de mes romans, et je les remercie pour leur travail. Merci également à Dennelle Catlett, l'attachée de presse d'Amazon Publishing, pour son travail de promotion de mes romans et de ma personne. Dennelle prend soin de moi à chaque fois que je voyage ; avec elle, on est toujours en première classe. Merci à l'équipe marketing, Gabrielle Guarnero, Laura Costantino et Kyla Pigoni, pour toute l'aide qu'ils m'ont apportée dans la création d'une plateforme auteur qui soit à la fois intéressante et accessible pour mes lecteurs. Merci également à Mikyla Bruder et Galen Maynard, respectivement éditrice et éditeur associé, ainsi qu'à Jeff Belle, vice-président d'Amazon Publishing.

Des remerciements tout particuliers à la directrice éditoriale de Thomas & Mercer, Gracie Doyle. Constamment inspirée, elle est à mes côtés depuis l'idée de départ jusqu'à l'ultime version écrite du roman. Elle me pousse chaque fois à écrire le meilleur livre possible. J'ai beaucoup de chance de la compter dans mon équipe. Elle est également devenue une amie proche, avec qui j'aime toujours beaucoup voyager.

Merci à Charlotte Herscher, conseillère éditoriale. C'est notre dixième livre ensemble, et elle a la tâche peu enviable de devoir me dire à chaque fois ce qui ne marche pas dans tel ou tel passage. Je boude pendant une heure, et puis je me rends compte qu'elle a raison, et je me remets au travail pour rendre le livre meilleur. Merci également à Scott Calamar, correcteur. Savoir admettre une faiblesse est quelque chose de merveilleux, parce qu'alors on peut demander de l'aide. Scott me rend plus intelligent que je ne le suis, et je lui en sais gré.

Merci à Tami Taylor, qui gère mon site Web, crée mes « newsletters » et certaines des couvertures de mes éditions étrangères. Merci à Pam Binder et à la Pacific Northwest Writers Association pour leur soutien. Merci à Seattle 7 Writers, un collectif à but non lucratif d'auteurs du nord-ouest Pacifique qui encourage et soutient l'expression écrite.

Merci à vous, mes infatigables lecteurs, de continuer de découvrir mes livres ; merci pour votre incroyable soutien, partout dans le monde. Merci pour vos critiques postées çà et là, et pour vos messages qui me font savoir que vous avez apprécié mes romans. Cela peut sembler une banalité de le dire, mais vous me poussez à chaque fois à tenter d'écrire un livre qui soit digne du temps que vous lui consacrerez.

Merci à ma femme, Cristina, et à mes deux enfants, Joe et Catherine. Joe est parti pour l'Université voilà quatre ans maintenant ; ce fut une journée difficile pour moi. Cette année, ce fut le tour de Catherine. Catherine est notre petite dernière, mon bébé, ma « Pupuce », comme je l'appelle sur Facebook notamment. Elle me fait rire. Le simple fait de la voir me rend heureux. Devoir la conduire à l'Université allait être l'une des choses les plus difficiles que j'aurais à faire en tant que papa. Et puis, un beau matin, un courrier est arrivé, l'informant que son premier choix avait été accepté, une école près de la maison. Ses premiers mots ont été : « Papa, je n'ai pas à partir loin d'ici. » Aujourd'hui, elle s'éclate, comme on dit, et ses résultats sont brillants. Je vais la voir lors des événements sportifs ; je constate combien elle est heureuse, et j'imagine toutes les choses que Dieu a en réserve pour elle et pour nous tous. J'adore les classiques, comme *Peter Pan*. Il est temps de prendre ton envol, Catherine. Je t'aime.

Merci à la vie. Merci à Dieu d'avoir placé sur mon chemin tant de personnes formidables.

# À PROPOS DE L'AUTEUR

Né en Idaho et élevé en Californie du Nord au milieu d'une fratrie de dix enfants, Robert Dugoni est l'auteur de la série best-seller des « Tracy Crosswhite » : *Le Dernier Repos de Sarah*, *Son dernier souffle*, *Dans l'ombre de la clairière*, *Prise au piège*, *Des morts si proches* et *Au prix fort*, ainsi que du roman indépendant *La Vie en rouge de Sam*. Ses ouvrages, traduits dans une douzaine de langues, sont vendus dans plus de vingt-cinq pays. Lauréat de nombreux prix et concours, il est aussi l'auteur de la série des « David Sloane », encensée par la critique et encore inédite en France.

*La Huitième Matriochka* est le premier volume de sa nouvelle série mettant en scène l'ancien agent de la CIA Charles Jenkins.

Vous pouvez suivre Robert Dugoni sur Twitter (@robertdugoni), ainsi que sur Facebook : www.facebook.com/AuthorRobertDugoni, ou encore le retrouver sur son site Web : www.robertdugoni.com.

**Vous avez aimé ce livre et voulez être informé des prochaines publications de Robert Dugoni ? Il vous suffit de le suivre sur Amazon !**

1) Cherchez le livre que vous venez de lire sur Amazon.fr ou sur l'application Amazon.

2) Allez sur la page de l'auteur en cliquant sur son nom.

3) Cliquez sur le bouton « Suivre ».

La page de l'auteur est également disponible en scannant ce QR code avec votre smartphone ou votre tablette :

Si vous avez savouré ce livre sur Kindle Reader ou sur l'application Kindle, il vous sera automatiquement proposé de suivre l'auteur en arrivant à la dernière page.

AMAZON **CROSSING**

Printed in Poland
by Amazon Fulfillment
Poland Sp. z o.o., Wrocław

85127938R00329